Batya Gur

Am Anfang war das Wort

Batya Gur

Am Anfang war das Wort

Roman

Aus dem Hebräischen
von Mirjam Pressler

Goldmann Verlag

Die Originalausgabe erschien unter dem Titel
מוות בחוג לספרות
bei Keter Publishing House, Jerusalem

Umwelthinweis:
Dieses Buch und der Schutzumschlag
wurden auf chlorfrei gebleichtem Papier gedruckt.
Die Einschrumpffolie (zum Schutz vor Verschmutzung)
ist aus umweltschonender und recyclingfähiger PE-Folie.

Der Goldmann Verlag
ist ein Unternehmen der Verlagsgruppe Bertelsmann

1. Auflage

Satz: Uhl + Massopust GmbH, Aalen
Druck: Pressedruck Augsburg
Bindung: Großbuchbinderei Monheim
Printed in Germany
ISBN 3-442-30468-7

Erstes Kapitel

Weil das Seminar des Fachbereichs von Scha'ul Tirosch geleitet wurde, wurde es sogar von den Medien aufgezeichnet: Im kleinen Saal standen schon die Fernsehkameras und die Mikrofone der Radioleute bereit. Die Kamera erfaßte klar Tiroschs gelassene Haltung, die Hand in der Hosentasche, die roten Schattierungen der Krawatte. Das erste Bild des Films würde ein Close-up seiner Hand sein, die ein Glas Wasser hielt. Er trank einen langen Schluck, dann hob er mit der für ihn so typischen Bewegung die Hand und führte sie zu der glatten, silbernen Haartolle. Dann richtete sich die Kamera auf das alte Buch, das er in seiner Hand hielt, zeigte auch die Manschetten des strahlendweißen Hemdes, die unter dem Ärmel seiner dunklen Anzugjacke hervorschauten, und näherte sich dann dem Namen, der mit goldenen Buchstaben auf dem Einband stand, Chaim Nachman Bialik. Erst danach erfaßte sie den ganzen Tisch.

Flüchtig zeigte sie den gesenkten Kopf Tuwjas, die Hand, die unsichtbare Krümel von der grünen Tischdecke zu nehmen schien, und, im Profil, das junge Gesicht Idos, das zu dem langen, schmalen Gesicht Tiroschs erhoben war.

Dies sei nicht das erste Mal, meinten die Leute des Fachbereichs, Scha'ul Tirosch sei schon immer der Liebling der Medien gewesen.

»Tatsache ist doch«, sagte Aharonowitsch, »daß es wohl niemandem eingefallen wäre, ein Seminar des Fachbereichs Literatur zu filmen, wäre nicht der Name Tirosch damit verbunden.« Er ließ ein verächtliches Schnauben hören. Kalman Aharonowitsch konnte seinen Abscheu vor der

Exzentrik, die allen Handlungen Tiroschs eigen war, nicht verbergen, »dieser billigen Theatralik«, wie er es nannte. »Und damit meine ich wirklich *alle* Handlungen«, sagte er und warf einen kritischen und ängstlichen Blick auf Ruchama.

Die Kameraleute, die Techniker und die Redaktion der Abteilung Literatur beim Rundfunk, Journalisten und Fernsehleute, derentwegen Ruchama ihren festen Platz in der ersten Reihe gegen einen auf der rechten Seite hatte räumen müssen – alle waren da, bei diesem letzten Fakultätsseminar des Semesters.

Die Mikrofone, die Scheinwerfer, die Fernsehkameras und der Fotograf, der geraume Zeit vor Beginn schon überall herumgehüpft war, hatten eine feierliche Erregung bei ihr wachgerufen, die sie hinter dem gelangweilten, desinteressierten Gesichtsausdruck verbarg, den man von ihr kannte. Das Bild, das Ruchama von ihrem Platz am Rand der zweiten Reihe wahrnahm, unterschied sich von dem der Kamera. Sie mußte sich anstrengen, um die Gruppe der Dozenten über die Locken Dawidows hinweg zu sehen. Dawidow war der Redakteur der Fernsehsendung »Die Welt der Bücher«, einer Sendung, die die Herzen aller werdenden Dichter und Schriftsteller bewegte.

Die Anwesenheit Dawidows erregte auch Tirosch, der im Jahr zuvor während eines Interviews mit ihm in Streit geraten war, nachdem er den ersten Preis für Lyrik bekommen hatte. Er hatte den Mann seither nicht mehr gesehen. Zu Beginn jener Sendung hatte Dawidow Tiroschs preisgekröntes Gedicht *Ein anderes Versinken* vorgelesen und den Zuschauern erklärt, dies sei seine »Visitenkarte«; er hatte Tiroschs diverse Titel und die Liste seiner Auszeichnungen aufgezählt und erwähnt, daß Professor Tirosch an der

Spitze des Fachbereichs Literatur der Universität in Jerusalem stehe und zugleich der Patron junger Schriftsteller sei; er hatte eine Ausgabe der »Vierteljahresschrift für zeitgenössische Literatur« gezeigt, deren Herausgeber Tirosch war, und sich dann in dramatischer Weise Tirosch zugewandt und ihn gefragt, was denn die Erklärung für sein Schweigen während der letzten sechs Jahre gewesen sei, eine Frage, die bislang noch nie jemand offen zu stellen gewagt hatte.

Eine Szene aus dieser Sendung stand Ruchama jetzt wieder deutlich vor Augen, während Dawidows wirre Locken sie von Zeit zu Zeit zwangen, sich auf ihrem Stuhl zu bewegen, um die lange Gestalt, die das Buch hielt, besser sehen zu können: Dawidow, der die Hand auf die vier dünnen, berühmten Gedichtbände legt, die auf dem Tisch verteilt sind, und fragt, wie es kommt, daß ein Dichter, der sich den Weg bereits gebahnt hat, der seinen Stil gefunden hat, der sozusagen der geistige Vater aller nach ihm geschriebenen Lyrik geworden sei – wie es also geschehen konnte, fragt Dawidow, daß dieser Dichter in den letzten Jahren kein einziges neues Gedicht veröffentlicht hat, abgesehen von einigen politischen Protestgedichten, fügt er noch mit einem Achselzucken hinzu, das seine Haltung diesen Gedichten gegenüber ausdrückt.

Ruchama erinnerte sich gut an das lange Interview, das sich zu einem regelrechten Wortduell zwischen beiden entwickelte. Und als sie vorhin, vor dem Abendseminar, Dawidow neben dem Fotografen hatte stehen sehen, hatte sie sofort ein Gefühl der Spannung empfunden. Jetzt betrachtete sie konzentriert Tiroschs Gesicht über der grünen Decke und dem Wasserkrug, eine Dekoration, die sie an Kulturabende im Speisesaal des Kibbuz erinnerte, und sie bemerkte den gespannten Ausdruck, den sie inzwischen so gut kannte, diese Mischung aus Erregung und Theatralik, und obwohl sie von ihrem weit entfernten Platz seine Augen nicht genau sah, konnte sie sich das grüne Blitzen in ihnen gut vorstellen.

Als sich Tirosch erhob, um seine Worte zu unterstreichen, sah auch sie die Bewegung seiner Hand zu der silbernen Haartolle, dann seinen lockeren Griff nach dem Buch. Tuwjas Gesicht konnte sie anfangs nicht sehen, zwischen ihm und ihr bewegten sich der Fotograf und der Tontechniker des Rundfunks, der zum hundertsten Mal das Aufnahmegerät kontrollierte.

Später, als sie gezwungen war, sich den kurzen Film anzuschauen, konnte sie die Tränen nicht zurückhalten, als sie sah, wie genau und klar die Kamera die Kultiviertheit Scha'ul Tiroschs erfaßt hatte, seine betont gelassene Haltung, die Hand in der Tasche und die roten Schattierungen seiner Krawatte, die sich gegen den strahlendweißen Hintergrund seines Hemdes abhob und die er vermutlich ausgewählt hatte, um eine gewisse Harmonie zu dem strahlenden Rot der Nelke herzustellen, die sein Jackett zierte.

Immer hatte Ruchama Konzentrationsschwierigkeiten, vor allem, wenn Tirosch der Vortragende war, doch es gelang ihr, seine einführenden Sätze aufzunehmen: »Meine verehrten Damen und Herren, unser letztes Seminar in diesem Jahr gilt dem Thema ›Ein gutes Gedicht, ein schlechtes Gedicht‹. Ich spüre durchaus das Aufkommen einer gewissen Erregung bei der Vorstellung, es könne – theoretisch – die Möglichkeit geben, heute, an diesem Abend, klare, eindeutige Kriterien dafür zu finden, was an einem Gedicht gut und was schlecht ist. Doch ich muß Sie warnen, ich bezweifle, daß wir zu einer Übereinstimmung kommen. Ich bin neugierig, welchen Standpunkt meine Kollegen einnehmen, die hier bei uns sind, ich bin neugierig und zugleich skeptisch.« Die Kamera hatte auch den ironischen, amüsierten Blick aufgefangen, mit dem er aus seiner Höhe das Gesicht Tuwjas streifte, und dann den forschenden Blick, mit dem er Ido Duda'i musterte, der mit gesenktem Kopf dasaß.

Ruchama verlor den Faden. Es gelang ihr nicht, die folgenden Worte im Zusammenhang zu verstehen, doch sie bemühte sich auch nicht darum. Sie gab sich der Stimme hin, der weichen Melodie.

Im Saal herrschte Stille. Die zu spät Gekommenen standen an der Tür, und alle Augen waren auf ihn gerichtet, auf Scha'ul Tirosch. Da und dort war ein erregtes Lächeln zu bemerken, vor allem auf den Lippen weiblicher Zuhörer. Neben Ruchama saß eine junge Frau, die jedes Wort mitschrieb. Als sie aufhörte zu schreiben, bemerkte Ruchama am rhythmischen Klang seiner Stimme, daß Tirosch ein Gedicht las. Ausgerechnet Bialiks Gedicht *Mir ist nichts geschenkt worden*.

Sie hörte den schweren Atem Aharonowitschs hinter ihrem Rücken und das Rascheln der Blätter, die er in der Hand hielt. Sein Füllfederhalter war bereit, mitzuschreiben, während die anderen noch einen Platz suchten. Die Blätter legte er auf seine braune, abgenutzte Ledertasche, die untrennbar mit ihm verbunden war und aussah wie ein alter Schulranzen. Aharonowitsch roch ein wenig säuerlich, und dieser Geruch vermichte sich mit dem Duft des Parfüms seiner Nachbarin Zipi Lev-Ari, seine junge, vielversprechende Assistentin, deren Versuche, alle Spuren ihrer orthodoxen Vergangenheit zu tilgen, vermutlich der Grund für die leuchtenden Farben ihrer Kleidung, für die bunten, weiten Hemden waren, mit denen sie ihre Zugehörigkeit zu einer Sekte demonstrierte, deretwegen sie sogar ihren Namen geändert hatte.

Auf der linken Seite entdeckte Ruchama Sarah Amir, die älteste Professorin und eine der Grundsäulen des Fachbereichs, der es auch heute abend nicht gelang, den Eindruck einer Hausfrau zu vermeiden. Obwohl sie ihr bestes Kleid aus geblümter Seide angezogen hatte, das ihre prallen Oberschenkel eng umschloß und an ihrem faltigen Hals einen braunen Kragen hatte, verschwand der Geruch nach Hühnersuppe nicht, der immer hinter ihr herwehte und der jeden, der sie nicht kannte, überraschte, wenn er ihre intelligenten Kommentare hörte, die sie immer und zu jedem Thema von sich gab.

»Ich habe Bialiks Gedicht unter anderem deshalb vorgelesen, um die Frage zu stellen, ob ein Werk wie dieses noch immer ästhetischen Kriterien genügt. Irren wir uns vielleicht, wenn wir ganz selbstverständlich davon ausgehen, daß ein Gedicht grundsätzlich auf authentische Weise dem Schaffensprozeß Gestalt gibt? Ist seine Authentizität, wie sie sich darstellt, Teil seiner Qualität? Ist das Bild des Steinhauens, das wir alle als metaphorisch betrachten, wirklich authentisch?« sagte Tirosch und nahm einen langen Schluck aus seinem Glas mit Wasser, bevor er das Wort »authentisch« betonte. Im Saal war schon ein leises Murmeln zu hören.

Die Leute sahen einander an und lehnten sich in ihren gepolsterten Stühlen zurück. Dawidow gab, wie Ruchama bemerkte, dem Fotografen ein Zeichen, und dieser richtete die Kamera auf das Publikum. Hinter sich hörte sie das Kratzen des Füllers: Aharonowitsch machte begeistert Notizen. Die schmalen Augenbrauen Sarah Amirs hoben sich, und eine Falte erschien über ihrer Nasenwurzel. Die Studentin zu ihrer Linken schrieb eifrig. Ruchama selbst verstand die Aufregung nicht, doch das war nichts Neues. Noch nie hatte sie die leidenschaftlichen Reaktionen der Fakultätsmitglieder und ihren Anhängern auf derartige Fragen verstanden.

Dr. Schulamit Zelermaier, die gegenüber von Ruchama in der ersten Reihe des Halbkreises saß, hatte schon bei den ersten Worten zu lächeln begonnen, ein halbes Lächeln. Sie hatte, wie üblich, das Kinn aufgestützt, der Ellenbogen ruhte auf dem Knie. Ihre ungekämmten grauen Locken ließen sie bedrohlicher und männlicher aussehen als sonst, trotz des femininen Kostüms, das sie trug. Sie wandte den Kopf nach rechts, und ihre Brillengläser blitzten im Licht der Neonlampen.

»Ich wollte eine Diskussion über ein Gedicht entfachen, dessen kanonische Bedeutung niemals in Frage gestellt wurde«, fuhr Tirosch fort – und wieder wurde im Publikum gelächelt – »denn es wird Zeit«, – er zog die Hand aus der Tasche und schaute Dawidow direkt an – »daß in den Seminaren des Fachbereichs offen über umstrittene Themen diskutiert wird, Themen, die wir nicht anschneiden, weil wir Angst haben. Wir vermeiden es, sie nach objektiven theoretischen Kriterien zu beurteilen, denn oft haben sie keinen wirklichen Inhalt und vertreiben häufig genug unsere besten Studenten gähnend aus diesem Saal.« Die junge Frau neben Ruchama schrieb noch immer jedes Wort mit.

Wieder vergaß Ruchama, auf die Worte zu achten, sondern lauschte nur der Stimme, die sie mit ihrem weichen Klang einhüllte, mit ihrer Musikalität, ihrer Süße. Es gibt Dinge, dachte sie, die eine Kamera oder ein Aufnahmegerät nie im Leben festhalten können.

Solange sie ihn kannte, seit zehn Jahren, verzauberte sie die Stimme dieses Mannes, des Literaturtheoretikers und Kritikers, Mitglied der berühmtesten Akademie der Welt und »einer der größten zeitgenössischen Dichter Israels«, wie die Meinung der Literaturkritiker seit Jahren in seltener Übereinstimmung lautete.

Wieder hatte sie den Impuls, aufzustehen und öffentlich zu verkünden, daß dieser Mann ihr gehörte, daß sie vorhin aus seinem Bett gestiegen war, in seinem gewölbten, dämmrigen Schlafzimmer, daß sie die Frau war, mit der er gegessen und getrunken hatte, bevor er hierhergekommen war.

Sie blickte sich um, betrachtete die Gesichter der Leute. Der Saal war in das gleißende Licht der Scheinwerfer getaucht.

»Ich werde über Bialik sprechen. Das wird sie wachrütteln«, hatte sie ihn vorhin mehr zu sich selbst sagen hören, als er seine Einführung vorbereitete. »Niemand wird auf die Idee kommen, daß ein solcher Abend ausgerechnet mit Bialik eröffnet wird, und der Überraschungseffekt ist die Hauptsache. Sie glauben, daß ich ein zeitgenössisches Gedicht lesen werde, aber ich werde ihnen beweisen, daß auch Bialik überraschen kann.«

Stürmischer Beifall war im Saal zu hören, als er seinen Vortrag beendet hatte. Sie konnte sich ja später die Aufnahme im Radio anhören, beruhigte Ruchama sich selbst, als ihr klar wurde, daß die Einführung zu Ende gegangen war, während sie in Gedanken die Bilder dieses Nachmittags an sich hatte vorbeiziehen lassen, und die eines anderen Nachmittags, und die von der Nacht letzte Woche, und die Bilder ihrer gemeinsamen Reise nach Italien. Sie hatte daran gedacht, daß es nächste Woche drei Jahre sein würden, die sie zusammen waren, drei Jahre waren vergangen, seit er sie zum ersten Mal im Fahrstuhl des Hauses Maiersdorf geküßt hatte und ihr dann in seinem Büro gesagt hatte, daß er trotz der vielen Frauen in seinem Leben immer nur sie gewollt habe, jedoch nicht geglaubt hatte, daß sie sich für ihn interessiere. Ihre stadtbekannte Reserviertheit habe ihn von dem Versuch abgehalten, bis zu ihr durchzudringen. Er habe auch angenommen, ihre Zuneigung zu Tuwja mache sie unerreichbar.

Wieder sah sie verträumt auf seine Hand, die das offene Buch hielt, auf seine langen, braunen Finger. Der Chamsin, der heiße Wind aus der Wüste, der an diesem Abend schwer und trocken über Jerusalem hing, so wie es nur hier möglich war, hatte ihn nicht davon abgehalten, wie immer einen dunklen Anzug anzuziehen. Und natürlich trug er in der Brusttasche die übliche rote Nelke, die ihm, zusammen mit dem Anzug und der silbernen Haartolle, dieses europäische, kosmopolitische Aussehen verlieh, das so viele Frauen erobert hatte und ihn zu einer Legende hatte werden lassen.

»Wer wäscht ihm die Hemden?« hatte Ruchama einmal eine Studentin fragen hören, die zusammen mit anderen in einer langen Schlange vor seinem Zimmer auf den Beginn der Sprechstunde wartete. »Wie schafft es ein Mann, der allein lebt, so auszusehen?« fragte sie, als er an den Studenten vorbei in seinem Zimmer verschwunden war. Ruchama hatte die Antwort nicht mehr gehört, denn sie war hinter ihm hergeeilt, um den Schlüssel, den Schlüssel zu seiner Wohnung, zu holen, wo sie auf ihn warten würde, wenn seine Sprechstunde vorüber war.

Nie hatte irgendeiner seiner Studenten gewagt, ihm irgendeine persönliche Frage zu stellen. Sogar sie wußte die Antworten auf solche Fragen nicht, obwohl sie, ebenso wie die wenigen anderen, denen es gestattet war, in seine Privaträume vorzudringen, wie zum Beispiel Tuwja, wußte, daß er die roten Nelken in dem kleinen Kühlschrank aufbewahrte, jede Blüte einzeln mit einer Sicherheitsnadel versehen, fix und fertig zum Anstecken.

Seine Aufmerksamkeit für kleine Details entzückte sie. Jedesmal wenn sie in seiner Wohnung war, öffnete sie schnell seinen Kühlschrank, um zu sehen, ob sie noch immer da waren, die roten Nelken in der durchsichtigen Vase. Nie sah sie andere Blumen in seiner Wohnung, er besaß noch nicht einmal eine zweite Vase. Ihre Frage, ob er Blumen liebe, hatte er verneint. »Nur künstliche«, hatte er gesagt und gelächelt, »oder ganz lebendige, wie dich zum Beispiel.« Jede weitere Frage verhinderte er mit einem Kuß. Die wenigen Male, die sie gewagt hatte, ihn direkt auf sein theatralisches Benehmen anzusprechen, auf seine Art, sich zu kleiden, die Nelken, die Krawatte, die Manschetten, das weiße Hemd, bekam sie keine ernsthafte Antwort. Immer machte er einen Scherz oder fragte sie, ob sie seine Erscheinung nicht möge, und nur einmal sagte er explizit, er habe aus Spaß damit angefangen, eine Nelke zu tragen, und betrachte es heute als eine Art Verpflichtung gegenüber seinem Publikum.

Tiroschs Akzent verriet nicht, daß er nicht in Israel geboren war. »Geboren in Prag« stand im Klappentext seiner Bücher, von wo er vor fünfunddreißig Jahren nach Israel emigriert war. Er erzählte ihr von Prag, »der schönsten Hauptstadt Europas«. Nach dem Krieg war er mit seinen Eltern nach Wien gegangen. Über den Krieg sprach er nie. Er erzählte niemandem, wie sie die Nazis überlebt hatten, er und seine Eltern, noch nicht einmal, wie alt er gewesen war, als sie Prag verlassen hatten. Nur über die Zeit davor oder danach war er bereit zu sprechen. Von seinen Eltern hatte er einmal gesagt: »Sie waren sensible und geistvolle Menschen, die noch nicht einmal den Umzug nach Wien überlebt haben, edle Seelen.« In ihrer Vorstellung sah sie eine schlaksige, dunkle Frau, seine Mutter, mit knisternden Seidenkleidern, die sich über die Silhouette eines Kindes beugte. Tirosch als Kind konnte sie sich nicht richtig vorstellen, nur als eine verkleinerte Ausgabe, als eine Miniatur seiner heutigen Erscheinung. Sie sah ihn vor sich, wie er auf englischem Rasen zwischen duftenden Blumen spielte. (Sie selbst war nie in Prag gewesen, auch nicht in Wien.) Von seiner Kindheit erzählte er nur einige wenige Einzelheiten. In einer der seltenen Minuten von Offenheit, als sie sich über seine Reinlichkeit und zwanghafte Ordnung wunderte, erwähnte er »eine Reihe junger Kindermädchen, die man Fräulein nannte, Gouvernanten, weißt du, wie in Büchern. Sie haben mich eigentlich aufgezogen, und ihnen habe ich es vermutlich zu verdanken, daß ich bis heute nicht geheiratet habe.«

Er war erst zwanzig gewesen, als er nach Israel kam, und niemand erinnerte sich, ihn je anders gekleidet gesehen zu haben.

»Und was macht er bei der Armee?« hatte Aharonowitsch einmal Tuwja gefragt, noch nicht einmal spöttisch, sondern in einer Art säuerlichen Erstaunens. »Wie schafft er es bei der Armee, sich so zu kleiden? Und ich meine nicht nur seine Kleidung, sondern auch seine ausgefallenen Eßgewohnheiten. Angeblich trinkt er Weißwein zum Essen und am Abend Brandy aus einem ganz bestimmten Glas. Ich frage mich bloß, warum eine so bedeutende Persönlichkeit uns, die Provinzler, mit seiner Anwesenheit beehrt, statt die große Welt in einer echten Metropole, Paris zum Beispiel.«

Ruchama erinnerte sich sogar, wie geräuschvoll Aharonowitsch seinen Kaffee geschlürft hatte, bevor er lächelnd weitersprach: »Andrerseits, an einem Ort wie Paris hätte man nicht jedes Niesen und jedes Gähnen bemerkt, das der Herr von sich zu geben geruht, während in unserem winzigen Land, wie der Dichter sagt, ein Mann leichter zur Legende wird. Die Presse berichtet immer prompt über jeden Besuch des Herrn Tirosch in irgendeinem Salon.« Tuwja war damals Student, kurz vor seinem Abschluß als Bachelor of Arts, er war noch nicht Tiroschs Assistent und hatte noch keine besondere Beziehung zu ihm.

»Dieser Mann ist eine fremde Pflanze in unserer Landschaft«, hatte Aharonowitsch behauptet, und Ruchama erinnerte sich, daß sie ein Lächeln unterdrücken mußte, »obgleich er sich einen hebräischen Namen zugelegt hat. Scha'ul Tirosch! Ich frage mich, ob sich jemand an seinen ursprünglichen Namen erinnert. Jedenfalls bin ich sicher, daß er sich nur ungern an ihn erinnert: Pavel Czasni. Wußtest du das?« Mit roten, zusammengekniffenen Augen hatte er sich zu Tuwja umgedreht. Damals hatten die anderen noch nicht aufgehört, in Tuwjas Anwesenheit über Tirosch zu sprechen, und verhielten sich ihm gegenüber noch nicht so, als leide er an irgendeiner geheimnisvollen Krankheit.

»Pavel Czasni«, hatte Aharonowitsch mit unverhohlenem Vergnügen weitergesprochen, »so hieß er ursprünglich, obgleich ich nicht annehme, daß er gern daran denkt. Ich glaube, er ist überzeugt, daß sich keine Menschenseele mehr daran erinnert. Diejenigen, die Bescheid wissen, sagen, es sei seine erste Handlung hier im Land gewesen, seinen Namen zu ändern.«

Ruchama hatte das, was Aharonowitsch sagte, nie ernst nehmen können, immer mußte sie ein Lächeln unterdrükken. Sie konnte sich nicht entscheiden, ob seine Art zu sprechen Teil einer Inszenierung war oder ob er nicht wußte, daß es eine andere Art der Kommunikation gab. Besonders amüsierte sie die Art, wie er Wörter wie zum Beispiel »obgleich« oder »andrerseits« mit seinem ashkenasischen Akzent aussprach.

Schon damals hatte Tuwja gesagt: »Was macht das schon? Warum kümmert ihr euch um solche unwichtigen Einzelheiten? Wichtig ist doch nur, daß dieser Mann ein großer Dichter ist, daß er über Bildung und Wissen verfügt wie keiner von uns. Er ist der brillanteste Lehrer, den ich je hatte, ein Mann, der absolut zwischen gut und schlecht unterscheiden kann. Angenommen, er hatte es nötig, sich zu einer Legende hochzustilisieren: Was stört euch das?« So hatte Tuwja damals gesprochen, mit derselben Gradlinigkeit und Einfachheit, die für ihn so typisch waren, bevor ein großer, dunkler Schatten auf seine Welt fiel und er seinen Weg verlor.

Damals, als dieses Gespräch stattfand, hatte Tuwja Aharonowitsch noch gemocht und ihm so vertraut, daß er zu seinem engeren Bekanntenkreis gehört hatte und er ihn oft zu sich nach Hause einlud. »Stimmt, stimmt, ich gebe es zu«, antwortete Aharonowitsch, »aber da gibt's auch noch ein paar andere Sachen. Ich ertrage es nicht, wie die Frauen ihm nachlaufen, vor ihm auf die Knie fallen, wie sie seinem Charme erliegen, ich ertrage ihre hypnotisierten Blicke nicht, wenn er sie anschaut.« Mit einem tiefen Seufzer fügte er hinzu: »Es stimmt, dieser Mann kann zwischen einem guten und einem schlechten Gedicht unterscheiden, es stimmt auch, daß er der geistige Vater und der Beschützer junger Dichter ist – aber, mein Freund, vergiß nicht: Nur wenn sie ihm gefallen, nur dann. Wenn sie ihm nicht gefallen – dann gnade ihnen Gott. Wenn Tirosch einen Dichter

›mittelmäßig‹ nennt, dann sollte dieser sich in Sack und Asche kleiden und sein Glück anderswo suchen. Einmal habe ich mitbekommen, wie dieser edle Mensch einen demütigen Bittsteller ohne Gnade abgewiesen hat. Mit unbewegtem Gesicht und steinernen Augen hat er verkündet: ›Junger Mann, das ist es nicht. Sie sind kein Dichter, und Sie werden vermutlich nie einer sein.‹ Ich frage euch: Woher weiß Tirosch das? Ist er ein Prophet?« Er wandte sich an Tuwja, seine Augen wurden noch röter, und seine Spucke sprühte bis zu Ruchama, als er rief: »Du wirst nicht drauf kommen, um wen es sich gehandelt hat.« Dann nannte er den Namen eines ziemlich bekannten Dichters, dessen Gedichte Tuwja nie besonders beeindruckt hatten.

»Dann war da noch die Geschichte mit dem Sonett, kennst du sie?« Aharonowitsch wartete die Antwort nicht ab, es war unmöglich, ihn zu bremsen.

»Nachdem Jecheskels erstes Buch erschienen war, hat man ihm zu Ehren zu einer literarischen Veranstaltung im Keller von ›Habima‹ in Tel Aviv eingeladen. Es wurden Gedichte von ihm gelesen, Reden gehalten, und dann gingen wir alle in ein Café, natürlich in das, das gerade in Mode war, wo die Dichter zu sitzen pflegten. Wir waren eine große Gruppe, auch Dichter, ich könnte euch den Namen eines Dichters nennen, dessen Gedichte Jecheskel sehr bewundert.«

»Wer?« fragte Tuwja.

»Wer schon? Der Herr, von dem wir sprechen und den du verehrst, Tirosch. Also, Jecheskel war der glücklichste Mensch auf Erden. Aber ein Mann wie unser Freund ist keiner, der einen anderen glücklich sehen und dabei den Mund halten kann, und schließlich sagt er immer die Wahrheit, das hat er sich sozusagen auf die Fahne geschrieben, und für ein Glas Kognak verkaufte er Jecheskels Erstgeburtsrecht und schrieb in kürzester Zeit zwei perfekte Sonette, erst eins und dann noch eins, und das alles nur, um zu beweisen, daß es keine große Sache ist, ein Sonett zu schreiben.«

»Einfach so, auf der Stelle?« fragte Tuwja mit unverhülltem Staunen.

»Ja, auf der Stelle, nachdem er laut Jecheskels Sonett vorgelesen hatte, mit diesem berühmten Lächeln. Und nachdem er gelächelt hatte, verkündete er: ›Für ein Glas Kognak schreibe ich ein perfektes Sonett, wie dieses, in fünf Minuten. Ja?‹ Und die Leute um ihn herum lächelten ebenfalls, und er schrieb zwei Sonette, und zwar nicht in fünf Minuten, sondern in zwei, nach allen Regeln der Kunst, und alle wußten, daß sie nicht schlechter waren als Jecheskels. Kannst du dir das vorstellen? Und wozu? Um die Leute zu beeindrucken, die er selbst ›Dichterchen‹ nennt?«

Aharonowitsch hatte Ruchama angeschaut, die es nicht schaffte, ein erschüttertes Gesicht zu machen, dann wandte er sich wieder an Tuwja und fragte: »Bist du noch immer überzeugt, daß er deine Wertschätzung verdient? Das ist doch pure Dekadenz.«

Tuwja seufzte tief und erklärte, was für ihn zähle, das sei die andere Seite der Münze: Tiroschs offensichtlicher Mut, sein Mut, sich eine Blöße zu geben. Sein Mut, bei Vorlesungen immer seine Meinung zu sagen, sein Mut, laut auszusprechen, daß der Kaiser gar keine Kleider anhat, und für seine Kurse Themen auszuwählen, bei denen andere allein bei dem Gedanken daran erbleichen würden. »Und die Tatsache, daß seine Kurse immer randvoll sind und daß er immer einen originellen Blick auf die Dinge hat, einen neuen, anderen. Diese Dinge darf man einfach nicht vergessen«, sagte Tuwja und stand auf, um noch mehr Kaffee zu machen.

»Theater, alles nur Theater«, antwortete Aharonowitsch.

»Das spielt keine Rolle«, sagte Tuwja aus der Küche. »Was zählt, ist, daß er ein großer Dichter ist, wie es keinen anderen gibt, außer vielleicht Bialik und Alterman. Nicht einmal Awidan und Sach sind so gut wie er, und deshalb bin ich bereit, ihm alles zu verzeihen, oder jedenfalls vieles. Der Mann ist einfach ein Genie, und Genies sind etwas anderes. Sie unterliegen anderen Gesetzen.« Dann kam er mit dem Kaffee zurück und fing von der Prüfung an, auf die er sich schon seit zwei Wochen vorbereitete.

Das war in ihrem ersten Jahr in Jerusalem gewesen. Tuwja hatte sich für ein Jahr vom Kibbuz beurlauben lassen, um in Jerusalem bei Tirosch zu studieren; dann verlängerte er, um auch das zweite, für die Promotion erforderliche Examen zu machen. Aharonowitsch kannte er noch von früher, als er für das erste Examen gelernt hatte, um Lehrer im Kibbuz zu werden. Und im ersten Jahr war Aharonowitsch noch Juniordozent, der verzweifelt versuchte, eine feste Stelle zu bekommen, und Tuwja gegenüber eine Väterlichkeit an den Tag legte, die dieser sich bereitwillig gefallen ließ.

Tirosch hatte seine Einführung beendet, und nun stand Tuwja auf, um seinen Vortrag zu halten. Ruchama war nicht zu Hause gewesen, als er sich auf den Weg zur Vorlesung gemacht hatte, aber sie wußte auch so, daß er sich dafür nicht umziehen würde. Das kurzärmlige Hemd ließ zwei magere, blasse Oberarme sehen und verbarg nur mit Mühe den kleinen Bauch. Schweißtropften perlten auf seiner hohen Stirn, an der Strähnen seines farblosen Haars klebten.

Er mußte die erste Vorlesung halten. Nach ihm würde Ido Duda'i sprechen, einer der jungen Dozenten des Fachbereichs, dessen Doktorarbeit, die er bei Professor Tirosch schrieb, große Erwartungen weckte.

Im Vergleich zu Scha'ul, dachte Ruchama – nicht zum ersten Mal –, sieht Tuwja aus wie eine bescheidene Ausgabe von Sancho Pansa. Nur daß Scha'ul natürlich nicht Don Quichotte ist. Allein die Stimme, dachte sie enttäuscht, zeigt deutlich den Unterschied.

Die Stimme ihres Mannes, der seinen Vortrag zum Thema »Was ist ein gutes Gedicht?« begonnen hatte, brach, als er mit Pathos das Gedicht *Zufälliger Ausflug ins Grab meines Herzens* von Scha'ul Tirosch las. In diesem Gedicht drückte Tirosch nach Ansicht der Kritiker seine »verborgene romantisch-makabre Lebensauffassung« aus. Die Kritiker betonten die »erstaunlich originellen Bilder« und sprachen von »linguistischen Errungenschaften und neuen Themen«, mit denen Tirosch die Lyrik der fünfziger Jahre revolutioniert habe. Natürlich sei er nicht der einzige gewesen, aber er sei herausragend und völlig anders, erklärte Tuwja mit seiner monotonen Stimme.

Ruchama schaute sich um. Die Spannung im Saal war verschwunden, als hätte jemand das Licht ausgemacht. Die Zuhörer lauschten mit höflicher Konzentration. Die Gesichter der Frauen, auch der jüngeren, zeigten noch einen Widerschein des Eindrucks, den Scha'ul Tirosch auf sie gemacht hatte, und ihre Augen waren immer noch auf ihn gerichtet. Man hätte nicht sagen können, daß sie Tuwja keine Aufmerksamkeit schenkten, doch es war die wohlerzogene Aufmerksamkeit, die sich auf bekannte, vorhersagbare Dinge richtete. Man wußte von vornherein, welches Gedicht Dr. Tuwja Schaj, einer der älteren Dozenten des Fachbereichs, wählen würde, um seine Auffassung von einem guten Gedicht darzulegen. Mit halbem Ohr hörte

Ruchama den gelehrten Ausführungen zu, die sie schon viele Male gehört hatte, wenn ihr Mann leidenschaftlich über Tiroschs Dichtung sprach.

Man konnte sich keine größere Loyalität und Bewunderung vorstellen, als Tuwja sie Scha'ul Tirosch entgegenbrachte. Verehrung, das ist das richtige Wort, dachte Ruchama. Einige nannten ihn Tiroschs »Alter ego«, andere sprachen von seinem »Schatten«, und es bestand eine allgemeine Übereinkunft, daß es besser sei, in Tuwja Schajs Anwesenheit kein Wort der Mißbilligung, der Kritik oder des Spotts über Tirosch zu verlieren. Tuwja wurde flammendrot, und in seinen Mäuseaugen glitzerte Wut, wenn jemand etwas zu sagen wagte, das einen gewissen Mangel an Bewunderung für den Dekan seiner Fakultät verriet.

Während der letzten drei Jahre, in denen sie ein Verhältnis mit Tirosch hatte, hatte der Klatsch zugenommen. Ruchama merkte es an dem Schweigen, das entstand, wenn sie einen Raum betrat, oder bei Festen der Mitglieder der Fakultät, an den schnellen, freundlichen Antworten und an dem wissenden Lächeln Adina Lifkins, der Sekretärin. Sie bemerkte auch, daß der Klatsch eine neue Dimension bekommen hatte: die Empörung angesichts der Beziehung zwischen Tuwja und Tirosch.

Doch Tuwja hatte seine Haltung nicht geändert, nicht einmal an jenem Tag, als er sie auf dem Sofa im Wohnzimmer ihrer Wohnung ertappt hatte, sie mit halboffener Bluse, die sie mit bebenden Händen zuknöpfte, und Scha'ul mit einem Feuerzeug in der zittrigen Hand. Tuwja lächelte verlegen und fragte, ob sie Lust hätten, etwas zu essen. Scha'ul stand auf und folgte Tuwja in die Küche. Sie saßen den ganzen Abend friedlich am Küchentisch, mit belegten Broten, die Tuwja vorbereitet hatte. Über die hastig zugeknöpfte Bluse wurde kein Wort verloren, auch nicht über das dunkle Jackett, das samt Krawatte über einen Sessel geworfen worden war. Nie hatten sie darüber gesprochen, weder damals noch später. Tuwja stellte keine Fragen, und Ruchama lieferte keine Erklärung.

In der Tiefe ihres Herzens dachte sie, dies sei das Geheimnis, das die Leute der Fakultät und die Literaten des Landes nur gar zu gern in allen Einzelheiten aufgedeckt hätten. Niemand wagte es, den Akteuren dieses Dramas eine Frage zu stellen. Ruchama Schaj wirkte mit ihren einundvierzig Jahren immer noch jung. Die kurzgeschnittenen Haare und der mädchenhafte Körper gaben ihr das Aussehen einer Frucht, die, nie ganz ausgereift, auf das Vertrocknen wartete. Auch sie selbst bemerkte die beiden tiefen Falten, die sich allmählich in ihren Mundwinkeln bildeten und ihr das verliehen, was Tirosch schon »dein weinendes Clownsgesicht« nannte.

Sie wußte, daß man ihr ihr Alter nicht ansah, zum einen wegen der Jeans und der Männerhemden, die sie trug, zum anderen auch, weil sie sich nicht schminkte. Sie war anders als die »weiblichen Frauen«, mit denen Tirosch vor ihr zusammengewesen war. Er selbst sprach nicht über seine früheren Affären, auch nicht von denen, die er immer noch hatte. Vor nicht allzu langer Zeit hatte sie ihn zufällig durch das Fenster eines kleinen Cafés gesehen, wie er sich mit der Hand über die Silbertolle strich, während er Ruth Duda'i, Idos junger, rundlicher Frau, tief in die Augen sah.

Sie kannte den konzentrierten, leidenden Ausdruck in seinem Gesicht nur zu gut. Das Gesicht Ruths, einer Doktorandin der philosophischen Fakultät, konnte sie nicht sehen. Er bemerkte Ruchama nicht, die das Gefühl hatte, zu spionieren, und schnell verschwand.

Obwohl ihre Beziehung immer intimer geworden war, gab es doch Dinge, über die sie nicht mit ihm reden konnte. So sprach sie nie über ihre Gefühle gegenüber Tuwja, über ihr Eheleben, und sie sprach nie mit ihm über sein Verhältnis zu ihrem Mann und die Exklusivität dieser Verbindung. Die wenigen Versuche, die sie unternahm, um etwas über die Qualität dieser besonderen Beziehung zu erfahren, blieben erfolglos. Er reagierte einfach nicht. Sein Blick versank in »unbekannte Fernen«, wie er es nach einem bekannten Lyrikband ausdrückte, und er schwieg. Einmal, als sie sich laut über die »Situation« wunderte, wie sie die komplizierte Dreiecksbeziehung nannte, deutete er auf die Tür, als wolle er sagen: Geh, ich zwinge dich zu nichts, du bist frei zu gehen.

Bei gesellschaftlichen Anlässen traten sie zu dritt auf, nur wenige Male war sie allein dabei, wenn er sich mit jungen Dichtern traf. Er verbrachte viel Zeit mit diesen Leuten, und Gerüchte sagten, er tue das vor allem, seit er selbst aufgehört habe zu schreiben. Die Klatschmäuler, die sich hüteten, in Tuwjas Anwesenheit ein Wort zu sagen, verloren jede Hemmung, wenn er nicht dabei war. Das war ihre Art, sich an ihr, Ruchama, dafür zu rächen, daß sie mit niemandem über ihre Beziehung zu Tirosch sprach.

In Wahrheit war sie ein introvertierter Mensch, ohne Interesse an Literatur, wie sie Tuwja vor langer Zeit im Kibbuz erklärt hatte. Sie las viel, aber keine Lyrik. Gedichte bereiteten ihr nicht den gleichen Genuß wie Tuwja. Die rätselhafte Welt der Lyrik war ihr verschlossen, war ohne Bedeutung. Am liebsten las sie Detektivromane oder Bücher über Spionage, in denen sie kritiklos versinken konnte.

Sie hatte keine engen Freundinnen, nur Bekannte, einige Frauen, mit denen sie in der Krankenaufnahme der Klinik

Scha'arei Zedek arbeitete. Mit ihnen verband sie nur die Arbeit, und die Kolleginnen interpretierten Ruchamas Passivität als einzigartige Fähigkeit des Zuhörenkönnens und der Empathie und erzählten ihr oft von ihren familiären Schwierigkeiten.

Im Laufe der Zeit war Ruchama klargeworden, daß die Menschen um sie herum ihren Mangel an Vitalität als tiefe Traurigkeit betrachteten, daß viele sie sehr interessant fanden und sich bemühten, ihr Geheimnis zu entschlüsseln. Die Frauen, mit denen sie zusammenarbeitete, vor allem Zipora, eine mütterliche, füllige Frau, die ihr während der Arbeit oft Tee kochte, glaubten, daß diese »Traurigkeit« daher komme, daß sie keine Kinder hatte. Aber Ruchama selbst litt nicht darunter.

Bis sie Tirosch kennenlernte, bis vor zehn Jahren, lebte sie mit Tuwja im Kibbuz, tat jede Arbeit, die ihr zugeteilt wurde, und verzichtete von vornherein auf unerfüllbare Wünsche.

Der Umzug nach Jerusalem, damit Tuwja, der vorher im Oranim-Kibbuz-Seminar und später an der Universität in Haifa studiert hatte, sein Studium dort abschließen konnte, war das dramatischste Ereignis ihres Lebens gewesen, besonders weil sie Tirosch traf, dessen schillernde Persönlichkeit ihr Herz eroberte. Sie erkannte sofort, daß er das genaue Gegenteil von ihr war. Sie bewunderte sogar seine Art, sich zu kleiden, und als ihre Beziehungen enger wurden, fühlte sie sich oft wie die Heldin in *The Purple Rose of Cairo,* als öffne sich der Vorhang im Kino und der Held ihrer Träume steige vor ihren Augen von der Leinwand herab. Da sie ihre innere Welt mit niemandem teilte, noch nicht einmal mit Tuwja, blieb sie für die Fakultätsmitglieder ein Geheimnis. Die Anwesenheit dieser ruhigen, jungenhaften Person, die sich in Schweigen hüllte, immer in Begleitung von Tuwja und später auch von Tirosch, provozierte endlose Kommentare. »Man könnte dich als einen babylonischen Talmud bezeichnen«, hatte Tirosch einmal gesagt, als er sie nach ihrer Meinung zu irgend etwas gefragt und sie nur mit den Schultern gezuckt hatte.

Es gab viele Versuche, die Mauer des Schweigens zu durchbrechen, die sie umgab, von den Fakultätsmitgliedern, von den jungen Dichtern, zu denen sie von Tuwja und Tirosch ins Tel-Aviv-Café geschleppt wurde. Dort nannte man sie »Schweigerin«, sogar in ihrer Anwesenheit, und auch darauf reagierte sie nur mit einem Lächeln. Nie trank sie dort etwas anderes als schwarzen Kaffee und Wodka pur, anfangs, weil sie es erregend fand, die Bestellung der Kellnerin gegenüber zu formulieren, und später, weil sie, selbst wenn sie etwas anderes gewollt hätte, glaubte, daß die einmal übernommene Rolle verpflichtend sei, und so wurde sie zur Gefangenen der schweigenden, klösterlichen Figur, die sie selbst erschaffen hatte.

Niemand fragte sich, was Tuwja an ihr fand, aber sie fühlte, daß viele sich hartnäckig und voller Neid fragten, welche Kraft es wohl sei, die Tirosch zu ihr hinzog.

Sie wußte selbst keine richtige Antwort darauf. Einmal sagte er zu ihr, das Farblose ihrer Persönlichkeit lasse die Farbigkeit eines anderen stärker hervortreten. Sie war nicht verletzt. Schon lange hatte sie den Verdacht, das Geheimnis ihrer Anziehungskraft sei ihre Passivität, die Tirosch als »die Möglichkeit für den, der sich in deiner unmittelbaren Nähe befindet, vor dir in voller Schärfe projiziert zu werden, wie vor einem weißen Hintergrund« bezeichnete. Auch für ihre eigenen Motive hatte sie keine Erklärung. Was verband sie mit Tuwja, was mit Tirosch, was verband sie überhaupt mit irgend jemandem, mit irgend etwas? Was war die Kraft, die sie mit einem unsichtbaren Band festhielt und zwang, weiter zu existieren? Diese Fragen blieben unbeantwortet.

Sie war kein depressiver Mensch, sie war auch nicht gleichgültig, es fehlte ihr nur die Begeisterung, die andere besaßen. »Entfremdet« war das Wort, das die Fakultätsmitglieder wählten, wenn sie ihre Art, die Welt zu betrachten, beschreiben wollten. »Defätistisch«, hatte Tirosch einmal gesagt, als er sich bemühte, ihre Wunschlosigkeit zu interpretieren, ihre Art, von vornherein auf jedes Ziel zu verzichten.

Erst hatte Tuwja ihrem Leben eine Richtung gegeben. Er war es, der sie ausgewählt hatte, und sie hatte sich gefügt, weil er hartnäckiger gewesen war als die anderen, die an ihrer Reserviertheit verzweifelt waren und den Kampf schließlich aufgaben. Tuwja hatte sie geführt, er hatte sie hierhergebracht, und jetzt war es Tirosch. Wenn er wolle, daß sie ihr Leben ändere, hatte sie einmal zu ihm gesagt, sei er es, der am Draht ziehen müsse. So war es bis vor zwei Monaten gewesen, bis dieser kleine Riß entstanden war.

»Was ist los mit dir?« hatte Tirosch geantwortet, als sie ihn fragte, warum er nicht ständig mit ihr zusammensein wolle. In seiner Stimme lag ein Anflug von Erstaunen. Nie zuvor hatte Ruchama einen Wunsch oder eine Bitte geäußert.

»Das vorliegende Gedicht, das eine Vision beschreibt«, hörte sie wieder Tuwjas Stimme sagen, und sie begriff überrascht, daß er zwanzig Minuten lang unaufhörlich geredet hatte, ohne daß sie auch nur ein Wort mitbekommen hatte, »ist ein hermetischer Text, im einfachsten, vielleicht ursprünglichsten Sinn des Wortes: Es ist aufgebaut wie ein Geheimtext, wie eine verborgene Schrift – wie die hermetische Literatur der ägyptischen Priester. Das Besondere an diesem Gedicht Tiroschs ist jedoch die Tatsache, daß dieser Geheimtext keineswegs ein Rezept für Unsterblichkeit skizziert, die Anweisungen zur Erschaffung eines Golems oder eine sphärische Formel. Er ist kein Schema, sondern eine Beschreibung. Mehr als das! Er ist die Beschreibung eines Blickwinkels, und der Zuhörer kann ihm folgen und das ganze Bild vor seinem geistigen Auge entstehen lassen, sich in seinem Raum und seiner Zeit bewegen, losgelöst von der Wirklichkeit, es mit Charakteren und einem Held bevölkern und es geistig und emotional und sogar gesellschaftlich und politisch erfühlen. Das Gedicht bewegt sich mit ungeheurer Spannung zwischen der Realität und der großen Sinnlichkeit des Materials einerseits und der Abstraktion und der Geistigkeit dessen, was aus ihrer Kombination entsteht, andrerseits und vor allem: zwischen dem ›Geheimnis‹ des Textes und dem ›Offenlegen‹ der Vision, die es darstellt. Der Leser befindet sich dem Gedicht gegenüber in einem Zustand ständiger Anstrengung, sein Verständnis wird permanent vervollständigt. Der Text zwingt ihn dazu, seine Beziehung zu Wörtern von Grund auf zu verändern. Und so entwickelt sich allmählich, Stufe für Stufe, das Thema: Das ist ein Gedicht über den geistigen und existentiellen Zustand der Menschheit.«

Erstaunt stellte Ruchama fest, daß die Worte ihres Mannes über ein Gedicht Tiroschs ihr Interesse weckten, und sie erinnerte sich an eine Bemerkung Scha'uls, daß Tuwja der einzige sei, der seine Gedichte richtig interpretieren könne. Tuwja trank nun einen Schluck Wasser, und die junge Frau neben ihr bewegte die Hand, die fieberhaft jedes Wort mitgeschrieben hatte, sie setzte ihre Brille ab und putzte eifrig die Gläser, dann schrieb sie weiter, als Tuwja mit seiner Rede fortfuhr:

»Zum Abschluß möchte ich nur noch folgendes sagen: Die Frage lautet überhaupt nicht, ob ein Gedicht gut ist, sondern: Als was und in welchem Zusammenhang ist das Gedicht gut? Das heißt, von Anfang an ist nicht die Rede vom immanenten Wert, dem ›situationsfreien Wert‹. Das gehört zu den grundlegenden Fehlern derer, die einen vollkommenen Wert in literarischen Produkten suchen. Ich sage nichts Neues, wenn ich behaupte, jede Sache, die Anspruch erhebt, irgendeinen Wert zu haben, müsse in einer Beziehung zu etwas anderem stehen. Die Forderung, den Wert in eine bestimmte Relation zu stellen, bedeutet keine Einschränkung. Im Gegenteil, die Beziehung ist es, die seine Existenz ermöglicht. Die Frage ›Als was ist dieses Gedicht gut?‹ bezieht sich auf Aspekte wie Genre, Gattung, kulturelle Tradition und die historische Entwicklung einer Sprache, außerdem auf den Bezug zwischen der Poesie eines Dichters zu seiner Zeit – also auf den kulturellen und historischen Kontext, in dem das Gedicht steht. Die Urteile ›gut‹ oder ›sehr gut‹ gelten für das Gedicht *Zufälliger Ausflug ins Grab meines Herzens* nur im Hinblick auf die Kriterien, die ich ausgewählt habe, um das Gedicht hervorzuheben. Diese Bewertung stammt also nicht aus ihm selbst, sie ist nicht durch Logik mit ihm verbunden. Das Wort ›gut‹ bezieht sich auf die äußeren Kontexte, zu denen ich das Gedicht theoretisch in Beziehung setze: Erst so entsteht eine kausale Verbindung zwischen der Beschreibung und der Beurteilung.«

Dawidow beugte sich zu dem Fotografen, der etwas vor sich hin murmelte, und Ruchama sah das grüne Aufblitzen in den Augen Scha'ul Tiroschs, der ihren Mann ungeheuer konzentriert betrachtete, als wolle er keines seiner Worte überhören, sie sah auch das Gesicht Ido Duda'is, der unverhältnismäßig blaß war, ein Zeichen, daß er wegen seines bevorstehenden Vortrags aufgeregt war.

Sarah Amir schien interessiert zuzuhören. Der Ausdruck in ihrem Gesicht wurde noch konzentrierter, als Tuwja in seinem Vortrag fortfuhr. »Deshalb«, sagte er und warf einen heimlichen Blick auf seine Uhr, »kann man meiner Meinung nach nicht über den Wert eines Werkes sprechen, weder über einen relativen noch über einen absoluten. Jedes Werk ist neu zu beurteilen, und ich habe keine Regeln für die Zukunft. Ich kann sagen, welches Werk in meinen Augen gut ist, aber ich kann nicht sagen, welches gut sein wird. Über Geschmack läßt sich streiten, über Kontexte ebenso. Mehr noch – man muß darüber streiten. Das ist alles, was man tun kann.«

Tuwja setzte sich erschöpft auf seinen Platz, und der Schatten eines Lächelns erschien auf seinem Gesicht, als er den Applaus hörte und die Worte, die Tirosch ihm ins Ohr flüsterte, während er klatschte. Dann wurde es wieder still, als Ido Duda'i aufstand, um seinen Vortrag zu halten.

Später würde man sehen und hören können, was die Kamera festgehalten hatte: das schreckliche Zittern seiner Hände, die Schweißtropfen auf seiner Stirn, das Flattern seiner Stimme, sein Räuspern. Ruchama würde sich daran erinnern, daß er sein Glas Wasser auf einen Zug ausgetrunken hatte.

Ido Duda'i war zwar nur Doktorand, doch seine Stellung an der Fakultät war gesichert: Tirosch sagte ihm eine glänzende Zukunft voraus. Tuwja pries seine Beharrlichkeit und seinen Fleiß, und sogar Aharonowitsch sprach – in seinem ewig klagenden Ton – voller Wärme über den »klugen Studenten, in der talmudischen Bedeutung des Wortes«.

Dies war nicht der erste Vortrag, den er vor akademischem Publikum hielt, und Ruchama hatte an diesem Abend seine Aufregung auf die Anwesenheit der Fotografen und des Fernsehens zurückgeführt, obwohl Tuwja später, auf dem Heimweg, nachdrücklich behauptete: »Du kennst ihn nicht. Er interessiert sich nicht für solche Dinge, er ist ein ernsthafter Forscher, es ist Blödsinn, das Fernsehen als Grund anzuführen. Ich wußte von vornherein, daß es eine Katastrophe werden würde. Ich habe es gefühlt. Er ist nicht mehr derselbe Mensch, seit er aus Amerika zurückgekommen ist. Wir hätten ihm die Reise nicht erlauben dürfen. Er ist zu jung.«

Doch Ruchama, noch immer unter dem Eindruck des Dramas, das sich im Saal abgespielt hatte, war unfähig, aus eigener Kraft die schreckliche Verwandlung zu begreifen, die mit Ido vor sich gegangen war, außer der Tatsache natürlich, daß er Tuwjas Lehrer und Meister, seinen eigenen Doktorvater, herausgefordert und somit seine sichere Stellung in der Fakultät gefährdet hatte.

Am Anfang seines Vortrags las Ido das Gedicht eines russischen Dissidenten, dessen Werk Tirosch selbst als erschütterndes Manifest der Existenz der hebräischen Sprache in sowjetischen Straflagern herausgegeben hatte. Das Thema der Arbeit, fiel Ruchama zu ihrer eigenen Überraschung plötzlich ein, stand in Zusammenhang mit Idos Doktorarbeit, die sich mit hebräischer Lyrik in sowjetischen Straflagern befaßte.

Dann führte er mit zitternder Stimme aus, daß es drei Ebenen der literarischen Kritik gebe. »Die erste ist rein poetologisch«, sagte er, fuhr sich über die Stirn und betrachtete die Zuhörer mit ausdruckslosen Augen. »Dies ist die objektive Ebene, derer sich die Forschung bedient.« Erneut schweiften Ruchamas Gedanken ab, und als sie wieder zuhörte, fing sie folgende Worte auf: »Der subjektivste Gegenpol ist der wertende und urteilende Standpunkt. Das Gedicht, das ich vorgetragen habe, steht in der Tradition der Allusion, das heißt, es bezieht sich auf einen früheren Text, in diesem Fall auf einen klassischen, und man kann unmöglich übersehen, daß es den Rahmen des Banalen und Erwarteten in seiner vagen Darstellung Heraklits nicht sprengt.« Ido machte eine Pause und holte Luft. Dann fuhr er fort: »Schönheit, die sich leicht erkennen läßt, ist keine Schönheit.«

Im Publikum entstand Bewegung. Ruchama sah, daß Schulamit Zelermaier ihr halbes ironisches Lächeln aufsetzte, während sie mit einer Hand ständig die braunen Holzperlen befingerte, die sie um ihren dicken Hals trug. Die Studentin neben Ruchama hatte aufgehört mitzuschreiben.

»Das Gedicht schmeichelt durch Mittel des Kitsches«, fuhr Ido rasch fort. »Und in diesem Fall liegt der Kitsch hauptsächlich in der Adaption einzelner Elemente aus der symbolistischen Lyrik und der plastischen Kunst, die damit verbunden ist – der *art nouveau,* mit anderen Worten, der Kitsch liegt in der anachronistischen Poesie. Es ist kein symbolistisches Gedicht, sondern eine Konstruktion, die sich äußerer Elemente einer früheren Epoche bedient und mit den regressiven Neigungen des Lesers spekuliert.«

»Bravo!« rief Schulamit Zelermaier, und das akademische Publikum begann zu raunen. Das Flüstern wurde lauter. Alle wußten, wie sehr Tirosch von den Gedichten eingenommen war, die auf irgendeine Art ihren Weg zu ihm gefunden hatten und die er herausgegeben hatte. Dawidow murmelte dem Fotografen etwas zu, und dieser richtete seinen Apparat auf die Gesichter der anderen Teilnehmer: auf die gesenkten Augen Tuwjas, die Überraschung und das ärgerliche Zucken in seinem Gesicht, das sofort wieder verschwand, auf das Gesicht Tiroschs. Ruchama drehte den Kopf und sah deutlich die Sensationslust in Aharonowitschs Augen aufblitzen, das erschrockene Lächeln auf dem Gesicht Zipis, der Assistentin, und den Ausdruck ruhiger Überraschung auf dem Gesicht Sarah Amirs. Die junge Studentin zu ihrer Linken machte sich weiter Notizen. Und dann fuhr Ido fort: »Zugunsten des Gedichts spricht die Tatsache, daß es in einem Arbeitslager geschrieben wurde, daß es von einem Menschen stammt, der keinen Zugang zur europäischen Kultur der letzten zwanzig Jahre hatte, der die hebräische Sprache in der Sowjetunion hinter Stacheldraht gelernt hat, und darin liegt seine Größe – in den Bedingungen, unter denen es geschrieben wurde, der Zeit, in der es entstanden ist, und so fort. Wäre das Gedicht hier geschrieben worden, bei uns, in den sechziger Jahren, hätte es dann irgend jemand für ein gutes Gedicht gehalten?«

Die schreibende Hand links von Ruchama hielt einen Moment inne. Ruchama warf einen kurzen Blick nach hinten, dann betrachtete sie das blasse Gedicht Ido Duda'is, der jetzt das eckige Brillengestell mit den dicken Gläsern abnahm, es vorsichtig auf die grüne Decke legte und sagte: »Es versteht sich von selbst, daß ich voll und ganz der Argumentation Dr. Schajs zustimme: Dies ist eine subjektive Angelegenheit, die von den Umständen und dem Kontext abhängt, eine Sache der Wertschätzung, des Geschmacks, des Geruchs und allem, was damit zusammenhängt.« Dann setzte er seine Brille wieder auf und las Tiroschs jüngstes politisches Gedicht, das in einer Literaturbeilage im Anschluß an den Libanonkrieg veröffentlicht worden war. Es war sogar vertont worden, ein Lied mit einem traurigen Refrain, das sich in die Reihe jener bekannten Lieder einfügte, die an Gedenktagen gesungen werden. Ido las *Uns ist es gleich* mit trockener, monotoner Stimme.

Ruchama gelang es nicht, sich auf die geschwollenen Sätze zu zu konzentrieren, mit denen Ido die zum Verständnis des Gedichtes notwendigen Erklärungen vortrug, doch die letzten Sätze ließen an Deutlichkeit nichts zu wünschen übrig: »Dies ist ein Gedicht, das seinen Inhalt denunziert. Ein politisches Gedicht darf nicht verspielt oder ironisch sein. Ein politisches Protestgedicht kann nicht zugleich seinem Thema und den intellektuellen Neigungen des Autors dienen. Dessen kultureller Reichtum ist wertlos, wenn es um ein politisches Protestgedicht geht. Die Frage ist: Wo ist hier die Kraft der lyrischen Gedichte Tiroschs? Wo die Vielschichtigkeit? Ist der Mann, der *Das Mädchen mit den grünen Lippen* und *Der Moment, als die Schwärze die Schwärze traf* geschrieben hat, derselbe Mensch, der das vorliegende Gedicht verfaßt hat?«

Und dann sprang Tuwja auf – Tirosch, die Hände vor das Gesicht geschlagen, wie die Kamera zeigte, packte Ido am Arm, drückte ihn fast auf seinen Platz und sagte mit vor Erregung zitternder Stimme: »Herr Duda'i hat es nicht verstanden. Ich muß ihm widersprechen. Der Kontext, er hat den Kontext nicht verstanden! Der Kontext ist außerordentlich politisch; das Gedicht spielt auf alle möglichen plakativen Formulierungen an, die in Literaturbeilagen auftauchen, und verspottet sie. Es verspottet sie in ihrer eigenen Sprache.« Tuwja wischte sich mit der Hand über die Stirn und fuhr mit leidenschaftlicher Stimme fort: »Dies ist kein politisches Protestgedicht gegen den Libanonkrieg im üblichen Sinn. Im Gegenteil! Herr Duda'i hat das Wichtigste übersehen! Dies ist ein Protestgedicht gegen Protestgedichte und ihren Mangel an Realität! Das ist eine Parodie auf Protestgedichte! Und das haben Sie nicht bemerkt!«

Ido Duda'i schaute Tuwja an und sagte mit beherrschter Stimme: »Ich denke, daß eine Parodie, die nicht als Parodie erkennbar wird, ihr Ziel verfehlt. Ich kann nur eines sagen: Falls hier ein parodistischer Zweck beabsichtigt gewesen ist, wurde er verfehlt.«

Im Saal machte sich Unruhe bemerkbar. Professor Awraham Kalizki, der in den Augen der Fakultätsmitglieder aufgrund seiner bibliographischen Bedeutung als einziger kompetent genug erschien, ein Urteil zu sprechen, hob die Hand, richtete sich zu seiner vollen zwergenhaften Größe auf und rief mit schriller Stimme: »Man sollte die ursprüngliche Bedeutung des griechischen Wortes Parodie bedenken und es nicht auf verantwortungslose Weise benutzen.«

Doch sein Ausruf ging in dem lauten Gemurmel unter, das im Saal entstand. Aller Augen – auch das Auge der Kamera – waren auf Tirosch gerichtet, der mit bewundernswerter Beherrschung, wie Tuwja später sagte, die Gegner beruhigte (»Aber meine Herren, bitte, meine Herren, das ist nur ein Seminar, wozu die ganze Aufrregung?«). Doch die Kamera erfaßte auch den verzweifelten Ausdruck auf Idos Gesicht, als er sich setzte und beobachtete, wie Tirosch in seiner Funktion als Diskussionsleiter das Thema mit einigen Sätzen beendete, einen Blick auf seine Uhr warf und sagte, es bleibe nur noch wenig Zeit für Fragen des Publikums.

Niemand sagte etwas, weder die Dozenten oder Studenten des Fachbereichs noch die ständigen Gasthörer, die nie offiziell eingeladen worden waren, jedoch bei allen öffentlich zugänglichen Aktivitäten der Fakultät erschienen: drei alte Lehrerinnen, die ihren geistigen Horizont durch die Teilnahme an solchen Abenden erweitern wollten; zwei Literaturkritiker, die sich vom akademischen Leben zurückgezogen hatten und ihre Kollegen voller Hingabe in den literarischen Klatschspalten vergessener Zeitschriften angriffen; und ein paar kulturbeflissene Jerusalemer Exzentriker. Niemand sagte etwas. Menucha Tischkin, die älteste der drei Lehrerinnen, die nach einer langen Einleitung, in der sie ihre beruflichen Schwierigkeiten erklärte, immer etwas fragte – noch nicht einmal sie machte den Mund auf. Etwas war geschehen, aber Ruchama wußte nicht, was es war, und sie hatte keine Ahnung, was es bedeutete.

Schließlich packten die Techniker ihre Ausrüstung zusammen, Ido Duda'i schüttelte brüsk Aharonowitschs Hand ab, die auf seiner Schulter lag, und rannte fast aus dem Saal.

Ruchama stand neben der Tür zum Hörsaal. Die Leute gingen an ihr vorbei, und sie fing Bruchstücke von Gesprächen auf, halbe Wörter, die jedoch nicht in ihr Bewußtsein drangen. Tuwja stand noch immer hinter dem Tisch, und seine Hand zerknüllte die grüne Decke. Er sah, fand sie, wie einer der Vertreter der Arbeiterpartei aus, die immer wieder zum Kibbuz gekommen waren, um dort vor den Mitgliedern eine Rede zu halten. Sie saßen im Speisesaal hinter einem Tisch, auf dem zur Feier des Tages eine grüne Decke lag. Sie hatte diese Veranstaltungen verabscheut.

Der Wasserkrug war leer, und Tuwja, der sich an den Tisch lehnte und ununterbrochen nickte, hörte konzentriert einige Minuten Scha'ul Tirosch zu, der auf ihn einredete.

Schließlich stand Tirosch auf, und beide kamen auf die Tür zu. Tirosch schenkte Ruchama ein intimes Lächeln und sagte: »Nun, hat es dir gefallen?« Ruchama gab keine Antwort, und er fuhr fort: »Irgend jemandem muß das Drama doch gefallen haben. Tuwja hält Duda'is Angriff für einen ödipalen Aufstand. Ich glaube das nicht, auch wenn ich keine andere Erklärung habe. Wie dem auch sei, es war jedenfalls hochinteressant. Ich habe ihn, ganz im Gegensatz zu Tuwja, immer für einen interessanten jungen Mann gehalten, diesen jungen Duda'i.« Ruchama bemerkte jedoch einen neuen Ausdruck in den grünen Augen, einen Ausdruck, den sie nie zuvor gesehen hatte, vielleicht Besorgnis, und plötzlich empfand sie ein vages Gefühl der Angst. Tuwja sagte kein Wort, doch sein Gesicht war finster und zornig.

Zusammen fuhren sie mit dem Aufzug hinunter zur Tiefgarage. Obwohl sie nun schon seit zehn Jahren in Jerusalem war, fand sich Ruchama noch immer nicht ohne Hilfe auf dem Campus zurecht. Der runde Bau der Geisteswissenschaften, bei dem jeder Fachbereich in einer anderen Farbe gestrichen war, damit man ihn leichter unterscheiden konnte, flößte ihr Angst ein. Sie kannte nur den Weg zum Haus Maiersdorf, dem Gästehaus der Universität, und den Aufzug, der sie in die Tiefgarage brachte. Auch wenn sie zum Fachbereich Literatur mußte, nahm sie immer den Weg über das Haus Maiersdorf, weil sie nur so zu ihrem Ziel fand.

Scha'ul lehnte ihr Angebot, noch auf eine Tasse Tee zu ihnen zu kommen, ab, und sie begleiteten ihn zu seinem Auto. Dann gingen sie zu ihrem Subaru, der in einer dunklen Ecke der Tiefgarage stand.

Auch in der Tiefgarage fürchtete sich Ruchama immer.

Orte wie diese und auch überfüllte Kaufhäuser machten ihr solche Angst, daß ihr übel wurde. Diesmal jedoch schien die Angst eine neue Dimension erreicht zu haben. Als aus einer Ecke eine Gestalt auftauchte, konnte Ruchama einen Aufschrei nicht unterdrücken, und sie beruhigte sich erst, als sie das intelligente Gesicht Ido Duda'is erkannte. »Tuwja«, sagte Ido, »ich muß mit dir sprechen.« Und trotz der energischen Bewegung, mit der Tuwja die Autotür aufmachte und die Scheinwerfer einschaltete, die das angespannte Gesicht Idos anstrahlten, spürte Ruchama den Zorn, die Verlegenheit und das Unbehagen in seiner Stimme, als er sagte: »Ja. Ich glaube tatsächlich, daß wir miteinander sprechen sollten, besonders nach diesem Abend. Hast du morgen Zeit?«

»Nein, morgen ist es zu spät. Ich muß jetzt gleich mit dir sprechen«, sagte Ido, und in seiner Stimme lag eine solche Panik, daß Ruchama wußte, daß ihr Mann sich nicht weigern konnte. »Dann fahr uns nach, zu uns nach Hause«, sagte Tuwja.

Ido warf Ruchama einen Blick zu. Sie senkte schnell die Lider, und Tuwja sagte: »Wegen Ruchama brauchst du dir keine Sorgen zu machen, sie wird uns allein lassen.« Er wandte sich an sie. »Stimmt's?« Sie nickte.

Im Auto redete Tuwja ununterbrochen. Er versuchte zu erraten, was Ido dazu gebracht haben könnte, sich so zu verhalten, wie er es getan hatte. »Man hätte ihn nicht nach Amerika fahren lassen dürfen«, betonte er wieder. »Seit ein paar Wochen, seit er zurück ist, ist er ganz verändert.« Ruchama sagte nichts. Sie war müde. Nur für einen kurzen Moment wurde noch einmal ihre Neugier geweckt, als sie wenig später den bedrückten Ausdruck auf Idos Gesicht sah. Er stand vor ihrer Wohnungstür, im zweiten Stock des

Hochhauses auf dem französischen Hügel. Doch dann wurde sie von Müdigkeit überwältigt, sie sagte: »Gute Nacht« und zog sich in das kleine Schlafzimmer zurück. Sie hörte noch Tuwjas Stimme und das Klappern von Idos Sandalen, als er Tuwja in die Küche folgte, sie hörte das Klappern der Teetassen und dann Idos Frage: »Wie macht man das Ding da an?«, doch da lag sie schon im Bett, unter dem Laken, das in dieser heißen Nacht eigentlich überflüssig war. Das offene Fenster brachte keine Erleichterung. Die Luft stand trocken und stickig im Hof. Die letzten Geräusche, die sie hörte, waren die Stimmen aus den Fernsehgeräten der benachbarten Wohnungen, dann schlief sie ein.

Zweites Kapitel

»Haben Sie einen Atemregler?« lautete die Schlagzeile des Leitartikels in den *Diving News*. Michael Ochajon betrachtete die Zeitschrift und lächelte. Nein, er hatte keinen Atemregler und würde nie einen haben. *Er* hatte nicht die Absicht zu tauchen.

Ochajon war Oberinspektor, Chef der Kriminalpolizei von Jerusalem. Er befand sich zwar im Tauchclub von Eilat, aber »nur in meiner Funktion als Vater«, wie er drohend zu seinem Jugendfreund Usi Rimon sagte, dem Chef des Tauchclubs, der versuchte, ihn zur Teilnahme an einem Kurs zu überreden. »Wasser existiert, damit man es trinkt, sich damit wäscht oder – allenfalls – darin schwimmt. Ich bin Jerusalemer, oder nicht?« Er betrachtete die blauen Tiefen mit Schaudern.

»Ich habe ganz andere Sachen über dich gehört«, sagte Usi grinsend. »Keiner hat mir gesagt, daß du so ein Angsthase geworden bist.«

»Was hat man dir denn gesagt? Und wer hat dir was gesagt?« Michael lächelte verlegen.

»Oho! Frag lieber nicht. Man sagt, daß seit deiner Scheidung alle Ehemänner ihre Frauen zu Hause einsperren. Ich habe auch gehört, daß sogar hartgesottene Polizeioffiziere anfangen zu zittern, wenn du eine Ermittlung leitest. Es heißt, daß du zäh bist. Schade, daß nicht irgendeine Dame hier sieht, was du wirklich bist – Angsthase.«

Und tatsächlich, nur wer diesen hochgewachsenen Mann, dessen hervorstehende Backenknochen den dunklen, tiefen Augen einen traurigen Ausdruck verliehen, der viele Herzen zum Schmelzen gebracht hatte – nur wer diesen Mann wirklich sehr gut kannte, wußte von seinen Ängsten. Die anderen, Polizisten, zufällige Bekannte, Untergebene und Vorgesetzte, hielten Ochajon für stark, klug, kultiviert, einen Frauenheld, dessen Ruf die Frauen in Scharen anzog, noch bevor sie ihn gesehen hatten. Und sogar erfahrene Polizisten wurden blaß, wenn sie sich die Tonbänder mit seinen Verhören anhörten, obwohl er Verdächtigen gegenüber nie körperliche Gewalt anwendete. Die Loyalität derjenigen, die zu seinem Mitarbeiterstab gehörten, die entspannte Atmosphäre ließen sich auf seine Höflichkeit zurückführen, auf die Achtung, mit der er jeden Menschen behandelte, auf seinen Mangel an Hochmut und auf die Bescheidenheit, die er ausstrahlte. Seine engsten Freunde behaupteten sogar, gerade diese Bescheidenheit sei die Ursache für seinen raschen Aufstieg bei der Polizei.

Auch Usi ergab sich nun dem scheuen, verlegenen Lächeln, das Michaels Gesicht aufhellte, klopfte ihm auf die Schulter und sagte: »Und wer hat schon mal was von einer marokkanischen ›jiddischen Mamme‹ gehört?«

Michaels geheime Ängste, eine nie versiegende Quelle des Vergnügens für diejenigen, die ihm nahestanden, drehten sich vor allem um seinen einzigen Sohn.

Noch als Juval ein Baby war, war seinem Vater bereits klar, daß dieser Junge irgendwann einmal allein in die Ferien fahren würde, ein Moped haben, von einem Motorrad träumen, in die Armee eintreten würde. In den ersten Nächten, nachdem Nira mit Juval aus dem Krankenhaus gekommen war, konnte er nicht einschlafen, weil er Angst hatte, das Baby könne aufhören zu atmen. Als Juval ein Jahr alt war, machte bereits die Geschichte von dem marokkanischen Vater die Runde, der sich wie ein Pole verhielt, wie ein Überlebender des Holocaust. »Wir haben die Rollen getauscht«, erklärte Nira mit kaltem Spott ihren Freunden. »Es wäre logisch, wenn ich mich so benehmen würde. Aber er – was für einen Grund hat er?«

Für Michael Ochajon war es kein Problem, nachts aufzustehen, wenn das Baby schrie, und seine Windeln zu wechseln war für ihn sogar eine ausgesprochen angenehme Aufgabe. Und wenn sich Nira früher, als sie noch verheiratet waren, über Juvals emotionale Ansprüche beschwerte, so konnte er dies nie nachempfinden. Ganz besonders schwer fiel es ihm, die ersten Schritte seines Sohnes in die Selbständigkeit zu beobachten, er wurde ständig von dem Bewußtsein gequält, daß das Leben in der Tat an einem seidenen Faden hing und wie gering seine Möglichkeiten waren, den Jungen vor allen äußeren Gefahren zu bewahren und sein Leben und seine Gesundheit zu schützen.

Nie hatte er seine Ängste Juval gegenüber geäußert, und der Junge begann schon zwei Monate nach seiner Einschulung, trotz des dichten Verkehrs auf der Gazastraße allein zur Schule zu gehen. Er trat den Pfadfindern bei, ohne zu wissen, in welchen Zustand sein Vater jedesmal geriet, wenn er einen Ausflug unternahm. Juval war sechs, als sich seine Eltern trennten, und es lag in der Natur der Sache, daß Michael nun auch das letzte bißchen Kontrolle über die Gefahren verlor, die hinter jeder Ecke lauerten. Er bekam seinen Sohn nur zweimal in der Woche und jedes zweite Wochenende, bis sich der Junge gegen den strengen Zeitplan auflehnte, den seine Mutter für ihn aufgestellt hatte, und anfing, seinen Vater zu besuchen, wann immer er Lust dazu hatte.

Juvals Leidenschaft für das Tauchen war für Michael die Inkarnation all seiner Ängste.

Auf die Frage »Was wünschst du dir zum Geburtstag?« hatte der Junge darum gebeten, einen Tauchkurs machen zu dürfen. »Ich brauche nur den Kurs und die Grundausrüstung, das Geld für die Fahrt habe ich schon gespart, als ich im Sommer gearbeitet habe.« Als er den Ausdruck auf dem Gesicht seines Vaters sah, schloß er, daß ihm das zu teuer war, und fügte rasch hinzu: »Vielleicht reicht es ja auch für einen Teil der Ausrüstung.«

Michael Ochajon brachte all seine innere Kraft auf, um sich zu beherrschen und ohne Zögern zu sagen: »Das ist wirklich eine originelle Idee. Und wo macht man so einen Kurs?«

»An allen möglichen Orten«, sagte Juval, und unverhohlene Freude zeigte sich auf seinem Gesicht. »Ich würde aber gerne nach Eilat fahren. Ich habe mir gedacht, ich könnte zur Feier meines Geburtstags am Freitag die Schule schwänzen und morgens mit dem Autobus fahren. Das Schuljahr ist sowieso bald zu Ende. Aber ich könnte natürlich auch nachmittags nach Eilat trampen.«

Das war natürlich der Strohhalm, der den Rücken des Kamels brach. In Juvals sehnsüchtigen Augen blitzte es listig, und Michael fragte sich, ob es ihm wirklich gelungen war, seine eigenen Ängste zu verbergen. Der Junge sah ihn erwartungsvoll an.

»Hast du vor, mit Freunden zu fahren?« erkundigte sich Michael vorsichtig, und der Junge meinte, er habe nicht darüber nachgedacht. Und dann hatte Michael die rettende Idee, wie beim ersten Ausflug Juvals, zu dem eine Übernachtung außer Haus gehört hatte: »Vielleicht verbringen wir ein Wochenende zusammen, und ich fahre mit dir nach Eilat? Ich habe dort einen Freund, den ich schon viele Jahre nicht mehr gesehen habe.«

Juval sah ihn mißtrauisch an, als er fragte: »Mit deinem Auto?« Michael nickte.

»Wir beide allein?« fragte Juval, und Michael antwortete: »Warum? Gibt es noch jemanden, den du mitnehmen willst?«

»Nein«, antwortete Juval zögernd. »Ich habe nur gedacht, daß du vielleicht jemanden mitnehmen willst.« Und dann siegte die Freude über das Mißtrauen. »Und ich werde tauchen, ja?«

»Wenn du willst. Warum nicht?«

»Und du bist sicher, daß wir von Freitagmorgen bis Sonntag fahren können?« fragte Juval, und Michael begann eine Diskussion darüber, ob man am Schuljahresende einfach einen Tag schwänzen dürfe. Schließlich lächelte er und sagte: »Gut, man wird nur einmal sechzehn Jahre alt. Das werden wir feiern, wie es sich gehört. Jedenfalls so, wie du es willst.«

Juval fragte nicht weiter, aber die Formulierung »daß du vielleicht jemanden mitnehmen willst« hatte Michael erneut auf die Notwendigkeit hingewiesen, mit dem Jungen über Maja zu sprechen. In Eilat, hatte er gedacht, in Eilat werde ich mit ihm reden, am Strand. In zwei Wochen sollte der Ausflug stattfinden. In zwei Wochen kann viel geschehen, überlegte er bedrückt. Vielleicht ist Juval dann schrecklich erkältet.

Und nun waren sie bereits seit zwei Tagen in Eilat. Michael lag am Strand und blätterte in den *Diving News*. Er betrachtete sogar die Anzeigen, trotz der Bücherstapel, die er sich mitgenommen hatte. Die Sonne stand hoch am Himmel, und die Hitze machte ihn schläfrig, aber die innere Unruhe, die ihn gepackt hatte, seit sie sich auf den Weg gemacht hatten, erlaubte es ihm nicht, sich einfach fallenzulassen.

Am Morgen hatte er sich gesagt, daß gestern alles gut gegangen war, daß Usi sich persönlich um Juval kümmerte, daß der Junge die beste Ausrüstung zur Verfügung hatte, daß er nur noch ein einziges Mal tauchen würde und daß morgen früh alles vorüber sein würde und sie nach Jerusalem zurückfahren würden.

Doch dann hatte er die Schlagzeile gesehen. »Haben Sie einen Atemregler?« und den Artikel gelesen. »Es gibt keine Vorschriften für die Kontrolle der Preßluftgeräte und deren Regulierung. Die gesamte Verantwortung liegt beim Taucher selbst«, stand da. Michael las den ganzen Artikel durch und beschloß, ihn auch Juval zu zeigen, sobald er aus dem Wasser zurückkam. »Gleich nachdem sich der Taucher ein paarmal im Wasser gedreht hatte, zeigte sich eine Störung in der Sauerstoffzufuhr, die einen Notaufstieg zur Wasseroberfläche erforderlich machte, damit er atmen konnte«, hieß es in dem Artikel, und Michael las mit wachsender Konzentration. »Bei einem Blick auf den Unterwasserdruckanzeiger stellte er während des Atmens über den Regulator einen Druckabfall von 100 atm auf fast Null fest.«

Michael Ochajon schaute auf seine Uhr: Das Training sollte in einer Viertelstunde zu Ende sein. Er stand auf und ging näher zum Ufer. Der Tauchclub war voller Leute. Keiner von ihnen paßte so auf seinen Sohn auf, dachte Michael erschrocken, und dann sah er die in einen schwarzen Gummianzug gekleidete Gestalt, die von zwei Männern aus einem Boot getragen und auf den Strand gelegt wurde.

Seinen ersten Gedanken, den an Juval, schob er sofort zur Seite, denn der junge Mann, der sich die Maske vom Gesicht zog, war nicht Gai, der Lehrer, der seinen Sohn begleitete, sondern Motti, ein anderer Tauchlehrer, den er am Abend zuvor kennengelernt hatte. Bei ihm war eine Frau in einem Taucheranzug, vermutlich eine Kursteilnehmerin, dachte Michael. Von seinem Platz aus konnte er die Gesichter der beiden nicht erkennen, doch etwas an der Art, wie sie sich über den am Boden liegenden Körper beugten, deutete auf eine Katastrophe hin.

Dieses Gefühl verstärkte sich noch, als Michael beobachtete, wie Motti mit einer schnellen Bewegung sein Tauchermesser hervorzog und den Taucheranzug des am Boden Liegenden aufschnitt. Die Frau rannte zum Büro hinüber, einem kleinen Steinhaus, nicht weit von dem Platz, wo Michael lag.

Motti begann mit Mund-zu-Mund-Beatmung, und Michael konnte die Augen nicht abwenden. Plötzlich fand er sich, ohne es beabsichtigt zu haben, dicht neben den beiden und wartete darauf, daß sich die Brust heben und senken würde. Aber nichts geschah. Zusammen mit Motti zählte Michael im Geist die Atemzüge.

Es war ein junger Mann. Sein Gesicht war rosa und geschwollen.

Oberinspektor Ochajon, der bei den Fällen, die er untersuchen mußte, schon viele Leichen gesehen hatte, hoffte noch immer, daß es ihm eines Tages gelingen würde, ebenso abgestumpft zu sein wie die Polizisten und Privatdetektive im Fernsehen. Jedesmal erschrak er wieder, im nachhinein, über das Schwindelgefühl, die Übelkeit, die Angst und manchmal auch das Mitleid, das ihn packte, wenn er vor einer Leiche stand, ausgerechnet dann, wenn wissenschaftliche Konzentration von ihm verlangt wurde. Nichts von alledem wurde hier von ihm erwartet, tröstete er sich, als er klar erkannte, daß alle Wiederbelebungsversuche zwecklos waren.

Die Frau kam zurück, begleitet von einem jungen Mann, der einen Arztkoffer in der Hand trug. Michael trat näher heran, er achtete nicht auf die innere Stimme, die ihn darauf hinwies, daß er im Urlaub war und ihn das alles nichts anging.

Ein paar Leute versammelten sich bereits um den auf dem Sand ausgestreckten Taucher. Der Arzt befreite ihn von der Ausrüstung, legte die Maske in den Sand, riß den Taucheranzug auf und begann mit der künstlichen Beatmung.

Jetzt konnte Michael den Hals sehen, geschwollen und aufgeschwemmt wie die Knöchel der alten Frauen, die die vollen Körbe vom Markt schleppen. Der Arzt drückte mit schnellen, sicheren Bewegungen auf den weichen Hals, lokkerte den Druck, drückte wieder. Plötzlich stand Usi neben ihm und rief mit Panik in der Stimme: »Schon gut, kommt, bringen wir ihn in die Druckkammer.« Der Arzt schüttelte den Kopf, ohne ihn anzusehen, und sagte: »Das nützt nichts. Die Druckkammer müßte so groß sein, daß man ihn auch beatmen könnte. Schau doch, wie stark vergrößert seine Pupillen sind, schau dir den Hals an, er hat schon subkutane Emphyseme, ich bin sicher, daß innere Organe gerissen sind.«

Und zu seinem Entsetzen sah Michael, wie ein dünnes Rinnsal von Blut aus den bläulichen Mundwinkeln über das Kinn lief, und dann, während eine Welle von Übelkeit über ihm zusammenschlug, hörte er den Arzt etwas von Intubieren sagen. »Ich bezweifle, daß es hilft, aber wir haben nichts zu verlieren«, sagte er, während er geschickt ein Röhrchen in die Luftröhre schob. Michael, wie Juval, der als Kind auf merkwürdige Weise von eben jenen Dingen angezogen worden war, die ihn am meisten ängstigsten, fühlte nun ebenfalls den Zwang, näher zu treten, die Pupillen zu betrachten, die immer größer wurden, den Blutstrahl, den Schnitt, den der Arzt gemacht hatte, um den Schlauch einzuführen. Das alles sah er, und es war ihm neu.

Noch nie zuvor habe ich die Leiche eines Tauchers gesehen, dachte er erstaunt und versuchte, mit Hilfe der »wissenschaftlichen Methode« die Übelkeit zu beherrschen. Diese Methode, sich von einem Toten zu distanzieren und »seinen Job zu machen«, hatte ihm einmal ein Pathologe erklärt, als er zum ersten Mal, damals noch Inspektor bei der Polizei, bei einer Obduktion zugesehen hatte. Aber die Übelkeit wurde schlimmer. Der Körper war naß und aufgeschwemmt, die Haut sah aus, als wäre ein Schwamm unter ihr gewachsen, und der rosafarbene Ton der Gesichtshaut – eine überraschende Farbe für einen Toten, dachte Michael – wurde langsam bläulich. Schließlich kniete der Arzt neben dem Kopf des jungen Mannes, drückte seine Augenlider herunter, rieb sich die Hände mit Sand und packte seine Instrumente in die Tasche.

Während der ganzen Zeit stand Usi in hilflosem Schweigen da. Als der Krankenwagen mit dem Notarzt kam, schüttelte er sich und half, den aufgedunsenen Körper auf die Bahre zu heben.

Der Notarzt sprach ein paar Worte mit dem behandelnden Arzt, und Michael schaute abwechselnd über das blaue Wasser und auf seine Uhr, während er ganz automatisch, aus Gewohnheit, dem Gespräch lauschte, das hinter dem Krankenwagen geführt wurde. »Ich weiß nicht, was ich sagen soll. Er war ganz rosa, Sie können die leichte Rötung noch an der Mundschleimhaut sehen, ich weiß nicht, es sieht aus wie eine Kohlenmonoxydvergiftung, aber vielleicht irre ich mich auch. Sie sollten es überprüfen.«

Michael hörte die Antwort, ohne sie aufzunehmen, bis auf den letzten Satz: »Gut, wir werden es untersuchen.« Die Fachausdrücke sagten ihm, wie üblich, nichts.

Die Tür des Krankenwagens wurde geschlossen und die Sirene eingeschaltet. Ihr Heulen erschreckte die Leute am Strand, als ob dieses Geräusch in die Straßen von Großstädten gehörte. Ein Schauer lief über Michaels Rücken, und er fragte Usi, der neben ihm stand und mit dem Fuß in den Sand stieß, was eigentlich passiert war.

Vor zwanzig Jahren hatte er Usi Rimon, den Leiter des Tauchclubs, zum letzten Mal gesehen. Sie hatten zusammen die Schulbank gedrückt, und der Lehrer hatte Usi eine äußerst düstere Zukunft vorausgesagt. Trotz der Jahre, die vergangen waren, hatte Usi den jungenhaft begeisterten Gesichtsausdruck nicht verloren, an den sich Michael aus seiner Schulzeit noch genau erinnerte. Er, Michael, lebte damals im Internat, während Usi nur zum Unterricht in die

Schule kam – und selbst das nicht mit allzugroßer Regelmäßigkeit – und anschließend nach Hause zu seinen Eltern ging. Michael wurde oft dorthin eingeladen. Bis heute erinnerte er sich an die Ehrfurcht, die er beim ersten Treffen mit Usis Eltern empfunden hatte: Der Vater war ein berühmter Maler, zu dem viele Menschen gepilgert kamen und dessen Bilder vom Meer in allen Museen Israels und in vielen Museen der ganzen Welt gezeigt wurden. Usi selbst behandelte seinen Vater mit einer Mischung aus distanzierter Ehrerbietung und sanftem Mitleid, die Michael damals nicht verstand.

Die Mutter war viel jünger als ihr Mann, und häufig genug erwähnte sie die Tatsache, daß sie erst achtzehn Jahre alt gewesen war, als Usi, ihr einziger Sohn, zur Welt kam. Mit unverhohlenem Vergnügen empfing sie die Freunde, die Usi nach Hause brachte, und war überhaupt außerordentlich interessiert an dem gesellschaftlichen Leben ihres Sohnes.

Anfangs war Michael am Sabbat zu ihnen eingeladen worden, nachmittags, zu einem Ritual mit Kaffee und gekauftem Kuchen. Der Vater saß immer im Wohnzimmer, hinter einem riesigen Schreibtisch, und die Mutter lag auf dem rotbezogenen Sofa, das an einer holzgetäfelten Wand und dem Schreibtisch gegenüber stand, und erinnerte Michael an eine römische Matrone.

Im Zimmer herrschte eine außergewöhnlich kultivierte Atmosphäre. An den Wänden stand eine ganze Bibliothek mit Büchern in den vier Sprachen, die Usis Vater fließend beherrschte, wie die Mutter nie versäumte zu betonen. In den Regalen hinter dem Schreibtisch standen die großen Kunstbücher, die Michael immer so gerne anschauen wollte.

Immer erklang Musik, eine Musik, die er nicht kannte, und in jenem Zimmer hatte er auch zum ersten Mal Beschämung über seine Bildungslücken empfunden, als Usis Vater ihn verwundert und ungläubig anschaute und fragte: »Du kennst das wirklich nicht? In deinem Alter?«, nachdem Michael zögernd gefragt hatte, was da im Hintergrund gespielt wurde.

Bis heute konnte er *Schwanensee* von Tschaikowsky nicht hören, ohne diese Verlegenheit zu empfinden.

Die Gespräche wurden stets von der Mutter geführt. Sie zog den Vater mit hinein, der schließlich, wenn man ihn darum bat, aus seiner Kindheit in Europa erzählte und von seinen Reisen in die weite Welt. Diese Erinnerungen, die Erinnerungen beider Eltern, waren geprägt von einer humorvoll und leichtherzig dargestellten Armut, und Michael, der damals so alt war wie Juval heute, kehrte nach diesen Besuchen mit den widersprüchlichsten Gefühlen ins Internat zurück, erregt von der persönlichen Begegnung mit einer anderen Welt, die so anders war als die eigene, in der er aufgewachsen war, und mit jenen beiden Menschen, dem großen Künstler, der sich als naiver, fast kindlicher Mensch ohne die geringste Arroganz entpuppte, schüchtern und zugleich außerordentlich freundlich, und mit der Mutter, deren deutliche sexuelle Ausstrahlung Michael zugleich verwirrte und anzog.

Heute war das alles verblaßt. Die Gefühlsstürme von damals hatten sich in versöhnliche und anrührende Erinnerungen verwandelt.

Aber damals! Welch brennenden Neid hatte Usis Zuhause bei ihm erweckt, und wie wenig hatte er damals Usis wilde, unerschöpfliche Zornausbrüche gegen seine Eltern verstanden, ebensowenig wie die Tatsache, daß er aus einem solchen Elternhaus kommen und trotzdem so losgelöst von ihm sein konnte.

Wie sehr hatte ihn das gespannte Verhältnis Usis zu seiner Mutter erstaunt, ein Verhältnis, dessen Wurzeln Michael einfach nicht erkannte. Bei den wenigen Malen, wenn seine eigene Mutter zu einer Elternversammlung kam, hatte er sich ihretwegen geschämt. Es war ihm peinlich, daß sie sich sichtbar unbehaglich fühlte, daß sie die Lehrer schweigend anstarrte. Er hatte sich geniert, wenn sie auf direkte Fragen mit einem stammelnden Hebräisch antwortete, hilflos und auf Übersetzung angewiesen, und ihr warmes Lächeln lächelte. Er empfand Scham und Wut wegen dieser Scham, hilflose Wut auf sich selbst, weil er sich schämte, und auf seine Lehrer und Freunde, die Zeugen dieser Scham waren. Damals dachte er, wenn er zur Elternversammlung Usis Mutter mitbringen könnte oder dessen angesehenen Vater, dann wäre sein Leben ganz anders verlaufen.

Es dauerte Jahre, bis er das Spannungsfeld verstehen konnte, in dem sich Usi befand, die schwere Last des berühmten Vaters, den Abscheu, den er gegen seine Mutter empfand, und die gleichzeitige Liebe zu ihr, der er nicht gewachsen war, den Erwartungen, die in ihn gesetzt wurden, und dem Impuls, diese Erwartungen zunichte zu machen, und die Unfähigkeit, sich anzupassen. Letzten Endes, überlegte Michael und nahm sein Handtuch, während Usi etwas von Schock murmelte und er selbst sich vollkommen losgelöst von allem fühlte, was um ihn herum geschah – letzten Endes hat sich Usi, jedenfalls auf seine Art, angepaßt. Seit Jahren lebte er in Eilat und leitete den Tauchclub, und er war zu einem Fachmann geworden, was Flora und Fauna des Roten Meeres betraf, obwohl er sich nie die Mühe gemacht hatte, irgendein Studium zu absolvieren.

Zwar hatte er eine Freundin nach der anderen, dachte Michael müde, doch auch darin schien Usi einem festen Muster zu folgen. Gestern hatte Michael seine neueste Eroberung kennengelernt. Die Frauen in seinem Leben kümmerten sich um ihn und erhielten die Freundschaft auch nach der Trennung aufrecht, und immer waren sie es, die die Trennung herbeiführten. Noa, die zweite Frau, die Mutter seines einzigen Sohnes, hatte Michael einmal in Jerusalem aufgesucht. Usi habe so viel über ihn erzählt, sagte sie entschuldigend, sie habe nie verstanden, warum sie aufgehört hätten, einander zu treffen. So hatte er zu seinem Erstaunen erfahren, daß Usi noch an ihn dachte. Bis zu der Begegnung mit Usis zweiter Frau hatte er angenommen, daß sein Freund ihn vollkommen aus seinem Bewußtsein gelöscht hätte, daß er ihm gegenüber nur Haß und Scham empfinde. In dem kleinen Café, in dem er mit Noa saß, hörte er zum ersten Mal, daß Usi voller Zuneigung von ihm sprach. Sie verstand einfach nicht, »warum ihr euch die ganzen Jahre nicht gesehen habt, als gäbe es irgendein schreckliches Geheimnis«. Michael hatte geschwiegen und ihr sein charmantestes Lächeln geschenkt, und Noa war in der Tat hingerissen und stellte keine Fragen mehr.

Noch immer erinnerte er sich mit schmerzhafter Klarheit an den Tag, als Usi, natürlich rein zufällig, herausfand, daß seine Mutter, die damals jünger war als er heute, noch nicht einmal vierzig, die Antwort auf Michaels Gebete war, daß irgendwann einmal eine ältere, erfahrene Frau komme und ihn »von seiner Unschuld befreie«, wie es in den Heftchen formuliert wurde, die er damals heimlich las.

Sogar bei der Begegnung mit Noa, fünfzehn Jahre nach dem Ereignis, das er für sich immer »Teppichszene« nannte, konnte Michael nicht lachen, als er Usis Gesicht wieder vor sich sah, wie er wie gelähmt im Türrahmen gestanden und sie angestarrt hatte, seinen besten Freund und seine Mutter, da auf dem dicken Teppich, angestarrt von oben bis unten. Dann hatte er, ohne ein Wort zu sagen, die Tür hinter sich zugeworfen.

Er habe ja nicht wissen können, hatte Michael sich immer wieder gesagt, daß Usi, der nach Achsiv gefahren war, um sich von der Paukerei für das Abitur zu erholen, noch am selben Tag zurückkommen würde. Und obwohl er sich mit dem Gedanken tröstete, daß Usi nicht wußte, daß die Beziehung damals schon anderthalb Jahre dauerte, konnte Michael ihm danach nicht mehr in die Augen sehen.

Erst nachdem er sich mit Noa getroffen hatte, die sich bei ihm über Usis Verschlossenheit beklagt hatte, darüber, daß es unmöglich sei, mit ihm eine offene, warme Beziehung zu haben, daß er sich in seiner eigenen Unterwasserwelt verbarrikadiert habe, völlig abgeschnitten von anderen Menschen – erst da hielt Michael es für denkbar, daß er und Usi einander irgendwann in Zukunft einmal wiedersehen könnten.

Er hörte die Freude und die Überraschung in Usis Stimme, als er mit zitternden Fingern vor einer Woche die Nummer des Tauchclubs wählte, fünf Jahre nach dem Gespräch mit Noa. Den ersten Abend brachten sie sich unter viel Gelächter gegenseitig auf den neuesten Stand. Die Eltern wurden kaum erwähnt. Daß Usis Vater einen langsamen und qualvollen Krebstod gestorben war, hatte Michael schon vor zehn Jahren gehört. Von einer ehemaligen Klassenkameradin hatte er auch erfahren, wie hingebungsvoll die Mutter ihn während der schweren Krankheit gepflegt hatte, auch daß sie zum zweiten Mal geheiratet hatte und nach Paris gezogen war.

Usi selbst erwähnte seine Mutter nicht, nur – in einem Nebensatz – den Tod seines Vaters. Und Michael, der danach lechzte, die Angelegenheit zu besprechen, und sich fast wörtlich vorgestellt hatte, wie sie über alles reden würden, es erklären und jede Unstimmigkeit zwischen ihnen bereinigen würden, empfand eine tiefe Enttäuschung. Usi vermied heikle Themen, und Michaels Versuche, mit ihm zu reden, wehrte er belustigt und manchmal sogar albern ab. Noch nicht einmal die Flasche Wein, die sie zu dem von Usi selbst gekochten ausgezeichneten Essen tranken, half.

Zum ersten Mal nahm Michael die Ähnlichkeit zwischen Usi und seiner Mutter wahr, den Schnitt der Lippen, die schrägen Augen, und erwartete fast, ihren wunderbaren Duft zu riechen, den er seither vergeblich an jeder Frau gesucht hatte. Nur Majas Körper verströmte einen ähnlichen Duft. Usi aber roch nach Meer.

Michael konnte das Gefühl der Erleichterung nicht leugnen, das er nach der Anspannung der Begegnung und der ersten Freude empfand, als er feststellte, daß Usi ein bißchen dick geworden war und sogar schon anfing, eine Glatze zu bekommen. Das hatte etwas Tröstliches. Noch nicht einmal an diesem ewig jungen Mann war die Zeit spurlos vorübergegangen, trotz seines sportlichen Lebensstils, trotz seiner Sonnenbräune, trotz der fast immer lachenden Augen.

Jetzt, am Strand, stand Panik in Usis Augen.

»Was ist eigentlich passiert?« fragte Michael noch einmal, und Usi sagte, das sei eben das Problem, daß er nicht wisse, was passiert sei. Bei diesen Worten deutete er auf die Ausrüstung des jungen Mannes, die im Sand zurückgeblieben war. »Sie haben auch die Preßluftflaschen mitgenommen«, sagte er. »Vielleicht sind sie undicht. Ich habe ihn vor dem Tauchen gefragt, und er hat gesagt, er habe die Ausrüstung vor zwei Monaten gründlich geprüft. Ich weiß nicht, was passiert ist, aber er war nicht allein, er war mit einem Lehrer zusammen. Wir müssen die Untersuchung abwarten. Solche Sachen machen einen fertig. Jetzt warte ich nur darauf, daß alle aus dem Wasser kommen. Hier, da ist dein Junge schon.«

Michael blieb stehen und sah zu seinem Sohn hinüber, der sich ein paar Meter von ihm entfernt in den Sand setzte, Maske, Schnorchel und Flossen abnahm und schließlich den schwarzen Taucheranzug auszog. Dabei hörte er aufmerksam den Ausführungen seines Tauchlehrers Gai zu, der neben ihm stand und ihm in Windeseile die ganze Ausrüstung abnahm, während er seine Rede mit heftigen Gesten begleitete und keine Pause beim Sprechen machte. Nun, da Michael seinen Sohn sah, munter und lebendig, merkte er erst, wie groß seine Angst gewesen war.

»Wer ist der junge Mann eigentlich, der den Unfall hatte?« fragte er Usi, und der antwortete zerstreut: »Irgendeiner aus Jerusalem. Er heißt Ido Duda'i, ein bißchen schwerfällig, aber in Ordnung, einer, der kein Geld hatte und schon immer mal tauchen wollte. Er hat den Kurs schon vor einem Jahr angefangen, hatte aber dann kein Geld mehr und konnte nicht weitermachen, einer von der Uni. Ich hoffe immer noch, daß er es überlebt, ich warte darauf, daß man mich anruft, sein Tauchlehrer ist mit ihm gefahren. Mehr kann ich dir auch nicht erzählen, er hat eine Frau und eine kleine Tochter.« Mit schwacher Stimme fügte er hinzu: »Nun, vielleicht überlebt er es ja. Die Ausrüstung ist nicht von uns. Er hat sie geschenkt bekommen, als er den Kurs angefangen hat, ich weiß nicht, von wem. Ich weiß auch gar nichts über die Preßluftflaschen. Vielleicht sind sie undicht.«

»Vielleicht war der Atemregler nicht in Ordnung?« fragte Michael und sah wieder die Schlagzeile der Zeitschrift vor sich, die er zusammengerollt in der Hand hielt. Usi betrachtete ihn interessiert und fragte: »Seit wann bist du denn Sachverständiger für Taucherausrüstungen? Willst du es auch lernen?« Michael hielt ihm die Zeitschrift hin und erinnerte sich plötzlich an die Wut, die Usi immer gepackt hatte, als sie zusammen für das Abitur lernten, besonders für Geschichte, daran, daß die dicken Bücher, die sie lesen sollten, bei Usi einen übermächtigen Wunsch nach Schlaf geweckt hatten, schon beim ersten Buch, während Michael schon zweimal die fünf anderen gelesen hatte.

Usi begann Gai in allen Details von dem Unfall zu berichten, und Juval hörte gespannt zu. Gai, ein junger rothaariger Mann, zeigte zunehmendes Entsetzen. Die Sommersprossen auf seinem runden Gesicht traten immer deutlicher hervor, je blasser er wurde.

Michael betrachtete forschend Juvals Gesicht, das gerade noch von seinem Taucherlebnis gestrahlt hatte und nun immer ernster wurde, und während Wörter wie »atmosphärischer Druck« und »Ventile« um sie herumschwirrten, konnte Michael an nichts anderes mehr denken als an die Frage, ob Juval auf den nächsten Tauchgang verzichten würde oder nicht. Es war heiß, er hatte Lust, für einen Moment in das tiefblaue Wasser einzutauchen. Doch er wußte, daß das unter diesen Umständen ungehörig wirken würde, wie eine Demonstration von Gleichgültigkeit.

Die Frage des nächsten Tauchgangs wurde gelöst, als Usi verkündigte, daß für heute Schluß sei. Er versammelte die Lehrer, vier braungebrannte junge Männer, die aussahen, als ob man sie in ihre Badehosen gegossen hätte und sie nie andere Kleidung trügen, um sich und ging mit ihnen in sein

Büro. Dort setzte er sich neben das Telefon und knabberte an den Fingernägeln auf eine Art, die in Michael eine bittere Sehnsucht nach dem früheren Usi weckte, Sehnsucht nach dem Jungen, nach seiner Mutter und seinem Vater und sogar nach Tschaikowskys *Schwanensee*, nach seiner ersten Begegnung mit der europäischen Kultur, die auf diese konkrete Weise durch die zarten Filter von Becky Pomeranz, Usis Mutter, über ihn hereingebrochen war.

Sie saßen im Büro und warteten auf den Anruf. Usi weigerte sich, das Büro zu verlassen, und Michael blieb bei ihm. Beide rauchten schweigend. Der Aschenbecher füllte sich, und erst um vier Uhr nachmittags klingelte das Telefon. Michael hörte die Worte »Ja, ich habe verstanden«, und er spitzte die Ohren, als Usi sagte: »Und wie, wollt ihr, soll ich damit umgehen?« Und dann: »Es macht mir nichts aus, selbst hinzufahren, ich fühle mich trotzdem verantwortlich.« Schließlich legte er den Hörer auf und fragte mit gesenktem Blick, ob er mit Michael nach Jerusalem fahren könne. »Eigentlich gleich, wenn es dir nichts ausmacht, deinen Besuch etwas abzukürzen.«

Michael ging hinaus, um Juval zu suchen, der nicht protestierte, und als sie ihre Sachen aus Usis Wohnung holten, sagte Juval: »Ich habe vor dem Tauchen zufällig ein paar Worte mit ihm gewechselt, er schien ziemlich okay zu sein, dieser Ido. Er hat gesagt, er unterrichtet Literatur an der Universität.« Offensichtlich überraschte es ihn, daß jemand, der sich mit Literatur beschäftigt, Interesse an einem Sport wie Tauchen zeigen könne.

Als Michael seinen Sohn in Jerusalem an der Wohnungstür abgesetzt hatte, bot er Usi an, ihn zu Ruth Duda'i zu begleiten, um ihr die Nachricht zu überbringen, daß ihr Mann beim Tauchen ums Leben gekommen sei. »Unter noch nicht geklärten Umständen«, wie er es dann im Wohnzimmer der Wohnung in Ramat-Eschkol ausdrückte, als sie vor der Frau mit den großen, braunen Augen hinter runden Brillengläsern standen, während im Fernseher Sabbatabendnachrichten liefen.

Usi, in kurzen Hosen und mit Sandalen an den Füßen, glich mit seinem wilden Bart einem Tier aus der Wüste, das man in einen Zoo gebracht hatte. Er paßte nicht hierher und wußte offensichtlich nicht, was er mit seinem Körper anfangen sollte.

So fand sich Michael Ochajon in der Rolle wieder, die er schon gewohnt war. Er überbrachte die Nachricht.

Sie weinte nicht, die rundliche Frau, deren Formen durch den dünnen Morgenrock noch betont wurden. Wegen des Chamsins, der über Jerusalem hing und eine ganze Woche lang seinen Griff nicht gelockert hatte, waren die Fenster der Wohnung, die zur Straße hinaus gingen, weit geöffnet, und die Geräusche der Autos und der Busse, die über den Eschkolboulevard fuhren, waren so deutlich zu hören, als führen sie mitten durchs Zimmer. Die Geräusche des Fernsehers, den niemand ausgemacht hatte, mischten sich mit dem Verkehrslärm und den Stimmen anderer Fernseher aus den umliegenden Wohnungen.

»Wie geht es jetzt weiter?« fragte Ruth Duda'i wie im Traum, und Michael merkte sofort, daß sie unter Schock stand. Ruhig und langsam begann er, ihr zu erklären, daß man das Ergebnis der Obduktion abwarten müsse, um die Ursache des Unfalls zu erfahren, erst dann sei es möglich, über die Beerdigung zu sprechen. »Jemand wird ihn identifizieren müssen«, sagte er vorsichtig. »Sie sollten jemanden mitnehmen, der Ihnen nahesteht.« Dann erkundigte er sich, ob sie Familie habe.

»Nur meinen Vater und seine Frau, und die sind gerade in London. Irgend jemand muß Idos Eltern Bescheid sagen – o Gott!« Erst da schien die Nachricht zu ihr durchzudringen, sie brach in Tränen aus.

Usi war verlegen und erschrocken. Michael drückte die Frau in den einzigen Sessel im Zimmer und brachte ihr ein Glas Wasser, das er rasch aus der Küche geholt hatte. Während sie es trank, fragte er sie, wer jetzt zu ihr kommen könne, sofort, und sie sagte: »Scha'ul Tirosch« und gab ihm seine Telefonnummer. Michael wählte.

Niemand nahm den Hörer ab in der Wohnung des Mannes, von dem sogar Usi, der sich sonst nicht für Literatur interessierte, schon gehört hatte. Michael allerdings erinnerte sich noch deutlich an ihn aus seiner Studentenzeit. Er hatte an seinen Vorlesungen teilgenommen, als er sich auf das Examen vorbereitete. Während er noch einmal wählte, tauchte der dunkle Anzug vor seinen Augen auf, die Nelke im Knopfloch, und vor allem die sehnsüchtigen Blicke der Studentinnen.

Vorsichtig erkundigte er sich, ob Tirosch ein Verwandter von ihr sei. »Nein«, sagte Ruth, und ihr Pferdeschwanz schwang hin und her, als sie den Kopf schüttelte. »Aber er steht Ido nahe. Er war Idos Doktorvater, und ich dachte ...« Wieder brach sie in Tränen aus. »Man kann es Idos Eltern nicht am Telefon sagen, sie sind alt und krank, und sein Vater hat einen Herzanfall hinter sich, und sein Bruder ist auf einer Reise durch Südamerika, und ich weiß nicht, was ich tun soll.«

Michael blätterte mechanisch in dem Telefonverzeichnis, das neben dem Telefon lag, und fragte wieder, wen sie jetzt am liebsten bei sich hätte. »Vielleicht eine gute Freundin?« fragte er.

Schließlich nannte sie einen Namen. Michael wählte die Nummer, und die Freundin erklärte sich mit schockierter Stimme sofort bereit zu kommen. Dann wählte er die Nummer von Eli Bachar, dem Polizeiinspektor, mit dem er jahrelang zusammengearbeitet hatte, gab ihm die Details durch, die Ruth Duda'i unter immer neuen Tränenausbrüchen genannt hatte, und bat ihn, Ido Duda'is Eltern zu benachrichtigen. »Nimm einen Arzt mit, die Eltern sind alt, und der Vater hat Probleme mit dem Herz.«

Dann bat Ruth Duda'i ihn noch, die Sekretärin der Fakultät, Adina Lifkin, zu benachrichtigen. Auch das tat Michael.

Schließlich erschien eine energische junge Frau namens Rina. Sie nahm Ruth, die ganz starr wurde, dramatisch in den Arm, klopfte ihr auf die Schulter und verkündete: »Ich stelle Wasser auf.«

Usi und Michael verließen die Wohnung. Michael winkte ungeduldig ab, als er Usis Dankesworte hörte. Es kam ihm nicht in den Sinn, daß diese Angelegenheit damit noch nicht zu Ende sein würde.

Drittes Kapitel

Das Telefon neben Ruchamas Ohr klingelte schrill. Hastig nahm sie, fast noch schlafend, den Hörer ab. Dann bemerkte sie, daß Tuwja nicht in seinem Bett lag. Sie nahm an, daß er auf dem Sofa in seinem Arbeitszimmer eingeschlafen war, was regelmäßig geschah. Am anderen Ende der Leitung hörte sie eine hysterische, zitternde Stimme. Ruchama sah, daß es noch nicht einmal halb acht Uhr morgens war. »Hallo«, sagte Adina Lifkin noch einmal, diesmal mit festerer Stimme, und Ruchama antwortete müde: »Ja?«

»Frau Schaj?« fragte Adina, und sofort sah Ruchama das Haar der Fachbereichssekretärin vor sich, das in feste Wellen gelegt war, und die dicken Hände, die in einem Naturjoghurt- und Gurkengemisch rührten.

»Ja«, sagte Ruchama. Sie achtete im Umgang mit Adina streng darauf, auf einer offiziellen Ebene zu bleiben, sie redeten nie über Rezepte, ihre Gesundheit oder persönliche Erfahrungen, und deshalb wagte Adina auch nicht, sie beim Vornamen zu nennen.

»Hier ist Adina Lifkin, die Sekretärin der Fakultät«, sagte Adina, wie sie es während der letzten zehn Jahre fast jeden Morgen zu Ruchama gesagt hatte. Ruchama hatte nichts unternommen, um das vertraute Muster zu durchbrechen.

»Ja«, sagte sie sachlich und hoffte, daß der Ton ihrer Stimme keine Möglichkeit zur Eröffnung eines Gesprächs bot.

»Eigentlich wollte ich gern mit Dr. Schaj sprechen«, sagte Adina mit einer gewissen Verzweiflung in der Stimme und begann zu erklären, daß es ihr angenehmer sei, um diese Zeit zu telefonieren, da an diesem Tag sehr viel Arbeit auf sie wartete. »Und später sind alle Leitungen besetzt, wissen Sie.« Ruchama sagte kein Wort.

»Vielleicht können Sie mir ja auch helfen?« fragte Adina und wartete die Antwort nicht ab. »Eigentlich suche ich Professor Tirosch. Seit gestern versuche ich, ihn zu erreichen. Und weil die Angelegenheit dringend ist, habe ich mir gedacht, daß Sie mir vielleicht helfen könnten. Wissen Sie, wo ich ihn finden kann?«

»Nein«, sagte Ruchama. Sie wurde langsam wach, und gleichzeitig spürte sie, wie das bedrückende Unbehagen der letzten Tage wieder von ihr Besitz ergriff. Die »dringenden Angelegenheiten« Adina Lifkins waren schon immer Dinge gewesen, die wochenlang warten konnten, das wußte Ruchama.

»Gut. Jedenfalls vielen Dank. Entschuldigen Sie die Störung, ich habe nur gedacht, daß Dr. Schaj vielleicht wüßte, wo ich ihn finden kann. Falls Dr. Schaj heute ins Institut kommt, und ich glaube, das muß er, könnten Sie ihn dann bitten, daß er mich vorher anruft?«

»Ja«, sagte Ruchama und legte auf.

Adina konnte nicht wissen, daß seit jenem Seminar, seit Mittwoch abend, Ruchamas Welt zusammengebrochen war. Sogar Scha'ul Tirosch, der ihre Beziehung am Donnerstag nach dem Seminar ohne Vorwarnung abgebrochen hatte, konnte das nicht wissen. Er hatte sie an diesem Tag fast nicht beachtet, ein fremdes Feuer brannte in seinen Augen, als er seine gut manikürten Nägel geprüft und sie dann angeschaut hatte, den Kopf zur Seite geneigt, und mit einem beiläufigen Ton, der im Gegensatz zu dem Feuer in seinen Augen stand, gesagt hatte, daß die Beziehung zwischen ihnen doch schon ihren Reiz verloren habe und zur Routine geworden sei, einer Routine, die er sein Leben lang zu vermeiden getrachtet habe. »So ist es nun mal«, hatte er schließlich gesagt. »Wie der Dichter sagt: Am Anfang ist es ›Ich liebe dich mehr, als ich zu sagen vermag‹, und am Ende ›Dann kamen wir in die Stadt, und Havazelet drückte mich zu Boden‹, wenn du verstehst, was ich meine.«

Ruchama verstand es nicht, aber sie dachte an Ruth Duda'i. Sie kannte das Gedicht nicht, das Scha'ul zitiert hatte, wußte nicht, wie es weiterging. Ihr Unverständnis stand ihr offenbar ins Gesicht geschrieben, und als Antwort deutete Tirosch auf das Buch Avidans, das auf seinem Tisch lag. Er verwies sie auf das Gedicht *Persönliche Probleme* und riet ihr, »ganz allgemein, sich der Poesie als Lebenshilfe zu bedienen«.

Viele Male hatte sich Ruchama ihre Trennung vorgestellt. Doch nie hätte sie geglaubt, daß es so weh tun könnte. Nie hätte sie angenommen, trotz allem, was über ihn erzählt wurde, trotz aller Anzeichen, daß er so grausam sein könnte. Was habe ich denn getan? wollte sie fragen, doch sie schluckte diese Frage herunter, als sie sah, daß er wieder seine Fingernägel begutachtete. Sie spürte, daß ihre Anwesenheit überflüssig war.

Innerlich zählte sie die Tage, die seither vergangen waren: Donnerstag, Freitag, Sabbat, Sonntag – und der fängt erst an.

Seit Donnerstag nachmittag hatte sie das Bett nicht verlassen. Tuwja hatte im Krankenhaus Bescheid gesagt, daß sie krank sei, und sie mit distanzierter Anteilnahme gepflegt. Hinter seinen gewohnten Bewegungen war eine neue Energie spürbar geworden, etwas, was sie nicht an ihm kannte. Etwas, was an Wut und Verzweiflung erinnerte.

Der Name Scha'uls wurde von beiden nicht erwähnt. Tuwja verließ die Wohnung und blieb endlos fort. Sie wußte nicht, wo er war. Am Freitag ging er zur Fakultätsversammlung und kam spätnachts zurück.

Sie verbrachte die Tage seit der Trennung schlafend. Nur manchmal stand sie auf, um zur Toilette zu gehen oder Wasser zu trinken. Wenn sie für eine Minute aufwachte, quälte sie das Gefühl des Untergangs mit einer ungekannten Macht, und sie glaubte, ihr Körper könne die Trennung nicht ertragen. Das Vergnügen, das sie seit ihrem Zusammensein mit Scha'ul kannte, das körperliche Vergnügen, war zu einer Sucht geworden, und sie wußte nicht, wie sie sich von ihr befreien sollte.

Wenn Tuwja zurückkam und sie zerstreut dazu drängte, etwas zu essen, schüttelte sie den Kopf. Es fiel ihr schwer zu sprechen, und Tuwja versuchte nicht, sie dazu zu zwingen.

Zum ersten Mal in ihrem Leben verspürte Ruchama den Wunsch, daß er die Mauer durchbrach, daß er ihr half. Und ausgerechnet diesmal, das merkte sie, war er erleichtert über ihre Zurückgezogenheit und ihr Desinteresse an dem, was er tat. Den ganzen Sabbat verbrachte er in seinem Arbeitszimmer.

Nun, nach dem Gespräch mit Adina, ging sie hinüber, zum ersten Mal seit Freitag, und fand ihn auf dem Sofa liegend, wo er mit offenen Augen an die Decke starrte. Auf dem Teppich zu seinen Füßen lagen alle Gedichtbände Tiroschs.

Ruchama begann sich zu fragen, ob Tuwja an ihrem Leiden teilhatte, diesem so sehr persönlichen Leiden daran, daß sie keinen Platz mehr im Leben Scha'uls hatte.

Es kann nicht sein, daß er es ihm gesagt hat, dachte sie. Er kann es unmöglich gewagt haben. Ausgeschlossen, daß Tuwja es weiß. Sie schaute ihn an. Er starrte weiterhin zur Decke, doch dann drehte er sich langsam zu ihr um. Er wirkte irgendwie leblos, gleichgültig.

»Das war Adina«, sagte sie leise. Dieser Satz schien ihr sicherer zu sein als alle Dinge der Welt.

»Was ist mit Adina?« fragte Tuwja, und dann sah sie, daß er das Telefon, das auf dem Tisch stand, ausgesteckt hatte.

»Adina hat angerufen, sie sucht Scha'ul«, sagte Ruchama unsicher.

»Warum sucht sie ihn bei uns?« fragte Tuwja.

»Ich weiß es nicht. Sie versucht schon seit gestern, ihn zu erreichen. Ist er irgendwo hingefahren?«

»Keine Ahnung«, sagte Tuwja und setzte sich auf.

»Was ist los?« fragte Ruchama, und Tuwja antwortete nicht. »Jedenfalls hat sie gesagt, du sollst sie anrufen, bevor du kommst. Sie hat gesagt, du mußt hin. Hast du heute Vorlesung?«

Tuwja nickte. »Es ist die letzte große Vorlesung in diesem Jahr«, sagte er mit unendlich müder Stimme. »Diese Woche geht das Semester zu Ende, ich habe nur noch zwei Seminare.«

»Gut. Dann ruf Adina an. Ich glaube, ich gehe heute wieder zur Arbeit.«

Tuwja reagierte nicht. Er starrte noch immer geistesabwesend vor sich hin.

Ruchama betrachtete ihn mit wachsender Panik. Vermutlich hatte er es ihm doch gesagt, eine andere Erklärung gab es nicht.

Tuwja schüttelte sich und streckte die Beine aus. Das kleine Zimmer war vollgestopft mit Büchern. Überall lagen Stapel, in den Regalen, auf dem Schreibtisch, auf dem Fußboden. Zum Teil waren sie aufgeschlagen, in anderen steckten Notizzettel. Jedes Buch im Zimmer sah aus, als habe es jemand viele Male in der Hand gehabt. »Abgegriffene Bücher«, hatte Scha'ul Tirosch einmal mit amüsierter Zuneigung zu Tuwja gesagt. »Bücher, die man immer benutzt.«

Ruchama fiel auf, daß Tuwja in seinen Kleidern geschlafen hatte, sie bemerkte den säuerlichen Geruch, der im Zimmer stand. Sein Gesicht war blaß und hatte einen gequälten Ausdruck, als er sagte: »Gut, ich werde sie anrufen. Sonst verfolgt sie mich noch den ganzen Tag. Ich habe keine Kraft, mit ihr zu sprechen.«

Als sie den Stecker in die Dose neben Tuwjas weißem Sofa steckte, fing das Telefon an, ohrenbetäubend zu klingeln. Tuwja nahm den Hörer ab und hielt ihn in einiger Entfernung zum Ohr. Seine dünnen, farblosen Haare standen ihm wirr um den Kopf, und seine Kopfhaut war zu sehen. Der Anblick bereitete ihr Übelkeit.

Von der anderen Seite war die Stimme eines Mannes zu hören. Eine Stimme, die Ruchama kannte, schrie förmlich in den Hörer. Obwohl sie neben der Tür stand, verstand sie fast jedes Wort.

»Wo ist Tirosch?« brüllte Aharonowitsch, und ohne eine Antwort abzuwarten: »Hast du heute morgen schon mit Adina gesprochen?«

Tuwja sagte leise, er habe noch mit niemandem gesprochen.

»Dann weißt du noch gar nicht, was passiert ist?« fragte Aharonowitsch.

Mit heiserer Stimme erkundigte sich Tuwja, was denn passiert sei. Er drückte den Hörer ans Ohr, und die kleinen Äderchen in seinem Gesicht wurden blau, während er schweigend zuhörte. »Gut, ich komme sofort zur Fakultät«, sagte er und legte den Hörer auf.

Plötzlich schaute er Ruchama an, als sähe er sie zum ersten Mal. Er betrachtete sie erstaunt, mit einer Fremdheit, die sie noch nie in seinen Augen gesehen hatte, und sagte: »Ido Duda'i ist umgekommen, bei einem Taucherunglück.«

Ruchama sah ihn verständnislos an.

»Er hat einen Tauchkurs mitgemacht. Er mußte noch zweimal tauchen, um den Schein zu bekommen. Vorgestern ist er nach Eilat gefahren, gleich nach der Versammlung. Gestern ist es passiert, Einzelheiten weiß ich noch nicht. Ich fahre zur Fakultät. Wenn jemand mich sucht, dann sag, daß ich im Sekretariat bin. Sie versucht seit gestern abend, Scha'ul zu erreichen.«

»Wer? Wer hat ihn gesucht?« fragte Ruchama mit kaum verhohlener Panik.

»Ruth Duda'i hat Adina informiert, und Adina hat gestern noch angefangen, hinter ihm herzutelefonieren, von zu Hause, hat ihn aber nicht erreicht.« Tuwja suchte fieberhaft nach den Autoschlüsseln und fand sie schließlich unter der Kopie des ersten Teils von Ido Duda'is Doktorarbeit. Er schüttelte sich, murmelte etwas Ironisches und verließ das Haus.

Ruchama blieb noch eine Weile mitten im Zimmer stehen, dann setzte sie sich langsam auf das Sofa. Das lange T-Shirt, das ihr als Nachthemd diente, hatte sie seit letztem Donnerstag nicht mehr ausgezogen. Ihr Blick fiel auf ihre nackten Knie. Langsam, wie unter dem Einfluß von Beruhigungsmitteln, legte sie die Hand auf ein Knie und streichelte mit ihren dünnen, kurzen Fingern darüber. »Die Hand eines Kindes«, hatte Scha'ul manchmal gesagt und die Hornhaut geküßt, die vom Lutschen an ihrem Daumen zurückgeblieben war. Ruchama steckte den Daumen in den Mund. Der süße, beruhigende Geschmack von früher war verschwunden. Dann schaute sie sich um, als befände sie sich an einem fremden Ort.

Allmählich nahm sie die Titel der Bücher vor dem Sofa wahr, die Gedichtbände Tiroschs: *Das süße Gift des Geißblatts, Hartnäckige Brennesseln, Notwendige Gedichte.*

Die Wörter klangen wie Töne in ihren Ohren, ohne Bedeutung. Die Farben der Einbände, von denen zwei von Ja'akov Gafni, Tiroschs Lieblingsmaler, gestaltet worden waren, kamen ihr unerträglich grell vor.

Ohne daß sie wußte, warum, legte sie die Bücher auf

einen Haufen. Als sie auf dem Boden kniete, erblickte sie unter dem Kissen ein weiteres Buch, das nicht von Tirosch stammte. *Lieder eines grauen Kriegs* stand auf dem Umschlag, und darunter »von Anatoli Ferber«. Und weiter: »Bearbeitet und herausgegeben von Scha'ul Tirosch«.

Ruchama schaute unter das Sofa und zog von dort Tuwjas Buch hervor: »Die Bedeutung Tiroschs – Betrachtungen zu den Gedichten von Scha'ul Tirosch«, außerdem noch zwei Sonderdrucke, Vorlesungen über Gedichte von Scha'ul Tirosch.

Er hat es ihm gesagt, dachte Ruchama. Scha'ul hat ihm alles erzählt. Er hat es ihm gebeichtet, und jetzt überlegt Tuwja, ob er die Beziehung zu ihm abbrechen soll. Vielleicht auch mit mir. Ruchama stand auf. Ihre Knie waren voller Staub. Vor zwei Monaten hatte Tuwja zuletzt sein Zimmer saubergemacht. In den Ecken neben dem Schreibtisch lagen dicke Staubflocken. Ohne zu überlegen, wischte sie den Staub mit der Hand zu einem dicken Knäuel zusammen.

Das Klingeln des Telefons ließ sie zusammenfahren. Erst ging sie nicht hin. Es klingelte hartnäckig weiter, dann hörte es auf, um kurz darauf wieder anzufangen, als wolle es bis in alle Ewigkeit damit fortfahren. Schließlich nahm Ruchama den Hörer auf, der noch immer feucht und klebrig war von Tuwjas ewig schwitzenden Händen.

»Wie geht es dir, Ruchama?« fragte Zipora mit mütterlicher Besorgnis.

»Besser«, sagte Ruchama und zog an ihrem T-Shirt. Sie kniete sich hin und wischte mit der anderen Hand ein weiteres Staubknäuel zusammen. Vor ihrem inneren Auge sah sie das schwarze Telefon, das Büro der Krankenaufnahme im Scha'arei Zedek, die Hand Ziporas, die beim Sprechen über die Resopalplatte strich.

»Hast du noch Fieber?« fragte Zipora, und Ruchama sah den schweren Körper, die geschwollenen Füße, die Knöchel, die unter der Last des Körpers bläulich angelaufen waren. (»Krampfadern an den Beinen, von der ersten Schwangerschaft, das ist es, was mir von ihnen geblieben ist«, hatte Zipora damals gesagt, als ihr Sohn seine Freundin mit nach Hause brachte und verkündete, daß er die Absicht habe zu heiraten. »Warum hat er es so eilig? Was hat er davon? Was habe ich davon?«) Und Ruchama antwortete, nein, sie habe kein Fieber mehr.

»Nimmst du etwas? Aspirin, hörst du, Aspirin und heißen Tee mit Zitrone und viel Hühnersuppe«, sagte Zipora. Ruchama schwieg. Sie würde heute nicht zur Arbeit gehen, überlegte sie. Sie wollte nur ins Bett.

»Gut, ich will dich nicht länger stören, leg dich wieder hin, das ist am besten. Nicht zu früh aufstehen, du kannst dir nicht vorstellen, zu was für Komplikationen das führen kann. Was wir hier alles in den letzten Tagen gesehen haben. Erst heute ist ein junges Mädchen gekommen, fast noch ein Kind, eine Soldatin, ich weiß nicht, was sie sich bei der Armee denken.«

Ruchama begann, in dem Buch von Antoli Ferber zu blättern, »einem der hervorragendsten Gegner des Regimes in der Sowjetunion nach Stalin«, wie Scha'ul Tirosch in seiner Einleitung geschrieben hatte. »Geboren 1930 in Israel, damals Palästina, zog er mit seiner Mutter nach Moskau, als er drei Jahre alt war, und starb 1955 unter ungeklärten Umständen in einem Arbeitslager in Perm in Mordavia, im Ural.« Und plötzlich hörte sie die Stimme Scha'uls durch den Hörer, über Ziporas Stimme hinweg, als ob er ihr die Einleitung vorlas.

Panik erfaßte sie. Wunderbarerweise gelang es ihr gerade

noch, Ziporas Redefluß zu unterbrechen und mit schwacher Stimme zu sagen: »Ich bin jetzt müde, reden wir morgen bei der Arbeit weiter, Zipora, auf Wiedersehen.« Vorsichtig legte sie den Hörer auf, ließ das Staubknäuel fallen, legte sich auf den Rücken und starrte an die Decke. Schließlich schloß sie die Augen, und als sie wieder aufwachte, war es drei Uhr nachmittags.

Im Haus war es ruhig, die Fenster waren geschlossen, sie hatte den Geruch von Staub in der Nase. Tuwja war nirgends zu entdecken. Nicht in der Küche, nicht im Bad, nicht im Schlafzimmer und nicht in dem kleinen Wohnzimmer, das sie mit Möbeln aus dem Kibbuz eingerichtet hatten, die ihr, bevor sie Tirosch kennengelernt hatte, immer gut genug vorgekommen waren. Plötzlich fiel ihr ein, daß Ido Duda'i umgekommen war, so hatte Tuwja es ausgedrückt, bevor er das Haus verlassen hatte. Der Satz »Ido Duda'i ist umgekommen« klang wie ein Echo in ihrem Bewußtsein nach, brachte jedoch den Eisblock in ihrem Inneren nicht zum Schmelzen. Dann erinnerte sie sich an die Worte »bei einem Taucherunglück« und griff sich an den Hals, als sie vor sich das blaue, tiefe Wasser sah und an Atemnot dachte. Während der ganzen Zeit stand sie in der Küche und hielt das Brotmesser in der Hand, doch sie hatte keine Kraft, sich von dem harten, alten Laib eine Scheibe abzuschneiden. Tuwja hatte kein Brot gekauft.

Sie schaute auf die große Uhr an der Wand, ein Geschenk von Tuwjas Eltern. Es war zehn vor vier, und sie überlegte, daß Tuwja vielleicht nicht zurückkommen würde, nach Scha'uls Beichte. Dieser Gedanke machte ihr schon keine Angst mehr. Wieder griff sie sich an den Hals. Etwas anderes, nicht Tuwjas Abwesenheit, machte ihr angst. Sie wußte nicht, was es war, fühlte nur, wie schwer ihr Atem ging, und setzte sich auf den resopalbeschichteten Stuhl. Sie vergrub ihr Gesicht in den Händen, ließ es auf den Küchentisch sinken, dessen Resopalplatte mit Staub bedeckt war, und kämpfte gegen die Vorstellung von Scha'uls Gesicht: das spöttische Lächeln, das sich immer mehr verzerrte, bis der Mund zu einem Schrei aufgerissen war. Und dann schob sich das tote Gesicht Ido Duda'is über das Bild.

Viertes Kapitel

Im Laufe des Vormittags kamen die Dozenten einer nach dem anderen ins Sekretariat, und an ihrem Gesichtsausdruck merkte Racheli, ob sie die Nachricht schon mitbekommen hatten oder nicht. Tuwjas Anblick machte ihr eine Gänsehaut. Seine wäßrigen Augen waren blutunterlaufen, als habe er eine ganze Nacht durchgefeiert, wobei sogar Racheli, die Bürohilfe des Sekretariats, wußte, daß Dr. Schaj seine Nächte nicht durchfeierte. Die Art, wie er hereinplatzte, der gehetzte, verzweifelte Blick, den er über die Gesichter der Anwesenden gleiten ließ, die zerbrochene Stimme, als er fragte, ob weitere Einzelheiten bekannt seien, verwirrten Racheli.

Der sonst so ruhige, bis zur Langeweile bescheidene Mann sah jetzt irgendwie nackt aus. Seine Kleidung war zerknittert, als habe er darin geschlafen, graue Bartstoppeln bedeckten seine Wangen, seine dünnen Haare hätten einen Kamm nötig gehabt. Adina Lifkin bemerkte das alles, aber sie hütete sich, einen Kommentar abzugeben. Schließlich –

so hätte sie sicher gesagt, wenn man sie gefragt hätte – war ja eine Katastrophe passiert.

Es sei nicht nur ihr Sinn für Humor, der sie rette, sagte Racheli zu Dovik, der ihr den Arbeitsplatz verschafft hatte und seiner Verwunderung Ausdruck gab, daß sie so lange durchgehalten hatte. »Zehn Monate! In den letzten beiden Jahren hatte die Lifkin schon fünf Assistentinnen, und alle sind geflohen«, sagte Dovik, der in der Personalabteilung der Universität arbeitete.

Nein, Sinn für Humor reichte nicht, um fast ein Jahr lang die Launen Adina Lifkins auszuhalten. Lustigere Menschen als sie, behauptete Racheli, seien im Sekretariat zusammengebrochen und hätten vor Wut gebrüllt, als sie die Tür hinter sich zugeschlagen hatten. »Nur meiner wissenschaftlichen Neugier und der Tatsache, daß ich gerade eine Seminararbeit über zwanghafte Persönlichkeiten schreibe, ist es zu verdanken, daß ich es hier aushalte«, erklärte sie.

Racheli war Studentin für Psychologie im sechsten Semester und stand kurz vor dem Diplom. Über ihre Arbeit in der Abteilung Literatur sprach sie nur entschuldigend: »Alles in allem ist es eine bequeme Arbeit, ich habe mit ihr eine Abmachung wegen der Stunden, die ich zu den Vorlesungen gehe, sie mag es sowieso nicht, wenn jemand während der Sprechstunden im Zimmer ist. Aber was mich umbringt, sind die mitleidigen Blicke der anderen Sekretärinnen auf dem Campus. Jedesmal wenn ich in ein Büro komme und sage, daß sie mich geschickt hat, geraten die Leute in Panik und beeilen sich, mich wieder loszuwerden, und dann schauen sie mich an, als kehre ich in irgendein Straflager zurück.«

Ausgerechnet heute, sagte sich Racheli in einem Versuch, von der Katastrophe unberührt zu bleiben, funktionierte

Adina vorbildlich. Schon morgens um acht Uhr hängte sie einen Zettel mit der klaren und deutlichen Information auf: »Wegen unerwarteter Umstände finden heute keine Sprechstunden statt«, und schloß die Tür ab. Racheli saß hinter ihrem Schreibtisch, in einer der fünf Ecken des Raumes, vor sich einen Stapel mit grünen Mappen, die noch vom Freitag liegengeblieben waren. Heute hätte sie weitermachen müssen.

Die Arbeit bestand darin, die Namen der Kurse und die Computernummern der Studenten, die Adina sturerweise zu Beginn des Semesters immer mit Bleistift notierte, auszuradieren und mit Kugelschreiber zu ersetzen. Überflüssig zu erwähnen, daß sich Adina dem Computer gegenüber verhielt wie zu einem Instrument, das nur dazu da war, ihr das Leben schwerzumachen. (»Am Anfang des Jahres wissen sie noch nicht so genau, was sie wollen, und wechseln Kurse, deshalb trage ich sie nur mit Bleistift ein, weil es mir leid tut, das Formular zu versauen, später, wenn sie sich fest eingeschrieben haben und ihre Arbeiten abgeben, bessere ich es dann mit Kugelschreiber aus, weil der Bleistift nämlich verblaßt. Das ist zwar doppelte Arbeit, aber so bleibt die Mappe sauber, und das wirst du bei anderen Leuten nicht so schnell finden.«)

Also wurde Racheli an diesem Morgen von den grünen Mappen begrüßt. Als sie ins Zimmer trat, fand sie natürlich Adina schon vor, die, wie üblich, um sieben Uhr gekommen war. Ihre Augen waren rot, und ihr Tisch war leer. Sie teilte Racheli die Neuigkeiten mit und fügte hinzu: »Heute kann man unmöglich arbeiten. Ich habe die ganze Nacht nicht geschlafen. Was für ein Verlust! So ein vielversprechender junger Mann!«

Racheli befahl sich, Adina nicht für ihre Klischees zu

verurteilen. Sie hatte die Dinge so zu nehmen, wie sie waren, und ihre Zunge zu hüten.

Sie setzte sich an ihren Tisch und gestand sich ein, daß die Nachricht, obwohl sie Ido Duda'i gemocht hatte und von seinem Tod erschüttert war, sie doch nicht so sehr mitnahm, daß sie nicht arbeiten konnte. Schließlich kannte sie ihn, überlegte sie, nur vom Sekretariat des Fachbereichs und hatte mit ihm immer nur über Dinge gesprochen, die mit der Arbeit zusammenhingen. Sie setzte ein sehr beschäftigtes Gesicht auf, was sich als überflüssig herausstellte, denn Adina achtete gar nicht darauf, was sie tat.

Die Sekretärin selbst konnte nicht mal eine Minute auf ihrem Stuhl sitzen bleiben. Kaum saß sie, da sprang sie auch schon wieder auf. Ihr Tisch stand links vom einzigen Fenster des Raums, gegenüber der Eingangstür, und jede Minute klopfte jemand an. Drei Studenten, die ihren ganzen Mut zusammennahmen, um etwas zu klären. Einer nach dem anderen erhielten sie den üblichen Vortrag: »Erstens sind jetzt keine Sprechstunden, kommen Sie bitte zu den angegebenen Zeiten, weshalb haben wir sonst überhaupt Sprechstunden?« Und dann der Zusatz: »Und außerdem fällt die Sprechstunde heute aus, wie dem Anschlag zu entnehmen ist.«

Der Gesichtsausdruck des letzten Studenten grub sich in Rachelis Bewußtsein ein, der Blick eines Menschen, der vor jemandem steht, der die oberste Macht repräsentiert, und der, obwohl er weiß, daß ihm das schlecht bekommt und er besser verschwinden würde, hilflos stehenbleibt und sich der scheinbar logischen Beweisführung aussetzt. Die Fakultätssekretärin begründete ihre Handlungen immer und drückte sich ihren Opfern gegenüber stets höflich aus.

Wenn es sich um Assistenten und Professoren der Fakultät handelte, wurde ihre Argumentation persönlicher: »Ich muß Sie bitten, draußen zu warten, bis ich mit dem Telefongespräch fertig bin, ich kann nicht gleichzeitig sprechen und nachdenken und Ihnen behilflich sein. Nein, Sie können unmöglich hier sitzen und warten, das lenkt mich zu sehr ab.«

Sie brachte die ehrwürdigsten Professoren dazu, schon an der Tür einen Ausdruck christlicher Demut aufzusetzen. Sobald sie einen von ihnen hereinkommen sah, wurde ihre Stimme höher, ihre Augen zeigten Erschrecken, und dann spielte sich ein festes Ritual ab. Ostentativ räumte sie alle Unterlagen vom Schreibtisch (immer gab es in einer Ecke des Tisches einen ordentlichen Stapel von Aktenordnern und Papieren, den sie bereit war in Angriff zu nehmen: »wenn man mich nur ließe«). Dann legte sie ihre weichen Hände vor sich auf den Tisch und schien mit ihrer ganzen Person auszudrücken: »Hier bin ich und stehe Ihnen zur Verfügung; nichts in meinem Leben ist wichtiger als die Befriedigung Ihrer Bedürfnisse.« Aber niemand ließ sich von dieser Vorstellung täuschen; die versteckte Botschaft hinter der offiziellen war deutlich sichtbar: »Gehen Sie – Sie stören meine Ordnung.«

Racheli mußte immer an ihre Tante Zescha denken, an die Plastikdecken, die diese über die Möbel im Wohnzimmer zu breiten pflegte, an die beiden Kinder der Tante, die gezwungen waren, die meiste Zeit draußen zu spielen, um nichts kaputt oder schmutzig zu machen, und manchmal ertappte sie sich sogar selbst dabei, daß sie einen Seufzer der Erleichterung ausstieß, wenn der Professor das Sekretariat verließ und die Spannung sich wieder löste.

In der vergangenen Woche, als sogar Aharonowitsch wie ein ängstlicher Schüler an der Tür gestanden und gefragt hatte, ob er mal stören dürfe, hatte Racheli entschieden, wie das Thema ihrer Seminararbeit lauten würde: »Der Einfluß einer zwanghaften Persönlichkeit auf das Verhalten ihrer Kollegen am Arbeitsplatz.« An diesem Morgen versuchte sie insgeheim die Reaktion der Fakultätssekretärin vorauszusehen. Sie hatte angenommen, daß Adina sich noch fester an ihren Tagesablauf klammern würde, doch sie hatte sich geirrt.

Adinas Gesichtsausdruck zeigte, daß sie gewillt war, vollkommen auf einen funktionalen Ablauf zu verzichten. Der plötzliche Todesfall muß sie ziemlich aufgeregt haben, dachte Racheli, um so mehr, als Ido Duda'i im Sekretariat eine Sonderstellung eingenommen hatte. Er hatte mütterliche Gefühle in Adina geweckt. Er war auch der einzige gewesen, der sich interessiert die Geschichten über ihre Enkelkinder angehört hatte, der mit ihr über Heilpflanzen geredet und sogar Rezepte getauscht hatte, vor allem zu verschiedenen Diäten. Ihm hatte Adina sogar die nachlässige Kleidung verziehen und ihm erlaubt, im Zimmer zu bleiben, wenn sie telefonierte.

An diesem Morgen sah Adina aus, als habe sie beschlossen, tüchtig, ruhig und vor allem beherrscht zu sein. Die Studenten, die trotz der Ankündigung das Zimmer betreten wollten, komplimentierte sie geduldig hinaus und sagte kein Wort über die Katastrophe. Den Becher Naturjoghurt und die Gurke, die sie sich bis mittags zu essen erlaubte, stellte sie mit dem Ausdruck des Abscheus in die unterste Schublade, und Racheli erinnerte sich plötzlich an eine Bemerkung, die Tirosch einmal in den Raum geworfen hatte, als er die Tüte mit der Gurke gesehen hatte: »Zwanzig Jahre kenne ich sie jetzt, und seit zwanzig Jahren macht sie Diät.«

Rachelis Gedanken wanderten zu Tirosch, den Adina immer noch fieberhaft zu erreichen versuchte. »Bis Mitternacht habe ich es von zu Hause probiert, obwohl ich Gäste hatte, und heute morgen war ich schon um sieben hier und habe ständig versucht, ihn zu erreichen.« Wieder staunte Racheli über Adinas Gelassenheit, die noch nicht einmal erschüttert wurde, als Tuwja Schaj hereinstürzte. Auch ihm gab sie die gleiche Erklärung. Mit ruhiger Stimme sagte sie langsam, zum zehnten Mal an diesem Morgen: »Wir wissen keine Einzelheiten. Ich stehe mit Ruth in Verbindung, seine Eltern wurden schon informiert. Man sucht immer noch nach den Ursachen für seinen Tod, es besteht der Verdacht, daß die Taucherausrüstung defekt war. Aber die Untersuchungen sind noch nicht abgeschlossen. Ich weiß nichts über die Beerdigung, man wird uns Bescheid geben, wann sie stattfinden kann. Ich würde gerne mit Professor Tirosch in Verbindung treten, vielleicht wissen Sie, wo ich ihn finden kann?« Das alles sagte sie mit ernstem, sogar feierlichem Gesicht, als wolle sie ausdrükken: Wenn etwas wirklich Ernstes passiert, kann ich praktisch und tüchtig sein.

Alle schauten Tuwja an. Der sagte, er habe ihn am Freitag zum letzten Mal gesehen, als sie mittags nach der Sitzung der Fakultät zusammen aßen. »Und ich glaube, er hat was über eine Fahrt nach Tel Aviv gesagt, aber ich bin nicht sicher.«

Seine Stimme klang voller als sonst, und Racheli, die insgeheim weiter das Spiel »Voraussagen« spielte, stellte da schon fest, daß »er nicht er selbst war«, daß er sich gleichzeitig distanziert und ungewöhnlich hilfreich zeigte, als er lauter als gewöhnlich zu überlegen begann, wie man Tirosch erreichen könne. Racheli fiel auf, mit welch deutlichem Unbehagen Tuwja Schaj nun auf Aharonowitsch reagierte, der ruhiger war als sonst, sogar in sich gekehrt, und nur sagte, es sei vielleicht sinnvoll, wenn Adina in Tiroschs Zimmer nachsehe, möglicherweise habe er ja irgendeine Nachricht hinterlassen.

Racheli hatte das Gefühl, als hielten sie sich schon seit Stunden im Sekretariat auf, einem Raum, der zu klein war für alle, im sechsten Stock des lilafarbenen Teils im geisteswissenschaftlichen Gebäude auf dem Har ha-Zofim, in dem verrückten Gebäudekomplex der Universität, über den Tirosch einmal eine – häufig zitierte – Bemerkung gemacht hatte: »Man müßte den Menschen zum Tod verurteilen, der das alles geplant hat. Gefängnis reicht nicht aus, nur die Todesstrafe.« Bis zu jenem Sonntag hatte man diesen Spruch lächelnd zitiert. (Später schien er nachträglich etwas Schicksalhaftes bekommen zu haben, hatte etwas von tragischer Ironie, ein Ausdruck, den Racheli im Sekretariat mitbekommen hatte.)

Von Zeit zu Zeit ging jemand hinaus und kam mit einer Tasse schwarzen Kaffees zurück, manchmal wurde das leise Gemurmel von einem zögernden Klopfen an der Tür gestört, und ein erschreckter Student steckte den Kopf hinein. Wenn er die versammelten Fakultätsmitglieder sah, verschwand er sofort wieder, bevor Adina noch etwas über die ausgefallene Sprechstunde hatte sagen können.

Die Dozenten der Abteilung waren wie zufällig zusammengekommen, als sie Prüfungsbögen brachten oder Seminararbeiten abholten, aber alle blieben in dem kleinen Raum, verbunden durch den Schock und die Trauer um Ido. Die üblichen Spannungen waren für den Moment verschwunden. Alle haben Ido gemocht, dachte Racheli. Von Zeit zu Zeit brach jemand das Schweigen. Sarah Amir fragte, was mit Ruth sein würde, »und dabei ist die Kleine noch nicht mal ein Jahr alt«.

Dita Fuchs, die ihren lilafarbenen Hut abgenommen hatte und jetzt auf der Kante von Adinas Schreibtisch saß – es gab nicht genügend Stühle im Raum –, fragte wieder und wieder, wozu Ido das gebraucht habe, diese Taucherei. Zu einer anderen Zeit hätte sich Adina aufgeregt, weil Dita Fuchs auf dem Tisch saß, doch heute übersah sie das großzügig.

Racheli beobachtete Dita Fuchs interessiert; sie sog den Duft ihres süßen Parfüms ein und erinnerte sich an das Gerücht, daß sie Tiroschs längstes Liebesverhältnis gewesen sei. Vor vielen Jahren, hatte Racheli gehört, seien sie unzertrennlich gewesen, und auch nachdem sie ihre Beziehung beendet hatten, standen sie sich noch ziemlich nahe. Die Gesichtszüge von Dita Fuchs zeigten weiblichen Charme und Spuren von Leid, eine Kombination, die ihr, besonders an diesem Morgen, etwas Pathetisches verlieh, ganz im Gegensatz zu der gönnerhaften Freundlichkeit, mit der sie jeden behandelte.

Erst hier, im Sekretariat, hatte Dita Fuchs von dem Unglück erfahren. Racheli war Zeugin ihres hemmungslosen Weinens gewesen, hatte die zarte Hand gesehen, die sich an den Hals gefaßt hatte, als Dita sagte: »Ich habe gewußt, daß sie in einer Katastrophe enden würde, diese Taucherei. So ein begabter junger Mann. Wozu hat er das gebraucht?«

Adina kochte ihr einen starken Tee und streichelte ihr sogar über den Arm. Normalerweise herrschte zwischen den beiden ein abgrundtiefer Haß, der seinen Ausdruck in der zuckersüßen Freundlichkeit fand, mit der sie sich gegenseitig behandelten, und in den ausgeklügelten bürokratischen Hürden, die Adina vor den Studenten von Dr. Fuchs aufhäufte. Als Tuwja hereinstürzte, hatte sich Dita Fuchs schon etwas beruhigt, sie saß auf der Tischkante und strich sich ständig unsichtbare Falten aus dem engen Rock. »Wo ist Scha'ul?« hatte sie hilflos gefragt. Und Racheli hatte gedacht: Als brauchten sie alle dringend einen mächtigen Vater, der die Dinge in die Hand nimmt und alles organisiert. Ihr war nicht klar, was organisiert werden müßte, aber etwas von der Last, die sie alle bedrückte, senkte sich auch auf Racheli und trübte das klare Urteilsvermögen ein wenig, auf das sie sonst so stolz war. Es war schrecklich, erwachsene Menschen in solcher Bedrängnis zu sehen, daß sie nicht mehr wußten, was sie sagen sollten.

Sarah Amir war die erste im Zimmer, die den Namen Arie Klein erwähnte. In ihrer berühmten Direktheit platzte sie in einem Moment des Schweigens heraus: »Schade, daß Arie nicht da ist. Er hätte sich um alles gekümmert, wie es sich gehört. Was für ein Glück, daß er übermorgen zurückkommt.« Dita Fuchs seufzte, und Adina sagte, wie immer, wenn sein Name fiel: »Was für ein Mann!« Dreimal hintereinander.

Racheli hatte Professor Klein, der das letzte Jahr an der Columbia University in New York verbracht hatte, noch nicht kennengelernt, wartete aber begierig darauf. Im Laufe der zehn Monate, die sie in dieser Abteilung arbeitete, von September bis Juni, war kein Tag vergangen, an dem Adina ihn nicht erwähnt hatte. An den Tagen, an denen Post von ihm kam, vor allem, wenn er sich in seinem Brief ausdrücklich auf Adina bezog und persönliche Fragen stellte, konnte Racheli hinausgehen und Kaffee trinken, ohne von der Sekretärin getadelt zu werden. Wenn sie zurückkam, lächelte Adina immer noch, und sie las den Brief wieder und wieder, und manchmal las sie sogar einige Stellen laut vor.

Racheli bewunderte Professor Klein schon im voraus, wegen des Lächelns auf den Gesichtern der Leute, wenn sein Name fiel. »Wann kommt er? Übermorgen?« murmelte Aharonowitsch und fügte hinzu: »Nun, vielleicht wird er es sogar schaffen, zur Beerdigung zu kommen.«

Wieder breitete sich drückende Stille im Zimmer aus, und Tuwja Schaj fuhr sich durch die dünnen, farblosen, nach allen Seiten abstehenden Haare, mit einer Bewegung, die bei Tirosch reizvoll aussah, bei Tuwja aber grotesk.

Die schweren Schritte Schulamit Zelermaiers waren, trotz ihrer weich besohlten Sandalen, schon von draußen zu hören. Racheli hielt die Luft an, während sie gespannt auf das Auftauchen der Frau wartete, die sie bei sich »Dinosaurier« nannte. Obwohl sie einmal in einem anthropologischen Buch gelesen hatte, daß die Dinosaurier überhaupt nicht aggressiv gewesen waren, machten sie ihr angst, sogar auf Bildern. Schulamit Zelermaier mit ihren hervorquellenden Augen, der spitzen Zunge, ihren ungezügelten Ausbrüchen und ihrem Perfektionismus weckte Furcht in ihr. Auch wenn sie ins Sekretariat kam, um irgendeine »Anekdote« zu erzählen, irgendwelchen Klatsch, hoffte Racheli angespannt, daß sie bald wieder ging.

Als sie nun das Zimmer betrat, die Tür zumachte und alle Anwesenden schweigend anschaute, atmete Racheli erleichtert auf. Schulamit Zelermaier wußte also Bescheid und hatte beschlossen, beherrscht zu sein. Sie hatte den Kopf zur Seite geneigt, ohne auch nur den Anflug eines sarkastischen Lächelns zu zeigen, und sagte nur: »Furchtbar, einfach furchtbar.« Racheli machte sofort den Stuhl für sie frei, und Schulamit Zelermaier ließ ihren schweren Körper mit einem Seufzer darauf fallen.

Wieder ging die Tür auf, und zwei junge Fakultätsassistentinnen kamen herein, Zipi Lev-Ari in einem dünnen, weißen arabischen Gewand, und hinter ihr Ja'el, deren Anblick Racheli wie immer in feierliche Erregung versetzte.

»Sie ist nicht einfach eine gewöhnliche Schönheit«, sagte sie jedesmal zu ihren Freunden, wenn sie ihnen das »Phänomen« zeigte, wie sie es ausdrückte, und fragte dann sofort: »Nun, was sagst du?« Und jedesmal war sie wütend über die Reaktion der Männer. Alle Frauen staunten pflichtschuldig, aber die Männer schreckten zurück. »Man kann sie nicht anfassen«, hatte Dubik einmal gesagt. »Sie würde zerbrechen. Warum ißt sie nichts?« Sogar Tirosch zeigte ihr gegenüber eine Behutsamkeit, die Racheli sonst nie an ihm aufgefallen war. In Ja'els Anwesenheit wurde seine Stimme weich und beschützend, und nie flirtete er mit ihr.

Ja'el Eisenstein war zart wie eine Blüte. Ihr Gesicht war weiß und rein, sie hatte hellblaue Augen, in denen alle Trauer der Welt lag, sie hatte dicke blonde Locken, die ihr über die Schultern fielen, »alles Natur«, wie Racheli stolz jedem erklärte, der es wissen wollte. Wie immer war ihr zierlicher Körper in ein dünnes fließendes schwarzes Strickkleid gehüllt, dünn und glatt, und zwischen den schmalen Fingern, die gelb vom Nikotin waren, hielt sie eine Zigarette, deren Geruch das Zimmer erfüllte. »Sie raucht ausschließlich Nelsons, ununterbrochen, und sie trinkt ständig schwarzen Kaffee. Ich habe sie noch nie etwas essen sehen, und sie fährt nur mit dem Taxi, sie hat Angst vor Menschenmengen, sie kommt aus einer sehr reichen Familie«, hatte ihr Zipi einmal erzählt, als Racheli eine beiläufige Frage gestellt hatte. Zipi hätte gern eine ebensolche spirituelle Ausstrahlung wie dieses Mädchen gehabt. »Sie ist nur Geist, ohne Körper. Einmal war ich bei ihr zu Hause, ich habe versucht, sie zu überreden, sich uns anzuschließen, unserer Gruppe, und habe einen Blick in ihren Kühlschrank geworfen. Es waren nur zwei Joghurts und weißer Käse drin, das war alles. Und glaube ja nicht, daß sie jemals anders angezogen war. Ich kenne sie von Anfang an, seit dem Beginn des Studiums, und nie hat sie was anderes angehabt, und nie hat jemand gewagt, mit ihr zu sprechen. Irgendwann habe ich sie einfach mal angesprochen, und sie ist ein nettes Mädchen. Überhaupt nicht versnobt, nur scheu und unsicher. Seit ich sie zum ersten Mal gesehen habe, und das ist Jahre her, trägt sie immer diese schwarzen Sachen. Auch als kurze, weite Kleider in Mode waren, hat sie einen engen schwarzen Strickrock getragen, und diese Blusen, dünne Sandalen, auch im Winter, und immer hat sie Nelsons geraucht, nie hat sie sich auf den Rasen gelegt, immer war sie in der Bibliothek und ging nur hinaus, um eine Zigarette zu rauchen, und in den Pausen hat sie in der Cafeteria immer an einem Tisch in der Ecke gesessen, immer nur mit einer Tasse Kaffee. Was soll ich dir sagen, sie ist wirklich was ganz Besonderes!«

An Zipis Fröhlichkeit merkte Racheli, daß sie noch nichts wußte.

Sie trat ins Sekretariat, schwenkte die Unterlagen, die sie in der Hand hielt, und verkündete: »Das war's! Ich habe das Jahr hinter mir! Ich schwöre euch, daß ich nie mehr Bibliographieren unterrichte.« Dann bemerkte sie die Stille im Zimmer, die ernsten Gesichter, und fragte: »Was macht ihr eigentlich alle hier? Ich bin nur gekommen, um die Prüfungsfragen abzugeben. Ist was passiert?« Sie machte noch ein paar Schritte ins Zimmer, und Ja'el folgte ihr.

Beide standen vor der Fertigstellung ihrer Doktorarbeit. Zipi schrieb über die Stellung der Frau in der Volksliteratur und gehörte, wie man so sagte, Aharonowitsch. Ja'el, deren

Thema hebräische Stegreifdichtung in der Literatur des Mittelalters war, wurde als persönliches Eigentum von Arie Klein betrachtet.

Von den zehn Doktoranden der Fakultät waren nur vier als Assistenten ausgesucht worden. Sie waren zwar in verschiedenen Bereichen tätig, doch allen war erklärt worden, daß aufgrund der letzten Kürzungen nur noch einem von ihnen ein Platz zur Verfügung stünde, um eine »glatte« akademische Karriere zu machen. Für die anderen gebe es keinen Etat mehr. Die älteren Dozenten sahen in ihnen ihre geistigen Erben und vor allem den konkreten Ausdruck ihres Erfolges in der Literaturforschung. Obwohl alle wußten, daß nur einer von ihnen nach der Promotion eine Stelle als Dozent bekommen konnte, war es ihnen gelungen, untereinander ein enges und gutes Verhältnis zu bewahren, ohne einander zu verleumden, und Racheli hatte sich oft gefragt, ob das nicht eigentlich Thema einer besonderen wissenschaftlichen Studie sein könnte.

Sarah Amir strich ihr geblümtes Kleid glatt. Ihre klugen braunen Augen richteten sich zuerst auf Zipi, dann auf Ja'el – Racheli war das besorgte Aufblitzen in ihren Augen bei Ja'els Eintritt nicht entgangen –, dann sagte Sarah schließlich, ohne den Blick von Ja'el zu wenden: »Ido ist nicht mehr da.«

»Was heißt das, ist nicht mehr da?« fragte Zipi, und ihre Hand begann zu zittern, doch alle schauten Ja'el an, deren weißes Gesicht durchsichtig wurde und deren Lider zu zukken begannen. »Sie ist psychisch nicht sehr stark«, erinnerte sich Racheli an eine Bemerkung von Dita Fuchs, und sah von einem zum anderen. Alle hielten den Atem an, als Sarah Amir in ihrer unverblümten Art sagte: »Er ist bei einem Taucherunfall umgekommen.«

Adina machte den Mund auf, und Racheli wußte, daß sie die bekannten Sätze sagen wollte, von den Einzelheiten, die nicht bekannt seien, aber Adina besann sich, als Aharonowitsch ihr unter zusammengezogenen Brauen einen Blick zuwarf. Mit einer Zartheit, die man sonst nicht an ihm kannte, nahm er Ja'els Arm und führte sie zum offenen Fenster, durch das allerdings nicht der kleinste Windhauch hereindrang. Er zog sie an seine Schulter und streichelte ihr zärtlich den Arm, während Adina schnell ein Glas Wasser aus dem Flur nebenan holte. Niemand achtete auf Zipi, die den Stapel mit Blättern fallen ließ und in lautes, heiseres Weinen ausbrach. Ja'el stand am Fenster und sagte kein Wort, ihr Körper war wie erstarrt. Adina hielt ihr das Glas Wasser hin, dann wandte sie sich schließlich an Zipi und hielt ihre kleine Aussprache bezüglich der Einzelheiten und der Beerdigung. Sie beendete sie mit der Frage, ob Zipi den Dekan der Fakultät gesehen habe, und Zipi schüttelte den Kopf und murmelte schluchzend: »Ich suche ihn auch, ich komme gerade von seinem Zimmer, aber da ist er nicht, das Zimmer ist abgeschlossen, ich war für heute morgen mit ihm verabredet.«

Ja'el schüttelte Aharonowitschs Hand ab und sagte mit ihrer glockenreinen Stimme – Tirosch hatte einmal in Rachelis Anwesenheit gesagt, wie schade es sei, daß sie nicht singen gelernt habe, dann hatte er hinzugefügt, wenn man die Augen schließe, höre man hinter ihrer Stimme Arien aus der *Hochzeit des Figaro* – mit dieser glockenreinen Stimme sagte sie also: »Aber es kam ein unangenehmer Geruch aus seinem Zimmer.« In diesem Moment dachte Racheli, das sei der Beweis dafür, daß sie letztlich doch nur eine ganz gewöhnliche Verrückte sei.

Wieder wurde es still im Zimmer. Tuwja schaute sie

erschrocken an, als er sagte: »Was meinst du damit?« Rachelis Blick huschte von einem zum anderen. Plötzlich kamen ihr alle wie große Geier vor, die auf eine unbekannte Beute warteten, und nur Ja'el, schwarz gekleidet, sah aus wie ein verirrtes Vögelchen. Sie wiederholte: »Ich weiß nicht, ein seltsamer Geruch wie von einer toten Katze.«

Wie immer war es Sarah Amir, die sich schnell faßte. Sie stand auf, schob ihren Stuhl zum Fenster in die schmale Lücke zwischen der Wand und Schreibtisch und drückte Ja'el darauf. Dann wandte sie sich zum Schreibtisch und zog mit einer entschlossenen Bewegung die Schublade auf. Adina blieb noch nicht einmal Zeit, zu protestieren, als sie das Schlüsselbund herauszog, von dem alle wußten, daß es da lag, das aber noch nie jemand in die Hand zu nehmen gewagt hatte. Sie suchte schnell einen Schlüssel heraus, wandte sich an Adina und fragte mit klarer, entschiedener Stimme: »Es ist der da, nicht wahr?«

Adina nickte und sah bestürzt zu Awraham Kalizki hinüber, dessen kleine, lächerliche Gestalt gerade den Türrahmen versperrte. Sein Gesicht, das immer den etwas verwirrten Ausdruck eines klugen, aber hilflosen Schülers zeigte, sah noch verwirrter aus, als er das volle Zimmer sah. Adina sagte, er solle hereinkommen und die Tür zumachen, es gäbe Durchzug und alle würden sich erkälten. Es gab nicht den geringsten Wind, der Chamsin dauerte schon eine Woche, aber niemand lächelte.

Erst dann sagte Adina: »Ich weiß nicht, ich habe gestern überall herumtelefoniert, und es war gar nicht so leicht, immer durchzukommen. Jetzt ist es schon eins, und ich habe kein Wort von ihm gehört. Aber ich traue mich nicht, ohne Erlaubnis in sein Zimmer zu gehen, das hat er überhaupt nicht gern, wißt ihr, und die Verantwortung bleibt schließlich an mir hängen. Ich habe bei allen Universitäten und Verlagen angerufen, und niemand hat ihn gesehen, und jetzt weiß ich nicht...«

»Gut, jetzt ist es nicht mehr Ihre Verantwortung«, sagte Sarah Amir. »Ich will wissen, wo wir ihn erreichen können und wer jetzt bei Ruth Duda'i ist. Wir müssen eine Anzeige in die Zeitung setzen, wir müssen uns um Ruth kümmern, und vielleicht liegt eine Nachricht in seinem Zimmer. Wir müssen etwas tun, wir können nicht einfach den ganzen Tag die Hände in den Schoß legen.« Sie wandte sich an Tuwja und fragte ungeduldig: »Kommst du mit?«

Tuwja Schaj sprang auf, als ob er aus einem Traum erwachte, und starrte sie voller Panik an. »Schau mich nicht so an, du kennst das Zimmer besser als ich, und Adina soll ebenfalls mitkommen. Ich übernehme die Verantwortung, Adina, schließlich handelt es sich um eine Notsituation. Verstehen Sie, Adina? Das ist ein Notfall!«

Tuwja Schaj sah sich verwirrt um. Racheli fiel ein, wie gern er Ido gehabt hatte, und empfand plötzlich großes Mitleid mit ihm. Vielleicht, dachte sie, war Ido für ihn eine Art Ersatz für den Sohn gewesen, den er nicht hatte, er sieht aus wie jemand, der einen Sohn verloren hat und es noch nicht fassen kann. Die plötzliche Energie, die er vorher gezeigt hatte, war völlig verschwunden, stellte sie fest, und er weckte in ihr das Bedürfnis zu weinen, wie er in der Ecke an der Wand lehnte, schweigend und hilflos, bis er sich schließlich bewegte und ergeben hinter Sarah Amir und Adina Lifkin herlief, deren innere Qual daran zu erkennen war, daß sie vergaß, die Tür hinter sich zu schließen.

Schulamit Zelermaier legte den Kopf schief, seufzte, und in ihren vorquellenden Augen war für einen Moment das böse, helle Leuchten zu sehen, vor dem sich Racheli fürchtete, seit die Frau das Zimmer betreten hatte. »Er hat sich bestimmt irgendwo eingeschlossen und beschäftigt sich mit Privatangelegenheiten«, sagte sie mit ihrer dunklen Stimme, aber Dita Fuchs warf ihr einen drohenden Blick zu, und Frau Dr. Zelermaier sprach nicht weiter. Das böse Leuchten erlosch, und nur ihr schwerer Atem war im Zimmer zu hören, als sie eine Schachtel Royal aus der Tasche ihres weiten Rockes zog – eine Marke, die Racheli besonders mochte – und sich eine Zigarette anzündete.

Wieder betrachtete Racheli die Menschen im Zimmer und stellte fest, daß Professor Kalizki noch immer gedankenverloren neben der Tür stand. Ihr fiel auf, wie klein seine Füße in den dicken Socken und den weichen Sandalen waren, die er trug, und plötzlich fiel ihr ein, was über ihn erzählt wurde, über seine allgemein bekannte Genauigkeit hinsichtlich bibliographischer Details.

Sie erinnerte sich an den Studenten, der in Adinas Zimmer geschrien hatte, die beiden Punkte, die ihm Kalizki wegen eines kleinen bibliographischen Fehlers bei seiner Seminararbeit abgezogen hatte, wären das einzige Hindernis für seine Zulassung zum zweiten Examen. Hilflos gegenüber Kalizkis Sturheit war er immer lauter geworden und verlangte zu wissen, wie er seine Note verbessern könnte. Kalizki hatte diese Frage ignoriert und statt dessen eifrig und mit demselben verwirrten Blick wie jetzt über die Schulter des Studenten die Arbeit in dessen Hand betrachtet, derselbe Blick, mit dem er nun sie durch seine Hornbrille mit den dicken Gläsern hindurch ansah, und zum ersten Mal, seit sie hier arbeitete, empfand Racheli auch ihm gegenüber eine gewisse Zuneigung. Er sah plötzlich in seiner Hilflosigkeit so menschlich aus, so traurig und erschüttert, und als er ihr die kindische Frage stellte: »Wo ist Professor

Tirosch?« schüttelte sie nur den Kopf, zum Zeichen, daß sie es auch nicht wisse. Dann erst schaute er zu Zipi hinüber, die in einer Ecke des Zimmers im Schneidersitz auf dem Boden saß, unaufhörlich schluchzte und von Zeit zu Zeit die Nase hochzog, und schließlich zu Ja'el, die auf dem Bürostuhl neben dem Fenster saß, bewegungslos wie eine Madonnenstatue. Hinter ihr stand Aharonowitsch, an dem Kalizkis fragender Blick hängenblieb. Aharonowitsch wollte ihm antworten, doch in diesem Moment ertönte ein lauter Schrei.

Und obwohl noch nie jemand sie so hatte schreien hören, wußten alle, daß dieser Schrei von Adina Lifkin stammte, der Fachbereichssekretärin.

Tatsächlich stand sie in der offenen Tür zu Tiroschs Zimmer und schrie und schrie. Das Zimmer lag neben dem Sekretariat, gleich hinter der nächsten Ecke auf der gegenüberliegenden Seite des Flurs, mit Blick auf die Altstadt. Racheli machte einen Satz, doch Aharonowitsch war schneller, er schob sie zur Seite und packte Adina am Arm, die aufhörte zu schreien und sagte: »Mir ist schlecht, oh, wie schlecht ist mir.« Und dann erbrach sie sich über das Kleid von Dita Fuchs, die zwischen ihr und Racheli stand, und entschuldigte sich noch nicht einmal, sondern ging, gestützt von Aharonowitsch, ins Sekretariat zurück. Racheli hatte einen Moment verständnislos und wie erstarrt dagestanden, unfähig zu begreifen, was passiert war, dann betrat sie Tiroschs Zimmer.

Sie nahm das Bild in sich auf, bevor Sarah Amir sie brutal am Arm packte, hinausschob und ins Sekretariat zurückführte. Im Vorbeigehen sah sie, wie Kalizki erschrocken und neugierig in das Zimmer spähte, wie sein Gesicht leer wurde, sie sah Tuwja Schaj aus Tiroschs Zimmer eilen und an ihnen vorbeirennen. Überall in dem verwinkelten Flur gingen die Türen auf, von allen Seiten kamen mit bestürzten Gesichtern Menschen gelaufen und stellten Fragen. Sarah Amir beachtete sie nicht.

Durch den Nebel vor ihren Augen, einem Nebel, in dem nur der Griff Sarah Amirs real war, spürte Racheli eine unaufhörliche Woge von Bewegungen, einen schrecklichen Lärm von Stimmen, und dann fand sie sich im Sekretariat wieder. Dort stand Tuwja Schaj und schrie ins Telefon: »Notarzt, Polizei, schnell!«, und erst dann drang der Geruch zu ihr durch.

Für eine ganze Weile sah Racheli die Gesichter im Zimmer nur verschwommen, dann löste sich der Nebel langsam auf, und sie bemerkte das Gesicht Aharonowitschs, das Entsetzen in seinen Augen, seine schmalen Lippen, sah, wie er Adina, die zusammengesunken und mit ausgestreckten Beinen auf ihrem Stuhl saß, ein Glas Wasser hinhielt. Adinas Augen waren geschlossen, und Wasser tropfte über ihren dicken Hals und rann von dort zu ihren großen Brüsten, die sich unter ihrem teuren, inzwischen schmutzig gewordenen T-Shirt abzeichneten.

Schulamit Zelermaiers Gesicht verzerrte sich, als Dita Fuchs etwas zu ihr sagte, sie stand auf und keuchte, ihre Augen quollen noch schrecklicher als zuvor heraus.

Es war unmöglich, in dem kleinen Zimmer zu bleiben, es war unmöglich, draußen in dem dunklen Flur zu stehen, dessen Ecken und Winkel jetzt so erschreckend aussahen. Racheli wollte weg von hier, fühlte sich aber unfähig, auf den Lift zu warten oder sechs Stockwerke durch das enge Treppenhaus hinunterzugehen bis zur Tiefgarage. Und neben der Tür stand noch immer Kalizki, und der Geruch, der sie noch monatelang begleiten sollte, wurde fühlbar und klebte an ihrem Körper. Dita Fuchs, die drinnen mit grauem Gesicht an der Wand lehnte, wiederholte: »Was ist los? Was soll das heißen? Ich glaube es nicht«, und brach in hysterisches Geschrei aus.

Sarah Amir hielt sie fest und murmelte unverständliche Worte, und auch ihrer Stimme war die Angst anzumerken. Nur Ja'el saß immer noch auf ihrem Stuhl, wie jene mittelalterliche Madonna, die Racheli einmal in einem Kunstbuch gesehen hatte, und sagte kein Wort. Dita Fuchs ging zum Fenster und atmete tief durch, und Tuwja Schaj schrie weiter unverständliche Wörter in den Telefonhörer, in einer Sprache, die Racheli fremd vorkam, und dann tauchte das Bild wieder auf, das sie in dem großen, prächtigen Zimmer Tiroschs gesehen hatte. Die Erinnerung überfiel sie mit aller Heftigkeit. Sie ließ sich auf den Boden fallen, direkt neben Zipi Lev-Ari.

Vor der Tür standen viele Leute und wollten wissen, was los war, aber niemand gab ihnen eine Antwort. Durch das ganze Durcheinander bahnte sich ein dicker, großer Mann seinen Weg, der für Racheli von ihrem Platz auf dem Fußboden aus wie ein Riese wirkte, und der mit dröhnender Stimme fröhlich rief: »Adinaleh, was machen denn alle hier? Zehn Monate bin ich weg, und schon ist alles ein Chaos!« Und als Adina den Kopf hob, die Augen aufriß, den Mann anblickte und in Tränen ausbrach, wußte Racheli, daß Arie Klein zurückgekommen war.

Tuwja Schaj starrte den Mann erschrocken an, legte den Hörer, den er noch immer in der Hand hielt, auf die Gabel und sagte: »Was machst du hier? Du hast mir doch geschrieben, daß du erst übermorgen kommst.«

»Gut, wenn ihr nicht wollt, daß ich früher komme, dann gehe ich gleich wieder.« Plötzlich schien er zu begreifen, daß etwas geschehen war, und mit alarmierter Stimme, aus der jede Fröhlichkeit verschwunden war, fragte er: »Was ist hier passiert?«

Alle schauten einander an und schwiegen. Diejenigen, die neben der Tür standen, warteten gespannt. Kalizki, mit einer Stimme, die noch dünner, zitternder und kurzatmiger war als sonst, berichtete: »Ido Duda'i ist gestern bei einem Taucherunglück umgekommen, und Scha'ul Tirosch ist gerade eben tot in seinem Zimmer aufgefunden worden.« Obwohl er so dicht neben Arie Klein stand, daß sein Kopf fast dessen Brust berührte, hatte Kalizki die Sätze fast geschrien. Vor dem Sekretariat waren entsetzte Ausrufe zu hören. Arie Klein schaute sich ungläubig um, dann machte er einen Satz zu Adinas Schreibtisch, beugte sich zu ihr hinunter, zog sie auf die Füße, packte sie an den Schultern und schüttelte sie, während er mit erstickter Stimme fragte: »Stimmt das, was er gesagt hat? Sag, stimmt das?« Adina schaute ihn an und schloß die Augen.

»Ich möchte es sehen«, sagte Arie Klein mit einem Blick auf Aharonowitsch, der den Kopf schüttelte und ruhig antwortete: »Das solltest du lieber nicht tun. Er sieht ...« Seine Stimme brach.

Klein öffnete den Mund, seine vollen Lippen zitterten, er wollte etwas erwidern, doch in diesem Moment erschienen die Sicherheitsbeauftragten der Universität an der Tür, dahinter zwei Polizisten in Uniform und zwei Männer in grünen Kitteln. Der Sicherheitsbeauftragte der geisteswissenschaftlichen Fakultät, den Racheli gut kannte, fragte: »Wo ist er, Adina? In seinem Zimmer?« Tuwja Schaj antwortete für sie und verließ hinter ihnen das Zimmer, wobei er vorsichtig Arie Klein aus dem Weg schob und sich einen Weg durch die Gruppe von Leuten bahnte, die von den

Sicherheitsbeamten aufgefordert wurden, in ihre Zimmer zurückzugehen und den Fortgang der Untersuchung nicht zu stören. Türen begannen sich den Korridor entlang zu öffnen und zu schließen. Arie Klein sah Aharonowitsch zögernd an und sagte: »Trotzdem, ich gehe hin.«

Er drehte sich um und ging zur Tür des Sekretariats, die noch offenstand, und stand einem großen, gutaussehenden Mann gegenüber, der mit seinen dunklen Augen die Anwesenden musterte. Auch Racheli hatte ihn bemerkt. Ruhig und bestimmt fragte er: »Entschuldigung, hat hier jemand ein Unglück gemeldet? Wir sind von der Polizei.«

Klein antwortete: »Kommen Sie, ich zeige es Ihnen.« Er wartete einige Sekunden auf den Mann von der Polizei, der sich umschaute und seinen Blick, wie Racheli bemerkte, besonders interessiert auf Ja'el ruhen ließ, die noch immer so reglos auf ihrem Platz saß, als ob ihr Geist in anderen Regionen schwebe.

Fünftes Kapitel

Oberinspektor Michael Ochajon hatte keinen Zweifel daran, daß Scha'ul Tirosch bei dem Gedanken, daß man ihn je so sehen würde, entsetzt gewesen wäre. Auch das gebügelte Taschentuch, das er sich vor die Nase hielt, half nichts gegen den Gestank.

Es war unmöglich, den Anblick des aufgequollenen Körpers, das Gesicht mit den unklaren Konturen und dem getrockneten Blut an Nase und Ohren, die Blutflecke auf dem weißen Hemd und dem grauen Anzug mit der Erscheinung in Verbindung zu bringen, an die sich Michael noch aus der Zeit erinnerte, als er damals als Student am Institut für Geschichte Vorlesungen über die Entwicklung der hebräischen Lyrik seit der Aufklärung gehört hatte – diese große, elegante Erscheinung, die so eindrucksvoll und bewundernswert gelassen am Katheder in dem großen Hörsaal im Haus Meiser auf dem alten Campus von Giv'at Ram stand und, die Arme locker am Körper, flüssig dozierte, ohne einen Blick in seine Aufzeichnungen zu werfen.

In einer Ecke des Zimmers, wo man die Überreste dieser Berühmtheit gefunden hatte, lag eine braune, vertrocknete Nelke, ein grotesker Beweis für die einstige ästhetische Perfektion des aufgequollenen Toten, der nun dem forschenden, aber keineswegs unbeteiligten Blick des Polizisten ausgesetzt war.

»Der Schädel hatte einmal eine Zunge und konnte singen«, erinnerte sich Michael, und für einen Moment fürchtete er, die Worte jenes Prinzen von Dänemark laut ausgesprochen zu haben, doch es war Arie Klein, dessen volle Lippen weiß geworden waren und zitterten, der das Schweigen, das im Angesicht des Todes entsteht, brach. Wortlos, ohne irgend jemanden zu zitieren, stieß er ein gurgelndes Geräusch aus und stolperte aus dem Zimmer.

Oberinspektor Ochajon gab Eli Bachar ein Zeichen, dieser ging hinaus und kam mit der Nachricht zurück, daß alle unterwegs seien. Michael stand in einer Ecke des Zimmers, neben dem Fenster, das er bereits vorsichtig geöffnet hatte, während er seine Hand in das Taschentuch wickelte, mit dem er sich die Nase zugehalten hatte, und hielt die Luft an.

Auf dieser Seite des Flurs waren die Zimmer größer und prächtiger, vermutlich waren sie nur für die älteren Professoren bestimmt, dachte Michael, sog die heiße Luft ein und schaute hinunter auf die goldene Kuppel der El-Aksa-Moschee und auf die Altstadt. Dann drehte er sich um und warf einen Blick auf die Leiche, erschauerte und wandte sich sofort wieder der Aussicht auf die Altstadt zu.

»Sie werden ihn runter in die Tiefgarage bringen müssen«, sagte Eli Bachar. Er stand in der Türöffnung und hielt die Tür ein Stück auf, offensichtlich in der Hoffnung, daß ein wenig Luft hereinkäme. »Die Aufzüge sind nicht weit von hier«, meinte Michael trocken. »Sie müssen nicht den ganzen Weg zu Fuß gehen.«

Eli Bachar schnaubte wie jemand, der sich die Nase zuhält, näherte sich vorsichtig der Leiche, die noch immer zwischen dem großen Stuhl und der Heizung lag, und schaute dem Pathologen über die Schulter, der sich über die Leiche gebeugt hatte. »Nicht anfassen!« warnte ihn Michael automatisch, ohne den Kopf zu wenden, wie jemand, der weiß, daß er etwas Überflüssiges sagt.

Lange Minuten vergingen, bis der junge Mediziner, dessen Gesicht zunehmend grüner wurde, bis es fast die Farbe seines grünlichen Kittels angenommen hatte, den Mund aufmachte. Dann sagte er schließlich leise: »Jemand hat hier wirklich ernsthaft verrückt gespielt.« Michael, der ihn noch nicht kannte, sah dem jungen Gesicht den Mangel an Erfahrung an und empfand Mitleid und Zuneigung für den jungen Mann, der es noch nicht gelernt hatte, sich hinter Fachausdrücken zu verschanzen. Nach einer Weile erklärte der Pathologe, daß man sicher Brüche der Wirbelsäule finden würde.

Den Blick noch immer auf die Leiche geheftet, fragte er, ob ihnen aufgefallen sei, daß die Krawatte benutzt worden war, um »... auch wenn klar ist, daß dies nicht die Todesursache war. Das kann ich mit ziemlicher Sicherheit sagen, noch vor der Obduktion, dieser Mann ist nicht durch Erwürgen gestorben, jedenfalls nicht durch Erwürgen mit der Krawatte. Hier, da können Sie es sehen«, wandte er sich an Eli Bachar. Dieser beugte sich gehorsam über den Hals des Toten, der um die verknotete Krawatte herum geschwollen war, wendete seinen Blick aber sofort wieder ab und stolperte zur Tür.

Von seinem Platz am Fenster beobachtete Oberinspektor Ochajon konzentriert das Gesicht des Pathologen. Er sah die dünnen Fältchen um die Augen und stellte fest, daß der Mann wohl doch nicht mehr so jung war.

Ruhig fragte er, wie lange der Tote seiner Ansicht nach schon so daliege, und der Pathologe antwortete: »Nun, es muß noch genauer untersucht werden, aber wenn Sie eine grobe Schätzung wollen ...« Michael nickte, und er fuhr fort: »Man kann ungefähr von achtundvierzig Stunden ausgehen, mindestens.« Er deutete auf den Anzug, der an dem aufgequollenen Körper eng und zerknittert aussah.

Michael fragte, ob er vor seinem Tod geschlagen worden sei. Der Arzt wischte sich mit der Hand, die in einem dünnen Gummihandschuh steckte, die Schweißperlen von der Stirn. »Es sieht so aus. Ich vermute, jemand hat ihn ins Gesicht geschlagen, vielleicht sogar mit der Faust, obwohl ich eher zu der Annahme neige, daß der Täter einen Gegenstand verwendet hat, vielleicht einen Stuhl, das scheint plausibler.« Er schaute Michael an, mit Augen, in denen noch das Entsetzen stand. Michael wollte nach weiteren medizinischen Details fragen, als die Tür aufging.

Auch auf den Gesichtern der Beamten von der Spurensicherung, die bereits alles gesehen hatten, gefror das energische Lächeln, noch bevor sie einen genauen Blick auf die

Leiche geworfen hatten. Michael wußte, daß sein Gesichtsausdruck den grauenvollen Anblick verriet – diesmal schaffte er es nicht, das aufzusetzen, was Zila liebevoll »dein Pokerface« nannte –, er sah es Pnina von der Spurensicherung an. Hinter ihr kam Zwika ins Zimmer, der Fotograf. Offenbar wollte er eine witzige Bemerkung machen, die jedoch auf seinen Lippen erstarb und sich in einen scharfen Pfiff verwandelte, während seine Hand an die Nase flog, um sie zuzuhalten.

Als sie mit dem Ausmessen und Fotografieren fast fertig waren, befanden sich im Zimmer bereits alle »Funktionen«, wie Eli Bachar sie immer nannte: der Chef der Jerusalemer Kriminalpolizei, der Polizeipressesprecher, der Offizier der Staatsanwaltschaft. Alle waren sie hereingekommen und hatten die Leiche betrachtet. Tapfer ertrugen sie den Geruch, um »im Bild zu sein«, und Arie Levi, der Polizeichef, bemerkte, das habe es noch nie gegeben, einen Mord an der Universität. »Vielleicht waren es Terroristen, was meinen Sie, Ochajon?«

Michael antwortete mit trockener Kehle: »Vielleicht«, und wartete ungeduldig darauf, daß die Leiche endlich aus dem Zimmer gebracht würde. Er fragte sich, ob dieser faule, süßliche Geruch je ganz aus diesem Raum verschwinden würde, einem Raum mit der schönsten Aussicht, die er sich vorstellen konnte. Er wußte, daß es Tage dauern würde, bis er den Geruch los würde, denn auch er würde ihn lange nicht aus der Nase bekommen. Schließlich hatte er den toten Mann einmal gekannt, hatte sich oft mit einem gewissen Neid an dessen gelassene Haltung während der Vorlesungen erinnert, an seine elegante Erscheinung.

Die Beamten von der Spurensicherung nahmen Fingerabdrücke, und Michael schaute ihnen zu, während ihre Stimmen wie aus weiter Ferne zu ihm drangen. Er bemerkte den konzentrierten Ausdruck auf dem Gesicht Eli Bachars, hörte das Gemurmel des Pathologen, der schließlich seine Instrumente einpackte und ging, während die Beamten der Spurensicherung noch immer nach Fingerabdrücken suchten. Dann, im Widerspruch zu den ungeschriebenen Gesetzen, die von ihm verlangten, während der Dauer der Spurensicherung am Tatort zu bleiben, verließ Michael den Raum und lehnte sich an die Wand im Flur und wartete, daß es vorbei wäre. Eigentlich hatte er auch gehofft, außerhalb des Zimmers, in dem die Leiche lag, wieder atmen zu können, doch die Luft in dem engen, verwinkelten Flur war stickig. Er ging den Flur entlang und gelangte an eine Stelle, wo drei Flure zusammentrafen. Dort, umgeben von lilafarbenen Wänden, setzte er sich auf eine Holzbank, an deren anderem Ende Arie Klein saß, den Kopf auf die Hände gestützt.

Arie Klein hob den Kopf und sah den Polizisten an. Seine Augen waren grau, tief und weit auseinanderstehend, in seinem Blick lagen Angst und Trauer. Michael Ochajon zündete sich eine Zigarette an und hielt dem großen Mann die Packung hin. Arie Klein schien mit sich zu kämpfen, schließlich zuckte er mit den Schultern, nahm eine Zigarette heraus und beugte sich zu Michael hinüber, der ihm Feuer gab. Einige Minuten lang rauchten sie schweigend.

Es war erstaunlich ruhig hier. Die lilafarbenen Wände waren nicht von Türen unterbrochen. Es gab Briefkästen, Anzeigetafeln und zwei Bänke. Einen Moment lang hatte Michael das Gefühl, ein Teil von ihm befände sich außerhalb seines Körpers, wie eine Sprechblase in einem Comic. Dieser Teil, eine Art Miniaturausgabe seiner selbst, betrachtete Oberinspektor Ochajon und Professor Klein, wie sie da saßen und rauchten, während auf ihren Gesichtern eine geheime Bruderschaft zu erkennen war, die Bruderschaft von Menschen, denen es noch nicht gelungen war, ihre Angst, die stärker war als alles andere, hinter einer Maske zu verstecken.

Der große, kräftige Körper Arie Kleins rutschte unbehaglich auf der schmalen Holzbank hin und her. Er wandte sein Gesicht Michael zu, der sah die grauen Augen, die Lippen, die sich bewegten, und hörte erst dann die Stimme des Professors für mittelalterliche Lyrik, die damals den großen Hörsaal im Haus Meiser auf dem alten Campus vom Giv'at Ram gefüllt hatte und die nun flüsterte: »Man kann nie voraussehen, was passieren wird.« Und dann, als habe er die stumme Frage des Polizisten verstanden, fügte er hinzu: »Ich hätte vorausgesagt, daß ich Trauer und Schmerz empfinden würde, vielleicht auch Entsetzen, aber mehr als alles habe ich Angst. Wie ein kleiner Junge, als besäße diese Leiche eine eigene Vitalität, eine Kraft, und könnte aufstehen und auf mich losgehen. Ich verstehe das nicht.«

Michael streckte die Beine aus und starrte vor sich hin, aber es entging ihm kein Wort, und er war sicher, daß Klein das wußte. »Es gibt nichts mehr, was ihm ähnlich sieht, Scha'ul, so wie ich ihn als lebendigen Menschen gekannt habe. Er ist noch nicht mal ein anderer Mensch, sondern nur ein anderes Ding. Das ist, glaube ich, auch der Grund, weshalb wir solche Angst haben.« Arie Klein drückte seine Zigarette in dem Stehaschenbecher aus. Michael hörte schweigend zu. »Ich meine damit, daß ich eben den Mann gesehen habe, den ich schon seit so vielen Jahren kenne, und jetzt ist er eine ekelhafte, stinkende Leiche, und kein Anzug und keine Nelke der Welt nützt ihm noch etwas. Dabei hatte er noch nicht mal ein Kind. Und mir gelingt es nicht,

Trauer zu empfinden. Nur Angst, keine Trauer. Der Mensch ist auf sich selbst gestellt, und schlimmer als alles ist seine Angst vor dem Tod. Ich meine nicht das Ende des Lebens, ich meine die eigentliche Begegnung mit dem Tod.«

Michael brachte nicht die innere Kraft auf, die günstige Gelegenheit zu nutzen, um das zu erhalten, was im Fachjargon »Information aus erster Hand« genannt wurde. Er wollte den Zauber der Nähe und der Intimität erhalten, den Einklang mit dem großgewachsenen Mann, der in seinen Augen immer schon ausgesehen hatte wie einer der Gründerväter Israels.

»Ich nehme an«, fuhr Klein fort und stand auf, »daß jemand, der bei der Polizei arbeitet und öfter mit solchen Vorfällen konfrontiert ist, bestimmte Methoden hat, sich vor der Angst zu schützen.«

»Sie irren sich«, sagte Michael und erhob sich ebenfalls, »vor allem nicht in den ersten Minuten.« Sie waren gleich groß, und wieder trafen sich ihre Blicke. Michael nickte dem anderen zu, drückte seine Zigarette aus und kehrte in das Zimmer zurück, in dem die Leiche lag.

Und dann ging es sehr schnell. Michael sah, wie sie mit Maßbändern hantierten, er sah, wie sie sich Notizen machten, wie sie fotografierten und jeden Quadratzentimeter sorgfältig untersuchten. Der Polizeichef und seine Leute verließen schnell den Raum, eine Tragbahre wurde gebracht, die Leute von der Spurensicherung packten ihre Sachen zusammen, sammelten verschiedene Gegenstände und Unterlagen aus dem Büro in große Säcke, die Leiche wurde hinausgebracht, und die Polizisten machten sich hintereinander auf den Weg zum Rektor der Universität, der sein Zimmer im Gebäude der Geisteswissenschaften hatte. Sie gingen über enge, gewundene Treppen, die aussahen, als führten sie nirgendwohin, die einen aber trotzdem in ein anderes Stockwerk, in einen anderen Flügel des Gebäudes brachten, und Oberinspektor Ochajon unterdrückte das Lächeln, das, zu seinem eigenen Erstaunen, bei dem Gedanken in ihm aufstieg, daß sich dieser Ort für internationale Spionageaffären eignen würde, eine Assoziation, die ihn selbst verblüffte.

Wieder dachte er an den alten Campus des Giv'at Ram, er sah vor sich, wie sie an sonnigen Tagen auf dem Rasen gesessen hatten, erinnerte sich an die Minikleider, an die Beine Niras, seiner früheren Frau, und an seine Lust, sie an warmen Frühlingstagen zu streicheln, während sie nebeneinander auf dem Rasen lagen und lernten, eine Lust, die geradewegs zur Geburt Juvals geführt hatte. Er dachte oft an seine ersten Jahre auf der Universität, fast immer voller Sehnsucht nach den Rasenflächen vom Giv'at Ram, nach der Intimität der Gebäude. Er sah den Einband des Buches von Le Mont vor sich, mit dem sich alle Studenten der Geschichte auf ihre Examen vorbereiteten. Einige Ehen sind aus den Prüfungen zur Geschichte des Mittelalters entstanden, dachte er und fragte sich, ob auf diesem Campus, auf dem Har ha-Zofim, in diesen Häusern aus Stein und Marmor, in die die Sonne kaum hineindrang, ebenfalls Paare entstanden. Und dann die Cafeteria, dachte er, sie haben keine richtige, überfüllte Cafeteria, wie wir sie damals hatten, sie haben nur Plätze, wo sie Kaffee trinken können, luftig und unpersönlich, wie alles hier.

Ihm war heiß in den hellen, ausgebleichten Jeans, dem letzten sauberen Paar, das er im Schrank gefunden hatte. Er lauschte den schnellen, lauten Schritten der Männer, die vor ihm hergingen, unterschied deutlich den Klang seiner eigenen Schuhe, sah den Rücken Gils, des Polizeipressesprechers, der in seiner Khakiuniform ihm vorausging, mit blitzenden Abzeichen auf seinen Schulterklappen, und er sah, wie der Sicherheitsbeauftragte der Universität zwischen den anderen schwebte wie einer, der endlich seine wahre Bestimmung gefunden hat. Vor dem Zimmer des Verwaltungsdirektors, im blauen Flügel, packte der Polizeichef Michael an der Schulter. Der Druck seiner fleischigen Hand drückte ihn nieder, mehr aber noch das, was der Mann sagte. »Ochajon«, sagte Arie Levi und lockerte seinen Griff nicht, »das hier ist keine normale Geschichte, ich möchte, daß eine Sonderkommission einberufen wird.« Michael antwortete nicht und betrat mit den anderen den Raum. Als sich die Tür hinter ihm schloß, spürte er, wie ihn die Müdigkeit überfiel, trotz des Wochenendurlaubs in Eilat.

Er kannte diese Müdigkeit, die unmittelbare Reaktion auf das Gefühl, verloren zu sein, nicht zu wissen, wo er beginnen sollte. Sie kam immer nach der zweiten Welle: dem Entsetzen, das ihn bei jedem neuen Fall erfüllte, dem Gefühl, daß alles, was er einmal gekonnt hatte, wie weggewischt war, sich in Luft aufgelöst hatte. Die erste Welle war immer eine Reaktion auf die Häßlichkeit, auf die Ungeheuerlichkeit des Todes selbst. Am Anfang hatte er immer die schreckliche Gewißheit, daß es diesmal keine Lösung des Falls gäbe. Und dann kam diese Müdigkeit, begleitet von Stimmen, die ihn an die Nichtigkeit des Lebens erinnerten, an die Nichtigkeit des Todes, daran, daß sich am Ende, wenn jemand eine wohlverdiente Strafe bekam, nichts ändern würde. Er schob die Gedanken beiseite und wandte sich an Arie Levi. »Herr Kommandant?«

Arie Levi, der Polizeichef von Jerusalem, sagte: »Gut, ich glaube, daß Sie die Leitung übernehmen sollten. Ich hätte gern, daß Sie und Bachar den Stab zusammenstellen. Das

Präsidium der Universität, die Presse und die verdammte ganze Welt sitzt uns im Nacken. Ich brauche eine schnelle Lösung des Falles.«

Oberinspektor Ochajon nickte. Er kannte das alles gut. Immer war es ein besonderer Fall, immer sollte er möglichst rasch gelöst werden, auch wenn nicht jedesmal der Oberinspektor gebeten wurde, die Leitung der Kommission zu übernehmen. Jemand klopfte an die Tür. Der Pressesprecher, der diesmal eine besonders heikle Aufgabe hatte, wie ihn der Polizeichef gewarnt hatte, öffnete die Tür, und der Dekan der Universität trat ein.

Arie Levi verhielt sich ihm gegenüber so, als sei der Rektor noch immer der Vertreter Israels bei der UNO, und Michael betrachtete die blaue Krawatte auf dem strahlendweißen Hemd und fragte sich, wie der Mann es schaffte, an einem so heißen Tag wie heute so auszusehen, so kühl und fleckenlos, während er selbst sich klebrig fühlte in seinen Jeans und dem hellblauen Hemd, das er an diesem Morgen selbst gebügelt hatte und das vermutlich jetzt aussah, als habe er es gerade aus dem Korb mit der dreckigen Wäsche gezogen. Das Zimmer füllte sich mit dem Duft teuren Rasierwassers, und Michael atmete ihn gierig ein, in der Hoffnung, dadurch den anderen Geruch loszuwerden, der alles überdeckte. Herr Marom, der Rektor, war blaß, und in seinen hellen Augen lag Panik. Michael fragte sich, wie Marom auf den Anblick der Leiche reagiert hätte, und war peinlich berührt durch die Höflichkeit Arie Levis, der sich auf eine irgendwie untertänige und wichtigtuerische Art vorstellte, mit Namen und Rang. Michael fragte sich, wann er wohl seine Rangabzeichen poliert hatte. Arie Levis besonderes Verhältnis zu Menschen mit einem höheren Bildungsgrad war eine der Hauptursachen für seine gelegentlichen Ausbrüche gegen Michael. Eli Bachar zitierte oft mit großem Vergnügen den Spruch »Das ist hier keine Universität, Ochajon, was?«, mit dem Levi jeden Zweifel seines Untergebenen an einem seiner Befehle vom Tisch wischte, ganz am Anfang, als Michael noch Inspektor gewesen war.

Doch dies *war* die Universität, und verlegen hörte Michael die Worte: »An der Spitze der Untersuchungskommission wird Oberinspektor Ochajon stehen, der einmal ein großer Star bei Ihnen gewesen ist ... Geschichte, stimmt's. Ochajon?« Der Rektor der Universität warf ihm einen Blick zu, eine Mischung aus Angst und Höflichkeit, rückte sich die Krawatte zurecht und nickte Levi zu, der ohne Pause weiterredete.

Avidan, der Offizier der Staatsanwaltschaft, stellte sich dem Rektor vor, dann begann er, verschiedene Vermutungen anzustellen. Zuerst gerieten sie in eine lange Diskussion über die Sicherheitsvorkehrungen an der Universität. Sie sprachen darüber, wann das Gebäude verschlossen wurde, darüber, wie jemand am Wochenende in seinem Zimmer bleiben konnte, ohne daß der Sicherheitsbeauftragte etwas davon erfuhr. Schließlich meinte der Bezirkssprecher, man müsse abwarten, bis der genaue Zeitpunkt des Todes feststand. »Ja«, sagte der Offizier der Staatsanwaltschaft, »dann kann man die Sicherheitsbeamten der Universität befragen.« Der Rektor sah sie an und fragte schließlich, welche Möglichkeien es sonst noch gebe.

»Gut«, sagte Levi nachdenklich, »es gibt natürlich noch andere Möglichkeiten, zum Beispiel politische Motive oder persönliche oder sexuelle.«

Der Rektor schaute sich erschrocken um, und Michael sah ihm an, daß er das nicht glaubte. Erst jetzt fiel ihm auch die andere Sache wieder ein. Er sprach ruhig, und bei seinen ersten Worten wurde es still im Zimmer. »Gestern abend«, sagte Michael Ochajon, »bin ich aus Eilat zurückgekommen. Ich war dort Zeuge eines Tauchunfalls.«

Alle sahen ihn schweigend an. Arie Levi wollte etwas einwenden, doch Michael kam ihm zuvor und fügte hinzu, indem er den Rektor der Universität direkt anschaute: »Ein junger Mann namens Ido Duda'i, sagt Ihnen der Name etwas?« Der Rektor schüttelte den Kopf, und Arie Levi machte bereits den Mund auf.

Der Pressesprecher, der Offizier der Staatsanwaltschaft und Eli Bachar warteten gespannt.

»Ich habe gehört, daß er ebenfalls Dozent für hebräische Literatur war. Es stellt sich zwangsläufig die Frage, ob zwischen den beiden Fällen nicht ein Zusammenhang besteht. Zwei Männer von derselben Fakultät, am selben Wochenende.«

»Davon weiß ich noch gar nichts«, sagte der Rektor diplomatisch, »aber ich werde mal nachfragen.« Er schaute zögernd zu Arie Levi hin, und als dieser nickte, griff er nach dem Telefon und sprach kurz mit seiner Sekretärin. Diese bestätigte, daß Ido Duda'i, Dozent für hebräische Literatur, bei einem Tauchunfall ums Leben gekommen sei. Dann drehte er sich wieder zu ihnen um. »Sie hat gesagt, die Beerdigung finde erst morgen statt, da eine Obduktion angeordnet worden sei. Ich habe natürlich nichts davon gewußt.« Er warf Michael einen entschuldigenden Blick zu. »Nun, aber dies hier ist doch etwas ganz anderes. Ein Tauchunfall in Eilat und ein gewaltsamer Tod hier.«

Arie Levi schaute Michael interessiert an. »Ja, man muß tatsächlich der Frage nachgehen, ob es eine Verbindung zwischen den beiden Vorfällen gibt«, sagte er zögernd und richtete an Marom die Frage: »Wie viele Mitglieder hat die

Abteilung Literatur?« Marom antwortete entschuldigend, er wisse das nicht genau, aber die Verwaltung würde ihnen natürlich jede Information zukommen lassen, die sie benötigten. Seiner Meinung seien es ungefähr zwanzig. »Einschließlich der Assistenten«, sagte er. Dann schaute er wieder Michael an und sagte zögernd: »Trotz des tragischen Vorfalls, wirklich, sehr tragisch, leuchtet mir nicht ein, warum es eine Verbindung zwischen den beiden Fällen geben sollte. Schließlich ist die eine Sache hier passiert, an der Universität, und die andere war ein Unfall in Eilat.«

Plötzlich bildeten die Angehörigen der Polizei eine Front. Keiner antwortete dem knochigen Mann, der über seine Krawatte strich, die einzige Krawatte im Zimmer, und auf dessen weißem Hemd jetzt deutlich Schweißflecken zu erkennen waren. Arie Levi fuhr sich durch das kurze, krause Haar, wischte sich die Stirn ab und sagte beruhigend: »Vielleicht gibt es keinen Zusammenhang, aber man muß der Sache nachgehen. Immerhin, am selben Wochenende zwei Fälle. Von derselben Fakultät.«

Pnina von der Spurensicherung steckte den Kopf durch die Tür. Nichts war von ihrer energischen Lebensfreude geblieben, und ihre sonst so rosigen Wangen waren blaß. »Wir fahren jetzt endlich«, sagte sie zu Arie Levi, und dieser nickte. Sogar sie hält es nur schwer aus, dachte Michael, ich bin nicht der einzige hier, der die Fassung verloren hat. Bevor die Tür hinter ihr zufiel, hörten sie draußen auf dem Flur den Lärm, den die Reporter veranstalteten, und in den Blicken, die sie tauschten, lag verzweifelte Resignation.

Arie Levi nickte Gil zu, dem Pressesprecher der Polizei von Jerusalem, und sagte: »Nun geh schon zu ihnen hinaus. Sag ihnen irgend etwas. Sag, daß die Sicherheitsvorkehrungen geprüft werden, was weiß ich. Nur keine Panik. Du mußt unbedingt betonen, daß es bis jetzt keine Hinweise auf Sicherheitsprobleme gibt, damit die Politiker nicht gleich anfangen zu schreien. Aber schreien werden sie sowieso. Die Rechten werden behaupten, daß der Har ha-Zofim sicher sein muß, daß man arabische Studenten nicht zulassen dürfe, und die Linken werden sagen, man hätte den Campus nicht hierher verlegen dürfen. Krach wird es auf jeden Fall geben.« Gil verließ den Raum.

»So schnell sind die Reporter da?« fragte Marom erstaunt.

»Was heißt schnell?« antwortete Arie mit einem Blick auf seine Uhr. »Es ist schon fünf. Normalerweise kommen sie zusammen mit uns. Aber wir haben erst vor einer halben Stunde mit der Zentrale Kontakt aufgenommen, um unseren Nachrichtenoffizier zu informieren, und wenn sie jetzt schon hier sind, nehme ich an, daß auch unser Nachrichtenoffizier gleich kommt. Sie hören unseren Funk ab, und wir können die Fakten sowieso nicht geheimhalten.«

Der Rektor blickte Gil zweifelnd an. Dessen junges Gesicht mit dem blonden Schnurrbart und den Augen mit den Lachfältchen weckte vermutlich bei jedem alten Hasen Zweifel an seiner Kompetenz.

Gil bemerkte es, und der Anflug eines spitzbübischen Lächelns glitt über sein Gesicht, als er den Rektor anblickte und ihn von seinen schwarzen, glänzenden Schuhen bis zu den kalten Augen musterte. Dann fragte er, ob er sofort hinausgehen solle. »Sofort, und versuch sie loszuwerden. Sag ihnen, morgen gäbe es weitere Einzelheiten«, antwortete Arie Levi ungeduldig, und da ging die Tür auf, und Dani Balilati stürzte herein – sein Bauch wird jeden Tag dicker, dachte Michael –, während er die Gruppe, die sich vor der Tür drängte, mit unflätigen Flüchen überschüttete.

»Und das«, erklärte Arie Levi Marom, der sich wieder über die Krawatte strich, »ist unser Nachrichtenoffizier, Inspektor Balilati.« Er warf Dani einen wütenden Blick zu, der sein hochgerutschtes T-Shirt wieder in die Hose stopfte, sich mit einem Taschentuch über das rote Gesicht fuhr und sich für sein Zuspätkommen mit einer vagen Erklärung, er komme gerade von einer Sitzung, entschuldigte. Er schaute sich um, und sein Gesicht entspannte sich. Er hat die Leiche noch nicht gesehen, dachte Michael.

»Also, was ist passiert?« fragte Balilati und atmete schon wieder fast normal. »Was ist hier los?« Arie Levi informierte ihn mit ein paar knappen Sätzen.

»Tirosch, ist das nicht irgend so ein Dichter?« fragte Balilati und warf Michael einen Blick zu, der sich inzwischen hinter den Polizeichef gesetzt hatte und eine nicht angezündete Zigarette in der Hand hielt.

Der Rektor der Universität betrachtete den Nachrichtenoffizier auf die gleiche Art, wie er Gil, den Sprecher, betrachtet hatte, als dieser zu den Reportern hinausgegangen war. Michael fragte sich, ob jemand, der aussah wie Balilati, mit der Glatze, dem roten Gesicht, dem Bauch, der über den Bund seiner angeschmuddelten Hose quoll – ob so jemand überhaupt Vertrauen bei einem Mann erwecken konnte, der aussah wie Marom.

»Aber am Wochenende sind alle Gebäude der Universität verschlossen, und um hineinzugelangen, muß man sich beim Sicherheitsbeamten melden und ihn bitten, daß er das Gebäude aufschließt, und dann muß man ihn wieder anrufen, wenn man rausgelassen werden will«, sagte Balilati, als beantworte er eine Frage, und schaute den Offizier der Staatsanwaltschaft an.

Michael Ochajon antwortete ruhig, mit einer Stimme, die

ihm selbst heiser vorkam, es stimme alles, was Balilati gesagt habe. Doch es sei immerhin möglich, daß der Mord am Freitag passiert sei, und das ändere die Sache. »Oder wenn jemand bis Sonntag in diesem Gebäude geblieben ist, bis, wie üblich, die Türen geöffnet wurden und jedermann frei aus und ein gehen konnte«, fügte er noch hinzu.

Dani Balilati kratzte sich am Kopf und sagte: »Gut, diese Diskussion ist ohnehin überflüssig, solange man noch nichts über den Zeitpunkt des Todes weiß. Kann man Sicherheitsgründe ausschließen? Weiß jemand etwas über politische Aktivitäten dieses Mannes?«

Michael hatte die Gedichte gelesen, die in verschiedenen literarischen Wochenendbeilagen erschienen waren. Sie hatten ihn nicht besonders beeindruckt, deshalb antwortete er: »Ein Salonlinker.«

»Klar, er ist ja von der Universität«, antwortete Balilati. »Er muß ein bißchen links sein, oder nicht?« Dabei warf er dem Rektor einen Blick zu, und alle dachten, es handle sich um Ironie – außer Michael Ochajon, der ein Lächeln unterdrückte, weil er genau wußte, daß Balilati jedes Wort so meinte, wie er es sagte.

Trocken erwiderte der Rektor, an der Universität seien alle politischen Parteien vertreten.

»Im Fachbereich Literatur? Im Jahr neunzehnhundertfünfundachtzig soll es da irgend jemanden geben, der nicht links ist? Aber wirklich!« Balilati neigte seinen verschwitzten Kopf und schaute den Rektor spöttisch an.

Michael bemerkte, daß der Rektor den Boden unter den Füßen verlor. Schweißtropfen erschienen auf seiner Stirn, als er fragte, ob man ihn noch benötige. »Mit wem soll ich in Verbindung bleiben?« fragte er.

Arie Levi, mit dem Gesichtsausdruck eines Mannes, der

viel zu beschäftigt war, um darauf einzugehen, sagte: »Wir werden uns an Sie wenden, wenn es etwas Neues gibt. Wenn Sie etwas brauchen oder eine wichtige Information haben, können Sie sich an den Oberinspektor Ochajon wenden, der ab sofort den Fall bearbeitet. Sie können ihn immer über unsere Zentrale erreichen.« Seine Stimme wurde belehrend: »Aber Sie werden Geduld brauchen.«

Einen Moment lang wurde Michael zwischen zwei Gefühlen hin- und hergerissen: Zum einen bereitete ihm die Verwirrung des Rektors Vergnügen, eines Mannes, der in ihm das weckte, was er »die Antikörper meines Außenministeriums« nannte – womit er seine Abneigung gegen die polierte Glätte Maroms meinte, die wichtigtuerische Krawatte, die Fähigkeit, auch in heiklen Situationen nicht zu schwitzen, das unverbindliche Geplauder, die Umgangsformen, die signalisierten: Ich kann zwischen Wichtigem und Nebensächlichem unterscheiden, ich weiß, welchen Wein man zu welchem Essen trinkt –, und zum anderen war es ihm unangenehm, daß er selbst hier mit dem Bezirkskommandanten und seinem aufgeblasenen Verhalten in Verbindung gebracht wurde. Er entschied sich für das Vergnügen.

Obwohl er Maja versichert hatte, nachdem er ihr im Haus des früheren Kulturattachés in Chicago begegnet war (der damals gerade auf seinem Weg nach Australien in Israel Zwischenstation gemacht hatte), er sei durchaus offen für andere Menschen, sogar wenn es um Leute vom Außenministerium gehe, konnte er doch seinen Zorn und – wie er sich eingestehen mußte – seinen Neid auf jene Leute nicht verleugnen, die mit einem silbernen Löffel im Mund geboren worden waren, einem Löffel, der sich später, wie er Maja allen Ernstes erklärt hatte, in eine silberne Krawattennadel verwandelte.

Andrerseits, fragte er sich, während Arie Levi den Rektor hinausbegleitete und mit autoritärer Stimme die Reporter zum Schweigen brachte, die sich noch immer vor der Tür drängten und deren Aufmerksamkeit sich augenblicklich auf die beiden Gestalten konzentrierte, die das Zimmer verließen – wie sollte man anders als mit dieser höflichen Kühle und kaum verhohlenen Verachtung auf das anbiedernde Benehmen des Polizeichefs reagieren?

Dann begannen sie zu besprechen, wer außer Ochajon und Eli Bachar zur Kommission gehören solle. Avidan erkundigte sich, ob Zila noch im Bett liegen mußte – sie war schwanger, und es gab Komplikationen –, und Eli antwortete, sie sei seit zwei Wochen wieder da, doch er wolle ihr jetzt nicht zuviel zumuten. »Obwohl, als Koordinatorin ist sie eine Wucht, anders kann man es nicht nennen.« Er wandte sich mit einem fragenden Blick an Michael. »Wenn Zila einverstanden ist, kann sie die Organisation der Kommission übernehmen«, sagte dieser. »Aber wir müssen sie fragen, und sie wird Hilfe brauchen.«

In diesem Moment kam Levi ins Zimmer zurück und machte die Tür hinter sich zu. Sein Gesicht hatte wieder den üblichen schlechtgelaunten Ausdruck angenommen, und seine kleinen Augen, die Michael immer an Perlen erinnerten, hörten auf zu funkeln, als er sagte: »Gut, ihr habt also gesehen, mit wem wir es zu tun haben. Balilati! Sie schließen sich alle drei der Kommission an, und ich glaube, ihr braucht noch zwei weitere Leute, wenn wir den Fall schnell lösen wollen.«

Michael betrachtete die Spuren, die seine Zähne auf dem Filter seiner Zigarette zurückgelassen hatten, und zündete die Zigarette an, die er bis jetzt in der Hand gehalten hatte. »Zila wäre wirklich sehr nützlich«, sagte er, »sie kennt ein paar Leute hier. Sie hat zwei Jahre an der Universität studiert, bevor sie bei der Polizei angefangen hat.« Levi warf ihm einen Seitenblick zu und fragte: »Und wer noch?«

»Das weiß ich im Moment nicht, es sei denn, wir beschließen, Rafi von dem Fall am Jaffator abzuziehen.«

Arie Levi nickte, dann lächelte er plötzlich und sagte: »Sie sind ein Konservativer, Ochajon. Es ist gut, immer mit denselben Leuten zusammenzuarbeiten, oder?« Michael antwortete nicht, doch er dachte an Imanuel Schorr, der vor ihm Chef der Kriminalpolizei gewesen war, ein Mann, der ihm alles beigebracht hatte, was er wußte, und er wünschte sehnlichst, er würde als sein Vorgesetzter zurückkommen, damit er nicht ganz allein die Verantwortung übernehmen müßte, diesen Fall zu lösen, in dem er noch nicht einmal den Anfang eines Fadens erkennen konnte.

Die Zusammensetzung der Kommission stand also fest, ohne daß man mit Zila darüber gesprochen hatte, und Eli Bachars Gesicht verfinsterte sich. Seine Frau hätte fast das Baby verloren, fiel Michael plötzlich ein, aber er verhärtete sein Herz, denn er hatte keine Kraft, einem anderen all das beizubringen, was nur Zila wußte. Er beschloß, stur zu bleiben. Es gab keinen Grund, warum eine Frau im dritten Monat, die, um ihre Schwangerschaft nicht zu gefährden, im Bett gelegen hatte, nun nicht mit Erlaubnis ihrer Ärzte im Büro sitzen und von dort die Untersuchungen koordinieren sollte.

Jetzt gab es kein Entkommen mehr, sie mußten, trotz des Chamsins, der immer noch nicht aufgehört hatte, erst noch einmal in das kleine Zimmer gehen, in dem noch immer die Angehörigen der Fakultät saßen. Trotz ihrer Proteste hatte ihnen der Polizist, der an der Tür stand, vorläufig nicht erlaubt, das Gebäude zu verlassen. Derselbe Polizist hatte auch standhaft verhindert, daß die Reporter, die auf der anderen Seite der Tür warteten, den Raum betraten. Vier Journalisten waren es, die sich jetzt auf die beiden Männer stürzten. Michael kannte drei von ihnen. Die vierte war eine junge, hübsche Frau, eine Polizeireporterin vom Fernsehen, die ihm einen verführerischen Blick zuwarf, während sie dem Fotografen hinter ihr einen Wink gab und dieser Kamera und Scheinwerfer auf Michael richtete.

Dieser protestierte. Er forderte die Reporter auf, den Platz vor der Tür zu räumen. Sie wichen in den Flur zurück, und ihre üblichen Proteste waren zu hören, daß die Öffentlichkeit ein Recht auf Information habe, und Michael rief ihnen nach: »Die Öffentlichkeit kann warten, erst muß man etwas wissen, bevor man sie informieren kann.«

»Inspektor Ochajon«, rief ein älterer Reporter von der bekanntesten Tageszeitung im Land, und Eli Bachar beeilte sich, ihn zu korrigieren. »Oberinspektor, es wird Zeit, daß Sie sich daran gewöhnen. Oberinspektor, okay?«

Ohne anzuklopfen, betraten die beiden das kleine Zimmer.

Trotz des offenen Fensters war die Luft stickig und roch nach undefinierbaren Körperausdünstungen. Wie immer, überlegte Michael, wenn viele Menschen, die Angst haben, in einem kleinen Zimmer zusammen sind.

Außer den Körpergerüchen nahm er auch den Duft eines süßen Parfüms wahr, und über allem lag der faulige Geruch, den er trotz allem nicht mehr loswurde, seit er in dem Raum mit der Leiche gewesen war.

Er schaute sich schweigend um und hatte in wenigen Sekunden das Bild mit allen seinen Einzelheiten aufgenommen. Manchmal fühlte er sich in solchen Momenten wie ein Kameramann, der den Anweisungen des Regisseurs eines gut gemachten Films folgte.

Gegenüber der Tür sah er Ja'el, die noch immer in derselben Haltung am Fenster saß, und hinter ihr stand Arie Klein, dessen dicke Lippen zitterten. Adina Lifkin hockte an ihrem Tisch und wischte sich mit regelmäßigen Bewegungen das Gesicht mit einem Papiertaschentuch ab, das sie offenbar aus der geöffneten linken Schublade geholt hatte.

Nur Arie Klein, den Professor für mittelalterliche Lyrik, und Schulamit Zelermaier, Expertin für Volksdichtung und Folklore, kannte er persönlich aus seinen Jahren an der Universität. Zelermaier saß an Rachelis Tisch, die schweren Beine gespreizt, den dunklen Rock bis zu den Knien hochgeschoben. Ihre Füße, die in orthopädischen Sandalen steckten, stemmten sich gegen den Boden. Sie sprach als erste; mit einer Zurückhaltung, die jedoch ihren Zorn nicht verbergen konnte, fragte sie, ob sie nun gehen könne. Als sie nicht sofort eine Antwort bekam, konnte sie sich nicht mehr beherrschen. Mit lauter, kurzatmiger Stimme setzte sie zu einer Rede an, die mit folgenden Worten begann: »So eine Unverschämtheit! Leute Stunden um Stunden festzuhalten, ohne Wasser, ohne frische Luft, und ohne ihnen die Möglichkeit zu geben, ihren Familien Bescheid zu sagen, und dabei ist es schon fünf Uhr.« Als sie eine Pause machte, um Luft zu holen, schnitt ihr Michael das Wort ab und fragte, wer von den Anwesenden Tirosch am Sabbat gesehen habe.

Alle schwiegen, und plötzlich wich die Atmosphäre des Schocks und der Trauer einer anderen Stimmung. Michael spürte die Spannung im Raum. Niemand beantwortete seine Frage.

Sie schauten sich gegenseitig an, und dann sagte Adina:

»Ich habe ihn wegen eines schrecklichen Unfalls schon am Sabbat abend gesucht, ihn aber nicht gefunden.« Sie zerknüllte das Papiertaschentuch und brach in Tränen aus.

Niemand habe ihn am Sabbat gesehen, bestätigten alle mit einem Kopfschütteln und zuckenden Lidern, und Kalizki sagte sogar ausdrücklich »Nein«. Balilati und Rafi sind schon auf dem Weg zu Tiroschs Wohnung, dachte Michael und überlegte, ob er sofort mit den persönlichen Befragungen anfangen sollte, bevor die Spannung nachließ. Er fragte, wer Tirosch am Freitag gesehen habe.

Adina antwortete, am Freitag habe eine Sitzung aller Dozenten der Fakultät stattgefunden. »War etwas Besonderes?« fragte Michael und vernahm, daß etwa alle drei Wochen eine solche Sitzung stattfände. »Immer freitags«, sagte Adina. Michael betrachtete sie und fragte, ob bei der letzten Sitzung etwas Besonderes vorgefallen sei.

»Ich weiß es nicht, ich war nicht dabei, und bis jetzt hatte ich keine Zeit, das Protokoll zu lesen. Die Sekretärin nimmt an den Sitzungen nicht teil.«

Michael erinnerte sich an die Geschichten, die Zila während ihrer Ausbildungszeit über das Sekretariat erzählt hatte, und hätte fast gelächelt. Adina Lifkins Gesicht war deutlich die Bitterkeit anzusehen, daß sie nicht überall die Kontrolle hatte, aber sie schien beschlossen zu haben, sich mit ihrer Position abzufinden.

»Ich habe ihn natürlich gesehen, vor der Sitzung und danach. Nur Professor Klein hat ihn nicht gesehen, er ist erst gestern aus dem Ausland zurückgekommen«, sagte Adina und fing wieder an zu weinen, und zwischen lauten Schluchzern stieß sie einige abgehackte Sätze aus: »Was ist hier los? Sterben alle Leute, einer nach dem anderen? Es herrscht hier ein ... Ich habe Angst, hier zu sein ...«

»Es gibt keine Verbindung, Adina, wirklich nicht«, sagte Sarah Amir scharf, aber Aharonowitsch kniff die Augen zusammen, warf Adina einen Blick zu und sagte: »Haltet ihr es für möglich, daß hier jemand Böses plant?«

»Und wer«, fragte Michael, während er schnell die Anwesenden betrachtete, um möglichst viele Reaktionen mitzubekommen, »wer hat ihn nach der Sitzung gesehen?« Wieder war es Adina, die antwortete. Dr. Schaj habe mit ihm zu Mittag gegessen.

»Sie meint mich«, sagte Tuwja von seinem Platz an der Wand aus.

Michael bemerkte die bläulichen Adern an den Schläfen des Mannes, als er nun die Tür öffnete und ihm ein Zeichen gab, mit ihm auf den Flur zu gehen. »Wann war das?« fragte er und hörte den Polizisten, der draußen stand, mit Papier rascheln, bereit, Notizen zu machen.

»Ich glaube, es war ungefähr halb zwölf, die Sitzung war um elf zu Ende, und es hat eine Weile gedauert, bis wir losgegangen sind. Wir haben hier gegessen, im Haus Maiersdorf, und er hat etwas über eine Fahrt nach Tel Aviv gesagt, allerdings nichts Genaueres.«

»Und bis wann waren Sie zusammen?«

»Bis halb eins.«

»Und dann? Haben Sie ihn später noch einmal gesehen?«

»Nein, ich bin mit ihm hinaufgegangen, in sein Zimmer, um was zu holen, und er ist dort geblieben.«

Michael schaute ihn an. Diese kraftlose Stimme, mit der Dr. Schaj seine Antworten gab, befremdete ihn. Er fragte, um wieviel Uhr sie sich getrennt hätten.

»Ich nehme an, daß es ungefähr halb eins war, vielleicht auch eins«, sagte Tuwja in demselben Ton wie vorher.

Michael rief Eli Bachar hinaus und flüsterte ihm etwas ins Ohr.

»Hat jemand der hier Anwesenden am Freitag nach ein Uhr Tirosch noch gesehen oder mit ihm gesprochen?« fragte Bachar in das Zimmer hinein.

Tuwja Schaj stand in der Tür. Michael ging an ihm vorbei und betrat den Raum. Sein Blick streifte schnell die Gesichter. Sie schauten sich gegenseitig an, doch keiner antwortete. Schulamit Zelermaier seufzte laut. »Vielleicht bin ich als nächste dran?« sagte sie, und Michael bemerkte den scharfen Blick, den Dita Fuchs ihr zuwarf, und auch die Tatsache, daß sie diese Frage ohne jede Ironie gestellt hatte. Sie schien wirklich Angst zu haben, und wie um das zu erklären, sagte sie: »Das ist mehr, als wir ertragen können, zwei solche Vorfälle auf einmal.«

»Hatte er ein Auto?« fragte Michael, und wieder fiel ihm auf, daß sich die Stimmung im Raum verändert hatte, als habe er sie auf ein neues Detail hingewiesen, an das sie bisher nicht gedacht hatten.

»Ja«, antwortete Tuwja Schaj, und alle Gesichter wandten sich ihm zu. »Ich nehme an, er ist mit dem Auto gekommen, bestimmt finden Sie es in der Tiefgarage der Universität, es ist nicht zu übersehen, ein ganz besonderes Auto, ein Alfetta, Baujahr '79, es gibt nur zwei Exemplare dieses Modells in ganz Israel.« Dita Fuchs fing an zu weinen, und Michael bemerkte ihre Blässe, die geschwollenen Augen, als sie unter Schluchzen sagte: »Er hat sein Auto sehr geliebt. Vielleicht lassen Sie uns jetzt gehen? Der Polizist, der draußen steht, hat uns nicht erlaubt zu gehen, ich denke an meine Kinder, ich will einfach nach Hause.« Hinter ihrem kindlichen Ton verbarg sich hysterische Angst.

Eli Bachar öffnete die Tür und flüsterte dem uniformierten Polizisten, der noch immer dort stand, etwas zu. Bevor die Tür wieder geschlossen wurde, sah Michael den Polizisten davoneilen.

Er wandte sich wieder an Tuwja. »Was hatte er in Tel Aviv vor?« Der antwortete verlegen: »Das weiß ich nicht genau.«

Er sieht selbst aus wie eine Leiche, dachte Michael.

»Vermutlich irgendeine Frauengeschichte«, sagte Kalman Aharonowitsch trocken. Man sah ihm an, daß seine Boshaftigkeit für einen Moment die Angst besiegte.

Erst da erkundigte sich Michael nach Tiroschs Familienverhältnissen.

»Er war ein eingefleischter Junggeselle«, antwortete Schulamit Zelermaier, »er hatte keinen einzigen Verwandten in Israel.«

Und dann stellte er die unvermeidliche Frage, bei der er sich immer vorkam wie ein Fernsehdetektiv: »Können Sie sich irgend jemanden vorstellen, der ein Interesse an seinem Tod gehabt haben könnte?«

Im Zimmer herrschte gespanntes Schweigen, und wieder musterte Michael die Gesichter der Anwesenden. In manchen stand ein gewisses Zögern, in einigen Abscheu, und wieder anderen war anzusehen, daß sie etwas wußten, das sie nicht preisgeben wollten. Doch hinter dem, was die Gesichter ausdrückten, entdeckte Michael, wie unter einer dünnen Schicht Schminke, das wahre Gefühl, das sich hinter allem verbarg: Angst. Er blickte Adina direkt in die Augen, in denen er eine Mischung aus Entsetzen und Verschwiegenheit wahrnahm.

Wer? schien sein Blick zu fragen, und sie rang die feuchten Hände und antwortete: »Ich habe keine Ahnung.« Hilfesuchend schaute sie die anderen an.

»Weiß jemand von Ihnen, wo er politisch gestanden hat?« fragte Eli Bachar, und sofort ließ die Spannung nach. Tuwja antwortete: »Ich glaube, alle kennen seine politischen Ansichten. Er war Mitglied von ›Schalom achschaw‹ und hat politische Lyrik geschrieben.«

Michael fragte, ob er eine der zentralen Figuren der Bewegung gewesen sei, ob er vielleicht bedroht worden sei.

»Oh! Viele Leute hätten ihn gern tot gesehen, schon längst«, stieß Schulamit Zelermaier ungeduldig aus und erhob sich in ihrer ganzen Fülle vom Stuhl. »Und ich verstehe nicht, warum wir plötzlich alle schweigen. Es gibt Studenten hier, die er fertiggemacht hat, es gibt Frauen, mit denen er ein Verhältnis hatte, es gibt ihre Ehemänner, es gibt Dichter und andere aus der Literaturszene, die er gedemütigt hat, es gibt einfach eine Menge Leute, die sich über seinen Tod gefreut hätten. Wir sind ja völlig von Sinnen – es gibt keine Verbindung zwischen den beiden Todesfällen, zwischen Tirosch und Ido. Es ist Zufall! Reiner Zufall, versteht ihr?«

Tuwja starrte sie erschrocken an, öffnete den Mund, überlegte es sich dann anders und lehnte sich mit seinem mageren Körper an die Wand. Arie Klein betrachtete sie, als überlege er, ob sie verrückt geworden sei, und fragte mit zitternder Baßstimme: »Schulamit, vielleicht sollten wir uns trotzdem etwas zügeln. Das Drama ist schon schlimm genug, man muß es nicht noch schlimmer machen. Vielleicht gibt es viele Leute, die sich seinen Tod gewünscht haben, und vielleicht gibt es Leute, die sich freuen, wenn sie jetzt von seinem Tod hören, aber ich kann mir niemanden vorstellen, der das mit eigenen Händen gemacht haben könnte, und du wirst mir zustimmen müssen: Das ist ein entscheidender Unterschied.« Er wandte sich an Michael: »Und außerdem haben wir hier das Verbrechen nicht begangen, keiner von uns hat ihn ermordet. Vielleicht lassen Sie uns endlich gehen, und vielleicht bitten Sie uns höflich um unsere Unterstützung?«

Eli Bachar ließ seinen prüfenden Blick von den Anwesenden zu Michael schweifen. »Du arbeitest gegen alle Regeln«, hatte er sich einmal beschwert. »Warum befragst du Zeugen, wenn sie zusammen sind? Warum wartest du nicht und verhörst sie einzeln?« Michael blickte auf seine Uhr, überlegte blitzschnell, was für Pläne er für diesen Tag noch hatte, und wandte sich fragend an Eli Bachar. Eli bedeutete mit einem leichten Kopfnicken seine Zustimmung. »Gut«, sagte Michael müde. »Sie hinterlassen bitte Ihre Telefonnummern, mit Adresse und allem, und halten Sie sich bitte die nächsten Tage bereit. Noch heute abend, spätestens morgen früh, werden wir Sie anrufen und Ihnen einen Termin für das Verhör mitteilen.«

»Das Verhör?« erklang Ja'els sanfte Stimme, und alle im Zimmer erstarrten. Auch Michael, der sich daran gewöhnt hatte, sie leblos wie eine Statue dasitzen zu sehen, erschrak und trat unwillkürlich einen Schritt vor.

»Eine Vorladung, eine Befragung oder ein Zeugenverhör«, sagte er langsam, »Sie können sich die Bezeichnung aussuchen.« Er wandte den Blick nicht von ihr, während seine Hand auf der Türklinke lag.

»Wozu? Und wo soll das stattfinden?« fragte Ja'el leise, und sogar als sie flüsterte, klang ihre Stimme in Ochajons Ohren wie eine Alarmglocke. Er antwortete ihr sofort, in einem Ton, den er selbst für außerordentlich brutal hielt: »Bei uns, am Migrasch ha-Russim. Wir teilen Ihnen noch genau mit, wo.«

Der Polizist, der noch immer vor der Tür stand, trat nun

herein und meldete, daß der Sicherheitsbeamte das betreffende Auto in der Tiefgarage nicht gefunden habe. Michael wollte gehen, da sank Ja'el wie eine Stoffpuppe von ihrem Stuhl zu Boden.

»Wenn sie zu sich gekommen ist«, sagte Michael hart zu dem Polizisten, »notieren Sie von allen Anwesenden Name, Adresse und Telefonnummer.« Er deutete auf Adina Lifkin, die sich über Ja'el beugte und murmelte, daß sie bestimmt den ganzen Tag noch nichts gegessen oder getrunken habe, und sagte: »Sie wird Ihnen dabei helfen.« Ja'el kam wieder zu sich und öffnete ihre blauen Augen, und Michael beeilte sich, das Zimmer zu verlassen, gefolgt von Eli Bachar. Er drückte auf den Liftknopf. Als der Ford Escort, mit dem er aus der Tiefgarage zur Hauptstraße fuhr, den Campus verließ, mit geöffneten Fenstern, atmete er lange und tief ein und sagte halb zu sich selbst: »Wir sind dem Hades entkommen.«

»Was?« fragte Eli Bachar. »Was hast du gesagt?«

»Nichts. Nur eine Assoziation aus der griechischen Mythologie. Mir kommt es so vor, als hätten wir die Hölle verlassen. Wir müssen uns gleich mit Eilat in Verbindung setzen und herausfinden, ob die beiden Fälle etwas miteinander zu tun haben könnten. Überlegen wir mal, wen wir dort kennen.«

»Moment mal«, antwortete Eli Bachar. »Einen Moment mal. Meinst du nicht, wir sollten schon heute einen von ihnen zum Verhör laden? Zum Beispiel diesen Mann, der ihn zuletzt gesehen hat, der mit ihm essen gegangen ist?«

»Es ist halb sieben, ich will noch jemanden in Eilat erwischen. Gibt es einen Grund, weshalb wir unbedingt heute abend noch mit den Verhören anfangen müssen, bevor wir das Ergebnis des Pathologen haben? Bevor wir mit den

Leuten von der Spurensicherung gesprochen haben, bevor wir ein Untersuchungsergebnis aus seiner Wohnung haben? Andrerseits ...« Michael nahm das Funkgerät und bat um Nachricht, ob Balilati mit der Durchsuchung fertig sei. Einige Minuten vergingen, bis er die Antwort bekam. »Sie sind noch nicht fertig. Sie laden dich zu der Party ein. Willst du die Adresse?« Eli zog einen zerknitterten Zettel heraus und legte ihn auf das Armaturenbrett. Michael antwortete: »Nicht nötig. Wir haben die Adresse.«

Eli Bachar seufzte. »Gut, warten wir das Ergebnis der Spurensicherung und der Autopsie ab. Immer bist du am Anfang so langsam. Jedesmal muß ich mich wieder daran gewöhnen.« Noch einmal seufzte er laut. »Ich weiß, ich weiß, man muß erst mal den ›Geist der Dinge‹ erfassen und wissen, wie alles aussieht, das sind doch deine Thesen. Sag nichts, ich weiß es schon, und ich hoffe, daß der Pathologe dir genug vom ›Geist der Dinge‹ liefert, damit du in Schwung kommst, ich kann nicht so lange im ersten Gang fahren. Soll ich mit Zila sprechen, oder willst du es tun?«

»Das kann doch Avidan machen«, sagte Michael raffiniert.

»Daß du Angst vor ihr hast, beruhigt mich«, sagte Eli, ohne zu lächeln. »Daß ich Angst vor ihr habe, ist klar, aber ich dachte, du könntest mit ihr umgehen.«

Michael lächelte und gab keine Antwort. Erst nach fünf Jahren der gemeinsamen Arbeit schaffte es Eli Bachar, die Intimität zwischen ihnen beiden in Worte zu fassen.

Es war sieben Uhr abends, als Michael im Stadtviertel Jemin Mosche das Auto parkte, neben Balilatis Renault 4 und nicht weit vom Streifenwagen der Spurensicherung, und ausstieg. Eli Bachar schaute noch einmal auf den Zettel und sagte: »Okay, fangen wir an zu suchen.«

Sie begannen die Stufen hinabzusteigen, die nach Jemin Mosche führten. »Und der Chamsin hat auch aufgehört«, sagte Eli Bachar.

Sechstes Kapitel

Weil der Chamsin aufgehört hatte, war auch von einem Moment zum nächsten die drückende Luft verschwunden, und ein plötzlich aufkommender Wind brachte den Geruch von Blumen mit sich, als Michael die Stufen der Straße in das berühmte romantische Viertel hinunterstieg, das von Künstlern und Prominenten vereinnahmt worden war. Er blieb vor dem Musikzentrum stehen, während Eli Bachar, der vorausgegangen war, ihm winkte und das Schweigen mit einem Ruf »Hier, da ist es« unterbrach. Michael betrachtete die Häuser, die gepflegten Gärten, die Schilder der Kunstgalerien und fragte sich neugierig, wie Tiroschs Haus wohl aussehen mochte.

Auf dem kleinen Vorplatz vor dem Haus, den man durch ein dunkles Eisentor betrat, war kein Garten. Nur einige Rosenstöcke und drei Statuen hoben sich gegen das Weiß der Hauswand ab.

»Er war nichts und niemandem verpflichtet. Ein freier Mann, nicht einmal mit einem Garten hat er sich belastet«, sagte Michael laut, aber Eli reagierte nicht. Er öffnete die Tür, an der ein Keramikschild befestigt war. Auf hebräisch, englisch und arabisch stand darauf: Tirosch. Die schwere dunkle Holztür knarrte, als befände sich unter ihr grober

Sand, und führte direkt in einen großen dämmrigen Raum mit einer Gewölbedecke, dessen Fenster zum Ben-Hinom-Tal hinausgingen.

Das letzte Licht des Tages tauchte das Zimmer in goldenes und purpurnes Licht und ließ es verzaubert, fast märchenhaft aussehen. Die Wände waren mit Büchern bedeckt, und das war, wie Michael feststellte, das einzig Warme an diesem Zimmer. Auf einem schmalen weißen Regal stand eine Stereoanlage, daneben eine Sammlung von Platten und Kassetten. Michael schaute sie durch und stellte fest, daß alle Wagneropern da waren, ebenso die Opern von Richard Strauss. Auf dem untersten Fach stand Kirchenmusik. *Stabat Mater* von Dvořák und das *War Requiem* von Britten, außerdem noch ein Stück, von dem er noch nie etwas gehört hatte. Komponist und Titel waren mit verschnörkelten goldenen Buchstaben auf die Rückseite gedruckt, und er konnte sie nur mit großer Mühe entziffern: *Glagolitische Messe* von Janáček. Kammermusik gab es überhaupt nicht. Michael schaute sich auch die Kassetten an. Er war beeindruckt von der überraschenden Sorgfalt, mit der die Namen der Komponisten, der Dirigenten und der Solisten notiert waren. Einen Fernseher gab es nicht.

An den Wänden hingen nur zwei Bilder, eines von ihnen ließ Michael wegen des merkwürdigen Zufalls erschauern. Zwischen den beiden großen Fenstern hing das Gemälde eines schwarzen, wilden Meeres – und er wußte sofort, noch bevor er die Signatur gesehen hatte, von wem das Bild war: von Usis Vater.

Es verwirrte Michael, dieses Bild in Tiroschs Haus zu finden. Die Umstände, die die Tatsache, daß Usi nach zwanzig Jahren wieder in sein Leben getreten war, mit Duda'is Tod und nun mit dem Haus Tiroschs verknüpften, erschreckten ihn. Erst später verstand er, daß der Grund für sein Erschrecken genau das Gefühl war, daß der Zufall über sein Leben bestimmte und daß es eine geheimnisvolle Gesetzmäßigkeit hinter diesen Ereignissen gab. Doch als er vor dem Bild stand, empfand er nur Erschrecken, den Wunsch, zu fliehen und einen starken Drang, die Welt zu verstehen, in die er da hineingeraten war.

Das zweite Bild war kleiner, ein weiblicher Akt, eine Kohlezeichnung. Die Signatur konnte er nicht entziffern.

Die Möbel im Raum waren rein funktional: zwei helle, kühle Sessel, ein strenges Sofa und einen Kaffeetisch – eine Mosaikplatte in einem glänzenden Nickelrahmen. Nirgendwo konnte er eine Blumenvase, eine Porzellanfigur oder irgendwelchen Nippes entdecken. Auf dem Kaffeetisch stand ein großer, blauer Aschenbecher aus Hebronglas neben einer Nummer des *New Yorker*. Michael blätterte geistesabwesend in der Zeitschrift herum, mit den Gedanken noch immer bei dem Bild, das er an der Wand entdeckt hatte. Balilati und zwei Leute von der Spurensicherung kamen plötzlich aus einem anderen Zimmer. Das Haus hatte außer dem Zimmer, das Balilati »Salon« nannte, ein Schlafzimmer, ein Arbeitszimmer und eine kleine Küche. Zu Michaels Bedauern drückte Balilati auf den Lichtschalter, und der Zauber verflog. Das Licht der großen, hellen Lampe, die vom Deckengewölbe herunterhing, betonte das kalte Weiß der Wände.

»Du kannst drinnen rauchen, komm, ich zeig' dir was«, sagte Balilati ungeduldig, und Michael folgte ihm gehorsam ins Arbeitszimmer. Dort stand eine große Kommode. Fünf tiefe Schubladen waren herausgezogen, sie waren voller Papiere und Zettel. Dann lenkte Balilati Michaels Blick auf den Schreibtisch, dessen Schubladen, vier an der Zahl, ebenfalls weit herausgezogen waren, und auch in ihnen befanden sich Papiere. Neben dem Tisch lag ein Stapel Aktendeckel, jede mit einem auffallend ordentlich beschrifteten Etikett beklebt: »Aufklärung«, »Bialik, kritische Betrachtung von«, »Strukturalismus, Artikel«. Auf dem Schreibtisch lag ein großer Schreibblock, daneben ein einfacher Kugelschreiber. Michael beugte sich vor, riß die scheinbar leere erste Seite heraus und betrachtete sie gegen das Licht. »Schira – das letzte Kapitel.«

»Ja«, sagte Balilati ungeduldig. »Ich habe es schon gesehen. Er hat fest aufgedrückt, aber wir haben das Original nicht gefunden. Ich weiß nicht, was das bedeuten soll.«

Michael schaute sich um. Er warf einen Blick auf den Stapel Bücher auf einer Ecke des Tisches, doch er fand keinen Hinweis.

»Darüber machen wir uns später Gedanken«, sagte Balilati und beugte sich wieder über die Mappen.

»Ich habe sie aus dem Regal da genommen, fünfzig solche Mappen, und es gibt noch viele mit Zeitungsartikeln und außerdem eine Million Bücher, und auch im Schlafzimmer liegen ganze Haufen von Büchern und Papieren.« Vorwurfsvoll fügte er hinzu: »Und wie ich dich kenne, werden wir zwei Jahre brauchen, um alles durchzuschauen.«

»Sind Briefe da? Ein Tagebuch?« antwortete Michael kurz.

»Folgen Sie mir, mein Herr, wenn es genehm ist.« Balilati führte ihn in das Schlafzimmer.

Eine ganze Weile betrachtete Michael das breite, niedrige Bett, die Bücherregale zu beiden Seiten, das Bogenfenster, das auf das Ben-Hinom-Tal ging und durch das weiches Licht hereinfiel, die Flasche Wein auf der kleinen Kommode neben dem Bett, die beiden Gläser, den kupfernen Kerzenständer mit dem Kerzenstummel darin, den weißen, weichen Teppich. Ein Gedichtband – von einem Dichter, dessen Namen er nicht kannte, Anatoli Ferber – lag offen am Fußende des Bettes. Balilati öffnete den Kleiderschrank. Dunkle Anzüge, graue Anzüge, weiße Hemden hingen dutzendweise auf der Stange. Und drei Paar Schuhe aus weichem, dunklem Leder standen unter den Anzügen, auf dem Boden des Schranks.

Wie leer doch die Bühne ohne Hauptdarsteller aussieht, dachte Michael. Eli lief ungeduldig hin und her, dann unterbrach er Michaels Gedanken und fragte: »Nun, womit willst du anfangen?« Und Balilati deutete auf die kleine verschlossene Kommode neben dem Bett. Michael setzte sich auf die Bettkante und strich mit der Hand über den chinesischen Morgenrock aus Seide, der auf dem Kopfkissen lag.

»Gibt es einen Schlüssel?« fragte er und streifte die Asche seiner Zigarette in dem kleinen Aschenbecher ab, der auf der Kommode stand, leer und sauber.

»Vielleicht gibt es einen, aber ich habe ihn nicht gefunden. Und im Arbeitszimmer waren seine Bankauszüge das Allerpersönlichste, was wir gefunden haben. Ich kann dir jetzt schon sagen, daß es ihm gar nicht schlecht ging. Er hat da und dort Geld angelegt, er hat Tantiemen von seinen Büchern bekommen, Wiedergutmachungszahlungen aus Deutschland, ein bißchen was geerbt, und er war außerordentlich genau in diesen Sachen, für alles gibt es eine Mappe. Keine Ahnung, ob seine Geldangelegenheiten ganz sauber sind, jedenfalls habe ich keine Abschrift von einem Testament oder so gefunden.«

»Mach schon auf«, sagte Michael müde. »Schade um die Zeit. Eli, ruf du inzwischen in der Zentrale an und erkundige dich, ob sie etwas aus Eilat gehört haben. Vielleicht ist der Bericht des Pathologen über Duda'i schon da. Vielleicht. Sag ihnen auch, sie sollen sich mit Abu-Kabir in Verbindung setzen und mit dem Institut für Meeresmedizin in Haifa, dorthin haben sie Duda'is Taucherausrüstung geschickt.«

»Wo ist das Telefon?« fragte Bachar Scha'ul von der Spurensicherung, der gerade ins Zimmer trat, und Scha'ul führte ihn in die Küche, wo ein Telefon an der Wand hing.

Mit einem kleinen Schraubenzieher, den er aus der Tasche zog, öffnete Balilati die Kommode neben Tiroschs Bett, zog drei tiefe Schubladen heraus und stellte sie vor dem Bett auf den Boden. Michael streckte sich und verkündete: »Ich brauche Kaffee, ich sterbe.«

Balilati ignorierte diese Ankündigung, breitete den Seidenmorgenrock über dem Bett aus – Michael sah den grünen Drachen, der auf den Rücken gemalt war – und schüttete den Inhalt einer Schublade darauf. Michael streckte die Hand nach dem Aschenbecher aus. Plötzlich gab es einen Knall, und die Flasche Riesling, die auf der Kommode gestanden hatte, zerbrach. Im Zimmer breitete sich der säuerliche Geruch von Wein aus.

Balilati betrachtete die Scherben und sagte: »Gut, daß wir schon die Fingerabdrücke genommen haben, auch von den Gläsern, von allem haben wir Fingerabdrücke genommen.« Erst da bemerkte Michael die Spuren von Puder.

Balilati ging aus dem Zimmer. »Ich hole einen Lappen, um das Zeug aufzuwischen, damit es nicht so stinkt.« Wieder versuchte Michael, den süßlich-fauligen Geruch zu ignorieren, den er immer noch in der Nase hatte, und atmete tief den Rauch der Nelson ein, deren Duft sogar stärker war als der Weingeruch.

In der Schublade waren Fotoalben, von der altmodischen Art, mit einer Schnur zusammengebunden, und in ihnen befanden sich vergilbte Familienfotos, mit fremden europäischen Landschaften als Hintergrund. Auf der ersten Seite eines Albums stand mit verschnörkelter Schrift ein Wort: »Czaski«. Michael betrachtete das Foto einer Frau, die einen Jungen im Matrosenanzug an der Hand hielt, einen Jungen mit ernsten Augen, die in die Kamera schauten. Unter dem Bild stand mit blauer Tinte »Prag 1935«, in einer männlichen Schrift.

Er blätterte das Album durch, der Junge wurde Seite für Seite größer. Im zweiten Album war er bereits ein Jüngling, der keinen Matrosenanzug mehr trug, sondern Herrenanzüge und Krawatten. Der junge Mann auf dem vergilbten Schnappschuß hatte eine gelassene Haltung, die Hände hingen locker an beiden Seiten des Körpers, und seine Augen blickten ernst, ohne das Blitzen, an das sich Michael von den Vorlesungen über die Lyrik von der Aufklärung bis heute erinnerte. Unter einem anderen Foto, auf dem der junge Tirosch hinter derselben, inzwischen gealterten Frau zu sehen war – sie saß in einem schweren Sessel und hatte die Haare zu einem Knoten gebunden, er schaute direkt in die Kamera –, stand »Wien 1957«. Auch das war mit Tinte geschrieben, doch nun war die Schrift – lateinische Buchstaben – runder, weiblicher.

Hier hat man die Geschichte eines ganzen Lebens, dachte Michael, und sogar Stoff für die Erforschung des europäischen Judentums und seiner schicksalhaften Ortswechsel.

Balilati kam zurück, einen Lappen in der Hand. Er kniete sich auf den Boden und wischte den Wein und die Scherben auf. Michael legte die Alben vorsichtig in die Schublade zurück und leerte den Inhalt der zweiten auf den seidenen

Morgenrock. Drei schwarze, ledergebundene Notizbücher verdeckten die roten Flammen, die aus dem Maul des Drachen kamen.

Jetzt sind sie historisch wertvoll, dachte Michael und erinnerte sich an die Reiseschreibmaschine, die im Arbeitszimmer auf dem Schreibtisch stand. Alle Gedichte Tiroschs standen in den Notizbüchern, mit Tinte geschrieben, mit langgezogenen, vokalisierten Buchstaben. Michael blätterte eine Seite nach der anderen um und fand Gedichte, die er kannte, Zeilen, die er auswendig wußte, Formulierungen, die ihn verblüfft hatten, als er sie zum ersten Mal las. »Was werden sie sich hier draufstürzen, die Literaturforscher, wenn das alles vorbei ist«, sagte er laut. »Hier gibt es verschiedene Fassungen ein und desselben Gedichts. Stoff genug für viele Aufsätze.«

»Was ist das?« fragte Balilati ungeduldig.

»Gedichte«, sagte Michael und deklamierte laut: »Zu welch schnöden Bestimmungen wir kommen, Horatio! Warum sollte die Einbildungskraft nicht den edlen Staub Alexanders verfolgen können, bis sie ihn findet, wo er ein Spundloch verstopft?«

Dani Balilati schaute ihn einen Moment erstaunt an, dann lachte er und schlug sich auf die Schenkel. »Ochajon«, rief er, »bei uns, bei der Polizei, sind wir nicht scharf auf *Hamlet,* weißt du, wir mögen aktive Leute, keine Zauderer.«

»Du kennst diese Sätze?« fragte Michael und kam sich dumm vor, als Balilati mit einem gutmütigen Lächeln antwortete: »Sei nicht so ein Snob, wirklich. Auch ich hab' *Hamlet* im Gymnasium auswendig gelernt, noch dazu auf englisch, stundenlang, es hat nur einen Moment gedauert, bis ich kapiert hab', wovon du redest. Ich brauche nur

›Horatio‹ zu hören, und schon weiß ich, daß es aus *Hamlet* ist. Mein Bruder hat *Julius Cäsar* auswendig gelernt und meine Schwester *Macbeth*. Damals war ich fit, wenn's um Shakespeare ging. Aber trotzdem renne ich nicht bei der Arbeit herum und denke an Hamlet. Außerdem ist er ein negativer Typ, ganz ungesund. Könnten wir uns jetzt vielleicht wieder an die Arbeit machen? Sind diese Gedichte für unseren Fall wichtig?«

»Alles ist wichtig für unseren Fall«, sagte Michael.

Balilati schüttete den Inhalt der letzten Schublade auf das Bett.

Zettel, einzelne gereimte Zeilen, Fotos von Tirosch selbst, Tirosch in Begleitung von Frauen, Tirosch in einer großen Gruppe, sorgfältig aus Zeitungen geschnittene Rezensionen über seine Gedichte, die Fotokopie eines großen Artikels über eine Preisverleihung, alte Speisekarten von Restaurants in Paris und Italien, alte Programme, persönliche Einladungen, Briefe und Tagebücher.

»Darauf habe ich gewartet«, sagte Balilati, und beide begannen sie, schweigend in den Tagebüchern zu blättern. »Ich kann es kaum glauben«, sagte Balilati. »Schau nur, wie viele Frauen! Und alle mit Namen und Adresse. He, warum wirst du denn so rot?« Michael reichte ihm das erste Blatt des Briefes, den er gerade las.

Balilati warf einen Blick darauf, dann begann er langsam und konzentriert zu lesen. Wortlos streckte er die Hand nach der Fortsetzung des Briefes aus, der aus einer detaillierten Auflistung der Gründe bestand, warum diese Frau, die den Brief mit ihren Anfangsbuchstaben unterzeichnet hatte, Tirosch wiedersehen wollte.

Als er fertig war, stieß Balilati einen Pfiff aus und sagte: »Gut, das müssen wir mitnehmen. Nach diesem Brief hatte er ja ganz gute Techniken, unser Dichter, nicht wahr?« Und wieder sah Michael die Leiche mit dem konturlosen Gesicht vor sich. Ohne etwas zu sagen, blätterte er weiter in den Briefen. Er war peinlich berührt und neugierig, sogar aufgeregt, wie immer, wenn er in die Intimsphäre von Opfern eindringen mußte.

»Scha'ul, Zwika!« rief Balilati an der Tür. »Kommt, einpacken.«

»Wir haben schon einige Säcke voll draußen hingestellt, und jetzt kommt noch einer«, sagte Scha'ul in einem mürrischen Ton, der gar nicht zu ihm paßte. »Wir werden eine ganze Mannschaft brauchen, um das Zeug auszuwerten.«

»Was ist los, Scha'ul?« fragte Michael. »Stimmt was nicht?«

»Nichts von Belang, außer daß meine Frau mich umbringen wird. Heute ist unser Hochzeitstag, und ich habe ihr versprochen, daß ich um sechs zu Hause bin. Wir wollten essen gehen. Ich hab' mich noch nicht mal getraut, sie anzurufen. Weißt du, wie oft wir es uns im Jahr leisten können, in ein richtiges Restaurant gehen zu können, bei meinem Gehalt?«

Sie gingen in die Küche. »Gut«, sagte Michael, machte die Zigarette im Spülbecken aus und warf den feuchten Stummel in den Abfalleimer unter der Spüle, dessen Inhalt bereits in einem der Säcke verschwunden war.

»Was soll das heißen, gut?« fragte Scha'ul mit rotem Gesicht. »Schau dich doch um, wieviel Material es noch gibt.«

»Es kann bis zum Morgen warten. Wieviel Jahre seid ihr verheiratet?«

»Zehn«, antwortete Scha'ul und sah ein wenig besänftigt aus.

»Zehn?« sagte Balilati. »Dann habt ihr euch eigentlich ein Wochenende in Eilat verdient. Was Richtiges, nicht nur mal ins Restaurant.«

»Meinst du?« antwortete Scha'ul wütend. »Und wer bezahlt es mir, wenn ich mein Konto überziehe? Du etwa? Wer paßt auf die Kinder auf?«

Balilati seufzte und nickte. »Na ja. Uns geht's doch allen so, oder? Glaubst du etwa, wir fahren jedes Wochenende nach Eilat? Haben wir vielleicht alle einen Freund, der einen Tauchclub leitet?« Mit seiner verschwitzten Hand schlug er Michael auf die Schulter.

»Wo ist Eli?« fragte Michael.

»Zurück ins Büro. Die Zentrale hat ihm mitgeteilt, daß die in Eilat das Ergebnis der pathologischen Untersuchung bekommen haben. Deshalb versucht er die ganze Zeit, dort anzurufen«, sagte Zwika. Plötzlich ging die Tür des kleinen Kühlschranks, an dem er lehnte, auf, und Scha'ul, der ihm gegenüber stand, schaute hinein. »Sag mal, hast du schon mal so etwas gesehen?« fragte er und zog eine kleine Glasvase mit roten, unter dem Blütenkelch abgeschnittenen Nelken heraus.

Balilati brach in Gelächter aus. »Dieser Typ war aber echt durchgestylt, was? Ochajon, los, zitier doch ein bißchen Hamlet, jetzt paßt es besser.«

»Und dabei sag' ich gar nichts über die französischen Käsesorten hier und die Würste und den Wein«, sagte Scha'ul. »Alles ausländische Sachen.«

»Scha'ul«, sagte Michael müde. »Ruf daheim an, bevor du gehst. Es lohnt sich nicht, daß du dir diesen Abend ganz und gar verdirbst. Los, geh schon. Du wolltest doch gehen, oder?«

Das waren die Momente, die Michael am meisten verabscheute. Auch ihn brachten die Zeichen des gepflegten Wohlstands auf, die überall zu erkennen waren, angefangen bei den grauen Anzügen bis zu den Flaschen mit Parfüm und Rasierwasser, die er, auf dem Weg in die Küche, im Badezimmerschrank entdeckt hatte. Aber dieser offene Neid Balilatis, der sich in bissigen Bemerkungen äußerte, regte ihn ebenfalls auf. Begriffe wie »Ehrung der Toten« und »Wahrung der Privatsphäre« schossen ihm durch den Kopf und wurden, wegen der Aggressivität und der Verachtung in Balilatis Worten, lebendig. Michael sehnte sich plötzlich nach einer einfachen, sättigenden Mahlzeit, nach schwarzem, dampfendem Kaffee, nach etwas, das die ganze Dekadenz um ihn herum auslöschen würde.

»Kultiviertheit ist eine andere Seite des Negativen.« Plötzlich fiel ihm dieser Satz aus einem Gedicht Natan Sachs ein, und er hatte irgendwie das Gefühl, ihn besser als je zuvor zu verstehen, als sei er in den »Geist der Dinge« eingedrungen, auch wenn noch ein weiter Weg vor ihm lag. Das dachte er, während Scha'ul am Telefon versuchte, seine Frau zu beruhigen.

Die Formulierung »Der Geist der Dinge«, die von allen, die mit ihm zusammenarbeiteten, oft und mit einem Lächeln zitiert wurde, war sein persönlicher Beitrag zu einem ungewöhnlichen Untersuchungsstil. Er mußte, seinem Gefühl nach, immer ein Teil der Welt des Opfers werden, er mußte die Nuancen in der Welt des Ermordeten erfühlen.

Die literarischen Assoziationen, die ihm durch den Kopf gingen, seit er die Leiche gesehen hatte, waren Teil eines nicht von seinem Willen gesteuerten Prozesses, sie waren ein Versuch, in die Welt der literarischen Fakultät einzusteigen. Er drang, das fühlte er, in die Tiefe von Tiroschs Seele ein und spürte ganz deutlich die Einsamkeit, die Leere, das irgendwie Unechte und Verlorene an dessen Existenz, und er wußte, daß er nicht der einzige war, der das spürte, nur daß Balilati und Eli Bachar diese Erkenntnis abwehrten und eine offene Abneigung gegen die Welt Tiroschs empfanden, während er seinem Gefühl folgte und wünschte, daß die Ströme des Unterbewußten aus Tiroschs Leben Macht über ihn gewannen.

Balilati riß ihn aus seinen Gedanken. »Gehen wir?«

»Noch nicht«, antwortete Michael. »Gibt es hier einen Schuppen?«

»Hinter dem Haus, aber da war nichts Ungewöhnliches drin: ein paar Arbeitsgeräte, Kartons, alte Zeitungen, ein paar Flaschen Wein und ein paar Möbel«, sagte Zwika. »Ich habe alles fotografiert.«

»Gut, dann können wir für heute Schluß machen.« Michael seufzte. An der Tür blieb er stehen und sagte zu Balilati: »Oder – ich glaube, wir sollten auch noch mitnehmen, was in den anderen Schubladen war.«

»Du hast doch gesagt, das seien nur Gedichte«, protestierte Balilati.

»Trotzdem, gib mir einen leeren Sack«, sagte Michael zu Zwika und ging zurück zum Schlafzimmer. Nachdem er die Notizbücher mit den Gedichten und die Fotoalben eingepackt hatte, betrachtete er noch einmal das Bett. Der seidene Morgenrock war schon nicht mehr da, die Leute von der Spurensicherung hatten ihn eingepackt. Einen Moment lang sah er sich um, dann nahm er den Gedichtband von Anatoli Ferber, der auf dem Bett lag. Ich werde ihn mir anschauen, dachte er müde, schließlich war dies offenbar das letzte Buch, das Tirosch vor seinem Tod gelesen hat.

Michael ging zu den anderen zurück und stellte den Sack vorsichtig in den Streifenwagen der Spurensicherung. Der

Ford Escort stand nicht mehr auf dem Parkplatz. Im ersten Moment erschrak er, dann fiel ihm Eli Bachar ein. Er stieg in den Renault von Balilati, auf den Beifahrersitz. Das Funkgerät begann einen Signalton zu senden.

»Wo bist du?« fragte der Diensthabende, als er Michaels Stimme hörte. »Dani 3 sucht dich.«

»Unterwegs«, antwortete Ochajon. In ein paar Minuten sei er in der Zentrale.

Als sie am Migrasch ha-Russim ankamen, sagte Balilati: »Ich komme gleich wieder.« Und schon war er um die Ecke verschwunden.

Eli Bachar stand im Kontrollraum der Zentrale und sagte: »Dann verbinde mich mit Arie Levi, was soll das Gerede? Gibt es keine Kopie?« Dann bemerkte er Michael. »Die sind nicht ganz dicht, sag' ich dir. Sie wollen mir das pathologische Gutachten nicht geben. Diese Bürokratie ist unfaßbar – unfaßbar! Ich werde noch verrückt!«

»Wer will es dir nicht geben?«

»Die in Eilat. Und auch der Pathologe von Abu-Kabir, mit dem ich gesprochen habe, hat Theater gemacht.« Eli Bachar kochte vor Zorn und stieß einen unflätigen Fluch auf arabisch aus.

Fünf Polizeibeamte saßen an einem Tisch und nahmen die Anrufe entgegen, ohne dabei ein Wort von der Unterhaltung der beiden zu verpassen.

»Einen Moment«, sagte Michael, »bevor ihr den Polizeichef anruft, verbindet mich noch einmal mit Abu-Kabir. Wer ist der diensthabende Pathologe dort?«

Eli Bachar nannte einen Namen, den Michael nicht kannte. »Nein, lassen Sie's«, sagte er. »Mir fällt noch eine andere Möglichkeit ein, komm mit ins Büro.«

Und dann, wie immer, beruhigte sich Eli Bachar, nachdem Michael den Hörer aufgelegt hatte und sagte: »Ich habe mit Hirsch gesprochen, sie schicken uns den Bericht morgen früh. Aber er ruft gleich noch mal an und teilt uns das Wichtigste mit.«

Michael rauchte schweigend. Eli Bachar verließ das Büro und kam mit zwei Tassen dampfendem Kaffee zurück, als das Telefon klingelte. Michael nahm sofort den Hörer ab. Er lauschte, was der Mann am anderen Ende sagte, während er sich rasch einige Sätze notierte und wiederholt »Aha« sagte. Schließlich bedankte er sich bei Hirsch, dem Pathologen, mit dem er schon seit acht Jahren zusammenarbeitete, erkundigte sich, wie es seinem Sohn, dem Soldaten, und seiner Tochter, einer Studentin, gehe, bat ihn, seiner Frau Grüße auszurichten, und legte den Hörer auf.

»Nun?« fragte Eli Bachar. »Gibt es einen Zusammenhang zwischen den beiden Fällen? Gibt es irgendeinen Hinweis?«

»Was heißt da Hinweis!« sagte Michael und trank den letzten Schluck Kaffee. Das Bild vom Meer, das in Tiroschs Wohnung hing, kam ihm in den Sinn, und auch die Leiche Duda'is, die er am Strand gesehen hatte. »Ido Duda'i starb an einer Kohlenmonoxydvergiftung. Kohlenmonoxyd ist ein giftiges Gas, das aus dem Auspuff von Autos kommt, zum Beispiel. All diese Selbstmorde in Amerika in einer geschlossenen Garage, wenn der Motor läuft. Genau so.«

»Aber«, sagte Eli Bachar mit einem großen Fragezeichen im Ausdruck, »was heißt das, vergiftet? Von selbst vergiftet? Oder ist er vergiftet worden?«

»Das ist kein Gas, das der Körper ausscheidet, wenn du das meinst. Hirsch hat mir erklärt, daß in unserem Körper...« Michaels Ton wurde geduldig und langsamer, als erkläre er sich das alles auch selbst, »... der Sauerstoff sich mit den roten Blutkörperchen verbindet, die zum Teil aus Hämoglobin bestehen. In unserem Hämoglobin gibt es Eisenatome, und mit denen verbindet sich der Sauerstoff, den wir einatmen. Wenn Kohlenmonoxyd im Blut ist, kann das Hämoglobin in den Lungen den Sauerstoff nicht aufnehmen und weitertransportieren. Dieses Gas, das Kohlenmonoxyd, verbindet sich mit dem Eisen sogar noch besser als mit Sauerstoff, und der Mensch, der es einatmet, stirbt ziemlich schnell, er verliert das Bewußtsein, ohne daß er etwas merkt.« Er hielt einen Moment inne und sah in Elis grüne Augen, die sich vor Konzentration zu schmalen Schlitzen zusammengezogen hatten.

»Das ist der Grund, warum der Körper Duda'is so aussah, das Gesicht war ganz rosa, und alle Adern in seinem Körper waren geplatzt. Ich habe nicht gewußt, daß er dreißig Meter tief getaucht ist, nicht daß ich was davon verstünde. Seine Lippen waren vollkommen blau, man nennt das...« Michael griff nach dem Blatt, auf dem er sich Notizen gemacht hatte, »... Zyanose. Man hat bei der Autopsie eine tödliche Dosis Kohlenmonoxyd in Duda'is Körper gefunden. Jetzt verstehe ich auch, was der Notarzt dort am Strand gemeint hat.«

Eli Bachar starrte ihn mit aufgerissenen Augen an. »Aber wie ist das Gas in seinen Körper gekommen?« fragte er.

»Ich weiß nicht, wie. Vermutlich hat jemand aus der Preßluftflasche Luft herausgelassen und dafür Kohlenmonoxyd hineingefüllt. Nun, man hat die beiden Flaschen ins Institut für Meeresmedizin zur Untersuchung geschickt. Ich habe eigentlich gedacht, du hättest dort angerufen.«

»Sie sind nicht ans Telefon gegangen«, sagte Eli Bachar. »Vermutlich gehen sie ab und zu nach Hause. Aber eins verstehe ich nicht. Kann jeder Kohlenmonoxyd in eine Preßluftflasche umfüllen? Wie macht man das?«

»Das ist noch nicht mal so schwer«, antwortete Michael und streifte seine Asche in den Kaffeesatz, der in der Tasse zurückgeblieben war. »Aber man muß ein Genie sein, um sich so etwas auszudenken. Jede Preßluftflasche hat einen Hahn, und auch die Gasflaschen, die Kohlenmonoxyd enthalten, haben einen Hahn, oder jedenfalls kann man einen Hahn an ihnen anbringen. Man muß nur den Hahn der Preßluftflasche mit der Gasflasche verbinden und das giftige Gas hineinströmen lassen.«

»Aber«, sagte Eli nachdenklich, »wieso hat er das nicht gemerkt, dieser Duda'i? Das Gas hat doch irgendeinen Geruch, nicht wahr?«

»Nein«, antwortete Michael und betrachtete die Falte, die sich zwischen Elis Augenbrauen gebildet hatte, »es ist völlig geruchlos. Man erstickt einfach, ohne etwas zu merken.«

»Was soll das heißen?« fragte Eli erschrocken. »Haben wir es hier mit einem Chemiker zu tun?«

»Nein, er braucht kein Chemiker zu sein. Kreatives Nachdenken reicht. Jeder kann Kohlenmonoxyd bekommen, in jeder Chemikalienhandlung gibt es solche Gasflaschen, in jedem ordentlichen Labor, das ist kein Problem. Man muß nur darauf achten, daß die Preßluftflasche nicht zu schwer oder zu leicht wird.«

»Und er ist am Sabbat gestorben«, sagte Eli Bachar mehr zu sich selbst.

»Um zehn nach zwölf, am Sabbat«, bestätigte Michael.

»Glaubst du, wir haben es mit zwei Mördern zu tun?« fragte Eli hoffnungslos.

»Oder mit einem Mörder, der zweimal zugeschlagen hat.

Und es ist nicht nur unser Problem, der Fall Duda'i gehört zu Eilat, die ermitteln auch.«

Dani Balilati kam keuchend und prustend ins Zimmer gestürmt und begann, ohne Punkt und Komma zu reden, doch wie üblich waren seine Worte so konfus, daß keiner verstand, was er eigentlich wollte. »Und warum gebt ihr mir keinen Kaffee? Und warum sitzt ihr so rum, als wäre ein Berg über euch zusammengebrochen? Was ist passiert?«

Michael Ochajon berichtete kurz, was er erfahren hatte.

»Die Geschichte wird kompliziert«, seufzte Balilati. »Sehr kompliziert.«

»Immer komplizierter«, sagte Michael. »Und jetzt essen wir erst mal was, bevor wir uns die Liste der Leute vornehmen, die wir morgen verhören, oder besser gesagt, wir gehen mit der Liste zu Me'ir, und schauen sie uns dort an. Vielleicht können wir unterwegs auch Zila mitnehmen, wenn du nichts dagegen hast.«

Eli schaute auf seine Uhr und murmelte, es sei schon elf. Trotzdem wählte er eine Nummer und flüsterte etwas in den Hörer. »Wir holen sie unterwegs ab«, sagte er, als er auflegte.

Nachdem die beiden anderen das Zimmer verlassen hatten, rief Michael bei sich zu Hause an. Er ließ das Telefon lange klingeln, keiner ging dran. Maja ist also nicht gekommen, dachte er mit einer Mischung aus Trauer und Erleichterung. Juval war bei seiner Mutter, um mit ihr den Geburtstag ihres Vaters vorzubereiten, der morgen siebzig würde. Einen Moment lang meinte er die Stimme Juseks zu hören, seines ehemaligen Schwiegervaters, wie er sagte: »Eure Scheidung bringt uns um.« Schnell ging er hinunter und schloß sich Eli Bachar und Balilati an, die in dem Moment aufhörten zu reden, als er ins Auto stieg. Unterwegs holten sie Zila ab, und bis zum Restaurant Me'ir wechselten sie kein Wort mehr miteinander.

Das Lokal befand sich im Herzen des Machane Jehuda, im »Verfluchten Haus«. Durch die jahrelange Zusammenarbeit mit Zila hatte sich Michael daran gewöhnt, dieses Restaurant als einzigen Ort zu betrachten, an dem man sich erholen konnte, sich eine Pause nach dem Entdecken einer Leiche erlauben konnte, nach der Anspannung bei der Arbeit, nachdem man einer Obduktion zugesehen hatte.

Die drei jungen Männer, die als Köche, Kellner und Kassierer arbeiteten, empfingen Zila immer, als sei sie ihre lange verloren geglaubte Schwester. Michael gegenüber verhielten sie sich außerordentlich höflich und ehrerbietig. Einmal hatte er Zila neugierig gefragt, was sie ihnen denn über ihn erzählt habe. »Ich habe gesagt, du bist im Dezernat für Betrug und arbeitest mit der Steuerfahndung zusammen«, hatte sie zwinkernd geantwortet, und seither wurde Michael immer ein wenig verlegen, wenn sie sich seinetwegen besondere Mühe gaben, die Rechnung korrekt auszustellen. Dann starrte er immer die Wand über der Kasse an und betrachtete das Bild von Baba Sali und dann das von Raw Scharabi, der, einem Gerücht nach, dieses Gebäude verflucht haben sollte. Sein Bild, das über der Kasse hing, sollte den Fluch von dem Restaurant fernhalten.

Keiner wußte, wer von den drei jungen Männern, die im Restaurant arbeiteten, manchmal Käppchen trugen und manchmal barhäuptig herumliefen, Me'ir war. Auch diesmal begrüßten sie Zila enthusiastisch, hielten sich aber zurück, als sie die hochgewachsene Gestalt Michaels hinter ihr erkannten.

Auf Balilatis Frage: »Wie gehen die Geschäfte?« antworteten sie: »Wir können nicht klagen, Gott sei Dank.«

»Und dann noch drei Portionen Pommes frites«, sagte Zila zu dem Mann, der die Bestellung aufnahm. Er lächelte sie freundlich an, als sie erklärte: »Der Chamsin ist vorbei, und mein Appetit ist wieder da.«

Sie saßen im mittleren Zimmer. Michael schaute hinaus. Durch das große Fenster sah man in den dunklen, verwahrlosten vorderen Hof des Gebäudes. Der Fluch des Raw Scharabi hatte alle Mieter aus dem Haus vertrieben, und in der geisterhaften, dunklen Umgebung war das Restaurant Me'ir die einzige Lichtquelle. Zum ersten Mal bemerkte Michael den Farn, der sich an der Wand des Restaurants hochzog, und staunte darüber, wie grün er war, trotz des gedämpften Lichts in dem Raum. Er erinnerte sich an die vergeblichen Versuche Niras, in ihrer Studentenwohnung einen Farn zu ziehen, an die vielen anderen Pflanzen, die dahinsiechten, bis sie schließlich gelb und vertrocknet waren.

Zila folgte seinem Blick und sagte, als habe sie seine Gedanken gelesen: »Der Farn ist aus Plastik, und der andere dort auch.« Sie deutete auf die Wand hinter ihm. Als sie sah, wie sein Blick ihrem Finger folgte, sagte sie lächelnd: »Und hast du das schon gesehen?« Sie deutete auf die dunkelrote Backsteinmauer rechts von ihrem Stuhl, und zog vergnügt an einer Ecke. Darunter war eine nackte graue Wand. »Es ist Tapete, hast du das gewußt?«

Michael, der zugeben mußte, daß er immer gedacht hätte, die Mauer sei aus Backsteinen, hob verlegen den Kopf und betrachtete die Balken an der Decke, dann sah er sich die Karikatur von Perez und Schamir an, die, als Bauchtänzerinnen verkleidet, an der Wand gegenüber hing, neben großen Stierhörnern. Zila lachte laut und sagte: »Dabei bist du schon eine Million Mal hier gewesen. Und wenn man bedenkt, mit welcher Genauigkeit du Details bei einem Fall wahrnimmst... Na ja, hier bist du nicht im Dienst, stimmt's?«

Michael beeilte sich zu protestieren und behauptete, an das Poster mit Perez und Schamir könne er sich erinnern, doch Zila gab nicht nach. »Ich behaupte, daß du kaum etwas wahrnimmst, wenn du nicht im Dienst bist, das ist es, was ich sagen wollte. Hast du das große Bild am Eingang des Restaurants bemerkt?«

Michael nickte unsicher. Sie legte den Kopf schräg und fragte herausfordernd: »Kannst du es auch beschreiben?« Michael wollte sich umschauen, aber sie hielt ihn zurück, er solle es aus der Erinnerung beschreiben. »Irgendwas mit Beduinen, vielleicht was Biblisches?« meinte er fragend.

Zila lachte und sagte: »Jetzt dreh dich um und schau es dir an.«

Michael stand auf und ging in den ersten Raum. Interessiert betrachtete er das riesige, in grellen Farben gemalte Bild. Eine Palme war darauf und ein Zelt, in dem Gestalten saßen, die aussahen wie Hirten, und neben dem Zelt brannte ein Lagerfeuer.

Michael betrachtete das Bild genau, dann ging er langsam zum Tisch zurück. Als er sich wieder hinsetzte, zählte er gutmütig alle Einzelheiten des Bildes auf und fügte dann hinzu: »Und dort gibt es noch eine Pflanze, die ist nicht aus Plastik.«

»Das Ding da ist Unkraut«, sagte Zila verächtlich. »Es wächst überall und unter allen Bedingungen.«

Nun erschien der junge Mann wieder, wischte mit einem feuchten Lappen die braune Resopalplatte des Tisches ab und fragte, ob er Salate bringen solle. Alle nickten. Balilati stürzte sich als erster auf den türkischen Salat und auf den marokkanischen Karottensalat. Zila träufelte nur Zitronensaft auf den feingeschnittenen Gemüsesalat und hielt eine kleine Ansprache über die Kunst, einen richtigen Salat zu machen. »Siehst du, sie würzen den Salat nicht, und sie machen nicht vorher die Zitrone dran, damit er so bleibt, wie er sein soll«, erklärte sie Balilati. Dieser nickte, griff nach dem Fladenbrot und stellte befriedigt fest, daß sie es angewärmt hatten. Dann erklärte Balilati, wie gesund rote Rüben für die Verdauung wären, und kippte den Inhalt der kleinen Schüssel auf seinen Teller.

Während Balilati sich großzügig mit Salaten und Fladenbrot versorgte, berichtete Eli, bis die Hauptgerichte kamen, seiner Frau die Einzelheiten des Falles. Michael trank Bier und betrachtete die beiden mit Zuneigung und einer ihm unverständlichen Traurigkeit.

Zila und Eli arbeiteten schon seit einigen Jahren mit ihm zusammen, und ihre Liebesgeschichte hatte sich vor seinen Augen entwickelt, langsam, verworren und mit vielen schicksalhaften Ereignissen. Eli Bachar war dreißig geworden, bevor er diese eigenwillige junge Frau heiratete, die mit bewundernswerter Hartnäckigkeit um ihn gekämpft hatte. Michael hatte amüsiert beobachtet, wie sie getan hatte, als gebe sie auf, und er hatte sich gefragt, wann Eli sich wohl ergeben würde, Eli, der oft genug erklärt hatte, daß er auf keinen Fall auf seine Freiheit verzichten und sich an eine Frau binden wolle, egal, was er für sie empfinde. Als Michael nun den weichen Blick sah, mit dem Eli Zila anschaute, während er ihr die Einzelheiten des Falles darlegte, hatte er plötzlich das Gefühl, alt zu sein. Sie hatten ihm damals nichts erzählt, und er hatte sie nichts gefragt, er hatte sie nur interessiert beobachtet, wie man Kinder beobachtet, die ein Buch lesen, dessen Ende man schon kennt. Er hatte sich gefreut, als sie endlich heirateten, auch wenn er ihnen insgeheim eine nicht gerade einfache Ehe voraussagte. Eli war verschlossen, während Zila immer vor Lebenslust sprudelte und einer nie endenden Energie, und man sah ihr jede Verwirrung, jeden inneren Kampf an.

Zila war ein paar Wochen lang nicht bei der Arbeit gewesen, und Michael betrachtete nun aufmerksam ihr Gesicht, das blasser geworden war und etwas von ihren Sorgen erkennen ließ. Er wußte, wie sehr sie sich ein Kind wünschte. Jahrelang hatte sie das Haar sehr kurz getragen, doch in der letzten Zeit hatte sie es wachsen lassen. Die weichen braunen Wellen reichten ihr jetzt bis zur Schulter. Sie sah weiblicher aus, voller, auch wenn ihr die Schwangerschaft noch nicht anzusehen war, höchstens an den etwas volleren Brüsten, deren Ansatz im runden Ausschnitt ihres Kleides sichtbar war.

Michael bemerkte deutlich die Veränderungen, die mit ihr vorgegangen waren, das dünne Kleid, das sie nun statt einer Jeans trug, ihre runder gewordenen Schultern und Arme, und er mußte sich eingestehen, daß sie anziehender geworden war, weniger kindlich. Er machte ihr laut ein Kompliment über ihre Haare.

»Ja, ich habe gewußt, daß sie dir gefallen würden«, sagte sie seufzend. »Aber ich habe das Gefühl, daß man mir jedes einzelne meiner zweiunddreißig Jahre ansieht.« Sie hob ihre schlanken Beine und legte sie auf den Stuhl gegenüber.

Michael lächelte sie an. »Eine Frau von zweiunddreißig Jahren – sie steht doch noch am Anfang ihres Lebens. Nur eine Dreiunddreißigjährige ist noch verführerischer als eine Zweiunddreißigjährige.«

»Ach, Michael, fang nicht mit so was an, ich kenne diese

Sprüche. Du kannst keine Frau sehen, ohne ihr ein Kompliment zu machen. Glaub mir, auch ohne Sprüche beeindruckst du alle. Hör auf, so zu lächeln.«

Sein Lächeln wurde breiter. Seit sie verheiratet war, hatte Zila, die vorher ihm gegenüber eher zurückhaltend gewesen war, angefangen, ihm immer persönlichere Ratschläge zu geben, als sei eine drohende Barriere zwischen ihnen gefallen. Manchmal traf sie ihn mit ihrer spitzen Zunge.

Zweiunddreißig Jahre, dachte Michael, während das Hauptgericht kam und sein Hunger verflog. Er betrachtete die Platte: Schaschlik vom Rind, genau auf den Punkt gebraten, würzige, scharfe Kebabbällchen, und als Krönung des ganzen *molesas,* wie Zila und der Kellner das Fleisch nannten, dessen Herkunft zu verraten sie sich weigerten. Michael sehnte sich nach schwarzem Brot und weißem Ziegenkäse, nach Zwiebeln – nach den Dingen, die ihm in der Kindheit Appetit gemacht hatten, wenn er Bücher über arme Bauern las. Trotzdem nahm er sich etwas von dem Salat, ein Fleischbällchen und frisch gebackene, goldgelbe Pommes frites, die Zila versalzen hatte, und als Balilati laut verkündete, man könne wirklich den Geschmack des Araks spüren, in dem sie das Fleisch vor dem Braten mariniert hätten, tauchte er auch ein paar Stücke von dem Schaschlik in die Sesamsoße und ließ sich das weiche Fleisch im Mund zergehen. Immer wieder dachte er an den letzten Satz, den Zila gesagt hatte. Zweiunddreißig, dachte er. Ein grausames Alter. Das Alter, in dem die Ernüchterung einsetzt, die Erkenntnis um das tatsächliche Ausmaß der Kompromisse. Er dachte an Maja und daran, daß er jetzt am liebsten mit ihr zusammen wäre. Zila aß nicht mit dem Appetit, den man von ihr gewöhnt war. Balilati sagte kein Wort, er widmete sich konzentriert und hingegeben dem Essen. Erst als er fertig war, klopfte er sich auf den Bauch und hielt eine Rede über die Qualität des Essens.

»Also«, sagte Zila beim Kaffee, »mache ich nun bei dem Fall mit oder nicht?«

»Du machst mit«, sagte Michael und ignorierte Elis besorgten Blick. »Unter der Bedingung, daß du genau das machst, was man dir sagt, und daß du keine Aktivitäten außerhalb des Gebäudes startest, es sei denn, du wirst ausdrücklich darum gebeten. Ich möchte Pate werden, und diesmal kannst du dich nicht beschweren, daß du nur die Koordination übernimmst, denn diesmal gibt es gute gesundheitliche Gründe.« Er warf Eli von der Seite einen Blick zu, dann hielt er Zila die Liste der Fakultätsmitglieder hin. Durch ihre Zeugenaussagen, erklärte er, bekomme man ein Bild von Tiroschs Lebensablauf. »Und vielleicht«, meinte er zögernd, »auch von Duda'is. Ich habe das Gefühl, daß es einen Zusammenhang zwischen den beiden Fällen gibt, ich kann ihn nur noch nicht erkennen.«

»Dazu ist es noch zu früh«, sagte Balilati und gähnte.

Schließlich planten sie den Arbeitsablauf. Balilati würde sich erst einmal um die nachrichtendienstlichen Informationen kümmern. »Aber verschwinde ja nicht einfach für drei Tage«, warnte Zila, »morgen abend setzt du dich mit mir in Verbindung.« Dann beschlossen sie noch, in welcher Reihenfolge die Verhöre stattfinden sollten, und Michael und Eli teilten sich die Leute untereinander auf.

»Also erst übermorgen eine Sitzung?« sagte Zila um ein Uhr nachts, als das Lokal geschlossen wurde. Michael meinte, sie sollten sich am nächsten Abend treffen, vor den Befragungen, die sie am Mittwoch vornehmen würden. »Damit wir anhand der Informationen, die wir morgen sammeln, den Mittwoch planen können.«

Er brachte Eli und Zila zu ihrer kleinen Wohnung in Nachla'ot, dann fuhr er nach Hause, nach Giw'at Mordechaj.

In seiner Wohnung hing der Geruch von Staub. Er machte die Fenster weit auf und atmete die Luft, die nach einer Woche Chamsin kühl war, tief ein. Er überlegte, daß ihm nur noch vier Stunden zum Schlafen blieben, und dachte an das Gesicht Tuwja Schajs, den er am nächsten Morgen sehen würde, an seinen erloschenen Blick. Im Bett waren noch Spuren von Majas Duft. Doch das Bild Adina Lifkins, der Sekretärin der Fakultät, tauchte vor ihm auf, er hörte das Echo ihrer Stimme, auch wenn die Worte, die sie sprach, nicht zu passen schienen: »Zweiunddreißig Jahre unter deinem Himmel genügen, um das Ausmaß deiner Barmherzigkeit zu erkennen.« Das waren die Worte, die Michael Ochajon hörte, bevor er einschlief.

Siebtes Kapitel

Racheli betrachtete den dunklen Mann, der ihr gegenüber saß, seine langen, ruhelosen Hände, die mit dem Feuerzeug spielten, mit der Zigarettenschachtel, sie sah seine glatt rasierten Wangen mit den hervortretenden Backenknochen, und schließlich wagte sie einen Blick in seine dunklen, tiefen Augen, die ihr nicht auswichen, doch nur für eine Sekunde, dann ließ sie den Blick durch das kahle Zimmer schweifen – ein alter Holztisch, zwei Stühle, ein Metallspind, ein Fenster zum Hinterhof des Migrasch ha-Russim –, bevor sie wieder in die dunkelbraunen Augen schaute, die ununterbrochen auf ihr ruhten.

Sie hatte das Gefühl, bevorzugt zu werden. Von allen hatte er sie für die erste Befragung ausgesucht. Dieser große Mann, dessen dunkle Haare schon ein paar Silberfäden zeigten, hatte sie aus der Gruppe herausgerufen, ohne daß sie wußte, warum.

Adina Lifkin war blaß geworden und hatte fast protestiert, als Racheli vor ihr aufgerufen wurde, aber er hatte so getan, als merke er nichts von ihrem Zorn. Dr. Schaj rührte sich nicht von seinem Platz, sein Gesichtsausdruck veränderte sich nicht. Als Racheli im Kommissariat ankam, kurz vor acht, wie ihr gestern abend telefonisch durchgegeben worden war, saßen Tuwja Schaj und Adina Lifkin schon auf den wackeligen alten Holzstühlen im Vorraum. Wie beim Arzt, hatte Racheli gedacht, als warteten sie auf das Ergebnis einer schicksalhaften Untersuchung. Tuwja Schaj schien sich mit dem Schlimmsten abgefunden zu haben.

Racheli warf einen Blick auf die Uhr, ohne daß der Mann gegenüber es merkte. Erst seit einer Minute saß sie in dem Zimmer, und bis jetzt war noch kein Wort gesprochen worden. Plötzlich wurde sie von einer schrecklichen Angst gepackt, daß man sie unter Anklage stellen könnte, daß es ihr so gehen könne wie Kafkas Josef K., und von einem Gefühl der Unsicherheit: Vielleicht hatte sie ja tatsächlich etwas falsch gemacht. Der große Mann hielt ihr eine Schachtel Zigaretten hin, und sie schüttelte den Kopf. Ihre Kehle wurde immer trockener, und ihre Hände zitterten.

Endlich begann er zu sprechen. Seine Stimme war weich und ruhig. Zuerst fragte er sie nach ihrer Funktion im Büro der Fakultät, erkundigte sich danach, was sie außerhalb der Arbeit tat, nach ihrem Familienstand.

Sie merkte, daß sie aus einem Impuls heraus, ihm zu gefallen, bereitwillig antwortete. Wieder sah sie auf ihre Uhr und stellte fest, daß nur fünf Minuten vergangen waren und er bereits alles von ihr wußte. Er wußte von ihrem Psychologiestudium, dem Zimmer, das sie in der Bnei-Brit-Straße gemietet hatte, von der Frau, die mit ihr die Wohnung teilte, von dem Freund, den sie gehabt hatte, und sogar von dem Wunsch ihrer Eltern, sie verheiratet und glücklich zu sehen, in ihrem fortgeschrittenen Alter. Er lächelte bei dieser Formulierung und nickte, als hätten seine Eltern auch immer so geredet. Sie fragte sich, ob er verheiratet war. Er trug keinen Ring, doch Racheli wußte trotz ihrer vierundzwanzig Jahre, daß nicht alle verheirateten Männer einen Ring trugen.

Sie hatte gar nicht gemerkt, wann sie begonnen hatten, über Tirosch und die Fakultät zu reden. Irgendwie war es ihm gelungen, den Übergang zu finden, so daß sie innerhalb weniger Minuten detailliert von Adina erzählte. Sie hatte das Gefühl, als höre er aufmerksam zu und interessiere sich tatsächlich für ihre Schwierigkeiten, und als wolle er wirklich ihre besondere Sicht auf die Angehörigen der Fakultät erfahren. Er fragte nicht nach ihrer Beziehung zu Tirosch, sondern bat sie, ihn so zu beschreiben, wie sie ihn wahrgenommen hatte.

Racheli fühlte sich wie verzaubert von diesen dunklen Augen, und die weiche Stimme brachte sie zum Sprechen. »Er hatte eine ganz besondere Ausstrahlung. Einen solchen Mann habe ich noch nie getroffen. Ich habe seine Gedichte schon in der Schule geliebt, und meine erste Begegnung mit ihm hat mich vollkommen fasziniert. Seine äußere Erscheinung, sein umfassendes Wissen und die Art, wie ihn jeder bewunderte. Aber ich wollte ihm nicht zu nahe kommen.«

Während des Redens spürte sie, daß der Mann mit ihr übereinstimmte, daß er dasselbe empfand wie sie, deshalb zögerte sie nicht, als er fragte: »Warum?« Es war ihr klar, daß er wissen wollte, warum sie, Racheli Loria, nicht die Nähe Scha'ul Tiroschs suchte, deshalb antwortete sie, ohne nachzudenken: »Ich habe mich vor ihm gefürchtet. Er hat mir angst gemacht.«

Mit demselben interessierten Ton fragte der Mann: »Womit?« Und Racheli antwortete verlegen: »Er hatte etwas Unaufrichtiges, aber das ist nur so ein Gefühl; eigentlich meine ich nicht unaufrichtig, sondern unecht. Ich konnte ihm nicht vertrauen. Ich habe gesehen, wie er Frauen schöne Augen gemacht hat, als würde er mit ihnen flirten, aber man wußte nie, ich meine, ich wußte nie, ob er es ernst meinte.«

Der Mann auf der anderen Seite des Tisches beugte sich vor, sie sah seine langen, dunklen Wimpern, die dichten Augenbrauen. Drängend und mit Autorität in der Stimme sagte er: »Geben Sie mir ein Beispiel, beschreiben Sie eine Situation, die Sie berührt hat.«

»Ich kann es nicht genau erklären, aber ich war manchmal allein mit ihm im Büro, und einmal, als die Heizung in seinem Zimmer getröpfelt hat und repariert werden mußte, hielt er seine Sprechstunde im Sekretariat ab. Nur ich war dort, Adina hatte irgendeine kleine Operation, deshalb war sie nicht bei der Arbeit, sonst ist sie ja immer da, und da bin ich mit ihm ins Gespräch gekommen. Sein Verhalten mir gegenüber war so, daß ich das Gefühl hatte, er halte mich für etwas wirklich Besonderes. Er, der berühmte Professor, der Dichter und alles, spricht mit mir, der kleinen Studentin, als wäre ich eine richtige Frau.« Sie hielt inne, aber der Mann wandte den Blick nicht von ihr und wartete, daß sie fortfuhr.

»Ich hatte das Gefühl, als wäre ich im Kino, als hätte ich die Szene schon mal gesehen. Er stand am Fenster und sprach wie zu sich selbst, über sich selbst. Er sagte, in seinem Alter frage man sich, ob man überhaupt wirkliche Freunde habe, und dann sprach er über die Einsamkeit des Menschen an sich. Er hat eine Zeile von Sach zitiert: ›Es ist nicht gut für den Menschen, allein zu sein, aber dennoch ist er allein.‹ Dann hat er mich gefragt, ob ich einmal über die Bedeutung dieser Worte nachgedacht hätte, so hat es angefangen. Und dann hat er nur über wirkliche Freunde gesprochen, und ich habe gedacht, wieso erzählst du mir das, was willst du von mir? Ich hatte das Gefühl, wenn ich mich auf das Gespräch einlassen würde, könnte mir etwas – Schreckliches passieren, als würde er mich, wie soll ich es sagen, in etwas hineinziehen. Ja. Er zog mich so sehr an, daß ich fast zu ihm hingegangen wäre, um ihn zu trösten, aber irgend etwas hat mich zurückgehalten. Ich fühlte, daß er nicht wirklich mich meinte, daß ich nur zufällig da war, schließlich wußte er ja nichts über mich.« Ihre Stimme klang fast entschuldigend. »Aber was mir am meisten angst machte, war seine Anziehungskraft, als müsse ich sein unendliches Leiden lindern und könne es nicht, als müsse ich alles geben und bekäme nichts zurück, weil er nichts hatte, was er mir geben konnte. Ich weiß nicht, wie ich das erklären soll.«

»Sie erklären es ganz ausgezeichnet«, sagte der Mann mit einem ernsthaften, ermutigenden Gesichtsausdruck, und Racheli wurde rot. Weil sie nicht zeigen wollte, wie wichtig ihr sein Kompliment war, fuhr sie schnell fort: »Dieser Vortrag über Einsamkeit hörte sich besonders seltsam an wegen der vielen Geschichten, die über ihn erzählt wurden.«

»Geschichten?« fragte der Mann und drückte seine Zigarette, die einen scharfen Geruch verbreitete, in dem Blechaschenbecher auf dem Tisch aus. Zugleich notierte er etwas auf einem Blatt Papier.

»Nun, es gab alle möglichen Geschichten«, sagte Racheli verlegen. »Gerüchte.«

»Welche zum Beispiel?« fragte er mit einer noch weicheren Stimme.

»Alle möglichen.« Wieder fühlte Racheli, wie sich ihre Kehle zusammenzog und wie ihre Füße in den Sandalen zu schwitzen begannen, aber der Mann ließ nicht locker. Er betrachtete sie mit einem Blick, der zu sagen schien: Du kannst mir vertrauen, ich will es wissen.

»Geschichten über ihn und über Frauen, über andere Dichter und über alle möglichen Leute.«

»Haben Sie wirklich geglaubt, daß er einsam ist?«

»Ja und nein. Vor allem dachte ich, das ist wie eine Szene aus einem Roman oder einem Film. Ich mag dieses leere Gerede nicht. Und daß er am Fenster stand, als hätte er sich genau den Blickwinkel ausgesucht, in dem sein Profil besonders vorteilhaft zur Geltung kommen mußte. Aber zugleich hatte es etwas Überzeugendes, ich habe ihm auch geglaubt, und das war es, was mich so erschreckt hat. So habe ich das alles damals nicht gedacht, erst jetzt formuliere ich das Gefühl.«

»Wer war Ihrer Meinung nach der Mensch, der ihm am nächsten stand?«

Wieder hatte Racheli das Gefühl, als weise er ihr eine besonders wichtige Rolle zu, als ob sie darum gebeten würde, ihm die Früchte ihrer langen und geduldigen Beobachtungen anzubieten. »Seine Beziehung zu Dr. Schaj gilt als besonders eng«, sagte sie zögernd.

»Aber?« fragte er und wartete geduldig.

»Aber ich kann Dr. Schajs Selbstverleugnung nicht ausstehen. Er hat ihn einfach angebetet. Und dann die Geschichte mit seiner Frau.«

»Mit seiner Frau?« fragte der Mann, und Racheli betrachtete seine braunen Arme und das weiße Hemd, und sie hatte das Gefühl, genau zu wissen, wie seine Haut riechen würde, ein sauberer Geruch. Sie merkte, daß sie rot wurde.

»Ruchama, die Frau von Dr. Schaj. Ich kenne sie kaum, ich habe sie nur ein paarmal gesehen und habe manchmal mit ihr telefoniert, aber trotzdem...« Sie suchte nach den richtigen Worten, und schließlich sagte sie verlegen: »Alle haben darüber geredet, es war klar, daß sie zusammen waren.«

Die Worte paßten nicht zu dem Rhythmus, in dem sie eigentlich sprechen wollte, fließend und klar, über die seltsame Dreiecksbeziehung, über die die ganze Fakultät sprach, die Studenten, alle. Außer natürlich Adina, die nie ein Wort darüber verloren hatte.

»Zusammen?« wiederholte der Mann. »Sie meinen Ruchama Schaj und Professor Tirosch? Sie haben zusammengelebt?«

»Nicht direkt zusammengelebt, es war, als würden sie zu dritt zusammenleben. Nun, alle wußten es, und auch Dr. Schaj hat es meiner Meinung nach gewußt, jedenfalls glauben das auch viele andere. Und es geht schon seit Jahren so. Aber in der letzten Zeit...« Racheli schaute ihn an und zögerte, ob sie weitersprechen solle. Er nickte, als wolle er sagen: Ich bin ganz Ohr, und sie fuhr fort: »In der letzten Zeit hat sich etwas geändert.« Er schwieg.

»Sie hat ihn gesucht, und er war verschwunden, oder er hat uns gebeten zu sagen, er wäre nicht da. Auch anderen Leuten gegenüber. Das heißt, er hat nicht wörtlich gesagt, wir sollten es zu ihr sagen, aber ich habe gespürt, daß etwas zwischen ihnen nicht in Ordnung war, als würde er ihr ausweichen.«

Racheli merkte, daß sie nicht mehr aufhören konnte zu reden. Monatelang hatte sie die Leute beobachtet, über die schon seit Beginn ihres Studiums geredet wurde, und während der ganzen Zeit hatte sie kaum jemandem ihre Beobachtungen mitgeteilt, sie hatte sie für sich behalten, und nun spürte sie ein ungeheures Bedürfnis, ihm alles zu erzählen. Für einen Moment, eine Sekunde, sah sie sich selbst zu und traute ihren Ohren nicht. Sie fragte sich, ob dieser Drang zu sprechen ihrem Wunsch entsprang, diesem Mann näherzukommen, dem Mann, von dem sie wünschte, er möge sie berühren, möge sie anlächeln, ein Lächeln, das sie dazu brachte, weiterzusprechen, immer weiter, oder nur dem Gefühl, daß es da ein aufmerksames Ohr gab, einen Menschen, der sich für ihre Beobachtungen interessierte und ihre Fähigkeit, Details wahrzunehmen, zu schätzen wußte.

»Und warum glauben Sie, daß Dr. Schaj es wußte?«

»Alle glauben, daß er es wußte. Und außerdem war er Tirosch gegenüber so ergeben. Tuwja Schaj ist weder dumm noch blind, alle haben es gesehen, und er war ein paarmal im Zimmer, als seine Frau angerufen hat und mit Tirosch sprechen wollte. Die beiden haben überhaupt nicht versucht, die Sache zu verbergen. Es war irgendwie erschrekkend, ich habe nicht verstanden, warum er, Dr. Schaj, mit ihr zusammenblieb, warum er sich nicht hat scheiden lassen.«

Das Telefon klingelte, der Mann nahm den Hörer ab und sagte: »Ja?« Sein Gesichtsausdruck änderte sich. Die Weichheit, die vorher dagewesen war, verschwand, er hörte angespannt zu und schrieb einige Worte auf das Blatt Papier, das vor ihm lag. Doch die ganze Zeit ließ er den Blick nicht von ihr. Etwas mutiger geworden, schaute sie ihn an.

»Zwischen zwei und sechs?« sagte er mit einer anderen Stimme, die schärfer und härter klang. »Gut, ich rufe später noch einmal an.« Er legte den Hörer auf und steckte sich noch eine Zigarette an.

Dann fragte er nach Ido Duda'i, und Racheli sagte: »Er war ein sehr netter, angenehmer Mann. Sogar Adina hatte ihn gern. Aber er hatte alles ein bißchen ernst genommen, in beruflicher Hinsicht, ich meine, er hat nie irgendwas aus dem Ärmel geschüttelt, jedenfalls haben ihn alle geschätzt und gern gehabt.«

»Und Tirosch?«

»Was? Mit Ido? Ich glaube, er hat ihn auch geschätzt, er hat sich ihm gegenüber freundlich verhalten, aber auch ein bißchen spöttisch. Das heißt, nicht wirklich spöttisch, er hat nur manchmal einen kleinen Witz über seine Ernsthaftigkeit gemacht, darüber, daß er alles zweimal kontrolliert hat. Aber das war nicht böse gemeint gewesen.«

»Hat Tirosch getaucht?«

»Was meinen Sie? Im Meer?« Racheli spürte, daß der Mann etwas wußte, was sie nicht wußte, daß er das Gespräch in eine andere Richtung lenkte. »Nein, wieso? Er hat immer über Sport gelacht und gesagt, das Leben sei zu kurz, um auch noch zu leiden. ›Nur Skifahren‹, hat er einmal gesagt, ›aber nur in der Schweiz, in den Alpen, nicht auf dem Hermon.‹ Aber ich kann ihn mir nicht auf Skiern vorstellen. Wenn Sie seine Anzüge gesehen hätten, er war kein Typ für Sport, obwohl er immer braungebrannt war. Er hat gesagt, er liebe das Meer, aber ich glaube nicht, daß er getaucht hat. Tauchen war ein Spleen von Ido.« Sie wagte nicht zu fragen, warum er das wissen wollte. Sie hatte das

Gefühl, als ginge es um etwas anderes, was nicht zu dieser Sache gehörte.

»Und ist Ihnen außer der Veränderung mit Frau Schaj noch irgend etwas Ungewöhnliches aufgefallen?«

Racheli zögerte, bevor sie antwortete. Sie erinnerte sich an die Blässe und den müden Ausdruck auf Tiroschs Gesicht nach der Sitzung am Freitag, daran, daß sie zum ersten Mal Zeichen seines Alters an ihm entdeckt hatte: tiefe Falten in den Wangen, ein Gang, der nicht so leicht war wie früher.

»Sagen Sie alles«, sagte der Mann, »alles, was Ihnen einfällt, ohne groß zu überlegen.«

Racheli berichtete von den Veränderungen und schloß: »Am Mittwoch abend war ein Fakultätsseminar, und danach benahmen sich alle, als sei eine Katastrophe passiert, aber ich habe nicht herausbekommen, was wirklich los war. Ich war nicht dabeigewesen, aber ich habe von Zipi gehört – das ist eine Assistentin –, daß Ido Professor Tirosch angegriffen hat und es einen Skandal gegeben habe. Aber es gibt immer Skandale wegen solcher Sachen, das ist alles Politik. Sie tun so, als ob sie mit einem einzigen Wort das Gesicht der Literatur Israels verändern können, und manchmal glauben sie sogar, daß sie Einfluß auf die ganze Welt haben.« Sie staunte selbst über ihre Bitterkeit und Aggression.

»Und Ido? Hatte Ido sich verändert?«

»Seit er aus Amerika zurück war – er war einen Monat dort, er hatte ein Stipendium –, war er nicht mehr derselbe Mensch«, sagte Racheli und dachte, daß sie eigentlich das zitierte, was sie Tuwja im Büro hatte sagen hören.

»Wie würden Sie die Veränderung beschreiben?« fragte der Mann, und wieder beugte er sich vor und schaute sie so aufmerksam an, als sei ihm ihre Antwort wichtig.

»Ich weiß nicht genau, als wäre er mit irgend etwas

unzufrieden, als wäre er wütend, und er ist einem Zusammentreffen mit Tirosch ausgewichen. Aber das hängt vielleicht mit dem zusammen, was er bei seiner Rückkehr gehört hat.«

»Was hat er gehört?«

»Ich weiß nicht, ob es stimmt, aber einige Leute haben darüber geredet, und ich habe sie im Maiersdorf gesehen, im Restaurant des Gästehauses, mittags, Idos Frau Ruth und Tirosch. Ich weiß nicht, vielleicht saß Professor Tirosch mit allen Frauen so da, aber ich hatte das Gefühl, als handle es sich um mehr als ein freundschaftliches Beisammensein. Er hatte so einen gequälten Gesichtsausdruck, wie damals neben dem Fenster, und dann habe ich von Dr. Aharonowitsch gehört...« Racheli hielt inne, um Luft zu holen und damit er merke, daß Aharonowitsch ihr nicht sympathisch war – sie wußte, daß er es spürte, so wie er alles spürte –, »er hat es nicht zu mir gesagt, sondern zu jemand anderem, in der Schlange vor der Kasse im Maiersdorf, und ich habe es gehört, ohne daß sie mich bemerkt haben, er hat gesagt: ›Daß unsere Augen es erkennen, unser großer Dichter stürzt wieder eine Frau ins Unglück. Törinnen, alles Törinnen.‹«

»Hat Ido es gewußt?«

Racheli nickte. Dann sagte sie: »Und Ido ist nicht so ein Typ wie Dr. Schaj, der das einfach akzeptiert hat.«

»Warum glauben Sie eigentlich«, Rachelis Herz machte einen Sprung, weil er das »Sie« betonte, »daß Dr. Schaj es akzeptiert hat?«

»Ich weiß es nicht«, sagte sie. Zögernd sprach sie weiter, und ihre Worte wurden zu vollständigen, zusammenhängenden Sätzen. »Ich habe oft darüber nachgedacht, denn ausgerechnet Dr. Schaj ist ein gradliniger, anständiger

Mensch, man kann sogar Sympathie für ihn empfinden. Ich glaube, daß er Professor Tirosch so sehr verehrt hat, daß er sich noch nicht mal gegen so etwas wehren konnte. Oft genug habe ich ihn sagen hören, daß er einem wahren Genius nicht widerstehen könne. Als er von Europa zurückkam, er war dort auf einer Tagung, Anfang des Jahres, sprach er über Florenz, über die Statue des David. Er sprach mit Ido, bei uns im Sekretariat, und ich habe noch nie jemand mit einer solchen Ehrfucht von einem Kunstwerk sprechen hören. Wie über ...« Racheli suchte nach dem richtigen Wort, er half ihr nicht, sondern wartete geduldig. »... wie über eine Frau oder so«, sagte Racheli endlich und biß sich auf die Lippe.

»Hat *er* getaucht?«

»Wer? Dr. Schaj? Nein, wie kommen Sie auf so was! Haben Sie ihn gesehen?« Sie verkniff es, sich zu fragen, was der Fall mit Tauchen zu tun habe, denn es war ihr klar, daß sie keine Antwort bekommen würde.

»Hat sonst jemand von der Fakultät getaucht?«

Racheli schaute ihn verständnislos an und schüttelte den Kopf. Dann beantwortete sie gehorsam alle Fragen, die ihre Tätigkeiten seit Freitag nachmittag betrafen, und was sie alles am Wochenende getan hatte. Sie erklärte, sie habe um halb eins aufgehört zu arbeiten, sie sei an der Reihe gewesen, die Wohnung zu putzen und die Einkäufe zu erledigen. Dann habe sie auf ihre Eltern gewartet, die aus Hedera zu Besuch kamen und ungefähr um vier eintrafen.

»Sie stammen also aus Hedera?« fragte er, während er sich Notizen machte. Sie nickte. Erst dann erkannte sie die Absicht hinter seinen Fragen und traute sich, laut zu fragen, ob er ihr Alibi prüfe.

Wieder lächelte er dieses Lächeln, das seine Augen zu

zwei schmalen Schlitzen werden ließ und seine Wangenknochen noch stärker hervortreten ließ. »Man muß es nicht unbedingt so nennen«, sagte er, »aber, ja, mehr oder weniger.« Im selben Atemzug fragte er, ob sie eine Vorstellung habe, wer Scha'ul Tirosch ermordet haben könnte.

Wieder schüttelte sie den Kopf. Sie habe in der Nacht lange nachgedacht, sagte sie, weil sie nicht einschlafen konnte, weil sie immer daran denken mußte, wie die Leiche ausgesehen und gerochen habe, aber sie habe wirklich keine Ahnung, wer es gewesen sein könnte. Keiner der Leute, die sie kannte, käme ihr wie ein Mörder vor.

»Und beim Fakultätsseminar?« fragte er, und sie begriff, daß er sie bald wegschicken würde. »Schreibt irgend jemand mit, was dort passiert?«

»Nein, das ist eine ziemliche Massenveranstaltung. Manchmal werden die Vorträge gedruckt, aber das war offenbar ein ziemlich ungewöhnlicher Abend, ich habe gehört, daß alles für Radio und Fernsehen aufgenommen wurde. Zipi hat es mir am nächsten Tag erzählt.« Racheli bemerkte die Veränderung in seinem Gesicht, als falle ein Vorhang herunter, und plötzlich herrschte eine ganz andere Atmosphäre im Raum.

»Fernsehen?« fragte er, und in seinen Augen blitzte es auf. »Ist das immer so, daß das Fernsehen bei den Fakultätsseminaren dabei ist?«

»Nein«, antwortete Racheli, »natürlich nicht. Es gibt doch jeden Monat ein Seminar. Das war wegen Professor Tirosch. Er wurde der Liebling der Medien genannt.«

»Wer hat ihn zum Beispiel so genannt?«

»Ich glaube, Aharonowitsch. Er hat Professor Tirosch immer lächerlich gemacht, wegen allem möglichen. Aber nie in seiner Anwesenheit.«

»Hatte Aharonowitsch einen besonderen Grund, Tirosch lächerlich zu machen?«

»Nicht daß ich wüßte. Vielleicht ist er nur krankhaft neidisch. Nur über Tiroschs Gedichte hat er nie gelacht. Aber neben Tirosch hat Aharonowitsch immer ziemlich abstoßend gewirkt, er ist ja sowieso nicht gerade attraktiv, aber neben Professor Tirosch ist es immer besonders aufgefallen.« Plötzlich fühlte sich Racheli sehr müde, und sie wußte mit verzweifelter Sicherheit, daß dieser Mann sich ihr niemals nähern würde. Sie hatte keine Kraft mehr zu sprechen.

Als wüßte er, wie sie sich fühlte, erhob er sich von seinem Stuhl und sagte, er würde ihre Hilfe vielleicht noch einmal benötigen, aber im Moment könne sie gehen. Für einen Augenblick ruhten seine braunen Augen auf ihr, aber er war mit den Gedanken schon nicht mehr bei ihr.

Eine junge Frau mit blauen, weit aufgerissenen Augen riß mit einem energischen Schwung die Tür auf und rief: »Hör mal, Michael...« Dann bemerkte sie Racheli und hielt abrupt inne.

Michael, dachte sie, so heißt er also. Und obwohl die Frau wartete, daß Racheli das Zimmer verließ, und nichts mehr sagte, spürte Racheli die Intimität zwischen den beiden, eine Art Gleichheit, und das Herz wurde ihr schwer, als er die Tür weit öffnete und sagte: »Ich danke Ihnen sehr.«

Sie gab keine Antwort, sondern ging schnell hinaus in den engen Korridor. Dort bemerkte sie das erschrockene Gesicht Adinas, die in einer Ecke saß und sich erhob, um etwas zu ihr zu sagen. Aber Racheli verschwand, sie hatte keine Kraft, Adina gegenüberzutreten und zu berichten, was dort in jenem Zimmer passiert war.

Racheli rannte den Korridor entlang, die Treppe zum

Erdgeschoß hinunter, von dort zum Hinterhof des Migrasch ha-Russim und zur Jaffastraße.

Die Sonne schlug ihr entgegen, in dem hellen Licht mußte sie die Augen zusammenkneifen. Vor dem Schaufenster der Buchhandlung Jarden blieb sie stehen und entdeckte das neueste Buch Arie Kleins: »Die musikalischen Ursprünge in der Lyrik des Mittelalters«. Ihre Beine zitterten, als sie an der Ampel des Zionplatzes wartete, bis es Grün wurde. Der Zeitungsverkäufer auf der anderen Straßenseite ließ es ergeben zu, daß sie stehenblieb und die Schlagzeilen in den Abendzeitungen las, die von dem Mord berichteten und alle ein großes Foto von Scha'ul Tirosch auf der Vorderseite hatten. Schließlich kaufte sie eine Zeitung und steuerte auf das Café Alno in der kleinen Fußgängerzone zu und setzte sich an einen leeren Tisch.

Die Kellnerin wartete ungeduldig, bis sie sagte: »Eine Cola mit Zitrone.« Dann versuchte sie den Artikel zu lesen, der auf der zweiten Seite fortgesetzt wurde und eine Beschreibung der Leiche und der Lebensgeschichte Tiroschs enthielt sowie einiges über den Leiter der Untersuchungskommission, Oberinspektor M. Ochajon, dessen Ruhm sich vor allem auf der Lösung des Mordfalles Eva Neidorf vor zwei Jahren gründete. Über sein Privatleben stand nichts darin, auch sein Alter war nicht angegeben.

Racheli betrachtete den Mann, der am Tisch links neben ihr saß und frühstückte, und ein älteres Paar am Tisch daneben. Die beiden tranken Kaffee und redeten ununterbrochen. Dann schaute Racheli auf die große Uhr an der Wand gegenüber und sah, daß es bereits elf war. Ihr fiel ein, daß um neun die Prüfung in Statistik angefangen hatte und in einer halben Stunde vorbei sein würde. Im ersten Moment geriet sie in Panik, doch dann rief sie sich selbst zur

Ruhe, denn es würde einen zweiten Termin geben. Aber sie beruhigte sich nicht, und ihre Hand, die das Glas hielt, zitterte so sehr, daß sie es auf den Tisch stellen mußte.

Der Mann, der jetzt fertig gefrühstückt hatte, stand auf, bezahlte und ging. Die Kellnerin räumte den Tisch ab und legte eine Ausgabe der *Ha-Arez* neben sie. Auf der ersten Seite der Tageszeitung, neben dem Foto Scha'ul Tiroschs, befand sich auch ein Foto des Mannes, mit dem sie den Vormittag verbracht hatte, Oberinspektor Michael Ochajon, die Hände wie abwehrend ausgestreckt und mit einem sinnlichen Mund. Racheli starrte auf das Foto, während sie langsam ihre Cola trank.

Achtes Kapitel

»Was hast du mit ihr gemacht, mit diesem Kind?« fragte Zila und setzte sich ihm gegenüber.

»Sie ist kein Kind mehr, und sie ist völlig in Ordnung«, antwortete Michael abwesend, während er wie besessen eine Nummer wählte und immer wieder von vorne anfing, wenn das Besetztzeichen ertönte.

»Und sie sieht gut aus, stimmt's?« fragte Zila in dem herausfordernden Ton, den sie manchmal anschlug, wenn sie allein waren. Ab und zu ging Michael darauf ein, aber heute ignorierte er ihren forschenden, amüsierten Blick, und während er weiter wählte, fragte er: »Gibt es was Neues? Was ist los?«

Zila stieß einen lauten Seufzer aus und begann zu berichten, daß alle vorgeladen worden seien, daß Informationen vom Nachrichtendienst eingeholt worden seien und daß gegen die Angehörigen der Fakultät nichts Besonderes vorliege.

»Was heißt nichts Besonderes?« fragte Michael, der immer nervöser wurde, weil der Apparat wieder das Besetztzeichen hören ließ.

»Das heißt, es gab Verkehrsstrafen, und Ido Dua'i hat einmal an einer nicht genehmigten Demonstration teilgenommen, Aharonowitsch hat sich einmal beschwert, daß die Leute im Stockwerk unter ihm zuviel Krach gemacht haben. Hörst du mir zu?«

Er nickte, wählte weiter und sagte: »Am Mittwoch letzte Woche hatten sie ein Fakultätsseminar, und das Fernsehen war da. Es gibt einen Film. Ich möchte ihn noch heute sehen.«

Zila stand auf und ging um den Schreibtisch herum. Noch während Michael sprach und wählte, zog sie aus der oberen Schublade einen Zettel und einen angekauten Bleistift und notierte sich etwas. Für einen Moment berührte ihr Arm den seinen, und er roch ihren Duft, ein zartes, etwas säuerliches Parfüm. Zila zog ihren Arm schnell zurück.

»Und rufe bitte die Frau von Tuwja Schaj an, sie soll zum Verhör kommen. Und auch die Frau von Ido Duda'i.«

»Ich habe dir schon gestern erklärt«, sagte Zila und setzte sich wieder auf den Stuhl ihm gegenüber, »daß du ein ganzes Leben brauchst, wenn du alle Frauen verhören willst, mit denen er was gehabt hat.«

Plötzlich nahm jemand am anderen Ende der Leitung ab, und Michael sprach mit Dr. Hirsch vom pathologischen Institut, während er mit den Fingern auf dem Tisch trommelte. Zila ging hinaus. Als sie mit zwei Tassen Kaffee zurückkam, war der Zettel, den Michael vor sich liegen hatte, bereits dicht beschrieben. Er trank einen Schluck, verzog das Gesicht und sprach weiter in den Hörer. Einige Minuten vergingen, bis sie begriff, daß er inzwischen mit jemand anderem sprach.

»Was soll das, es kann doch nicht so schwer sein, ein so seltenes Auto zu finden«, und dann: »Also wirklich! Wie sollt ihr es auch im Computer finden? Wer meldet ein Auto schon als gestohlen, wenn er tot ist? Ein Alfetta, GTV, Baujahr '79, weiß. Sucht im ganzen Bezirk der Universität, auf dem Har ha-Zofim. Ich brauche euch doch nicht zu erklären, wie ihr eure Arbeit machen sollt.« Er knallte den Hörer auf.

»Sie wartet draußen, die Sekretärin der Abteilung, ich habe vergessen, wie sie heißt, und ich habe das Gefühl, daß sie bald einen Herzinfarkt bekommt. Was hat Hirsch gesagt?« Zila wußte, daß sie ab jetzt aufhören mußte zu flirten.

»Der Befund ist erst übermorgen fertig, denn bevor die Obduktionsgenehmigung nicht da war, hat er nicht anfangen können, und gerade weil keine Familie da ist, hat es Schwierigkeiten gegeben. Eli war bei der Obduktion dabei.« Michael betrachtete den Zettel, der vor ihm auf dem Tisch lag, doch er wußte genau, was für ein Gesicht Zila jetzt machte. Er hob den Blick. Tatsächlich, sie preßte die Lippen aufeinander, und ihre Augen blitzten, aber sie sagte kein Wort. Michael wußte, daß es eigentlich seine Pflicht gewesen wäre, bei der Obduktion dabeizusein, doch er hatte es vorgezogen, nicht hinzugehen. Zila ärgerte sich immer, daß er sich vor dieser unerfreulichen Aufgabe drückte und sich lieber auf Elis Bericht verließ. Michael war nicht bereit, immer wieder eine Obduktion durchzustehen, bei jedem einzelnen Fall, und fast hätte er gesagt: Wenn Eli mal Chef einer Kommission ist, kann er auch einen anderen hinschicken.

Er blickte wieder auf seinen Zettel und sagte: »Die Todesursache war ein doppelter Schädelbasisbruch, vermutlich durch den Sturz auf die Heizung. Das hat schon der Pathologe am Tatort gesagt, auf dem Radiator waren Spuren. Hirsch meint, daß ihn die Schläge, die er davor bekommen hat, bewußtlos gemacht haben, deshalb ist er auf die Heizung gestürzt. Außerdem hatte er Rippenbrüche und innere Blutungen.«

»Ich habe nicht gewußt, daß er geschlagen wurde«, sagte Zila, und Michael erinnerte sich, daß sie Scha'ul Tirosch nicht gesehen hatte.

»Sein Gesicht hat ziemlich demoliert ausgesehen«, erklärte er. »Ich nehme an, daß ihn jemand mit irgend etwas verprügelt hat, was sich normalerweise in seinem Zimmer in der Universität befand, vielleicht mit einem Briefbeschwerer oder einem schweren Aschenbecher oder irgendeinem Nippes, das auf seinem Tisch stand. Die Spurensicherung hat gesagt, nur auf der Heizung seien Blutspuren gewesen, sonst nirgendwo. Es gab auch keinen Gegenstand ohne Fingerabdrücke. Das heißt, daß die Tatwaffe aus seinem Zimmer stammt oder daß der Mörder sie mitgebracht hat. Ich neige jetzt allerdings immer mehr zu der Auffassung, daß es sich nicht um einen geplanten Mord handelt, deshalb wäre es logischer, daß der Mörder irgend etwas benutzt hat, was im Zimmer war.«

»Was für Fingerabdrücke hat man gefunden?« erkundigte sich Zila. »Und war unter den Verdächtigen irgend jemand, der nicht bereit war, Fingerabdrücke nehmen zu lassen?«

»Nein, alle waren einverstanden, es gab keine Schwierigkeiten. Wir haben schon gestern die Fingerabdrücke genommen und sie bereits geprüft. Es gab Abdrücke von Tirosch und von allen Leuten, die am Sonntag das Zimmer betreten haben, außerdem einige, die wir noch nicht identifizieren konnten. Wie können wir wissen, wer alles dort war? Schließlich gibt es auch Studenten, die in seiner Sprechstunde waren, was weiß ich...«

»Glaubst du«, fragte Zila nachdenklich und berührte ihren Bauch auf eine Weise, wie es nur schwangere Frauen tun, selbst wenn ihr Bauch noch ganz flach ist, »daß es eine Frau getan haben könnte?«

Michael betrachtete sie, bevor er müde antwortete: »Keine Ahnung. Der Mensch verfügt manchmal über erstaunliche Kräfte, besonders wenn er sehr erregt ist.« Er lehnte sich zurück, streckte die Beine aus und zündete sich eine Zigarette an. Der Mord an Tirosch war nicht der einzige Fall, es gab noch andere Ermittlungen, über die er als Vorgesetzter Bescheid wissen mußte, und sein Stellvertreter, Asarja, lag nach einer komplizierten Rückenoperation noch immer im Krankenhaus. Er hätte am liebsten den Kopf auf den Tisch gelegt und sich Zilas streichelnden Händen überlassen. Beide wichen sie immer jeder Berührung aus, aber jetzt hatte sie etwas verlockend Weiches. Sie trug dasselbe Kleid wie gestern abend, und ihre Arme sahen glatt und weich aus. Michael Ochajon richtete sich auf seinem Stuhl auf und sagte: »Gib Rafi Bescheid, daß die Todeszeit ermittelt ist, zwischen vierzehn und achtzehn Uhr am Freitag. Ich nehme an, der Mord hat eher um zwei stattgefunden als um sechs, weil der Sicherheitsbeamte der Universität niemanden hinein- oder herausgelassen hat, nachdem die Tore verschlossen worden waren.«

Zila hörte auf mitzuschreiben und schaute fragend hoch.

»Jeder, der während der Woche spätabends ein Universitätsgebäude betreten will oder am Wochenende freitags nach vier Uhr, muß das vorher mit dem Sicherheitsbeamten ausmachen. Ein einfacher Vorgang, aber man muß ihn absprechen. Man ruft die Nummer 883000 an und sagt Bescheid. Setzt du dich bitte mit dem Polizeichef in Verbindung? Ich würde ihn gerne heute noch sprechen. Ach ja, und sag allen Bescheid, daß morgen früh um sieben eine Teambesprechung stattfindet.«

»Und wann willst du den Fernsehfilm anschauen?« Michael schwieg, ging innerlich alles durch, was an diesem Tag noch erledigt werden mußte, dann antwortete er: »Später am Abend.« Nach einem Moment fügte er hinzu: »Und wir können schon die Tagesordnung für morgen festlegen, wenn die ganze Mannschaft da ist.«

Zila stand auf. Ihre Bewegungen waren schwerer als sonst, und als sie an der Tür stand, sagte er: »Bitte schick mir die Fakultätssekretärin herein«, und stellte das Aufnahmegerät an. Er mußte unbedingt das quälende Gefühl loswerden, das ihn seit dem Gespräch mit Racheli bedrückte.

Adina Lifkin trug ihr »gutes Kleid«, stellte Michael fest und unterdrückte ein Lächeln. Er nahm an, daß sie dieses Kleid zu wichtigen Anlässen trug, auch wenn sie mit Behörden zu tun hatte, doch offenbar geschah das nicht so oft, dachte er, denn das Kleid, aus schwerem, dunklem Stoff, war ihr inzwischen mindestens eine Nummer zu klein geworden, so daß es um ihren Bauch und die schweren Arme spannte. Ihr Gesicht war rot, und sie streckte den Kopf. Schwer atmend setzte sie sich auf den Stuhl, auf den er deutete. Ihre Hände umklammerten den Griff einer schwarzen Lacktasche, die sie auf den Knien hielt, und ihr Blick heftete sich voller Abscheu auf die Zigarette, die er sich gerade anzünden wollte. Er legte sie unangezündet zurück auf den Tisch.

Als er sie fragte, was sie am Freitag alles getan hatte, schaute sie ihn mit runden, hervorquellenden Augen an. Sie sah aus wie eine Schülerin, die vor einer mündlichen Prüfung stand, auf die sie sich ein ganzes Jahr lang vorbereitet hat. »Sie meinen, nach der Fakultätssitzung?«

Michael Ochajon antwortete, er meine alles, was sie an jenem Tag getan habe.

»Aha«, sagte Adina Lifkin, als sei ihr die Frage nun klar, und nickte heftig mit dem Kopf, wobei sich keines ihrer Löckchen bewegte. »Wenn ich mich recht erinnere, und da kann ich nicht ganz sicher sein, es gibt immer Sachen, an die wir uns zu erinnern glauben, es aber in Wirklichkeit nicht mehr ganz genau wissen, jedenfalls, wenn ich mich richtig erinnere, war ich schon um sieben Uhr morgens im Büro, weil ich viel zu tun hatte, schließlich ist das Semester bald zu Ende, und die Studenten sind vor den Prüfungen immer so angespannt und haben es eilig, ihre Arbeiten abzuliefern, ich weiß wirklich nicht, warum sie immer bis zur letzten Minute warten, aber das ist eine andere Frage.« Sie verzog die Lippen zu einem Lächeln, das nichts Fröhliches hatte, nur das Zögern eines Menschen, der seinen guten Willen zeigen will und prüft, ob er sein Ziel erreicht hat. Michael nickte unwillkürlich als Antwort auf ihr Lächeln.

»Jedenfalls war ich schon um sieben im Sekretariat und habe einige Telefonate erledigt, weil ich die Zeit ausnutze, wenn die Universität leer ist, um alles vor der Sprechstunde fertig zu haben, schließlich ist der Freitag besonders kurz, und sogar wenn offiziell keine Sprechstunde ist, gibt es immer Studenten, die etwas wissen wollen, und obwohl ich sie nicht außerhalb der Sprechstunden empfange, gibt es manchmal Sonderfälle, nun ja, und das unterbricht den Arbeitsrhythmus. Jedenfalls, ich habe telefoniert. Ich glaube, ich habe Dr. Schaj angerufen, wegen eines Studenten, der seine Seminararbeit mit großer Verspätung abgegeben hat, und dann Dr. Schulamit Zelermaier, die kann man morgens am besten erreichen, weil ich eine Frage wegen der Abzüge ihrer Prüfungsaufgaben hatte, und dann habe ich Professor Tirosch angerufen, weil es ein Problem mit dem Budget gab, für das nur er allein zuständig war.«

Endlich hielt sie inne, um Luft zu holen, und wohl auch, weil ihr plötzlich wieder die veränderte Situation einfiel, dann fuhr sie fort, in allen Einzelheiten zu berichten, was sie nach den Telefongesprächen getan hatte. Michael fühlte sich wie der Zauberlehrling, der den Besen nicht mehr loswurde. Der Redestrom schwoll immer mehr an, während das Gesicht Adina Lifkins den zufriedenen Ausdruck eines Menschen annahm, der eine Prüfung mit Bravour meistert. Michael fühlte sich auf einmal sehr müde und vollkommen hilflos, und dabei wußte er, daß sie, wenn er sie jetzt stoppte, nicht mehr würde weiterreden können. Von Zeit Zeit notierte er etwas auf einem Zettel, was sie dazu veranlaßte, ihn befriedigt anzuschauen, ohne daß sie aufhörte zu reden. Er konnte inzwischen nicht mehr die Spreu vom Weizen trennen, und erst nach etwa zwanzig Minuten riß er sich zusammen, erinnerte sich daran, daß sie in Wirklichkeit keine Macht über ihn besaß. Da war sie gerade dabei zu beschreiben, was am Nachmittag passiert war.

Sie hatte gebacken, »die Kinder sollten am Wochenende kommen, obwohl mein Enkel ein bißchen Fieber hatte und meine Tochter zögerte, weil ihr Mann sich nicht so gut fühlte, er hat sich gestern den ganzen Tag untersuchen lassen«, und so weiter und so weiter, mit einer hohen, heiseren Stimme. Als sie anfing, den Besuch der Tochter zu beschreiben, gelang es ihm endlich, den Redefluß zu unterbrechen. »Entschuldigen Sie, nur einen Moment.« Sie schwieg sofort und sah ihn erschrocken, doch äußerst gutwillig an. Dann fragte er sie nach ihren Beziehungen zu den Angehörigen der Fakultät.

Ihr Weltbild, soweit es diese Leute betraf, beschränkte sich auf ihre administrativen Funktionen. Jede ihrer Antworten bezüglich ihrer Meinung und ihrer Gefühle gegenüber den Dozenten bezog sich auf die Art, wie sie ihre Pflicht erfüllten, wie sie ihre Noten gaben, wie sie die Arbeiten korrigierten, wie sie Fragebögen ausfüllten. Michael erfuhr, daß Dr. Schaj jede Seminararbeit ernst nahm und sich mit der Korrektur beeilte, daß seine Noten gut begründet waren. »Gut, ich verstehe nicht viel davon, aber alles geht über mich, die Studenten bringen mir ihre Arbeiten, und ich gebe sie an den entsprechenden Dozenten weiter, so verhindern wir, daß es Probleme gibt, denn es ist schon passiert, daß ein Student behauptet hat, er habe die Arbeit abgegeben und der Dozent habe sie verloren, und wofür brauchen wir solche Probleme?« Sie strich ihr Kleid glatt.

Jede Frage nach der Persönlichkeit der Leute, nach Veränderungen, nach ihren Beziehungen untereinander, erschreckte sie, und ihre Stimme wurde ängstlich.

»Ich interessiere mich nicht für Klatsch«, sagte sie entschieden, als er sie über die Beziehung Tiroschs zu der Frau von Dr. Schaj fragte. »Dr. Schaj macht seine Arbeit, wie es sich gehört, es war immer alles in Ordnung.« Schnell fügte sie hinzu: »Soweit ich etwas davon verstehe, jedenfalls.«

Scha'ul Tirosch, so erfuhr er, nachdem er – allerdings erst nach einer halben Stunde – herausgefunden hatte, was man sie fragen durfte, hatte nicht immer seine Pflicht erfüllt, aber sie hatte irgendwie Angst vor ihm, eine gewisse Ehrfurcht, obwohl er seine Korrekturen nicht immer rechtzeitig machte. Manchmal beschwerten sich sogar Studenten, daß er nichts schriftlich erklärte, und manchmal waren sogar schon Vorwürfe gekommen, er lese die Arbeiten vermutlich überhaupt nicht. »Aber das geht mich nichts an, davon verstehe ich nichts«, erklärte Adina Lifkin so entschieden, als wolle sie sagen: Es wäre nicht anständig, von mir eine Information auf einem Gebiet zu verlangen, das nicht Gegenstand der Prüfung ist.

»Ido Duda'i«, sagte Adina pathetisch, und ihr Gesicht bekam einen ernsten und feierlichen Ausdruck, »war so freundlich, so interessiert. Es gibt nur wenige Leute, die es schätzen, wenn andere sich bei der Arbeit große Mühe geben. Ido Duda'i war so einer. Immer hat er sich bei mir bedankt, und immer hat er meine Zuverlässigkeit gelobt, und immer ...« Michael ließ sie schluchzen, wartete, bis sie sich lautstark die Nase mit einem Papiertaschentuch geputzt hatte, das sie mühsam aus der schwarzen Tasche gekramt hatte.

Manchmal, sagte er sich, während er sorgfältig darauf achtete, den undurchdringlichen Gesichtsausdruck nicht zu verlieren, sind die Menschen selbst klischeehafter als das Klischee, das man im Kopf hat. Adina Lifkin bestätigte alle seine Vorurteile gegenüber einer Sekretärin, die sich vollkommen mit ihrem Job identifiziert. Und man kann einfach nicht sagen, überlegte er weiter, ob sie immer so gewesen ist oder ob sich im Laufe der Zeit die Grenzen zwischen ihrer Person und ihrer Arbeit immer mehr verwischt haben. Er hob den Blick von dem Blatt Papier und betrachtete sie mit neu erwachtem Interesse.

Schon kurz nachdem sie das Zimmer betreten hatte, hatte Michael erfahren, daß das Objekt ihrer besonderen Wertschätzung Professor Arie Klein war. »Das ist ein Mensch!« hatte sie gesagt. (Dreimal, und jedesmal mit einer anderen Betonung. Einmal hatte sie »das« betont, das zweite Mal »ist«, das dritte Mal »Mensch«.) »Sie werden kein böses Wort über ihn hören, von niemandem. Und was für eine Frau er hat! Und was für Töchter!« Und als teile sie ein Geheimnis mit, neigte sie den Kopf und sagte: »Ich werde Ihnen ein Beispiel geben. Sie wissen ja, wie man manchmal gerade an Kleinigkeiten merkt, wie ein Mensch ist...« Michael nickte zustimmend, und sie fuhr fort: »Er ist nie aus dem Ausland zurückgekommen, ohne mir etwas mitzubringen, eine Kleinigkeit nur, aber allein die Tatsache, daß er daran gedacht hat, so feinfühlig. Das Jahr, in dem er nicht hier war, ist mir sehr schwer geworden.«

Ihre Antworten wurden sachlicher, als er sich nach den Fakultätssitzungen erkundigte. Sie hatte nie daran teilgenommen, aber die Protokolle kamen alle auf ihren Schreibtisch. Natürlich könne er sie einsehen, wenn er die entsprechende Genehmigung erhalte.

Nein, sie habe die Protokolle nie gelesen, sie hebe sie nur auf. In der Regel würden sie von den Assistenten geschrieben.

Nein, sie ginge auch nicht zu den Fakultätsseminaren. Sie arbeite tagsüber so schwer, sagte sie, daß sie am Abend fix und fertig sei. »Und außerdem«, fügte sie hinzu, »kann ich meinen Mann abends nicht allein lassen. Es gibt zwar Frauen, die das tun«, sie hielt inne, als wolle sie ihm Zeit lassen, sich solche Frauen vorzustellen, »aber ich bin abends gern zu Hause.« Schließlich, in einem Versuch, ihn an ihrer Welt zu beteiligen: »Es gibt Tage, an denen der

Druck besonders groß ist, zum Beispiel, wenn alle in letzter Minute ihre Prüfungsbögen abgeben und sie kopiert haben wollen. Und es gibt Druck von den Studenten, und keiner, der das nicht kennt, kann es verstehen, keiner von draußen.« Sie warf ihm einen Blick zu, in dem eine versteckte Anklage zu erkennen war, und fuhr fort: »Wenn Sie entschuldigen, ich meine nicht Sie, sondern die Leute im allgemeinen, auch Studenten, jedenfalls kann jemand von draußen nicht verstehen, warum ich so darauf achte, daß alles schriftlich festgehalten wird und die Sprechstunden eingehalten werden, denn so jemand sieht nicht die Schwierigkeiten, ich kann nicht telefonieren, wenn bei mir Studenten im Zimmer sind, und es gibt Leute, die ärgern sich darüber.« Sie sprach, als sei sie sicher, daß er ihre Ansichten teile.

Man mußte sie einfach als Klischee betrachten. Michael ertappte sich plötzlich dabei, daß er ärgerlich dachte: Ich kenne diesen Typ. Nach zwei Stunden war er verzweifelt, todmüde, ungeduldig, wütend. Er brachte noch nicht einmal ein bißchen Humor auf, das einzige, was ihm jetzt hätte helfen können.

Adina Lifkin hatte keine Veränderung in Tiroschs Verhalten bemerkt, auch nicht nach der Sitzung am Freitag, er hatte nur müde ausgesehen. »Aber das war der Chamsin, mich hat er auch ganz fertig gemacht.« Schließlich fragte Michael nach den Gegenständen in Tiroschs Zimmer. Sie starrte ihn verständnislos an. »Meinen Sie die Möbel? Die Bücher?« fragte sie.

»Sie haben doch ein ausgezeichnetes Gedächtnis«, sagte Michael mit dem passenden Lächeln, »ich nehme an, Sie können mir alle Gegenstände in seinem Zimmer beschreiben, so wie Sie sich an sie erinnern. Was, zum Beispiel, befand sich alles auf seinem Schreibtisch?«

Einige Sekunden vergingen, bevor sie antwortete: »Aber ich bin nie drin gewesen, wenn er nicht da war.«

»Aber Sie waren doch sicher mit ihm zusammen dort«, sagte Michael ermutigend. »Wir alle wissen doch, wie das ist, manchmal ist es leichter, jemanden in seinem Zimmer aufzusuchen als ihn anzurufen.« Sie nickte.

»Ach so, einen Moment, lassen Sie mich nachdenken«, sagte sie, und auf ihrer Stirn erschienen Falten vor Anstrengung. Dann schaute sie ihn mit ihren hellen Augen an und sagte: »Gut, ich glaube, ich habe das Bild jetzt vor mir.«

Michael wußte, daß er ab diesem Moment geduldig warten mußte, bis sie fertig war. Niemand, das war ihm klar, würde ihm Tiroschs Zimmer besser beschreiben können als sie.

Sie beschrieb die Bücher, sogar das Regal mit den Gedichten (auch wenn sie nicht wußte, welche Bücher dort standen), und die »Standardmöblierung«, wie sie es nannte. Michael machte sich eifrig Notizen. Schließlich kam sie auf die »anderen Sachen« zu sprechen, den mexikanischen Teppich (ihre Tochter hatte einen ganz ähnlichen aus Mexiko mitgebracht, obwohl sie persönlich, wenn man sie frage, Teppiche nicht besonders mochte, weil sie einfach Staubfänger seien und in unserem Klima überflüssig, vor allem im Sommer, im Winter ist das eine andere Sache, besonders in Jerusalem) und die indische Skulptur, so ein Ding aus Metall, sehr schwer, sie hatte es einmal hochgehoben, um es ein bißchen vom Rand des Schreibtischs wegzuschieben. (Und wieder sagte sie, das sei natürlich Geschmackssache, aber sie persönlich finde, so etwas gehöre nicht in ein Büro, das sei schließlich ein öffentlicher Raum, und obwohl immer alle sagten, daß Professor Tirosch einen ausgezeichneten Geschmack habe, habe sie persönlich immer gedacht, daß so ein Gegenstand unpassend sei. Sie sage nicht, er sei nicht schön oder wertlos, aber es sei nicht der richtige Platz, wenn er verstehe, was sie meine. Er verstand es.) Sie beschrieb den Platz für den Feuerlöscher, sogar das Telefon vergaß sie nicht.

Und dann wurde es still im Zimmer. Sie hatte alles gesagt. Wenn ihr noch etwas einfalle, sagte sie, würde sie gerne behilflich sein. »Ich hoffe, ich habe Ihnen helfen können, meine Aussage hat etwas genützt, ich war bis jetzt noch nie bei der Polizei.«

Michael murmelte ein paar Worte, sie habe ihnen sehr geholfen, und stand auf, bevor sie noch etwas sagen konnte. Er begleitete sie zur Tür und verabschiedete sich mit einstudierter Höflichkeit von ihr, etwas, was ihm die Röte ins Gesicht trieb und ihn verlegen lächeln ließ. Nachdem er die Tür hinter ihr geschlossen hatte, stürzte er sich auf die Schachtel mit den Zigaretten, machte das Aufnahmegerät aus und rief die Spurensicherung an. Es dauerte ein paar Minuten, bis Pnina ihm versicherte, sie hätten keine indische Skulptur in Tiroschs Zimmer auf dem Har ha-Zofim gefunden.

Rafi Elfandari stürzte ins Zimmer, als er gerade den Hörer auflegte. Michael betrachtete ihn erstaunt. Seiner Berechnung nach hätte Rafi mitten in einem Verhör sein müssen. Und so war es auch.

»Komm und sieh selbst«, antwortete er stur auf Michaels Fragen. Seine hellen Haare fielen ihm in die Stirn, und er schnaufte heftig, als wäre er gerannt. »Alles lief gut, mit Kalizki, mit Aharonowitsch, bis ich mit ihr angefangen habe. Aber komm und sieh selbst.«

In dem engen Flur saß Tuwja Schaj und starrte mit leblosem Blick vor sich hin. Michael entschuldigte sich nicht bei ihm, er folgte Elfandari in das Zimmer, in dem Ja'el Eisenstein saß, in einem schwarzen Strickkostüm, das ihre Blässe zusätzlich betonte. Das Zimmer war klein und schien völlig überfüllt zu sein, obwohl nur drei Stühle und ein Tisch darin standen. Sie saß mit übergeschlagenen Beinen da, ein Knie über dem anderen, und ihre Knöchel sahen in den schwarzen, zierlichen Sandalen schmal und weiß aus. Mit ihren großen blauen Augen sah sie ihn gelassen an.

Ihre Schönheit schockierte ihn. Ihm stockte der Atem. Einige Sekunden lang betrachtete Michael ihre weiße Haut, die aussah, als wäre sie nie der Sonne Israels ausgesetzt gewesen, die roten Lippen, die klassisch geformte Nase, die ihrem Gesicht etwas Aristokratisches verlieh, den Hals, der aussah, als sei er von Modigliani gemalt. Er hatte Angst, daß er kein Wort herausbringen würde.

»Sie sagt nichts«, sagte Rafi Elfandari, »nicht ohne ihren Rechtsanwalt.«

»Warum?« fragte Michael, ohne den Blick von ihr zu wenden.

»Das ist mein Recht«, antwortete sie sanft, und diese Sanftheit war ein scharfer Kontrast zu der Entschiedenheit, mit der sie die Worte vorbrachte. Tief atmete sie den Rauch der Zigarette ein, die sie in der Hand hielt. Auf ihren schmalen Fingern entdeckte er gelbe Nikotinflecken. Die andere Hand stützte den Arm. Michael warf Rafi einen Blick zu, woraufhin dieser hastig den Raum verließ.

»Wissen Sie«, sagte Michael Ochajon, nachdem er sich ebenfalls eine Zigarette angezündet und auf Rafis Stuhl gesetzt hatte, »Sie sind ein erstaunlicher Mensch.«

»Was soll das heißen?« fragte Ja'el. Ein Funke von Interesse glimmte in ihren Augen auf, und sie steckte sich eine zweite Zigarette am Stummel der ersten an.

»Einerseits werden Sie ohnmächtig, und alle kümmern sich um Sie, und andererseits sitzen Sie hier und verlangen einen Rechtsanwalt. Haben Sie etwas getan, weshalb Sie einen Anwalt brauchen?«

»Niemand stellt mir persönliche Fragen und bekommt eine Antwort. Mein Privatleben ist meine Angelegenheit.«

Wieder traf ihn die Diskrepanz zwischen ihrer zarten und aristokratischen Schönheit und ihrer Entschiedenheit. Dann fühlte er, wie Wut in ihm aufstieg, und er hörte sich sagen: »Verehrte junge Dame«, seine Stimme war besonders ruhig, nach Aussagen seiner Mitarbeiter ein Zeichen, daß er wütend war, »vielleicht glauben Sie, daß wir im Kino sind, aber hier wird in einem Mordfall ermittelt. Dies ist kein französischer Film, vielleicht können Sie von der Bühne steigen? Sie wollen einen Rechtsanwalt? Einen Psychiater? Kein Problem.«

»Psychiater?« fragte Ja'el und stellte ihre Beine nebeneinander. »Was hat denn ein Psychiater damit zu tun?« Noch immer war ihre Stimme sanft. Michael wollte eine schnelle, scharfe Antwort geben, da sah er ihr Gesicht und verstand, daß er unabsichtlich einen wunden Punkt berührt hatte.

»Wir leben nicht im Mittelalter«, sagte er schließlich, »und Sie werden nicht gleich des Mordes verdächtigt, sogar wenn Sie in nervenärztlicher Behandlung sind. Von mir aus können Sie gleich jetzt Ihren Rechtsanwalt anrufen, wenn Sie einen haben, aber ich halte das schlichtweg für übertrieben. Jedenfalls in diesem Stadium.«

»Es ist keine Frage von nervenärztlicher Behandlung«, sagte sie und fing an zu weinen.

Michael Ochajon atmete erleichtert auf. Weinen war etwas, was er kannte, es war wenigstens menschlich.

Unter Schluchzen sagte sie: »Dieser junge Mann vorhin war so grob zu mir, er hat sofort gefragt, warum ich ohnmächtig geworden bin, als wäre das nicht klar, und ob ich eine Affäre mit Professor Tirosch gehabt hätte.«

»Und, hatten Sie?« fragte Michael auf gut Glück.

»Nicht wirklich«, antwortete sie.

»Was soll das heißen, ›nicht wirklich‹?« fragte Michael und schaute ihr in die Augen.

»Als junges Mädchen habe ich seine Gedichte sehr geliebt. Ich habe ihm einen Brief geschrieben und mich auch mit ihm getroffen. Als ich beim Militär war, bin ich sogar einmal desertiert und zu ihm gefahren. Damals war ich ein paar Tage bei ihm zu Hause.«

»Bis man Sie aus dem Militär entlassen hat?« fragte Michael, doch das, was aussah wie begnadete Intuition, war in Wirklichkeit nichts anderes als das Ergebnis einer Geschichte, die er einmal von einem Studienfreund gehört hatte, der in ein junges Mädchen verliebt gewesen war. Sie war damals vom Militär weggelaufen, zu Scha'ul Tirosch. Jetzt verbanden sich die beiden Geschichten, wie sich im Lauf der Ereignisse immer wieder Geschichten verbinden, und er fühlte, wie ihn das gleiche Erschrecken packte, das er in Tiroschs Zimmer gefühlt hatte.

Aber die junge Frau – jetzt erinnerte er sich auch wieder, wie der Freund ihre Schönheit beschrieben hatte – wußte nicht, woher seine Informationen stammten, und zwei dunkelrote Flecken erschienen auf ihren Wangen, als sie fragte: »Woher wissen Sie das? Aber bei euch steht ja alles in den Akten, was brauche ich da zu fragen.« Und wieder brach sie in Weinen aus.

»Ich hätte nicht gedacht«, sagte Michael Ochajon, »daß es einer Frau wie Ihnen etwas ausmacht, wenn andere davon erfahren. Ich hätte nicht angenommen, daß Ihnen das Militär oder die Meinung von anderen wichtig ist.«

»Ist es auch nicht. Aber ich habe eine ganz besondere Beziehung zu meinem Privatleben, ich will nicht«, hier wurde ihre zarte, klangvolle Stimme zum ersten Mal lauter, »daß jeder Polizist an diesem häßlichen Ort etwas über mich weiß.«

Michael erinnerte sich nun an die ganze Geschichte und fragte: »Sie sind später noch einmal in eine Klinik eingeliefert worden, stimmt's?«

Ihre blauen Augen starrten ihn erschreckt an, die roten Flecken verschwanden von ihren Wangen, und schließlich sagte sie: »Nein, nur damals.« Da soll man sich auf den Computer verlassen, auf die Informationen vom Nachrichtendienst, dachte Michael. Sie sagen immer, es liege nichts Besonderes vor – der Computer lügt nie!

»Wie lange waren Sie damals in der Klinik?«

»Zwei Wochen. Nur zur Untersuchung. Aber das war der einzige Weg, vom Militär freizukommen, und es war klar, daß ich nicht dort bleiben würde. Ich konnte die ganze Häßlichkeit nicht ertragen.«

Sie erschauerte, zog aus der kleinen, grauen Ledertasche, die ihr über die Schulter hing, ein goldenes Feuerzeug heraus und zündete sich eine Zigarette an.

Wieder registrierte Michael ihre außergewöhnliche Schönheit, die überhaupt nicht zu diesem Ort paßte. Eine überirdische Schönheit, dachte er. Ihm fiel Tiroschs Haus ein, das auf eine unerklärliche Art mit dieser Schönheit in Verbindung stand, mit diesen zarten Fesseln, mit diesen Augen und mit dieser Stimme. Er betrachtete ihre vollen, runden Brüste und den schmalen Körper und dachte an die schwarze Madonna. Er konnte den Blick nicht von ihr wenden, doch er empfand keine Lust, sie zu berühren, und bereits zu diesem Zeitpunkt wunderte er sich, warum ihre Schönheit kein körperliches Verlangen in ihm weckte, nur den Wunsch, sie immerfort zu betrachten. Laut fragte er: »Und wer behandelt Sie heute?« und bedauerte es sofort.

Es war, als falle ein Vorhang vor ihrem Gesicht herunter, es bekam einen eisigen Ausdruck, dann sah sie wieder so gelassen aus wie vorhin, als er das Zimmer betreten hatte. Sie machte sich nicht die Mühe zu antworten. Ich wäre weitergekommen, dachte er, ich hätte mit dieser Frage warten sollen. Als sie wieder sprach, war ihre Stimme sanft: »Das geht Sie nichts an. Das ist streng vertraulich. Er würde ohnehin nicht mit Leuten wie Ihnen sprechen. Vom Arztgeheimnis haben Sie doch wohl gehört, nicht wahr?«

»Sagen Sie, waren Sie bei der Fakultätssitzung am Freitag nachmittag?« fragte er und nahm ihr den Wind aus den Segeln.

Ja, sie war dort gewesen.

»Haben Sie Professor Tirosch gesehen?«

»Ja natürlich, er war bei der Sitzung.«

»Hat er so wie immer gewirkt?«

»Was meinen Sie damit? Was heißt ›so wie immer‹?« fragte sie und hielt ihm einen langen, ernsthaften Vortrag darüber, mit derselben sanften Stimme, daß Menschen nie immer gleich aussähen, daß jeder an jedem Tag anders aussähe.

Michael betrachtete sie, während sie sprach, ihre roten Lippen ohne eine Spur von Schminke, und fragte sich wieder, warum er keine Lust verspürte, sie zu berühren.

Ihr fehlt menschliche Wärme, entschied er, und fragte: »Wann haben Sie ihn zum letzten Mal gesehen?«

»Auf der Sitzung am Freitag«, antwortete sie nervös, deshalb fragte er: »Und später?«

Mit ihrer sanften Stimme wiederholte sie: »Und später?« Michael schwieg. »Was meinen Sie damit?« fragte sie zunehmend nervöser.

»Vielleicht haben Sie ihn nach der Sitzung noch einmal gesehen? Vielleicht haben Sie was von ihm gehört? Vielleicht waren Sie in seinem Zimmer?«

»Am Freitag, nach der Sitzung, bin ich mit dem Taxi zu meinen Eltern gefahren.«

»Wo wohnen Ihre Eltern?«

Sie gab keine Antwort auf seine Frage, er wiederholte sie. Wieder antwortete sie nicht.

Es war schon ein Uhr mittags. Ohne ein Wort zu sagen, verließ Michael das Zimmer. Rafi Elfandari befand sich im Raum nebenan. »Vergeude nicht den ganzen Tag mit ihr«, sagte Michael, nachdem er ihm kurz das Wichtigste berichtet hatte. »Versuche nur herauszubekommen, wo ihre Eltern wohnen, wann das Taxi sie von der Universität abgeholt hat, was sie am Freitag getan hat. Und sag ihr, daß wir mit ihr einen Test mit dem Lügendetektor machen wollen, und informiere sie, zu welchen Themen wir sie befragen werden. Von mir aus kann sie ihren Rechtsanwalt mitbringen.«

Vor der Tür zu seinem Zimmer stieß er auf Dani Balilati. »Ich habe dich gesucht, komm einen Moment rein«, sagte Balilati, schwitzend und kurzatmig. Michael warf einen Blick auf Tuwja Schaj, der noch immer vor sich hin starrte und vollkommen gleichgültig wirkte.

Als sie im Zimmer waren, sagte Balilati: »Ich habe einiges für dich. Erstens, Tiroschs Auto ist gefunden worden. Auf dem Parkplatz vom Hadassakrankenhaus auf dem Har ha-

Zofim: Meine Meinung ist, daß jemand, derjenige, der den Mord begangen hat, das Auto dort hingebracht hat, um zu verhindern, daß die Leiche bald gefunden wird. Die Autoschlüssel waren drin, und damit ist auch ein anderes Problem gelöst, denn die von der Spurensicherung haben sich schon die ganze Zeit gewundert, daß sie nirgends einen Autoschlüssel gefunden haben. Und zweitens«, Balilati stopfte sich das Hemd in den Gürtel und wischte sich die Schweißtropfen von der Stirn, »Professor Arie Klein ist schon am Donnerstag nachmittag nach Israel zurückgekommen, nicht erst am Sabbat. Ohne seine Familie, die ist wirklich am Sabbat abend angekommen. Drittens: Es gibt eine Frau, Ja'el Eisenstein, die aufgrund psychiatrischer Behandlung aus der Armee entlassen worden ist und die damals irgendwie mit Tirosch in Verbindung stand.« Balilati warf Michael einen triumphierenden Blick zu und lächelte ihn erwartungsvoll an.

»Gut, gut«, antwortete Michael und lächelte zurück, »weißt du Details?«

Balilati versprach, Kopien der psychologischen Gutachten zu besorgen, »innerhalb von ein paar Stunden«. Michael fragte nicht, wie der Nachrichtenoffizier an die geheimen Akten herankommen wollte. Im Lauf der Jahre, die er schon mit Balilati arbeitete, hatte er sich daran gewöhnt, daß dieser in aller Stille das Gesetz umging, und Michael zog es vor, nichts davon zu wissen. Das hinderte ihn jedoch nicht daran, hinzuzufügen: »Ich wüßte gern, ob sie heute noch in Behandlung ist, und bei wem.«

Balilati machte ein beleidigtes Gesicht. »Wo leben wir denn? Hab' ich jemals halbe Arbeit geleistet? Bis heute abend bekommst du ein vollständiges Bild.«

»Na ja«, sagte Michael und wußte, daß seine Worte wie

ein rotes Tuch auf einen Stier wirkten, »schließlich sind einige Jahre vergangen, seit man sie aus der Armee entlassen hat.«

»Vierzehneinhalb«, sagte Balilati und griff nach Michaels leerer Kaffeetasse, die auf dem Tisch stand. »Keiner hat dir den Zucker umgerührt«, sagte er, lachte und verließ das Zimmer.

Das schwarze Haustelefon klingelte. »Ochajon«, sagte der Polizeichef am anderen Ende der Leitung. »Ja«, antwortete Michael. Sogar wenn der Polizeichef gnädig gestimmt war, geriet er nie in Versuchung, das empfindliche Gleichgewicht in Gefahr zu bringen, das er durch sein formales Verhalten zu ihm aufgebaut hatte. »Kommen Sie doch einen Moment zu mir«, sagte der Bezirkskommandant und legte auf. Michael hörte das Summen im Hörer und verzog das Gesicht, doch er wartete nicht, er steckte sich eine Zigarette an und verließ sofort das Zimmer.

Tuwja Schaj saß noch immer draußen. »Ich habe gleich Zeit für Sie«, sagte Michael in dieses farblose Gesicht, das sich ihm zuwandte, aber keine Miene verzog, und eilte die Stufen hinauf in den zweiten Stock. »Levis Gila« wie sie von allen genannt wurde, saß in dem kleinen Zimmer vor Arie Levis großem Büro an ihrer Schreibmaschine. »Er erwartet dich«, sagte sie warnend, und im selben Atemzug fragte sie: »Wann kommst du mal und trinkst mit mir Kaffee?« Sie schob ein Durchschlagspapier zwischen die weißen Bögen, die sie in der Hand hielt.

»Was ist los?« fragte Michael und drückte seine Zigarette im Aschenbecher aus, der vor ihr auf dem Tisch stand.

»Frag mich nicht, ich weiß nur, daß ich den ganzen Tag nach Eilat telefonieren mußte. Wann trinken wir Kaffee?« Sie betrachtete ihre langen Fingernägel, die angesichts der

Tatsache, daß sie einen Teil ihrer Arbeitszeit an der Schreibmaschine verbrachte, immer seine Bewunderung erregten. Sie waren glänzend silbern lackiert.

»Sobald ich mal Zeit habe«, antwortete er. »Ist alles in Ordnung bei dir? Mit den Kindern?« Sie nickte.

Jetzt habe ich mich genug um sie gekümmert, dachte Michael, und für einen Moment spürte er Abscheu vor sich selbst, besonders als sie ihn vertrauensvoll anlächelte und mit einem tiefen Seufzer sagte: »Alles in Ordnung, Gott sei Dank.«

Arie Levi saß hinter seinem großen Schreibtisch und trommelte ungeduldig auf den Bogen Papier, den er vor sich liegen hatte. Wie üblich war der Schreibtisch vollkommen leer, keine Papiere lagen darauf, nur in einer Ecke ein runder Stein. »Ochajon, setzen Sie sich«, sagte der Bezirkskommandant, und Michael versuchte, seine Stimmung zu erraten. Er brauchte sich keine besondere Mühe zu geben, Arie Klein war verärgert. Michael wartete geduldig den Schwall von Flüchen ab, während er die Information daraus destillierte: Das Institut für Meeresmedizin und das gerichtsmedizinische Institut hatten der Polizei in Eilat mitgeteilt, daß Duda'i ermordet worden war. In Eilat war eine Sonderkommission zusammengestellt und durch Polizeibeamte aus dem Bezirk Negev verstärkt worden. Der Hauptgrund für den Ärger Arie Levis war die dortige Entscheidung, eine neue Sonderkommission zusammenzustellen, deren Mitglieder zu der landesweiten Einheit zur Aufklärung von Schwerverbrechen gehörten. »Kurz gesagt«, sagte Levi und stieß einen letzten Fluch aus, »sie verlangen, daß Sie, Ochajon, die Zeugen befragen und ihnen die Aussagen schicken, damit sie dann im Fall Duda'i ermitteln können.«

Michael Ochajon kannte die Prozedur gut genug, um sich

nicht zu ärgern. Er konnte sich das Bild vorstellen: den Mann aus Eilat, der Verstärkung vom Bezirk Negev verlangte, die Übertragung des Falls erst zum Dezernat Süd, dann zum landesweiten Stab. Er wunderte sich nur über die Geschwindigkeit, mit der die Dinge diesmal passiert waren.

»Was für einen Rang hat der Chef der Dienststelle in Eilat?« fragte er.

»Ein Polizeikommmissar«, knurrte Arie Levi verächtlich. »Sie haben auch einen Techniker vom Erkennungsdienst, aber kein Labor, deshalb haben sie auch schon am Sabbat Unterstützung vom Bezirk angefordert. Gleich als der Arzt vom Krankenwagen aus durchgegeben hat, es handle sich um keinen natürlichen Tod, möglicherweise um eine Kohlenmonoxydvergiftung, haben sie sich an das Institut für Meeresmedizin gewandt und außer den Preßluftflaschen Duda'is gesamte Taucherausrüstung hingeschickt.«

Michael schwieg lange, bevor er zögernd sagte: »Aber sie werden schnell herausfinden, daß das Ganze hier in Jerusalem seinen Ursprung hat, deshalb kann man voraussagen, daß sie sich an das Dezernat Süd wenden, und die werden zum Schluß alles uns übergeben.«

»Genau!« schrie Levi und schlug mit der Faust auf den Tisch. »Das ist es ja gerade, was mich so aufregt, dieses ›zum Schluß‹! Die ganze Zeit, die vergeudet wird, obwohl es doch offensichtlich ist, daß die Ermittlungen hier, bei uns, stattfinden müssen, und daß sie dann die Lorbeeren ernten, obwohl wir ihre Arbeit getan haben!« Er breitete seine kleinen Hände aus, auf deren Rücken ein heller Flaum wuchs, und betrachtete den Ehering auf seinem Ringfinger.

Manchmal vergaß Michael, daß sich hinter der lächerlichen Erscheinung des Polizeichefs ein anderer Mensch verbarg als der, den man sah. Die Geschichten, die man sich über ihn erzählte, fielen ihm ein, wie er sich als Jugendlicher selbst durchgeschlagen hatte, wie er sich die Ausbildung mühsam zusammengespart hatte. Er ist fünfzehn Jahre älter als ich, dachte Michael, das heißt, er ist fünfundfünfzig, und er wird nicht weiter aufsteigen.

»Ich brauche Sie wohl nicht daran zu erinnern, wer jetzt der verantwortliche Offizier der Untersuchungsbehörde Süd ist, oder? Mit anderen Worten, ich möchte, daß Sie Ihren Freund vom Dezernat Süd, Imanuel Schorr, dazu bringen, daß er mit den Leuten dort spricht.«

Schon als er das Wort »Sie« hörte, mit einer ganz bestimmten Betonung, wußte Michael, wie der Satz enden würde. »Und ich möchte Sie auch darauf hinweisen«, fuhr Arie Levi fort, »daß Sie zwar der Liebling der Medien sein mögen, daß ich aber nicht der Ansicht bin, daß Sie fünf Minuten nachdem Sie die Leitung der Sonderkommission bekommen haben, gleich zum Fernsehen laufen müssen, um dort was Kluges von sich zu geben.«

Michael zündete sich eine Zigarette an, um Zeit zu gewinnen, erst dann fragte er, um was es gehe.

»Haben Sie gestern nicht die Spätnachrichten gesehen?« fragte Levi. Der bittere Ton in seiner Stimme wurde etwas sanfter, als Michael antwortete, er habe bis nach Mitternacht gearbeitet.

»Na, dann lassen Sie sich's mal erzählen! Eine Nahaufnahme von Ihnen, in voller Größe, in den Nachrichten um Mitternacht. ›Oberinspektor Michael Ochajon, der die Leitung der Sonderkommission übernommen hat und der bei diesem und jenem Mord einen Erfolg verbuchen konnte.‹ Ochajon, Sie arbeiten nicht alleine.«

»Ich bin denen nicht nachgelaufen«, fing Michael wütend an, doch der Polizeichef interessierte sich nicht für seine Ausführungen. »Wenn Sie sich verdient machen wollen«, fuhr er aufgebracht fort, »dann sorgen Sie dafür, daß die ganze Sache uns übertragen wird. Nur uns! Damit ich nicht vor Ihrem Exboß im Staub kriechen muß, vor Schorr, der jetzt anscheinend so wichtig ist, daß seine Sekretärin gegenüber Gila dreimal gesagt hat, daß er nicht im Büro sei. Dreimal! Was soll ich davon halten? Als er noch hier gearbeitet hat, unter mir . . .« Er beendete den Satz nicht, weil die Tür aufging und Gila mit zwei Flaschen Orangensaft hereinkam. Als sie wieder hinausging, lächelte sie Michael im Vorbeigehen an.

Der Strohhalm hatte einen Riß, und Michael trank direkt aus der Flasche, während er den Efeu betrachtete, der vor dem Fenster, in dem ganzen Staub, hartnäckig die Wand hinaufstrebte.

»Gut, ich werde noch heute mit Schorr reden, obwohl ich glaube, daß ein Wort von Ihnen genügt hätte. Ich weiß, wie sehr er Sie schätzt«, sagte Michael, als die Flasche leer war. Levi musterte ihn lange und mißtrauisch, bevor er sich räusperte und sagte: »Das ist jedenfalls Ihr Job, und Sie müssen dafür sorgen, daß Sie im Bild sind.«

Michael nickte, und dann, als erinnere er sich plötzlich, fragte Levi: »Was hat sie gewollt, Ihre Kollegin, wie heißt sie wieder, als sie vorhin hereinkam?«

»Wer? Zila? Deswegen wollte ich Sie noch heute sprechen, weil Asarja noch ein paar Wochen im Krankenhaus sein wird. Ich habe keine Ahnung, wer die anderen Teams koordinieren soll, das ist schließlich nicht unser einziger Fall. Nicht, daß ich mich aus allem rausziehen will . . . Aber wir müssen realistisch sein.« Michael blickte Arie Levi besorgt an.

Dieser nahm einen Stift und notierte sich etwas. Schließlich sagte er zerstreut: »Gut, ich spreche mit Giora, er soll Ihnen alle notwendigen Informationen zukommen lassen. Aber Sie müssen aufpassen, daß Sie weiter über alles Bescheid wissen, verstanden?« Er strich sich mit der Hand über den dünnen Schnurrbart.

Erst als Michael das Zimmer verließ und Gila zulächelte, während er ihr mit dem Finger über die Wange fuhr, fiel ihm auf, daß der Satz, mit dem Levi üblicherweise ihre Gespräche beendete (»Das ist hier keine Universität!«), heute kein einziges Mal gefallen war, und aus irgendeinem Grund störte ihn das. Könnte es sein, dachte er, daß ich in den Augen des Polizeichefs ein normaler Mensch geworden bin – eine Möglichkeit, die Vorteile, aber auch eine ganze Reihe von Nachteilen hatte?

Tuwja Schaj saß noch immer neben der Tür zu seinem Zimmer. Er hatte die Ellenbogen auf die Knie gestützt und das Gesicht in den Händen vergraben. Michael traf erst noch eine Verabredung mit Imanuel Schorr, seinem Vorgänger im Amt, dann rief er Tuwja Schaj herein. Er mußte zu dem Mann hingehen und ihn an der Schulter berühren, erst dann erwachte Schaj aus seiner Erstarrung, sprang erschrocken auf und folgte der Aufforderung. Für eine Sekunde wurde sein Gesicht lebendig, dann fiel der Vorhang, und er sah wieder gleichgültig aus.

Neuntes Kapitel

Tuwja Schaj saß ihm gegenüber und beantwortete jede Frage. Seine Antworten waren sachlich, seine Sprache klar und präzise. Mit monotoner Stimme beschrieb er die Ereignisse der letzten Stunden, die er mit Scha'ul Tirosch verbracht hatte. Zuerst konzentrierte Michael sich auf das Mittagessen. Scha'ul Tirosch habe Gemüsesuppe und ein Putenschnitzel mit Kartoffeln gegessen, berichtete Tuwja Schaj und blinzelte mit den Augen, er selbst habe nur eine klare Brühe zu sich genommen. Er habe keinen Hunger gehabt, wegen des Chamsins, erklärte er auf Michaels Frage. Er erinnere sich, daß es halb eins war, als er Tirosch zu seinem Zimmer begleitete. Er sei noch mit hineingegangen, erklärte er, wiederum als Antwort auf eine Frage, weil er noch etwas habe holen müssen.

Auch als Michael wissen wollte, um was es sich gehandelt habe, wich er nicht aus, fragte nicht: Wieso ist das wichtig?, sondern antwortete sachlich: »Ein Prüfungsbogen mit Fragen, die Scha'ul für seine Studenten vorbereitet hatte. Er hatte mich gebeten, den Bogen am Sonntag Adina zum Kopieren zu bringen.« Die Frage, ob er bereit sei, sich einem Test mit dem Detektor zu unterziehen, beantwortete er ungerührt: »Warum nicht?«

Trotz seiner sachlichen, direkten Antworten wurde Michael zunehmend gereizter, je länger das Gespräch dauerte. Er hatte das fast körperliche Empfinden, daß Tuwja gar nicht anwesend sei. Dessen Haltung blieb unverändert, er saß entspannt da, die Hände vor sich auf dem Tisch, und sah Michael kein einziges Mal an. Er starrte zu dem kleinen

Fenster hinter den Schultern des Kriminalbeamten hinaus, als lausche er anderen Stimmen, als führe er parallel zu diesem ein anderes Gespräch.

Michael hatte das Gefühl, als sitze ein Schatten vor ihm, der Körper eines Menschen, dessen Natur ein Geheimnis blieb. Sätze, die er sagte, wie: »Ich habe gehört, Sie hätten sich sehr nahegestanden«, wurden mit einem unverbindlichen Nicken beantwortet. Auch als er sagte: »Dieser Mord muß Sie jedenfalls tief getroffen haben, nicht wahr?«, bewegte sich Tuwja Schaj nicht, er zuckte nicht mit der Wimper, sondern nickte auf die gleiche mechanische Art.

Nur als Michael die Frage nach dem Tauchen stellte, lächelte der Mann müde und schüttelte den Kopf. Er habe noch nie getaucht. Nach einer knappen Stunde überlegte Michael, wie er ihn dazu bringen könnte, anwesend zu sein, beteiligt, und versuchte es mit einem Schock.

»Sie wissen«, sagte er mit einer Stimme, die allmählich ebenfalls leblos wurde, und steckte sich eine Zigarette an, »daß der Tod von Ido Duda'i kein tragischer Unfall war.« Er betrachtete Schaj und bemerkte, wie sich dessen Schultern zusammenzogen, dann erhob er seine Stimme und fuhr fort: »Er wurde ermordet!«

Die Atemzüge Tuwja Schajs waren das einzige Geräusch, das als Antwort auf die Bombe, die Michael geworfen hatte, im Zimmer zu hören war. Tuwja Schaj sagte kein Wort.

»Haben Sie das gewußt?« fragte Michael und merkte, daß er vor lauter Nervosität den Unterkiefer anspannte. Tuwja schüttelte den Kopf.

»Und was empfinden Sie bei dieser Nachricht?« fragte er. Tuwja Schaj antwortete nicht.

»Und interessiert es Sie nicht, die Einzelheiten dieses Mordes zu erfahren?«

Tuwja Schaj senkte den Kopf.

»Vielleicht wissen Sie ja bereits, wie Ido Duda'i umgebracht worden ist?« sagte Michael immer wütender. Er mußte sich zurückhalten, um den Mann nicht an den Schultern zu packen und zu schütteln. Da hob Tuwja Schaj den Kopf und sah Michael zum ersten Mal direkt an.

Hinter den dicken Brillengläsern sah Michael Tränen. Sie verschleierten den schrecklichen Ausdruck in Tuwja Schajs Augen nicht, als sähe dieser in Michaels Blick das Bild des toten Ido Duda'i vor sich, erstickt, so wie dieser in diesem Moment die am Strand ausgestreckte Leiche vor sich sah. Tuwja Schaj seufzte, sagte aber kein Wort. Dann wischte er sich mit einem dünnen, kraftlosen Finger die Tränen hinter den dicken Brillengläsern ab. Als Michael später die Aufnahme abhörte, stellte er fest, daß das Schweigen nur eine halbe Minute gedauert hatte. Doch in diesem Moment hatte er das Gefühl, als dauere es Stunden. Er wartete erfolglos. Tuwja Schaj tat nichts, die Stille zu unterbrechen.

»Wenn ich es mir genau überlege«, sagte Michael schließlich, »so braucht man gar nichts über das Tauchen zu wissen, um Kohlenmonoxyd in die Flaschen zu füllen, in denen eigentlich nur Preßluft sein sollte. Kennen Sie sich mit chemischen Vorgängen aus?«

Tuwja schüttelte den Kopf. Als er schließlich sprach, war seine Stimme krächzend und dünn. »Sie verstehen nicht. Ich habe Ido sehr gern gehabt.«

»Gern gehabt«, wiederholte Michael. »Und Sie haben keine Ahnung, wer ihn nicht gern gehabt hat?«

Wieder schüttelte Tuwja Schaj den Kopf, dann sagte er: »Ich weiß nicht, wer ihn ermordet hat.« Die Tränen waren aus seinen Augen verschwunden, er blickte wieder an Michaels Schultern vorbei zum Fenster.

»Was hat sich genau beim Fakultätsseminar ereignet?« fragte Michael. Tuwja Schaj richtete sich auf, wieder blitzten seine Augen für einen Moment auf und erloschen dann. »Es war ein Seminar zum Thema ›Ein gutes Gedicht – ein schlechtes Gedicht‹, und Scha'ul Tirosch, Ido Duda'i und ich waren die Vortragenden.«

»Und was ist da passiert? War etwas Besonderes?«

»Was meinen Sie mit ›passiert‹? Es war ein Fakultätsseminar, vielleicht sollte ich Ihnen erklären, was das ist?« Tuwjas Stimme wurde eine Spur lebhafter.

Michael breitete die Hände aus, als wolle er sagen: Also los, doch dann sagte er – und innerlich war er wütend auf den kindlichen Trieb, der ihn dazu brachte –: »Nicht nötig, ich kenne das Institut, ich habe dort meine Abschlußprüfung gemacht, übrigens mit Auszeichnung.« In der Regel verzichtete er auf das, was er »narzißtische Befriedigung« nannte. Wenn er sich selbst darstellte, so tat er es im allgemeinen, um jemanden, den er verhörte, zu beeindrucken, manchmal, um Vorurteile gegegenüber der Polizei abzubauen. Diesmal ertrug er es nur schwer, daß die Leute von der Universität ihm gegenüber eine gewisse Verachtung zeigten, obwohl es ihm klar war, daß er Tuwja Schaj mit seiner akademischen Vergangenheit nicht beeindrucken konnte.

»Das Fakultätsseminar«, sagte Tuwja Schaj in dozierendem Ton, »ist ein Forum, auf dem theoretische Fragen behandelt werden. Jemand kann eine bislang unveröffentlichte Arbeit vortragen oder einen Teil seiner Dissertation, oder er kann sein Habilitationsprojekt vorstellen. Wir halten ungefähr einmal im Monat ein solches Seminar ab.« Michael konnte sich plötzlich vorstellen, wie er vor den Studenten stand, wie es ihm gelang, Interesse zu wecken oder sogar mit Leidenschaft zu reden.

»Ich habe gehört, daß bei dem letzten Seminar am Mittwoch etwas Besonderes vorgefallen ist«, sagte Michael. »Das Fernsehen hat es sogar aufgezeichnet, nicht wahr?«

Tuwja Schaj sah plötzlich erleichtert aus. Erst später, als Michael den Film gesehen hatte, verstand er, warum. Der rohe, ungeschnittene Film machte Tuwjas Erklärungen überflüssig. Als Michael den Film sah, spürte er zum ersten Mal eine mit Mitleid verbundene Zuneigung für Tuwja Schaj, nachdem er beim ersten Zusammentreffen, bei dem Verhör, das deutliche Gefühl empfunden hatte, diesen Mann nicht zu verstehen, und er sich noch nicht einmal sicher gewesen war, daß der Ausdruck auf dessen Gesicht wirklich Erleichterung bedeutete.

»Ja, das Fernsehen«, antwortete Tuwja. »Wegen Scha'ul. Die Medien haben ihn geliebt.« Und dann versank er wieder in sich selbst, den Blick auf die Füße gerichtet.

Das Unglück, das Schaj wie ein undurchdringlicher Panzer umgab, erweckte in Michael hilflosen Zorn. Der Wunsch, dem anderen weh zu tun, verwandelte sich in einen Entschluß, für den er später ein Dutzend rationale Erklärungen hatte finden können, aber der Wunsch, dem anderen weh zu tun, war zuerst da, ohne erkennbaren Grund. Etwas an den Reaktionen Schajs verwirrte ihn, und er wußte nicht, was es war. Vielleicht, dachte er später, lag es daran, daß Schaj keinerlei Grauen vor dem Tod Ido Duda'is zeigte. Obwohl man ihm ansehen konnte, daß die Nachricht neu für ihn war, reagierte Schaj weder wütend noch entsetzt. Als sei ihm die Tatsache zwar neu, nicht aber ein wie immer geartetes, dahinterliegendes Prinzip.

»Aber Tirosch«, sagte er und hörte selbst, wie scharf und laut seine Stimme klang, »haben Sie offenbar nicht so gern gehabt.«

Tuwja Schaj antwortete nicht sofort, doch sein Blick wanderte zu Michael, und eine Spur von Interesse flackerte in seinen Augen auf.

Eine gewisse Neugier empfindet er trotzdem, dachte Michael und wartete auf die entsprechende Frage, die aber nicht kam. »Vielleicht haben Sie Scha'ul Tirosch ermordet?« fragte Michael und betrachtete die dünnen Arme, die schmalen Schultern, den schwächlichen Körper.

»Es steht Ihnen natürlich frei, so etwas zu denken«, antwortete Tuwja Schaj müde.

Die Frage, die eigentlich hätte kommen müssen, war: Und was für ein Motiv soll ich gehabt haben, ihn zu ermorden?

Sie wurde nicht gestellt, und Michael verschob aus Gründen, die er selbst nicht verstand, die Frage nach dem Motiv auf später. Die Mitglieder der Sonderkommission, die später das Band abhörten und auch die Aussage lasen, die Tuwja Schaj, ohne sie durchgelesen zu haben, unterschrieben hatte, sagten, jeder einzelne, daß Michael zu sanft gewesen sei, daß er die Frage nach dem Motiv nicht zum richtigen Zeitpunkt gestellt hatte. »Nun, das ist deine Methode«, sagte Eli Bachar zweifelnd, wobei er das Wort »deine« betonte, »du machst anfangs immer einen sanften Eindruck. Warum ist dir das eigentlich so wichtig?« Seine Stimme klang vorwurfsvoll. »Letztlich kommt mir das grausamer vor als meine Methode, nämlich mit dem Motiv anzufangen.«

Doch Michael Ochajon verschob, wie gesagt, die Frage nach dem Motiv auf später, statt dessen fragte er: »Und wer hat Sie gesehen, als Sie die Universität verließen?«

Tuwja Schaj zuckte mit den Schultern und sagte gleichgültig: »Keine Ahnung.«

Wieder schwiegen sie, bis Michael die Stille unterbrach. »Können Sie mir vielleicht sagen, was für Dinge sich normalerweise auf Tiroschs Schreibtisch auf dem Har ha-Zofim befanden?«

Ohne ein Wort zu dem plötzlichen Themawechsel zu verlieren, fing Tuwja an aufzuzählen: ein kleiner persischer Aschenbecher, ein viereckiger Briefbeschwerer, das große Büroheft, die Seminararbeiten in der rechten Ecke und schließlich die indische Statue.

»Was für eine Statue ist das genau?«

»Eine Statue des Gottes Schiwa, ziemlich alt, ungefähr so lang wie ein Unterarm, aus Messing und Bronze.«

Michael prüfte sorgfältig den Gesichtsausdruck Tuwja Schajs und konnte nicht die geringste Veränderung entdekken, auch nicht in seiner Stimme. »Und was haben Sie dann getan?« fragte er, und wieder fiel ihm auf, daß Tuwja Schaj keine Ausflüchte suchte, daß er nicht fragte: »Nach was?«, daß er keine Zeit gewinnen wollte.

»Ich bin ins Kino gegangen.«

»Wo?« fragte Michael und kritzelte etwas auf das Blatt Papier, das er vor sich liegen hatte.

»In der Cinematheque«, sagte Schaj, als sei das die selbstverständlichste Sache von der Welt.

»Welchen Film haben Sie gesehen?« fragte Michael und wartete gespannt auf die Antwort.

»Blade Runner«, antwortete Tuwja Schaj, seine Augen leuchteten auf, dann wurden sie wieder matt.

»Wer war bei Ihnen?« fragte Michael und drückte den Kugelschreiber langsam auf das Papier.

»Ich bin allein gegangen.«

»Warum?« fragte Michael.

Tuwja Schaj blickte ihn verständnislos an.

»Warum sind Sie allein gegangen?« fragte Michael noch einmal.

»Ich schaue mir freitags immer allein einen Film an«, sagte Tuwja, und dann, als Erklärung: »Ich gehe überhaupt oft alleine ins Kino. Mir ist das lieber.«

»Und der Film, den Sie gesehen haben, *Blade Runner*, haben Sie ihn zum ersten Mal gesehen?«

Tuwja Schaj schüttelte den Kopf. »Nein, zum dritten Mal.« Wieder blitzte etwas in seinen Augen auf und verschwand sofort wieder.

»Ich verstehe, daß Sie diesen Film mögen«, meinte Michael beiläufig und sah das erfreute Kopfnicken.

»Und wer saß neben Ihnen?«

Tuwja Schaj zuckte mit den Schultern. »Das weiß ich wirklich nicht.«

»Haben Sie dort niemanden getroffen? Hat Sie jemand gesehen?«

Nach einigem Nachdenken antwortete Tuwja Schaj: »Ich habe nicht darauf geachtet, ich weiß es nicht.«

»Vielleicht haben Sie noch die Eintrittskarte?«

»Nein«, antwortete Schaj entschieden.

»Woher wissen Sie das so genau?« fragte Michael.

»Weil sie mich während des ganzen Films gestört hat, und zum Schluß habe ich sie weggeworfen.«

»Vielleicht hat Sie der Platzanweiser gesehen? Der Kassierer? Irgend jemand?«

»Erstens sind es eine Platzanweiserin und eine Kassiererin, beides junge Mädchen, und zweitens weiß ich es nicht, ich glaube es nicht.«

»Warum? Sie gehen doch oft hin, oder?«

»Ja, aber es ist kein gesellschaftliches Ereignis«, antwortete Tuwja Schaj und senkte die Augen.

»Wir werden es jedenfalls nachprüfen«, warnte Michael, und Schaj zuckte wieder mit den Schultern.

»Wann war der Film zu Ende?« fragte Michael.

»Um Viertel nach vier, halb fünf, ich erinnere mich nicht genau, aber es steht im Programm, wie lange der Film dauert, Sie können es leicht nachprüfen.«

»Gut, das werden wir tun. Und was haben Sie nach dem Film getan?«

»Ich bin herumgelaufen«, antwortete Schaj und blickte zu dem Fenster hinter Michaels Stuhl.

»Wo?« fragte Michael ungeduldig. Der Mann sagte von sich aus nichts, man mußte ihn nach allem fragen. Und trotzdem wirkte er nicht zurückhaltend, eher so, als sei er nicht da.

»Ich bin zu Fuß nach Hause gegangen, durch das Jaffator bis nach Ramat Eschkol.«

»Und was war mit Ihrem Auto? Haben Sie ein Auto?«

Ja, er hatte einen Subaru, aber er hatte ihn morgens zu Hause, auf dem Parkplatz, stehen lassen.

»Gehen Sie immer zu Fuß zur Universität?«

Nein, nicht immer, aber manchmal. Freitags ginge er für gewöhnlich zu Fuß.

Michael wartete auf eine zusätzliche Erklärung, ein Hinweis, wie gesund körperliche Bewegung sei oder wie sehr er die Stadt liebe. Es kam keine.

»Ich möchte die Sache verstehen. Sie sind vom Har ha-Zofim zur Cinematheque gegangen und dann von der Cinematheque nach Hause, und alles zu Fuß?«

Tuwja Schaj nickte.

Auf die nächste Frage antwortete er im gleichen Ton, ohne Ärger in der Stimme: »Nein, ich habe niemanden getroffen.« Aber vielleicht habe er auch nicht aufgepaßt.

»Ich erinnere mich nicht genau, wann ich nach Hause gekommen bin. Am Abend. Es war schon dunkel.« Wieder senkte er den Kopf und musterte den Boden zwischen seinen Füßen und dem Tisch. Michael sah nur die hellen Wimpern und die rötlichen, wie entzündeten Lider, das dünne, farblose Haar. »Meine Frau war zu Hause, aber sie hat geschlafen«, beantwortete er die nächste Frage.

»Da wir gerade von Ihrer Frau sprechen«, sagte Michael und zündete sich noch eine Zigarette an, »wie haben Sie die besondere Beziehung zwischen Ihrer Frau und Tirosch empfunden?« Er hoffte, die Zigarette würde davon ablenken, mit welcher Intensität er die Frage gestellt hatte. Für sein Gefühl begann das Verhör erst in dieser Sekunde. Er war auf Protest, auf irgendeine dramatische Frage vorbereitet.

Zu seiner Verwunderung protestierte Tuwja nicht. Er fragte nicht, was die Formulierung »besondere Beziehung« zu bedeuten habe. Er schwieg, hob jedoch den Kopf und warf Michael einen Blick zu, der seinen Abscheu vor der Primitivität der menschlichen Rasse im allgemeinen und der des Polizisten vor ihm im besonderen ausdrückte. Für einen Moment verzogen sich seine dünnen Lippen.

»Wie haben Sie die Sache empfunden?« fragte Michael noch einmal. »Haben Sie gewußt, daß Ihre Frau ein Verhältnis mit Scha'ul Tirosch hatte?«

Tuwja Schaj sah ihn an und nickte. In seinen Augen sah Michael, abgesehen von der vollkommenen Verzweiflung, auch eine gewisse Verachtung, wobei jedoch nicht klar war, ob diese Verachtung ihm oder dem Thema galt.

»Also, wie haben Sie es empfunden?« wiederholte er und wartete.

Da keine Antwort kam, sagte er mit ruhiger Stimme:

»Sie wissen, daß das üblicherweise als Mordmotiv gilt.« Tuwja Schaj schaute ihn schweigend an.

»Dr. Schaj«, sagte Michael Ochajon, »ich rate Ihnen, die Fragen zu beantworten, wenn Sie nicht festgenommen werden wollen. Ich sage Ihnen, Sie hatten ein Motiv, Tirosch zu ermorden, und Sie hatten auch die Gelegenheit dazu. Sie haben keine Zeugen für Ihr Alibi. Sie sagen, Sie wären im Kino gewesen, Sie hätten sich auf der Straße herumgetrieben, Sie hätten niemanden getroffen. Es wird Zeit, daß Sie das Ganze ein bißchen ernster nehmen. Oder wollen Sie wirklich, daß ich Sie verhafte?«

Tuwja Schaj nickte, als wolle er sagen: Ich habe verstanden. Michael Ochajon wartete.

»Wie lange hat das Verhältnis zwischen Ihrer Frau und Scha'ul Tirosch gedauert?«

Tuwja Schaj sagte: »Ein paar Jahre. Mir wäre es lieber, wenn Sie nicht das Wort ›Verhältnis‹ benützten.«

»Und wann haben Sie davon erfahren?« fragte Michael und ignorierte den Einwurf, der ihn wütend machte. Er verstand nicht, warum er wütend wurde, doch er spürte genau, daß er den Mann, der ihm gegenübersaß, eigentlich nicht verstand.

»Ich glaube, schon ganz zu Anfang, auch wenn ich sie erst vor zwei Jahren wirklich zusammen gesehen habe.«

»Und was haben Sie diesbezüglich empfunden?«

»Meine Gefühle waren ziemlich kompliziert, aber sie haben nichts mit seinem Tod zu tun.«

»Und mit wem haben Sie darüber gesprochen?« fragte Michael.

»Ich habe mit niemandem darüber gesprochen.«

»Auch nicht mit Ihrer Frau?«

»Nein.«

»Und mit Tirosch?«

»Nein. Ich habe mit niemandem gesprochen. Das war eine Angelegenheit, die nur mich etwas anging.«

»Sie stimmen mir doch wohl zu«, sagte Michael und staunte über den förmlichen Ton, den das Verhör annahm, »daß solche Dinge normalerweise als äußerst belastend betrachtet werden, wenn ein Mord geschehen ist?«

Tuwja Schaj nickte.

»Dr. Schaj«, sagte Michael verzweifelt und hatte das Gefühl, er müsse einem Toten befehlen, aus dem Grab aufzustehen, »lieben Sie Ihre Frau?« Tuwja nickte, nicht zur Bestätigung, sondern als habe er die Frage verstanden.

»Diese Dinge sind etwas komplexer. Wir sind vermutlich nicht sehr konventionell«, sagte Tuwja, und Michael blickte ihn erstaunt an. In einem Moment, in dem er am wenigsten damit gerechnet hatte, bekam er freiwillig eine ausführliche Antwort.

»Ich erwarte nicht, daß Sie das verstehen. Meine Frau und ich haben nie darüber gesprochen, und Scha'ul hat nie ein Wort darüber verloren, aber wenn ich Polizist wäre, würde ich mich fragen: Warum sollte er ihn jetzt plötzlich ermordet haben, nach diesen ganzen Jahren?«

Diesmal schwieg Michael. Er betrachtete den Mann, der ihm gegenübersaß, und überlegte, daß Schaj in jedem Zeitungsartikel sicher als der Verlassene dargestellt würde, als armer Mann, der die »Situation« wohl oder übel akzeptieren mußte, doch er selbst spürte – hinter der Verzweiflung, hinter dem Schweigen – die Kraft dieses Mannes. Vergiß die Regeln, sagte er zu sich selbst, es gibt hier andere Gesetze, betrachte die Dinge von seinem Blickwinkel aus. Wenn er die Tatsache akzeptiert hat, daß seine Frau ein Verhältnis mit Scha'ul Tirosch hatte, welche Tatsache hätte er dann nicht akzeptiert? Was hätte ihn bis zu einem Mord treiben können?

Laut fragte er: »Dr. Schaj, Sie haben sicherlich gewußt, daß Tirosch auch besondere Beziehungen zu Ruth Duda'i gepflegt hat?«

Tuwja Schaj machte keinen Versuch, die Wut zu verbergen, die plötzlich in seine Augen trat, und antwortete: »Das habe ich nicht gewußt. Warum erzählen Sie mir das?«

»Ich erzähle es Ihnen«, sagte Michael Ochajon und wählte jedes Wort sorgfältig aus, »weil – wenn die Tatsache, daß Tirosch der Liebhaber Ihrer Frau war, Sie nicht dazu getrieben hat, ihn zu hassen – Sie es vielleicht nicht aushalten konnten, daß er sie verließ. Vielleicht war das für Sie ein Motiv, ihn umzubringen?«

»Und wer hat gesagt, daß er sie verließ?« fragte Tuwja Schaj und fuhr fort: »Scha'ul war in der Lage, mehrere Beziehungen nebeneinander zu haben.«

»Trotzdem sind Sie wütend«, stellte Michael fest und blickte Tuwja Schaj direkt in die Augen. Befriedigt stellte er fest, daß der verächtliche Ausdruck aus ihnen verschwunden war.

»Ja«, antwortete Tuwja Schaj, als wundere er sich selbst über seine Reaktion, »aber nicht wegen der Sache, die Sie angedeutet haben.«

»Vielleicht sagen Sie mir, was ich angedeutet habe?« Michael beugte sich vor und stützte sich auf den Tisch.

»Glauben Sie, daß ich mich so stark mit Ruchama identifiziert habe, daß ich ihn ermordet habe, weil er sie vielleicht – wie Sie sagten – verlassen wollte? Das ist eine interessante Version, sogar eine sehr tiefgründige, würde ich sagen, aber sie stimmt nicht.« Wieder erlosch das Interesse in seinen Augen, sein Gesicht nahm den alten, wie toten Ausdruck an. Er senkte den Kopf.

»Weshalb sind Sie dann so wütend?«

Tuwja zuckte mit den Schultern und antwortete: »Ich weiß es nicht genau. Ich stand Scha'ul sehr nahe.«

Michael bemerkte, daß Tuwja nicht näher erklärte, worin genau diese Nähe bestand, und fragte: »Aber?«

»Es gibt kein Aber«, antwortete Tuwja. »Scha'ul Tirosch war jenseits von Gut und Böse, um diesen Ausdruck Nietzsches zu verwenden. Doch ich glaube nicht, daß Sie verstehen, was ich meine.«

»Dr. Schaj«, fragte Michael betont, »sind Sie bereit, sich heute noch einem Test mit dem Detektor zu unterziehen?«

Tuwja Schaj nickte. Er sah nicht so aus, als fühlte er sich bedroht.

Michael bat ihn, im Nebenzimmer zu warten, und machte das Aufnahmegerät aus.

Es war bald vier, als er Tuwja Schaj bat, draußen zu warten, und Eli Bachar zu sich rief. Er bat Eli, Tuwja Schaj auf die Befragung mit dem Detektor vorzubereiten. »Wir könnten ihn ein bißchen schmoren lassen und ihn dann morgen nachmittag zum Detektor schicken«, sagte er. Angestrengt versuchte er, ein Gefühl der Hilflosigkeit zu unterdrücken. Er hatte das Gefühl, als sagte Tuwja Schaj ihm die Wahrheit, daß aber er, Michael Ochajon, diese Wahrheit nicht verstand.

Es war ihm ein Trost, daß ein Verhör mit dem Detektor stattfinden würde. Er hatte Schaj zwar gefragt, ob er noch heute dazu bereit sei, wußte jedoch genau, daß dazu gründliche Vorarbeit nötig war. Die Sonderkommission bereitete den Verdächtigten vor, informierte ihn über die Themen, zu denen er befragt würde, und der Verantwortliche für das

Gerät würde ihn ein zweites Mal vorbereiten und abklären, ob er die Fragen auch verstanden hatte.

»Zila hat ein Sandwich für dich, kommst du nicht um vor Hunger?« fragte Eli Bachar und fuhr sich durch die dunklen Locken.

Michael antwortete, er sei wirklich hungrig, und fügte hinzu, er habe es wieder nicht geschafft, die Stromrechnung zu bezahlen. »Am Ende sperren sie mir den Strom«, sagte er, »ich schaffe es einfach nicht, zur Bank zu gehen.«

Eli Bachar brummte verständnisvoll, dann griff er nach dem Hörer des Haustelefons, das klingelte. »Ja, er ist bei mir. Willst du ihn sprechen?« Er schaute Michael an, schwieg einige Sekunden und legte dann den Hörer auf.

»Sie haben Ruchama Schaj geholt, die Frau von Dr. Schaj, wie du es gewünscht hast. Zila sagt, sie wartet im Sitzungsraum.« Wieder warf Michael einen Blick auf seine Uhr, es war kurz nach vier, und wie in einem Video, das vorgespult wurde, tauchte die Stromrechnung in seinen Gedanken auf, Juval, der in der Wohnung auf ihn wartete, Maja, die seit einigen Tagen weder angerufen hatte noch gekommen war – das »Leben draußen«, wie Zila es nannte, wenn sie mitten in einem Fall steckten. Der Gedanke an das Leben außerhalb dieses Gebäudes weckte eine schmerzhafte Sehnsucht in ihm, als wäre es eine Welt, zu der er keine Beziehung hatte, eine ferne, unvorstellbare Welt. Seit heute morgen hatte er vier neue Menschen ziemlich gut kennengelernt, er hatte mit ihnen über ihre Weltanschauungen gesprochen, über ihre Lebensgewohnheiten. Und jetzt mußte er einer neuen Figur in diesem komplizierten geometrischen Gefüge gegenübertreten.

Er freute sich, daß er sich mit Schorr in einem Café in der Stadt verabredet hatte. Noch zwei Stunden bis dahin, dachte er und sagte laut: »Ich fange mit ihr an. Schick Rafi vorbei, vielleicht brauche ich ihn, damit er später weitermacht.«

»Zila läßt dir ausrichten, daß sie die Filmvorführung für heute abend um zehn ausgemacht hat. Willst du, daß wir den Film alle anschauen?«

Michael nickte. »Wenn du nach der Obduktion noch Kraft hast«, sagte er und fühlte, wie sich ein entschuldigender Ton in seine Stimme schlich. Eli Bachar gab keine direkte Antwort. Er begann mit einem detaillierten Bericht über das, was bei der Obduktion herausgekommen war. Letztlich wiederholte er aber nur das, was Hirsch bereits am Telefon gesagt hatte, und ließ sich über die Untersuchung des Mageninhalts aus. »Keine Spur von Gift, das Essen war sauber«, antwortete er auf die Frage, die Michael beschäftigte. »Sollen wir dich also um kurz vor zehn abholen?« fragte er zum Schluß.

»Nein, ich komme allein hin«, sagte Michael. Er spürte genau, daß die Verzweiflung Tuwja Schajs auf ihn übergegriffen hatte, ebenso dessen Gleichgültigkeit und abgrundtiefe Müdigkeit. Die Worte kamen ihm überflüssig vor, als er Zila am Telefon bat, Ruchama Schaj zu bringen, und er fragte sich, woher er die seelische Kraft nehmen würde, sie zu verhören.

Zehntes Kapitel

»Das ist, glaube ich, alles, was ich zur Zeit weiß«, sagte Michael, als er fertig war. Imanuel Schorr betrachtete den Aschenbecher, der voller Kippen und Streichhölzer war, und zerbrach ein weiteres Streichholz.

Sie saßen im überfüllten Gartencafé des Tichohauses. Drinnen, im unteren Stockwerk, gab es einige freie Tische, doch trotz der Enge saßen alle hier auf der Terrasse, vor dem großen Park, und atmeten nach einem heißen, trockenen Tag die kühlere Abendluft ein. Über ihnen war der Himmel dunkel und sternlos, und von seinem Platz aus konnte Michael die hohen Zypressen und Kiefern im Park sehen, dunkel und drohend. Vom Nachbartisch klang das alberne Gelächter zweier Frauen zu ihnen herüber, nicht mehr jung, die miteinander flüsterten. Ein Gelächter, das Michael nur noch nervöser machte. Es war die Nervosität eines übermüdeten Kindes, das sich seine Müdigkeit nicht eingestehen will und auf alles mit Wut reagiert.

Imanuel Schorr trank den letzten Schluck Bier aus, wischte sich über die Lippen und fragte: »Wann genau hat er Ruchama Schaj den Laufpaß gegeben?«

»Am Donnerstag morgen. Tatsächlich haben wir Fingerabdrücke von ihr in seinem Zimmer gefunden, auch auf dem Tisch. Er hatte noch nicht einmal soviel Takt, sich dafür woanders mit ihr zu verabreden.«

»Vielleicht hatte er Angst vor einer Szene«, meinte Schorr, und Michael murmelte, wenn er diese Frau gesehen hätte, wüßte er, daß man sich bei ihr nicht vorstellen könne, daß sie jemandem eine Szene macht. »Hast du in der Angelegenheit mit den Preßluftflaschen«, fuhr Imanuel Schorr fort, »eigentlich schon untersucht, wo man reines Kohlenmonoxyd bekommen kann?«

»Ja. In jedem chemischen oder physikalischen Labor an der Universität. Und man kann sie auch in einer Chemikalienhandlung bestellen und sie sich nach Hause liefern lassen.«

»Gab es da vielleicht irgendeinen Einbruch in der letzten Zeit?« fragte Schorr, und während die junge Kellnerin den Kaffee vom Tablett nahm und auf den Tisch stellte, dachte Michael an das kleine Café neben dem Migrasch ha-Russim, wo er und Schorr Dutzende von Malen gesessen und Kaffee getrunken hatten. Imanuel Schorr hatte sich an seinem Schnurrbart gezupft – er hatte ihn vor zwei Jahren abrasiert – und beiläufige Bemerkungen gemacht, und erst später hatte Michael ihre Bedeutung verstanden.

Er rührte den Zucker in seinem Kaffee um und antwortete, er wisse nichts von einem Einbruch in ein Labor. »Allerdings«, sagte er und beugte sich vor, »kann man nicht gerade behaupten, daß es dort ausreichende Sicherheitsvorkehrungen gäbe. Ich habe mit einem Chemiker gesprochen, mit einem, der für das Labor verantwortlich ist. So viele Leute haben einen Schlüssel, so viele gehen dort ein und aus – ich glaube nicht, daß ein Einbruch nötig wäre.«

Er sprach zerstreut, ein Teil von ihm war noch immer bei Ruchama Schaj. Bei dem Gespräch mit ihr hatte er sich ungeheuer anstrengen müssen, er hatte seine letzten Kräfte zusammengerafft. Sie war nicht verängstigt gewesen, eher wie unter Schock, und hatte sich nicht auf seine Fragen konzentrieren können. Es gab keinen Weg, zu ihr durchzudringen, jedenfalls nicht während der ersten Stunde. Erst als er zum vierten Mal erwähnte, in was für einer heiklen

Situation sich ihr Mann befinde, fing sie an, die Antworten auf seine Fragen auszuspucken, eine nach der anderen, auf eine mechanische und lakonische Weise, die ihn an Tuwjas Art zu sprechen erinnerte. Er erfuhr, daß die Beziehung zwischen ihr und Tirosch beendet war. »Von wem ging die Initiative aus?« fragte er, und sie senkte die Augen und sagte: »Von ihm.« Und als er fragte, warum, erwähnte auch sie Ruth Duda'i.

Dann beschrieb sie, wie sie von Donnerstag morgen bis Sonntag nachmittag fast ununterbrochen geschlafen hatte. Sie wisse nicht, sagte sie, ob Tuwja zu Hause gewesen sei. Michael hatte das Gefühl, daß sie, als sie von der Ermordung Scha'ul Tiroschs erfahren hatte, trotz des Schocks nicht so überrascht war, wie es zu erwarten gewesen wäre. Als er sie darauf ansprach, reagierte sie mit Verständnislosigkeit, sie könne dazu nichts sagen, wiederholte sie hartnäckig. Er erwähnte den Detektor, und sie zuckte mit den Schultern. »Ich habe nichts zu verbergen«, sagte sie, und Michael hatte – wie bei ihrem Mann – das Gefühl, als sei sie nicht da. Immer wieder fragte er sich, was ein Mann wie Scha'ul Tirosch an ihr gefunden hatte. Wenn sie sprach, waren ihre braungrünen Augen ausdruckslos. Er registrierte ihre mageren Arme, den dünnen Hals und die vorgeschobene Unterlippe, wie bei einem weinenden Clown. Ihre Haut war zwar glatt, aber sehr dünn, fast durchsichtig. Michael mußte plötzlich an Schlangen denken, deren Haut auch so dünn wurde, bevor sie sich häuteten. Wieder stimmte er dem zu, was Schorr mal gesagt hatte: »Wundersam und rätselhaft sind des Mannes Wege zum Weibe.«

Die Aussicht auf die Fahrt zum Fernsehsender, auf den Film, den er dort sehen würde, versetzte ihn in gespannte

Erwartung, er hoffte, sie würde ihm helfen, die Müdigkeit zu überwinden.

»Du trinkst zuviel Kaffee«, warf ihm Schorr vor, »und du rauchst auch zuviel. In deinem Alter ist das kein Witz mehr, du mußt auf dich achten. Warum hörst du nicht auf zu rauchen? Schau mich an, sogar wenn du mir jetzt eine anbieten würdest, würde sie mir nicht schmecken. Schon seit vier Jahren habe ich keine Zigarette mehr angerührt.«

Michael lächelte. Schorrs väterliche Besorgnis rührte ihn immer.

»Es stimmt, daß ich dicker geworden bin, seit ich aufgehört habe zu rauchen«, sagte Schorr und berührte den Speckring um seine Taille, »aber das werde ich auch noch los.« Er schob sich das halbe Streichholz in den Mund und schwieg. Dann zog er es wieder heraus und bewegte es vor Michael hin und her wie ein Lehrer seinen Finger, als er sagte: »Ich sage dir, es ist nicht so einfach, eine Preßluftflasche zu leeren und mit der richtigen Menge Kohlenmonoxyd zu füllen, so daß sie dasselbe Gewicht hat. Und hier geht es um zwei Flaschen. Ich hätte zunächst auf diese Spur gesetzt, ich hätte ermittelt, wer Zugang zu einem chemischen Labor hatte oder etwas bei einer Chemikalienhandlung bestellen konnte. Erst dann kommt das Motiv. Es handelt sich um eine Tat, die äußerst kompliziert auszuführen war.«

»Ich habe auch schon daran gedacht und in dieser Richtung nachgeforscht. Aber ich sehe bei keinem eine Verbindung zu einem chemischen Labor, trotzdem kümmert sich die Hälfte meiner Leute um diese Angelegenheit. Ich weiß nur eines: Tirosch war zweimal bei den Duda'is zu Hause, und zwar auch in deren Keller, einmal, als Ido im Ausland war, und ein zweites Mal, nachdem er schon zurück war.

Sie hatten Schwierigkeiten mit der Elektrizität, das jedenfalls hat die Frau ausgesagt, und Tirosch hat angeblich etwas repariert, und dort, im Keller, befand sich Idos gesamte Taucherausrüstung, auch die Preßluftflaschen.«

»Das Problem ist«, sagte Schorr nach längerem Schweigen, »daß die Sache mit den Preßluftflaschen schon vor langer Zeit ausgeführt worden sein kann, sie ist unabhängig von der Mordzeit und dem Alibi.«

»Tirosch könnte es tatsächlich gewesen sein«, sagte Michael.

Schorr schaute ihn an, dann lächelte er und fragte vorwurfsvoll: »Hast du Informationen, die du mir nicht mitgeteilt hast? Warum sollte Tirosch seinen erfolgreichen Studenten umbringen?«

»Ich weiß nicht, ich habe es nur so dahingesagt«, antwortete Michael zerstreut.

»Du hast es nicht nur so gesagt. Vorhin hast du bereits erwähnt, daß Tirosch im Keller war«, warf ihm Schorr vor und betrachtete traurig die leere Bierflasche.

»Ich weiß nicht«, sagte Michael zögernd, »aber er ist der einzige, von dem wir wissen, daß er in dem Keller war, außer den Leuten, die dort wohnen. Und außerdem ...« Er schwieg.

Schorr gab nicht nach. »Und außerdem?«

»Nicht wichtig. Wie du sagst, die Frage nach dem Motiv kann warten.«

Schorr erkundigte sich nun nach Verwandten von Tirosch, nach den Frauen, mit denen er früher zusammengewesen war. »Du kannst nicht wissen, ob er nicht mal verheiratet gewesen ist. Man muß jemanden fragen, der ihn kennt, seit er in Israel ist. So, wie du ihn mir beschreibst, würde es zu ihm passen, daß er mit zwanzig geheiratet hat und dann abgehauen ist. Vielleicht gibt es sogar ein Kind, vielleicht ein außereheliches.« Schorr begann, mit einem abgebrannten Streichholz, das er aus dem vollen Aschenbecher nahm, Linien auf die Papierserviette zu ziehen.

Michael nannte Arie Klein und meinte, auch Aharonowitsch kenne Tirosch schon von damals, aber sie hätten sich nicht gerade nahegestanden. »Ich habe gehört, daß Tirosch Arie Klein besonders geschätzt hat, ja sogar verehrt, und daß es eine Zeit gab, in der er oft bei ihm zu Hause zu Gast gewesen ist. Aber mit Klein habe ich noch nicht gesprochen.«

Schorr warf ihm einen prüfenden Blick zu. »Wieso hast du noch nicht mit ihm gesprochen? Du hast doch herausgefunden, daß er schon am Donnerstag zurückgekommen ist, nicht am Sabbat, wie sie an der Fakultät gedacht haben.«

»Daraus, daß er bei der Fakultät gesagt hat, er käme erst am Sabbat, läßt sich gar nichts schließen.« Michael lächelte und warf einen Blick auf seine Uhr. Es war neun Uhr, sie saßen schon seit drei Stunden zusammen. »Wenn du gesehen hättest, wie sie sich auf ihn gestürzt haben, hättest du verstanden, warum er ihnen seine Ankunftszeit nicht sagen wollte. Kommst du mit, den Film anschauen?«

»Jetzt können wir wieder über Tirosch sprechen, über die Sache mit den Preßluftflaschen«, meinte Schorr, als sie nach der Filmvorführung das Gebäude des Fernsehsenders verließen und ins Auto stiegen. Die Straßen waren dunkel, einzelne Autos fuhren an den gelb blinkenden Ampeln vorbei. Vor Schorrs Haus machte Michael den Motor aus. Beide blieben schweigend sitzen.

»Er war bei ihnen, vor zwei Wochen, nachdem Duda'i aus Amerika zurückgekommen ist. Duda'i war nicht zu

Hause. Es gab einen Kurzschluß, und Tirosch ist hinuntergegangen in den Keller, um eine neue Sicherung zu holen. Ruth Duda'i ging mit ihm, sie waren nicht lange dort. Wir haben alles gründlich abgesucht, aber nichts gefunden«, erklärte Michael.

»Was hast du denn geglaubt, was du findest? Eine Nelke?« fragte Schorr und griff nach der Tür.

»Nein, das nicht. Ich habe nicht angenommen, daß er deutliche Zeichen hinterläßt. Und selbst wenn man dort nun Fingerabdrücke von ihm findet, dann sind sie bedeutungslos.«

»Also sind wir wieder an demselben Punkt: Wir müssen herausfinden, ob er im Besitz von Kohlenmonoxydflaschen war«, sagte Schorr, während er ausstieg. »Es ist jedenfalls klar, daß zwischen den beiden etwas passiert ist.«

»Ich weiß nicht, ob ich es dir schon gesagt habe, aber wir haben Fingerabdrücke von Duda'i in Tiroschs Wohnung gefunden, auf einer Flasche.«

»Das hast du nicht gesagt«, rief Schorr und setzte sich wieder ins Auto. »Auf was für einer Flasche?«

»Es war Schokoladenlikör.«

»Schokoladenlikör«, wiederholte Schorr mit Abscheu in der Stimme.

»Ja. Das ist das einzige alkoholische Getränk, das Ido trank, hat seine Frau gesagt, er trank weder Wein noch Schnaps. Wir haben in der ganzen Wohnung keine Fingerabdrücke von ihm gefunden, nur an der Flasche mit dem Schokoladenlikör.«

»Und?« sagte Schorr ungeduldig.

»Ich habe von Ruchama Schaj erfahren, daß Tirosch dieses Getränk nie angerührt hat, er hatte es nur für Gäste im Haus. Ich denke es mir so: Duda'i kam aus Amerika zurück, zwei Wochen und einen Tag bevor er starb. Irgendwann während dieser Zeit war er bei Tirosch, oder auch, bevor er gefahren ist. Jedenfalls ist es einige Zeit her, weil wir sonst nirgends Fingerabdrücke von ihm gefunden haben, außer auf der Flasche. Das heißt, daß inzwischen geputzt worden ist, anders kann ich mir das nicht erklären.«

»Und ich kann mir nicht erklären, warum du mir das noch nicht erzählt hast. Wann, sagst du, war er dort?«

»Das ist es ja, wir wissen es nicht«, sagte Michael ruhig. »Seine Frau weiß nicht, wo er abends war. Er ist oft weggegangen, ohne ihr was zu sagen. Bevor er nach Amerika gefahren ist, war alles in Ordnung, damals wußte sie noch, wohin er ging, und sie sagt auch, daß er sich normalerweise nicht mit Tirosch in dessen Haus getroffen hat, das war nicht üblich.«

»Das heißt«, sagte Schorr mit entschiedenem Ton und legte wieder die Hand auf den Türgriff, »daß sie sich getroffen haben, nachdem Duda'i aus Amerika zurückgekommen ist, aber vor dem Fakultätsseminar. Daß es zwischen ihnen vielleicht zu einer Konfrontation gekommen ist.«

Michael schwieg, und Schorr sprach weiter: »Hast du das Gesicht von Tirosch gesehen, im Film? Den verblüfften Ausdruck? Als wäre er schockiert von dem, was Duda'i gesagt hat.«

»Ich habe es gemerkt«, sagte Michael zögernd. »Aber in seinem Gesicht war mehr Angst als Überraschung, als habe er nicht erwartet, daß vor diesem Forum ...«

»In Ordnung«, unterbrach ihn Schorr, »ich komme wieder darauf zurück, es gibt nur einen Weg, herauszubekommen, ob Tirosch sich an den Preßluftflaschen zu schaffen gemacht hat, nämlich nachzuforschen, ob er sich Kohlenmonoxyd beschafft hat.« Er öffnete die Autotür und stieg aus. Dann bückte er sich noch einmal und schob den Kopf durch das offene Fenster, lächelte und sagte: »Wir haben schon schwierigere Dinge in unserem Leben geschafft. Schlaf gut.« Er schlug mit der Hand auf das verstaubte Autodach.

Um ein Uhr nachts parkte Michael Ochajon das Auto vor seinem Haus und stieg langsam aus. Noch immer klangen ihm die Stimmen in den Ohren. Der graue Einband des Buchs von Anatoli Ferber fiel ihm ein, das noch immer auf seinem Bett lag. Er überlegte, was Ido Duda'i wohl dazu veranlaßt haben könnte, seine akademische Karriere zu gefährden, indem er ausgerechnet ein politisches Gedicht Tiroschs kritisierte. Noch dazu bei einem Fakultätsseminar, dachte er, als er die Tür seines Autos abschloß. Er wußte, daß er die nächsten Stunden in dem Gedichtband lesen würde.

Von außen konnte man nicht sehen, ob in seiner Wohnung Licht brannte. Nur das Küchenfenster ging zur Straße, die anderen Fenster lagen auf der Hangseite, einem Wadi gegenüber. Wie viele Wohnungen in Jerusalem war auch seine, zu der man eine Treppe hinuntersteigen mußte, am Vormittag von Licht überflutet.

Es war die dritte Wohnung, in der er seit seiner Scheidung lebte. Er hatte sie nun schon vier Jahre und bemühte sich, sie als dauerhaften Wohnsitz zu betrachten. Damals, nach der Trennung von Nira, war ihm klar gewesen, daß er vielleicht nie mehr eine eigene Wohnung besitzen würde, und seither versuchte er, jede Wohnung als Zuhause zu betrachten. Bei mir gibt es zwar keine Blumentöpfe, dachte er, als er im Treppenhaus den Kaktus stehen sah, den irgend jemand von der Mietergemeinschaft hartnäckig goß, aber dafür ist die Wohnung immer aufgeräumt, im Kühlschrank gibt es was zu essen, und die Möbel, die er im Laufe der Zeit angeschafft hatte, vermittelten auch Juval das Gefühl, es handle sich um ein Zuhause.

Drei Zimmer, ziemlich klein, vor dem Wohnzimmer eine langgestreckte Terrasse, die in eine Grünfläche überging. Im Wohnzimmer standen ein braunes Sofa und zwei alte Sessel, die er mal geerbt hatte, und obwohl ihre Farben nicht zum Sofa paßten und sie eigentlich zu schwer für das kleine Zimmer waren, so waren sie doch bequem. Ich könnte sie neu beziehen lassen, dachte er. Neben dem blauen Sessel stand eine Leselampe, auf dem Boden lag ein großer, dünner Teppich, den er nach der Scheidung von seiner Mutter bekommen hatte, und auf einem Regal in der Ecke standen die Stereoanlage und der Fernseher. In einem kleinen Regal neben dem blauen Sessel standen einige Bücher, an denen er besonders hing (alle Bände von John le Carré, auf hebräisch und englisch, *Gedichte von früher* von Nathan Alterman, *Verschiedene Gedichte* von Sach, *Gebrauchsgedichte* von Avidan und *Weiße Gedichte* von Tirosch, die *Madame Bovary* von Flaubert, zwei Bände über das zaristische Rußland, Erzählungen von Tschechow und Gogol, einige Bände der *Menschlichen Komödie* von Balzac, auf französisch, *The sound and the fury* von Faulkner, *Erinnerungen an Goldmann* von Ja'akov Schabtai und einige Hefte von *Zeiten,* in einem war ein Aufsatz von ihm veröffentlicht, über die Gilden während der Renaissancezeit). Unter dem Telefon lagen die Strom- und Wasserrechnungen.

In dem blauen Sessel saß Maja, mit übergeschlagenen Beinen, und unter ihrem hellen Baumwollrock schauten ihre nackten Knie hervor. Im Zimmer brannte nur die Leselampe, und in ihrem Licht sah er den rötlichen Ton ihrer Haare, und auch die grauen Fäden darin. Sie schaute ihn an, ohne etwas zu sagen. Wegen der vollkommenen Stille, die im Zimmer herrschte – sie hatte noch nicht einmal das Radio angemacht –, wußte er, daß etwas geschehen war.

Nur wenn sie schlief, war ihr Körper ruhig, sonst war sie ständig irgendwie in Bewegung. Sie trommelte den Takt der Musik – sie hörte immer Musik –, manchmal kochte sie, auch wenn sie nur auf einen Sprung gekommen war, oder sie redete ununterbrochen, während sie gleichzeitig kochte und Musik hörte. Wenn sie ihn in seiner Wohnung erwartete, fand er sie meist in der Küche oder im Bett, mit zusammengezogenen Brauen in ein Buch vertieft, während ihre Hand über die Bettdecke strich. Manchmal, wenn sie müde war, saß sie in dem blauen Sessel und schaute fern, ein Buch auf den Knien. Noch nie hatte er gesehen, daß sie ruhig dasaß, mit übergeschlagenen Beinen, und aus dem Fenster schaute, wie sie es jetzt tat. Ihr Gesicht hatte einen Ausdruck, den er in all den Jahren, die er sie nun kannte, nur ein paarmal an ihr bemerkt hatte und der jedesmal plötzlich gekommen und wieder verschwunden war, ohne Erklärung. Sie saß starr da und sah zugleich verzweifelt und vollkommen ruhig aus, wie ein Mensch, dem eine Katastrophe bevorsteht, vor der er sich nicht schützen kann. Etwas in ihrem Gesicht ließ ihn schweigen.

Er setzte sich in den anderen Sessel, den geblümten, und legte die Schlüssel auf den kleinen Teetisch. Er wagte nicht, sich ihr zu nähern. Sieben Jahre waren sie nun zusammen, und noch immer gab es Momente, in denen er nicht wagte, ihr nahe zu kommen. Dann zündete er sich eine Zigrette an und wartete. Einige Minuten vergingen, bis er schließlich fragte, was passiert sei. Als er die Kälte in ihrer Stimme hörte und das leichte Zittern seiner Hände fühlte, wußte er, wie groß seine Angst war.

Maja schaute ihn mit verschleierten Augen an und bewegte ein paarmal die Lippen, bevor es ihr gelang, mit zitternder Stimme zu sagen, sie könnten sich für einige Zeit nicht mehr sehen. Es war das erste Mal, daß der Wunsch nach einer Trennung von ihr kam. Immer war er es gewesen, der versucht hatte, die Beziehung zwischen ihnen zu beenden, weil er ihr Doppelleben nicht mehr ertragen konnte, die gestohlenen Minuten, die sie ihm schenkte.

Schon zu Beginn ihrer Beziehung hatte sie klargemacht, daß sie nicht bereit war, über ihren Mann zu sprechen, auch nicht über ihre Ehe, und nicht einmal über die Gründe, warum sie nicht vorhatte, mit ihm zu leben. Nur Dana, ihre Tochter, die damals drei Jahre alt gewesen war, erwähnte sie manchmal. Michael wußte natürlich, wo sie wohnte, und er kannte sogar die Stimme ihres Mannes vom Telefon, als er die Beziehung, nachdem er sie abgebrochen hatte, wiederaufnahm. An dem Abend, als sie sich zum ersten Mal getroffen hatten, hatte er im Telefonbuch ihre Adresse nachgeschlagen. »Wolf, Maja und Dr. Henry, Neurochirurg«, stand da, und seither stellte er sich ihre luxuriöse Wohnung in der Hativonimstraße vor, den Ehemann, vielleicht grauhaarig, vielleicht älter als sie, aber zweifellos eine beeindruckende Erscheinung, und im ersten Jahr ihrer Beziehung hatte es ihm tief in seinem Herzen sogar geschmeichelt, daß sie, die in einem prachtvollen Haus in der Hativonimstraße lebte, mit einem Arzt als Ehemann (er hörte sogar den Klang eines Klaviers), ihn vorzog und zu ihm kam.

Nach einem Jahr erzählte er ihr, sich über sich selbst lustig machend, davon. Sie lachte, sagte aber nichts dazu. Er hatte ihr allerdings nie von den Malen erzählt, die er abends an der Straßenecke gestanden hatte, von dem einzigen Mal, als er sie hatte aus dem Haus kommen sehen, am Arm eines kleinen, mageren Mannes, der langsam ging, auch nicht davon, daß er im Sche'arei Zedek gewesen war, in dem Krankenhaus, wo ihr Mann arbeitete, und die Namenschilder betrachtet hatte, die die Ärzte auf der Brust trugen, ihn aber nicht entdeckt hatte.

Rückblickend wußte er nicht, in welchem Augenblick Maja von einem angenehmen Abenteuer zum Gegenstand seiner Sehnsucht geworden war. Rückblickend – und er hörte nicht auf, zurückzublicken, in den langen Nächten, die er immer öfter allein verbrachte, müde von den vergeblichen Versuchen, einen Ersatz für sie zu finden – dachte er manchmal, daß Maja schon bei ihrem ersten Zusammentreffen, so unschuldig es auch gewesen war, zur Frau seines Lebens geworden war. Doch auch er wußte, daß es nur im Rückblick möglich war, die Struktur, den Verlauf, die Verhaltensmuster festzustellen. Zu dem Zeitpunkt, als die Geschichte anfing, hätte er die Entwicklung unmöglich voraussagen können. Hätte man ihn gefragt: Und wenn du es gewußt hättest, hättest du etwas anders gemacht?, so hätte er auf der Stelle und ohne Zögern geantwortet, daß es auch dann genau so geschehen wäre.

Jetzt hörte er sich in demselben kühlen Ton wie sie fragen, ob sie Kaffee wolle, und er sah, daß sie den Kopf schüttelte.

Sie wollte nichts, nur seine volle Aufmerksamkeit. Die Dinge seien ohnehin schwer genug, sagte sie und glättete den Saum ihres Rockes. Es gehe um ihren Mann.

Michael war wie betäubt. Nie hatte Maja die Formulierung »mein Mann« benutzt, nie seinen Namen erwähnt. Selbst er schaffte es meistens, das Thema zu verdrängen. Doch immer hatte er das Gefühl, daß hinter der Fröhlichkeit, die sie zeigte, wenn sie zu ihm kam, etwas Tieftrauriges steckte, daß sich hinter der erfahrenen und selbstsicheren Frau ein kleines, erschrecktes Mädchen verbarg. Aber so war es doch meistens, hatte er gedacht. Nimm eine selbstsichere Frau, und du wirst ein erschrecktes Mädchen finden. Trotzdem war es bei Maja etwas anderes. Unter der kindlichen, unsicheren Schicht, das fühlte er deutlich, verbarg sich noch etwas, was tiefe Furcht in ihm weckte, eine Kraft und eine Fähigkeit, auch das Schlimmste auszuhalten. Was »das Schlimmste« war, wußte er nicht, doch das Gefühl, sie verfüge über eine Art tragischer Kraft, war für ihn absolut eindeutig. Und jetzt bekam das Gefühl einen Namen, wurde real.

»Multiple Sklerose«, sagte Maja mechanisch, in wissenschaftlichem Tonfall. »Lange war der Verlauf sehr langsam, aber jetzt sitzt er schon seit einem Jahr im Rollstuhl, und vermutlich wird er ihn nicht mehr verlassen können.« Er hielt den brennenden Zigarettenstummel in der Hand, zog aber nicht daran. Ungläubig schaute er sie an.

»Es kann doch nicht sein, daß du das nicht gewußt hast«, sagte sie. »Wir leben in Jerusalem. Das ist eine kleine Stadt, kein Ort, an dem man nichts erfährt. Ich war sicher, daß du es weißt und nur so getan hast, als wüßtest du es nicht, um es mir nicht schwerzumachen. Schließlich bist du ein berühmter Kriminalist! Auch wenn es aufgrund der Tatsache, daß er Arzt ist, wegen der Nachbarschaft und wegen tausend anderer Gründe nicht so bekannt wurde.«

»Und als wir uns kennenlernten?« fragte Michael. Sie nickte.

»Zehn Jahre. Ein langsamer Verlauf. Er ist jetzt siebenundvierzig.« Maja ist also zehn Jahre jünger als er, dachte Michael schnell, und sofort schämte er sich.

»Aber ich hätte ihn nicht verlassen, auch wenn er nicht so schwer krank wäre, auch wenn er gesund wäre, aber dann hätte ich mir vielleicht nicht erlaubt, eine so tiefe Beziehung mit dir einzugehen.« Michael haßte das Wort »Beziehung« und dachte, wie hochmütig doch die Menschen waren, die meinten, sie könnten die Tiefe ihrer Liebe selbst bestimmen. Dabei bemühte er sich, ein undurchsichtiges Gesicht zu machen, und hielt sich zurück, um ja kein Wort zu sagen.

»Frag mich nicht, warum, aber ich habe nicht vor, ihn von zu Hause wegzubringen. Ich werde ihn selbst pflegen, solange das möglich ist. Und ich weiß nicht, wie ich das alles aushalten soll, ganz abgesehen von meinem Schuldgefühl.«

Es gab nur sehr wenige Momente in seinem Leben, überlegte Michael später, in denen er so gelähmt gewesen war wie jetzt. Und wie in einem Film spulten sich alle Bilder von ihrer gemeinsamen Zeit vor seinem inneren Auge ab, angefangen bei ihrer ersten Begegnung: Eines Nachts fuhr er von Tel Aviv nach Jerusalem, und hinter der Biegung von Sche'ar Hagai sah er plötzlich ein Auto und die Gestalt einer Frau, die an dem Auto lehnte. Er blieb stehen. Es war ein Uhr nachts, und Michael Ochajon, der gerade Inspektor beim Dezernat für Schwerverbrechen geworden war, jung und geschieden, der Abenteuer überdrüssig, doch noch immer offen für jedes Lächeln einer Frau, hielt an und ging zu ihr hin. Sie lächelte, und sogar im schwachen Licht der Scheinwerfer konnte er die goldenen Tupfen in ihren Augen und ihre vollen Wangen erkennen. Dann sah er ihre runden, weißen Knie und den dicken Ehering an ihrem Finger. Als er sie fragte, ob sie ein Problem habe, sagte sie, das Benzin sei ihr ausgegangen. Sie fügte keine der üblichen weiblichen Entschuldigungen hinzu. Einen Moment überlegte er, ob er von seinem Tank etwas in ihren umfüllen solle, aber beim

Gedanken an den Geschmack des Benzins, das er beim Ansaugen unzweifelhaft in den Mund bekäme, wurde ihm übel. Um diese Zeit war keine Tankstelle geöffnet. Schließlich schlug er ihr vor, sie nach Hause zu fahren, das Auto könne sie ja hier stehenlassen. »Ich hänge sehr an ihm, an meinem Peugeot«, sagte sie und tätschelte das Autodach, als handle es sich um ein edles Rennpferd. »Ich hoffe, daß er morgen früh noch da ist.« Das hoffe er auch, sagte Michael und machte ihr die Tür seines Autos auf. Bis heute erinnerte er sich an die herbstliche Luft, die immer kühler wurde, je weiter sie sich Jerusalem näherten, an den Vollmond – sie sagte, daß der Mond demütige Gefühle im Menschen wecke, daß man ihm gegenüber unmöglich gleichgültig bleiben könne –, an die vollkommene Dunkelheit der Straße.

Michael verliebte sich damals in Maja, ohne daß er auch nur die geringste Ahnung davon hatte, obwohl er es eigentlich hätte wissen müssen. In dem Moment, als er die Autotür zumachte, füllte sich der Wagen mit jenem Duft, einer Mischung aus Honig und Zitrone, den er schon seit Jahren suchte, seit er achtzehn war – schon in diesem Moment hätte er wissen müssen, daß es für ihn kein Zurück gab. Sie trug einen weiten, blauen Rock, dazu eine weiße Bluse mit weiten Ärmeln, und sie hatte ein breites Gesicht voller Sommersprossen. Ihre glatten, braunen Haare fielen auf ihre Schultern, und ihre Stimme war ein wenig heiser. Sie erzählte ihm, zwischen Sche'ar Hagai und Castel, von ihrer Arbeit als Lektorin in einem Literaturverlag, von dem Konzert, von dem sie gerade zurückkam, vom Klang der Geige von Schlomo Mintz (»so jung und so dämonisch, manchmal ein richtiger Teufel«). Er lächelte während der ganzen Fahrt vor sich hin, und schon bei Abu-Gosch spürte er, daß er unbedingt herausfinden mußte, ob der Geruch von ihrem Haar stammte oder von Parfüm oder direkt von ihrer Haut.

Neben der Blindenschule in Kiriat-Mosche, vor einer blinkenden Ampel, beugte er sich zu ihr hinüber und roch an ihren Haaren. Dann hielt er das Auto in Kiriat-Mosche an. Sie hörte auf zu plaudern, und ihr Gesicht wurde sehr ernst, doch in ihren Augen – im Licht der Straßenlaterne sah er, daß sie braun waren – funkelten noch immer goldene Sprenkel. Als er die Augen beim Küssen öffnete, sah er, daß auch sie die Augen nicht geschlossen hatte. Er wollte sie fragen, ob sie Parfüm benutze, traute sich aber nicht, und dann brachte er sie nach Hause. Später erinnerte sie sich immer mit einem Lächeln daran, wie er sie gefragt hatte, ob er ihre Haare berühren dürfe, und dann, ob er sie küssen dürfe. »Ich hatte angenommen, daß man nur im Kino solche Fragen stellt, und daß alle Menschen spontan wären«, hatte sie schon gleich in jener Nacht gesagt, und später wurde sein Mangel an Spontaneität zu einem ständigen Stein des Anstoßes zwischen ihnen. »Warum mußt du mich fragen? Wenn du nach sieben Jahren noch nicht weißt, ob du kannst oder nicht, was tun wir dann zusammen? Fragt man seine Frau, ob man sie küssen darf? Das ist keine Höflichkeit, das ist eine Beleidigung. Diese Frage bedeutet, daß es keine Intimität zwischen uns gibt.«

Damals war er nach Hause gefahren, froh wie noch nie. Er wußte ihren Namen nicht, und selbstverständlich war nicht darüber gesprochen worden, daß sie sich wiedersehen würden, aber Michael wußte, daß es keine zufälligen, bedeutungslosen Ereignisse auf der Welt gab, und deshalb war er überzeugt davon, daß er sie nun, da er sie einmal getroffen hatte, wieder treffen würde. Doch er hatte nicht damit gerechnet, daß es so schnell passieren würde. Drei Wochen nach der Fahrt von Sche'ar Hagai mußte er eine Einladung zu einem Hauskonzert annehmen, das Tali Schatz gab, die Tochter seines früheren Mentors für seine Abschlußarbeit an der Universität. Es war schon nicht mehr Herbst. Der Regen prasselte an die Fensterscheiben des großen Salons in dem neuen Haus in Sch'chonat Ramot, in dem, wie sich herausstellte, der ehemalige Kulturattaché der israelischen Botschaft in Chicago wohnte. Schatz sagte, der Gastgeber sei ein entfernter Cousin von ihm. Tali spielte Geige und ihr frischgebackener Ehemann Klavier. Sie spielten die Kreutzersonate, ein Stück, das Michael sehr liebte.

Als die Tür aufging, hörte Michael ihre Stimme. Zum Glück saß er mit dem Rücken zu ihr. Sie war ohne Schirm gekommen, war tropfnaß und hinterließ Wasserlachen auf dem hellen Teppich, der von einer Wand zur anderen den Boden des riesigen Salons bedeckte. Die Dame des Hauses versicherte ihr, das mache nichts (»es ist ja nur Wasser«), ihre ängstlichen Blicke aber folgten ihr. Nun konnte er sie im vollen Licht sehen. Sie trug ein schwarzes, einfaches Kleid, an der Hüfte gerafft, mit einem runden Ausschnitt und langen Ärmeln. Man hätte unmöglich sagen können, daß sie im üblichen Sinn schön war, aber sie hatte etwas Reizvolles und Verführerisches in ihren Bewegungen und ein Strahlen im Gesicht. Ihr Anblick erhellte sogar das Gesicht des Gastgebers, der lächelnd die Hände übereinanderlegte, auf eine Art, die ihn an den Ehemann Anna Sergejewnas erinnerte, aus *Die Dame mit dem Hündchen*.

Sie erkennt mich nicht, dachte er. Er wurde ihr an dem großen Tisch vorgestellt, der mitten im Salon stand. Auf dem Tisch stand ein Kuchen, und die Dame des Hauses antwortete lächelnd auf die wiederholten Fragen, dies sei »eine russische Charlotte, etwas, was ich für die nächste

Reise gelernt habe«. Das Teeservice sei »Rosenthal«, wie sie mit schwacher Stimme zu Maja sagte, als diese eine heiße Teetasse auf den Teppich fallen ließ, ohne daß diese zerbrach. Die Dame des Hauses wischte sofort den Fleck weg, während sie einen langen Vortrag über Rosenthal-Geschirr hielt und wie schwer es sei, passende Teile nachzukaufen. Sie bemerkte nicht, daß Maja während der ganzen Zeit Michael anschaute und die Brauen zusammenzog, als versuche sie krampfhaft, sich zu erinnern. Sie bemerkte auch nicht die Nasenflügel, die sich bewegten, als hätten sie ein Eigenleben. Plötzlich, als erinnere sie sich oder als habe sie entschieden, wie sie reagieren solle, lächelte Maja, und in ihren Augen funkelten goldene Sprenkel. Michael trank vorsichtig seinen Kaffee. Seine Hände zitterten. Das ist nichts Besonderes, dachte er. Ich zittere immer, wenn ich eine Frau treffe und sie begehre. Das ist die Eroberungslust, die ich schon Dutzende Male gespürt habe.

Sie verließen das Hauskonzert, bevor der Wein serviert wurde, wenige Minuten, nachdem der letzte Ton verklungen war. Er brachte sie in seine Wohnung, damals lebte er noch in Romema, nachdem sie zuvor in einem Café ihre »Lebensumstände« erzählt und dann direkt und einfach gefragt hatte, warum sie nicht in seine Wohnung gingen. Sie wisse genau, sagte sie, daß er sie begehre. »Bist du verheiratet?« fragte er und schaute auf den Ring an ihrem Finger. Sie nickte, weigerte sich aber, darüber zu sprechen.

Noch am selben Abend sagte sie, ihr Eheleben tue nichts zur Sache. »Dort wirst du die Erklärung nicht finden«, sagte sie, und Michael drängte sie nicht. »Aber ich möchte, daß du dich wohl fühlst, nicht bedroht«, erklärte sie, und nur das Lachen, das ihre Worte begleitete, milderte die Bitterkeit und die Aggression in ihrer Stimme.

Sie verließ seine Wohnung spät in der Nacht, ohne daß sie über ein Wiedersehen gesprochen hatten, aber ihr Gesicht strahlte vor Freude, erwartungsvoll und selbstsicher. Als sie am nächsten Tag anrief, wußte er nicht, wie sie seine Telefonnummer herausbekommen hatte.

Nun saß sie in dem blauen Sessel, die Beine übereinandergeschlagen, unbeweglich, und Michael betrachtete ihre runden Knie und hätte sie gerne berührt, wagte es aber nicht. Er dachte an die Dinge, die ihm Zila bei Me'irs gesagt hatte, daß er kein Talent habe, das zu entdecken, was sich hinter dem Geschehen verbarg, das »wirkliche Leben«, wie sie es genannt hatte. Er sei eigentlich ziemlich naiv.

»Hast du gar nichts zu sagen? Überhaupt nichts?« fragte Maja, und Michael hörte das Schluchzen hinter ihrer harten Stimme. Er frage sich, sagte er, was er ihr sagen könne, wie er dieses Durcheinander an Gefühlen, das ihn förmlich betäube, in Worte fassen könne. »Ich frage mich auch«, sagte er langsam, »ob eine Trennung zwischen uns das ist, was dir hilft, und ich frage mich, ob ich dir wirklich nicht anders helfen kann, aber vor allem denke ich daran, daß du mir diese Sache in den letzten sieben Jahren verschwiegen hast, und ich habe geglaubt, wir wären uns so nahe, und jetzt stellt sich heraus, daß du ein so schreckliches Geheimnis vor mir gehabt hast, und...« Michael hörte auf zu sprechen, er überlegte, welche Ironie in dem Bild war, das er sich von ihrem Leben und den wunderbaren gesellschaftlichen Umständen gemacht hatte, über die harmonische Ehe, die sie mit ihrem angesehenen Mann führte, doch das sagte er nicht laut.

»Woran denkst du?« fragte Maja, und Michael antwortete nach einem langen Schweigen: »Wenn es eine ›Beziehung‹ zwischen uns gibt, wie du es nennst, kann ich dann nichts anderes für dich tun, als diese Beziehung zu beenden?«

»Nur vorläufig«, sagte Maja verzweifelt, und Michael überlegte, daß Multiple Sklerose noch zwanzig Jahre dauern konnte, doch auch das sagte er nicht.

Er betrachtete ihre runden Knie, die zarte Hand, die auf der Sessellehne lag, und plötzlich stieg Zorn in ihm auf. Er versuchte nicht, ihn zu verbergen. »Das ist eine Falle!« brüllte er.

»Du schreist«, sagte Maja, halb zweifelnd, halb fragend, »warum schreist du mich an?«

»Das ist eine Falle«, schrie Michael noch einmal. »Was kann ich denn sagen angesichts deiner Schuldgefühle? Es ist selbstverständlich, daß du die Regeln bestimmst, immer bestimmst du sie, aber nie hast du mir so weh getan wie jetzt, und dabei hast du immer gesagt, ich wäre nicht spontan! Wer hat dir das Recht gegeben zu behaupten, du liebst mich, während du so etwas vor mir geheimgehalten hast? Was hast du geglaubt, was ich bin? Ein Baby? Daß ich es nicht aushalte? Auch das ist ein Wort, das du gerne benutzt. Aber was kann ich überhaupt sagen, schließlich bin nicht ich dein Mann, ich bin nur dein Liebhaber, und ich habe gedacht, wir wären auch Freunde, aber jetzt, plötzlich, wirfst du mir so etwas hin, und es stellt sich heraus, daß ich die ganzen Jahre nur deine Spielecke gewesen bin.«

Maja, nachdem sie ein paarmal ihre Lippen bewegt und ihren Rock über den Knien glattgestrichen hatte, nutzte den Moment aus, in dem er schwieg, und schrie zurück: »Bist du nicht der berühmte Detektiv, hättest du es nicht wissen können, wenn du gewollt hättest? Glaubst du, es ist ein Zufall, daß du die ganzen Jahre nicht gewagt hast, irgend etwas zu fragen? Bist du es nicht, der die ganze Zeit behauptet, es gebe keine Zufälle? Wie kommt es, daß du es nicht gewußt hast?« Die Tränen, die ihre Stimme beim Sprechen erstickt hatten, fingen nun an zu fließen, groß und durchsichtig, und die kindliche Bewegung, mit der sie sich mit dem Handrücken über die Wangen fuhr, brach ihm fast das Herz. Und obwohl wieder Wellen von Wut in ihm aufstiegen, erhob er sich und ging zu ihr, zog sie vom Sessel, umarmte sie mit aller Kraft und wischte ihr sogar mit den Lippen die Tränen ab, doch sie sagte: »Sei nicht hart zu mir, Michael, bitte sei nicht hart zu mir, laß mich gehen, und ich werde zurückkommen, du wirst sehen, daß ich wiederkomme.« Er sagte schon nichts mehr, weil in seinem Herzen Wut, Zorn, Mitleid und Liebe miteinander stritten, und vor allem das scharfe Gefühl, betrogen worden zu sein.

Er konnte nicht einschlafen. Jedesmal wenn er die Augen zumachte, wurde er von einer neuen Welt des Zorns gepackt, danach von Selbstmitleid, und als er schließlich sah, daß es drei Uhr nachts war, gab er seine Versuche, einzuschlafen, auf und setzte sich in den blauen Sessel. (»Was hast du den ganzen Monat lang getan?« hatte Maja einmal gefragt, nach einem seiner Versuche, sich von ihr zu trennen. »Ich habe mich in die Arbeit gestürzt«, hatte er geantwortet, und er erinnerte sich sogar noch daran, welches Kleid sie damals angehabt hatte.) Er zog an der Schnur der Stehlampe und blätterte ein wenig in dem Buch von Anatoli Ferber, dem Buch, das er auf Tiroschs Bett gefunden hatte, und betrachtete die schwarzen Buchstaben, die kurzen Spalten. Er erinnerte sich an Ido Duda'is Gesicht, wie er es in dem Fernsehfilm gesehen hatte, danach daran, wie es am Strand in Eilat ausgesehen hatte, und dann dachte er an die Bemerkung Imanuel Schorrs in dem Café, und er wußte, daß der Schlüssel zu allem in dem Verhalten Duda'is während des Seminars lag, in dem Kampf, den er auf dem Bildschirm gesehen hatte. Wieder betrachtete er das Vorwort, das Tirosch zu Ferbers Buch geschrieben hatte, des Dichters, den Tirosch entdeckt und veröffentlicht hatte, und er erinnerte sich an die erschrockene Reaktion Ruth Duda'is und Ruchama Schajs, an seine eigene Reaktion beim Anblick von Tiroschs Leiche, ein ähnliches Gefühl, wie er es jetzt empfand, und laut sagte er: »Du hast einfach einen Schock«, und seine Stimme hallte im Zimmer und machte ihm angst. Wieder fühlte er eine hilflose Wut auf Maja, und dann kam die Welle von Mitleid mit sich selbst, mit ihr und sogar mit ihrem Mann. Er versuchte aufzustehen.

Sein Körper war schwer, und der Himmel wurde langsam hell. Er ging in die Küche, stellte den Wasserkessel auf den Herd, dann duschte er, rasierte sich mit langsamen Bewegungen, betrachtete sein Gesicht, das aussah wie das eines fremden, harten Mannes, die feinen Fältchen um seine Augen. Der Wasserkessel pfiff laut, und wieder dachte er, daß er einen elektrischen Wasserkessel kaufen müßte, der ihn nicht so nervös machen würde, doch er ließ den Kessel pfeifen, bis er sich das Gesicht mit dem kleinen Handtuch abgetrocknet hatte, das so hart war wie Sandpapier, und er hörte Majas Stimme, die behauptete, in Jerusalem könne man nicht ohne Weichspüler waschen, das Wasser sei viel zu hart, und er versuchte, die Tränen zurückzuhalten, während er sich einen starken, schwarzen Kaffee machte und bemerkte, daß seine Hände zitterten, als er einen Löffel Zucker in die schwarze Flüssigkeit kippte. Die Uhr, die Juval ihm gekauft hatte, als er mit seinem Großvater in die Schweiz gefahren war, und die nun an der Küchenwand hing, zeigte fünf Uhr, die Spatzen fingen an zu tschilpen, und aus einer der Wohnungen war das Weinen eines Babys zu hören. Michael trank seinen Kaffee im Stehen, schnell, obwohl er sich Gaumen und Zunge verbrannte – ein Gefühl, das er mit einer gewissen Dankbarkeit hinnahm, es war wenigstens ein klares, eindeutiges körperliches Empfinden –, dann spülte er die weiße Tasse, stellte sie in den Schrank über der Spüle und verließ das Haus.

Elftes Kapitel

»Alle sind schon drüben«, sagte Zila mit besorgtem Gesicht. »Er will Einzelheiten über den Film, den wir vorgestern gesehen haben. Er hat gesagt, heute wäre schon Mittwoch, und hat alle in sein Zimmer bestellt. Ich habe gesagt, du würdest gleich kommen, aber er hat schlechte Laune, und jetzt liest er die Akte.« Sie standen vor der Tür zu Michaels Zimmer. Zilas angespannte Stimme brachte ihn dazu, ihr schnell zum Zimmer des Polizeichefs zu folgen. Das kleine Vorzimmer war leer, die Schreibmaschine war zugedeckt. »Also dann«, sagte er mit einer Stimme, die seine ganze Niedergeschlagenheit verriet.

Wieder saßen sie bei der Morgensitzung, wieder blätterten alle schweigend und konzentriert in den Unterlagen, die Zila vorbereitet hatte, im Gutachten des pathologischen Labors, in den Fotoabzügen, im Bericht der Spurensicherung, in der Liste der Fragen, die beim Detektor gestellt werden sollten, in den Protokollen der Verhöre, in den unterschriebenen Erklärungen. Rafi Elfandari legte die Kopie hin, die er in der Hand hielt, betrachtete lange das Foto von Tiroschs Leiche, dann das Foto der indischen Statue, die im Auto gefunden worden war. »Was ist das für eine Figur?« fragte er und nahm einen Schluck aus dem Pappbecher, den er in der Hand hielt.

»Es ist eine Statue des Gottes Schiwa«, sagte Michael. »Die Spurensicherung hat gesagt, es gebe keine Fingerabdrücke. Sie ist vollkommen sauber. Aber jemand muß sie vom Büro ins Auto gebracht haben, es ist äußerst seltsam, wie um uns darauf hinzuweisen, daß das die Mordwaffe ist. Und wenn du das pathologische Gutachten gelesen hast, weißt du ja, daß man Spuren von Metall auf seiner Gesichtshaut gefunden hat, vermutlich wurde wirklich mit der Figur auf ihn eingeschlagen. Auch im Auto gibt es keine Fingerabdrücke, aber sein Zimmer ist voll damit. Alle sind geprüft worden. Es gibt alles, was man sich nur wünschen kann, jede Menge Abdrücke von Tuwja Schaj, aber auch von Ja'el Eisenstein, die ihren Angaben nach an jenem Tag nicht im Zimmer gewesen ist, wobei sie natürlich wirklich einen Tag vorher hätte dortgewesen sein können, von Ruchama Schaj, und auch von dem jungen Mann, der dort putzt, mit dem ich gestern gesprochen habe...«

»Du meinst diesen Araber? Der schon verhört worden ist?« fragte Balilati mißtrauisch. Michael nickte und fuhr fort: »Aber ich möchte, daß wir noch einmal über Klein diskutieren.«

»Das Ding ist ein bißchen zu pornographisch für einen Büroschreibtisch, oder?« meinte Balilati, hob den Blick von dem Foto der indischen Figur und schaute Zila an, die jedoch nicht auf das anzügliche Glitzern in seinen Augen reagierte.

»Ich weiß nicht genau, was du dir unter Pornographie

vorstellst, aber literarisch gesehen ist sie sozusagen ein wichtiges Thema«, meinte Michael und verzog den Mund.

Arie Levi, der Polizeichef, schaute von der Akte auf, in die er sich vertieft hatte, und setzte seine Lesebrille ab, blickte sich ärgerlich im Zimmer um, setzte dann die Brille wieder auf und blätterte seufzend weiter in der Akte. Michael dachte an die unzähligen Male, die sie alle bei ähnlichen Anlässen schon zusammengesessen hatten, und fragte sich, wohin der Trost verschwunden war, den er immer aus ihrer Vertrautheit gezogen hatte, aus ihrem Verhalten, das er so gut kannte, daraus, daß er ihre Reaktionen voraussagen konnte. An diesem Morgen machte ihn das alles nur nervös. Vielleicht, dachte er, weil Imanuel Schorr nicht dabei ist, der immer als Puffer zwischen ihm und Arie Levi fungiert hatte, aber eigentlich wußte er, daß ihn an diesem Morgen auch Emanuel Schorr nicht vor dem Gefühl der Einsamkeit geschützt hätte. Er warf heimlich einen Blick auf seine Uhr. Sogar Balilati bemerkte seine schlechte Laune und murmelte: »Es ist erst acht Uhr, Ochajon.« Zila fächelte sich mit dem Gutachten Luft zu.

Trotz der frühen Stunde war es warm und stickig in dem großen Raum, dessen Fenster zum Haupttor gingen. Der verstaubte Efeu, der die Außenwand und teilweise sogar das Fenster bedeckte, brachte nur eine Illusion von Schatten.

Gil, der Pressesprecher, fragte mit belegter Stimme, ob es möglich wäre, das Foto für die Zeitungen freizugeben, und Michael antwortete – ruhig, doch mit einer Entschiedenheit, die keinen Raum für Diskussionen ließ –, vorläufig noch nicht. Balilati seufzte, und Rafi begann, von dem Verhör Arie Kleins zu berichten.

Der Polizeichef legte die Akte mit einem Knall auf den Tisch, sagte einstweilen aber noch kein Wort, sondern blickte sich nur um. Seine Augen blieben an Michael hängen, und sein Gesicht rötete sich. Er nahm die Lesebrille ab und kaute auf dem Bügelende herum.

Rafi Elfandari fuhr fort: »Wenn ihr euch die Kopie seiner Erklärung genau anschaut, seht ihr, daß er am Donnerstag abend zurückkam und beschloß, keinem Menschen etwas zu sagen, außer seiner Familie. Er mietete sich am Flughafen ein Auto und fuhr direkt nach Rosch-Pina, er hat dort eine alte Mutter. Nach Jerusalem ist er erst am Sabbat zurückgekommen, nachdem er seine Frau und seine drei Töchter abgeholt hat. Sie sind am Sabbat abend angekommen, das haben wir nachgeprüft. Ich nehme also an, daß er damit aus der Liste der Verdächtigen ausscheidet.«

»Wie haben Sie es nachgeprüft?« fragte Arie Levi.

»Nun, wir haben seine Mutter gefragt, eine alte Pionierin mit einem Gesicht, dem man ansieht, daß sie nicht lügt. Jedenfalls hat sie seine Aussage bestätigt.« Er schob sich eine unsichtbare Haarsträhne aus der Stirn, senkte die Augen und fuhr fort: »Aber eines ist interessant, und das haben wir bisher nur auf Band, nämlich daß er sich mit Ido Duda'i in den Staaten getroffen hat, als der dort war. Zweimal hat er sich mit ihm getroffen, einmal, als Duda'i ankam, und ein zweites Mal, bevor er abgeflogen ist. Klein hat ausgesagt, daß Duda'i sehr schlecht gelaunt gewesen sei, bevor er nach Israel zurückflog.«

Balilati schaute Rafi Elfandari an und sagte lachend: »Das war die längste Rede, die ich im letzten Jahr von dir gehört habe.«

Michael ignorierte diese Bemerkung und fragte: »Warum?« Rafi, der ihm seit seinem ersten Tag in seinem Stab eine besondere Achtung und Treue entgegengebracht hatte und sich verhielt, als stünde er nur mit ihm in einem

Zwiegespräch, antwortete mit einer Verlegenheit, die ihn jung und naiv erscheinen ließ: »Klein hat gesagt, daß Duda'i in einer richtigen Krise steckte, was seine Doktorarbeit betraf, aber er wollte es mir nicht genauer erklären, er hat gefragt, ob er mit dir darüber reden könnte.«

Levi legte vorsichtig seine Lesebrille auf die Akte.

»Was ist das hier, eine Cafeteria? Jeder bestellt, was er will?« protestierte Balilati, aber Michael unterbrach ihn und fragte, ob auch Klein heute zum Detektor vorgeladen sei.

Zila nickte heftig. »Ja, um vier. Und er hat gefragt, ob du dann da wärest, ich habe nicht gewußt, was ich ihm antworten soll.«

»Ich weiß nicht, ob ich dasein werde«, sagte Michael, »aber ich werde mich mit ihm in Verbindung setzen, sag ihm das.«

Arie Levi legte die Hände auf den Tisch und zog die Augenbrauen hoch, als könne er diesen Unsinn nicht mehr ertragen. Michael nahm diese Signale wahr, die einen Wutausbruch ankündigten, zog es aber vor, sie zu ignorieren. Das ist nicht dein Tag, sagte er sich, los, verschwinde von hier, du hörst dich schon so geschwollen an wie Arie Levi, und genauso sympathisch.

Doch da fragte Balilati: »Habe ich euch schon gesagt, daß er mal verheiratet war?« Triumphierend blickte er die Anwesenden an, bis er Michaels wütendes Gesicht sah und ernsthaft und sachlich fortfuhr: »1971 verbrachte Professor Tirosch sein Sabbatjahr in Kanada. Vermutlich war er dort sehr einsam, denn einen Monat später reiste ihm Ja'el Eisenstein nach, die damals achtzehneinhalb Jahre alt war, und ich möchte euch daran erinnern«, er lächelte verschwörerisch, »daß er einundvierzig war. Er hat sie dort geheiratet, allerdings nur standesamtlich, ohne einen Rabbiner, und genau sechs Monate später hat er sich wieder von ihr scheiden lassen.«

Der Polizeichef schaute erst Balilati an, dann Michael, mit einem befriedigten Ausdruck, als wolle er sagen: Nicht einmal du wirst mit ihm fertig, dann betrachtete er wieder die Akte. »Setz dich mit der Spurensicherung in Verbindung und sorge dafür, daß sie auch dazu mit dem Detektor befragt wird«, sagte Michael zu Zila.

»Aber was heißt das schon?« Eli Bachars Stimme war zum ersten Mal an diesem Morgen zu hören. »Was heißt das schon, daß er vor zweitausend Jahren mit ihr verheiratet war? Seither ist soviel Zeit vergangen, warum sollte sie sich plötzlich jetzt an ihm rächen?«

»Immerhin hat man Fingerabdrücke von ihr in seinem Zimmer an der Universität gefunden«, sagte Balilati. »Der Araber hat zuletzt am Donnerstag geputzt, weil er freitags nicht arbeitet. Sie war also bei ihm, das steht fest. Und wer sagt, daß mit der Scheidung die Beziehung zwischen ihnen aufgehört hat? Alles ist möglich. Die Hauptsache ist, daß die beiden ein ungewöhnliches Verhältnis hatten, und keiner hat davon gewußt. Man muß mit ihr darüber sprechen.«

»Ich habe mit den Taxifahrern gesprochen, nachdem Rafi sie verhört hat, sie ist am Freitag wirklich um halb eins weggefahren, und außerdem hat sie keinen Führerschein«, erklärte Eli Bachar nachdrücklich.

»Woher weißt du das?« fragte Balilati.

Wieder schwiegen alle, bis Arie Levi väterlich sagte: »Nun, wenn es so ein Detail gibt, von dem wir nichts wußten, kann es noch andere Details geben, zum Beispiel einen kanadischen Führerschein, und außerdem kann man mit einem Taxi wegfahren und auch zurückkommen.«

Eli Bachar machte den Mund auf und wollte etwas sagen, aber Arie Levi hielt ihn mit einer Handbewegung zurück. »Ich kann mir vorstellen, daß Sie das untersucht haben, aber vielleicht sollten Sie nun, in Anbetracht dessen, was wir gerade gehört haben, noch einmal genau nachforschen. Ich könnte Sie an den Fall Dina Silber erinnern, die behauptet hat, sie könne nicht schießen, und dann hat sich herausgestellt, daß sie im Ausland einen Wettbewerb gewonnen hat. Die Leute glauben immer, daß das, was im Ausland passiert ist, hier nicht nachgeprüft werden kann. Zweifellos muß man sich um diese Angelegenheit noch einmal kümmern. Überhaupt, Sie fassen die Leute ja mit Samthandschuhen an. In diesem Tempo kann man keine Ermittlung führen.« Seine Stimme wurde lauter, der väterliche Ton verschwand. »Ich verstehe nicht, warum man Tuwja Schaj und seine Frau nicht festnehmen kann, meiner Meinung nach haben sie gemeinsame Sache gemacht. Solche Geschichten gibt es immer wieder, daß einsame, reiche Leute ausgenommen werden.« Er warf Michael einen spöttischen Blick zu. »Ich weiß ja nicht, wie das bei Ihnen ist, aber in meinen Augen war er reich, dieser Tirosch, und das Ehepaar Schaj hat sich über die Frau an ihn rangemacht, wegen des Geldes, und dann hat Tirosch ihnen den Plan verdorben und mit der Frau Schluß gemacht.«

Michael wies darauf hin, daß Tiroschs Tod ihnen keinen Anteil an seinem Vermögen gebracht habe, und außerdem, fügte er hinzu, würde das nicht Ido Duda'is Tod erklären. Während er sprach, sah er, wie in Arie Levis Augen Zorn aufflackerte, und er wußte schon, was nun kommen würde. »Das ist keine Universität hier, wie manche Leute anscheinend glauben«, schrie Arie Levi und schlug mit der Faust auf den Tisch. Für einen Moment hielten sie die Luft an, sie wagten nicht zu lächeln. »Der einzige Grund, warum ich Ihnen nicht befehle, sie gleich zu verhaften, ist, daß es noch keinen Beweis gibt. Aber jeder Richter würde es als Motiv für einen Mord ansehen, daß Tirosch die Frau von diesem Schaj gevögelt hat. Und was Schaj erzählt, ist auch nicht besonders überzeugend.«

»Ich wollte heute noch einmal mit ihm sprechen«, sagte Michael.

»Wo willst du ihn erwischen? In meinem Terminkalender steht, daß er den ganzen Vormittag Vorlesungen hat«, gab Zila zu bedenken.

»Man kann ihn doch auf dem Har ha-Zofim erreichen«, sagte Balilati. »Und warum kann er nicht eine Vorlesung ausfallen lassen? Das gibt's doch, daß eine Sache wichtiger ist als die andere, oder? Warum kann man ihm das nicht sagen? Sollen wir ihn vielleicht lieber festnehmen? Dann kann er überhaupt nicht unterrichten.«

»Und was ist mit den Chemikern?« fragte der Polizeichef in sachlichem Ton, als hätte es seinen Ausbruch nie gegeben. »Ich habe dem, was Duda'is Frau ausgesagt hat, entnommen, daß seine ganze Taucherausrüstung mit den Preßluftflaschen im Keller aufbewahrt wurde. Er hat ein einfaches Schloß, aber wie hier steht, ist er sowieso oft nicht abgeschlossen, und jeder hätte sich an den Preßluftflaschen zu schaffen machen können. Soweit ich verstanden habe, hatte Duda'i keine Verbindung zu irgendwelchen chemischen Labors, und er hat nichts von Gasen verstanden. Da können die im Dezernat Negev denken, was sie wollen, für uns ist klar, daß es einen Zusammenhang zwischen den beiden Fällen gibt.«

»Aharonowitsch«, sagte Eli Bachar plötzlich.

»Was ist mit ihm?« fragte Michael.

»Er wollte Dekan werden, es hat sogar schon eine Sondersitzung der Fakultät stattgefunden. Ich habe mich um sein Alibi gekümmert. Uns hat er schon von Anfang an gesagt, daß er am Freitag um eins zu Hause sein mußte. Die ganze Zeit hat er das wiederholt. Ich habe ihn gefragt, wegen welcher Angelegenheit, warum und so weiter, aber was das betraf, war er zu. Dann hat er gesagt, daß seine Frau krank sei. Also bin ich zu ihm nach Hause gegangen, er wohnt in Kiriat-Juval, in der Rabinowitzstraße, dort gibt es irre Villen, und auch mit den Nachbarn habe ich gesprochen. Er hat eine Frau und zwei große Kinder, der Sohn ist in Ordnung, studiert Medizin oder so. Die Tochter ist geisteskrank und schon seit Jahren in einem Heim. Am Wochenende holen sie sie immer nach Hause. Ich hatte zuerst gedacht, so wie er aussieht, würde es bei ihm zu Hause irgendwie armselig sein, aber ...« Bachar schwieg und sah zu Boden. »Nun, das hat nichts damit zu tun«, sagte er schließlich.

»Los,weiter«, meinte Balilati.

»Nein, nur daß er ein schönes Haus hat, mit einem Garten, den seine Frau selbst in Ordnung hält, und sie ist so eine Zarte, man kann nicht sagen, eine Schönheit, sie ist schon über fünfzig, aber so eine Vornehme eben.«

»Los«, sagte Balilati, »worauf willst du hinaus?«

Bachar ignorierte seinen Einwurf und wandte sich direkt an Michael. »Irgendwie hatte ich noch keine Zeit, es dir zu sagen, aber das hat mein Bild von ihm geändert. Außerdem ist er nicht dumm.«

»Kein Mensch hat gesagt, daß er dumm ist, die Frage ist, ob er verdächtig ist«, sagte Arie Levi mißtrauisch.

»Das kann man nicht wissen. Jedenfalls ist er losgefahren und hat seine Tochter zum Wochenende abgeholt. Das habe ich nachgeprüft. Aber er hat Tirosch wirklich gehaßt. Und wie!«

»Hätte er davor in Tiroschs Zimmer gegangen sein können oder nicht?« fragte Levi ungeduldig.

»Ich weiß nicht, was ich sagen soll. In der Klinik haben sie gesagt, daß er ungefähr um eins da war, daß er immer so gegen ein Uhr kommt. Er hat kein Auto. Er sagt, er sei mit dem Bus gefahren und einmal umgestiegen, weil er gegen Taxis ist. Ich glaube nicht, daß er genug Zeit gehabt hätte.«

»Hast du ihn vielleicht nach dieser Sache gefragt, die auf dem Zettel stand, den wir auf Tiroschs Schreibtisch gefunden haben?« erkundigte sich Michael und blickte Eli Bachar an.

Bachar nickte.

»Und?« fragte Balilati.

Eli Bachar beachtete ihn nicht. »Er hat gesagt, daß man es nicht mit der Betonung auf der letzten Silbe lesen darf, sondern daß man die vorletzte Silbe betonen muß. Ich habe gefragt, was er meint. Da...« Eli Bachar wurde rot und streckte die Hand nach seiner Tasse Kaffee aus.

»Was soll der Blödsinn, was hat er gesagt?«

»Er hat gesagt: ›Junger Mann, ein wenig Bildung hat noch niemandem geschadet. Gehen Sie und schlagen Sie nach, was Agnon in seinem Buch *Schira* geändert hat.‹ Na ja, ich kenne es wirklich nicht.«

Im Zimmer war es ungemütlich still. Arie Levi schlug auf den Tisch. Michael betrachtete die Wand gegenüber.

»Also was soll das bedeuten?« bellte Arie Levi schließlich in Michaels Richtung. »Vielleicht wissen das die Gebildeten unter uns?«

Michael murmelte: »Das ist ein Buch, das nach Agnons Tod veröffentlicht wurde. Er hat es nicht vollendet, das letzte Kapitel fehlt, wenn ich mich recht erinnere, jedenfalls.« Er wandte sich an Eli Bachar. »Hast du ihn gefragt, was Tirosch seiner Ansicht nach gemeint hat?«

»Er hat etwas über Fäulnis und Aussatz gesagt. Ich habe die Hälfte der Zeit noch nicht mal sein Hebräisch verstanden, ich weiß nicht, wie ich es dir erklären soll«, sagte Eli Bachar verlegen.

»Gibt es dort was über Aussatz? Über Fäulnis? Kennen Sie es?« fragte Arie Levi scharf und schaute Michael mit hochgezogenen Augenbrauen an.

»Ich erinnere mich nicht, aber er hat eine andere Erzählung über Aussatz geschrieben«, erwiderte Michael nachdenklich.

Arie Levi machte den Mund auf, um etwas zu sagen, sein Gesicht war rot, und aus seinen Augen schossen Blitze. »Das habe ich nicht gefragt«, sagte er drohend, »ich will jetzt keine Vorlesung.«

»Gut, ich erinnere mich nicht, das Buch hat fünfhundert Seiten«, protestierte Michael und starrte auf seine Fußspitzen.

»Nun ja, was spielt das hier überhaupt für eine Rolle«, meinte Arie Levi. »Ich glaube nicht, daß das irgend etwas mit dem Fall zu tun hat.«

»Vielleicht wollte er einen Aufsatz darüber schreiben«, sagte Michael in den Raum hinein.

»Ohne daß er einen Entwurf hinterlassen hat? Gar nichts?« sagte Balilati zweifelnd. »Wie geht das? Wenn man etwas schreibt und es wird nichts, wirft man doch Zettel in den Papierkorb. Da hätten wir doch was finden müssen, oder?« Er schaute Michael an, der zustimmend nickte.

»Wenn ich richtig verstanden habe, wissen auch die Gebildeten unter uns nicht, wovon die Rede ist«, sagte der

Bezirkskommandant befriedigt. »Gut, daß ich meine Zeit nicht an der Uni vergeudet habe.«

»Aber sein ganzer Haß auf Tirosch...« Wieder schwieg Bachar und schaute sich unbehaglich um. Dann machte er den Mund auf, überlegte es sich anscheinend anders und sagte nichts. Michael betrachtete ihn gereizt und sagte: »Also, um was geht es?«

Eli Bachar zögerte. »Ich weiß nicht, aber betrachtet euch mal das Foto von Tiroschs Schuppen, es ist nicht ganz scharf... Mir kommt es vor, als würde hinter dem Haufen mit Arbeitskleidung etwas herausschauen, ein Gaszylinder vielleicht, ich glaube, wir müssen uns das noch mal genau anschauen.«

»Haben Sie den Schuppen etwa nicht durchsucht?« fragte Arie Levi in drohendem Ton, und Michael breitete die Hände aus und schaute ihn an, als er sagte: »Wir haben ihn untersucht, aber vielleicht nicht mit der erforderlichen Gründlichkeit.«

»Dann erledigen Sie das heute, wenn es Ihnen nichts ausmacht«, zischte Levi, und Michael nickte.

»Ich tippe ja darauf, daß es eine normale Gasflasche für den Haushalt ist«, meinte Balilati. »Der mit seinen ungarischen Würsten. Schau erst mal nach, ob es nicht eine ganz gewöhnliche Gasflasche ist.«

Eli Bachar warf ihm einen bösen Blick zu und sagte leise: »Ich laß mir von dir nichts befehlen.«

Doch Michael sagte laut und versöhnlich: »Prüfe es bitte heute morgen noch nach, bitte.«

»Was kann ich der Presse vorläufig sagen?« fragte nun der Pressesprecher verzweifelt und wischte sich den Schweiß unter dem hellen Haar, das ihm in die Stirn fiel, ab.

»Gleich, gleich«, sagte Arie Levi ungeduldig und hörte

Michael zu, der damit begann, die Aufgaben des Tages zu verteilen.

»Sie warten am Eingang, sie haben keine Geduld mehr, es sind auch ausländische Journalisten dabei, der Mann war eine internationale Gestalt, habt ihr in den letzten Tagen die Schlagzeilen in den Zeitungen gesehen?« sagte Gil vorwurfsvoll.

»Und ob«, antwortete Balilati, ohne gefragt zu sein. »*Tödliche Lyrik,* diese Schlagzeile hat mich am meisten beeindruckt.«

»Sollen sie doch noch was über seinen Charakter schreiben«, sagte Michael entschieden. »Inzwischen verkaufen sich Tiroschs Bücher wie warme Semmeln. Ich habe keine Ahnung, wer das ganze Geld bekommt.«

»Irritierender war der Bericht über *Eine Kette von Mordfällen an der literarischen Fakultät,*« sagte Bachar. »Was die alle für einen Lärm machen, Kalizki hat Personenschutz verlangt, und Schulamit Zelermaier hat gesagt, sie würde nachts nicht schlafen vor Angst. Sie fragen, wer der nächste sein wird. Aber im Ernst: Haltet ihr es nicht für möglich, daß da was dran ist? Daß man sich die Sache mit der Bewachung überlegen sollte?«

Eine nachdenkliche Stille breitete sich aus, wie üblich wurde sie von Balilati unterbrochen. »Es gibt Leute«, überlegte er laut, »die glauben einfach nicht, daß sie sterben werden. Kann mir jemand erklären, warum einer, der allein lebt und soviel Geld gehabt hat, kein Testament hinterläßt?«

»Haben Sie das nachgeprüft?« fragte Levi, und Eli Bachar nannte den Namen des Rechtsanwalts von Tirosch.

»Aber vielleicht liegt es bei jemand anderem?« setzte der Polizeichef an, doch Eli Bachar beharrte: »Wir haben es nachgeprüft. Auch unter seinen Papieren war kein Testament.«

»Hat er überhaupt keine Verwandten?« fragte Levi ungläubig.

»Nur eine alte Tante in Zürich«, bestätigte Michael, und wieder wurde es still.

»Also, wonach suchen Sie jetzt?« fragte Levi, und Michael antwortete vorsichtig: »Wir suchen jemanden, der zwischen zwei und sechs den Har ha-Zofim verlassen hat, mit einer etwa unterarmlangen Figur, und Tiroschs Alfetta gefahren hat. In Tuwja Schajs Tasche paßt die Figur nicht hinein, und er sagt, daß er an jenem Morgen überhaupt ohne Tasche gekommen sei. Aber die Figur kann natürlich auch in einer Plastiktüte gewesen sein, es gab nicht viel Blut, man hätte leicht mit einer Plastiktüte hinausgehen können. Wir haben alle Taschen von seiner Frau kontrolliert, von Ruth Duda'i, von allen, es gibt keine Blutspuren. Und der Parkwächter erinnert sich nicht, daß das Auto rausgefahren ist, aber es war heiß, er hat in seiner Kabine gesessen und nicht hinausgeschaut, wenn er die Sperre geöffnet hat. Kurz gesagt, in dieser Richtung sind wir bis jetzt nicht weitergekommen, und wie Sie in den Berichten gelesen haben, gibt es viele Kandidaten, viele waren an seinem Tod interessiert. Wenn man nur an die ganzen Dramen im Café denkt.«

»Was für ein Café?« fragte Zila, die an diesem Morgen auffallend ruhig war.

»Habe ich dir nichts davon erzählt?« fragte Michael und warf ihr einen ungeduldigen Blick zu. »In den letzten Jahren hatte er eine Art Ritual. Er fuhr an einem bestimmten Tag zu einem Café in Tel Aviv, ins Café Roval, glaube ich, aber das steht irgendwo, du hast es doch selbst geschrieben.«

»Ich tippe nicht alles selbst«, protestierte Zila.

»Er war also jeden Montag zwischen vier und sechs Uhr nachmittags im Café, und alle möglichen jungen Dichter, Anfänger, brachten ihm ihre Manuskripte zur Beurteilung, und er hat auf der Stelle über Leben und Tod entschieden.«

»Was soll das heißen, über Leben und Tod?« fragte Levi.

»Er war Herausgeber einer sehr angesehenen Literaturzeitschrift, die jedes Vierteljahr erscheint, *Richtungen* heißt sie, und in diesem Café hat er entschieden, wer darin veröffentlicht wird.«

»Ich habe euch ja gesagt, dort waren so viele Leute, und es gab keine Diskriminierung, er hat sie der Reihe nach alle runtergemacht, keiner hatte eine Sonderstellung«, sagte Balilati mit scharfer Stimme. »Ich habe eine Liste, und wir forschen nach. Die meisten sind Frauen, es gibt ein paar junge Männer, aber solche, die noch nicht mal genug Kraft haben, um eine Teetasse zu stemmen.«

»Ich glaube es nicht«, sagte der Polizeichef, ohne jemanden anzuschauen. »Warum sollten Leute bereit sein, sich so etwas gefallen zu lassen? Nie im Leben würde ich ...«

»Das ist eine andere Welt, mit anderen Gesetzen, die Welt der Dichter, sie haben gedacht, er sei ein hervorragender Kritiker«, sagte Michael und schaute Arie Levi an, doch dieser schwieg.

»Bei denen laufen die Dinge anders«, bemerkte Balilati giftig. »Die halten uns für Analphabeten oder so was Ähnliches.«

»Das ist wichtig«, erklärte Michael. »Wir müssen die Sache ernst nehmen. Es ist, als würdest du versuchen, etwas von Diamanten zu verstehen, wenn sie mit einem Mord zu tun haben, du mußt dich bemühen, in die Welt dieser Leute einzutauchen, und ...«

»Ich habe nicht die Absicht, mich für lyrische Manuskripte zu interessieren!« Arie Levi schlug mit der Faust auf den Tisch. »Das können Sie sich aus dem Kopf schlagen.«

»Die Sache ist die, daß jeder Dichter, der in dieser Zeitschrift veröffentlicht, Aufmerksamkeit, Anerkennung und Ehre erhält, alles Dinge, die auch in anderen Lebenszusammenhängen wichtig sind, und Tirosch war der Meinungsmacher dieser Zeitschrift«, erklärte Michael mit leiser Stimme.

»Ich habe Sie verstanden«, sagte Levi, als alle aufstanden, und legte ihm seine schwere Hand auf die Schulter. »Aber jetzt frage ich noch einmal: Haben Sie den Aspekt Sicherheit abgeklärt? Den politischen Hintergrund?«

»Haben wir«, unterbrach Balilati, und Arie Levi warf ihm einen zweifelnden Blick zu. An der Tür erwähnte Michael, daß bis zum Abend schon Ergebnisse aus den Detektorverhören vorliegen würden.

»Wo wirst du den ganzen Tag sein?« fragte Zila besorgt, als sie das Zimmer verlassen hatten.

»Erst auf dem Har ha-Zofim«, antwortete Michael, »um noch mal mit Tuwja Schaj zu reden, vielleicht stoße ich auf etwas Neues.« Er zögerte und fuhr sich über das Gesicht. »Ich rufe dich von dort aus an, wenn ich fertig bin.«

»Nimmst du jemand mit? Damit er im Auto sitzt und aufnimmt.«

»Komm, Elfandari«, rief Michael zum anderen Ende des Flurs hinüber. »Du begleitest mich.«

Elfandari fuhr das Auto, in dem sich die Aufnahmegeräte befanden. »Warum bauen sie hier keine Klimaanlage ein? Ist es nicht schade um die ganzen Geräte?« fragte er, als sie in dem glühendheißen Wagen saßen.

Michael tat das grelle Licht in den Augen weh, er gab keine Antwort. Zum tausendsten Mal betrachtete er das königliche Eingangstor zum Migrasch ha-Russim und staunte darüber, wie wenig das alles zusammenpaßte. Der russische Palast als Rahmen und die dünnen, provisorischen Wände, die das Innere in verschiedene Büros aufteilten. Ihm gegenüber, in der Sonne, lag die stille, russische Kapelle. Sonntags war sie voller Leute, und der Gesang der russisch-orthodoxen Nonnen drang heraus. Manchmal hörte er den Gesang, wenn er an dem Gebäude vorbeiging oder in seinem Auto vorbeifuhr. Immer rührte er ihn an, und es dauerte einige Minuten, bis ihm einfiel, daß Sonntag war. Manchmal hörte er den Gesang auch in Begleitung von anderen, wenn er am Kiosk stand, und registrierte befriedigt das Staunen in den Gesichtern der Zuhörer, die diesen Eindruck aber sofort abschüttelten und sich wieder ihren eigenen Angelegenheiten zuwandten. Er betrachtete die großen Fässer, die den Parkplatz eingrenzten, und den Kiosk, dann wanderten seine Augen wieder zum Dach der runden Kapelle, das grün in der Sonne glänzte, er sah die Herberge, die Prinz Sergio aus dem Hause Romanow der Kirche gegenüber erbaut hatte, für die russisch-orthodoxen Pilger. In diesem Gebäude waren jetzt die Büros der Gesellschaft für Naturschutz untergebracht, außerdem ein Zweig des Landwirtschaftsministeriums. Michael ließ seinen Blick über den ganzen Migrasch ha-Russim wandern, über die prachtvollen steinernen Schlösser, die mit geringem Aufwand den Bedürfnissen der israelischen Behörden angepaßt worden waren, und wieder weckte die Diskrepanz zwischen den Büros und der Vision des Prinzen Sergio Staunen in ihm, ein Staunen darüber, daß in dem heutigen, prosaischen Jerusalem überhaupt Menschen leben konnten.

Er fand seine Sonnenbrille im Handschuhfach des Autos und setzte sie auf, als das Auto losfuhr.

Sie standen im Flur neben dem Sekretariat. Tuwja Schaj rieb sich mit einer Hand die Stirn. In der zweiten hielt er ein dünnes Heft und eine Mappe. Er sagte gereizt: »Es ist die letzte Vorlesung vor dem Jahresende, ich kann sie nicht ausfallen lassen.«

»Auch nicht nach allem, was hier passiert ist? Sie lassen doch Vorlesungen aus weit belangloseren Gründen ausfallen, hier, schauen Sie doch diese Zettel an.« Michael deutete auf Ankündigungen am Schwarzen Brett, das an der Wand hing, und sagte: »Familiäre Gründe oder ganz ohne Angaben von Gründen. Warum können Sie die Vorlesung nicht ausfallen lassen? Und wenn Sie plötzlich krank geworden wären?«

»Scheren Sie uns nicht über einen Kamm«, sagte Schaj zornig. »Ich lasse nie einfach so eine Vorlesung ausfallen. Den Studenten wurde es vorher nicht angekündigt. Warum soll ich sie jetzt im Stich lassen?«

»Weil zwei von ihren Dozenten ermordet worden sind«, sagte Michael einfach, und Tuwja Schajs Zorn verflog, er schien sich plötzlich zu erinnern und sah aus, als wäre er unter eine kalte Dusche geraten.

»Alles, was ich in diesem Jahr gelehrt habe, muß heute zusammengefaßt werden. Auf diese Vorlesung habe ich das ganze Jahr hingearbeitet«, sagte er. »Warten Sie doch noch anderthalb Stunden, länger dauert es nicht. Sie können inzwischen ja mit anderen sprechen, warum brauchen Sie gerade mich so dringend? Erst gestern habe ich einen ganzen Tag bei Ihnen herumgesessen.«

»Sie sind der letzte, der ihn lebend gesehen hat«, erinnerte ihn Michael, und nach kurzem Nachdenken fügte er hinzu: »Und Sie standen ihm auch besonders nahe, wie ich immer wieder gehört habe.«

Schaj hob die Hand, dann sagte er: »Sie können mich nicht dazu zwingen, daß ich meine letzte Vorlesung ausfallen lasse. Gestern habe ich Ihretwegen schon die Übungen in Lyrik versäumt.«

»Glauben Sie denn, daß überhaupt Studenten kommen? Schließlich sind die ja auch gehörig verschreckt.«

»Sie haben mich angerufen und gefragt, ob die Vorlesung stattfindet, und ich habe ja gesagt. Wir haben beschlossen, nichts ausfallen zu lassen, weder Vorlesungen noch Prüfungen. Es ist das Ende des Jahres.«

Michael schwieg einige Sekunden, dann verkündete er: »Aber ich warte auf Sie im Hörsaal, wenn Sie nichts dagegen haben.«

»Machen Sie, wozu Sie Lust haben. Ich verstehe nur nicht, was Sie bei einer Vorlesung wollen, von der Sie nichts verstehen. Ich versuchte Ihnen zu erklären, daß es um das Verknüpfen von Fäden geht, die sich durch ein ganzes Jahr gezogen haben. Außerdem werden wir uns mit einem äußerst schwierigen Text beschäftigen, und ich weiß nicht... Ach, machen Sie doch, was Sie wollen.«

Michael ging schweigend hinter ihm her. Sie stiegen eine enge Treppe hinunter ins nächste Stockwerk und liefen einen breiteren Flur entlang. Immer wieder tauchten völlig unerwartet Türen auf, und Michael stellte sich vor, daß sie in enge Kammern führten, aber die Tür, die Tuwja Schaj öffnete, brachte sie in einen hellen, fünfeckigen Raum, in dem eine Gruppe von Studenten saß und wartete. Ein Gemurmel erhob sich, als die Tür aufging, die Studenten starrten Michael einen Moment an, neugierig und – so schien es ihm – auch ängstlich.

Fünfzehn Personen zählte Michael, die meisten junge Frauen, zwei von ihnen trugen Kopftücher, und eine hatte die Haare nach einer Seite gekämmt und unter einem dichten Netz verborgen. Auch zwei junge Männer waren da, außerdem ein älterer Mann, der sehr müde aussah und das Kinn in die Hände gestützt hatte. Sie saßen an rechteckigen, U-förmig aufgestellten Tischen und hatten aufgeschlagene Bücher und Bibeln vor sich liegen. Michael setzte sich neben den älteren Mann, der in der zweiten Reihe saß, nicht am Tisch, sondern auf einem Stuhl, an dem eine Art Holzbrett befestigt war. Auf dem Brett lag ein dünnes Buch. Michael las den Titel: *Elemente der lyrischen Dichtung*.

Als Tuwja Schaj seinen Platz am Tisch des Dozenten eingenommen hatte, der in der Mitte stand, wurde der Mann neben Michael lebendig, öffnete das Buch und begann dann, in der Bibel zu blättern, die auf seinen Knien lag. Michael spähte in das offene Heft und las die Worte »Die Haare Simsons«, dann las er unter der Überschrift:

Die Haare Simsons verstand ich noch nie:
Die große Kraft, die in ihnen verborgen ist,
das Geheimnis des Gottgeweihten,
das Verbot, über sie zu sprechen,
und fortwährende Angst vor dem Verlust der Locken,
das Grauen zu jeder Stunde,
wenn Delilas streichelnde Hand sie berührt.

Hingegen verstehe ich gut die Haare von Absalom.
Denn siesind schön wie die Sonne am hellen Tag,
wie der Mond der roten Rache,
der Mond, der vor ihm verblaßt, ist süßer
als die süßesten Düfte der Frauen,
und Ahithophel der Kalte und Böses Sinnende,
muß die Augen von ihm wenden

in der Stunde, wo er vor sich
den Anlaß für Davids Liebe sieht.
Das ist das schönste Haar in allen Königreichen,
die glänzende Rechtfertigung für jeden Aufstand und dann
für den Tod.

Tuwja Schaj schaute in die Runde, sagte: »Die Vorlesung hat begonnen« und las das Gedicht laut vor. Im Raum war es ganz still. Außer seiner Stimme war kein Ton zu hören. Michael betrachtete das Gesicht des vorlesenden Mannes. Ihm fiel auf, daß es Farbe bekommen hatte, und auch seine Stimme klang nicht mehr monoton. Er liebt das Gedicht, dachte Michael, und dann wurde ihm klar, daß er auch das Unterrichten liebte.

Als er fertig war, wandte er sich an die Studenten, die dasaßen und ihn anschauten. Der sachliche Ton, mit dem er die Vorlesung begann, hinderte sie daran, spürte Michael, sich auf die Vorfälle der letzten Tage zu beziehen, und erlaubte ihnen, sich sofort auf den Unterrichtsstoff einzulassen.

»Was ist es, was dieses Gedicht trägt? Was ist seine tiefere Struktur? Worauf stützt es sich?« fragte Tuwja Schaj. Eine Hand hob sich zögernd, und einer der jungen Männer, der mit der Brille, begann zu sprechen, noch bevor Schaj ihn dazu aufgefordert hatte. »Es gibt zwei Anspielungen auf biblische Geschichten, zwei Allusionen«, sagte er mit eifriger, lebhafter Stimme.

»Richter 13 bis 16, und 2. Samuel 13 bis 19«, sagte ohne Zögern die junge Frau mit Haarnetz.

Tuwja Schaj nickte und fragte gespannt: »Und was machen wir damit? Wir hatten schon Gedichte mit Allusionen, aber hier gibt es gleich zwei biblische Texte in einem Gedicht, wie kommen wir damit zurecht? Wir haben die Allusionen identifiziert, und was nun?«

»Wir sollten uns mit den Auslegungen der Texte befassen, auf die sie sich beziehen«, sagte eine der beiden älteren Frauen, nachdem sie in den vor ihr liegenden Papieren herumgeblättert hatte.

»Erinnern Sie mich doch bitte«, sagte Schaj, und für einen Moment bekam sein Gesicht wieder den leeren, leblosen Ausdruck, den Michael bereits kannte, »wer sich bereit erklärt hat, das vorzubereiten?« Er senkte den Kopf über seine Unterlagen, und Michael schaute auf seine Uhr. Erst zehn Minuten waren vergangen. Wieder warf er einen Blick auf das Gedicht. Es machte ihn neugierig, gefiel ihm sogar, doch er wußte nicht, warum. Er verstand fast nichts, aber die Geschichte Davids und des Aufrührers Absalom hatte er immer geliebt. Manchmal hatte er das Klagelied »Mein Sohn Absalom, mein Sohn, mein Sohn Absalom! Wollte Gott, ich wäre für dich gestorben! O Absalom, mein Sohn, mein Sohn!« vor sich hingesagt, beim Autofahren, wenn ihn eine unerklärliche Traurigkeit gepackt hatte, lange bevor er selbst Vater geworden war.

Wie durch einen Schleier hörte er die Stimme der älteren Frau, die mit einem nicht klar identifizierbaren Akzent – irgend etwas Osteuropäisches – aus der Schrift die Verse vorlas, die von der Geburt Simsons und seinem Leben handelten. Dann nahm sie für einen Moment ihre Lesebrille ab und fragte: »Und jetzt die Auslegungen?«

Schaj nickte, und Michael fühlte auf eine Art, die er sich selbst nicht erklären konnte, die Anspannung, die den Dozenten gepackt hatte, eine Erregung, die immer stärker wurde, je länger die Frau die Auslegungen der Verse vorlas. Sie zitierte die Bibelkommentare in getragenem Ton, und

Tuwja Schajs Hände ballten sich langsam zu Fäusten, je weiter sie kam.

Als sie schließlich sagte: »Das war alles zu Simson«, machte Tuwja Schaj den Mund auf und sagte mit der Stimme eines Menschen, der Kindern ein Märchen erzählt: »Um was geht es da eigentlich, in der Geschichte von Simson? Haben Sie einmal darüber nachgedacht?«

Es wurde ganz still. Michael beobachtete die Studenten. Einige spähten zur Tür, einige rutschten unruhig hin und her, aber Schaj wartete die Antwort nicht ab. »Haben Sie über den Widerspruch in dieser Figur nachgedacht? Über die Tatsache, daß er insgeheim ein gottgeweihter Nasiräer ist, also Enthaltsamkeit gelobt hat, ein Richter, der gleichzeitig sein Licht unter den Scheffel stellt? Ich möchte Sie daran erinnern«, seine Stimme wurde laut, und er hob den Finger, »daß er seinen Eltern nichts von dem Löwen erzählt hat, er hat nirgendwo damit geprahlt.«

Er betrachtete die Studenten, dann wanderte sein Blick zum Fenster, durch das man eigentlich eine ferne Landschaft hätte sehen müssen, das aber in Wirklichkeit nur den Blick auf die Mauer des Gebäudes gegenüber freigab. »Haben Sie darüber nachgedacht, daß er ein Ehebrecher ist, der zweimal auf ähnliche Weise von zwei Frauen betrogen wird, sowohl von seiner Frau als auch von Delila, und daß seine Widersprüchlichkeit ihren Höhepunkt erreicht – wann? Wo ist der Höhepunkt der Widersprüchlichkeit in Simsons Charakter?«

»In seinem Tod«, stellte der zweite junge Mann ruhig fest. Er starrte auf seine Füße, dann hob er die hellen Augen zu Schaj, der ihm aufmunternd zulächelte, seine Worte mit einem Nicken bestätigte und wiederholte: »Richtig, da, in seinem Tod, bekommt seine Gestalt fast mythische Dimensionen. Denken Sie darüber nach, dieser blinde Riese, der, umgeben von spottenden Philistern, um eine letzte Möglichkeit zur Vergeltung vor seinem Tod bittet. Stellen Sie sich das Bild vor, es zeigt eine durchaus tragische Erhabenheit.« Er musterte die Studenten, wie um sicher zu sein, daß sie ihn verstanden hatten. Michael wandte die Augen nicht von ihm, aber es gelang ihm nicht, seinen Blick zu treffen. Der Mann verhielt sich, als sei Michael überhaupt nicht anwesend.

»Worauf ich Sie hinweisen möchte, ist, daß in der Bibel die Gestalt ›Simson, der Held‹ einerseits als eine Art Herkules und andrerseits auch ein bißchen als lächerliche Figur dargestellt wird.«

Wieder betrachtete Michael die Studenten. Der Mann neben ihm hatte immer noch sein Kinn in die Hand gestützt, er starrte vor sich hin und machte sich auch keine Notizen. »Ich bitte Sie, nicht zu vergessen«, erklang Schajs Stimme nach kurzem Schweigen, »daß die Bibel Simsons Haare als Metonymie darstellt, als Teil, der das Ganze repräsentiert, seine besondere Beziehung zu Gott, eine Beziehung, die ihm übernatürliche Kräfte verleiht. Im Bewußtsein der Leser verwandelt sich das Haar in das Symbol der Kraft selbst. Simsons Beziehung zu Gott einerseits und seine Schwäche gegenüber Frauen andrerseits, eine Schwäche, die sich in Dummheit oder mindestens in Naivität ausdrückt, bringt diesen entsetzlichen Widerspruch hervor. Zweimal«, Tuwja Schaj hob zwei Finger, »zweimal wurde er von zwei Frauen betrogen, die er liebte. Das ist nicht nur Dummheit, das hat auch etwas Hochmütiges – Simson kommt gar nicht auf die Idee, daß ihm seine Kraft geraubt werden könnte. Die Bibel beschreibt eigentlich einen Mann, der im Lauf der Jahre einen Prozeß durchgemacht hat. Er identifizierte allmählich die göttliche Kraft in sich mit seiner eigenen Person und vergaß ganz deren göttlichen Ursprung.« Wieder schaute sich Schaj um, und Michael bemerkte, wie die Hände innehielten, wie die Studenten einen Moment aufhörten zu schreiben, er sah das Licht, das plötzlich in den hellen Augen des jungen Studenten aufleuchtete.

»Für Simson«, sagte Tuwja Schaj leise, »bedeutete der Verlust der Haare den Verlust seiner Beziehung zu Gott, der Bruch seines Geweihtseins – das ist es, was ihm der Verlust der Haare gebracht hat, und deshalb, meine Herrschaften, deshalb auch den Verlust seiner übernatürlichen, übermenschlichen Kraft.«

Tuwja Schaj schaute sich um, und in seinem Blick lag etwas, was man nur als Stolz bezeichnen konnte. Nicht der Stolz eines Siegers, sondern der Stolz eines Menschen, der ein schwieriges Problem gelöst hat und es nun strahlend mitteilt.

»Ich sehe keinen Zusammenhang«, kam die protestierende Stimme einer jungen Frau, von der Michael nur den breiten Rücken sehen konnte. Der Rücken bewegte sich ein wenig, und das Leuchten auf Schajs Gesicht erlosch für einen Moment.

»Geduld«, sagte er, ohne zu lächeln, »wir gehen nicht hier raus, bevor Sie den Zusammenhang erkannt haben. Wir entziffern hier etwas Vielschichtiges, wir suchen den dritten Text, wie wir uns erinnern. Das braucht Zeit.«

»Können wir schon erfahren, von wem der Text ist?« fragte die junge Frau mit dem grünen Kopftuch, und Tuwjas Gesicht wurde wieder lebhaft, als er fröhlich antwortete: »Noch nicht, erst zum Schluß, um Vorurteile zu vermeiden, aber ich bin sicher, daß ein Teil von Ihnen die Lösung bereits weiß.«

Dann wechselte er über zu Absalom. Der ältere Mann neben Michael holte Unterlagen aus einer Tasche, die er auf dem Boden stehen hatte, zwischen seinen Beinen, und blätterte fieberhaft darin herum. Dann las er mit bedächtiger Stimme eine Zusammenfassung von Absaloms Rebellion vor. Erinnerungen stiegen in Michael auf, das Echo von Worten, von denen er einst geglaubt hatte, sie verstanden zu haben, von denen er aber erst jetzt wußte, daß er sie nie verstanden hatte. Mit wachsender Erregung hörte er nun Einzelheiten über den »Ratschlag Ahithophels« und verstand auf einmal die Bedeutung der Worte: »Da machten sie Absalom ein Zelt auf dem Dach, und Absalom ging zu den Nebenfrauen seines Vaters vor den Augen von ganz Israel.« Heimlich warf er einen Blick auf das aufgeschlagene Heft links von ihm und sah die Zeilen: »Ahithophel der Kalte und Böses Sinnende«, und das Gedicht wurde lebendig, bekam eine Bedeutung, die er vorher nicht gesehen hatte. Etwas Schlimmes und Schreckliches, das er unbedingt verstehen mußte.

Auch die Stimme Tuwja Schajs schien ihm voll böser Absicht, als er sagte: »Sie haben jetzt schon fast alle Tatsachen, Sie müssen nur noch das Bild klar erkennen.« Ernst betrachtete er seine Studenten. Sie warteten, die Stifte in der Hand. Wieder leuchteten die hellen Augen des jungen Studenten auf, den Schaj von Zeit zu Zeit anschaute, wenn er die Augen nicht auf irgendeinen Punkt an der Wand oder auf den Text heftete.

»Absalom«, sagte Tuwja Schaj, »Absalom tötete Amnon, weil er Thamar vergewaltigt hatte. Die Tötung war lange vorbereitet, sie war nicht die Tat eines Hitzkopfes. Zwei Jahre hatte er sie geplant, und erst als er schließlich seine Schwester Thamar rächte, erst dann stellte sich heraus, wieviel Zorn in ihm war. Aber ist es nicht klar, daß er das tat, was eigentlich sein Vater, König David, hätte tun müssen?« Er betrachtete das Gedicht und flüsterte: »Drei Jahre! Drei Jahre sitzt der geliebte Sohn Davids in Geschur, und dann ist es Joab, der seine Rückkehr nach Jerusalem veranlaßt, Joab, nicht David! Und es gibt zwischen ihnen, zwischen David und Absalom, eine äußerst kühle Versöhnung, wie wir aus dem immer wiederkehrenden Wort ›der König‹ bei der Beschreibung ihrer Versöhnung erfahren, einer so kühlen Versöhnung.«

Michael griff nach dem kleinen Aufnahmegerät in seiner Hemdtasche. Er fragte sich, was Elfandari wohl davon halten würde, der im Auto saß und die Stimmen aufnahm. Dann dachte er an die monotone Stimme Tuwja Schajs, die er vom Verhör in seinem Zimmer kannte. Derselbe Mensch, plötzlich voller Leben, voller Gefühl. Und worüber er sprach! Aber, erinnerte er sich selbst, diese Vorlesung war schon seit langem vorbereitet, lange bevor hier jemand ermordet wurde. Trotzdem! Man muß ihn nur anschauen, könnte er nicht in einem Ausbruch von Wut ein Gesicht zerschmettern? Ist das der Mann ohne Eigenschaften? Ist er sich meiner Anwesenheit wirklich nicht bewußt? Kann es sein, daß ihm nicht klar ist, welche Seite seiner Persönlichkeit er gerade offenlegt, was für ein Potential?

Und dann traf der Blick aus Tuwja Schajs hellen, wäßrigen Augen den Blick Michaels, als könne er seine Gedanken lesen. In seinen Augen lag keine Angst, ein Irrtum war ausgeschlossen. Sie zeigten Freude über die Entschlüsselung, Entzücken wegen der eigenen Fähigkeit, alles in Worte zu fassen.

»Absaloms Ende ist tragisch und ironisch zugleich«,

sagte Tuwja Schaj. »Er, der so verliebt war in seine Haare, fand den Tod ausgerechnet durch diese Haare.«

»Dazu gibt es eine Auslegung«, sagte die ältere Frau, die bisher geschwiegen hatte. Sie saß in der Mitte des U, und Michael sah ihr aufgewühltes Gesicht.

»Ja«, sagte Schaj freudig. »Erinnern Sie sich an sie?«

»Unsere Weisen haben gesagt, im Traktat Sota, glaube ich«, sagte die Frau mit einer angenehmen Stimme, »Absalom habe sich mit seinen Haaren gebrüstet, und deshalb sei er an seinen Haaren aufgehängt worden.«

Tuwja Schaj nickte heftig. Man konnte unmöglich übersehen, daß sein Gesicht vor Glück strahlte.

»Jetzt können wir zu dem Gedicht selbst kommen«, sagte er. Und dann sah sich Michael der langen Erörterung eines Begriffes ausgesetzt, den Schaj an die Tafel schrieb. »Zeugma«, mit hebräischen und mit lateinischen Buchstaben. Ausführlich erklärte er, wie Syntax und Aufbau eines Gedichtes seine Bedeutung schaffen.

»Obwohl die syntaktischen Gegebenheiten offenbar die Anwesenheit eines Sprechers in dem Gedicht betonen sollen«, sagte Schaj und rieb sich den Kreidestaub von den Händen, »hat man das Gefühl, als verberge sich das Subjekt des Verses ausgerechnet in dem Teil des Satzes, der eigentlich, von der Syntax her gesehen, das Objekt wäre: die Haare Simsons, das Leben Simsons. Mit anderen Worten: Die objekthaften Teile des Gedichts werden zu den subjekthaften, das heißt zum Ersatz des Substantivs.«

Michael verlor den Faden. Er verstand nicht genau, wovon die Rede war. Er war verwirrt, sein Interesse an dem Gedicht ließ nach. Die anderen waren vollständig in eine Welt eingetaucht, von der er geglaubt hatte, er verstehe sie, und plötzlich sprachen sie eine andere Sprache.

Tuwja Schaj dozierte voller Begeisterung, und die Studenten schrieben eifrig mit. Eine von ihnen hob den Kopf und verzog das Gesicht, zögerte einen Moment und meldete sich dann. »Nur eine Sekunde«, sagte Schaj, »ich bin gleich fertig.« Und fast im Schreibtempo sagte er: »Die Extraposition, das heißt, die Stellung des Objekts an den Anfang, erschüttert das Gleichgewicht des Satzes. Von Beginn an (das wurde besonders betont) sind die Haare Simsons das Objekt der Beziehung, der Artikel zeigt klar, daß die Haare die Funktion des Objekts haben.* Nur die Phrase ›verstand ich noch nie‹, der alles andere untergeordnet ist, nur diese Phrase erlaubt dem Satz nicht, die Ausschöpfung seiner ganzen Energie zu erreichen. Auch im zweiten Vers ist das so: Das Objekt – die Haare Absaloms – und alles, was damit verbunden ist, scheint sich zum Subjekt zu verwandeln.« Er wandte sich an die Studentin und forderte sie mit einer Handbewegung zum Sprechen auf.

Sie saß Michael gegenüber, auf der anderen Seite des Raumes, und hatte das anziehende Gesicht einer jungen Frau von Anfang Zwanzig, mit einer Nase voller Sommersprossen, und ihre dunklen, funkelnden Augen wurden sichtbar, als sie ihren Pony zurückstrich. Heftig sagte sie: »Ich weiß nicht, wie es den anderen geht, aber mir macht das hier einfach das Gedicht kaputt, dieses ganze Gerede über die Syntax.«

Tuwja Schaj lächelte nicht. Mit todernstem Gesicht sagte er: »Erstens sind wir noch nicht fertig, zweitens, Tamar« – es war das erste Mal, das er jemanden mit Namen ansprach –, »haben wir das ganze Jahr darüber gesprochen, und drittens kann ich Ihnen versprechen, daß nichts Ihnen dieses

* Dies ist im Hebräischen so, nicht aber im Deutschen (Anm. d. Übers.).

Gedicht kaputtmachen kann, wenn es Qualität hat, auch keine grammatikalische Analyse. Aber vielleicht sagen Sie uns Ihre Meinung, wenn wir fertig sind?«

Jemand im Raum seufzte, ein anderer lächelte gutmütig. Die beiden Frauen mit den Kopftüchern schauten sich verständnisinnig an, dann musterten sie die junge Frau verächtlich. Diese wurde rot und sagte wütend und aggressiv: »Ich weiß nicht«, und griff wieder nach ihrem Stift.

»Es geht um den Sprecher, Tamar, wir sind dabei, ihm näherzukommen«, sagte Schaj, als verrate er ein großes Geheimnis. Michael schaute ihn an, allmählich begann er zu begreifen. »Der Sprecher in dem Gedicht steht den biblischen Geschichten gegenüber und verhärtet sich gegen sie. Letztlich ist vom Ich des Sprechers die Rede, er tritt in Erscheinung durch die Wahl der biblischen Details und deren Stellung zu der Aufteilung ›verstehen – nicht verstehen‹. Durch die Veränderung der Allusion – ob der Sprecher sie versteht oder nicht – erfahren wir etwas über ihn, über seinen Charakter. Erinnern Sie sich an einen Ausspruch Kellers?« Der junge Mann mit den hellen Augen hob den Kopf, Tuwja Schaj schaute ihn an, während er fortfuhr: »Er hat gesagt: ›Wenn eine bestimmte Absicht im Auftrag des Sprechers erklärt wird, müssen wir bei der Interpretation einen schwierigen Punkt überwinden.‹«

Im Zimmer herrschte konzentriertes Schweigen. Tuwja Schaj deutete auf den Gedichtband, atmete tief durch und sagte dann: »Das Gedicht stellt durch seine Auswahl eine Reihe von Einzelheiten dar, die sich offenbar – ich betonte: offenbar – zwangsläufig auseinander ergeben. Mit anderen Worten: Eine Prüfung der Veränderung der Allusion auf ihrem Weg von der Bibel in das Gedicht und ihre Position im architektonischen Aufbau von Verneinung und Bejahung ermöglicht es, zu verstehen, was der Sprecher über sich selbst sagt.«

Und was sagst du da über dich selbst? fragte sich Michael, und wieder traf sein Blick die Augen Tuwja Schajs, der ungerührt zu einem Vortrag ausholte, den man, das war klar zu erkennen, nicht unterbrechen konnte.

Ganz offensichtlich war die ganze Vorlesung auf diesen Vortrag ausgerichtet. »Erst jetzt, nach diesem ganzen langen Weg, nach der Prüfung jeder Allusion und ihrer möglichen Auslegungen, nachdem wir die Verwendung von Syntax und Aufbau in dem Gedicht und die Art, wie die Details aus den biblischen Geschichten ausgewählt wurden, analysiert haben – erst jetzt können wir die Veränderung in der Position der Allusion innerhalb des Gedichts entziffern. Das einzige Element, das von Simsons Geschichte in das Gedicht eingeführt wurde, sind die Worte ›die große Kraft, die in ihnen verborgen ist‹, gefolgt von ›das Geheimnis des Gottgeweihten‹...« Wieder erlahmte Michaels Aufmerksamkeit, er hörte Formulierungen wie »Signifikat« und »Signifikant« und fragte sich, worauf das alles hinauslaufen sollte.

»Diese ständige Angst vor dem Verlust der Haare«, sagte Tuwja Schaj, »diese Angst wird in der Bibel nicht verbalisiert, weder offen noch versteckt. Die Darstellung der Angst in dem Gedicht ist ein Ergebnis der Weltsicht des Sprechers, der glaubt, daß er, wenn seine gesamte Kraft in seinen Haaren konzentriert wäre, Angst hätte, sie zu verlieren. In dem Gedicht wird die Schwäche gegenüber weiblicher Verführung, die Simson kennzeichnete, durch eine ganz reale Angst vor Frauen ersetzt, eine Angst, die im Kontrast zu der Gefährdung steht, der der biblische Simson ausgesetzt ist. Das Gedicht erklärt die Schwäche Simsons in seinem Verhältnis zu Frauen nicht als Unfähigkeit, ihrer Verführung zu widerstehen, sondern als Kastrationsangst. Simson wird als einer dargestellt, der um seine Männlichkeit fürchtet!«

Wieder strahlten Tuwja Schajs Augen sieghaft. Sein Blick glich sehr dem Blick Balilatis, wenn er irgendein Detail herausgefunden hatte und vor Freude über seine Findigkeit strahlte. Michael wäre vorher nie darauf gekommen, daß auch Tuwja Schaj ein solches Gefühl empfinden könnte.

»Das Thema der Kastration«, fuhr Schaj fort, »zeigt sich beim zweiten Lesen ganz deutlich. Warum ist es verboten, über die Haare zu sprechen? Vielleicht, weil es eigentlich um das männliche Glied geht? Seine ständige Angst, wenn Delila seine Haare streichelnd berührt, charakterisiert Simson als jemanden, der die ganze Zeit damit beschäftigt ist, seine Haare zu bewachen. Das heißt, der Dichter begreift Simons Kraft als primitive, kindliche Kraft, trotz des mystischen Elements, das in ihr verborgen ist.« Sogar die junge Frau mit den Sommersprossen schaute Tuwja Schaj konzentriert an, bemüht zu verstehen.

»Entschuldigung«, sagte die Frau mit dem Haarnetz, »können Sie bitte den letzten Satz wiederholen?«

Tuwja Schaj sah aus, als würde er aus einem hypnotischen Schlaf geweckt. »Was war der letzte Satz?« fragte er verwirrt.

»Ich habe ihn nicht ganz verstanden«, beharrte die Frau mit den Sommersprossen.

Tuwja Schaj wiederholte mehrmals die Worte »Kastrationsangst«, »Metonymie« und den Satz, den er davor gesagt hatte. Sie nickte, schrieb eifrig und sagte: »Ich habe verstanden«, auf eine Art, die Michael deutlich erkennen ließ, daß sie nichts verstanden hatte, sondern nur aufgab.

Eine der Frauen mit den Kopftüchern flüsterte ihrer

Nachbarin ewas zu, diese lächelte und gab eine Antwort, die die andere Frau errötend schweigen ließ. Tuwja Schaj nahm seinen Vortrag wieder auf.

Michael folgte seinen Ausführungen mit großer Konzentration, als er »die veränderte Version von Absaloms Geschichte in dem Gedicht« beschrieb. Er betonte, daß Absaloms Haare als rot charakterisiert werden, was die Assoziation mit David aufkommen ließ, der laut Bibel »rothaarig und mit schönen Augen«* war, und am Schluß sagte er: »Alle Gefühle und Eigenschaften, die sich in dem Gedicht auf die Haare beziehen, sind Hinzufügungen, wir haben sie im Urtext nicht gefunden.« Dann sagte er noch: »Aufgrund der Verbindung zwischen den Assoziationen der Allusion und der Verbindung von Ahithophel mit Absalom, eine Verbindung, die durch das Abwenden der Augen beschrieben ist, schafft das Gedicht eine ausdrückliche Erotik zwischen Absalom und Ahithophel.«

»Schon wieder Erotik«, protestierte die Frau mit dem Kopftuch.

Schaj ignorierte ihren Einwurf und fuhr fort: »Ein anderes Element der syntaktischen Struktur ist die zusätzliche Bezeichnung, die Absalom bekommt – ›der Anlaß für Davids Liebe‹ –, sie ist der Grund dafür, daß Davids Liebe identisch wird mit den Haaren, das heißt mit Absaloms Schönheit.« Und dann: »Das ist die ›glänzende Rechtfertigung‹ für alles. Das Gleiten des Satzes von einer Verszeile zur nächsten verwandelt den Aufstand in ›alles‹, sowohl den Aufstand selbst als auch später den Tod.«

* In üblichen Bibelübersetzungen steht zu Davids Aussehen (1. Samuel 16): »Und er war bräunlich mit schönen Augen«. Im hebr. Original der Bibel: »Und er war rothaarig mit schönen Augen« (Anm. d. Übers.).

Tuwja Schaj verschränkte die Arme hinter dem Rücken und drehte sich zum Fenster. Seine Worte gruben sich in Michaels Bewußtsein, und ihr Echo sollte ihn den ganzen Tag nicht mehr loslassen.

Was hast du heute gelernt, fragte er sich später, nachdem er sich das Band wieder und wieder angehört hatte, besonders die letzten Sätze: »Das Gedicht bringt eine verborgene Schicht an die Oberfläche, die sich mit dem ungeheuren Einfluß der Schönheit auf den Menschen beschäftigt. Die Betonung, sowohl im Urtext als auch im Gedicht, liegt auf der Schönheit Absaloms, sozusagen als Erklärung für schreckliche Verbrechen – die Drohung des Vatermordes, die Blutschande –, als rechtfertige sie das unverständliche Verhalten Davids. Die Erklärung steckt in der besonderen Macht der Schönheit, die aus sich selbst beeindruckt, ohne Konflikt, ohne Zögern, ohne Fragen. Der gewöhnliche Mensch ist begrenzt in seiner Fähigkeit, sich der konkreten Schönheit gegenüber zu verhalten, ihrer Physis gegenüber. Doch zugleich hat er eine Sehnsucht nach der abstrakten Schönheit, ein Verlangen nach ihr. Dieses Verlangen führt auch zum Hingezogensein zu den Phänomenen dieser Schönheit und zu übertriebener Ehrfurcht vor ihnen. Der Mensch sehnt sich nach einer Identifikation mit der Schönheit, auch weil diese Identifikation die Illusion schafft, daß die Schönheit eines Objekts auch jenen adelt, der sich mit ihm identifiziert. Der Mensch, der bei einer solchen Schönheit Schutz findet und sich mit ihr identifiziert, fühlt, daß etwas von ihr auf ihn abfärbt.«

Tuwja Schaj setzte sich, senkte den Kopf und sprach mit monotoner Stimme weiter: »Mit anderen Worten: Der Sprecher betrachtet Absaloms Schönheit als schreckliche Kraft, stärker als alles – als die Bösen und die Kalten, wie

Ahithophel, stärker als der Vater, der König –, die alles andere nach sich zieht. Das ist eine übermenschliche Schönheit«, sagte er verzweifelt zu den gesenkten Köpfen der eifrig schreibenden Studenten, dann ließ er den Kopf sinken, »und deshalb ist es unmöglich, ihr standzuhalten. Es ist eine Schönheit, über die moralische Werte keine Macht mehr haben. Sie führt zum Ausbruch archaischer Kräfte. Der Aufstand gegen den König-Vater wird im Gedicht als unvermeidliches Ergebnis der Tatsache dargestellt, daß Absalom der Schönste von allen war. Die Sublimierung der Tatsache, daß er der Schönste von allen war, bestand darin, daß er sich außerhalb menschlicher Werte stellte. Vollkommenheit ist unmenschlich. ›Und dann für den Tod‹ – der Sieg der Schönheit und der Jugend endet im Galopp zum Untergang.«

Er hob den Kopf und schaute die Studenten an, die aufgehört hatten zu schreiben, dann betrachtete er mit besonderem Mitleid die junge Frau mit den Sommersprossen, die ihn voll Eifer ansah. Michael fragte sich, ob sie, in ihrem Alter, überhaupt hatte verstehen können, was Tuwja Schaj gesagt hatte. Er selbst empfand immer größere Achtung vor Tuwja Schaj. Etwas in ihm hatte sich beim Anhören dieser Interpretation verwandelt. Ihm war bewußt, daß Schaj etwas Grundsätzliches vor ihm aufgedeckt hatte, etwas, was ihn auch persönlich betraf, doch er fühlte, daß er die Fäden noch nicht zusammenbrachte.

»Der Sprecher entblößt sich selbst durch Verständnis und Unverständnis. Er regt sich nicht auf über die Diskrepanz zwischen der wunderbaren Kraft Simsons und seiner Schwäche. Die Überlegenheit der göttlichen Kraft gegenüber der menschlichen erregt ihn nicht. Er ist betroffen von der triebhaften, vergänglichen Schönheit, er ist nicht betroffen von der auf den Menschen ausstrahlenden göttlichen Kraft. Die Kraft Simsons besitzt nicht den Trieb zur Zerstörung, deshalb wird er, der Sprecher, nicht davon beeindruckt, sie ist in seinen Augen bedeutungslos. Simsons Kraft erschüttert keine grundsätzlichen Bindungen wie Vater-Sohn, Untertan-König und ähnliche. Die Kraft, die das Herz des Sprechers berührt, ist die Kraft zum Zerstören, ohne Hemmungen, die Kraft, die sich an archaische Schichten in den Herzen der Menschen richtet, Schichten, die normalerweise vom moralischen Kodex beherrscht werden, diesmal aber der Kraft nicht standhalten und ihn in den Untergang reißen.«

Tuwja Schaj blickte Michael direkt an, als er weitersprach. »Dieser Untergang ist nicht nur Absaloms Untergang, wir erinnern uns, daß sich zwanzigtausend Mann zum Krieg im Walde Ephraim versammelt hatten, wir erinnern uns an Ahithophel, der sich das Leben genommen hat, und an Davids schreckliche Trauer, der schrecklichsten Trauer, von der die Bibel berichtet, über seinen geliebten Sohn. Um diese Trauer zu beenden, war Joab gezwungen, David zu beschuldigen, es wäre ihm lieber, alle seine Untertanen wären tot, wenn nur Absalom lebte.«

Die Stille hielt an, bis Tuwja Schaj weitersprach: »Verstehen Sie, meine Herrschaften, dies ist der dritte Text. Ich danke Ihnen.« Mit diesen Worten setzte er sich auf seinen Stuhl.

»Aber von wem ist das Gedicht?« fragte die Frau mit der Kappe.

»Von Sach«, sagte der junge Student mit den hellen Augen und betrachtete liebevoll das Buch in seiner Hand.

Die Frau schrieb etwas auf. »Nathan Sach?« erkundigte sie sich. Der junge Mann gab ihr keine Antwort.

Michael blieb auf seinem Platz sitzen. Er sah, wie sich die hübsche Sommersprossige zu Tuwja Schaj beugte, und hörte die Worte: »Seminararbeit über die Allusion«, er hörte, wie der ältere Mann zu Schaj sagte: »Bestätigung der Fortbildungsvergütung«, jemand fragte nach einem Seminarschein, ein anderer nach der Bibliographie zu diesem Thema.

Tuwja Schaj hatte wieder den leblosen Ausdruck angenommen. Michael fragte sich, welcher zerstörerischen, vergänglichen Schönheit Tuwja Schaj wohl huldigte. Plötzlich war es ihm ganz selbstverständlich, daß die Beziehung, die seine Frau mit Tirosch hatte, in Schajs Augen vollkommen gerechtfertigt war. Er senkte den Blick auf das Gedicht – der Band auf dem Holzbrett neben ihm lag noch aufgeschlagen da, der ältere Mann stand neben Tuwja Schaj, der etwas auf ein Blatt Papier schrieb und es ihm reichte –, und dann fiel ihm noch etwas ein. Ja, dachte er, aber nicht alle bewundern die Schönheit so, wie du es beschrieben hast. Es ist nicht ganz so, wie du gesagt hast. Joab zum Beispiel war von der Schönheit nicht beeindruckt und angezogen. Warum? Weil er Kriegsminister war. Er war ein Held ohne Minderwertigkeitskomplexe.

Er betrachtete Tuwja Schaj, der seine Papiere zusammensuchte, während er dem älteren Mann zuhörte. Das Bild wurde immer klarer. Michael fühlte, daß seine Anwesenheit bei dieser Vorlesung ihm mehr als alles andere Tuwja Schajs Weltsicht klargemacht hatte.

Wer war von der Schönheit beeindruckt? Doch vor allem du, Tuwja! Warum? Du fürchtest dich mehr als vor allem anderen vor der Armseligkeit der Existenz, vor dem Bewußtwerden der Armseligkeit der Existenz, das ist es. Die Identifikation mit der Schönheit, die Sehnsucht nach dem

Erhabenen, das ermöglicht es dir, die Häßlichkeit zu leugnen. Jetzt verstehe ich, welche Rolle Tirosch in deinem Leben gespielt hat. Ich muß noch herausbekommen, ob du fähig gewesen wärest, die Quelle deiner Identifikation mit der Schönheit zu töten. Mein Gefühl sagt nein. Aber wie erklärt man so etwas Arie Levi? Noch nicht mal Schorr könnte ich das erklären. Vielleicht doch.

Michael verließ den Raum, bevor Schaj Zeit hatte, aufzustehen und zu ihm zu kommen. Er verzichtete auf das Verhör. Mit schnellen Schritten ging er zum öffentlichen Telefon, das er vorhin in einer Ecke gesehen hatte.

Zwölftes Kapitel

Als Zila endlich ans Telefon kam, hatte sie nichts Neues zu berichten. Eli Bachar war noch nicht von Tiroschs Haus zurück, der Spezialist vom Detektor war mitten im Verhör von Ja'el Eisenstein. »Arie Klein«, sagte Zila, »sucht dich schon die ganze Zeit. Er ruft jede Stunde an und möchte dich sprechen, wirklich verzweifelt. Ich schaffe es nur mühsam, ihm nicht zu sagen, wo du bist.« Michael versprach, ihn anzurufen. »Er ist den ganzen Tag zu Hause, bis halb vier, und dann ist er beim Detektor«, erinnerte sie ihn. Michael stand im Erdgeschoß des geisteswissenschaftlichen Gebäudes. Neben ihm, an einem anderen Telefon, stand eine junge Frau und flüsterte in den Hörer. Er betrachtete die Seidenhose, die sie anhatte, und das Trikothemd. Sie bemerkte seinen Blick und wandte das Gesicht ab.

Und was hast du mir zu sagen? dachte er, als er die Nummer von Arie Klein wählte. Aufgrund der Ziffern wußte er, in welchem Stadtteil Klein wohnte, in Rechawja. Wo denn sonst, dachte er, mit einer Mutter in Rosch-Pina, alter Pionieradel, das Salz des Landes... Wo konnte Klein sonst wohnen als in Rechawja? Aus dem Hörer kam das Besetztzeichen, und Michael fiel ein, daß Arie Klein drei Töchter hatte. Er fragte sich, wie lange es wohl dauern würde, bis die Leitung frei wäre. Er schaute auf die Uhr und wartete.

Nach einer Viertelstunde, um fünf nach eins, klappte es, und Arie Klein hob den Hörer ab. »Herr... eh... Ochajon«, sagte er mit einem erleichterten Seufzer, »ich habe Sie gestern und heute gesucht, ich halte es für wichtig, daß wir uns unterhalten.«

Er spricht wirklich wie einer, der in Rosch-Pina geboren ist, dachte Michael, er achtet auf eine deutliche Aussprache. Zugleich erinnerte er sich auch an die Liebenswürdigkeit des Professors, an sein Zusammentreffen mit ihm auf dem Har ha-Zofim, nachdem Tiroschs Leiche gefunden worden war, an die Furcht, die ihn im Angesicht des Todes gepackt hatte, an seine klugen Augen, und das alles verdrängte die Aggressionen, die Rosch-Pina, Rechawja und die klare Aussprache in ihm geweckt hatten. Der Hauptgrund, weshalb Michael schließlich die Einladung in Kleins Haus in der Alcharisistraße annahm, war seine Neugier, die kindliche Neugier eines Mannes, der sich noch nicht ganz von seiner Rolle in der Lehrer-Schüler-Hierarchie befreit hatte. Er gestand sich selbst gegenüber auch den Wunsch ein, diesen Mann näher kennenzulernen, obwohl er wußte, daß dies nicht der Grund war, den er der Sonderkommission angeben würde, falls man ihn danach fragen sollte.

Elfandari sagte nichts, als Michael verkündete: »Wir fahren zurück, ich hole meinen eigenen Wagen vom Parkplatz. Du bringst das Material von heute zu Zila, sie soll bis abends alles tippen. Und bestellt Tuwja Schaj ein zweites Mal zum Detektor. Ich habe ihm nichts davon gesagt, daß er beim ersten Mal keine signifikanten Reaktionen zeigte.«

An Elfandaris zusammengepreßten Lippen erkannte Michael, daß ihm etwas nicht paßte.

»Du meinst wohl auch, man müßte ihn gleich verhaften«, stellte er fest.

Elfandari gab keine Antwort. Er starrte auf die Straße vor sich, wie jemand, der durch eine stockfinstere Nacht fährt.

Erst als er den Kombi auf dem Parkplatz abstellte, machte er den Mund auf. »Nein, ich bin mir sicher, daß er nicht abhaut. Aber ...« Er zögerte. »Ich nehme an, du weißt genau, was du tust.«

Michael lächelte ihm zu und hoffte, daß das Lächeln seine Verlegenheit nicht verriet. »Sag Zila, daß ich bei Klein bin«, sagte er und ging zu seinem Auto.

Er fand das Haus schnell und bog in den Weg ein, der zum Eingang hinten am Haus führte. Als er auf die Klingel drückte, fühlte er, daß sein Atem schneller ging. Er war gespannt und griff sofort nach dem kleinen Aufnahmegerät, das er in der Tasche seines Hemdes trug. Die morgendliche Müdigkeit war verflogen. Einen Moment schien es ihm, als höre er, wie im Haus Musik abbrach, war sich aber nicht ganz sicher, bis die Tür aufging. Da vernahm er deutlich die Klänge eines Saiteninstruments und eines Klaviers. Er verstand nicht viel von Kammermusik. Als er sechzehn gewesen war, hatte ihm Becky Pomeranz gesagt, diese Musik verlange ein gewisses Erwachsensein, nur einmal hatte sie ihm das Forellenquintett von Schubert vorgespielt. Das Musikstück, das in Kleins Haus gespielt wurde, kannte er nicht. Er konnte nicht feststellen, ob es von einer Platte stammte. Und wie um ihm zu beweisen, daß es sich um keine Aufnahme handelte, hörte die Musik auf, statt dessen waren laute Kinderstimmen zu hören. »Sie spielen«, sagte Arie Klein, der ihn zu seinem Arbeitszimmer führte, das nicht weit vom Eingang lag, in einem entschuldigenden Ton, der kaum seinen Stolz verbarg, dann zog er die Zimmertür hinter sich zu.

»Normalerweise ist die Tür offen, die Frauen im Haus sind daran gewöhnt, nach Lust und Laune hereinzukommen«, sagte Klein, »und um die Wahrheit zu sagen, ich habe das normalerweise ganz gern.« Um die Tür schließen zu können, hatte er einen Stapel Bücher, der sie aufhielt, in eine andere Ecke des Zimmers tragen müssen. Nun ließ er sich schwer auf den Stuhl hinter seinem großen Schreibtisch sinken, der mit Papieren, aufgeschlagenen Büchern, Broschüren, Kopien und Kaffeetassen übersät war.

Das Zimmer war voller Bücher, überall lagen und standen sie herum, in Schränken, auf dem Boden, stapelweise, auch neben dem abgewetzten Sessel, auf dem Michael saß und schweigend von dem starken, bitteren Kaffee trank, den Klein gekocht hatte. An der Wand hinter Kleins Rücken befand sich ein großes, offenes Fenster zum Garten, im Zimmer hing ein Duft nach feuchter Erde und Blumen, gemischt mit Gemüsesuppe. Im Vergleich zur Hitze draußen war es hier angenehm kühl, was charakteristisch für die hohen Räume in Rechawja war.

In dem großen Gesicht Kleins las Michael Verwirrung und Schmerz, jedoch auch eine Empfindsamkeit, die so gar nicht zu seiner Körpergröße zu passen schien. Er hatte einen breiten, kräftigen Oberkörper, und Michael betrachtete die schweren Oberarme, die grauen Haare über der hohen Stirn, die breiten Hände mit den langen, schlanken Fingern.

»Wir haben sie nicht in die Schule geschickt, Mitte Juni lohnt sich das schon nicht mehr«, entschuldigte sich Klein, als wieder die Klänge einer Geige zu hören waren. Er spiele die erste Geige im Familien-Kammerquartett, erklärte er mit verhaltenem Stolz, nachdem er seine jüngste Tochter, ein etwa achtjähriges Mädchen mit milchweißer Haut, weggeschickt hatte. Sie hatte so lange an die Tür geklopft, bis er sie aufgemacht und ihr in entschiedenem Ton ein paar Worte zugeflüstert hatte. Die kleine Geige schwenkend, war sie wieder verschwunden. Seine Frau spiele Cello, sagte Klein, die älteste Tochter Klavier. Nur die mittlere Tochter, erklärte er mit einem Lächeln, verweigere jedes Interesse an klassischer Musik und kämpfe für ihr Recht, Popmusik zu hören. »Aber«, beendete er mit sichtbarer Befriedigung, »wir haben ein Quartett im Haus.«

Michael war hin- und hergerissen zwischen seiner Absicht, ein geschäftsmäßiges Verhalten an den Tag zu legen, und dem Wunsch, Klein näher kennenzulernen. Er erinnerte sich noch an dessen Vorlesungen. Michael hatte das abgeschlossen, was man damals an der Fakultät für hebräische und französische Literatur eine »Grundausbildung« nannte. Nur zufällig war er in Kleins Vorlesungen geraten. Es wäre ihm nicht eingefallen, einen Kurs in hebräischer Lyrik des Mittelalters zu belegen, doch man hatte ihm empfohlen, Klein zu hören, um eine Übung in Geschichte abzuschließen, die sich mit der moslemischen Eroberung im Mittelalter befaßte, und da ihm der Termin paßte, hatte er an dem Einführungskurs teilgenommen. Schon während der ersten Stunde war ihm wieder einmal bewußt, daß das

Thema im Grunde überhaupt keine Rolle spielte – das Wichtigste war die Qualität des Dozenten. Es war Dr. Klein zu verdanken, damals noch ein junger Dozent an der Abteilung für hebräische Literatur, daß Michael lernte, daß die Texte von Ibn-Gabirol und Jehuda Halevi lebendig waren, Texte, die ihm im Gymnasium tot und langweilig vorgekommen waren, und im dritten Jahr seines Studiums, vor dem Bachelor of Arts, hatte er auch an einem Seminar Kleins teilgenommen.

Nun schaute er sich um, verblüfft von der Unordnung, den leeren Kaffeetassen, den Papieren, die überall herumlagen, sogar ein Kinderkleid entdeckte er auf einem der Bücherregale, und in einer Ecke des Zimmers ein angefangenes Puzzle. Er atmete tief ein und roch den wunderbaren Duft von Gemüsesuppe, der durch die große Tür hereindrang. Er bemerkte die persische Miniatur, die auf dem Schreibtisch stand, betrachtete die Obstbäume hinter Kleins Rücken, dachte an die Blumenbeete vor dem Haus und empfand eine Mischung aus Neid und Ungläubigkeit. Ein flüchtiger, mißtrauischer Gedanke kam ihm in den Sinn – »Das ist zuviel des Guten, das kann nicht wahr sein« – und verschwand gleich wieder. Der Gegensatz zwischen dem bewohnten, lebendigen Zimmer und der Ernsthaftigkeit der Bücher, hatte etwas Irreales. *Carmina romana,* konnte Michael den Titel eines Buches entziffern, das ganz oben auf dem Stapel neben seinem Sessel lag, aufgeschlagen, mit dem Rücken nach oben. Darunter entdeckte er kyrillische Buchstaben auf einem verstaubten, braunen Bucheinband. Das alles wies auf ein hohes intellektuelles Niveau hin und weckte, gegen seinen Willen, so etwas wie Respekt in ihm. Er betrachtete Arie Klein und dachte: Er ist ein moderner Renaissancemensch. Ein Mann des Geistes, ein Intellektueller, der es schafft, zugleich ein Mann der Familie zu sein, Gärtner, Koch (er bot Michael einen Teller Gemüsesuppe an, die er selbst gekocht hatte, und als Michael gekommen war, hatte er ihm Kaffee gemacht und ihm sogar ein Glas kaltes Wasser serviert, ohne zu fragen), alles in allem, dachte Michael, das genaue Gegenteil von Tirosch.

Jetzt muß ich nur noch herausfinden, überlegte er, warum Klein sich ausgerechnet mit dem Mittelalter beschäftigt und inwieweit diese Beschäftigung den Kontrast zwischen ihm und seinem verstorbenen Kollegen ausdrückt. Plötzlich hörte er wieder die klare Stimme, kräftig und voller Begeisterung, als er sich an die Vorlesungen im großen Hörsaal im Haus Meiser auf dem Giv'at Ram erinnerte.

Klein hustete, schaute Michael von seinem Stuhl hinter dem Schreibtisch aus an und sagte zögernd: »Hm, ich habe Sie in den letzten beiden Tagen gesucht, weil ich glaube, daß ich Ihnen einiges erzählen sollte.« Er lächelte entschuldigend. »Ich erinnere mich an Sie aus dem Seminar über arabische und hebräische Lyrik im zwölften Jahrhundert.«

Michael betrachtete seine vollen Lippen, als er fortfuhr: »Ich war nicht sicher, hm ... ob die Leute, mit denen ich gesprochen habe, die Sache ernst genug genommen haben, vielleicht tue ich ihnen unrecht. Ich habe gedacht, sie sind zu jung und wissen nichts vom akademischen Leben.« Wieder hustete er und fuhr, sichtlich unbehaglich, fort: »Ich muß zugeben, daß ich Vorurteile gegenüber der Polizei habe, es fällt mir schwer, die zu überwinden.«

Michael wurde rot und schwieg.

»Die Dinge sind nicht so klar und deutlich, ich habe nicht das, was man ›Fleisch‹ nennt, keine wirklichen Fakten, nur Impressionen«, warnte Klein.

Von ferne waren weibliche Stimmen zu hören und das

Geräusch von zerbrechendem Glas. Arie Klein wandte den Kopf und lauschte, lächelte entschuldigend und nahm geräuschvoll einen Schluck aus seiner Kaffeetasse, der ein Henkel fehlte.

»Ich wollte Ihnen erzählen, daß Ido mich in New York besucht hat, eigentlich hat er sogar bei uns gewohnt, in unserer Wohnung in Port Skyler, am Rand der Stadt. Ein großes, altes Haus, das meinem Onkel gehört, der damals gerade in Israel war. Ido war zweimal bei uns: eine Woche am Anfang seines Aufenthalts in Amerika, das zweite Mal drei Tage bevor er nach Israel zurückgekehrt ist.«

»Wie lange war er eigentlich dort, einen Monat?«

Klein nickte.

»Er ist wegen seiner Doktorarbeit hingefahren? Nur für einen Monat?«

Klein erklärte kurz die Sache mit dem Sonderstipendium vom Yivo Institute for Jewish Research, ein Forschungsstipendium, das Tirosch für Ido beschafft hatte. »Die erste Woche hat er in Bibliotheken verbracht und sich mit Fachleuten für Minderheiten in der Sowjetunion getroffen, die meisten natürlich Juden. Er hat sich auch mit Dissidenten getroffen. Mir erschien er sehr nervös und erregt.« Mit einem verzeihenden Lächeln fuhr Klein fort: »Wie wir alle eben sind, wenn wir neue Quellen auf unserem Forschungsgebiet entdecken.« Er schüttelte den Kopf. »Und in der letzten Woche seines Aufenthalts ist Ido in den Süden gefahren, nach North Carolina, um sich dort mit einem Rechtsanwalt zu treffen, der sich mit Dissidenten und politisch Verfolgten in der UdSSR beschäftigt hat. Dieser Rechtsanwalt besitzt sehr viel Material über Leute, für die sich Ido interessierte, vor allem über Ferber, ich weiß nicht, ob Sie Ferbers Gedichte kennen.«

Michael machte ein unergründbares Gesicht.

»Anatoli Ferber war Scha'uls Entdeckung. Er hat auch andere Dichter entdeckt, viele, hier im Land, aber er liebte es besonders, unbekannte ausländische Dichter zu entdekken, und übersetzte ihre Lyrik aus dem Deutschen oder dem Tschechischen, wie er es im Fall von Hrabal getan hat.« Klein warf Michael einen hastigen Blick zu, als er diesen schwierigen Namen aussprach.

Michael schüttelte den Kopf.

»Aber Anatoli Ferber war seine große Entdeckung«, sagte Klein und beugte sich vor. »Ich persönlich bin davon überzeugt – und ich war es von Anfang an –, daß dies ein Teil des Mythos' war, den Scha'ul um sich errichtet hat. Meiner Meinung nach sind die Gedichte Ferbers nicht aufrichtig ... es fehlt ihnen die Originalität, die Scha'ul ihnen zugeschrieben hat. Um die Wahrheit zu sagen, es sind ziemlich durchschnittliche Gedichte, und falls sie eine Bedeutung haben, dann nur aus dem historischen Kontext heraus. Doch das konnte man unmöglich zu Scha'ul sagen, ohne sich der Gefahr eines stundenlangen Vortrags über die Geschichte der hebräischen Sprache auszusetzen.«

Kleins Lippen verzogen sich zu einer Art Lächeln, und dann, als erinnere er sich an die Vorfälle der letzten Tage, wurde er wieder ernst. Er setzte sich aufrecht hin. »Schon am Telefon hatte ihm jener Rechtsanwalt gesagt, daß in Ferbers Haus jetzt jemand lebe, der Ferber gekannt habe und der mit ihm im Gefängnis gewesen sei. Derjenige wisse sogar, wie die Gedichte entstanden und wie sie versteckt worden seien. Das war eine große Neuigkeit, denn Tirosch hatte erzählt, er habe die Gedichte in Wien gefunden, eine ganz einmalige Geschichte, und daß keiner der Menschen, mit denen Ferber eingesperrt war, Hebräisch sprechen konnte. Kurz gesagt, Ido war sehr aufgeregt, und ich sehe ihn noch vor mir mit seinen funkelnden Augen.« Arie Klein seufzte und griff wieder nach seiner Kaffeetasse.

»Wie war er auf diesen Rechtsanwalt gestoßen?«

»Zufällig, durch eine Bibliothekarin im ›Jewish Theological Seminary‹, dort war er in der ersten Woche fast dauernd gewesen. Ich erinnere mich nicht an Einzelheiten, aber Ido sagte ihm am Telefon, er sei ein Doktorand aus Jerusalem, und der Rechtsanwalt lud ihn ein.«

Klein zog die Augenbrauen hoch und schaute auf das große Foto, das an der Wand zwischen zwei Bücherschränken hing, das Foto eines Mannes mit einem breiten Gesicht und einer Glatze. Er trug einen Anzug. Das Bild kam Michael bekannt vor, doch er erinnerte sich nicht, woher er es kannte.

»Ido fuhr nach Washington und rief mich von dort einmal an, dann fuhr er weiter nach North Carolina, in eine Universitätsstadt namens Chapel Hill. Waren Sie schon mal in den Vereinigten Staaten?«

Michael schüttelte den Kopf. »Nur in Europa«, antwortete er und fragte, ob er rauchen dürfe.

»Natürlich«, sagte Klein und zog hinter einem der Papierstapel einen runden Aschenbecher aus Glas hervor. Es war deutlich, daß er genau wußte, wo sich jedes einzelne Ding befand.

»Alles, was ich bisher gesagt habe, war die Einleitung. Worüber ich eigentlich sprechen wollte, war Idos Zustand, als er von dort zurückkam. Man mußte ihn kennen, um zu verstehen, was für eine ungeheure Veränderung mit ihm geschehen war.« Klein schwieg einen Moment, als sehe er Ido Duda'i vor sich, dann sprach er weiter: »Vielleicht fragen Sie sich, wieso zwischen uns, obwohl er nicht mein

Student war, das heißt mein Doktorand, ein so enges Verhältnis bestand. Natürlich hat er meine Vorlesungen besucht, er hat sogar an Seminaren teilgenommen, aber das Verhältnis zwischen uns ging darüber hinaus. Man mußte einfach beeindruckt sein von seiner wissenschaftlichen Ernsthaftigkeit und seiner persönlichen intellektuellen Gradlinigkeit. Er war ein kluger und aufrichtiger junger Mann, obwohl er nicht die Leichtigkeit besaß, die man sich für sein Alter wünscht, er war nicht ausgelassen, aber auch nicht depressiv. Auf eine seltsame Weise könnte man sagen, er war ein psychisch vollkommen unkomplizierter Mensch, obwohl er durchaus sensibel war. Aber überhaupt nicht launisch. Ofra, meine Frau, mochte ihn sehr, und er war viele Male hier. Scha'ul war das nicht recht. Er spottete oft, offen und hinter meinem Rücken, über meine ›familiären Neigungen‹. Die Tatsache, daß ich Menschen wie Ido oder Ja'el Eisenstein zu mir nach Hause einlud, daß ich sie meiner Frau und meinen Kindern vorstellte, daß sie bei uns aßen, war seiner Meinung nach ein eindeutiges Überbleibsel meiner Jugend in Rosch-Pina, wo, wie er es nannte, ein ganz besonderer Menschenschlag lebt. Als Ido schrieb, daß er in die Staaten kommen wolle, und uns bat, ihm beim Suchen einer Unterkunft behilflich zu sein, fanden wir es ganz natürlich, ihm anzubieten, er könne bei uns wohnen. Wir lebten in einem großen, geräumigen Haus mit einer abgetrennten Gästewohnung. In dem Jahr, in dem wir dort waren, haben wir oft Gäste aufgenommen. Es war ein Holzhaus auf dem Gelände der Marineakademie, mein Onkel ist dort Professor für Astronomie. Die Juden sind schon ein seltsames Volk.« Arie Klein legte die Hände zusammen, drehte sich seufzend um und schaute hinaus in den Garten.

Es herrschte die typische Stille eines frühen Nachmittags

in Rechawja. Nur das Zwitschern von Vögeln war zu hören, und leise Musik. Michael wunderte sich, warum der andere nicht zur Sache kam. Da drehte sich Klein wieder um und sagte: »Ich habe das Bedürfnis, Ihnen den Hintergrund der Dinge zu erklären, als Exposition sozusagen, damit Sie verstehen, wie seltsam Ido war, als er von North Carolina zurückkam. Am ersten Tag sagte er nichts. Er kam spät an, etwa um elf Uhr abends – ich erinnere mich genau, weil ich mir schon Sorgen gemacht habe, in einem fremden Land, mit seinem Schulenglisch, ich habe gedacht, er wäre mit dem Auto irgendwo steckengeblieben. Ich machte mir Sorgen und wartete auf ihn. Schon als er zur Tür hereinkam, fragte ich, was los sei, weil er so blaß war und dunkle Ringe unter den Augen hatte, seiner Kleidung war allerdings nichts anzusehen. Er sagte, er sei bloß müde, und ich erinnere mich gut, was für einen seltsamen Blick er hatte, irgendwie erloschen. Doch ich habe seine Erklärung, er sei müde, akzeptiert.«

Klein deutete auf die Zigarettenschachtel, die auf dem Tisch lag, und fragte: »Darf ich?« Michael machte schnell eine einladende Handbewegung, zündete ein Streichholz an und beugte sich vor.

»Ich habe vor fünf Jahren aufgehört zu rauchen«, sagte Klein verlegen, dann sprach er schnell weiter: »Am nächsten Tag kam er nicht zum Frühstück herunter. Ich fuhr zu meiner Vorlesung, ohne ihn gesehen zu haben. Ich dachte natürlich, er schlafe noch. Ofra und die Mädchen waren nicht in der Stadt, sie trafen ihn damals nicht. Ich erinnere mich noch ganz genau an alles. Als ich zurückkam, fand ich ihn zu Hause vor, er saß im dunklen Wohnzimmer. Ich weiß nicht, ob ich es Ihnen richtig erklären kann«, Klein seufzte und stieß weißen Rauch aus, »Ido hatte nichts Romantisches, nichts irgendwie Extremes, und ich kannte ihn vom Beginn seines Studiums an, immer war er liebenswürdig und höflich. Sogar als seine Tochter geboren wurde, drehte er nicht durch. Er war ein beherrschter Mensch, neben ihm fühlte ich mich manchmal irgendwie laut, er hatte etwas Gezügeltes und Bedächtiges. Und plötzlich saß er in einem dunklen Zimmer. Als ich das Licht anmachte und fragte, warum er im Dunkeln sitze, sagte er entschuldigend, es sei ihm nicht aufgefallen.

Sein Gesicht sah gequält aus. Ich setzte mich ihm gegenüber und fragte mehrmals, was denn passiert sei. Plötzlich sagte er: ›Arie, wie lange kennst du Tirosch schon?‹ Und ich antwortete, was Sie schon wissen, daß wir gleich alt waren, daß wir uns im ersten Jahr, nachdem er eingewandert war, in Jerusalem getroffen hatten und seither eine enge Beziehung hatten. Aber Ido hörte mir gar nicht richtig zu. Er fragte, ob ich Tirosch wirklich kenne, wobei er das Wort ›wirklich‹ betonte. Ich versuchte, ironisch zu antworten, aber er weigerte sich, darauf einzugehen, er wurde zornig. Er hatte plötzlich etwas Erschreckendes an sich, einen Ernst wie Hermann Hesse in seinen Romanen.

Ich erkundigte mich nach seinen Erlebnissen in Washington, nach seinem Treffen mit dem Rechtsanwalt und dem Mann, der mit Ferber eingesperrt gewesen war, aber er beantwortete meine Fragen nur sehr kurz, was wirklich ungewöhnlich für ihn war. ›In Ordnung, in Ordnung‹, sagte er einige Male, und kehrte dann zu der Frage zurück, ob ich Tirosch wirklich kenne. Wieder versuchte ich zu fragen, ob man einen Menschen tatsächlich ›wirklich‹ kennen könne, aber er ging nicht darauf ein und blieb hartnäckig bei seiner Frage. Schließlich sagte ich – und das meine ich wirklich –, daß ich glaubte, ihn so gut zu kennen, wie ein Mann wie ich einen Mann wie ihn kennen kann, daß er für mich das glänzende Beispiel eines Nihilisten sei, während ich mein Leben lang versucht habe, das Gegenteil dessen zu sein. Das ist auch einer der Gründe, weshalb ich mich mit der Lyrik des Mittelalters beschäftige.«

Wieder warf Klein einen Blick auf das Foto des Mannes mit dem Anzug, dann bemerkte er Michaels fragenden Gesichtsausdruck und sagte: »Sherman. Das ist ein Foto von Professor Sherman. Haben Sie ihn gekannt?«

Michael bewegte den Kopf, eine unklare Bewegung, und Klein fuhr fort, als habe er nicht aufgehört zu sprechen: »Ich habe mich – obwohl ich auch sehr belesen bin in der modernen Lyrik – für die Lyrik des Mittelalters wegen ihrer Eindeutigkeit entschieden, wegen der Tatsache, daß man sich nicht mit der Frage beschäftigt: Was will uns der Dichter sagen? Klassizismus in seiner reinen Form ist es, was mich anspricht. Ich konnte das Gerede der Studenten über moderne Lyrik nicht ertragen, diese unaufhörlichen Diskussionen, diese schreckliche Unwissenheit. Wie oft im Leben trifft man schließlich einen Studenten wie Ido? Jedenfalls, ich habe an diesem Abend zu Ido aus tiefstem Herzen gesprochen, denn ich hatte das Gefühl, er sei in Not. Ich sagte viel über den Unterschied zwischen uns, mir und Tirosch, doch am Schluß versicherte ich ihm, ich kenne Scha'ul wirklich sehr gut, seine Schwächen und seine Stärken. Er schaute mich mit einer ungeheuren Bitterkeit an und sagte: ›Ich kann dir sagen, daß du ihn überhaupt nicht kennst, es kommt dir nur so vor.‹ Ich konnte ihm nicht widersprechen, vor allem, weil mir schlecht war vor Hunger. Und als ich feststellte, daß er nicht die Absicht hatte, essen zu gehen, schlug ich vor, wir sollten in der Küche weiterdiskutieren. Dort, während ich den Salat machte, stand er hinter mir und fragte, ob ich glaube, daß Tiroschs Lyrik gut sei. Ich erinnere mich, daß ich ihn einen Moment angeschaut habe – ich glaubte, er sei verrückt geworden –, bevor ich sagte, Tiroschs Lyrik sei die Rechtfertigung seiner Existenz, sie ermögliche es ihm, so einsam zu leben, wie er es tue, und daß ich seine Lyrik, wie Ido genau wisse, für ganz groß halte. Er brach in Gelächter aus, ganz und gar untypisch für ihn, Ido hat selten gelacht, und das war ein anderes Lachen, es hatte etwas Dämonisches, und wieder fragte ich: ›Was ist passiert?‹, und er sagte: ›Nicht wichtig.‹ Ich erinnere mich genau an die Worte und an den Ton, in dem sie gesprochen wurden, weil das eine typische Antwort Scha'uls war, auch in seinem Tonfall, und wieder fragte ich, wie dieses Treffen gewesen sei. ›Ich erzähle es dir ein andermal‹, antwortete er, ›nicht jetzt.‹

Und dann sagte er, er wolle versuchen, früher zurückzufliegen. Mit großer Mühe und ohne Erfolg versuchte ich, ihn dazu zu bringen, daß er etwas aß. Ich versuchte auch, das Thema zu wechseln, aber er war abwesend. Ich weiß nicht«, Klein drückte seine Zigarette aus, »wo Ido in jener Nacht war, irgendwo zwischen New York und North Carolina. Es war nur klar, daß er eine schwere Krise durchmachte, etwas Schreckliches war passiert, aber ich weiß nicht, was es war, denn in den beiden Tagen, die ihm noch blieben, bis er nach Israel zurückflog, verließ er früh das Haus und kam spätabends zurück. Als ich ihn zum Flughafen brachte, versuchte ich, mit ihm zu reden, aber er sagte nur: ›Zuerst muß ich mit Tirosch sprechen.‹ Das waren die letzten Worte, die ich von ihm gehört habe.«

»Haben Sie mit dem Rechtsanwalt gesprochen?« fragte Michael.

»Nein, ich kenne ihn nicht. Aber vielleicht hätte ich das

tun sollen ... denke ich jetzt ...« Klein blickte ihn erschrokken an.

»Aber Sie haben doch den Namen und die Adresse des Mannes?« fragte Michael gespannt.

Klein nickte eifrig, dann schaute er sich enttäuscht um. »Ich habe sie, aber ich muß sie suchen. Soll ich gleich suchen?«

»Das kann noch ein bißchen warten«, meinte Michael, und dann fragte er, ob Klein Scha'ul Tirosch gut gekannt habe. Er fühlte, daß sein Gesprächspartner erregt und angespannt war, als er antwortete: »Es ist so, wie ich gesagt habe, Sie sind ja nicht der erste Mensch, der mich das fragt, und um die Wahrheit zu sagen, in der letzten Zeit frage ich mich das selbst unaufhörlich. Aber bis jetzt habe ich geglaubt, daß ich ihn kenne, das heißt, ich kannte ihn. Ich kannte ihn, seit er nach Israel gekommen ist. Wir haben zusammen studiert, noch in Terra Santa. Er hat uns regelmäßig mindestens einmal in der Woche besucht, bis auf die letzten Jahre.«

»Was war in den letzten Jahren passiert?« fragte Michael, und wieder bemerkte er, wie sich die vollen Lippen Kleins verzogen. Sie waren, entschied Michael, der ausdrucksvollste Teil seines Gesichts.

»Schwer zu sagen«, sagte Klein langsam. »Aber ich denke, daß wir uns im Laufe der Zeit immer unterschiedlicher entwickelt haben. Er wurde extremer, und auch ich wurde, in gewisser Hinsicht, extremer, auf meine Art eben, und es gab auch alte Differenzen, die sich im Lauf der Jahre angestaut haben, wie man so sagt. Beschwerden von Studenten über Noten, die er gegeben hatte, als ich Vorsitzender der Abteilung war, Verpflichtungen, die er nicht eingehalten hat, Grundsatzdiskussionen bei Sitzungen – Diskussionen, die offenbar unsere persönliche Beziehung nicht berührten, aber es ist schwer, mit jemandem zusammen an einem Tisch zu sitzen und zu essen, wenn man ihm zuvor Sachen an den Kopf geworfen hat, die sein fanatisch verteidigtes ›Credo‹ in Frage stellen. Es gab nur wenig, bei dem wir einer Meinung waren, und eigentlich nehme ich an, daß Sie, hätten Sie uns beide gekannt, sich eher über die Tatsache einer Beziehung zwischen uns gewundert hätten als über ihr Nachlassen. Verstehen Sie: Es hat sich kein Drama abgespielt, es gab keinen Krieg, es wurde auch nichts abgebrochen, es war nur ein Schwächerwerden, ein Nachlassen. Er besuchte uns seltener, und wenn er kam, wußten wir oft nicht, worüber wir sprechen sollten.«

Klein schwieg eine Weile, als sehe er das Bild vor sich. »Ofra, meine Frau, hat gesagt, er würde uns verachten, unser bürgerliches Leben, aber ich neige zu der Meinung, daß es andere Dinge waren. Ich zweifle nicht daran, daß sein Leben, seit er aufgehört hatte zu schreiben, leerer und leerer wurde. Man kann die verschiedensten Meinungen über Scha'ul hören, aber alle sind sich einig, daß er die Qualität eines Gedichts erkennen konnte, und niemand wird mir weismachen, daß er selbst seine letzten Gedichte, die politischen, für gut hielt. Er schätzte sie sicher richtig ein. Und wenn er nicht fähig war zu schreiben, was für eine Berechtigung hatte seine Existenz dann? Das heißt, ein Leben, wie er es führte, kinderlos, auf Vergnügen ausgerichtet, immer unbefriedigt? Was hatten wir vorzuweisen, außer daß wir ein Spiegel seiner Unfruchtbarkeit waren?«

Michael fragte schnell: »Vielleicht hat er einfach andere Freunde gefunden? Wie die Familie Schaj, zum Beispiel?«

Arie Klein wurde rot und schwieg. Dann senkte er die Augen und sagte: »Vielleicht, ich weiß es nicht.« Er hob den

Blick. In seinen offenen Augen las Michael Verständnis und Schmerz, aber auch Abscheu, und er wußte nicht, ob das Scha'ul Tirosch galt oder der Beziehung Tiroschs zu Tuwja und Ruchama Schaj, vielleicht auch, dachte Michael, ihm selbst und seinen Fragen.

Vom Schreibtisch kam ein beharrliches Summen. Klein schob einen Papierstapel zur Seite und nahm den Telefonhörer ab. »Einen Moment«, sagte er und hielt Michael den Apparat hin. Eli Bachars Stimme kam aus dem Hörer.

»Kannst du reden?« fragte Bachar.

»Ich höre«, antwortete Michael und erfuhr, daß der Gasbehälter in Tiroschs Schuppen nur Gas zum Kochen enthalten habe.

Michael schaute zu Arie Klein, und für einen Moment trafen sich ihre Augen, dann wandte Klein den Kopf und betrachtete diskret die Wand gegenüber, wie um zu zeigen, daß er nicht zuhörte.

»Okay. Was läuft sonst?« fragte Michael.

»Wir schauen uns die Papiere an, die wir vom Har ha-Zofim mitgenommen haben, Elfandari und ich. Wo Balilati ist, weiß ich nicht. Zila hilft uns bei den Papieren. Wir haben Schaj zum Detektor bestellt, er hat nichts dagegen gehabt. Kommst du von dort hierher?«

»Weiß ich nicht«, sagte Michael, »aber ich rufe an. Wieviel Uhr ist es jetzt, halb drei? Ich melde mich gegen fünf.«

Klein wirkte wie erschöpft von dem Eifer, mit dem er über Ido gesprochen hatte. Er lächelte, als Michael nach den Dichtern fragte, die Tirosch verletzt haben könnte.

»Möchten Sie wissen, wie er mit Anfängern gearbeitet hat?« fragte er.

»Ja. Wie ist das abgelaufen? Haben ihm Leute Manuskripte geschickt?«

»Hunderte«, erwiderte Klein. »Er hat sich immer darüber beklagt, obwohl es ihm natürlich auch Spaß gemacht hat. Manchmal hat er mir ein Manuskript gezeigt. Prosatexte hat er sofort an Dita Fuchs weitergegeben. Er selbst hat in den letzten Jahren nur Gedichte gelesen.«

»Und der Aufsatz über das letzte Kapitel von *Schira*?« fragte Michael.

»*Schira*? Sie meinen das Buch von Agnon?« Klein machte ein erstauntes Gesicht. »Ich habe keine Ahnung, er hat sich nie mit Agnon beschäftigt.« Er zögerte, dann fügte er hinzu: »Soweit ich weiß, jedenfalls.«

Michael erkundigte sich nach der Prozedur, wie die Manuskripte ankamen, wie sie zurückgeschickt wurden.

»Die Absender gaben ihre Adresse oder eine Telefonnummer an, es sei denn, ein Bekannter überreichte sie persönlich«, erklärte Klein. »Und im Gegensatz zu Seminararbeiten hat Tirosch sehr schnell auf Manuskripte reagiert. Sein ganzes Leben lang war er damit beschäftigt gewesen, begabte junge Leute zu entdecken, er hat nie seinen Wunsch versteckt, daß er so etwas wie ein ›Arbiter poeticum‹ sein wollte, ein Kunstrichter.«

Michael erwähnte Tiroschs Sitzungen im Café Roval in Tel Aviv, und Klein lächelte einen Moment, dann meinte er zweifelnd: »Nein, Erbarmen war ein Gefühl, das ihm fremd war, vor allem, wenn es sich um Kunst handelte, er war manchmal grausam. Andrerseits habe ich ihm das nie vorgeworfen, ich glaube, daß Menschen, die sich mit Kunst beschäftigen, sich bewußt entblößen, und ein Teil dieser Entblößung ist künstlerischer Art. Auf diesem Gebiet hatte Tirosch keine Konkurrenz, er war ein ausgezeichneter Kritiker.«

Wieder klingelte das Telefon, Klein nahm den Hörer auf

und lauschte. Sein Gesicht wurde weich, er warf Michael einen besorgten Blick zu und sagte: »Versuche dich zu beruhigen, ich rufe dich an, sobald ich kann.«

Er legte den Hörer auf. »Das war Ja'el Eisenstein. Wie Sie wissen, ist sie eine meiner Doktorandinnen. Sie ist wieder verhört worden, und auch die Sache mit dem Detektor macht ihr zu schaffen. Sie ist sehr verletzlich.«

»Ach ja?« sagte Michael und merkte selbst, wie aggressiv seine Stimme klang. Er war die väterlich-beschützende Haltung leid, die Klein zeigte, wenn es um seine Studenten ging. Er fragte sich insgeheim auch, inwieweit Ja'els Schönheit diesen großen Mann beeinflußte, der ihm gegenübersaß und nervös mit einem Brieföffner spielte.

»Haben Sie gewußt, daß sie mit Scha'ul Tirosch verheiratet gewesen war?« fragte Michael. Kleins Gesicht wurde von einer leichten Röte überzogen. Er blickte Michael vorsichtig an und sagte protestierend: »Das ist doch Jahre her und längst vergessen.« Er legte den Brieföffner vor sich auf den Tisch.

»Haben alle davon gewußt?«

»Nein«, sagte Klein und wischte sich mit seinen großen Händen über das Gesicht. »Ich glaube nicht, daß alle es wußten. Scha'ul hat nie darüber gesprochen, und auch Ja'el zog es vor ... hm ... sich nicht zu erinnern.«

Michael schwieg, und Klein blickte sich unbehaglich um, doch schließlich, als gebe er auf, schaute er seinem Gegenüber in die Augen.

Vor fünfzehn Jahren, sagte er, er könne das Jahr herausfinden, falls es wichtig wäre, als er nach einer Übung aus einem der Räume im Haus Meiser gekommen sei, in Giv'at Ram, habe neben dem Geländer ein junges, schwarzgekleidetes Mädchen auf ihn gewartet. Er erinnere sich, wo sie gestanden habe, sagte er und fuhr sich mit der Zunge über die Lippen, im zweiten Stock. Sie wollte mit ihm sprechen. Er hatte sie vorher noch nie gesehen, lud sie aber in sein Zimmer ein, weil sie so etwas Verschlossenes und Verzweifeltes an sich gehabt habe. Sie erzählte ihm, wie sie Tirosch getroffen hatte. »Als sie seinen Namen aussprach«, sagte Klein lächelnd, »glaubte ich, es handle sich um ein neues Opfer, wie die anderen, die sich dauernd in ihn verliebten. Aber sie sah viel jünger aus als die anderen, so verletzlich, und überhaupt ganz anders.«

Du meinst, schöner als die anderen, dachte Michael. Klein erzählte weiter über die Zeit, in der Tiroschs Freundinnen häufig zu ihm kamen, um sich an seiner Schulter auszuweinen. Seine Lippen wurden für einen Moment hart, und Michael überlegte, ob er Neid empfand, doch er sagte kein Wort und hörte sich geduldig die Geschichte über »das besondere junge Mädchen« an, das Tirosch in seinem Sabbatjahr in Kanada geheiratet hatte. Wie er sich in sich selbst zurückgezogen hatte, wie er sie, ohne Worte, gezwungen hatte, auf das Baby zu verzichten, und sie dann, gedemütigt und allein, nach Israel hatte zurückkehren lassen. »Er hat das Ganze wie eine Spielerei betrachtet«, erklärte Klein erstaunt. »Er hat sie eingeladen zu kommen, dann hat er es bereut. Er hat es einfach bereut.«

Klein schüttelte verständnislos den Kopf.

Michael fragte, warum Ja'el damals mit ihm hatte sprechen wollen.

»Sobald sie nach der Abtreibung wieder bei Kräften war, ist sie in ein Flugzeug gestiegen und zurückgekommen, sie ist einfach vor ihm geflohen. Vermutlich hatte sie nur das Bedürfnis, von jemandem Zuspruch zu bekommen, der Scha'ul kannte. Ich unterstützte sie, so gut ich konnte, ich sprach stundenlang mit ihr, am Schluß schrieb ich Scha'ul sogar einen Brief. Sie glaubte, ich hätte Einfluß auf ihn, weil er mich schätzte.«

Nein, Scha'ul habe sich nicht gegen eine Scheidung gewehrt, aber seit damals habe etwas zwischen ihnen gestanden, zwischen ihm, Klein, und Tirosch. Und zu Ja'el habe er seit damals eine besondere Beziehung, als fühle er sich irgendwie schuldig. Kleins Gesicht bewölkte sich.

Michael bat ihn, diese Schuld näher zu erklären.

»Nun«, sagte Klein, »sie war nicht die einzige, die er geschwängert hat, es gab noch zwei Fälle. Aber sie war so jung und so verschreckt, so zerbrechlich.« Das wiederholte er ein paarmal. Und Michael erinnerte sich an die spöttische Stimme, die gesagt hatte: »Da war mal was«, als sie nach ihrer Beziehung zu Tirosch gefragt worden war.

Laut fragte er nur, warum sie die Sache geheimgehalten habe.

Klein zuckte mit den Schultern und antwortete, Tirosch habe nie an Schuld erinnert werden wollen, und Ja'el habe später, obwohl sie damals eine schwere Krise durchgemacht hätte – einen Schwangerschaftsabbruch, die Demütigung, die er ihr zugefügt habe –, immer so getan, als wäre nichts gewesen, als habe sie alles vergessen.

Wieder wurde es still, bis Klein in philosophischem Ton sagte, es gebe Menschen, die keine Häßlichkeit ertragen könnten. Menschen wie Ja'el, erklärte er, bereite der Anblick eines Mülleimers physische Schmerzen. »Besteck im Spülstein, Blut, Abfälle, Schweißgeruch im Autobus, Bettler, eine abblätternde Wand, das alles bedeutet für sie Häßlichkeit. Man kann da nicht von verwöhnt sprechen. Wenn Sie sie kennen würden, würden Sie es verstehen. Manchmal frage ich mich, wie sie es überhaupt schafft, am Leben zu bleiben. Es gibt solche Leute. Und es gibt andere, die für die Schönheit leben, wie Tuwja Schaj, aber das ist ein völlig anderes Phänomen.« Michael fühlte, wie die Spannung seinen Körper erfaßte, er bat um eine Erklärung.

»Vor einigen Jahren war ich mit Tuwja bei einem wissenschaftlichen Kongreß in Rom, und wir gingen zusammen in die Galerie des Kapitols, wo wir die Büsten der römischen Kaiser besichtigten. Ich drehte mich zu Tuwja um, weil ich irgend etwas über das Gesicht Marc Aurels zu ihm sagen wollte, da war Tuwja nicht mehr neben mir. Ich schaute mich um und entdeckte ihn neben dem ›Sterbenden Gallier‹.« Michael nickte. Er erinnerte sich an die Statue, an die Glätte des Marmors, an die Armmuskeln der Figur, die sich bemühte, nicht in den Staub zu fallen.

»Ich habe nicht gewagt, zu ihm zu gehen«, sagte Klein. »Ich stand an der Seite und betrachtete seinen Gesichtsausdruck. Es zeigte vollkommene Hingabe. Nie im Leben habe ich seine Augen so lebendig gesehen, so ergriffen, wie sie damals in der Galerie waren, als er allein war, nur mit sich, und ganz vorsichtig den Stein berührte. Ich habe damals vieles verstanden.«

»Was zum Beispiel?« fragte Michael hart, warf heimlich einen Blick auf seine Uhr, dann schaute er wieder Klein an.

»Seine Beziehung zu Scha'ul, das Glück, das er in seiner Nähe empfand. Tuwja wird nicht von der Schönheit der Natur beeindruckt, von Bergen oder von einem Sonnenuntergang am Meer, seine Sehnsucht gilt der Vollkommenheit in der Kunst. Nach diesem Besuch in der Galerie, beim Mittagessen, sprach er nur darüber, über die Vollkommenheit in der Kunst. Er achtete nicht darauf, was er aß, er trank den Wein, als wäre es Wasser. Er sprach wie ein Mann, der die Erinnerung an eine geliebte Frau wachhalten will.«

Klein hielt plötzlich inne, als fürchte er, sich zu weit geöffnet zu haben, und blickte Michael spöttisch und traurig an.

»Sie haben vorher die familiären Verhältnisse Tuwjas erwähnt«, sagte er zögernd. »Nur wenige Menschen können das verstehen. Vielleicht können Sie nun die bekannten Tatsachen anders einordnen, vielleicht können Sie verstehen, was Tuwjas vollkommene Selbstaufgabe gegenüber Scha'ul Tirosch bedeutet, seine Bereitschaft, ihm zu dienen. Er hätte Scha'ul alles gegeben, auch sein Leben, wenn der es verlangt hätte, und erst recht seine Frau.«

»Ich möchte Sie noch etwas fragen, in Anbetracht dessen, was Sie über Ido Duda'i erzählt haben«, sagte Michael, als habe er Kleins Worte nicht gehört.

Klein schaute ihn an und wartete.

»Hat Ido Duda'i Ihnen die Kassetten vorgespielt, auf denen er seine Gespräche mit einigen Leuten aufgenommen hat?«

»Nein«, antwortete Klein vorsichtig. »Er hat nur gesagt, daß er Gespräche aufnehmen wolle.«

»Und er hat Ihnen nie eine Kassette oder eine Kopie davon vorgespielt?« fragte Michael und blickte Klein konzentriert an.

Klein schüttelte einige Male den Kopf, dann sagte er: »Nein.«

»Wir haben die Kassetten gefunden, aber die Kassette mit dem Gespräch mit dem Rechtsanwalt in North Carolina war nicht dabei.«

»Vielleicht hat er das Gespräch nicht aufgenommen?«

»Warum sollte er alles aufnehmen, nur dieses Gespräch nicht?« beharrte Michael.

Klein sah verwirrt aus. »Ich habe keine Ahnung«, meinte er. »Wollen Sie, daß ich jetzt die Nummer des Rechtsanwalts suche? In diesem Durcheinander kann das Stunden dauern.«

»Im Moment brauche ich sie nicht, aber noch heute im Lauf des Tages.« Michael zögerte, dann fügte er hinzu: »Wenn Sie die Nummer gefunden haben, rufen Sie mich doch bitte an. Wenn ich nicht da bin, können Sie die Nummer bei Zila hinterlassen.«

Du hast etwas Aufrichtiges, dachte er, trotz deiner hochgestochenen Aussprache. Warum aber habe ich trotzdem das Gefühl, als würdest auch du mir etwas verschweigen? Das waren Michaels Gedanken, während er den Motor anließ und zu Klein hinüberblickte, der am Fenster stand. Und dann fiel ihm ein, daß er in der ganzen Zeit, die er mit Klein verbracht hatte, kein einziges Mal an Maja gedacht hatte. Plötzlich fühlte er schmerzhaft seine Einsamkeit. Wieder schaute er zu dem geblümten Vorhang hinüber, der sich am Fenster bewegte, und legte die Hände auf das glühendheiße Lenkrad.

Dreizehntes Kapitel

In den Zimmern im Migrasch ha-Russim war es drückend heiß, nicht weniger heiß als auf der Straße. Michael betrat sein Zimmer und fand Eli Bachar, der in Papieren blätterte, die er aus einer Plastiktüte zog.

»Gibt's was Neues?« fragte Michael und griff nach der Saftflasche, die Eli ihm hinhielt.

Ohne Elis Antwort abzuwarten, sagte er, als er die Flasche absetzte: »Aber ich habe dir was zu erzählen.« Eli blickte ihn erwartungsvoll an.

»Du erinnerst dich doch an die Kassettenbox – und daß da noch Platz für eine weitere Kassette gewesen wäre?«

Eli nickte.

»Er hat jemanden getroffen, und dieses Gespräch hat er nicht aufgenommen, oder er hat es aufgenommen, und es gibt keine Kassette.«

»Hat Klein dir das gesagt?«

»Ja. Er wußte von dem Treffen, zu dem Duda'i extra hingefahren ist, eine Fahrt von acht Stunden hin und acht Stunden zurück. Er ist völlig gebrochen wiedergekommen, und ich habe keine Ahnung, warum.«

»Und Klein weiß nicht, was dort war?«

»Nein, er weiß nur, daß Duda'i sich dort mit einem Rechtsanwalt getroffen hat, und mit einem Russen, einem Juden, der bei ihm lebte.«

»Gut«, seufzte Bachar, »soll ich die Papiere liegenlassen und noch einmal suchen?«

Michael nickte. »Und auch noch mal in seinem Zimmer auf dem Har ha-Zofim.«

»Aber wir haben doch das ganze Zeug da mitgenommen«, sagte Bachar verzweifelt.

»Bitte Elfandari, er soll hingehen. Ich möchte auch noch einmal mit Ruth Duda'i sprechen, bring sie doch gleich mit.«

»Falls sie jetzt zu Hause ist«, wandte Bachar ein.

»Sie wird zu Hause sein, bei dieser Hitze und mit einem kleinen Kind ist sie bestimmt nirgendwo hingegangen«, versprach Michael.

Ungefähr eine Stunde lang blätterte Michael in den Niederschriften der Kassetten, die Zila angefertigt hatte. Er prüfte die Namen der Orte, die Datumsangaben, die Gesprächspartner, komplizierte Namen von unbekannten Menschen. Erst als Zila hereinkam, merkte er, wieviel Zeit vergangen war.

»Sie ist da«, sagte Zila

»Kannst du im Sitzungsraum auf Balilati warten? Ich komme mit Frau Duda'i allein zurecht«, sagte er und gab ihr die Niederschriften. Eli Bachar führte Ruth Duda'i ins Zimmer und setzte sie förmlich auf den Stuhl, der Michael gegenüberstand. »Ich gehe wieder«, sagte er und verließ den Raum.

Um sechs Uhr abends gab es nichts mehr zu tun. Das Gespräch mit Ruth Duda'i hatte nichts Neues gebracht, Eli Bachar war noch nicht zurück vom Har ha-Zofim, Tuwja Schaj war wieder zum Detektor bestellt worden, und Michael saß in seinem Zimmer und hatte nichts zu tun. Das Telefon klingelte nicht. Der Fachmann für den Detektor kann auch mit Zila seine Ergebnisse besprechen, dachte Michael, als er zu seinem Auto hinunterging.

Die Luft war inzwischen kühler, dennoch waren seine Bewegungen langsamer als sonst. Er fuhr erst dann über die Kreuzung an der Jaffastraße, als hinter ihm gehupt wurde. Er erreichte Giv'at Ram, ohne zu wissen, wie, und parkte das Auto auf dem Platz vor dem fast leeren Campus.

Mit langsamen Schritten ging er durch das Tor, drinnen betrachtete er den gepflegten Rasen, auf dem niemand mehr herumlag, und die alten Bilder tauchten vor ihm auf: Dutzende von Studenten, die sich auf dem Rasen ausruhten, auf ihrem Weg von einem Hörsaal zum anderen, zwischen dem

Aufenthalt in der Bibliothek und dem Gang zur Cafeteria, er sah die Rasenfläche bunt gesprenkelt von der Kleidung der Studenten der Geisteswissenschaften, er sah sie langsam die Wege entlangschlendern, hier trafen sich immer alle, als hätten sie alle Zeit der Welt. So war es, bis die Geisteswissenschaften auf den Har ha-Zofim umgezogen waren. Erst vor fünf Jahren, dachte Michael. Die Naturwissenschaftler hatte man damals auf dem Rasen nicht gefunden, sie waren in einem anderen Teil des Campus, in ihren Labors. Jetzt waren aus den Gebäuden Labors geworden, und auf den Wegen gingen Studenten der Naturwissenschaften mit energischen Schritten, die nur die Frage aufkommen ließen, überlegte Michael, was für ein Ziel Leute haben können, die sich in einer Welt vorwärtsbewegen, in der es kein Leben mehr gibt. Neben dem Gebäude, das früher einmal Haus Lauterman gewesen war, blieb er stehen und betrachtete das neue Schild, jetzt hieß es Haus Berman. Er betrachtete den Haufen zerbrochener Stühle in der Eingangshalle, doch er ging nicht hinein, erinnerte sich nur, daß er bei seinem vorigen Besuch festgestellt hatte, daß die Räume Büros geworden waren. Was war so schlimm an diesem Campus gewesen, daß man einen neuen Zweig auf dem Har ha-Zofim errichten und das Haus Lauterman zum Haus Berman machen mußte? Und was für eine Generation wurde dort in diesen Steinhäusern erzogen? fragte er sich wieder, schüttelte die Gedanken ab und ging schnell hinüber zur Nationalbibliothek.

Das erste, was er bemerkte, war der Geruch im Katalograum. Der gleiche Geruch von Büchern, von Holz und Menschen. Rote Karten für den allgemeinen Lesesaal und blaue für den Saal Judentum und Orient. Es gab auch Neuerungen – Computer standen auf dem runden, schwarzen Counter, und vor ihnen saßen einige ältere Frauen und beantworteten mit höflicher Geduld alle Fragen. Seine Bewegungen wurden flinker, als er vor dem Schrank mit den Karteikarten stand, die Schublade mit der Aufschrift »Ti–Tr« herauszog und die Namen einiger Gedichtbände und ihre Katalognummern auf Bestellkarten einzutragen begann. Aus alter Erfahrung – damals hatte er oft genug eifrig gewartet, zum Beispiel auf einen seltenen Aufsatz, und zu seiner Enttäuschung im Lesesaal dann den roten Zettel mit der Aufschrift gefunden, das Gesuchte sei »nicht vorrätig« – bestellte Michael Ochajon alle Exemplare. Besonders achtete er darauf, die mit »A« gekennzeichnete Archivausgabe zu bestellen, und schließlich schrieb er auch das Buch von Tuwja Schaj auf: *Die Bedeutung Tiroschs – Betrachtungen zu den Gedichten von Scha'ul Tirosch*. Dann steckte er alle Zettel in den Schlitz, auf dem mit roten Buchstaben »Bestellung« stand, und fragte, wie lange es wohl dauern würde, bis die Bücher da wären. Der Student am Counter sagte: »Mindestens eine Stunde«, und Michael seufzte, es hatte sich nichts geändert. Er ging zurück zum Katalograum und suchte fieberhaft nach den Werken Agnons. Er bestellte beide angegebenen Ausgaben des Romans *Schira* und ging zurück zur Bibliothek.

Die Cafeteria von damals, im Untergeschoß, war verschwunden, und wieder tat ihm das Herz weh. Ausgerechnet im Lesesaal für jüdische Literatur, während er in den Zeitschriften *Literatur* und *Lesezeichen* und *Waage* blätterte und über den israelischen Versuch, Teil der wissenschaftlichen Gemeinschaft zu sein, nachdachte und sich über die Überschriften der Beiträge, die ihm völlig unverständlich vorkamen (»Semiotische Variationen phonetischer Kombinationen«, »Motivierte Funktionen der ge-

gesprochenen Sprache«) wunderte – ausgerechnet dort packte ihn mörderische Wut auf Maja, auf ihren Mann und auf die ganze Welt, und er nahm es sich noch nicht einmal übel. Nur diese Wut, das wußte Michael Ochajon, würde ihm helfen, die erforderliche Energie für die Ermittlungen in diesem »Fall« zu sammeln, und ihm vielleicht helfen, seine ganze Konzentrationsfähigkeit aufzubringen und so gut wie möglich in eine wissenschaftliche Disziplin einzudringen, von der er keine Ahnung hatte – fast keine, denn ein durchschnittlicher Leser wie er, das wußte er, war kein Fachmann auf diesem Gebiet.

Er saß ein paar Stunden im Lesesaal und blätterte in Vorträgen und Referaten, und als er den Blick hob und vor sich Frau Professor Nechama Leibowitz sah, in seinen Augen eines der letzten Relikte der alten Welt, als er sie zum Counter der Bibliothekarinnen gehen sah, den Kopf gerade, das ewige braune Barett unbeweglich, als er dann ihre Stimme hörte, obwohl sie zu flüstern versuchte, als sie zur Bibliothekarin sagte: »Aber das war nicht meine Bestellung, das ist nicht mein Buch, es ist vermutlich das für meinen Bruder«, und das liebenswürdige Lächeln sah, als sie zu ihrem Platz zurückkehrte, seufzte er erleichtert auf und vertiefte sich wieder in die Kritiken und Besprechungen der Gedichte Tiroschs und in die Aufsätze, die Tirosch über andere geschrieben hatte, vor allem über unbekannte Dichter.

Er überflog in mehreren Nummern der Literaturzeitung *Richtungen* Tiroschs Kritiken an heutiger Lyrik und bemühte sich konzentriert, die ästhetischen Kriterien des Mannes zu verstehen, der Dichter pries und rühmte, die bis zur Veröffentlichung seiner Artikel noch unbekannt gewesen waren und deren Namen und Werke heute jeder kannte, auch Michael. Er registrierte die giftigen Bemerkungen, mit denen Tirosch Dichter bedachte, deren Namen Michael noch nie gehört hatte.

Nicht alle von Tirosch gelobten Gedichte sprachen Michael an. Zum Teil kamen sie ihm wie eine Anhäufung bedeutungsloser Wörter vor. Doch er erkannte Tiroschs Macht, mit der er die »poetische Landkarte« von Israel festgelegt hatte, und die Erkenntnis dieser Macht versetzte ihn in eine unerklärliche Spannung.

Auf einen Zettel, den er von der jungen Bibliothekarin bekommen hatte, notierte er die Namen der Dichter, die Tirosch erbarmungslos angegriffen hatte, und ihre Bücher.

In der Zeitschrift *Literatur* fand er zwei Aufsätze Tiroschs, die sich mit Gedichten befaßten, die er, Michael, selbst kannte, von Tscheranichowski. Im ersten Abschnitt gab Tirosch einen Überblick über die Gedichte Tscheranichowskis, und mit einigen wunderbar klaren Sätzen erläuterte er die übliche Auslegung von Tscheranichowskis Lyrik, bevor er ein paar neue Deutungsmöglichkeiten vorbrachte, die, zu Michaels eigenem Erstaunen, sein Interesse weckten.

Dann schlug er einen Band *Schira* von Agnon auf, eine Erstausgabe, und tatsächlich fehlte das letzte Kapitel. Er blätterte eine Weile in dem unvollendeten Roman, dann griff er nach der fünften Auflage, die er aus Gewohnheit zusätzlich bestellt hatte, für den Fall, daß die andere nicht vorrätig wäre. Er schaute das Buch mechanisch durch, ohne zu erwarten, irgend etwas Besonderes zu finden. Doch beim Blättern fiel sein Blick auf die Überschrift »Letztes Kapitel«. Er las es, und die ganze Zeit dachte er daran, was Aharonowitsch zu Eli Bachar gesagt hatte: »Junger Mann, ein wenig Bildung hat noch niemandem geschadet. Gehen Sie und schlagen Sie nach, was Agnon in seinem Buch *Schira* geändert hat.« Er las mit großem Interesse auch den Aufsatz von Amona Jaron, der dieser neuen Ausgabe hinzugefügt war: »In derselben Zeit, als mein Vater *Schira* schrieb, arbeitete er auch an der Geschichte *Ad olam*. Nachdem *Schira* veröffentlicht worden war, fand Rafi Weiser vom Agnonarchiv eine handgeschriebene Manuskriptseite von *Ad olam*, auf der Agnon die Erzählung *Ad olam* mit *Schira* verknüpft hatte. Das heißt, in irgendeinem Stadium hatte er *Ad olam* aus *Schira* herausgelöst und zu einer eigenständigen Erzählung gemacht. In *Ad olam* kommt der Gelehrte in ein Leprakrankenhaus und verläßt es nie mehr.«

Michael war schockiert. Die Beschreibung, wie Manfred Herbst in das Leprakrankenhaus eingeliefert wurde, machte ihm angst. Er dachte daran, wie zufällig er dieses Kapitel entdeckt hatte, und wunderte sich, warum er Klein nicht weiter nach dem letzten Kapitel gefragt hatte. Er hatte das Gefühl, daß es hier etwas Wichtiges zu begreifen gab, doch er wußte nicht, was es war. Mehr als alles verwirrte ihn die Ahnung, daß dieses Kapitel etwas Schreckliches, fast Ekelerregendes beschrieb. Und ich verstehe nicht, wie das Ganze mit Tirosch zusammenhängt, überlegte Michael, als er langsam zum Zeitungslesesaal hinüberging, nachdem er die entsprechenden Seiten zum Kopieren markiert hatte.

Dort, im Zeitungslesesaal, fand er Literaturbeilagen, in denen ein monatelanger Krieg zwischen Tirosch und Aharonowitsch ausgetragen worden war. Am Anfang stand eine akademische Meinungsverschiedenheit über den letzten Gedichtband Amichais, woraus sich dann erbitterte persönliche Angriffe Aharonowitschs auf Tiroschs Art der Kommentierung entwickelten. Es gab sogar einen Beitrag, der eine ausdrückliche Distanzierung von einem Gedicht

Tiroschs brachte, neben einer allgemein gehaltenen Kritik (»Es besteht daher keine Notwendigkeit eines weiteren Beweises, um die Mangelhaftigkeit des Gedichts zu zeigen. Die bedeutende Lyrik des Autors wird natürlich nicht in Frage gestellt. Dieses Machwerk jedoch steht auf schwachen Füßen, oder, um es mit den bildhaften Worten des Werkes selbst zu beschreiben: auf schmelzenden Füßen aus Schnee. Ihm fehlt die organische Verbindung der einzelnen Teile, es entsteht kein Funke zwischen Aufbau und Inhalt, man könnte das Ganze als Konglomerat bezeichnen, als Sammelsurium zufälliger Details aus allen Ecken und Enden der Welt ...«). Michael bemerkte den Unterschied zwischen Aharonowitschs Schreibstil und der gelehrten Sprechweise, derer er sich für gewöhnlich bediente, und mußte lächeln.

Er konnte nicht anders, die Antworten Tiroschs bereiteten ihm Vergnügen. Wieder fiel ihm der Spott auf, das Gift, die kühle, ironische Haltung, die Tirosch distanziert und unverletztlich erscheinen ließ, bevor er dazu überging, die wissenschaftlichen Arbeiten Aharonowitschs als trivial zu bezeichnen. Auch diese Seiten markierte Michael zum Kopieren.

Schließlich ging er hinüber zum allgemeinen Lesesaal, wo er von der Bibliothekarin begrüßt wurde, einer rundlichen, gutmütigen Brünetten, die sich noch aus seiner Zeit als Student an ihn erinnerte. Sie gab ihm mit einem liebenswürdigen Lächeln den Stapel Bücher, die er bestellt hatte – alle waren da –, und so hatte er drei Ausgaben der *Weißen Gedichte* von Tirosch zur Verfügung, und zwei Ausgaben von Tuwja Schajs Buch über Tiroschs Gedichte. Er fing an, darin zu blättern. Das Vorwort hatte nicht die geringste persönliche Note, in ihm würdigte Tuwja das Werk des Dichters und seine Sonderstellung innerhalb der israelischen Lyrik. »Eine ganze Generation von Dichtern«, stand da, »sieht sich der literarischen Tradition verpflichtet, die Tirosch begründet hat.« Dann entdeckte er die Widmung: »Für Scha'ul, wenn er es für wert hält.«

Sofort fiel Michael ein, was Maja über ein Buch erzählt hatte, das T. S. Eliot an Ezra Pound geschickt hatte, mit der Widmung »Für Ezra Pound, wenn er das möchte«. Auch an Majas Reaktion erinnerte er sich, an das Blitzen in ihren Augen, als sie gefragt hatte: »Findest du diese Widmung nicht wunderbar?« Nein, das fand er nicht. Auch jetzt hielt er Tuwja Schajs Widmung für eine vollständige Selbstaufgabe Tirosch gegenüber, eine Selbstaufgabe, die in ihm Zorn und Unbehagen weckte.

Er verließ den allgemeinen Lesesaal, setzte sich vor das riesige bunte Fenster von Ardon, zündete sich eine Zigarette an und streckte die Beine aus. Er ignorierte den stechenden Blick eines bekannten Professors, der an ihm vorüberging und demonstrativ zu dem Schild »Bitte nicht rauchen« hinüberschaute, und streifte die Asche in dem einzigen Aschenbecher in der Eingangshalle ab.

Ein seltsam süßer Zigarettenduft, der vom anderen Ende der Stuhlreihe kam, stieg ihm in die Nase. Er drehte den Kopf und sah Schulamit Zelermaier, eine Zigarette im Mund und in der Hand etwas, das wie ein wissenschaftliches Manuskript aussah. Auf dem Stuhl neben ihr lag ein Stapel Papiere. Sie saß mit gespreizten Beinen da, so daß man unter ihrem blauen Rock die dicken Schenkel sehen konnte. Er sah das Profil ihres runden Gesichts unter den ungekämmten grauen Locken. Mit einem lauten Seufzer knallte sie das Manuskript auf den Nachbarstuhl und drehte den Kopf in seine Richtung. Ihr Blick blieb an ihm hängen, und für einen Moment zeigte sich Verwirrung auf ihrem Gesicht. Dann, als sie ihn erkannte, fragte sie laut: »Sind Sie nicht dieser Polizist?«

Michael nickte, stand auf und setzte sich auf den Stuhl neben den mit dem Papierstapel.

»Warum sind Sie hier?« fragte sie, und ohne auf eine Antwort zu warten, fuhr sie fort: »Ich war schon beim Detektor. Eine seltsame Sache, so eine ›Wahrheitsmaschine‹, das ist doch schon ein Oxymoron, um nicht gleich ›Quatsch‹ zu sagen.«

Michael versuchte, sich an die Bedeutung des Wortes Oxymoron zu erinnern, und sie, als merke sie es, sprach gleich weiter: »Das ist eine Verbindung zweier Begriffe, die sich eigentlich ausschließen. Wie programmiert man eine Maschine, die so etwas wie Wahrheit messen soll? Wie mir der Mann dort erklärt hat, mißt die Maschine Herzschlag, Schweißabsonderung, Blutdruck und ähnliche Reaktionen, um den psychischen Zustand einer Person darzustellen. Aber was hat das mit der Wahrheit zu tun?« Bevor Michael etwas antworten konnte, sprach sie bereits weiter. »Sind Sie nicht für den Fall verantwortlich?«

Michael nickte und steckte sich eine neue Zigarette an, deren Geruch stärker war als der süßliche Duft der Zigarette, die Dr. Zelermaier rauchte.

»Hier ist ein Aufsatz von mir«, sagte sie und spielte mit den Fingern an den Holzperlen ihrer Kette. »Ich habe fünf Druckfehler gefunden. Wofür war dann das ganze Korrekturlesen gut?« Ein zorniges Lachen entblößte ihre großen, vorstehenden Zähne. Sie hielt ihm das amerikanische Monatsblatt hin, in dem ihr Aufsatz »Das Todesmotiv in der talmudischen Literatur« abgedruckt war.

Er warf einen Blick auf den Aufsatz, und als er ihn ihr zurückgab, fragte er, seit wie vielen Jahren sie bereits an der

Fakultät unterrichte. »Fast so viele Jahre, wie Sie alt sind«, antwortete sie. »Und wenn Sie wissen wollen, warum ich noch nicht ordentliche Professorin geworden bin, so hätten Sie Herrn Tirosch fragen müssen, er ruhe in Frieden, der das nie befürwortet hat, trotz meiner Veröffentlichungen.«

Michael fragte, welche Gründe Tirosch für seine Behinderung ihrer beruflichen Karriere gehabt habe.

»Oh«, sagte sie und zog die Lippen über den Zähnen hoch, »er hat mich als Kuriosum betrachtet. Und mein Fachgebiet, Volksliteratur, war für ihn nur Folklore für alte Frauen. Einmal im Jahr machte er den Vorschlag, das Fach um ein oder zwei Stunden zu kürzen, weil es nicht wissenschaftlich genug sei. Aber er hat es nie geschafft, eine Mehrheit für diesen Vorschlag zu bekommen, der meiner Meinung nach nur ein persönlicher Angriff auf mich war, nichts weiter. Er mochte es, wenn ich zornig wurde. Das hat er oft genug gesagt. Ich kann noch immer seine Stimme hören, wie er sagte: Schulamit, du bist herrlich in deinem Zorn, und dann zitierte er oft eine Zeile von Alterman: ›Denn herrlich ist die Wirtin in ihrem Zorn und stolz ihre Hüften, wer wird sie umarmen?‹ Weiter hat er nicht zitiert. Ich weiß nicht, ob Sie den *Abend im Wirtshaus* von Alterman kennen.« Michael warf ihr einen Blick zu. Sie war also herrlich in ihrem Zorn.

»Jedenfalls«, fuhr sie fort und schaute ihm in die Augen, »ich habe ihn nicht ermordet. Obwohl man nicht sagen könnte, daß ich ihn geliebt habe, wie Sie sicher schon festgestellt haben, trotzdem habe ich ihn, das muß ich sagen, immer geschätzt.«

Michael fragte: »Und wer, glauben Sie, hat ihn ermordet?«

Schulamit Zelermaier legte ihre Beine übereinander und

antwortete mit ihrer tiefen Stimme: »Mich interessiert es mehr zu erfahren, wer Ido ermordet hat, und obwohl ich Kriminalromane mag, habe ich diesbezüglich keine Ahnung.« Sie kräuselte die Oberlippe und schwieg.

Michael betrachtete sie und sagte: »Auch nicht nach dem letzten Fakultätsseminar?« Er erntete einen langen Blick, der ihm, ob er es wollte oder nicht, Vergnügen bereitete. Diese große Frau, die zugleich etwas Männliches und etwas Jungfräuliches hatte, gefiel ihm.

»Im letzten Fakultätsseminar«, sagte sie schnell, »hat Ido die Gedichte Tiroschs kritisiert, etwas, was vor ihm noch nie jemand getan hatte, obwohl auch ich glaube«, sie senkte die Stimme, »daß seine politische Lyrik nicht wert ist, gedruckt zu werden. Dieser Vorfall zeigt nur, daß Ido ein gescheiter und tapferer Mensch war.«

»Und der Angriff auf Ferber?« fragte Michael. Sie zog ihren Faltenrock über die Knie und streckte die Beine, bevor sie antwortete: »Das war kein direkter Angriff. Hier ging es um jemanden, den Tirosch entdeckt hat, das ist eine Sache für sich. Als er noch ziemlich neu in Israel war, ein Student an der Universität, der mit der hebräischen Sprache kämpfte und noch kein einziges Gedicht veröffentlicht hatte, fuhr er einmal nach Wien, um seine Mutter zu besuchen. Er hat mir mehr als einmal erzählt, wie er einen russischen Flüchtling traf, der ihm einige Blätter mit den Gedichten Ferbers in die Hand drückte, und wie er dann die Schrift entzifferte. Sie müssen verstehen, daß Gedichte, die in einem Arbeitslager versteckt worden waren, viel Zeit brauchen, bis sie redigiert und zum Druck fertig sind. Von meinem Fachbereich her weiß ich, wieviel Zeit man in diese Papierfetzchen investieren muß. Die Tatsache, daß die Gedichte mittelmäßig sind, vielleicht sogar ein bißchen primitiv, hinderte Scha'ul nicht daran, sie schon deshalb zu bewundern, weil sie von einem jungen Mann in einem sowjetischen Arbeitslager geschrieben worden waren, in den fünfziger Jahren, auf hebräisch. Das reichte, um ihn zu beeindrucken. Er hat die Frage nach ihrem künstlerischen Wert überhaupt nie gestellt, in diesem Fall ist er von seiner üblichen Gewohnheit abgewichen. Wissen Sie, ich habe ihm einmal Gedichte eines blinden jungen Mannes geben, der bei mir studierte, und er hat sie mir mit höflicher Verachtung zurückgegeben. Da haben die Umstände offenbar nichts genützt, weil er kein Student von ihm war. Ido hat eine Frage gestellt, die eigentlich selbstverständlich ist: ob historische Bedingungen höher anzusetzen sind als die üblichen Kriterien für Poesie, und es war auch der passende Ort für diese Frage. Aber wer hätte Ido dafür umbringen können? Tirosch ist doch selbst tot, und Ferber auch.« Sie lächelte vor sich hin, als handle es sich um einen privaten Witz, dann verdunkelte sich ihr Gesicht. »Tuwja«, sagte sie zögernd, dann fuhr sie mit sicherer Stimme fort: »Tuwja hätte versucht, Ido von seinem Fehler zu überzeugen, er wäre wütend gewesen, er war wütend, aber Tuwja kann keiner Fliege etwas zuleide tun, und ganz bestimmt ist er nicht raffiniert genug, um an Preßluftflaschen herumzumanipulieren. Der junge Mann, der mich gestern und vorgestern befragt hat, hat mir davon berichtet. Er wollte wissen, ob ich eine Ahnung vom Tauchen hätte.« Sie ließ ein schnaubendes Kichern hören. »Aber um auf Tuwja zurückzukommen: Er ist eine tragische Figur, aber in einem ganz anderen Sinn.« Wieder zog ein Schatten über ihr Gesicht. »Täuschen Sie sich nicht in ihm, er ist ein komplizierter Mensch mit großen Qualitäten, Sie dürfen nicht auf billigen Klatsch reinfallen.« Sie versank in Gedanken. Dann erhob sie sich mit einem tiefen Seufzer. »Es wird Zeit, daß ich zu meiner Arbeit zurückkehre«, sagte sie und sammelte mit erstaunlicher Geschwindigkeit ihre Papiere und die beiden alten Bücher, die unter ihnen vergraben waren, ein, warf die Zigarettenkippe in den Aschenbecher und schritt, ohne noch etwas zu sagen, auf den Lesesaal für jüdische Wissenschaften zu.

Michael kehrte zu Tiroschs Gedichten zurück. Wie ein Schüler schrieb er Zeilen ab und unterstrich Metaphern, mit einem Eifer, der ihm selbst unverständlich war. Die Tatsache, daß in der Bücherei alle Werke Tiroschs vorhanden waren, war jetzt ohne Bedeutung. Als er den Lesesaal für jüdische Wissenschaften betreten hatte, war es der Fakultät wegen geschehen. Er wußte zwar, daß er unbedingt in die Welt der Menschen eindringen mußte, die er kennengelernt hatte, daß von da die Lösung kommen würde. Aber je mehr er las, um so deutlicher wurde ihm, daß er dabei nichts erfuhr, was die Ermittlungen weiterbringen würde, sondern daß er sich mit seinem Aufenthalt hier selbst einen Gefallen tat. Aber, erinnerte er sich, es gibt noch die Sache mit *Schira*, und dabei hat sich Tirosch fast nie mit Prosa beschäftigt. Warum hatte er »Schira – das letzte Kapitel« auf den Zettel geschrieben, den sie auf seinem Schreibtisch gefunden hatten? Wollte er wirklich einen Aufsatz darüber schreiben? Immerhin weiß ich jetzt, daß es dieses letzte Kapitel gibt, aber das ist auch schon alles. Eine innere Stimme, dumpf und erschreckend, sagte ihm, daß er beim Lesen dieses Kapitels noch etwas anderes begriffen hatte, etwas, was in Zusammenhang mit Tuwja Schajs Vorlesung stand, die er morgens gehört hatte. Etwas, was mit Herbsts Drang, der Krankenschwester Schira in das Krankenhaus für Leprakranke zu folgen, zu tun hatte. Es gibt Menschen, die gehen bis ans Ende, dachte er, aber warum hat Agnon das mit Lepra verbunden?

Er las eine Weile in Tuwja Schajs Buch, dann kehrte er zu den Gedichten zurück. Wieder hatte er das Gefühl, nur in ihnen das Ende des Fadens zu finden. Er wußte, daß er mit den Mitgliedern der Sonderkommission nicht über dieses Gefühl sprechen konnte, sie würden den Zusammenhang nicht sehen. Er selbst hätte den Zusammenhang auch nicht erklären können, aber seit er den Film über das Fakultätsseminar gesehen hatte, fühlte er ihn, spürte, daß die Gedichte lebten und atmeten, fühlte ihre Kraft, wie die Schneide eines Messers, und die Bitterkeit in ihm wuchs. »Du täuschst dich«, sagte er beim Lesen zu sich, »sie bringen nichts Neues.« Von Zeit zu Zeit ließ er den Blick durch den Lesesaal streifen, und dann stiegen die Bilder wieder vor ihm auf. Er wehrte sich nicht gegen sie.

Das Bild Ruth Duda'is bei der Beerdigung ihres Mannes, ihr Gesicht beim Verhör, die weinerliche Stimme, als sie zugab, seit Freitag nachmittag auf einen Anruf Tiroschs gewartet zu haben, daß sie einen Babysitter bestellt hatte, und wie sie dann zusammen mit der Babysitterin gewartet hatte, wie sie dann das junge Mädchen, als er bis abends nicht angerufen hatte, nach Hause schickte. Wie sie dann jede Stunde vergeblich bei ihm angerufen hatte.

Michael meinte ihre Stimme zu hören: »Es fing an, kurz bevor Ido nach Amerika fuhr, aber ich war nie wirklich mit ihm zusammen.« Er erinnerte sich auch, daß Eli Bachar mit kalter Stimme gefragt hatte, ob sie damit sagen wolle, daß sie nicht mit Tirosch geschlafen habe. Er erinnerte sich an den gekränkten Blick, den sie ihm, Michael, unter Tränen zugeworfen hatte, an die Röte ihrer Wangen und das verlegene Nicken, als er Eli Bachars Frage wiederholt hatte.

»Es hat damit angefangen, daß ich ihn um Hilfe bei meiner Doktorarbeit gebeten habe«, sagte sie und erklärte das Thema ihrer Arbeit, etwas über Ästhetik. »Er hatte mir lange davor seine Hilfe angeboten, aber es war mir nicht angenehm, ich hatte Angst vor ihm. Er war einmal bei uns, als Ido nicht zu Hause war. Er saß zurückgelehnt auf einem Sessel«, hier gab sie eine plastische Beschreibung seiner Haltung mit den hinter dem Kopf verschränkten Armen, der Handbewegung, mit der er die Locke zurückgestrichen hatte, des interessierten Blicks, mit dem er sie betrachtet hatte, sie sprach von ihrer eigenen Verlegenheit, von ihrer Angst, von ihren zitternden Händen, als sie ihm Kaffee einschenkte. Er habe eine Bemerkung gemacht, daß seine Beziehung zum weiblichen Geschlecht sich erschöpft hätte, und sie wußte, daß er damit Ruchama meinte. Dann zitierte Ruth Tiroschs Sätze über seine eigene Einsamkeit, und Michael meinte wieder ihre flehende Stimme zu hören, als sie ihn fragte, ob er verstehen könne, wie geschmeichelt sie sich fühlte, als Tirosch mit ihr sprach, als könne sie ihn »aus seiner Einsamkeit erretten«. Er erinnerte sich auch, daß er ihr geglaubt hatte, als sie sagte: »Es ist absurd, mich zu fragen, ob ich Ido getötet habe. Wir sind noch nicht sehr lange verheiratet, wir waren gute Freunde, bis er nach Amerika gefahren ist. Diese Reise hat alles kaputtgemacht, deshalb konnte Scha'ul in unser Leben treten, denn Ido war ein äußerst anständiger Mensch, ich bin es auch, ich bin ziemlich normal. Ich glaube auch nicht, daß ich mich wirklich ernsthaft mit ihm eingelassen hätte, mit Scha'ul, er übte nur einen hypnotischen Zauber auf mich aus. Tatsache ist jedenfalls, daß ich mich erleichtert fühlte, als er am Freitag nicht anrief, vor fünf Tagen.« Sie fing an zu weinen und wiederholte: »Fünf Tage, es sind erst fünf Tage.«

Michael erinnerte sich an Eli Bachars hartnäckige Frage: »Was war in Amerika? Was ist dort mit ihm passiert?«, an ihr unaufhörliches Weinen und die Antwort: »Ich weiß es nicht, wirklich, ich weiß es nicht. Ich habe ihn danach gefragt, aber er hat mir nichts gesagt, wirklich.« Er erinnerte sich auch an die Kassetten, die er zusammen mit Eli Bachar abgehört hatte, Kassetten mit Gesprächen, die Ido mit jüdischen Regimegegnern und Dissidenten geführt hatte, Dichtern und Intellektuellen, die in der Sowjetunion gelebt hatten und nun mit tiefen Stimmen Gedichte vortrugen. Michael konnte sich die Situation genau vorstellen: der ernsthafte, aufmerksame junge Mann, dessen gescheites Gesicht er im Film gesehen hatte, dasselbe Gesicht wie am Strand, dort war es aufgeschwollen und leblos gewesen. Alle Kassetten waren bezeichnet: Ort, Datum und Stunde, Namen der Gesprächspartner. Das stundenlange Abhören der Kassetten hatte nichts gebracht.

»Wie viele solcher Kassetten hat er gehabt?« fragte Eli Bachar Ruth Duda'i und hielt zwei Kassetten hoch.

»Ich weiß es nicht, ich habe sie nicht gezählt«, antwortete sie hilflos.

»In den beiden Boxen gibt es Platz für acht Kassetten«, fuhr Eli Bachar fort.

»Ich weiß es nicht«, murmelte Ruth Duda'i wieder und wieder.

Michael saß im Lesesaal, dachte an das stundenlange ergebnislose Suchen, an die ordentlichen Mappen, die sie im Schlafzimmer der Duda'is gefunden hatten, an den großen Schreibtisch, der über die Hälfte des kleinen Zimmers einnahm, an die Enge des Schlafzimmers, das zugleich als Arbeitszimmer diente, und kehrte mit einem Seufzer zu Tiroschs Aufsätzen zurück.

Als die Bibliothek geschlossen wurde, spürte Michael plötzlich nagenden Hunger, und ihm fiel ein, daß er noch nicht einmal Kaffee getrunken hatte. Der neue Kiosk, der nicht weit von der Bibliothek aufgemacht worden war, im Haus Levi, war geschlossen. Michael ging zum Parkplatz. Die Luft hatte sich schon abgekühlt, doch im Auto würde es noch immer sehr heiß sein.

Er hörte die Stimme aus dem Funkgerät durch die geschlossenen Fenster, noch bevor er den Schlüssel ins Schloß gesteckt hatte. Die Zentrale teilte mit, daß Zila um seinen Anruf bat. Er ging zum Campus zurück und telefonierte von einer öffentlichen Telefonzelle aus, die sich im Verwaltungsgebäude befand. Zilas Stimme klang besorgt: »Ich konnte dich nicht erreichen«, beschwerte sie sich. »Du warst plötzlich verschwunden. Ich sitze hier mit allen Papieren und Kassetten, und ihr seid alle weg.«

»Ich komme gleich«, sagte Michael beruhigend und schaute durch die Glastür hinaus in die Dämmerung. Während er zum Auto zurückging, dachte er über Gasflaschen nach, über Kohlenmonoxydvergiftung und über die Möglichkeit, daß Tirosch Duda'is Mörder gewesen sein könnte.

Aber warum? fragte er sich. Ein ordentlicher Professor, berühmter Dichter, Intellektueller und Ästhet brachte seinen Doktoranden doch nicht nur deshalb um, weil dieser seine Gedichte während eines Fakultätsseminars angegriffen hatte. Ido hatte auch nicht seine Stellung bedroht. Er war zwar begabt, dachte Michael, aber das war Tirosch auch. Und warum ausgerechnet diesen Doktoranden? Hatte es zwischen ihnen wirklich Feindschaft gegeben? Und wenn sich jemand anders an den Preßluftflaschen zu schaffen gemacht hatte? Außerdem: Wenn Tirosch Ido vergiftet hatte, wer hatte dann Tirosch umgebracht? Und woher sollte dieser Intellektuelle, der Dichter, das erforderliche Wissen gehabt haben? Und woher das Kohlenmonoxyd?

Jetzt war er am Parkplatz des Migrasch ha-Russim angekommen. Er parkte das Auto, warf einen Blick auf die beleuchteten Gebäude und ging mit gemessenen Schritten zu seinem Zimmer. Dort, im Neonlicht, saß Zila über Papiere gebeugt, die sie aus demselben Sack zog, mit dem sich Eli Bachar zuvor beschäftigt hatte. Sie blickte Michael müde und enttäuscht an. »Ruh dich ein bißchen aus, geh nach Hause«, sagte Michael weich. »Es nützt niemanden was, wenn du dich umbringst.«

Sie stand mühsam auf und zögerte. »Geh schon!« fuhr er sie an. Sie lächelte und verließ das Zimmer.

Um drei Uhr nachts klingelte das Haustelefon, er sprang auf. Eli Bachars Stimme klang atemlos und aufgeregt: »Ich konnte nicht warten, bis ich raufkomme, um es dir zu erzählen. Wir haben was gefunden, ich und Elfandari.«

»Was? Was habt ihr gefunden?« fragte Michael nervös.

»Komm, schau es dir an, wir sind unten, neben dem Sitzungsraum. Wir haben einen Hinweis auf einen Safe gefunden.«

»Wo? Was für einen Safe? Vielleicht wirst du endlich mal ein bißchen deutlicher?«

»Tiroschs Safe, er hatte einen Safe bei einer Bank, wir haben Unterlagen gefunden.«

»Wo waren die?« fragte Michael.

»Wir sind hier unten, komm und schau sie dir an, sie waren in irgendeinem Gedichtband, bei dem Material, das wir in seinem Büro gefunden haben, nicht bei ihm zu Hause.«

Michael rannte die beiden Stockwerke hinunter, und obwohl er wußte, daß in etlichen Zimmern gearbeitet wurde, klang ihm das Echo seiner Schritte auf den Fluren laut und einsam in den Ohren.

Eli Bachar blickte ihm siegessicher entgegen. »Ich bin nicht zu dir heraufgekommen, weil wir noch mittendrin sind, ich habe ohne nachzudenken nach dem Telefon gegriffen, gleich als ich das Zeug gesehen habe.«

»Wo war das?« fragte Michael.

»Unter diesen Papieren da«, sagte Elfandari mit seiner angenehmen Stimme und hielt ihm eine feste Mappe mit dünnen, bedruckten Seiten hin. Michael blätterte darin herum, lächelte und sagte: »Alle Achtung.«

»Die Nationalbank«, erklärte Elfandari.

»Wieviel Uhr ist es?« erkundigte sich Bachar.

»Drei Uhr und noch was«, antwortete Michael zögernd. »Wir brauchen zwei Stunden, um den Befehl durchzukriegen.« Er schaute die beiden an. »Wo ist Balilati?« fragte er.

»Wer will das wissen?« erkundigte sich Balilati, der mit einem breiten, triumphierenden Grinsen am Türstock lehnte.

Michael hielt ihm die Papiere hin, die die Existenz eines Bankfachs bewiesen.

»Soll ich eine Verfügung besorgen?« fragte Balilati mit ernstem Gesicht, was bei ihm eine Seltenheit war, nachdem er einen bewundernden Pfiff ausgestoßen hatte.

Michael zuckte mit den Schultern.

»Ich bin in einer Stunde zurück. Wer ist heute der diensthabende Richter?«

Sie wußten es nicht.

»Gut, nicht wichtig. Wer ist bei der Bank für die Fächer verantwortlich? Sollen wir ihn jetzt schon wecken, oder warten wir bis zum Morgen?«

»Wir warten bis zum Morgen«, entschied Michael.

Vierzehntes Kapitel

Um sechs Uhr morgens, nachdem er lange Zeit in Gesellschaft Balilatis verbracht hatte, der geradezu zwanghaft die Melodie des bekannten Lieds »Da liegt der Hund begraben« vor sich hin summte, stand Michael in sauberen Kleidern vor dem Spiegel seines Badezimmers und fuhr sich vorsichtig mit dem Rasiermesser über die Wange.

Immer wieder überdachte er die Aussage Arie Kleins, die er so oft gehört hatte, als das kleine Gerät zwischen ihm und Balilati auf dem Tisch gestanden hatte. Als er sich das Gesicht abtrocknete, war er zu einer Entscheidung gekommen.

»Sag mal, weißt du überhaupt, wieviel Uhr es ist?« meinte Avigdor, der Chef der Spurensicherung, mit verschlafener Stimme. »Konntest du nicht eine zivile Uhrzeit abwarten, bevor du mich anrufst?«

»... Nein, es muß keine große Glasflasche gewesen sein, es gibt auch etwas, das Laboratory Bottle heißt, eine kleine Flasche, so ähnlich wie eine Sodaflasche, die zweihundert Gramm enthält, aber ...«

»... Ja, man benutzt sie zum Beispiel für Experimente. Ich habe sie benutzt, als ich an der Uni Chemie gemacht habe. Damals hat man mich nicht um sechs Uhr morgens geweckt.«

»... Ochajon, wie viele Jahre leite ich schon die Spurensicherung? Nicht eines und nicht zwei! Warum verläßt du dich nicht auf mich? Ich habe dir schon tausendmal gesagt, daß das nicht sein kann. Das ist eine verrückte Idee, es ist wirklich ganz einfach. Man kann sogar in eine Garage gehen, sie fest verschließen, einen Automotor anmachen und einen Gasbehälter füllen. Da hast du dein Kohlenmonoxyd. Meiner Meinung nach findest du auf diese Art nichts.«

»... Ja, da ist was dran.« Zum ersten Mal klang Avigdors Stimme zögernd. »Aber dafür muß sich dein Mann in Chemie auskennen. Überhaupt muß er sich mit Chemie auskennen, egal wie, um auf die Idee mit dem Gas zu kommen. Und wenn er das in einer Garage getan hätte, hätte es einen bestimmten Geruch gehabt. Es stimmt, was du sagst, daß man nur bei Gas aus einem Labor nichts riecht. Du solltest keinen Taucher suchen, sondern einen Chemiker. Aber die Idee mit Lieferanten chemischer Artikel ist absurd, in jedem Labor...«

»Ich habe in den Labors gesucht, an der Universität, in Krankenhäusern«, sagte Michael müde. »Ich möchte alle Bestellungen des letzten Monats überprüfen. Wie viele solcher Gasflaschen braucht man?«

»Fünf, sechs, nicht viele, aber glaub mir...«

»Ich schicke heute morgen jemand zu dir, gib ihm die Liste möglicher Lieferanten, er soll sie prüfen. Was haben wir schließlich zu verlieren?«

Michael betrachtete die leere Vase neben dem Telefon und bedankte sich, bevor er den Hörer auflegte.

Immer wieder warf er ungeduldig einen Blick auf seine Uhr, und erst, als es halb sieben war, erlaubte er sich, die Nummer Imanuel Schorrs zu wählen.

»Wo?« fragte Schorr mit vollkommen wacher Stimme.

»Im Café Atara, das ist nicht weit von der Bank«, antwortete Michael.

So kam es, daß sie beide um halb acht im Café Atara saßen, an dem großen Fenster, das auf eine Seitenstraße hinausging. Sie schwiegen, während die Kellnerin, die sich gleichzeitig mit einer alten Frau an einem mittleren Tisch auf ungarisch unterhielt, das Frühstück vor sie hinstellte, Rührei, zwei Brötchen, kleine Butterwürfel, ein Schälchen mit Marmelade und je ein Glas Orangensaft.

»Habe ich dich geweckt?« fragte Michael und betrachtete das Rührei.

»Blödsinn«, sagte Schorr. »Wann hast du den Durchsuchungsbefehl bekommen?«

»Um halb vier.«

»Gut, da hat es sich wirklich nicht gelohnt, Lärm zu schlagen. Da hättest du die Leute ruhig schlafen lassen können.«

»Das habe ich doch getan«, verteidigte sich Michael.

»Und? Was gibt es sonst noch Neues?« fragte Schorr.

Michael zitierte Teile seines Gesprächs mit Klein, beschrieb, wie das Bankfach gefunden worden war. Er zögerte, ob er über *Schira* von Agnon sprechen sollte, doch die dumpfe Angst, die er bei diesem Thema empfand, hinderte ihn daran. Er hätte auch nicht gewußt, was er darüber sagen sollte. Schließlich beendete er seinen Bericht mit den Worten: »Deshalb glaube ich, daß es einen anderen Zulieferer geben muß.«

»Und was ist, wenn das Zeug nicht hier in Israel bestellt worden ist?« fragte Schorr. »Schließlich gibt es in der ganzen Welt Chemikalienhandlungen. Du glaubst doch nicht, daß er in seinem Bankfach leere Gasflaschen oder Prospekte von Chemikalienhandlungen aufbewahrt.«

Zwei Männer betraten das Café und setzten sich an die Bar. Michael betrachtete sie, ihre dunklen Anzüge, die schmalen Krawatten, und zupfte den Kragen seines Hemdes zurecht.

»Komm, denken wir mal nach«, sagte Schorr in väterlichem Ton und nahm einen Schluck von dem Milchkaffee, den die Kellnerin brachte. »Wie könnte ein Literaturprofessor an Gasflaschen gekommen sein? Wie hättest du es an seiner Stelle angefangen?«

Michael stellte vorsichtig die Tasse auf den Teller. »Ich habe dir gesagt, wir haben alle Labors kontrolliert, und überall haben wir die Auskunft bekommen, daß nichts vermißt würde. Es bleibt nur der gesetzliche Weg: eine Bestellung bei einem Händler, entweder telefonisch oder brieflich. Doch in jedem Fall müßte jemand ein Paket angenommen haben, der Händler hätte wissen müssen, wer bezahlt, an wen die Flaschen geschickt werden sollen.«

»Ja«, stimmte Schorr zu und zerrieb den schwarzen Kopf des Streichholzes, das Michael in den Aschenbecher gelegt hatte. »Aber da liegt das Problem: Warum? Warum sollte jemand, der so vorsichtig einen Mord plant, das Risiko eingehen, Spuren zu hinterlassen, wenn er das Gas ganz leicht auf anderem Weg hätte bekommen können? Auch wenn es sich um kleine Behälter handelt, so muß man doch auch die abholen, für den Empfang des Pakets eine Quittung unterschreiben, was weiß ich alles.«

»Dazu habe ich eine Theorie«, beharrte Michael. »Aber nicht jetzt, ich möchte erst das Bankfach sehen und dann weiter ermitteln. Das mußt du doch zugeben, daß weitere Ermittlungen nichts schaden.«

Schorr winkte der Kellnerin und deutete auf seine leere Tasse. Sie rief durch das Fenster zur Küche: »Noch ein Milchkaffee!« und brachte ihm dann schnell eine neue Tasse.

»Das Problem mit Tirosch ist«, sagte Schorr, »daß er vollkommen allein gelebt hat. Ich verstehe, daß du dir von dem Bankfach soviel erhoffst, aber ich habe da meine Zweifel.«

»Wir haben bisher noch keinen Hinweis gefunden«, bekannte Michael, »keine Telefonnummer einer Chemikalienhandlung, keinen Prospekt, keine Bücher über Chemie. Und trotzdem bin ich überzeugt, ich fühle einfach, daß es so war. Ich werde auf alle Fälle weiter ermitteln.« Wieder schaute er auf die große Uhr, die jetzt acht Uhr zeigte.

Imanuel Schorr bestellte die Rechnung und warf Michael einen strafenden Blick zu, als dieser die Hand nach seinem Geldbeutel ausstreckte, sie dann aber sofort zurückzog. Schorr bezahlte. Die Kellnerin wühlte in der kleinen Ledertasche an ihrem Gürtel und zählte das Wechselgeld auf den Tisch. Schorr ließ es liegen.

Die beiden Männer in den Anzügen bezahlten den Espresso, den sie getrunken hatten, und Michael sah, wie sie die Ben-Jehuda-Straße hinuntergingen, in Richtung Kikar Zion. Die Fußgängerzone war fast menschenleer, die Geschäfte waren noch geschlossen.

Als sie den Kikar Zion erreichten, sahen sie Eli Bachar, der vor der Niederlassung der Nationalbank stand und sich eifrig mit den beiden Männern unterhielt, die vorhin im Café Atara Espresso getrunken hatten. Der kleinere von ihnen war, wie sich herausstellte, der Direktor der Bank. Vor der Eingangstür warteten schon zwei Frauen und ein Mann ordentlich hintereinander, und als sie die beiden Männer entdeckten, erschien auf ihren Gesichtern ein erwartungsvoller Ausdruck, der sich aber in Enttäuschung verwandelte, als der Direktor wichtigtuerisch auf seine Uhr deutete, den Kopf schüttelte und die Tür aufschloß.

Michael trat ein, hinter ihm Eli Bachar, danach Schorr. Der Direktor schloß die Tür wieder ab, dann griff er nach dem Durchsuchungsbefehl. Schorr stand neben ihm, während er die Unterschriften prüfend betrachtete. Er führte sie, unter Hinweisen auf die Sicherheitsvorkehrungen, zu dem Raum mit den Bankfächern.

Schorr hielt sich bescheiden im Hintergrund, hinter Michael, der sich vorbeugte und in das Fach hineinschaute. Der Bankdirektor zog Papiere aus Umschlägen, notierte jedes einzelne sorgfältig, bevor er es wieder zurücksteckte. Erst als Eli Bachar gehorsam das Formular unterschrieben hatte, das ihm hingehalten wurde, durfte er den Inhalt des Bankfachs in undurchsichtige Plastiktüten füllen.

Der Bankdirektor streckte die Hand aus und nahm einen der beiden Durchschläge des Durchsuchungsbefehls an sich, den zweiten gab Eli an Michael weiter. Der dritte war bereits an das Gericht gegangen.

Michael prüfte noch einmal, ob das Bankfach wirklich leer war, dann verließen sie langsam, einer nach dem anderen, die Bank durch die Hintertür. Michael ging hinter Eli Bachar her, der die beiden Tüten trug.

Im Büro betrachtete Michael die schwarze Mappe, die Zila von der Untersuchung durch die Spurensicherung zurückgebracht hatte. Er bat Schorr und Eli Bachar Platz zu nehmen, bevor er die Umschläge anschaute.

Seine Bewegungen waren langsam, wie immer, wenn er aufgeregt war. Scha'ul Tirosch hatte alle Dokumente in braunen Papierumschlägen aufgehoben: Unterlagen, die bewiesen, daß er das Haus in Jemin-Mosche erworben hatte, seine Promotionsbescheinigung, die Urkunde von der Erlangung des ersten Staatspreises für Lyrik, medizinische Atteste, Briefe und Zeugnisse in einer fremden Sprache. »Tschechisch«, sagte Schorr und runzelte bei dem Versuch, sie zu übersetzen, die Augenbrauen vor Anstrengung.

Dann, mit einem kleinen Siegesschrei, bat er um die Liste der internen Telefonnummern, wählte und verlangte energisch, mit Horowitz zu sprechen. Horowitz erschien bald darauf in Michaels Zimmer, mit einem rosafarbenen Gesicht und nur noch ein paar grauen Strähnen auf der Glatze. »Ausgerechnet jetzt«, sagte er mit einem gutmütigen Lächeln, »zwei Monate vor meiner Pensionierung, kann man meine Sprachkenntnisse gebrauchen.«

Er las die Abiturzeugnisse von Jan Czaski und Helena Radowanski, der Mutter Tiroschs, vor. Dann betrachtete Horowitz eines der Zeugnisse und sagte: »Das ist nicht Tschechisch, das ist Deutsch. Das sind die Noten von der medizinischen Fakultät in Wien, aus dem zweiten Jahr. Auf den Namen Pavel Czaski, hier, da könnt ihr es sehen.«

Schorr beugte sich über das Dokument. Als er den Kopf hob, sah er das Lächeln auf Michaels Gesicht. »Ich hätte mir nichts Besseres wünschen können«, sagte Michael. »Außer den Gasbehältern gibt es hier alles.« Er saß auf seinem Stuhl und fühlte sich müde und erschöpft.

In einer braunen Papiertüre befanden sich ausländische Geldscheine in weißen Umschlägen: Schweizer Franken, Dollars, englische Pfund und sogar jordanische Dinare. Aus einem dritten Umschlag zog Michael eine Kette aus bläulichen Perlen, der Silberverschluß war mit Brillanten besetzt, und dazu passende Ohrringe. Einen Moment betrachteten sie den Schmuck, dann stieß Eli Bachar einen triumphierenden Schrei aus: »Da ist es!«

Das Testament, von einem Notar unterschrieben, befand sich in einem gesonderten Umschlag. Michael las das sachliche, kurzgefaßte Dokument einige Male, reichte es Schorr, dann nahm er den Hörer des Haustelefons ab und bat Zila, zu ihm zu kommen.

Sie betrachtete das Testament eine ganze Weile, bevor sie es Michael zurückgab. Ihre Wangen waren rot.

»Wir haben keine Wahl«, sagte Eli Bachar und fuhr sich durch die Haare. »Sie soll ihren Rechtsanwalt mitbringen, wenn sie will.« Mit gekränkter Stimme fügte er hinzu: »Ich habe von Anfang an gesagt, daß sie mir nicht gefällt.«

Michael nickte Zila zu, und sie schaute ihn fragend an.

»Gut«, sagte er, »man muß herausfinden, wo sie im Moment ist, und sie herbringen. Bist du bereit?«

Zila nickte eifrig, öffnete die Tür und stieß mit Mani Esra zusammen, der plötzlich im Türrahmen stand. »Wohin gehst du?« fragte er gereizt und blickte sich schnell um.

Sie schaute an Manis Schulter vorbei und lächelte dem jungen, mageren Mann mit dem Schnurrbart vergnügt zu, der nun neben Mani trat.

Er trug Polizeiuniform, auf seinem Arm war deutlich das Feldwebelabzeichen zu sehen. »Ilan Mu'alem«, sagte er zu Ochajon und hielt ihm seinen Ausweis hin.

»Warum trägt er Uniform?« fragte Eli Bachar Mani, der mit unterdrücktem Grinsen antwortete: »Vielleicht hat er gedacht, daß das hier üblich ist.«

Ilan Mu'alem trat unbehaglich von einem Fuß auf den anderen. »Er ist von der Polizei in Ofakim«, erklärte Mani. »Er ist unsere Unterstützung vom Dezernat Süd.«

»Was für ein Glück, daß Balilati nicht da ist, er hätte ihn gefressen«, sagte Eli Bachar und nahm den Feldwebel am Arm. »Komm, Kamerad, wir besorgen dir Kaffee und was zu essen.« Damit führte er ihn aus dem Zimmer.

Michael wandte sich an Mani und erklärte ihm kurz, daß er alle Bestellungen von Kohlenmonoxyd herausfinden solle, die im letzten Monat gemacht worden seien. Alle sollten sorgfältig aufgelistet werden.

»Mit dem? Mit diesem Mu'alem?« fragte Mani ungläubig.

»Ich nehme an, daß er telefonieren kann«, sagte Michael kühl und fühlte einen leichten Stich von Mitleid, als er an die demütige Gestalt in Uniform dachte.

Als alle weg waren, öffnete Michael die schwarze Mappe, die aus dem erkennunsdienstlichen Labor zurückgekommen war, und blätterte in den dünnen, mit Gedichten beschriebenen Papierseiten. Dann zündete er sich eine Zigarette an und las den Bericht des Labors, den Zila auf seinen Tisch gelegt hatte. Da stand, mit welcher Schreibmaschine die Gedichte geschrieben worden waren und auf was für einem Papier. »Reispapier«, las Michael in der ordentlichen Handschrift Pninas von der Spurensicherung. Es gab auch noch Hinweise auf eine Eigentümlichkeit des Buchstabens »L«, auf die Art der Tinte, die verwendet worden war, um die Gedichte zu vokalisieren. Besonders betont wurde, daß man Fingerabdrücke Tiroschs gefunden habe, außerdem noch unidentifizierbare, die durch die unachtsame Behandlung der Leute von der Sonderkommission leider verwischt worden wären.

»Ein Blatt fiel im aufkommenden Wind / senkte sich / auf meine Bluse / von dort in die Dunkelheit / versank / und schwieg«, las Michael laut und blätterte vorsichtig weiter, auf der Suche nach irgendeinem Detail, das ihm einen Hinweis auf die Identität des Dichters geben könnte. Er wurde immer verwirrter. Das kann doch nicht sein, dachte er, das kann doch nicht sein, daß der Autor nicht gemerkt hat, wie banal diese Gedichte waren.

Mit einem gewissen Vergnügen betrachtete er die Anmerkungen Tiroschs, dessen Schrift ihm im Laufe der letzten Woche vertraut geworden war. »Metaphorische Verbindung«, hatte Tirosch neben die Zeile »Ich wußte nicht, ob ich die Tür nach deinem Weggehen verschlossen hatte« geschrieben.

Michael, obwohl er wußte, daß die Literaturtheorie zwischen dem Autor und dem »Sprecher« des Gedichtes unterschied, war überzeugt, daß es sich in diesem Fall um eine Dichterin handeln mußte. Er blätterte weiter und fand andere Anmerkungen Tiroschs, lange Fragezeichen und die Wörter »nein« und »nicht so« am Rand. Auf eine Seite hatte Tirosch mit roter Tinte geschrieben: »So darf man nicht über so etwas schreiben.«

Michael erinnerte sich daran, was Klein über Tiroschs Begabung als Kritiker gesagt hatte, und mußte zustimmen. Trotzdem entnahm er den Anmerkungen, daß Tirosch die Verfasserin dieser Gedichte kannte.

Balilati kam herein, laut schnaufend, wie es seine Art war. »Schade, daß Schorr weg ist«, sagte er. »Ich habe etwas Interessantes für ihn. Für ihn und für dich.«

»Es gibt keine Zufälle in der Welt«, behauptete Michael und schob die Mappe beiseite. »Wenn Tirosch Unterlagen über seine finanziellen Verhältnisse in eine Mappe mit Gedichten legt, dann hat das eine Bedeutung.«

Balilati zuckte mit den Schultern. »Wie du willst. Ich sage nicht, daß es unmöglich ist, herauszufinden, wer diese Gedichte geschrieben hat, aber trotzdem legt man doch manchmal etwas irgendwohin, wenn zum Beispiel jemand anders plötzlich das Zimmer betritt, und er hat ja auch nicht gewußt, daß er bald ermordet wird. Aber ich finde es für dich heraus, kein Problem.«

Nur mit großer Mühe gelang es Balilati, Michael bis zum Ende zuzuhören. Er nahm die Mappe in die Hand und schaute Michael an, der mit den Fingern auf den Tisch trommelte. Balilati fuhr sich mit der Zunge über die Lippen und stopfte sich mit der charakteristischen Bewegung das Hemd in die Hose. Michael fiel auf, daß er in den letzten Tagen zugenommen hatte, sein Bauch wölbte sich noch weiter hervor als sonst, und sein Hemd klaffte zwischen zwei Knöpfen auseinander.

»Was wolltest du sagen?« erkundigte sich Michael.

Balilati grinste zufrieden und stellte die rhetorische Frage »Wieviel Uhr ist es jetzt?« Er schaute auf seine Uhr. »Erst halb elf, nicht schlecht für halb elf, aber ich sage dir die Wahrheit, ich habe Beziehungen, nicht erst seit heute. Ich habe gleich was gerochen, aber nachdem ich mir das Band von deinem Professor angehört habe, war ich sicher, und glücklicherweise bin ich an den richtigen Mann geraten.«

»Um was geht es?« fragte Michael erstaunt. Er war mit den Gedanken bei Kohlenmonoxyd.

Mit einem siegreichen Lächeln antwortete Balilati: »Um den Gynäkologen von dieser Porzellanfigur, wie heißt sie doch noch, Eisenstein.«

»Was hat ihr Gynäkologe damit zu tun?« wollte Michael wissen.

Balilati fing mit der üblichen Formulierung an: »Frag mich, und ich werde es dir sagen.« Dann sprach er weiter, wobei er immer ernster wurde. Er nannte den Namen des Gynäkologen, erwähnte ein paar verschlungene Wege, die er gegangen sei, um nicht »mit der ärztlichen Schweigepflicht in Schwierigkeiten zu kommen«, pries die Sekretärin des betreffenden Arztes, dessen Privatklinik sich genau neben dem Haus befinde, in dem seine Schwägerin wohne, die jüngere Schwester seiner Frau, »nun, ich habe sie dir doch mal vorgestellt, vielleicht erinnerst du dich«.

Michael erinnerte sich an das Abendessen am Sabbat im

Haus Balilatis, an die dicke Frau und ihr verlegenes Lächeln, an den Nachrichtenoffizier in der Pose des Patriarchen am Kopfende des Tisches, die brennenden Kerzen vor sich, an die gebadeten Kinder, an den Spruch: »Iß, iß, niemand auf der Welt macht so gute Koba wie meine Frau.« Er erinnerte sich an die Hitze im Zimmer, an das schwere Essen, an Emilia, die junge, schüchterne Schwägerin Balilatis, mit ihrem dunklen Pferdeschwanz, den braunen Augen und dem plötzlichen Lächeln, die Balilati offenbar mit Michael Ochajon verkuppeln wollte. Sogar an ihre scheue Stimme erinnerte er sich, als sie sagte: »Dani hat schon soviel von Ihnen erzählt.«

»Ich weiß nicht, ob ich das ohne gerichtliche Aufhebung der ärztlichen Schweigepflicht verwenden kann«, überlegte er laut, nachdem Balilati seinen Bericht beendet hatte.

Balilati wurde rot und protestierte: »Was soll das heißen, habe ich dir jemals eine falsche Auskunft besorgt?«

»Das ist nicht der Punkt«, antwortete Michael besänftigend. »Aber sie hat schon beim ersten Verhör einen Rechtsanwalt verlangt, noch bevor wir etwas wußten. Du kannst dir vorstellen, wie sie reagieren wird, wenn wir so etwas vorbringen.«

»Aber auch die vom Detektor haben gesagt, daß ihre Reaktionen nicht signifikant waren, ihre und die von Tuwja Schaj und Arie Klein«, betonte Balilati. »Es gibt keinen Grund, daß du nicht einen entsprechenden Antrag bei Gericht stellst. Und einstweilen können wir es ja schon verwenden.«

»Wer hat gesagt, daß Kleins Reaktionen nicht signifikant waren?« fragte Michael scharf.

»Reg dich nicht auf, der Detektorfachmann hat es uns erzählt. Sie waren nicht aussagekräftig genug, wir werden ihn einfach noch mal bestellen müssen, wegen all dieser Unklarheiten, wann er angekommen ist, wo er war und so.«

»Was für Unklarheiten?« fragte Michael neugierig. »Es ist doch alles in Ordnung. Er ist am Donnerstag nachmittag zurückgekommen, wo gibt's da Unklarheiten?«

»Gut, ich weiß nicht, vielleicht hat man die Fragen nicht richtig vorbereitet, wir bestellen ihn noch einmal. Warum regst du dich so auf? Er ist nicht der einzige, der noch einmal bestellt wird.« Ein wissendes Lächeln erschien auf Balilatis Gesicht. »Ich weiß ja, daß du was für ihn übrig hast.«

Michael Ochajon nickte leicht mit dem Kopf und schaute Balilati an, dem noch immer der Schweiß über das Gesicht lief.

»Jedenfalls«, sagte Balilati langsam, »sollten wir jetzt etwas Dringenderes besprechen. Nicht du kommst in Schwierigkeiten, sondern die Sekretärin des Arztes oder der Arzt. Wir nicht. Und wenn du dann zum Gericht gehst, hast du zuverlässige Beweise. Außerdem könntest du sie gleich verhaften.«

Michael seufzte. »Du weißt, wie sehr ich deine Arbeit schätze, Dani«, sagte er und sah aus den Augenwinkeln, wie das Gesicht des Nachrichtenoffiziers weicher wurde. »Aber das Gesetz setzt mir Grenzen. Ich sage nicht, daß ich diese Information nicht benutze, aber ich bin nicht sicher, was passieren wird. Wie die Dinge jetzt liegen, könnte man sagen, daß sie mindestens ein Motiv für den Mord hat, wenn nicht mehr, aber ich habe kein gutes Gefühl dabei, wenn wir nicht vom Gesetz gedeckt sind.«

»Ich kopiere das und gebe es dir dann wieder, oder?« Balilati stand auf und nahm die Mappe in die Hand.

Michael nickte. »Zehn Minuten«, sagte Balilati und blätterte die Mappe auf dem Weg nach draußen durch.

Das weiße Telefon klingelte, noch bevor Balilati die Tür hinter sich zugemacht hatte. Es war Zila, die schwer atmete. »Sie ist nicht bereit zu kommen«, sagte sie verzweifelt. »Sie sagt, man könne sie nur mit Gewalt ›an diesen Ort‹ bringen, und ich weiß nicht, was ich tun soll. Ich habe alles versucht, ich habe ihr erklärt, daß sie dann mit dem Streifenwagen abgeholt wird, was weiß ich noch alles, aber sie will einfach nicht kommen.«

»Wo ist sie?« fragte Michael.

»Hier an der Universität, auf dem Har ha-Zofim, in ihrem Zimmer. Sie arbeitet. Ich weiß nicht, was ich tun soll. Soll ich einen Streifenwagen bestellen und sie mit Gewalt mitnehmen? Willst du sie verhaften?«

»Nein«, antwortete Michael, »ich will niemanden verhaften. Weißt du, ob Klein da ist?«

»Er ist da, ich habe ihn vor dem Sekretariat getroffen, als ich gekommen bin«, sagte Zila. »Soll ich mit ihm sprechen?«

»Nein, ich rufe ihn selbst an. Warte dort.«

»Universität«, meldete sich eine Frau in der Zentrale mit gleichgültiger Stimme. Michael verlangte das Sekretariat der Fakultät für Literatur.

»Hallo.« Adina Lifkins Stimme klang aufgeregt. Michael sagte, er wollte mit Professor Klein sprechen.

»Wer spricht, bitte?« fragte Adina Lifkin.

Als sie dann laut sagte: »Ach so, von der Polizei«, hörte Michael das Vergnügen in ihrer Stimme. »Er war bis vor einer Minute hier, dann ist er rausgegangen, ich könnte ihn suchen, falls es sehr wichtig ist, ich habe nämlich gerade viel zu tun, und die Frage ist, ob es nicht vielleicht reicht, wenn ich ihm etwas ausrichte.«

»Es reicht nicht«, sagte Michael entschieden.

»Gut, aber Sie müssen sich gedulden«, sagte Adina Lifkin.

Ein paar Minuten vergingen, dann hörte Michael die bekannte, energische Stimme. »Hallo, hier spricht Klein.«

Michael erklärte ihm schnell die Situation und hörte den Mann am anderen Ende schwer atmen, als er mehrmals »ja« sagte, und dann: »Ich habe verstanden.«

Lange Zeit schaute Michael Ochajon immer wieder auf seine Uhr. Die Zeiger bewegten sich nur langsam vorwärts, und der Aschenbecher war voller Kippen. Er saß mit ausgestreckten Beinen da, beobachtete die Rauchkringel und sah in ihnen das Gesicht Ja'el Eisensteins. Er würde sich lediglich auf die legale Ermittlung beziehen können.

Nach einigen Minuten kam Balilati ins Zimmer, um ihm, wie er versprochen hatte, die Mappe zurückzubringen. Er warf ihm einen Blick zu und verschwand wortlos.

Jeden Moment kann die Tür aufgehen, dachte Michael, und dann wird diese Gestalt dastehen, zart wie ein Alpenveilchen, und er würde sich zwingen müssen, ihre Zerbrechlichkeit und ihre Schönheit zu ignorieren.

Er stellte sich den Mord bildlich vor. Den dunklen Schatten, der wieder und wieder auf das längliche Gesicht einschlug, den Sturz nach hinten. Die Überlegungen des Pathologen zur Größe des Täters ließen zu viele Möglichkeiten offen, auch die vielen anderen ermüdenden Spekulationen.

Totschlag aus Wut, sagte er sich, kein geplanter Mord. Eine solche Tat, dachte er, wird nicht von jemandem begangen, nur weil er eine Erbschaft zu erwarten hat. Er stellte sich die zarte, madonnenhafte Gestalt Ja'el Eisensteins vor, wie sie die Statue des indischen Gottes Schiwa in der Hand hielt, des Gottes der Fruchtbarkeit und der Zerstörung, und das Bild war auf einmal ganz klar. Er konnte den weißen

Arm sehen, das wutverzerrte Gesicht, die Augen, die vor Erregung aus den Höhlen quollen, und er fühlte, was sie gefühlt haben mußte – vielleicht, warnte er sich selbst.

Er überlegte, ob so ein zerbrechlicher Mensch in eine solche Wut geraten konnte. Eine schreckliche Kraft müßte in ihm auflodern aus Wut über etwas Bestimmtes, und der Mensch würde diese Kraft in sich selbst hassen. Vielleicht, dachte er, vielleicht war es Ja'el.

Aber nicht wegen der Erbschaft. Wegen etwas anderem, von dem ich nichts weiß.

Als die Tür aufging, war ihm klar, daß er hart sein mußte.

Zila trat ein, und er schob schnell die schwarze Mappe, die ihm Balilati zurückgebracht hatte, in die Schublade.

»Sie ist da«, sagte Zila und strich sich über die Stirn. »Was für eine Hitze draußen! Sie wartet mit Klein, er hat gefragt, ob er mit ihr hereinkommen darf, und ich habe gesagt, ich würde dich fragen. Was soll ich ihm ausrichten?«

»Sag ihm, daß ich sie erst allein sprechen will, später werden wir sehen.«

Michael Ochajon stellte das Aufnahmegerät in dem Moment an, als sie im Türrahmen stand, wieder in einem schwarzen Strickkostüm, allerdings einem anderen als das letzte Mal, das Muster war großmaschiger. Ihre Arme sahen besonders zart aus, und die Perlenkette betonte den weißen Hals. Weiß in Weiß, dachte Michael und empfand Schuld, wenn er daran dachte, was passieren würde.

Er achtete darauf, ein ausdrucksloses Gesicht zu zeigen, und stellte ihr einen Aschenbecher hin, als sie sich eine Zigarette anzündete.

»Sie wollten mit mir sprechen«, stellte sie kühl fest.

»Ja.« Michael seufzte. »Ich wollte, daß Sie mir noch einmal erklären, was Sie an dem Tag getan haben, als Scha'ul Tirosch ermordet wurde.«

»Das habe ich doch alles schon erzählt«, sagte sie wütend. »Mindestens dreimal.«

»Ich weiß, und es tut mir auch leid, es gibt aber jedesmal andere Gründe. Wir sind nicht darauf aus, einfach nur so Leute zu quälen.«

»Nein, nicht einfach nur so«, sagte Ja'el Eisenstein, und ihr Gesicht verzog sich.

»Ich wüßte gerne, um wieviel Uhr genau Sie an jenem Tag vor weniger als einer Woche zur Universität gekommen sind.«

Sie wandte den Kopf zur Seite und schaute ihn spöttisch an. Er wich ihrem Blick nicht aus. Er empfand keinen Zorn, nur Mitleid und Erschöpfung.

»Wie bist du drauf gekommen, ihm diese Frage zu stellen?« hatte Schorr ihn vor Jahren einmal gefragt, als er sich die Aufnahme eines Verhörs anhörte. »Los, erklär mir, wie du auf diese Frage gekommen bist.«

»Ich fühle den Menschen«, hatte Michael mühsam zu erklären versucht, »ich steige in seine Seele, ich denke wie er, ich höre ihn sprechen, und dann weiß ich es oft. Nicht die Tatsachen, sondern das Prinzip dahinter.«

»Du machst mich verrückt«, hatte Schorr protestiert, »man sollte sich auf keinen Fall mit einem Menschen ganz identifizieren, man braucht auch Härte und Aggression, wenn man in einem Mordfall ermittelt.«

»Ich kann nicht anders«, hatte Michael entschuldigend gesagt, »nur wenn ich mich mit dem Menschen identifiziere, weiß ich, welche Richtung ich einschlagen muß. Das tut manchmal sehr weh, wenn man sich so in jemanden hineinversetzt, auch mir selbst, hauptsächlich deshalb, weil ich das im Grunde tue, um sie zu quälen, aber nur so kann ich etwas herausfinden.«

Michael konzentrierte sich wieder auf Ja'el Eisenstein und wiederholte die Frage, was sie am Freitag getan habe.

Sie antwortete ausführlich und erinnerte ihn daran, daß sie pünktlich zur Fakultätssitzung gekommen war, dann in der Bibliothek gewesen war und schließlich nach Hause fuhr. Nach Hause, sagte sie und meinte das Haus ihrer Eltern.

»Und wann haben Sie ihn zum letzten Mal gesehen?«

Sie senkte den Kopf, wie Juval als Kind, wenn er sich störrisch weigerte zu essen, drehte den Kopf nach links. »Um es ganz einfach auszudrücken«, sagte sie leise, »das geht Sie nichts an.« Mit zitternden Händen zündete sie sich eine Zigarette an. Wieder fielen ihm ihre dünnen Finger mit den Nikotinflecken auf.

»Wir haben Fingerabdrücke von Ihnen in seinem Zimmer gefunden«, warnte Michael.

»Was beweist das schon? Daß ich irgendwann mal in seinem Zimmer war.«

»Und am Freitag waren Sie nicht in seinem Zimmer?«

Sie blickte ihn an. »Das habe ich bereits gesagt.«

Michael spielte mit einem abgebrochenen Streichholz und bemühte sich, einen väterlichen Gesichtsausdruck anzunehmen.

»Ich wünschte«, sagte er, »Sie hätten ein bißchen mehr Vertrauen zu mir.«

»Und warum? Vielleicht, weil Sie mein Bestes wollen?« fragte sie kühl.

Er lächelte geduldig und erfahren. »Sie tun mir leid«, sagte er leise und mit der notwendigen Intimität, »all diese schrecklichen Erfahrungen, die Erniedrigungen, die Sie durch Tirosch erleiden mußten.«

»Was meinen Sie?« fragte sie, und ihre weiße Haut bekam einen rosafarbenen Schimmer.

»Soll ich Sie wirklich daran erinnern?«

Sie schwieg.

»Ich meine die Heirat und die Scheidung, die Abtreibung und...«

»Woher wissen Sie das?« Jetzt wurde ihr Gesicht rot, und ihre Stimme klang erstickt. »Hat Arie Klein es Ihnen erzählt?«

Michael lächelte traurig. »Er hat es mir nicht mehr erzählen müssen.«

»Ich weiß nicht, wovon Sie sprechen«, sagte sie, aber er konnte ihre Tränen sehen, bevor sie den Kopf senkte.

»Ich weiß, daß es Jahre her ist, aber solche Demütigungen kann man bestimmt schwer vergessen.«

Sie schwieg.

»Ich verstehe auch«, fuhr Michael fort und wählte sorgfältig jedes Wort, »Ihr Unglück über die Tatsache, das Sie infolge der damaligen Ereignisse keine Kinder bekommen können.«

Sie hob den Kopf. »Woher können Sie solche Dinge wissen?« fragte sie erschrocken. Ihre Lippen verzogen sich.

»Ich versuche mir vorzustellen, wie Sie sich gefühlt haben. Der Kummer und vor allem die Demütigung. Sie sind nicht der einzige Mensch, den Scha'ul Tirosch gedemütigt hat, falls Ihnen das Erleichterung bringt.«

Sie antwortete nicht. Ihr weißes Gesicht war ihm zugewandt. Er las in ihm Angst und eine schreckliche Wut. Sie bewegte sich nicht, sie schaute ihn nur an.

»Ich kann mir ein Gespräch zwischen Ihnen vorstellen. Er

hat Sie auf seine beherrschte, kultivierte Art gedemütigt, vielleicht haben Sie ihm sogar von der gynäkologischen Behandlung erzählt, der Sie sich unterziehen mußten, und er, wie immer, reagierte zynisch. Was hat er Ihnen gesagt? Daß es ohnehin nicht zu Ihnen passe, Mutter zu werden? Daß Sie ohnehin keine richtige Frau sind? Was hat er gesagt, was Sie dazu gebracht hat, auf ihn einzuschlagen, zu wünschen, daß er stirbt?«

Sie erhob sich und rannte zur Tür. Michael gelang es, sie zurückzuhalten, als sie die Hand schon auf der Klinke hatte. Er löste ihre Hand, Finger um Finger, packte ihren dünnen Arm mit festem Griff, führte sie zum Stuhl zurück und drückte sie darauf. Ich habe mich nicht geirrt, dachte Michael und gestattete sich für einen Moment das Gefühl des Triumphs, bevor er weitersprach.

Sie saß schlaff da, als habe sie jeden eigenen Willen verloren. Er wußte, daß er sich nicht mehr lange bemühen mußte.

»Was hat er zu Ihnen gesagt? Es ist sinnlos, von hier wegzulaufen, das wissen Sie auch. Was hat er Ihnen gesagt, als Sie in seinem Zimmer waren, das Sie so wütend machte, daß Sie mit der Statue auf ihn losschlugen?« Er überlegte, ob er an dieser Stelle etwas über Totschlag im Gegensatz zu geplantem Mord sagen sollte. Er entschied sich, es nicht zu tun.

»Es war schrecklich, wie er stürzte, und es war schrecklich, ihn so zurücklassen«, stellte er fest, als wäre er dabeigewesen.

Sie blickte ihn an, schüttelte den Kopf und zog schließlich aus ihrer kleinen Ledertasche, die über der Stuhllehne hing, ein besticktes Taschentuch und putzte sich geräuschlos die Nase. Es war viele Jahre her, daß Michael eine Frau gesehen hatte, die sich mit einem bestickten Taschentuch wie ein braves Mädchen die Nase putzte.

Er wollte gerade die Frage wiederholen, da sagte sie noch leiser als sonst, sie habe ihn nicht geschlagen.

»Aber Sie waren in seinem Zimmer«, stellte Michael fest.

»Ja, aber nur am Donnerstag.«

»Und Sie haben mit ihm gestritten.«

Sie nickte.

»Um was ging der Streit?«

»Um etwas Persönliches.«

»Persönlicher als die Tatsache, daß Sie keine Kinder mehr bekommen können?«

»Ja. In meinen Augen ja«, sagte sie. Außerdem habe sie Scha'ul nie davon erzählt.

Was könnte in ihren Augen persönlicher sein als eine gynäkologische Behandlung, überlegte Michael fieberhaft, als hinge sein Leben davon ab, daß er das herausbekam. Er dachte an ihr Leben, an ihre Arbeit an der Fakultät, an ihre gesellschaftliche Zurückhaltung, die ihr sogar Fahrten mit dem Autobus verbot, auch an ihre Genügsamkeit beim Essen, das aus Joghurt und Obst bestand, er dachte an ihre eintönige Garderobe, die sich nicht mit den Jahreszeiten farblich veränderte, und an die Informationen über eine frühere psychiatrische Behandlung, die von Balilati stammte – viermal in der Woche, hatte Balilati gesagt, und mit dem Taxi hin und zurück –, und an ihre Einsamkeit. Vor allem an ihre Einsamkeit. Du verlierst den Rhythmus, dachte er, fühle dich in sie ein. Frage dich nicht, was nach ihren Maßstäben persönlicher ist, frage, was für sie persönlich ist.

Mit einer schnellen Bewegung zog er die schwarze Mappe aus der Schreibtischschublade.

»Ich nehme an, daß er Ihnen die größte Verletzung durch seine Reaktion auf das da zugefügt hat«, sagte er und hielt ihr die Gedichte hin.

Sie umklammerte die Mappe und sagte kein Wort.

Ich habe sie gelesen. Sie sind schrecklich. Sie haben mich verwirrt, dachte Michael, aber laut sagte er: »War es seine Kritik an den Gedichten, die Sie so wütend gemacht hat, daß Sie auf ihn einschlugen? War es die Demütigung, die er Ihnen entgegengeschleudert hat, die Sie den Kopf verlieren ließ?«

Sie weinte geräuschlos. Ein Weinen, das mir das Herz brechen sollte, dachte Michael. »Sie müssen mir antworten«, sagte er in scharfem Ton.

Sie habe ihn nicht geschlagen, sagte sie. Sie sei am Donnerstag morgen bei ihm im Zimmer gewesen. Draußen habe Ruchama Schaj gewartet, er könne Ruchama ja fragen, wie sie ausgesehen habe, als sie aus Tiroschs Zimmer gerannt kam. Sie habe die Gedichte in seinem Zimmer gelassen, weil sie unfähig gewesen sei, ihn eine Sekunde länger anzusehen. Sie sei wie erstarrt gewesen, sagte sie. Noch nie habe sie sich gegen Verletzungen mit Gewalt wehren können, sie weiche solchen Situationen aus, und nie, wirklich noch nie, habe jemand sie so beleidigt wie Tirosch, als er über ihre Gedichte sprach. Er habe hinter seinem Schreibtisch gesessen und sich wirklich bemüht, freundlich zu sein, sagte sie, und das allein habe sie schon als Beleidigung empfunden. Noch nie habe sie die Gedichte irgend jemandem gezeigt, sagte sie unter Schluchzen, auch Klein nicht. Eigentlich habe sie erst im letzten Jahr angefangen zu schreiben, und sie habe einfach nicht gewußt, ob ihre Gedichte gut seien. Zuerst habe Tirosch versucht, rücksichtsvoll zu sein, aber er war nun einmal scharfsinnig und kritisch, selbst wenn er rücksichtsvoll sein wollte. Zum Schluß sagte er ungeduldig: »Du hast keine Zukunft. Du kannst nicht schreiben. Eine Frau braucht eine Gebärmutter, um schreiben zu können.« Sie hätte ihn vielleicht geschlagen, wenn sie Kraft gehabt hätte, so aber war ihr erster Impuls, aus dem Fenster ihres Zimmers im sechsten Stock zu springen.

Michael ließ den Blick nicht von ihr. Er hörte jedes Wort und sah die Szene genau vor sich. Ein paarmal fragte er sich, ob er die Geschichte glaubte, die sie erzählte. Er konnte sich diese Frage nicht beantworten. Sie sah völlig erschöpft aus.

Zwei Fragen habe er noch, sagte er.

Und wieder, wie ein Blitz, erschien Angst auf ihrem Gesicht.

Ob Tirosch versucht habe, sie noch einmal zu verführen?

»Ja«, antwortete sie. »Er hat es versucht, doch ich habe ihn abgewiesen. Er war wütend auf mich, aber es hat nicht lange angehalten.«

Die zweite Frage war, ob sie den Satz »Auch wenn es nur wenig ist, was ich geben kann, so steht es für das, was ich geben müßte« erklären könne.

»Was? Was soll ich erklären? Wovon sprechen Sie?« Ihre Augenbrauen zogen sich zusammen, sie blickte ihn verständnislos an. »Ich verstehe die Frage nicht«, sagte sie schließlich.

Nicht mehr »Was meinen Sie?«, dachte Michael. Jetzt ist sie ehrlich, als sei alles bereits gesagt. Oder vielleicht ist sie nicht ehrlich, vielleicht falle ich wieder einmal auf die Nase mit meiner Intuition.

Zögernd sagte er: »Vielleicht wissen Sie etwas über das Testament, das Scha'ul Tirosch hinterlassen hat?«

Sie zuckte mit den Schultern. »Was für ein Testament?« Sie zeigte keine Angst, nur Erstaunen.

»Vielleicht hat er einmal mit Ihnen darüber gesprochen?«

Sie sei nicht an Besitz interessiert, Geld sei ihr nicht wichtig, sagte sie.

»Trotzdem: Taxen, Therapie, medizinische Behandlungen, Essen – wovon leben Sie?« fragte er und dachte an die feste Summe, die jeden Monat auf ihrem Bankkonto einging, auch etwas, was Balilati herausgefunden und bei einer der Sitzungen der Sonderkommission feierlich mitgeteilt hatte.

Sie arbeite, sagte sie, und außerdem bekomme sie einen festen monatlichen Zuschuß von ihren Eltern.

»Aber«, wandte er vorsichtig ein, »soweit ich weiß, hat Ihr Vater 1976 Konkurs gemacht, und seit seiner letzten Herzattacke arbeitet er nicht mehr.«

Sie schwieg, und er wartete. Einige Minuten vergingen, bevor er sagte: »Also wirklich, Sie haben heute schon schlimmere Dinge gesagt. Wenn Sie keine Beziehung zum Geld haben, dann dürfte es Ihnen doch nicht schwerfallen, darüber zu sprechen.« Es gelang ihm nicht, die Ungeduld in seiner Stimme zu verbergen.

Sie schluckte und erklärte dann verwirrt, daß die Wohnung auf ihren Namen laufe, daß es ihrem Vater gelungen sei, »vor dem Ruin« Geld nach Amerika zu schaffen, »eine große Summe, ich weiß nicht genau, wieviel, aber ich lebe von den Zinsen, und obwohl mein Vater sagt, daß das nie rauskommt, schaffe ich es kaum, mit dieser Gesetzesübertretung zu leben«.

Michael legte eine Kopie des Testaments vor sie auf den Tisch. Erst betrachtete sie es verständnislos, dann vertiefte sie sich in das Dokument, und zum Schluß hob sie das Papier mit zitternden Händen hoch und hielt es sich dicht vor die Augen, bevor sie es wieder auf den Tisch legte. Sie wühlte in ihrer Ledertasche und zog ein Etui mit einem viereckigen, schwarzen Brillengestell heraus. Sie setzte die Brille auf und las das Schriftstück noch einmal. Dann ließ sie das Blatt sinken, legte die Brille jedoch nicht zurück in das Etui. Die Brille ließ sie erwachsener aussehen, intelligenter, ihre blauen Augen bekamen einen klaren, konzentrierten Blick. Es war unmöglich, den Zorn in ihrem Gesicht zu übersehen. Wieder verzog sich ihr Mund, eine Bewegung, die er nun schon kannte.

»Sie haben nichts davon gewußt?« fragte Michael und legte das Schriftstück zurück in den braunen Umschlag, ohne den Blick von ihr zu wenden.

Sie schüttelte den Kopf. »Aber das wundert mich nicht, überhaupt nicht«, sagte sie und brach in Tränen aus.

»Warum weinen Sie?«

Sie schüttelte den Kopf. »Das verstehen Sie nicht.«

Michael seufzte. »Dann erklären Sie es mir doch. Vielleicht kann ich es verstehen, wenn Sie es mir erklären.«

»Er konnte mir noch nicht mal meinen Haß lassen. Er mußte einen Akt vollbringen, der edel aussieht. Typisch! Wie immer hat er nicht an mich gedacht, sondern nur an sich selbst, trotz dieser Sätze, mit denen er seine Achtung vor mir ausdrückt. Wer soll mir glauben?«

Im Zimmer blieb es lange still.

»Ich fürchte«, sagte Michael und beugte sich vor, »wir müssen noch eine Detektorbefragung machen, vielleicht ist das Ergebnis diesmal anders, schließlich wissen wir jetzt genau, was wir fragen müssen. Sie brauchen keine Angst zu haben, vorausgesetzt, Sie sagen die Wahrheit.«

Sie habe keine Angst, sagte sie, sie sei dazu bereit, man solle ihr nur glauben.

»Wir teilen Ihnen noch den genauen Termin mit. Sie

müssen sich aber im klaren sein, daß Sie diesmal zu Dingen befragt werden, die weh tun. Über die Ehe, die Scheidung, die Schwangerschaft, die Gedichte, das Testament – das werden die Themen sein. Niemand will Sie demütigen, wir ermitteln nur in einem Mordfall, in zwei Mordfällen.«

Sie nickte und fragte hoffnungsvoll: »Ist das alles? Sind wir jetzt fertig?«

»Für heute sind wir fertig«, sagte Michael und stand auf. Seine Hände und seine Beine zitterten, als habe er etwas Schweres getragen.

Sie streckte die Hand nach der schwarzen Mappe aus.

»Ich fürchte, die muß einstweilen hierbleiben«, sagte Michael entschuldigend.

»Aber Sie dürfen sie niemandem zeigen«, bat sie ängstlich. Er ging zur Tür, sie folgte ihm zögernd. Ein paarmal drehte sie sich noch um und warf einen Blick auf die Mappe mit den Gedichten, die auf dem Tisch liegengeblieben war.

Neben der Tür stand Klein mit dem Gesicht eines Menschen, der seine Tochter den Händen eines brutalen Arztes überlassen mußte. Er schaute sie an, die Tränenspuren auf den blassen Wangen, und Michael sagte: »Ich würde mich gerne mit Ihnen unterhalten, wenn Sie noch einen Moment Zeit haben.«

Klein schaute Ja'el an, als bitte er sie um Erlaubnis.

»Wir können sie zurückbringen, falls das ein Problem ist«, sagte Michael.

»Ich kann alleine zurückgehen«, sagte Ja'el, nahm die Brille ab und steckte sie in ihre graue Schultertasche. Ihre Augen wurden wieder zu ruhigen Seen, ihr Blick war verhangen.

Klein betrachtete sie besorgt. »Ich bringe dich noch hinaus.«

Michael Ochajon ging ins Zimmer zurück und stellte das Aufnahmegerät aus. Er war erschöpft, sein Körper schmerzte, aber an diesem Schmerz war nichts Befriedigendes, wie etwa an dem Schmerz nach einer physischen Anstrengung. Er blickte sich verzweifelt in dem kahlen Zimmer um und sehnte sich danach, endlich ins Bett zu gehen und nichts mehr zu hören. Es war erst zwei Uhr nachmittags.

Fünfzehntes Kapitel

»Soweit ich mich erinnere«, sagte Klein und begann, unter den Büchern und Papieren auf seinem Schreibtisch zu suchen, »habe ich die Telefonnummer in einem Notizbuch aufgeschrieben, das wir in den Vereinigten Staaten benutzt haben. Nicht die Adresse, nur die Telefonnummer, aber der Himmel weiß, wo das Ding ist.« Vor sich hin murmelnd, zog er die Schreibtischschublade auf.

Er prüfte zerstreut jedes Papierstückchen, das er aus der tiefen Schublade zog, manchmal lächelte er, manchmal zog er erstaunt die Augenbrauen hoch. »Im allgemeinen«, sagte er zu Michael, »weiß ich genau, wo meine Sachen liegen, aber ich hatte, seit wir zurückgekommen sind, noch keine Zeit, das Zeug zu ordnen, nach allem, was passiert ist. Außerdem sind meine Frau und meine Töchter erst am Sabbatabend zurückgekommen. Aber ich erinnere mich, daß ich es gesehen habe, das Notizbuch, und ich weiß genau, daß ich es hier im Zimmer irgendwo hingelegt habe, nur wo das war, weiß ich nicht mehr.«

Es war drei Uhr nachmittags. Michael saß da und rauchte, während Klein die Telefonnummer des Rechtsanwaltes suchte, den Ido Duda'i in den Vereinigten Staaten getroffen hatte. Im Haus war es still. Michael lauschte, doch er hörte keine Stimmen, auch keine Musik.

»Ich wundere mich, daß sie ihre Gedichte nicht mir gezeigt hat, ich habe immer gedacht, ich stünde ihr so nahe«, sagte Klein und schaute von der Schreibtischschublade hoch. »Vielleicht weil sie wußte, daß ich sie schonen würde, daß ich sehr vorsichtig wäre mit Kritik.« Er suchte weiter.

Michael betrachtete die große Gestalt, sah, wie sich die Papiere auf den Bücherstapeln neben dem Tisch häuften, und dachte an die erste Reaktion Kleins auf die Gedichte, als er sie vor einer Stunde gesehen hatte, in seinem Zimmer im Migrasch ha-Russim, nachdem er Ja'el zum Taxi gebracht hatte. Er sah wieder das große Gesicht vor sich, rot und verschwitzt von der Hitze, als Klein die schwarze Mappe betrachtete, er sah die schwere Hand, die mit großer Zartheit in der Mappe blätterte, er erinnerte sich an die Grimasse, die er zog, als er die Gedichte hörbar auf die graue Eisenplatte des Tisches legte, auch an seinen ungeduldigen, um Erklärung bittenden Gesichtsausdruck. Jetzt, während er schweigend dasaß, rauchte und Klein bei der Suche zuschaute, ging Michael in Gedanken noch einmal das Gespräch durch, das vor einer Stunde in seinem Zimmer stattgefunden hatte.

»Kennen Sie diese Gedichte?« fragte Michael.

Klein blätterte noch einmal in der Mappe, schüttelte den Kopf und sagte: »Nein, sollte ich dieses Zeug kennen?«

»Ich habe angenommen, sie hätte sie Ihnen gezeigt.«

»Wer?«

»Ja'el Eisenstein, sie ist die Verfasserin.«

Klein schaute ihn ungläubig an, dann griff er wieder nach den Gedichten. Zum Schluß hob er wieder den Kopf. Er sah gekränkt und verwirrt aus. »Sind Sie sicher?« fragte er, während er sich mit dem Handrücken über das Gesicht wischte, einen Schluck aus dem Plastikbecher mit Wasser nahm, den Michael vor ihn hingestellt hatte. Er schaute ihn traurig an.

»Ich habe sie für begabter gehalten«, sagte Michael.

»Sie ist begabt, sehr sogar«, sagte Klein nachdrücklich. »Sie ist ernsthaft, gründlich, hat Intuition und Geschmack, und sie ist sehr klug.«

»Wenn das stimmt, wie kann man das da erklären?« fragte Michael zweifelnd.

Klein stellte den Becher auf den Tisch, ein paar Tropfen Wasser spritzten heraus, und antwortete: »Was hat das damit zu tun? Sie ist für die Forschung begabt, aber nicht für das Schöpferische. Das sind zwei völlig verschiedene Dinge.«

»Ja, das habe ich verstanden, natürlich, das habe ich auch nicht gemeint.«

»Was haben Sie gemeint?« fragte Klein müde.

»Ich habe den Geschmack gemeint. Wie kann es sein, daß sie selbst nicht sieht, wie schlecht die Gedichte sind.«

Klein lächelte. »Das hat überhaupt nichts mit Begabung zu tun«, sagte er entschieden. »Ein Mensch kann den Wert der Dinge, die er macht, nicht beurteilen, erst aus einem gewissen Abstand, rückblickend. Und selbst das nur manchmal. Es gibt natürlich Ausnahmen von der Regel, aber im allgemeinen, besonders, wenn man schreibt, besonders beim ersten Mal, kann man es nicht wissen. Der Schöpfer versinkt in dem Geschaffenen, spricht aus tiefstem Herzen. Es braucht eine gewisse Distanz, um das eigene Werk einzuschätzen.« Er wischte sich über die Stirn. »Aber daraus kann man nichts folgern. Sie ist eine sehr begabte Wissenschaftlerin, und sie hat, wie wir alle, die Sehnsucht, etwas zu erschaffen.« Seine Stimme war immer leiser geworden, doch dann sprach er mit Begeisterung weiter: »Ich glaube, daß der Forscher seinen Platz in der Kunst ganz allgemein hat, und auf dem Gebiet der Literatur im besonderen, aber in jedem guten Forscher steckt auch insgeheim ein enttäuschter Künstler, das heißt, jeder gute Literaturforscher träumt von einem eigenen ›großen‹ Werk.«

Michael unterdrückte den Wunsch, ihn zu fragen, ob auch er, Klein, vergebliche Schaffensversuche hinter sich habe.

»Im allgemeinen versucht man es, wenn man jünger ist, und oft stehen die Dinge zueinander in Kontrast: Je weiter das Verständnis des Forschers entwickelt ist, je weiter er sich in die Wissenschaft vertieft, um so schwerer wird es ihm fallen, etwas zu schaffen.«

Michael schaute ihn schweigend an.

»Und das ist es genau, was mich an Scha'ul so erstaunt hat. Die Kritikfähigkeit in der Kunst und seine literarische Kompetenz, das tiefe literarische Verständnis, das er hatte, neben der großen Dichtung, die er schuf. Was kann ein Mensch mehr von sich erwarten?« Mit traurigen Augen blickte Klein an Michael vorbei aus dem Fenster.

»Was heißt das, es hat Sie erstaunt?«

Klein spielte mit dem gelben Plastikbecher und schwieg. Ein paarmal machte er den Mund auf, und dann sagte er langsam: »Ich habe Scha'ul Tirosch über dreißig Jahre lang gekannt. Ein knappes Jahr haben wir zusammen in einer Wohnung gelebt, als wir Studenten waren. Zweifellos war er mir einige Jahre sehr nah.« Er senkte den Kopf und betrachtete seine Hände. »Sie müssen wissen, daß ich diese Dinge sage, gerade weil ich ihn mochte. Er hatte viel Charme, der Charme, den man bei Menschen findet, die die Welt als einen großen Spiegel betrachten, als unaufhörliche Bestätigung ihrer eigenen Existenz, und sich deshalb so bemühen, sie zu bezaubern. Und er besaß noch etwas. Trotz seines Auftretens, das voller theatralischer Gesten war, hatte er die seltene Fähigkeit, sich selbst auch mit Ironie zu betrachten. Einmal, als wir beide noch jung waren, sagte er in meiner Anwesenheit zu sich selbst: ›Wir kennen dich, Scha'ul, mein Freund, du wirst ihr unter dem Fenster eine Serenade singen, um dich selbst zu beobachten, wie du unter ihrem Fenster eine Serenade singst.‹ Man darf auch nicht vergessen, wie interessant und klug er war und was für einen differenzierten Geschmack er hatte. Aber das war es nicht, was ich sagen wollte.« Er hielt inne und überlegte. »Worüber haben wir gesprochen? Ja, über diese wirklich einzigartige Kombination, auf der einen Seite ein erstklassiger Kritiker, ein Erforscher moderner Lyrik, mit einem hervorragenden Verständnis für Literatur, und zugleich ein großer Dichter. Ein Widerspruch in sich, meiner Meinung nach, vor allem wenn man auch an seinen Nihilismus denkt.«

»Nihilismus?« wiederholte Michael das Wort nachdenklich.

»Zum Beispiel die Frauen«, sagte Klein und schwieg.

Michael wartete.

»Normalerweise sagen alle, Scha'ul habe die Frauen geliebt. Das stimmt nicht. Nie habe ich die ... hm ... psychologischen Tiefen dieses Phänomens verstanden, aber ich bin ganz sicher, daß er die Frauen nicht liebte. Aber was soll ich sagen, über Don Juan ist schon viel geschrieben worden.

Hier kann man jedoch noch nicht mal von einem Haß gegen Frauen sprechen. Ich würde es so formulieren: eine ständige Suche nach neuen Reizen, etwas Hungriges, Hunger nach Bestätigung, Bestätigung des eigenen Wertes. Es gab Momente voller Angst, der Angst, er existiere überhaupt nicht. Das Rätsel bei ihm ist die Schaffenskraft. Ich verstehe nicht, wie er vor dem Hintergrund des großen Nichts, der Negierung, große Werke schaffen konnte.«

Dann fragte Michael, ob Klein jemals Tiroschs Testament gesehen habe.

»Nein«, sagte Klein, »aber Ja'el hat mir auf dem Weg davon erzählt.«

»Und was halten Sie davon?«

»Nun ja, ich war erstaunt, natürlich, aber nicht lange. Mein zweiter Gedanke war, daß überhaupt nichts Überraschendes daran ist. Es fällt mir schwer zu glauben, Scha'ul habe irgendwelche Schuldgefühle Ja'el gegenüber gehabt, aber großartige Gesten kamen bei ihm vor, ein Ausbruch von Großzügigkeit, die manchmal peinlich war. Als unsere älteste Tochter geboren wurde, kaufte er für uns die Einrichtung des Kinderzimmers. Oder der Gedichtband von Natana'el Jaron, den er auf eigene Kosten drucken ließ, ich habe nie verstanden, warum.«

Dann blickte er Michael an, als merke er nun, worauf dieser hinauswollte, und sagte vorsichtig: »Ich würde nichts anderes daraus schließen, wenn Sie mich fragen.«

»Ich frage Sie.«

Klein bewegte den Kopf wie zur Bestätigung. »Ihr wäre nie im Leben etwas eingefallen, was einem Mord auch nur andeutungsweise geglichen hätte. Wenn Sie einige Stunden an ihrem Leben teilgenommen hätten, ihrem Alltagsleben, dann wüßten Sie das selbst.«

»Nicht einmal, wenn er ihre Gedichte heruntergemacht hat? Wenn er sie gedemütigt hat?«

»Nein. Sie könnte sich nur selbst physisch etwas zuleide tun, wie sie es schon einige Male versucht hat.«

»Professor Klein«, sagte Michael langsam, »haben Sie immer so enge Beziehungen zu Ihren Studentinnen?«

Klein kam nicht durcheinander, sein Gesicht wurde nicht blaß, er lächelte gutmütig und warf dem Polizisten einen väterlichen Blick zu, fast mitleidig. »Hm, auch da würde ich keine übereilten Schlußfolgerungen ziehen. Ich bin überzeugt, daß wir für die wenigen Male, die wir das Leben anderer berühren, dankbar sein müssen. Was gibt es für den Menschen sonst noch auf der Welt als Beziehungen zu anderen Menschen? Ich meine wirkliche Beziehungen, Zuneigung und Verständnis und Freundschaft, die einem Trost geben.« Wieder fuhr er sich über die Stirn.« Ich will gar nicht versuchen, Sie davon zu überzeugen, wie ›rein‹ meine Beziehungen zu Ja'el sind. Sie ist in vieler Hinsicht ein wichtiger Mensch in meinem Leben, und ich möchte unsere Beziehung hier nicht diskutieren. Schließlich ist ja auch nicht die Rede davon, daß ich ihretwegen jemanden getötet haben könnte. Selbstverständlich könnte man sagen, daß ich, was Ja'el betrifft, nicht objektiv bin, aber auch Sie sind nicht objektiv, wenn Sie mir die Bemerkung erlauben.«

»Gibt es Ihrer Meinung nach jemanden, der ihr zuliebe einen Mord begangen haben könnte?«

Klein verzog das Gesicht und sagte etwas über ihre Einsamkeit, ihre Introvertiertheit. »Und überhaupt«, fuhr er ungeduldig fort, »habe ich keine Ahnung, nicht den Schatten einer Ahnung, wer Scha'ul getötet haben könnte. Und erst recht nicht, wer Ido umgebracht hat. Nicht im geringsten.«

Warum hast du keine Ahnung? überlegte Michael. Hast du vielleicht Angst davor, dir etwas vorzustellen? Er lenkte das Gespräch nun auf den Fall Ido Duda'i. Klein wußte über Tiroschs abgebrochenes Medizinstudium Bescheid, maß ihm aber keinerlei Bedeutung bei.

»Und was Ihre Befragung mit dem Detektor betrifft«, sagte Michael beiläufig, »Sie wissen wohl, daß nicht mit Sicherheit bewiesen ist, daß Sie die Wahrheit sagen?«

Klein nickte. »Man hat mir gesagt, meine Reaktionen seien nicht signifikant gewesen.« Michael schaute ihn an, entdeckte aber weder Angst noch Spannung in seinem Gesicht. »Ich weiß nicht, wie sich das erklären läßt«, sagte Klein verlegen, »aber ich bin selbstverständlich bereit, mich noch einmal befragen zu lassen, natürlich.«

Michael beobachtete das große Gesicht, die Körpersprache, und stellte nichts Auffälliges fest. Er entschied, daß die Sache bis morgen warten könne. Wir verschieben das Detektorverhör, dachte er.

Als Michael nach der Telefonnummer des Rechtsanwaltes fragte, den Duda'i in den Staaten getroffen hatte, nahm Kleins Gesicht einen verwirrten Ausdruck an. »Oh, das habe ich vergessen«, sagte er verlegen, »ganz und gar vergessen. Ist es wirklich so dringend?«

»Sie haben selbst gesagt, daß er völlig unter Schock stand, als er zurückgekommen ist«, erinnerte ihn Michael und stand auf. »Und als er wieder in Israel war, war er völlig verändert. Bestimmt ist dort etwas geschehen, was in Zusammenhang mit seinem Tod steht. Ganz zu schweigen davon, daß es keine Aufnahme von dem Gespräch mit diesem Rechtsanwalt gibt.«

»Was für eine Aufnahme?« fragte Klein, dann erinnerte er sich. »Ach so, diese Aufnahme.«

»Sie haben mir selbst erzählt, daß er alle Gespräche aufgenommen hat. Wir haben sieben Kassetten gefunden. Auf allen steht genau, wann und wo sie aufgenommen wurden und wer der Gesprächspartner war. Wir haben sie alle abgehört. Es gibt nichts über einen Rechtsanwalt in North Carolina und nichts über einen Freund Ferbers.« Klein machte den Mund auf, um etwas zu sagen, doch Michael sprach weiter: »Es ist nicht nur das. Duda'i hatte zwei Kassettenboxen, in jeder gibt es Platz für vier Kassetten, um sie sicherer aufzubewahren oder so. Aber in einer Box waren nur drei. Die vierte fehlt.«

Klein schwieg nachdenklich.

»Unter anderem wollte ich Sie fragen, ob Sie etwas über das Treffen zwischen Duda'i und Tirosch wissen.«

»Was soll das heißen?« fragte Klein erstaunt, als wache er plötzlich auf. »Natürlich haben sie sich getroffen. Sie meinen ein bestimmtes Treffen?«

»Ich meine einen Besuch Duda'is bei Tirosch zu Hause. Wissen Sie, ob er mit ihm gesprochen hat?«

Klein senkte den Kopf. »Ich war nicht da, Sie müssen die anderen fragen.«

Ich habe sie ja gefragt. Ich habe gedacht, sie hätten dir vielleicht etwas gesagt, was sie mir nicht gesagt haben, überlegte Michael später, als er im Auto saß, auf dem Weg zu Kleins Haus in Rechawja.

Nun, in Kleins Arbeitszimmer, hörte er seine laute Stimme. »Ich verstehe nicht«, rief Klein enttäuscht, »wo ich dieses Ding hingelegt habe. Es ist ein kleines Notizbuch mit einem roten Einband, wir haben es nicht zu dem allgemeinen Umzugsgepäck getan. Ich erinnere mich genau, daß Ofra, meine Frau, darauf geachtet hat. Es ist in einem meiner Koffer gewesen. Ich habe den Koffer hier ausgepackt, hier im Zimmer. Ich hatte alle möglichen Papiere darin, die ich nicht vorher abschicken wollte. Und ich erinnere mich, daß ich das Notizbuch irgendwo hier hingelegt habe.«

Michael folgte seinem Blick, sah die Bücher, die überall verstreut waren, die Regale, die alte Schreibmaschine, die neben dem Tisch stand, mit einem eingespannten Bogen, und eine bestimmte Ahnung stieg in ihm auf.

Klein erinnerte sich nicht an den Namen des Rechtsanwalts. »Aber«, sagte er mit plötzlicher Lebhaftigkeit, »Ruth Duda'i wird ihn wissen!«

Michael erklärte, daß sie nichts über dieses Treffen wisse, und erinnerte sich daran, daß sie angefangen hatte zu weinen, als er sie immer wieder fragte: »Wie haben Sie sich die Veränderung in seinem Benehmen erklärt? Die Veränderung in seinem Verhältnis zu Tirosch?« Sie hatte angenommen, alles habe an ihrer Beziehung zu Tirosch gelegen, und sie hatte es vorgezogen, nichts zu fragen.

»Und zwischen seinen Papieren? Von Ido, meine ich?«

»Wir haben keinen Hinweis gefunden, nicht den geringsten«, antwortete Michael und beugte sich über einen Stapel Bücher. Dieses Notizbuch sei die einzige Möglichkeit, betonte er.

»Vielleicht ist es sogar zwischen den Büchern, in einem Regal«, sagte Klein hoffnungsvoll, und Michael betrachtete die Bücherregale. »Sie könnten mir helfen«, meinte Klein. Sie könnten sich jeder eines der Regale neben dem Schreibtisch vornehmen. Eine knappe Stunde suchten sie, fanden aber kein Notizbuch.

Klein schlug eine Pause vor, »um was zu trinken«. Sie gingen hinüber in die große, weißgestrichene Küche. Klein streckte die Hand durch das offene Fenster, pflückte von einem großen Zitronenbaum ein Blatt, zerrieb es zwischen den Händen und schnupperte geräuschvoll an seinen Fingern. Dann pflückte er einige Zitronen und zog eine Schublade auf. »Man braucht ein besonderes Messer für diese Zitronen«, sagte er und beschrieb die Limonade, die er machen würde. Dann schaute er in die Schublade, brach in ein lautes, erleichtertes Gelächter aus und schwenkte ein rot eingebundenes Notizbuch in der Größe eines kleinen Buches. »Sehen Sie? Hätten Sie das gedacht?« fragte er erstaunt und begann zu blättern. »Alle wichtigen Adressen in Amerika«, sagte er.

Michael schrieb sich schnell die Telefonnummer des Rechtsanwalts auf ein Stück Papier, das Klein ihm gab, und steckte es in seine Hemdtasche.

»Jetzt haben wir uns was zu trinken verdient«, sagte Klein und stellte Michael, der an dem Holztisch saß, ein Glas hin. In dem Glas waren Zitronenstücke und Minzeblätter.

Michael wußte selbst nicht, warum er plötzlich fragte: »Wie haben Sie sofort erkannt, daß die Gedichte schlecht sind?«

»Haben Sie selbst es nicht gemerkt?« fragte Klein und schnitt dicke Scheiben von einem dunklen Laib.

»Doch, aber was müßten sie haben, um gut zu sein?« beharrte Michael, und schon wußte er, daß er die Stimme des Lehrers von früher hören wollte. Er wollte weg von der ständigen Aufmerksamkeit des Polizisten, wollte nicht mehr auf die kleinsten Nuancen in einem Gespräch achten, er wollte sich ausruhen.

»Unter anderen Umständen würde ich Ihnen die Kriterien erklären«, sagte Klein und schlug mit geübter Hand drei Eier in eine kleine, weiße Schüssel. »Doch das interessiert Sie im Moment bestimmt nicht.«

»Ja und nein«, bekannte Michael, »das war heute eigentlich nicht mein Thema. Aber wenn wir nun gerade dabei sind: Ich wollte schon immer verstehen, was ein Gedicht eigentlich haben muß, damit es gut ist.«

»Sie wollen einen Vortrag über Lyrik hören? Jetzt?« Klein warf ihm einen Blick zu, dann legte er ein Stück Margarine in eine Pfanne. Michael konnte nicht sehen, was für ein Gesicht er machte. Klein kippte die Eier in die Pfanne, streute geriebenen Käse darüber und stellte das Gas kleiner. »Sind Sie bereit, Brote zu schmieren?« fragte er und legte, ohne eine Antwort abzuwarten, die Scheiben vor Michael auf den Tisch, dazu ein Messer und die Butter. Er selbst begann damit, den Salat zu schneiden.

»Wie würden Sie reagieren, wenn ich Sie fragen würde, ob der Mensch den Ablauf der Geschichte bestimmt oder ob der Ablauf der Geschichte das Leben des Menschen bestimmt? Übrigens, das ist eine Frage, die mich sehr beschäftigt. Mit anderen Worten, ich bin bereit, einiges zu sagen, unter der Bedingung, daß Sie nicht vergessen, daß meine Ausführungen unter diesen Umständen mehr oder weniger oberflächlich sind«, warnte Klein, während er eine Zwiebel schälte. »Das ist ein Thema für ein langes Seminar. Die größten Ästhetikphilosophen haben sich damit beschäftigt.«

Michael nickte, doch Klein fing schon an zu sprechen: »Erstens muß man verstehen, daß das, was gesagt wird, letztlich einer gewissen Subjektivität unterworfen ist, einer bestimmten subjektiven Sicht. Das soll nicht heißen, daß jeder Leser ein Gedicht auslegen kann, wie es ihm paßt, sondern daß es gewissen universellen Maßstäben unterworfen ist.« Seine Stimme nahm einen didaktischen, fast autoritären Ton an. Er schnitt eine Gurke in dünne Scheiben und sagte: »Die Kriterien sind abhängig vom Kontext, sie setzen voraus, daß die Leser mehr oder weniger aus dem gleichen kulturellen und politischen Umfeld stammen.«

Wieder nickte Michael. Doch Klein stand mit dem Rükken zu ihm und nahm diese Bestätigung nicht wahr.

»Die Gedichte, die Sie gelesen haben, die Gedichte von Ja'el, sind deshalb schlecht, weil ihnen einiges fehlt.« Klein ging zum Herd, drehte das Ei um und deckte den Tisch. Er legte seinem Gast die Hälfte des Omelettes auf den Teller und setzte sich dann ihm gegenüber an den großen Tisch, der schon bessere Tage gesehen hatte. Zwischen ihnen stand die Salatschüssel. Zwiebelscheiben und griechische Oliven zierten die Gurken- und Tomatenwürfel.

Klein biß in das Brot und fuhr fort: »Das Verständnis eines guten Gedichts verlangt eine fast kriminalistische Fähigkeit, die in der Wissenschaft oft hermeneutisch genannt wird. Das heißt, ein gutes Gedicht ermöglicht dem Leser das Abenteuer, es zu entdecken, zu entziffern, die versteckte Bedeutung herauszufinden, die ihm um so klarer wird, je mehr er sich in das Lesen vertieft. Dieser Prozeß wird im Gedicht durch bestimmte Dinge möglich gemacht – Dinge, die es übrigens nicht nur in der Literatur gibt, sondern bei jedem künstlerischen Werk. Das erste ist, was man Symbolisierung nennt, das heißt, die Verwendung von Begriffen oder Bildern, die in ihrem Inhalt auf einen anderen Begriff oder ein anderes Bild anspielen oder verweisen. Möchten Sie auch Kaffee?«

Klein tauchte sein Brot in die Salatsoße, bevor er es aß, dann stellte er in einem Elektrotopf, der am Rand der Arbeitsplatte aus Marmor stand, Wasser auf. »Verstehen Sie«, sagte er, als er sich wieder setzte, »wenn Alterman sagt: ›Deine Ohrringe, tot in einem Sarg‹, hört der Leser auch andere Dinge hinter diesen Worten, er hört das Sterben der Lebensfreude, die Weiblichkeit, die es gegeben hat und die jetzt nicht mehr ist, die jetzt erstarrt ist. Es geht um Einsamkeit, darum, jahrelang in einem Haus zu warten, das als Gefängnis betrachtet wird ... es geht um tausend Dinge.«

Er schaute Michael an, als sehe er ihn zum ersten Mal. »Und es gibt noch eine Komponente«, sagte er. »Man nennt sie Verdichtung. Ein Gedicht kann unter einem Begriff mehrere Begriffe zusammenfassen, oder mehrere universale Ereignisse. Lea Goldberg hat gesagt, daß ein Gedicht ein ›konzentrierter Ausdruck‹ sei.« Er streute schwarzen Pfeffer über das Ei auf seinem Teller. »Sie sind miteinander verbunden, diese beiden, die Verdichtung und die Symbolisierung.«

Er schnitt sich ein Stück gesalzenen Käse ab, steckte ihn in den Mund und fuhr fort: »Ein Satz wie ›Der Tod kam zu dem Schaukelpferd Michael‹, in einem Gedicht von Nathan Sach, enthält die Personifizierung des Todes, er weckt auch die Assoziation von Kindheit, wegen des Schaukelpferdes, und er enthält die Anspielung auf das Kinderlied über den kleinen Michael. Die Symbolisierung und die Verdichtung ermöglichen eine Abstraktion und den Zugang zu anderen Bereichen.«

Klein stieß einen tiefen Atemzug aus. »Und jetzt hören Sie genau zu. Das dritte, was sich in jedem guten Kunstwerk findet, ist das, was man Verschiebung nennt, die Übertragung eines Gefühls von einem Bereich auf einen anderen. Ein wunderbares Beispiel für ein Gedicht, das auf Verschiebung basiert, finden Sie bei Ibn Gabirol. *Sieh die Sonne*. Kennen Sie es?«

Michael schluckte schnell ein Stück Käse hinunter, roch den Duft der griechischen Oliven und nickte.

»Sieh die Sonne am roten Abend
Als hätte sie sich rot verkleidet.

Sie breitet sich nach Süden, Norden
Und Wind vom Meer deckt Argamon
Und das verwaiste Land liegt nackt
Vom Schatten der Nacht bedeckt
Und dann wird der Himmel so dunkel
Als trage er Trauer um den Tod Jekutiels«,

sagte Michael in einem etwas spöttischen Ton.

Klein ging auf diesen Ton nicht ein, er sprach weiter: »Ibn Gabirol beschreibt den Sonnenuntergang als einen Prozeß, in dem die Welt verwaist, in dem die Sonne sie verläßt, und schließlich zeichnet er die Beziehung zwischen der Verwaisung der Welt und dem Unglück, von dem die Rede ist – das ist Verschiebung. Hier überhöht sie das Erlebnis des Sprechers ganz ungeheuerlich.«

Er aß genüßlich von dem Ei und häufte sich Salat auf den Teller. »So«, fuhr er fort, nachdem er die Gabel neben den Teller gelegt und sich vorgebeugt hatte, »sind die Dinge also ineinander verwoben. In jeder guten Metaphorik werden Sie irgendwie diese drei Elemente finden. Doch es muß ein zartes Gleichgewicht zwischen ihnen bestehen. Eine Metapher darf nicht zu weit von dem Objekt entfernt sein, das sie repräsentiert, wie zum Beispiel«, er hustete, »hmm ... ›die Wangen der Butter sind rot‹ oder ›der Winter ist stark‹ ... Möglicherweise findet man da eine gewisse Symbolik, aber es fällt mir schwer, sie zu entdecken, weil die Metapher zu offen ist, sie ermöglicht zu viele Assoziationen, in fast unbegrenzter Zahl.« Er stand auf, ging zur Anrichte, um Kaffee zu machen.

Die kleine Kaffeemühle machte einen schrecklichen Lärm, er sprach erst weiter, nachdem er das Produkt des Mahlens geprüft hatte. »Wenn man also eine Metapher oder ein Symbol benutzt, so muß es originell und neu sein, damit es dem Leser das, was er kennt, in einem neuen, anderen Licht zeigt. Schließlich«, er schwenkte die kleine kupferne Stielkanne, »sind die Themen, die den Künstler beschäftigen, immer die gleichen wenigen Themen, die sich stets wiederholen. Haben Sie sich einmal gefragt, um was es bei Kunstwerken geht? Um Liebe, Sexualität, Tod, um den Sinn des Lebens und um den Kampf des Menschen mit seinem Schicksal, mit der Gesellschaft, sein Verhältnis zur Natur und zu Gott. Was noch?«

Jetzt hielt er eine kleine Tasse in der Hand, mit deren Hilfe er Wasser in die Stielkanne goß. Vorsichtig kippte er einige Löffel gemahlenen Kaffee und Zucker hinein und stellte sie dann aufs Gas. Wieder stand er mit dem Rücken zu Michael, während er rührte.

»Die Größe der Kunst«, sagte er, »steckt in der Möglichkeit, das, was allen Menschen gemeinsam ist, neu zu beurteilen, aus einem anderen Blickwinkel heraus. Wenn ein Künstler Symbole schafft, die zu weit vom Thema entfernt sind, wenn seine Metaphern zu ›offen‹ sind, dann kann der Prozeß, den ich beschrieben habe, nicht stattfinden, dann ist die Metapher zu banal. Ich spreche von der Banalität von Metaphern, aber ich meine auch Analogien, Reime, Syntax, Zeilenumbruch und alles, was ein Gedicht ausmacht. Das Wort ›Begabung‹ bedeutet eigentlich die Fähigkeit, das zarte Gleichgewicht zu schaffen, das so selten ist, zwischen dem Originellen und dem Allgemeinen, dem Verborgenen und dem Offenen, dem Symbol und dem Objekt, das man symbolisieren will.«

Mit einer schnellen Bewegung nahm Klein die Kanne vom Feuer und stellte sie auf die Marmorplatte. Dann kippte er Kaffee in zwei Mokkatäßchen aus weißem Porzellan mit Goldrand. »Die Metaphern, die Ja'el benutzt hat, sind wirklich erschreckend banal, sie sind ›zu‹, hätte Scha'ul gesagt und damit gemeint, daß sie keinen Raum für eigene Vorstellungen lassen, für Assoziationen. Nicht nur, weil sie zu abgegriffen sind, sondern weil ihnen das Dialogische fehlt, das zwischen dem Konkreten und dem Abstrakten sein muß. Amichais Gedichte zum Beispiel basieren genau auf diesem Zusammenspiel von Konkretem und Abstraktem. Denken Sie mal an einen Satz wie ›An einem Ort, an dem wir recht haben, werden nie Blumen im Frühling blühen‹. Oder, wenn Sie ein Beispiel für den kontrapunktischen Gebrauch von Konkretem und Abstraktem wollen, nehmen Sie die Gedichte von Dan Pagis, einen Satz wie diesen: ›Und er in seiner Güte ließ in mir nichts, was sterben wird.‹ Hier finden Sie keine klare Aufteilung zwischen konkret oder abstrakt, sondern es ist dem Text inhärent, im Zusammenspiel substantialisieren sie den Eindruck. Das ist einer der poetischsten und aufregendsten Sätze, die ich je gelesen habe.«

Klein trank den dampfenden Kaffee mit einem Schluck. Auf seinen Lippen blieben Spuren zurück. »In ihren Gedichten ist nichts von all den Dingen, über die ich gesprochen habe, und vermutlich wird auch nie etwas darin sein, so leid es mir tut.«

Um fünf Uhr nachmittags verließ Michael Ochajon Kleins Haus. Klein brachte ihn zum Auto, während er eine bekannte Melodie vor sich hin summte. Erst an der Kreuzung von Terra Santa, vor der Ampel, fiel Michael ein, welche Melodie es war: Sarastros Arie aus der *Zauberflöte,* einer seiner Lieblingsopern.

Es war noch immer heiß, und die Straßen waren voller Menschen, die sich nicht um Tote und Mörder kümmerten.

»Dein Sohn läßt dir ausrichten, daß er im Büro der Gesellschaft für Naturschutz ist. Er war hier und hat mich gebeten, dir zu sagen, du könntest ihn dort treffen, wenn du rechtzeitig zurückkommst. Das Büro ist neben der Hypothekenbank, du weißt ja«, sagte Avram von der Zentrale in einem vertraulichen Tonfall. Er wußte es, aber was hieß »rechtzeitig«? Bis wann wollte Juval dort sein? »Bis sechs, hat er gesagt. Er ist erst vor ein paar Minuten rausgegangen«, erklärte Avram.

Michael fuhr zum Büro der Gesellschaft für Naturschutz. Er parkte das Auto neben der Hypothekenbank und betrat den großen, von Gebäuden umgebenen Hof. Noch eines der Schlösser, die Prinz Sergio gebaut hatte. Ein zufälliger Passant, der Jerusalem nicht kennt, würde sich nicht im Traum vorstellen, was sich hinter diesen Fassaden verbirgt, dachte Michael. Ein großes, altes Tor in einer Mauer an einer Hauptstraße, und wenn man hindurchgeht, betritt man eine andere Welt. Wie betäubt steht man in einem Innenhof, vor dem Schloß, als ob die Geister von damals einen auffordern würden, das prächtige Gebäude zu betreten.

Erst saß Michael auf einem Holzklotz vor dem Schloß und wartete, daß Juval endlich fertig würde und aus dem Bungalow im Hof, wo die Gesellschaft für Naturschutz ihr Büro hatte, herauskäme. Dann stand er auf und lief in dem staubigen Hof herum. Ein Flügel des Gebäudes diente als Landwirtschaftsministerium, aber Michael zog es zu dem zerstörten Flügel des Schlosses, dem unbewohnten. Dort stand er und spähte durch die Ritzen der mit Brettern vernagelten Fenster, an denen sich Efeu emporrankte. Er ging hinein. In den Zimmern war es dämmrig, trotzdem konnte er Zeichnungen erkennen, das Fresko mit dem russischen Muster an der Decke des großen Zimmers. Es gab auch ein altes Badezimmer mit Resten von armenischen Keramikkacheln. Die Badewanne stand auf vier eisernen Löwenpranken. Die Sohlen von Michaels Sandalen knirschten auf den großen Fliesen. Er betrat ein anderes Zimmer und betrachtete erstaunt die Papiere, die überall auf dem Boden verstreut waren. Er hob ein vergilbtes Blatt auf und studierte die mit einer Feder geschriebenen kyrillischen Buchstaben. Schon oft hatte er bedauert, daß er seinen Einführungskurs in Russisch abgebrochen hatte, aber damals hatte er Latein lernen müssen, für das Studium des Mittelalters, das hatte seine ganze Zeit beansprucht. Er ließ das Blatt auf andere, ebenfalls vergilbte Blätter fallen.

Dann trat er aus dem Schloß hinaus ins Sonnenlicht. Es war fast sechs und noch immer sehr hell, obwohl das Licht schon weicher und blasser geworden war. In der Tür des Bungalows der Gesellschaft für Naturschutz stand Juval und blickte sich suchend um. Erst als Michael näher kam, wich der besorgte Ausdruck aus seinem Gesicht. »Ich habe nicht gewußt, ob ich dich erwische, ich brauche Geld für den Ausflug, von dem ich dir erzählt habe, in die judäischen Berge.«

»Das ist alles?« fragte Michael und legte seinen Arm um Juvals Schultern, die von Tag zu Tag breiter wurden.

Zusammen betraten sie das Büro. Ein junger Mann mit kurzen Hosen stand dort und erzählte begeistert von einem seltenen Vogel, den er bei seiner letzten Beobachtungstour entdeckt hatte.

Michael dachte an seinen Freund Usi Rimon aus dem Tauchclub, als er den Scheck ausschrieb und ihn einem der beiden Mädchen in Jeans reichte. Sie lächelte ihn freundlich an und gab Juval die Quittung. Juval faltete sie zusammen und steckte sie in seine hintere Hosentasche, und auf seinem angespannten Gesicht zeigte sich Erleichterung.

Michael fühlte sich plötzlich bedrückt. Tage waren vergangen, ohne daß er den Jungen gesehen hatte.

»Komm, laß uns den Wagen beim Büro parken«, sagte er, als sie hinausgingen, »und uns noch irgendwo ein bißchen hinsetzen.«

Gegenüber der Hypothekenbank, neben dem hinteren Tor des Migrasch ha-Russim, stand ein Polizist Wache. Gehorsam öffnete er das Tor für Michaels verstaubten Ford Escort.

Als sie aus dem Auto stiegen, rief Juval plötzlich ganz begeistert: »Schau mal, was für ein Auto da steht. Schau doch nur!« Zart berührte er mit der Hand einen glänzendweißen Kotflügel. »Was ist das? Schau nur, sogar die Sitze sind gestylt.«

Michael beugte sich über das Auto. »Ein Alfetta GTV, davon gibt's nur zwei in ganz Israel. Er gehört keinem von uns.«

»Wem gehört er?« fragte Juval begeistert.

»Er gehört jemandem, der ihn nicht mehr benutzen wird«, seufzte Michael und drückte auf den Türgriff. Das Auto war nicht abgeschlossen. Juval warf ihm einen flehenden Blick zu und machte die Beifahrertür auf. Michael setzte sich neben ihn und steckte sich eine Zigarette an, während Juval das Armaturenbrett betrachtete, auf den Knopf des Handschuhfachs drückte, hineinschaute und enttäuscht sagte: »Es ist nichts drin.«

Michael lächelte. Schon immer war der Junge verrückt gewesen nach Autos. Schon als er klein war, hatte er voller

Hingabe Autobilder aus den Zeitschriften ausgeschnitten, die er im Haus seiner Großeltern fand. Kein Wunder, Michaels ehemaliger Schwiegervater las deutsche und englische Zeitschriften. Immer fand man bei ihm die letzten Ausgaben der *Times* und der *Newsweek,* neben *Burda* und anderen Modezeitschriften, die auf den bunten Strohsesseln neben dem Flügel lagen. Juval hatte sich immer an den Morgenrock seiner Großmutter geklammert und gefragt: »Darf ich das schon ausschneiden? Hast du das schon gelesen?«

Juval drückte auf den Knopf des Radios, plötzlich waren die Klänge einer Klaviersonate zu hören. »Was für ein Sound!« rief er und drückte auf einen anderen Knopf. »Eine Verschwendung für so eine Musik.« Doch da warf Michael schon seine Zigarette hinaus, durch das Fenster, und beugte sich zu dem Gerät.

»Sie haben den Recorder nicht kontrolliert«, sagte er zu Juval, der ihn verständnislos anstarrte. Die Kassette gab keinen Ton von sich, außer dem leisen Surren des Bandes, das sich bewegte, war nichts zu hören. Michael drückte auf einen Knopf, und das Band raste vorwärts, dann rückwärts. Nichts war zu hören.

»Warte hier einen Moment, aber faß ja nichts an«, sagte er zu Juval, eilte zu seinem Auto und sprach etwas in sein Funkgerät. Dann ließ er sich wieder in den Alfetta sinken.

Juval sagte kein Wort, aber die Freude, die vorher auf seinem Gesicht zu sehen gewesen war, verschwand. Jetzt sah er ernst und besorgt aus.

»Wem gehört das Auto?« fragte er seinen Vater, doch Eli Bachar stand schon neben dem Wagen, zog einen dünnen Handschuh aus der Tasche und sagte zu Juval: »Entschuldige einen Moment.«

Der Junge stieg aus, und Eli Bachar zog mit der behandschuhten Hand die Kassette heraus und steckte sie vorsichtig in eine Plastiktüte, die er in der anderen Hand hielt.

»Du kannst mit mir kommen, wenn du willst«, sagte Michael. »Wir fahren zum Labor.«

»Wie lange?« fragte Juval mißtrauisch. »Wie lange wird es dauern?«

»Nicht lange«, versprach Michael. »Danach können wir vielleicht was zusammen unternehmen.«

»Ich habe nur bis acht Uhr Zeit«, sagte Juval. »Ich habe einem Mädchen versprochen, ihr bei einer Sache zu helfen.«

Michael betrachtete das ernsthafte Gesicht, bemerkte den Flaum, der auf den Wangen des Jungen wuchs, und lächelte. Insgeheim fragte er sich, bei was für einer Sache Juval ›ihr‹ helfen konnte, schließlich hatten die Sommerferien erst begonnen, aber er sagte kein Wort. »Bis acht Uhr sind wir zweimal fertig«, versprach er feierlich. Eli Bachar nahm Juval am Arm und drängte ihn zum Ford.

»Ich bin nur zufällig noch da«, sagte Scha'ul von der Spurensicherung, und streute sorgfältig Puder auf die Kassette. Er verließ das Zimmer und kam nach ein paar Minuten zurück. »Auf dieser Kassette ist kein einziger Abdruck. Als hätte sie noch nie jemand berührt. Was sagst du dazu?«

»Ich frage mich, wie man das Etikett abgekriegt hat, ohne Abdrücke zu hinterlassen«, sagte Michael. »Da hat sich jemand große Mühe gegeben. Ich bin mir ziemlich sicher, daß diese Kassette eine exakte Kopie der anderen ist, die Ido Duda'i aus Amerika mitgebracht hat.«

»Du meinst also, das ist die berühmte achte Kassette?« fragte Scha'ul.

»Es sieht so aus. Aber los, hören wir sie uns an. Hast du hier einen Recorder?«

»Bitte«, sagte Scha'ul und zog ein Gerät aus seiner Schublade.

»Die Kassette dauert eine ganze Stunde!« sagte Juval. »Du weißt doch, daß ich um acht verabredet bin.«

»Juval, ich will sie mir nicht ganz anhören, es dauert nur ein paar Minuten, du wirst schon sehen«, erklärte Michael und bemerkte die vorwurfsvoll zusammengepreßten Lippen und den enttäuschten Blick, den er schon so oft gesehen hatte.

Die erste Seite der Kassette war vollkommen leer. Eli Bachar drückte auf die Knöpfe, die das Band vor- und zurücklaufen ließen. Auch als er die zweite Seite abspielte, war kein Ton zu hören, nur das Rauschen des Bandes. Als Juval den Mund aufmachte, um wieder zu protestieren, und Michael ihm beruhigend die Hand auf den Arm legte, als wolle er sagen: Noch eine Minute, drang plötzlich eine Stimme durch den Raum, eine alte Stimme, die mit starkem russischen Akzent die Worte sprach: »Beim Morgengrauen verwelken die blauen Blumen auf deiner Haut.« Dann war es wieder still. Einige Sekunden sagte keiner ein Wort. Auch Juvals Augen waren auf den kleinen Recorder geheftet.

Michael ließ das Band zurücklaufen und drückte auf einen Knopf. Die Worte waren wieder zu hören, dann eine abgerissene Silbe, von einer anderen Stimme.

»Was ist das für ein Satz?« fragte Eli Bachar.

»Das ist eine Zeile aus einem Gedicht von Tirosch«, antwortete Michael und spielte die ansonsten leere Kassette weiter ab.

»Das war's«, sagte er endlich, »sonst ist kein Wort drauf.«

Scha'ul prüfte die Kassette und sagte: »Das ist eine von TDK. Solche kann man auch in Israel kaufen. Aber sie werden im Ausland gemacht, in Japan.«

»Alles wird im Ausland gemacht«, sagte Michael verträumt. »Man ermittelt dort auch in Mordfällen.«

»Was meinst du damit?« fragte Eli Bachar und warf Michael einen besorgten Blick zu, als sei er plötzlich verrückt geworden.

»Ich sage, daß dies die Kassette ist, auf der Ido Duda'i das Gespräch mit dem alten Russen aufgenommen hat, in den Vereinigten Staaten, und man muß kein Genie sein, um zu sagen, daß es mit großer Wahrscheinlichkeit die fehlende Kassette ist. Das ist die Aufnahme von Ido Duda'is Gespräch in North Carolina, und jemand hat es gelöscht. Warum?«

Wieder wurde es still im Zimmer. Bachar senkte den Kopf, und Michael sagte wütend: »Ich hätte gedacht, daß ihr, nachdem wir das Auto des Ermordeten gefunden haben, wenigstens alles untersucht hättet, wie es sich gehört.«

Eli Bachar antwortete nicht.

»Also, was machen wir jetzt?« fragte Scha'ul im Ton eines Schülers.

»Das ist die Frage«, antwortete Michael. »Komm, Juval, es ist schon Viertel vor acht, und morgen ist ein großer Tag.«

Das Telefon klingelte, als sie schon an der Tür waren, aber Scha'ul nahm den Hörer auf. »Einen Moment«, sagte er, »er ist da, du hast Glück, daß du ihn noch erwischst.« Er hielt Michael den Hörer hin. »Hier, für dich.«

Auf dem Weg zum Telefon hörte Michael, wie sein Sohn einen Seufzer ausstieß. Doch als er die aufgeregten Worte am Ende der Leitung hörte, konnte ihn Juvals Vorwurf schon nicht mehr erreichen. »Gut, bringt ihn gleich ins Büro«, sagte er zum Schluß und rieb sich die Handflächen an der Hose, erst die eine, dann die andere. Eli Bachar blickte ihn besorgt an.

»Was ist passiert?« fragte Scha'ul. »Warum bist du so blaß?«

Michael antwortete nicht. »Komm, wir setzen dich unterwegs ab«, sagte er zu Juval. »Ich muß zurück zur Arbeit.«

Im Gesicht des Jungen spiegelten sich Ärger und zugleich Entschlossenheit: einerseits selbstbewußt zu wirken, seine Enttäuschung nicht zu zeigen, und andererseits seinen Vater merken zu lassen, daß es immer so war, daß er ihm Sachen versprach, die er dann nicht hielt. Das alles demonstrierte Juval mit nach unten gezogenen Mundwinkeln, ein Ausdruck, den sein Vater gut kannte, auch die Gefühle, die dahintersteckten. Aber jetzt sah Michael nichts außer dem Nebel, der in seinem Kopf aufstieg. »Wie oft habe ich dir schon gesagt«, hörte er Schorrs Stimme, »daß man vorsichtig sein muß mit Intuitionen, daß man ihnen nur beschränkt trauen darf.« Und dann, auf dem Weg zum Büro, hörte er das heisere Lachen Arie Levis und sah das Aufblitzen in seinen kleinen Augen. Sind Sie wieder reingefallen? Habe ich Ihnen nicht gesagt, daß hier keine Universität ist? Habe ich es Ihnen gesagt oder nicht?

Sechzehntes Kapitel

Auch Eli Bachar lauschte Balilatis Bericht. Michael saß hinter seinem Schreibtisch, sein Gesicht war undurchdringlich, sein Körper bewegte sich nicht. »Elfandari holt ihn«, sagte Balilati schließlich. »Sie werden gleich da sein. Du siehst nicht so aus, als ob es dir besonders gut ginge.«

Michael ignorierte diese Bemerkung. »Erzähl es noch einmal. Alles, von Anfang an, ganz langsam«, sagte er.

»Nimm mich doch gleich auf Band auf«, meinte Balilati und grinste, aber Michael winkte ungeduldig ab, und Balilati hörte sofort auf zu grinsen.

»Wo soll ich anfangen?« fragte er und schaute hinauf zur Decke. Dann begann er wieder zu sprechen, mit gemessener Stimme, wobei er Eli, der am Tisch saß und konzentriert betrachtete, einen Blick zuwarf, als ob er sich seiner Zustimmung versichern müßte.

»Du weißt, daß wir schon alles nachgeprüft hatten«, sagte Balilati. »Elfandari hatte mit seiner Mutter gesprochen, er ist gleich am Montag extra deswegen zu ihr nach Rosch-Pina gefahren. Du hast ja gesagt, nicht am Telefon, also ist er hingefahren. Du hast gehört, was er damals bei der Sitzung gesagt hat: Sie wäre so eine alte Pionierin, seine Mutter, vielleicht achtzig. Er hat noch einen Bruder in Zfat und eine Schwester in Sdei-Jehoschua, die ganze Familie steht sich sehr nahe. Er ist das mittlere Kind. Jedenfalls, seine Mutter hat zu Rafi gesagt, daß er am Donnerstag abend zu ihr gekommen und am Sabbatausgang direkt zum Flugplatz gefahren wäre. Deshalb hat Rafi gefragt, was man so fragen muß, du kannst dich ja auf ihn verlassen, und er hat ihr geglaubt. Er hat gesagt, jeder hätte ihr geglaubt, auch ich. Sie haben ein riesiges Haus, mit viel Land und einem hohen Zaun drumherum. Trotzdem, Rafi war noch nicht ganz zufrieden, weil der Nachbar nicht zu Hause war, als er dort war und die Mutter befragt hat, und Arie Levi wollte ja auch sofort wissen, ob er mit den Nachbarn gesprochen habe. Deshalb sind wir heute morgen noch einmal hingefahren, Rafi und ich. Ich hatte sowieso was in Tiberias zu erledigen, für einen anderen Fall. Jedenfalls war diesmal der Nachbar zu Hause. Auch nicht mehr der Jüngste, er kann kaum noch hören und kapiert auch sonst sehr wenig. Aber sein Sohn war ebenfalls da, ungefähr fünfzig, und was sagt der? Er sagt folgendes: Am Donnerstag abend, genau als Klein eigentlich schon hätte dagewesen sein müssen vom Flughafen, ungefähr um elf, klopft sie bei ihnen an der Tür, die Mutter von Klein, sie heißt Sarah, und fragt, ob der Sohn des Nachbarn, der eigentlich nicht dort wohnt, sondern nur zu Besuch da ist und gerade nach Haifa zurückfahren will, wo er wohnt – jetzt hör gut zu. Sie fragt ihn, ob er ihr einen Kurzschluß reparieren kann, sie hat einen Kurzschluß, und im ganzen Haus gibt es keinen Strom, und der Kühlschrank ist voller Essen, und sie hat Angst, daß es verdirbt. Ich frage mich natürlich, warum sie den Sohn des Nachbarn bittet, den Kurzschluß zu reparieren, wenn ihr Sohn zu Hause ist. Ich frage erst den Sohn des Nachbarn, Joske heißt er, ich frage ihn, ob Arie Klein damals nicht im Haus war. Natürlich nicht, sagt er, sonst hätte sie ihn doch nicht gebraucht, weil Arie alles reparieren kann. Niemand war im Haus, nur sie. Das hat er gesagt. Ich habe ihm vorher irgendeine lange Geschichte erzählt, warum ich frage, wir haben uns in aller Freundschaft unterhalten, er hat keine Ahnung gehabt, was er mir da erzählt. Also habe ich gefragt, wann Klein denn gekommen wäre, und er hat gesagt, das wüßte er nicht. Aber als er den Kurzschluß repariert hatte, hat seine Mutter ihn überredet, nicht mehr nach Haifa zu fahren, sondern bei ihnen zu schlafen, bei seinen Eltern, und er ist dort geblieben. Er ist gestern nur zufällig dagewesen, ich habe ihn auch nur zufällig erwischt, weil er die Enkel zu der Großmutter gebracht hat, hat er gesagt. Da habe ich ihn gefragt, wann Klein angekommen ist, und er hat gesagt, das wüßte er nicht, er wäre am Freitag morgen in aller Frühe weggefahren, nach Hause.« Balilati seufzte und warf Michael einen Blick zu, der angespannt dasaß und kein Wort sagte.

»Und?« fragte Eli Bachar. Es war das erste Wort, das er sprach, seit er das Zimmer betreten hatte.

»Was und? Wie ich gesagt habe, Rafi und ich sind zu seiner Mutter gegangen und haben ihr gesagt, sie soll mit uns kommen. Sie hat gefragt, warum, was soll das heißen, und ich habe was gesagt von falscher Zeugenaussage und warum ihr Sohn ihr nicht den Kurzschluß repariert hat, wenn er da war. Da wußte sie, daß sie in der Falle saß, aber sie hat nichts gesagt. Sie hat auch keine andere Geschichte erzählt. Sie hat nur dagestanden wie ein Denkmal und hat gesagt, daß sie sonst nichts sagt und daß sie nicht mit zur Polizei fährt, mit niemandem, und wenn wir das wollen, dann müssen wir sie mit Gewalt abschleppen. Na ja, hätte ich sie mit Gewalt mitnehmen sollen? Ich sagte zu ihr, okay, gnädige Frau, wenn Sie es so wollen, dann wird sich die örtliche Polizei auf Ihrer Türschwelle niederlassen. Wir haben ihr Telefon abgestellt, und sie wird von einem der dortigen Polizisten bewacht, damit sie ihren Sohn nicht warnen kann. Dann sind wir auf dem schnellsten Weg zurückgefahren.«

»Das heißt, daß er in Wirklichkeit gar nicht in Rosch-Pina war?« fragte Eli erschrocken.

»Das heißt, daß er am Freitag abend dort war. Und sein Flugzeug ist am Donnerstag um zwei Uhr mittags angekommen, also habe ich gedacht, daß man ihn fragen muß, wo er gewesen ist. Wenn ihr nichts dagegen habt.«

Die Tür ging auf, und Rafi Elfandaris Kopf erschien. »Er ist da. Willst du ihn?«

»Er soll warten«, sagte Michael.

»Er soll noch ein bißchen kochen«, zischte Balilati giftig, und Elfandari verschwand.

»Wann seid ihr zurückgekommen?« fragte Eli Bachar.

»Gerade eben. Fünf Minuten bevor ich euch im Labor erwischt habe. Wir hatten noch nicht mal Zeit, was zu essen. Das ist eine ganz schöne Strecke, nach Rosch-Pina. Auf dem Rückweg hat Rafi es in drei Stunden geschafft. Und während ich dich angerufen habe, hat er schon vor Kleins Haus gestanden, damit das Vögelchen ja nicht wegfliegt. Also, was sagst du zu dieser Geschichte? Da ist einer, der den besten Ruf hat, der Hochverehrte höchstpersönlich, aber, wie dein Boß sagt, man muß immer mit den Nachbarn reden.«

Balilati schwieg nun und schaute Michael an, der noch immer mit undurchdringlichem Gesicht wie erstarrt dasaß. Balilati rutschte unruhig auf seinem Stuhl hin und her. »Ich sterbe vor Hunger«, sagte er. »Kommt, gehen wir um die Ecke und bringen wir auch dem Boß was zu essen, ja, Ochajon? Was meinst du?«

Michael schwieg. Schließlich machte er eine undeutliche Bewegung mit dem Kopf, und Balilati zog es vor, dies als Zustimmung zu deuten. Zögernd fragte er: »Was soll ich dir bringen?«

»Nichts, danke«, antwortete Michael, als er bemerkte, daß die beiden anderen schon bei der Tür waren. »Ich habe keinen Hunger, ich habe heute schon was gegessen.« Der

Geschmack der Zwiebeln vom Mittagessen kam ihm hoch. Als sie gegangen waren, wählte er Schorrs Nummer. Niemand antwortete. Er versuchte Schorrs Nummer zu Hause, auch dort war keiner. Schließlich legte er den Hörer auf und sagte sich, daß jetzt niemand die Arbeit für ihn machen könne. Er versuchte, die Verwirrung und den Schrecken abzuschütteln, er fühlte sich wie betäubt. Niemand war schuld, niemand hatte ihn reingelegt, nur er sich selbst, und jetzt fühlte er sich betrogen. Arie Levi hatte recht, er war auf die gute Adresse reingefallen, auf die alte Familie, auf den modernen Renaissancemenschen. Und vielleicht hatte er ja doch eine Geschichte, eine einfache Erklärung. Doch warum hätte seine Mutter dann lügen müssen? Was hat Klein zu verbergen? fragte er sich, als er die Nummer des Nachbarzimmers wählte und zu Elfandari sagte, er solle den Mann hereinschicken.

Klein stand in der Tür. Er trug dasselbe Hemd, das er vor einigen Stunden getragen hatte, gestreiftes Hemd mit kurzen Ärmeln, das seine muskulösen Arme betonte. Neben ihm sah Rafi kleiner aus, als er in Wirklichkeit war. Rafi verließ das Büro aufgeregt. Michael wußte, daß er im Nachbarzimmer sitzen und jedes Wort hören würde, das hier gesprochen wurde.

Er fühlte, wie sein Gesicht starr wurde und seine Augen ausdruckslos.

Auch Klein sah angespannt aus, zum ersten Mal, seit Michael ihn an der Universität getroffen hatte, als er ins Sekretariat gekommen war und seine Stimme erhoben hatte. Sein Gesicht war blaß. Auf Michaels stumme Aufforderung hin setzte er sich auf den Stuhl auf der anderen Seite des Tisches. Wieder hatte Michael den Geschmack der Zwiebeln im Mund, vermischt mit dem der griechischen

Oliven, und eine plötzliche Übelkeit ergriff ihn. Er versuchte, den Brechreiz zu unterdrücken, die Angst zu ignorieren, den Gedanken zur Seite zu schieben, daß im nächsten Augenblick alles zusammenbrechen würde, daß er einer persönlichen Neigung aufgesessen war, daß er wirklich seine Fähigkeit, abzuwägen, verloren hatte. Dieser Gedanke ließ ihn nicht los, er wäre lieber wütend geworden, aber diese Besorgnis überlagerte alles. Er versuchte, seine Beinmuskeln zu entspannen, und schaffte es noch nicht mal, die Beine auszustrecken. Die Luft im Zimmer war stickig. Er schaute sich um, das Fenster war offen, und dann blickte er Klein an, der ihm gegenübersaß und schwieg. Schließlich räusperte sich Klein ein paarmal und fragte dann mit seiner Baßstimme: »Worum geht es?«

Michael betrachtete die dicken Lippen, die jetzt ganz trocken waren, und fragte leise, wann er aus Amerika zurückgekommen sei.

»Das habe ich doch schon gesagt, am Donnerstag mittag. Es gibt doch nichts, was leichter nachzuprüfen wäre«, antwortete Klein erstaunt, doch Michael schaute auf Kleins Hände und sah, wie sie sich zu Fäusten ballten. Er hatte die Arme vor der Brust verschränkt, und auf seiner Stirn erschienen Schweißperlen. Michael merkte sich jedes Detail. »Achtet auf den Körper«, erklärte er immer in den Kursen für angehende Kriminalbeamte. »Es ist der Körper, der spricht.« Und Kleins Körper sang geradezu. Jede Bewegung zeigte Angst. Und die kultivierte Stimme, das Fehlen von Empörung... das alles stand im Widerspruch zueinander. Michael wußte, daß Klein log, oder besser gesagt, tröstete er sich selbst, daß er ihm Informationen vorenthielt, aber noch immer konnte er nicht anders, er mußte diesem Mann Achtung entgegenbringen. Ein anderer müßte ihn verhören, dachte er, ich bin befangen. Aber ich will auch, daß man zartfühlend mit ihm umgeht, daß man ihn achtet, und es gibt ja sonst niemanden, der sein Niveau hat. Ich kann ihn nicht Balilati oder Bachar überlassen.

»Können Sie mir bitte noch einmal sagen, warum Sie getrennt geflogen sind, Sie und Ihre Familie?«

»Was ist passiert?« fragte Klein und fuhr sich mit der Zunge über die Lippen. »Was ist plötzlich los?«

»Bitte beantworten Sie nur meine Frage, warum sind Sie getrennt geflogen?«

»Wegen der Abschlußfeier meiner Tochter, der mittleren, Dina. Ich habe es Ihnen doch schon gesagt. Sie wollte nicht darauf verzichten, und ich konnte nicht warten, wegen meiner Mutter, ich hatte es ihr versprochen. Außerdem gab es für mich keinen Platz in dem Flugzeug, das am Sabbatausgang angekommen ist. Ofra und ich fliegen nie zusammen, sie ist in dieser Hinsicht ängstlich.«

»Und sie flog mit allen Töchtern gemeinsam zurück?«

Klein sagte ungeduldig: »Ja, das habe ich doch schon gesagt.«

»Gut, lassen wir das jetzt. Sie haben ausgesagt, daß ein Leihwagen auf Sie gewartet hat? Auf dem Flughafen?«

Klein nickte. Seine Arme waren noch immer vor der Brust verschränkt, als wolle er die geballten Hände verbergen. »Ich habe das Auto schon von Amerika aus bestellt.«

»Warum sind Sie nicht von Ihrer Familie abgeholt worden? Schließlich haben sie Sie fast ein Jahr lang nicht gesehen, Ihr Bruder, Ihre Schwester, sogar Ihre Mutter – warum sind sie nicht gekommen?«

Klein nahm die Hände von der Brust und legte sie auf die Knie, so daß sich seine Schultern hoben und sein Oberkörper sich streckte. Michael wartete.

»Das war eine eher komplizierte familiäre Abmachung. Wir haben ausgemacht, daß sie am Sabbat zu meiner Mutter kommen. Das war am bequemsten, ich mag anderen nicht zur Last fallen.«

»Sind Sie sicher, daß das der Grund ist?«

»Was soll das heißen? An was für einen anderen Grund denken Sie?«

»Sie hätten sich Bewegungsfreiheit verschaffen können, zum Beispiel«, sagte Michael leise, und in seinem Inneren kämpften widersprüchliche Wünsche. Er soll lügen, dachte er, er soll weiterlügen, dann kann ich wütend werden. Aber zugleich wünschte er, der andere solle nicht lügen, er solle so sein wie vor einigen Stunden, ein aufrechter, guter Mensch.

Klein schwieg.

»Wann genau sind Sie in Rosch-Pina angekommen, bei Ihrer Mutter?« stellte Michael schließlich die Frage, vor der er sich fürchtete.

Klein verschränkte wieder die Arme vor der Brust. »Ich habe es Ihnen schon gesagt«, sagte er und preßte die Lippen zusammen.

Michael wartete, aber Klein schwieg.

»Wir wissen, daß Sie am Donnerstag abend nicht dort waren«, sagte Michael schließlich. Er konnte den Gedanken nicht ertragen, daß Klein log. »Wann genau sind Sie dort angekommen?«

Nach einer Ewigkeit sagte Klein: »Es spielt keine Rolle, wann ich angekommen bin.«

Das Schweigen dauerte lange. Michael schaute Klein direkt in die Augen, und Klein stützte sich mit den Ellenbogen auf den Tisch und vergrub das Gesicht in den Händen.

»Erklären Sie mir, warum das keine Rolle spielt?«

»Weil es nichts mit der Sache zu tun hat«, sagte Klein und hob den Kopf. »Sie müssen mir glauben, daß es nicht das geringste mit dem Mord zu tun hat.«

»Professor Klein«, sagte Michael und fühlte, wie der Zorn in ihm aufstieg, »Sie müssen mir schon etwas mehr bieten, damit ich Ihnen glauben kann. Wann genau sind Sie angekommen, und warum spielt das keine Rolle?«

»Ich bin am Freitag gegen Abend in Rosch-Pina angekommen, und ich sage Ihnen, daß das nicht zur Sache gehört, warum glauben Sie mir nicht?«

Später, als er die Aufnahme abhörte, stellte Michael den wütenden Ton in seiner Stimme fest, etwas, was ihn verriet und beschämte, und erst da fiel ihm auf, wie verletzt er sich gefühlt hatte.

»Professor Klein«, sagte er und betonte jedes Wort, »ich untersuche einen Mord, zwei Morde. An einem jungen Mann, den Sie gerne mochten und mit dem Sie eng verbunden waren, und an einem Mann, der Ihnen viele Jahre nahegestanden hat. Ich bitte Sie!«

Klein wischte sich mit der Hand über die Stirn, dann schaute er ihn wieder an, direkt, mit weit geöffneten Augen, die mehr als alles andere ernst und traurig waren.

»Schade, daß Sie mir nicht vertrauen«, sagte er dann.

»Das ist keine Frage von Vertrauen, ganz zu schweigen davon, daß Sie schon einmal gelogen haben. Es geht um Tatsachen. Ihre Mutter hat gelogen, warum haben Sie Ihre Mutter dazu gebracht, zu lügen? Alles, was Sie sagen, ist nicht wichtig, wenn ich keine Fakten habe. Was heißt das schon, ob ich Ihnen vertraue? Zuneigung, Wertschätzung, das alles bedeutet nichts, wenn ich keine Fakten habe. Sie waren es, Sie haben mir nicht vertraut, wenn wir schon von Vertrauen sprechen.«

Klein sah aus, als denke er über das nach, was er gerade gehört hatte. Dann sagte er: »Sie haben recht. Aber wenn ich es Ihnen erzählt habe, werden Sie sehen, daß das alles nichts mit dem Fall zu tun hat, überhaupt nichts.«

Wieder wartete Michael, er drängte nicht mehr. Endlich sagte Klein: »Aber es muß unter uns bleiben, verstehen Sie? Es muß. Versprechen Sie mir das?«

Michael nickte.

»Sie versprechen es?« fragte Klein, und diese kindliche Naivität erstaunte Michael. Er dachte an Elfandari, der im Nebenzimmer dem Gespräch lauschte, an Balilati und Eli Bachar, die ihm ohne Zweifel bald Gesellschaft leisten würden, an die Sitzungen der Sonderkommission, an die sauber getippte Abschrift des Gesprächs, die Zila morgen früh auf seinen Tisch legen würde, und sagte: »Ich verspreche es.« Aus irgendeinem Grund wollte er die übliche Formulierung nicht verwenden: »Vorausgesetzt, die Angelegenheit hat wirklich nichts mit dem Fall zu tun!«

»In die Sache sind nämlich auch andere Leute verwikkelt«, sagte Klein, als lese er Michaels Gedanken. »Es geht nicht nur um mich.«

Michael nickte, sagte jedoch nichts. Wieder verwirrten ihn die verschiedensten Empfindungen. Die Frage, was Kleins Geheimnis war, ließ ihn nicht los, er wollte es wissen.

»Ich habe mich mit einer Frau getroffen, die ich unbedingt sehen mußte«, sagte Klein endlich. Fast flüsternd fügte er hinzu: »Aus diesem Grund habe ich meine Mutter gebeten zu lügen. Sogar ihr habe ich nicht gesagt, warum.«

Das ist es also? Auch du? Ein alter Sünder bist du? dachte Michael enttäuscht, als er die Arme sah, die sich wieder vor der Brust verschränkten.

»Ich vermute, daß sie verheiratet ist.«

Kleins schwere Augenbrauen hoben sich. »Wieso nehmen Sie das an? Sie ist nicht verheiratet.«

»Warum dann die Heimlichkeiten?« fragte Michael verwirrt. »Wegen Ihnen?«

Klein gab keine Antwort. Er war sehr blaß, sein Gesicht hatte einen Ausdruck, der dem ähnlich war, den Michael an jenem Tag gesehen hatte, vor einer Ewigkeit, als sie beide auf der Bank neben den Brieffächern saßen, nachdem Tiroschs Leiche entdeckt worden war. Michael sehnte sich nach diesem brüderlichen Gefühl zurück, dieser wortlosen Gemeinsamkeit von damals und nach dem Salat von heute nachmittag.

»Letzten Endes ja, wegen mir, auch wenn man das auch anders sehen könnte.«

»Bis wann waren Sie bei ihr?«

»Bis Freitag mittag. Ich bin um halb drei von Jerusalem weggefahren«, antwortete Klein, und Michael zündete sich eine Zigarette an.

»Sie sagen also, dorthin seien Sie direkt vom Flughafen aus gefahren und bis zum nächsten Tag geblieben?« fragte Michael und betrachtete das angekohlte Streichholz, das er in den vollen Aschenbecher legte.

»Müssen Sie denn alles wissen?« fragte Klein, schwieg dann aber.

»Die ganze Zeit?« beharrte Michael.

»Nachdem Sie es nun schon wissen, ist mir klar, daß es sich nicht lohnt, etwas zu verbergen«, seufzte Klein. »Ja, ich war die ganze Zeit mit ihr zusammen, außer während der zwei Stunden, in denen ich mit Scha'ul Tirosch zusammen war, am Donnerstagabend.«

Ich glaube es nicht, dachte Michael Ochajon, ich glaube es nicht! Wie konnte ich mich nur so täuschen lassen?

»Wo?« fragte er laut. »Wo haben Sie ihn getroffen.«

»Im Restaurant«, antwortete Klein, und seine Stimme war ruhig, auch seine Arme hatten sich entspannt, sie lagen jetzt ruhig auf dem Tisch. Seine Finger streckten sich für einen Moment, dann verflochten sie sich ineinander.

»In welchem Restaurant?« fragte Michael.

»Das hängt mit der ganzen Geschichte zusammen«, sagte Klein langsam. »Und wie ich schon gesagt habe, es steht in keiner Verbindung zu ...«

»Professor Klein!« Michael erhob vor Zorn und Ungeduld die Stimme.

Wieder wurde es still im Raum.

Und erst dann erzählte Klein die ganze Geschichte, in allen Einzelheiten, nicht wie ein gebrochener Mensch, sondern wie jemand, der zu einer Entscheidung gekommen ist. Michael mußte nichts mehr fragen.

»Geben Sie mir bitte alle Daten, Name, Adresse«, sagte er zum Schluß und griff nach einem Stift. Er meinte, einen Pfiff durch die Tür zum Korridor zu hören, als er den Namen der Frau aufschrieb. Er wußte, daß die anderen jetzt bereits loszogen, um die Frau zu holen. Es war schon nach Mitternacht.

»Wie kann man eine solche Sache zwölf Jahre lang geheimhalten!« rief Balilati und stellte das Aufnahmegerät ab. »Noch dazu in Jerusalem!« Er schwieg, dann sagte er: »Ich schwöre dir, wenn du mir noch einen Tag gegeben hättest, ich hätte es rausgefunden. Wie alt ist der Junge? Fünf? Da kenne einer die Menschen! Und zu Hause hat er doch drei Töchter, oder? Hat er mit ihr einen Sohn machen wollen? Und du hast ihn für einen Heiligen gehalten! Dabei hat er eine Mätresse!« Er trank den letzten Schluck Kaffee aus, schüttelte den Kopf und seufzte laut. Dann stand er plötzlich auf und sagte: »Einen Moment! Einen Moment! Malka Arditi, ist das nicht Mali? Was für ein Hundesohn dieser Klein ist, was für ein Hundesohn!«

»Was hast du?« fragte Michael ungeduldig. »Wer ist Mali?«

»Was sagt man dazu! Was für ein Hundesohn!«

»Wer?« fragte Michael und betrachtete Balilati neugierig. »Erklär es mir, und zwar langsam.«

»Du erinnerst dich doch, daß wir einmal nach einem Fall, dem Fall mit dem ... wie heißt er doch gleich, na ja, egal, jedenfalls wollten wir in ein Restaurant in Nachlat-Schiw'a ...«

Michael nickte. »Und es war zu«, sagte Balilati. »Wir sind woanders hingegangen, wohin eigentlich? Es fällt mir nicht ein. Aber das ist nicht der Punkt, was spielt es für eine Rolle, wohin wir zum Schluß gegangen sind. Die Hauptsache ist, wenn es die ist, die ich glaube, daß sie es ist, Mali, dann fall ich tot um, diese Frau ist so eine Wucht, daß ich tot umfalle. Warte, du wirst sehen, was für eine Wucht, aber nicht nur eine Wucht, was man so darunter versteht, sie kann auch kochen! Mensch, und wie sie kocht! So was gibt's nicht noch mal!« Balilati fuhr sich mit der Zungenspitze über die Oberlippe und bekam einen gierigen Gesichtsausdruck ins Gesicht. »Sie macht gefüllte Karotten, daß sogar die Mutter der Karotten sie nicht mehr erkennt, und ihre Bohnen, ach, wie sie würzen kann, und wenn man ihr ein Stück Fleisch gibt, was sie mit Fleisch macht! Was für ein Fleisch! Und sie ist die Mätresse von Klein? Das haut mich um!« Er wandte sich wieder dem Band zu und sagte mit hoffnungsvoller Stimme: »Na ja, vielleicht ist es ja doch eine andere.«

Sie brachten Klein in den Sitzungsraum, Mani blieb bei ihm. Balilati hörte sich noch einmal das Band an. Sie warteten auf Eli Bachar, der losgefahren war, um die Frau zu holen.

»Ich möchte«, sagte Michael, als sie ihm in seinem Zimmer gegenübersaß, »bitte alles genau wissen.«

Mali Arditi schaute ihn an, und ihr Lächeln erhellte den ganzen Raum. Dann lachte sie, ein klingendes und befreiendes Lachen, das ihre runden, vollen Schultern zum Zittern brachte, die Balilati später den Satz entlockten: »Sie hat ja auch ganz schön was zu tragen!« Auch ihre großen Brüste zitterten. Dann zog sie an den Achselträgern ihres Kleides, schmalen Bändern, die straff über ihren Schultern lagen. »Eine erdbeerrote Puppe«, hatte Balilati gesagt, und Michael, als er nun die mahagonifarbenen Locken betrachtete, die sie mit der Hand zusammenhielt, während sie noch immer lachte, dachte: Balilati hat noch untertrieben. Sie gehörte zu der seltenen Sorte rothaariger Frauen, deren Haut frei war von Sommersprossen. Sie war braun und glatt, und ihre Arme – »Mousse mocca«, hatte Balilati gesagt, als er sie um die Ecke des Korridors hatte biegen sehen, »ein Hundesohn, dieser Klein, wie hat er sie nur rumgekriegt?«

»Ich bin schon nicht mehr wütend, das geht bei mir schnell vorbei, wenn ich mich ärgere. Einen Menschen einfach mitten in der Nacht aus seinem Bett zu holen? Sie müssen mir schon genau erklären, was Sie wollen, Schätzchen.«

Michael war wie betäubt. Er versuchte, ihre offenkundige Sexualität, die man keineswegs als billig bezeichnen konnte, zu übersehen. Sie blickte ihn fröhlich an und strich sich mit einer breiten Hand mit weißen Fingernägeln über die Wange. Er hatte das deutliche Gefühl, daß sie ihn, hätte sie ihn unter anderen Umständen getroffen, mit großem Appetit verzehrt hätte. In seinen kühnsten Träumen konnte er sich nicht vorstellen, daß eine solche Frau treu auf Klein wartete, daß sie nachts weinte, wenn er nicht kam, und alles andere, was man normalerweise annimmt, wenn von »der anderen Frau« die Rede ist. Diese Frau gehörte niemandem.

»Wann ist er bei Ihnen angekommen?«

»Ich sage es Ihnen gleich, nur einen Moment.« Er betrachtete ihren Hals, als sie den Kopf hob, an die Decke starrte und die Augenbrauen zusammenzog, Augenbrauen, die ein bißchen zu schmal waren für das große Gesicht. Auch sie waren mahagonifarben, wie ihr Haar. Michael betrachtete ihre Hand, die auf dem großen Ausschnitt ruhte. »Am Donnerstag war es, am Donnerstag um vier Uhr etwa.«

»Und wann ist er von Ihnen aufgebrochen?«

»Es ist süß, wie Sie das sagen, von Ihnen aufgebrochen. Also, er ist am Freitag aufgebrochen, wir haben vorher noch den Jungen abgeholt, er war bei einem Freund. Um halb drei hat er uns zu Hause abgesetzt und ist zu seiner Mutter gefahren.«

»Und zwischen Donnerstag und Freitag hat er Sie nicht verlassen?«

»Sie sind wirklich süß!« Wieder lachte sie dieses kullernde Lachen, das sich in diesem Raum im Migrasch ha-Russim völlig verrückt anhörte. Sie gehört nicht hierher, dachte Michael, behielt aber sein undurchdringliches Gesicht bei – wenigstens hoffte er das. Nun nahm ihr Gesicht einen ernsten Ausdruck an, als habe sie beschlossen, die Sache hinter sich zu bringen, und ihre lebhaften braunen, schrägstehenden Augen blickten ihn an, als sie antwortete: »Er war während der ganzen Zeit in meiner Sichtweite. Sie können sich beruhigen, und wir haben diese Aussage nicht abgesprochen, falls Sie das meinen. Er hat jemanden getroffen, aber das war im Restaurant. Ich habe ihnen das Restaurant aufgeschlossen, und sie saßen da, beide, weil ich diesen Mann nicht in die Wohnung lassen wollte. Meine Wohnung ist über dem Restaurant. Wissen Sie, wo das ist?«

»Und wer war der Mann?« fragte Michael und schob ihr die Zigarettenschachtel zu. Sie nahm eine Zigarette heraus, betrachtete sie zerstreut und beugte sich vor, damit er ihr Feuer geben konnte.

»Das müssen Sie ihn schon selbst fragen, Schätzchen, wir sprechen nicht über die Lebensbereiche des anderen. Nie. Das haben wir nie getan, und werden jetzt nicht damit anfangen. Sie haben ja gehört, was er mir gesagt hat: daß ich Ihnen sagen soll, wo er war, nicht, mit wem.«

Michael sah das Bild wieder vor sich, das ihn vorhin so amüsiert hatte: die Rothaarige im Sitzungsraum, wie sie Klein voller Verständnis und Zuneigung angesehen hatte. »Sag ihm, wo ich war«, hatte Klein in Michaels Beisein gesagt, und dann hatte sie zum ersten Mal gelächelt, ein intimes, verständnisvolles Lächeln, nachdem sie vorher auf dem ganzen Weg vor Zorn getobt hatte, wie Eli Bachar sagte.

Sie unterschrieb ihre Aussage und stimmte ohne jedes Zögern einem Detektorverhör zu. Dann wurde sie wieder nach Hause gebracht. Klein blieb im Sitzungsraum.

»Ich kenne sie«, sagte Mani Esra, »sie wohnt neben der Schwester meiner Schwägerin, sie hat ein kleines Restaurant in Nachlat Schiw'a, das sich auf gefülltes Gemüse spezialisiert hat. Die ist eine Type, sie macht, was ihr in den Kopf kommt. Sie gibt dir die Rechnung, nachdem du gegessen hast – ohne Bezug zur Speisekarte, wie es ihr gerade einfällt. Sie macht ihr Restaurant auch nur auf, wenn sie Lust hat. Ich habe sogar mal bei ihr gegessen. Was soll ich dir sagen, sie kann kochen! Wo hat er sie nur aufgetrieben? Und der Junge, der ist von ihm?«

»Es sieht so aus«, sagte Michael nachdenklich.

»Wie geht das? Ich möchte verstehen, wie so was geht!« drängte Balilati.

»Wunder gibt es immer«, sagte Michael Ochajon, den diese Frage auch nicht losließ.

»Soll ich ihn wieder reinholen?« fragte Mani jetzt und schaute auf seine Uhr. »Eli hat mit ihm gesprochen. Es ist schon drei Uhr nachts. Willst du ihn noch mal?«

»Ja«, sagte Michael, »bring ihn her. Ich brauche das Material für die Sitzung morgen früh.«

Draußen um das Gebäude war es still. Michael stand am Fenster und schaute in die Dunkelheit. In den anderen Zimmern war ebenfalls Licht, und das Klappern von Schreibmaschinen war zu hören. Die Luft war feuchter geworden, aber es war noch immer sehr warm. Klein wurde ins Zimmer gebracht, und Mani zog leise die Tür hinter sich zu.

»Jetzt wissen Sie es«, sagte Klein bedrückt.

»Die Dame wollte nichts über den Mann sagen, mit dem Sie sich getroffen haben, bis Sie sie nicht darum gebeten haben. Hat sie mit Ihnen zusammengesessen? Hat sie dem Gespräch zugehört?«

»Mali hört, was sie hören will, und sie weiß, was sie wissen will. Diese vollkommene Fähigkeit von ihr, jeden leben zu lassen, das ist das Schöne an ihr. Als Gegengabe verlangt sie nur, daß man sie leben läßt, wie sie will. Ich habe keine Ahnung, was sie gehört hat. Sie war in der

Küche. Es gibt ein Fenster zwischen der Küche und dem Gastzimmer. Es war verschlossen, glaube ich, aber wenn man sich anstrengt, kann man etwas hören«, sagte Klein.

»Sie kommt morgen zum Detektorverhör. Sind Sie bereit, ihr zu sagen, daß sie über Ihr Treffen mit Tirosch aussagen soll?«

»Ich bin bereit, sie darum zu bitten, nicht, ›es ihr zu sagen‹ – man kann ihr nichts sagen.«

»Kommen wir noch einmal auf dieses Treffen zurück. Wer hat es veranlaßt?«

»Ich«, sagte Klein mit heiserer Stimme.

»Ich möchte das gerne verstehen. Sie sind nach fast einem Jahr nach Israel zurückgekommen, nach einem Jahr sehen Sie Ihren Sohn und seine Mutter wieder, und da treffen Sie eine Verabredung mit Tirosch?« fragte Michael und dachte wütend: Und dann sagst du zu mir auch noch, es gäbe keine Verbindung mit dem Mord!

Klein nickte. »Ich werde Ihnen alles erklären. Aber ich möchte Ihr Versprechen, daß die Angelegenheit nicht das Gebäude verläßt. Daß sie nicht unter uns bleiben kann, habe ich inzwischen begriffen.«

»Wenn Sie mir von Anfang an alles erzählt hätten, aus freien Stücken, hätte sie vielleicht unter uns bleiben können«, sagte Michael bitter.

»Sie müssen auch die andere Seite der Geschichte verstehen«, betonte Klein. »Es ist nicht ganz so, wie Sie es wohl annehmen.« Beide schwiegen, und Michael wurde zwischen seiner fast unbezähmbaren Neugier, zu erfahren, was Klein in diese Situation gebracht hatte, zu diesem Doppelleben, und seinem Wissen, daß das nichts mit den Ermittlungen zu tun hatte hin- und hergerissen, ganz zu schweigen von dem Wunsch, ihm nahe zu sein, und dem gleichzeitigen

Bedürfnis, sich von ihm zu distanzieren, verschlossen und überlegen zu sein.

»Meine Beziehung zu Mali ist sehr tief, und natürlich liebe ich sie und den Jungen. Es ist nicht irgendeine Affäre.«

»Wie alt ist der Junge?« fragte Michael mit kühler, sachlicher Stimme.

»Fünf.« Klein seufzte und wandte das Gesicht ab. »Und ich habe eine andere Familie, die das nie akzeptieren würde.«

Michael blickte Klein an. Dieser rutschte unbehaglich auf dem Stuhl hin und her, dann sagte er bedrückt: »Sie ignorieren die Tatsache, daß eine Offenlegung viel zerstören könnte. Meine Frau ist nicht so, daß sie derlei Dinge akzeptieren könnte, sie würde daran zerbrechen. Sie würde glauben, daß alles Lüge war, sie würde nicht verstehen können, daß man in zwei verschiedenen Bereichen leben kann, die ganz voneinander getrennt sind, ohne daß die beiden sich gegenseitig etwas wegnehmen. Man darf nicht alles nur unter dem Gesichtspunkt der Ausschließlichkeit sehen.«

Michael unterdrückte mit Mühe den Wunsch, ihn aufzufordern, er möge die beiden Lebensbereiche näher erklären. Er wußte nicht mehr, wie seine Beziehung zu Klein war, er konnte das Gefühl, enttäuscht worden zu sein, nicht einfach wegschieben. Er war verwirrt, doch das stärkste Gefühl war das Mißtrauen, das in ihm entstanden war, nach dem Verlust des Vertrauens, das er Klein vorher entgegengebracht hatte. Er erinnerte sich, wie er versucht hatte, das Ergebnis des Detektorverhörs zu ignorieren, und kam sich vor wie ein Dummkopf. Du kennst Klein nicht wirklich, sagte er zu sich, nichts ist so, wie er gesagt hat, es paßt sozusagen alles nicht zusammen. Aber nur sozusagen, das spürte er tief in sich, denn eigentlich paßte alles sehr gut zusammen. Was hatte Klein über Integrität gesagt, über Vollkommenheit? Das war vor langer Zeit gewesen, aber eigentlich erst heute nachmittag. Was hatte er gesagt? Daß es keinen vollkommenen Menschen gebe? Nur in der Kunst gebe es Vollkommenheit, das war es, was er gesagt hat, dachte Michael. Und ich sollte mich nur an die Sache selbst halten, an die Fakten, ich darf mich nicht um diese Philosophiererei kümmern. »Was genau ist mit Tirosch passiert?« fragte er, nachdem er mühsam die inneren Stimmen zum Schweigen gebracht hatte.

»Das ist ziemlich einfach zu erklären«, sagte Klein. »Aber es ist schwierig für mich, mich vor Ihnen sozusagen zu entblößen, verstehen Sie.« Klein beugte sich vor. »Ich halte die Sache mit Mali nun schon viele Jahre geheim, ohne daß irgend jemand etwas davon erfahren hätte. Noch nicht mal der Junge weiß es.« Er schaute verlegen zur Seite. »Er weiß nicht, daß ich sein Vater bin. Ich habe nie über Mali gesprochen, nur wenige Leute wissen, daß wir eine Beziehung miteinander haben, und niemand weiß, um was für eine Art von Beziehung es sich wirklich handelt. Ofra, meine Frau, hat Mali nie gesehen. Es gibt Leute, die manchmal dort mit mir essen, bei ihr im Restaurant. So habe ich sie auch kennengelernt. Tirosch hat mich das erste Mal mitgenommen, und er hat die Sache rausgekriegt.«

»Die Sache rausgekriegt?« wiederholte Michael. »Wann war das?«

»Ich weiß nicht, wann und wie er es herausgefunden hat, ich kann nur sagen, daß er nicht mit Mali gesprochen hat. Von ihr hat er es nicht erfahren. Vermutlich war es noch, bevor ich nach Amerika gegangen bin. Heute könnte ich mir sogar vorstellen, daß er einen Detektiv engagiert hat. Jedenfalls hat er sich sehr anstrengen müssen, denn wir haben keine festen Zeiten, wann wir uns treffen, Mali und ich, und wir haben immer irgendeine Deckung. Aber vielleicht habe ich das auch nur geglaubt.«

»Wie haben Sie erfahren, daß er etwas herausgefunden hatte?« fragte Michael.

Klein achtete nicht auf seine Frage, er sprach einfach weiter: »Kurz bevor ich nach Israel zurückfliegen wollte, bekam ich einen Brief von ihm. Zu seinen Gunsten muß ich sagen, daß er ihn an die Universität geschickt hat, nicht zu mir nach Hause. In dem Brief deutete er an, daß er alles wisse. Er hat immer nach irgend etwas anderem in mir geforscht, ›nach unterirdischen Strömungen‹, wie er es genannt hat. Meine Lebensform hat ihn verrückt gemacht. Er konnte sich nicht vorstellen, daß es innere Kämpfe in meinem Leben gab, das heißt, er hat sie sich anders vorgestellt, als sie waren.«

»Haben Sie den Brief noch?« fragte Michael und wußte von vornherein, welche Antwort er bekommen würde.

»Nein, natürlich nicht, ich habe ihn sofort zerrissen, nachdem ich ihn gelesen hatte. So etwas hebt man doch nicht auf!«

Nein, dachte Michael, noch nicht einmal ich hätte diesen Brief aufgehoben. Laut sagte er: »Aber Sie erinnern sich noch, was darin stand?«

»Und ob ich mich erinnere!« antwortete Klein und rieb sich die Stirn. »Er war sehr scharfsinnig, sozusagen, sehr klug, und lud mich zu einem Treffen unter vier Augen ein, sobald ich wieder da wäre, wegen ›Informationen, die ein neues Licht auf meine Persönlichkeit‹ werfen. Ich erinnere mich an die Formulierung. Selbstverständlich war ich wütend, und ich machte mir Sorgen. Scha'ul war nicht das, was man einen diskreten Menschen nennt. Aber ich hoffte, daß ihm keiner diese Geschichte glauben würde, falls er sie erzählte.«

»Was wollte er eigentlich von Ihnen?«

»Das habe ich mich auch gefragt, wissen Sie«, sagte Klein, und sein Gesicht rötete sich vor Zorn. »Als ich den Brief gelesen hatte, dachte ich, es handle sich nur um Neid oder um ein Gefühl des Sieges über meine Bürgerlichkeit, wie er es nannte, über meine Lebensweise. Aber nach dem Treffen, oder schon während des Treffens, spürte ich, daß es noch etwas gab.«

»Erzählen Sie es mir, von Anfang an«, sagte Michael, einen Satz, den er in dieser Nacht schon einmal gesagt hatte. Er erinnerte sich nicht, wann und zu wem. »Was hat er gesagt, als Sie sich getroffen haben?«

Plötzlich sah Klein sehr müde aus. In seinem vollen Gesicht sah Michael Falten, die er zuvor nicht bemerkt hatte. Seine Haut sah gelblich aus. Vielleicht liegt das auch am Neonlicht, dachte Michael. Er erinnerte sich an Kleins selbstsichere, ruhige Stimme, als er vor ein paar Stunden mit seiner Frau telefoniert hatte.

»Jetzt sehe ich ganz klar, wie er alles um sich herum zerstört hat«, sagte Klein. »Alles, immer hat er das geschafft. Ich habe keine Ahnung, was er wollte. Er sprach indirekt, als wisse er alles, er war ein Fachmann der indirekten Rede. Er wollte wissen, worüber Ido mit mir gesprochen habe, als er mich besuchte. Ich sagte, Ido befinde sich in einer Krise, es sei ihm irgend etwas passiert, aber ich wisse nicht, um was es sich handle. Er ist viele Male darauf zurückgekommen. Dann fragte er mich, ob Ido mir etwas Schriftliches hinterlassen habe. Ich fragte: ›Was soll das heißen, hinterlassen? Warum gehst du nicht selbst zu Ido und fragst ihn?‹ Er sagte, irgend etwas ›zur Aufbewahrung‹, ob Ido mir etwas zur Aufbewahrung gegeben habe, und dann fragte er mich, ob ich die Kassette gesehen hätte...«

Michael unterbrach ihn. »Das heißt, Sie haben gewußt, um welche Kassette es ging, als ich Sie heute danach gefragt habe?«

Klein blickte ihn schuldbewußt an und senkte die Augen. »Nun, ich habe es nicht genau gewußt, aber ich habe es auch nicht ›nicht gewußt‹. Heute nachmittag bin ich einfach erschrocken. Sie müssen verstehen, daß ich während des Gesprächs mit Tirosch sehr angespannt war...« Er schwieg.

»Sie waren angespannt«, wiederholte Michael die Worte in einem so neutralen Ton, wie er ihn mit seiner trockenen Kehle zustande brachte.

»Ich hatte Angst, daß alles auffliegt. Ich war angespannt, weil ich an all die Schwierigkeiten dachte, die auf uns alle zukommen würden. Jedenfalls, er hatte die Sache mit Mali herausgefunden, und dann – ich erinnere mich an seine Worte ganz genau – sagte er: ›Wenn du still bist, bin ich auch still.‹ Ich fragte ihn, was er damit meine, ich habe es gefragt, obwohl ich so erschrocken war, und er hat gesagt: ›Wenn es soweit ist, wirst du es wissen, das verspreche ich dir, und wenn Ido mit dir spricht, dann sage es mir.‹«

»Das heißt«, sagte Michael Ochajon, »Sie waren nicht gerade von Trauer überwältigt, angesichts Tiroschs Tod.«

»Wissen Sie«, sagte Klein zögernd, »ich nehme mal an, daß Sie mir nicht glauben, aber es war nicht so, daß ich wirklich Angst gehabt hätte, ich hatte ein im Grunde unverständliches Gefühl der Sicherheit: Wenn er je über diese Sache sprechen würde, so würde ich es durchstehen.« Er schaute Michael an, aber der sagte kein Wort.

Klein räusperte sich wieder und sagte mit deutlicher Verlegenheit: »Vielleicht habe ich mir das sogar gewünscht, was weiß ich. Der Mensch ist so kompliziert...«

»Und Sie bleiben dabei, daß Sie ihn nicht umgebracht haben?« fragte Michael plötzlich hart. Klein blickte ihn an und verschränkte die Arme. Er schüttelte ein paarmal den Kopf und sagte ernst, als wäge er jedes Wort sorgfältig ab: »Nein, natürlich nicht. Ich habe ihn nur am Donnerstag gesehen, und am Freitag lebte er noch. Und außerdem glaube ich nicht, daß Sie ernsthaft annehmen, ich hätte einen Grund dafür gehabt.«

»Haben Sie nicht vorhin selbst gesagt, daß er alles zerstört hat?« fragte Michael mit unterdrücktem Zorn. »Und wenn Sie behaupten, Sie hätten ihn danach nicht mehr gesehen, so müssen wir nachprüfen, um wieviel Uhr Sie am Freitag nachmittag in Rosch-Pina angekommen sind.«

»Aber ich habe Ihnen doch gesagt...« protestierte Klein, dann schwieg er. »Gut, ich kann wirklich nicht erwarten, daß Sie mir glauben. Aber Sie können sich darauf verlassen, daß ich es nicht geschafft hätte, mich auf dem Har ha-Zofim zu verstecken, und es gibt keine Möglichkeit, ungesehen auf den Campus zu kommen. Ich habe die Universität vor Sonntag nicht betreten.«

»Sind Sie sicher, daß Ido Ihnen keine Kassette übergeben hat?« fragte Michael plötzlich, nach einem kurzen Schweigen.

Klein schüttelte den Kopf. »Natürlich bin ich sicher. Außerdem hätte ich das nicht verheimlichen müssen. Ich versichere Ihnen, daß ich keine Ahnung habe, welche Drohung Ido gegen Tirosch in der Hand hatte, ich habe keine Ahnung.«

»Ich möchte noch einen Punkt klären«, sagte Michael, als handle es sich um ein wissenschaftliches Problem. »Sie hatten Angst, daß Tirosch Sie erpressen würde? Daß er diese Information über Ihr Doppelleben verwenden würde?«

Klein schüttelte nachdrücklich den Kopf. »Nein, ich hatte keine Angst. Wenn Sie Tirosch gekannt hätten, würden Sie das verstehen.«

Michael wartete auf eine Erklärung. Klein sah aus, als suche er nach den richtigen Formulierungen.

»Sie müssen verstehen«, sagte er langsam, »Scha'ul, wie soll ich es sagen, hat sich unterlegen gefühlt. Und jetzt gab es etwas, was ihn ernsthaft irritierte. Vielleicht wollte er sogar meine Hilfe, auch wenn er das natürlich nie in Worte gefaßt hätte. Er hat sich immer unterlegen gefühlt, trotz seines sicheren Auftretens, seines Hochmuts, und die ... die Information, die er über mich herausgefunden hatte, war vermutlich nicht zum Gebrauch nach außen hin bestimmt, und von Erpressen oder sonst etwas Dramatischem dieser Art kann nicht die Rede sein. Sie diente einem anderen Zweck. Sie sollte mir zeigen, daß er über mich gesiegt hatte, daß auch ich nicht vollkommen war, daß ich einen Flecken auf meiner weißen Weste hatte, eine Schwäche. So fühlte er sich weniger gedemütigt. Ich weiß nicht, ob Sie das verstehen, ob Sie solche Menschen kennengelernt haben.«

Der Himmel wurde schon hell, als Michael Klein in den Sitzungsraum führte, nachdem er ihn für das Detektorverhör vorbereitet hatte. Dann saß er in seinem Zimmer und hörte sich die Aufnahme des Gesprächs an. Die Sitzung der Sonderkommission sollte um acht Uhr stattfinden, und Zila tippte das Material ab. Michael hatte seinen toten Punkt überwunden. Er fürchtete sich ein wenig vor der Sitzung und vor den Ratschlägen des Polizeichefs, die zu erwarten waren. Noch immer hatte er keine Ahnung, wer die Wahrheit sagte und wer log, und in dem ganzen Wirrwarr von

Nichtwissen wuchs neuer Zorn in ihm. Idiot, der du bist, sagte er zu sich selbst, du mit deinen Phantasievorstellungen über Vollkommenheit und Integrität, plötzlich bist du so moralisch.

Er vergrub das Gesicht in den Händen. Was soll das? fuhr die Stimme in seinem Inneren fort und protestierte: Weil ein Mann zwei Leben führt, soll er plötzlich keine Integrität haben? Was ist aus dir geworden, der König der Bürgerlichen? Und was ist mit Maja? Irgend etwas war mit ihm und Klein, er wußte nur nicht genau, was es war. Doch er hatte das starke Gefühl, daß es nichts mit dem Mord zu tun hatte, und nichts mit der Lüge. Ein ganz privater Zorn auf Klein, daß sogar er kein vollkommenes Leben führte, daß sogar er in etwas steckte, was man nicht ganz sauber nennen mußte. Warum kann niemand ein einfaches, richtiges Leben führen, wie es sein sollte? fragte er sich. Warum nicht ein einziger Mensch? In diesem Moment trat Zila ins Zimmer, in der Hand ein Tablett mit Kaffee und einem frischen Brötchen, und unter den Arm hatte sie eine Mappe geklemmt, eine grüne Mappe.

Siebzehntes Kapitel

»Dann behaupten Sie eben, daß es Fingerabdrücke gibt, dieses Spiel haben wir doch schon öfter gespielt. Passen Sie auf, was sie sagen, wie sie reagieren. Muß ich Ihnen etwa beibringen, wie man jemanden festnimmt?« sagte Arie Levi ungeduldig. »Und diesen Klein lassen wir nicht laufen, auf keinen Fall vor dem Detektorverhör. Jeden Tag gibt es eine neue Spur, zum Verrücktwerden.« Der Polizeichef trank einen Schluck Kaffee, und alle warteten schweigend. Michael war noch immer angespannt wegen der Reaktionen auf die Affäre Klein, die er eigentlich erwartet hatte, aber erstaunlicherweise hatte niemand eine dumme Bemerkung gemacht. Allerdings, dachte Michael, weiß auch niemand etwas von dem gemeinsamen Mittagessen, von meinem Wunsch nach Brüderlichkeit und Nähe. Eigentlich, fiel ihm plötzlich ein, kann das auch niemand verstehen. Die Tatsache, daß er einige Nächte hintereinander nicht geschlafen hatte, machte ihn besonders verletzlich. Alles kam während der Sitzung verschwommen an die Oberfläche, auch sein Schmerz wegen Maja. »Ich möchte heute noch eine zusätzliche Sitzung vereinbaren, bevor Sie fahren, und Sie können schon gleich gehen und das Geld abholen. Alles andere wird in der Personalabteilung erledigt.« Er wandte sich an Awidan, den Verbindungsoffizier. »Was meinen Sie?« Awidan nickte ein paarmal mit dem Kopf.

Um halb zehn Uhr morgens saß Ruchama Schaj vor ihm und betrachtete mit zusammengekniffenen Augen das Aufnahmegerät. »Ich habe das noch nie gehört«, wiederholte sie, »nie.«

»Tatsache ist, daß wir Ihre Fingerabdrücke auf der Kassette gefunden haben«, beharrte Michael.

»Dafür habe ich keine Erklärung«, sagte sie und breitete die Hände aus. »Ich habe Scha'ul nach dem Donnerstagmorgen nicht mehr gesehen, und auch da habe ich ihn nur in seinem Zimmer an der Universität getroffen, ich war nicht mit ihm in seinem Auto. Ich weiß nicht, wie sich das erklären läßt.«

Michael zog die Kassette aus dem Gerät und legte sie vor Ruchama auf den Tisch.

Etwas blitzte in ihren Augen auf. »Ich bin nicht sicher«, sagte sie mit ängstlichem Blick, »aber vielleicht habe ich sie doch schon mal gesehen, aber ich weiß nicht, wo. Vielleicht in Scha'uls Zimmer, vielleicht bei ihm zu Hause. Ich erinnere mich nicht mehr daran. Vielleicht bei Tuwja? Nein, ich weiß es nicht. Ich bin auch nicht sicher, ob es diese Kassette ist, aber mir kommt es vor, daß ich so ein Ding schon gesehen habe. Vielleicht bei Tuwja, vielleicht, als ich die Schlüssel aus seiner Tasche genommen habe? Irgendwann habe ich eine Kassette gesehen, die so ähnlich aussah, auch ohne Etikett.« Sie sprach ganz unschuldig. Michael betrachtete ihr Gesicht und wußte, daß sie nicht verstand, um was es ging.

Er fragte sich, auf welche Art diese Kassette, wenn überhaupt, zu Tuwja Schaj gelangt sein könnte, und dann, aus einem plötzlichen Einfall heraus, fragte er: »Wissen Sie, wann Ihr Mann Ido getroffen hat, bevor er umkam? Ich meine, vor der Fakultätssitzung. Vor dem Freitagmorgen?«

Ruchama Schaj betrachtete ihre Finger und schwieg einige Minuten. Endlich sagte sie: »Nun, sie haben sich auch an der Universität getroffen, ich nehme an, jeden Tag.«

»Auch?« fragte Michael. »Was heißt das, auch?«

»Nach dem Fakultätsseminar am Mittwoch abend ist Ido mit zu uns gekommen. Er wollte mit Tuwja reden, aber ich weiß nicht, worüber sie sich unterhalten haben, ich bin schlafen gegangen.« Sie hatte schnell gesprochen, als weigere sie sich nachzudenken, ob sie das sagen solle oder lieber nicht.

Wieder betrachtete Michael dieses mädchenhafte Gesicht, die Lippen, die dem Gesicht etwas Vorwurfsvolles verliehen. Er sah die geschwollenen Ringe unter ihren Augen. Er wußte, daß sie ihre Zeit mit Schlafen verbrachte. Alle Ängste, alle Schrecken der letzten Woche mündeten bei ihr im Schlafen. »Zur Arbeit und dann schlafen. Keine Einkäufe, kein Kochen, keine Menschen, nichts! Gar nichts! Sie verhält sich, als sei sie schwer krank«, hatte Elfandari das Ergebnis der Ermittlung zusammengefaßt. »Über eine Woche lebt sie jetzt so, und wenn man in der Wohnung keine Schritte hören würde, könnte man denken, dort lebe niemand. Sie reden kein Wort miteinander, und am Telefon spricht er nur über seine Arbeit, und sie wird nie angerufen«, hatte Elfandari gesagt, als sie das Band abhörten. Michael hatte das Gefühl, die beiden verhielten sich wie Menschen, die jede Lebensfreude verloren haben.

Manchmal dachte er an etwas, das Ruchama Schaj während einer der Vernehmungen gesagt hatte: »Früher, bevor ich Scha'ul kennenlernte, wußte ich nicht, daß man etwas verlieren kann. Jetzt weiß ich, daß ich nichts mehr zu verlieren habe.«

Ihr Gesicht sah verbraucht aus, das Gesicht eines Menschen, der keine Hoffnung hat, der nichts mehr zu verlieren hat.

Als sie das Zimmer verlassen hatte, schaute Michael in seinen Kalender, Sonntag, der 29. Juni. Tuwja Schaj hatte gebeten, die »Verabredung« um eine Stunde zu verschieben. Er habe Sprechstunde, entschuldigte er sich höflich bei Zila.

Nun sollte Ruth Duda'i zu ihm kommen, und er hatte das deutliche Gefühl, daß nichts geschehen würde, daß er die Ängste all der Leute kannte, mit denen er während der letzten Woche viele Stunden verbracht hatte. Und nicht nur ihre Ängste, sondern auch ihre Lebensweise und ihre Meinungen voneinander.

Sogar die nervöse Art, mit der Ruth Duda'i auf die Uhr schaute, nachdem sie das Zimmer betreten hatte, hätte er im voraus beschreiben können. Sie hatte es eilig, sie müßte eigentlich schon zu Hause sein, die Kinderpflegerin mußte weg, sogar *schiwa** habe man sie nicht sitzen lassen, wie es sich gehörte, protestierte sie laut mit dieser kultivierten Stimme, die er nun schon so gut kannte.

Michael betrachtete das volle Gesicht, das blaue Trikotkleid, das runde Schultern freiließ, die Brille mit den runden Gläsern, hinter denen man ihre braunen, traurigen Augen sah, und er dachte an den Sabbat, an dem er mit Usi Rimon in ihre Wohnung gekommen war. Der Ausdruck ihres Gesichts hatte sich kaum verändert in den vergangenen Tagen, seit sie die Nachricht vom Tod ihres Mannes erhalten hatte. Ihre Haut glänzte stark. Obwohl ihre Augen traurig aussahen, zeigte sie keine Zeichen von Mangel an Schlaf. »Ich weiß, was du sagen wirst, daß nicht alle auf die gleiche Weise reagieren, es gäbe welche, die erst nach langer Zeit zusammenklappen«, hatte Balilati zweifelnd gesagt, »aber diese Frau da – die ist ein besonders harter Brocken.« Bei der Sitzung der Sonderkommission hatte einer der mit der Überwachung beauftragten Beamten gesagt: »Die ganze Zeit ist eine Frau bei ihr, mit ihrem Kind, ich glaube, sie ist dort eingezogen, eine Freundin von ihr, noch von der Armee. Auch ihre Eltern sind in Israel eingetroffen, es sind die ganze Zeit Leute dort. Sie ist keine Sekunde allein.«

Ruth Duda'i betrachtete die Kassette, ohne sie zu berüh-

* Schiwa (hebr.): Sieben strenge Trauertage nach der Bestattung, dabei sitzen die Trauernden auf niedrigen Schemeln und tragen keine Schuhe.

ren. Sie wisse nicht, sagte sie, ob diese Kassette aussah wie die anderen. Ido habe sie immer bei sich aufgehoben und gut auf sie aufgepaßt. Sie könne sie nicht angefaßt haben. Sie habe keine Ahnung, wie ihre Fingerabdrücke daraufgekommen sein könnten.

Nein, sie kenne die Stimme nicht, die diese Zeile aus einem von Tiroschs Gedichten zitierte. »Ich habe Ihnen schon tausendmal gesagt«, sagte sie müde, »daß Ido mir nichts über das erzählt hat, was in Amerika passiert ist. Er ist völlig durchgedreht zurückgekommen.«

Sie wisse nicht, wann genau Ido nach dem Fakultätsseminar nach Hause gekommen sei. Spät. Sie sei aufgewacht, als er das Licht im Schlafzimmer angeknipst habe.

»Ich habe nichts gefragt, kein Wort. Er hat jede Frage immer so unwillig beantwortet, so nervös, und ich habe mich ohnehin schuldig gefühlt.« Nun brach sie in Weinen aus. »Ich habe mich so gefreut, daß er zum Tauchen gefahren ist, daß er sich ein bißchen ausruht. Ich habe gedacht, er würde sich beruhigen, daß er hinterher wieder ausgeglichener sein würde, und außerdem«, sie zog die Nase hoch und nahm die Brille ab, »war da noch die Sache mit Scha'ul.«

Michael wußte, warum sie verlegen schwieg. Eine Frau in ihrer Situation, dachte er, kann nicht erzählen, wie sie sich selbst mit Vergnügen einen freien Abend verschaffte, um etwas zu erleben. »Ich habe mir gewünscht, daß Ido nicht zu Hause ist«, fuhr sie fort, »denn er war einfach nicht mehr auszuhalten. Und jetzt fühle ich mich so schuldig.«

Sie verschränkte die Arme auf den Tisch, legte den Kopf darauf und weinte. Michael betrachtete ihre Arme, ihren Hals, ihre Locken, die mit einem dicken Gummi in einem hoch angesetzten Pferdeschwanz zusammengehalten wurden, ihre Haut, die glänzte wie die eines Babys, und dachte, daß sie in ein paar Jahren bestimmt einen Tröster gefunden hätte, daß sie nicht lange allein bleiben würde. Er schaffte es nicht, auch nur ein bißchen Mitleid für sie zu empfinden.

»Und die Sache mit den Preßluftflaschen«, sagte er langsam, »er war nicht noch einmal im Keller, Tirosch, meine ich?«

»Ich habe es doch schon gesagt, wie oft fragen Sie mich das noch? Woher soll ich das wissen, der Keller ist unten. Mir hat er nichts gesagt. Und überhaupt, was wollen Sie damit sagen? Daß er sie mit Gas gefüllt hat? Glauben Sie etwa, er hat mich so geliebt, daß er bereit war, meinen Mann umzubringen? Das ist doch absurd!« Sie wischte sich die Augen. »Und außerdem«, sagte sie, »ist er doch vor Ido gestorben, wie hätte er dann überhaupt ...« Und plötzlich war sie still. Dann sagte sie zögernd: »Was wollen Sie damit sagen? Daß er vorher in den Keller gegangen ist und die Preßluftflaschen mit Gas gefüllt hat? Warum hätte er das tun sollen? Der Keller war offen, das stimmt, aber ich weiß nicht, die Nachbarn ... Und wirklich, warum? Erklären Sie mir das.«

Michael wollte ihr antworten, daß die Nachbarn befragt worden seien und niemand etwas gesehen habe, doch dann hörte er das Klingeln des schwarzen Haustelefons, des internen.

»Wir haben die Liste. Bevor du Schaj zu dir reinholst, möchte ich dir etwas zeigen«, sagte Rafi Elfandari. »Es gibt hier etwas sehr Seltsames.«

»Ich bin schon fertig«, sagte Michael, »du kannst kommen.« Ohne ihn anzuschauen, nahm Ruth Duda'i die nassen Papiertaschentücher und warf sie in den Papierkorb unter seinem Schreibtisch, dann stand sie schwerfällig und zögernd auf.

Michael begleitete sie zur Tür und warf einen Blick in den Korridor. Tuwja Schaj saß wie die vorigen Male da, unbeteiligt, blicklos. Rafi Elfandari bog um die Ecke, zwei Tassen Kaffee in den Händen und eine Mappe unter den Arm geklemmt. Vorsichtig betrat er das Zimmer. Michael schloß hinter ihm die Tür und betrachtete die dünne Mappe.

»Wie ich heute morgen auf der Sitzung gesagt habe, wir waren nahe dran. Das ist ein Typ, dieser Mu'alem, das kann ich dir sagen.«

»Was habt ihr Seltsames gefunden?« fragte Michael und betrachtete die lange Liste, die in der braunen Mappe lag.

»Schau mal, ob du es findest oder ob ich spinne«, antwortete Elfandari und nahm einen Schluck Kaffee.

Gehorsam fuhr Michael mit dem Finger die Spalte entlang, die alle Besteller von Kohlenmonoxydflaschen des letzten Monats enthielt. Elfandari hatte die Liste alphabetisch sortiert und mit einem roten Stift alle Bestellungen markiert, die aus Jerusalem gekommen waren. Einige Händler waren darunter, die meisten aus dem Bezirk Tel Aviv, aber auch welche aus Haifa und kleineren Städten. In Jerusalem, stellte Michael fest, hatte irgendein privates medizinisches Labor große Behälter bestellt, außerdem ein Krankenhauslabor. Und Professor Arie Klein, Hebräische Universität Jerusalem.

Daneben stand der Name des Händlers, der Klein zwei kleine Behälter Kohlenmonoxyd geschickt hatte. Die Bestellung war zwei Wochen vor dem Tod Ido Duda'is aufgegeben worden, Klein war damals in New York.

»Wie wurde die Lieferung bezahlt?« fragte Michael und umklammerte seine Kaffeetasse.

»Ich bin hingefahren, um mir den Händler mal persönlich anzusehen. Heute morgen war ich in Tel Aviv, ohne

Mu'alem«, sagte Elfandari und ordnete sein helles Hemd, das ihm wie immer aus der Hose rutschte. »Der Händler hat gesagt, der Auftrag wäre im voraus bezahlt worden, bar, das Geld ist in einem Briefumschlag an den Händler geschickt worden. Die Sekretärin hat sich genau daran erinnert, weil sie sonst immer eine Rechnung schreiben muß, höchstens wird mal mit Scheck bezahlt. Aber damals war es ein weißer Umschlag, und die Geldscheine waren zusammengelegt und in weißes Papier gewickelt.«

»Und wohin haben sie die Flaschen geschickt?« fragte Michael. Rafi Elfandari antwortete: »An die Hebräische Universität in Jerusalem, Abteilung für Literatur, zu Händen Professor Klein. Ich habe es schon geklärt, es war ein ziemlich kleines Paket, aber nicht klein genug, daß es in sein Fach gepaßt hat, also, was machen sie in einem solchen Fall dort an der Universität, sie legen einen Zettel in das Fach, daß er ein Paket bei der Poststelle der Universität abholen soll, und er geht hin und holt es sich ab. Aber er war im Ausland, deshalb bin ich zu der Poststelle gegangen und habe unter dem Datum nachgeschaut, und tatsächlich bin ich auf ein Paket gestoßen, und jemand hat es abgeholt, aber ich weiß nicht, wer, die Unterschrift ist nicht zu entziffern.«

»Hast du mit dem Postangestellten gesprochen? Erinnert er sich an den Abholer?«

»Hab' ich, es ist eine Frau. Sie erinnert sich nicht, die Nummer vom Personalauweis ist notiert, aber sie sagt ehrlich, daß sie nicht besonders drauf achtet, daß jemand seinen Ausweis zeigt, weil sowieso alle von der Uni sind. Nun, ab jetzt wird sie schon aufpassen. Die Nummer, die dort steht, gehört zu keinem Ausweis der betreffenden Leute.«

Michael trommelte mit den Fingern auf den Tisch, während er laut nachdachte: »Wenn Klein im Ausland war, wer wußte dann, daß ein Paket für ihn ankommen sollte? Wer hat den Zettel aus seinem Fach geholt? Wer hatte überhaupt Zugang zu seinem Fach?«

»Keine Ahnung«, sagte Elfandari, »nicht daß ich nicht versucht hätte, es rauszukriegen, aber die Sekretärin war nicht da, und von den anderen konnte mir niemand die Frage beantworten.«

»Und das junge Mädchen, das ihr hilft?« fragte Michael ungeduldig.

»Ach, die, sie hat frei, weil sie bald eine Prüfung hat. Sie wird irgendwo sitzen und lernen, vielleicht zu Hause. Willst du, daß wir sie ausfindig machen?«

»Woher weißt du, daß sie frei hat?«

»Vor dem Sekretariat habe ich die Große da getroffen, Zelermaier. Sie war ganz nervös.«

»Warum?« fragte Michael, und Elfandari beschrieb ausführlich, wie Schulamit Zelermaier sich über die Sekretärin erbost hatte, die sich den passenden Zeitpunkt ausgesucht hatte, um zum Zahnarzt zu gehen, genau wenn Racheli frei hatte, und ob das nicht bis morgen Zeit gehabt hätte. »Das ist eine Type, sag ich dir«, beendete Elfandari vergnügt seinen Bericht.

Michael wählte die Telefonnummer von Kleins Haus. Niemand antwortete. Er versuchte es in Kleins Zimmer auf dem Har ha-Zofim, und auch dort ging niemand dran.

»Eins steht fest«, sagte Elfandari und lehnte sich zurück, »er war jedenfalls im Ausland.« Dann richtete er sich plötzlich auf. »Man kann herkommen und gleich wieder zurückfahren«, sagte er langsam. »Aber das hört sich zu kompliziert an, zwei Wochen vor dem Zeitpunkt, an dem er sowieso gekommen wäre, aus Amerika herfliegen, ankommen und dann wieder zurückfliegen, das ist unwahrscheinlich.«

Nein, überlegte Michael. »Wir haben den Flug nachgeprüft, die Flugnummer, er ist wirklich am Donnerstag gekommen. Aber jetzt müssen wir noch mal kontrollieren, ob er zwei Wochen vorher New York für ein paar Tage verlassen hat...« Rafi Elfandari blickte Michael geduldig an. Michael streckte sich und wurde entscheidungsfreudiger. »Die Frage ist, wer das ganze Jahr über für ihn die Post aus dem Fach geholt hat«, sagte er. »Ich habe da so eine Vermutung.«

»Aber Frau Lifkin ist beim Zahnarzt«, wandte Elfandari ein.

»Nun, jede Zahnbehandlung ist mal zu Ende«, sagte Michael. »Sie wird zurückkommen. Sag Zila, sie soll alle paar Minuten dort anrufen und schauen, ob sie schon da ist. Und treib mir ihre Aushilfe auf, von mir aus kann ich sie dort treffen, sie muß nicht extra herkommen. Sobald ich mit ihr gesprochen habe, werden wir klüger sein. Und jetzt nehme ich mir Herrn Schaj vor.«

Elfandari sammelte die leeren Kaffeetassen ein, sah zu, wie Michael den Zettel sorgfältig zusammenfaltete und in seine Hemdtasche steckte, dann ging er zur Tür. »Gute Arbeit, Rafi«, sagte Michael. Rafi winkte ab, und Michael wußte, daß er sein Erstaunen zu spät und nicht begeistert genug gezeigt hatte.

Aber er hatte nicht viel Zeit, den Fehler zu bedauern, denn schon saß Tuwja Schaj vor ihm. Wieder spürte er, daß dieser Mann keine Angst hatte, daß ihn das, was geschah, eigentlich nicht interessierte. Daß sein Geist nicht hier war. Er beschwerte sich mit keinem Wort über die Verhöre, die allmählich zu einer Routineangelegenheit wurden. Michael deutete auf die Kassette. Tuwja Schaj betrachtete sie und sagte kein Wort. Sein Gesichtsausdruck blieb unverändert. Nur in dem Moment, als er die tiefe, rauhe Stimme hörte, nachdem Michael auf den Abspielknopf gedrückt hatte, zuckte er zusammen, doch sofort sah sein Gesicht wieder aus wie zuvor.

»Sie kennen das«, sagte Michael.

Tuwja Schaj zuckte mit den Schultern. »Ich kenne alle Gedichte Tiroschs. Jedes Wort.«

»Das habe ich nicht gemeint«, sagte Michael und wartete.

Der Mann ihm gegenüber machte keine Anstalten, das Schweigen zu unterbrechen.

»Ich habe diese bestimmte Stimme gemeint, Sie kennen sie, Sie haben sie schon einmal gehört.«

Tuwja Schaj antwortete nicht.

»Tatsache ist«, sagte Michael Ochajon, »daß wir auf der Kassette Ihre Fingerabdrücke gefunden haben.«

Die hellen Augenbrauen hoben sich höflich, doch kein Wort kam.

»Ich verstehe das so: Sie leugnen nicht, die Kassette angefaßt zu haben«, sagte Michael.

»Sie verstehen es nicht richtig«, antwortete Tuwja Schaj. »Woher soll ich wissen, ob ich diese Kassette angefaßt habe oder nicht? Und was zählt schon meine Aussage gegen Fingerabdrücke?«

»Ihre Frau hat gesagt, daß sie die Kassette am Donnerstag morgen in Ihrer Tasche gesehen hat«, erklärte Michael, als habe er den Vorwurf nicht gehört.

Tuwja Schaj zuckte mit den Schultern.

»Ganz zu schweigen davon, daß Sie mir ausdrücklich

erklärt haben, Sie hätten Ido Duda'i zum letzten Mal beim Fakultätsseminar gesehen.«

Tuwja Schaj nickte.

»Aber Sie haben mir kein Wort davon erzählt, daß Sie nach dem Seminar mit ihm zusammen waren, bei Ihnen zu Hause. Er hat Ihnen erklärt, warum er sich beim Seminar so seltsam verhalten hatte.«

Tuwja Schaj schwieg.

»Das ist eine sehr vornehme Entscheidung, zu schweigen. Dadurch vermeidet man die Scham, bei einer Lüge ertappt zu werden. Doch ich fürchte, daß Ihnen diese Entscheidung leider nicht offensteht, Dr. Schaj. Ihr Alibi ist äußerst schwach.«

Tuwja Schaj öffnete plötzlich den Mund und sagte hitzig: »Wenn ich ihn ermordet hätte, hätte ich für ein besseres Alibi gesorgt. Es tut mir leid, nicht gewußt zu haben, daß ich auf Leute hätte achten und auch dafür sorgen müssen, daß sie auf mich achten.«

Michael reagierte nicht auf seinen Sarkasmus. Er steckte sich eine Zigarette an und betrachtete das Gesicht, das ihm immer vertrauter wurde.

»Worüber haben Sie mit Ido Duda'i gesprochen, nach dem Seminar?«

»Über private Angelegenheiten«, antwortete Tuwja Schaj und preßte die Lippen zusammen wie ein dickköpfiges Kind, was ihm ein groteskes Aussehen verlieh. Für einen Moment konnte Michael in ihm das Kind sehen, das er einmal gewesen war, ein altes, abstoßendes Kind.

»Zu meinem Bedauern müssen Sie schon etwas mehr ins Detail gehen«, sagte er und hörte, daß auch seine Stimme nun einen sarkastischen Ton annahm.

»Warum? Das sind Dinge, die nichts mit dem Mord zu

tun haben«, widersprach Tuwja Schaj. Seine Stimme kippte vor Wut, als er fortfuhr: »Und bitte sagen Sie jetzt nicht, daß es Ihre Sache sei, das Maß der Relevanz für den Mord zu beurteilen.«

Michael nickte und blickte in die kleinen Augen, deren Farbe so unbestimmt war.

»Er hat mich um Rat gefragt, wegen des Fortgangs seiner Studien«, sagte Tuwja Schaj schließlich. Die Worte kamen nur widerwillig aus seinem Mund.

Michaels Versuche, eine Erläuterung dieses Satzes zu bekommen, blieben erfolglos, seine Worte prallten gegen eine Wand des Schweigens. Tuwja Schaj verweigerte eine Erklärung. Er sagte nur: »Ido hat gesagt, er befände sich in einer beruflichen Krise, aber er hat mir nicht mitgeteilt, warum.«

Michael kehrte zu der alten, heiseren Stimme mit dem russischen Akzent zurück, aber Tuwja Schaj sagte nichts anderes aus. Nie zuvor habe er diese Stimme gehört. Er erinnere sich nicht, die Kassette berührt zu haben. Er wisse nicht, ob sie Ido gehört habe.

Nein, Ido habe nicht mit ihm über Tirosch gesprochen. Kein Wort. Nicht über Tirosch und nicht über dessen Gedichte.

Michael kam auf die Frage des Alibis zurück.

»Ich habe Ihnen schon hundertmal erzählt, was ich getan habe. Ich verstehe es nicht, auch Schulamit Zelermaier hat keine Zeugen, auch Ruth Duda'i nicht, und es gibt noch andere. Man kümmert sich einfach nicht jede Minute darum, wieviel Uhr es ist, auch nicht darum, wer einen sieht. Man sucht keine Zeugen für den ganzen Tag.«

»Woher wissen Sie das mit Dr. Zelermaier?« fragte Michael, und zum ersten Mal entdeckte er im Gesicht seines

Gegenübers eine gewisse Verlegenheit. Tuwja Schaj zuckte mit den Schultern, eine Bewegung, die Michael nun schon gut kannte.

»Ich habe ihren Namen nur so gesagt. Ich habe nur zufällig im Sekretariat ein Gespräch über die Alibifrage mitbekommen, und Schulamit sagte, ihr Vater habe geschlafen. Wer könne bestätigen, daß sie zu Hause war? Sie hat gelacht, aber Dita Fuchs hat nicht gelacht, und ich habe gesehen, wie Kalizki erschrak, der Arme, und Aharonowitsch, der sich zu erinnern versuchte, wann er mit dem Einkaufen fertig gewesen war.« Der Zorn war ihm nun anzuhören. »Kurz gesagt, Sie haben eine solche Angst unter uns verbreitet, daß alle überlegen, was sie getan haben, auch wenn sie ganz unschuldig sind.«

Das schwarze Haustelefon klingelte, und Michael nahm den Hörer auf, lauschte Zilas Stimme und sagte schließlich: »Sag ihr bitte, daß ich jetzt losgehe.«

Er stand auf und sagte zu Tuwja Schaj, der mit gesenktem Kopf dasaß: »Ich möchte, daß Sie jetzt mit mir kommen, wir gehen die Strecke ab, die Sie am Freitag gegangen sind, die Sie Ihrer Auskunft nach freitags so oft gehen, wenn Sie aus der Cinematheque kommen.«

Tuwja Schaj stand auf und ging erstaunlich folgsam Michael voraus.

»Wir fangen in der Universität an, bei Tiroschs Zimmer. Ich muß ohnehin ein paar Worte mit Frau Lifkin sprechen«, sagte Michael, als er seinen Ford anließ.

Es war schon nach zwei. Adina Lifkin, das wußte Michael, würde auf ihn warten, auch nach ihrer Arbeitszeit, trotzdem beeilte er sich.

Sie wartete tatsächlich, die Hand auf die Wange gedrückt. Sie sagte nichts über die Zahnbehandlung, die sie hinter sich hatte, doch ihr Gesicht demonstrierte Leiden und unendliche Selbstaufopferung.

»Der Schlüssel zum Postfach von Professor Klein?« fragte sie verwirrt und nahm die Hand von der Wange. »Ich verstehe nicht, er ist doch wieder da.«

»Und wie war das, wenn jemand ihn haben wollte, als er noch nicht wieder da war?« fragte Michael. »Ach so«, sagte Adina Lifkin, »das ist was anderes. Ich habe jeden Tag die Post aus seinem Fach genommen.«

Michael konnte sich die Zeremonie genau vorstellen. Als lese sie seine Gedanken, sagte Adina Lifkin: »Um eins mache ich mir immer eine Tasse Kaffe, weil ich so erledigt bin von der Sprechstunde, und danach habe ich jeden Tag sein Fach geleert und die Post angeschaut, von außen natürlich, nur Eilpost habe ich geöffnet. Briefe habe ich ihm alle zwei Wochen nachgeschickt, das hatten wir ausgemacht.« Sie schaute ihn an. »So war das. Sind wir jetzt fertig?«

Doch Michael ließ nicht locker. »Haben nur Sie die Post rausgeholt? Hat kein anderer sein Postfach geöffnet?«

»Dann hätte er ja den Schlüssel von mir bekommen müssen«, sagte sie vorsichtig.

»Und wenn Sie nicht da waren?« fragte Michael.

»Das gibt es nicht, sogar wenn ich Fieber habe, komme ich zur Arbeit, man kann nicht alles liegenlassen«, sagte Adina Lifkin, sichtlich entsetzt bei dieser Vorstellung, doch dann faßte sie wieder nach ihrer Wange. »Es ist nur ein paarmal passiert, daß ich nicht bei der Arbeit war, wegen einer Zahnbehandlung, weil mein Zahnarzt nur morgens Sprechstunde hat, doch dann habe ich das Fach einfach nicht geleert, die Sachen haben bis zum nächsten Tag gewartet.«

»Wo haben Sie ihn aufgehoben?«

»Den Schlüssel? Hier, neben dem Generalschlüssel, in meiner obersten Schublade, weil ich in der zweiten Schublade...«

»Das heißt, jeder hätte ihn herausnehmen können?« fragte Michael und sah, wie sie zwischen dem Gefühl, antworten zu müssen, und dem ungeheuren Bedürfnis, den angefangenen Satz zu beenden, hin und her gerissen wurde. Schließlich erlaubte sie sich ein Kopfnicken. Jeder wußte, wo sich der Schlüssel befand.

»Und Racheli?«

»Racheli kennt die Regeln«, antwortete Adina Lifkin. »Sie selbst hat das Fach nie geöffnet.«

Genau im passenden Augenblick machte Elfandari die Tür auf und sagte: »Sie ist da.«

Michael warf einen Blick durch die Tür und sah die zierliche Gestalt in einem geblümten Sommerkleid und geflochtenen Sandalen, einen Stapel Papier unter den Arm geklemmt, die ihn mit großen Augen anschaute. Er trat zu ihr auf den schmalen Korridor. Tuwja Schaj blieb im Sekretariat, und Rafi Elfandari ging hinein und machte die Tür hinter sich zu. Sie gingen zu einer ruhigen Stelle. Michael schaute schnell um die Ecke, es war kein Mensch zu sehen. Racheli lehnte sich an die Wand. Ihr Gesicht war blaß.

»Ich möchte Sie etwas fragen«, sagte Michael leise.

Sie wartete angespannt, sagte aber kein Wort.

»Es geht um den Schlüssel zu Professor Kleins Postfach«, fuhr Michael mit gesenkter Stimme fort und schaute sich um. Noch immer war niemand zu sehen.

Sie bückte sich und legte mit einer schnellen Bewegung den Stapel Papiere auf den Boden, dann lehnte sie sich wieder an die Wand.

»Was ist mit dem Schlüssel?« flüsterte sie. Sie hob den

Kopf, um ihn anzuschauen, er mußte den Kopf senken, um ihren Blick zu treffen.

»Haben Sie in der letzten Zeit mal seine Post rausgenommen?«

Sie schwieg einige Sekunden, dann nickte sie. »Ja, natürlich. Adina war ein paarmal nicht da, und da habe ich die Post herausgenommen.« Sie schaute sich ängstlich um. »Obwohl mir Adina das nicht aufgetragen hatte.«

»Versuchen Sie sich bitte zu erinnern, ob er in der letzten Zeit ein Paket bekommen hat, eine Benachrichtigung von der Post, daß er ein Paket abholen solle«, sagte Michael.

Wieder schwieg sie einen Moment, bevor sie sagte: »Ich erinnere mich nicht, wirklich nicht, denn ich habe die Post auf Adinas Tisch gelegt, ich habe sie mir nicht genau angeschaut.«

Michael deutete auf eine Bank und lächelte, als er sagte: »Kommen Sie, setzen wir uns dort ein bißchen hin.«

Sie hob ihre Unterlagen auf und folgte ihm. Sie ließ sich auf die Bank fallen, als wäre sie plötzlich vollkommen kraftlos. Er nahm neben ihr Platz.

»Denken Sie gut nach, versuchen Sie sich zu erinnern. Haben Sie jemandem den Schlüssel gegeben?« Er merkte selbst, wie flehend seine Stimme klang. Sie blickte ihn erstaunt an. Dann wurde sie rot und sagte mit klarer Stimme: »Daran erinnere ich mich nun ganz genau. Vor ungefähr zwei Wochen, nein, vor drei Wochen, das kann ich leicht nachprüfen, hat Professor Tirosch mich zweimal um den Schlüssel gebeten, an zwei Tagen hintereinander, weil er zusammen mit Professor Klein einen Aufsatz veröffentlicht hat, und er wollte sehen, ob der angekommen war. Er war genau während der Sprechstunde gekommen, und es war mir nicht angenehm, ihm zu sagen, er solle warten, schließlich ist er der Chef der Abteilung... gewesen.«

»Haben Sie den Aufsatz gesehen? Das heißt, hat er gefunden, was er gesucht hat?«

Racheli zuckte mit den Schultern. »Keine Ahnung«, sagte sie, »er hat mir nichts gesagt. Er hat mir den Schlüssel zurückgegeben, aber ich hatte nicht den Eindruck, daß er etwas gefunden hätte.«

»Wie lange hat es gedauert, bis er den Schlüssel zurückgebracht hat?« Sein Körper war so angespannt, daß ihm das Atmen schwerfiel.

»Ich habe vergessen, ihn zurückzufordern, es war ein Durcheinander, und er hat ihn mir tatsächlich erst am nächsten Tag gebracht. Ich erinnere mich genau, ich habe ihn nämlich angerufen, ich hatte Angst, Adina könnte merken, daß der Schlüssel fehlt«, sagte Racheli verlegen. »Ich weiß, daß das nicht in Ordnung ist, aber ich hätte es ihm doch nicht verweigern können, oder?«

»Wann war das genau? Können Sie das herausfinden?«

»Ich erinnere mich nicht an den Tag, aber Adina hatte damals eine zweitägige Zahnbehandlung, sie hat eine Brücke bekommen. Sie war zwei Tage hintereinander nicht da, deshalb ist es nicht schwer, das Datum festzustellen.« Racheli schaute ihn an. Sie saßen sehr nahe beieinander. Ein süßer Geruch ging von ihr aus. Sie ist so jung, dachte Michael, sie hat ein so unschuldiges Gesicht und so sehnsüchtige Augen. Schade, daß sie so jung ist. Und was für ein süßer Geruch. Er stand seufzend auf, Racheli blieb sitzen.

Sie kehrten zurück zur Cinematheque, und Michael parkte das Auto. Wieder sagte Tuwja Schaj, er sei etwa um halb fünf weggegangen. Sie gingen die Straße hinunter, die von der Cinametheque zum Jaffator führte.

»Wie lange brauchen Sie normalerweise dafür?« fragte Michael.

»Das kommt drauf an«, meinte Tuwja Schaj. Michael blieb stehen und betrachtete ihn zweifelnd. »Manchmal eine Stunde, manchmal zwei. Das hängt davon ab, ob ich eine Pause mache oder nicht.«

»Gibt es einen festen Platz, wo Sie Ihre Pause machen?« wollte Michael wissen.

Tuwja Schaj antwortete langsam: »Es gibt einige Plätze. Wollen Sie sehen, wo ich am Freitag war?«

Sie gingen schweigend weiter. Nur einmal wechselten sie ein paar Sätze. »Haben Sie gewußt, daß er sich mit *Schira* beschäftigt hat?« fragte Michael und betonte die erste Silbe des Wortes.

»Mit *Schira*? Sie meinen das Buch von Agnon?« Tuwja Schaj blieb stehen und schaute ihn an.

»Genau das.«

»Ich weiß nichts davon«, sagte Tuwja Schaj ungläubig.

»Wie verstehen Sie dann das, was wir auf seinem Schreibtisch gefunden haben?« fragte Michael.

Tuwja Schaj gab keine Antwort. Er warf Michael einen interessierten Blick zu, dann ging er weiter. Erst nach einigen Minuten, die sie schweigend nebeneinander hergegangen waren, sagte er plötzlich: »Jedenfalls hat er nie etwas über Agnon geschrieben. Wer hat Ihnen überhaupt gesagt, daß damit *Schira* von Agnon gemeint ist?«

»Aharonowitsch«, antwortete Michael und schaute ihn verstohlen an. Für einen Moment verlangsamte Tuwja Schaj die Schritte, als wolle er stehenbleiben, doch dann lief er im gleichen Tempo weiter.

»Aharonowitsch sagt manchmal was dahin«, murmelte Tuwja Schaj. »Vielleicht hat er recht, aber ich weiß nichts darüber.«

»Und wenn es nicht stimmt, was hätte er dann, Ihrer Ansicht nach, meinen können?«

»Keine Ahnung«, sagte Schaj zögernd, und Michael sah den schnellen Seitenblick, den er ihm zuwarf. »Ich verstehe es selbst nicht. Aber das heißt noch lange nicht, daß Aharonowitsch sich irrt.«

»Ich habe gehört«, sagte Michael, als sie schon fast die Hauptstraße von Ramat Eschkol erreicht hatten, »daß es in ein paar Wochen einen Gedächtnisabend für Tirosch und Duda'i geben soll.«

Tuwja nickte.

»Sie organisieren es?«

»Nein, vermutlich Klein.«

»Aber Sie werden doch bestimmt sprechen, oder?«

Tuwja Schaj zuckte mit den Schultern. »Vermutlich«, sagte er, ohne Michael anzuschauen. »Aber ich werde nicht der einzige sein.«

Um halb fünf, nach einer Stunde schnellen Gehens, waren sie oben auf dem Giv'at Hatachmoschet. Hier blieb Tuwja Schaj stehen. Sie hatten die Schule René Cassin hinter sich gelassen und die Spitze des Hügels erreicht. Tuwja deutete auf eine Böschung. »Hier habe ich lange gesessen.«

»Wie lange?« fragte Michael und zog eine Zigarette heraus.

»Ich weiß es nicht genau. Vielleicht bis es dunkel geworden ist.«

»Wir sind um halb vier von der Cinematheque losgegangen und um halb fünf hier angekommen, eine Stunde Weg also. Und Sie haben die Cinematheque am Freitag um halb fünf verlassen, nicht wahr? Sie sind um halb sechs angekommen, nehmen wir mal an. Und jetzt ist Sommer, die Tage dauern lang. Sie wollen also sagen, Sie haben vier, fünf Stunden hier geesessen?« fragte Michael ungläubig.

Tuwja Schaj nickte.

»Was haben Sie die ganze Zeit hier getan?« fragte Michael, als ginge es nur darum, seine Neugier zu befriedigen.

»Ich habe nachgedacht. Ich mußte allein sein.«

»Allein?«

Tuwja Schaj schwieg.

»Worüber haben Sie nachgedacht?«

Tuwja Schaj blickte ihn so zornig an, als habe Michael etwas absolut Verbotenes gefragt. Dann schien er seine Ansicht zu revidieren. Er lächelte wie zu sich selbst. »Schauen Sie, wie schön die Stadt von hier aus ist«, sagte er mit ausdrucksloser Stimme. »Man steht hier auf dem Hügel, sieht unten die Straßen und wird ganz ruhig. Das Licht wird blasser. Die Geräusche lassen nach. Das ist schön.«

Michael Ochajon blickte ihn an und schwieg. »Er ist kein Mensch, der Naturschönheiten bewundert, er macht sich nichts aus Landschaft«, hatte Klein gesagt.

Er fragte Tuwja Schaj, wohin er jetzt wolle.

»Zurück zur Universität«, antwortete dieser. Mit hängenden Schultern fügte er hinzu: »Sie ist mir das Wichtigste.«

Arie Levi strich sich die Haare nach hinten und wischte sich den Schweiß von der Stirn. Michael beendete die Sitzung der Sonderkommission mit den Worten: »So sieht es also aus. Einige Dinge sind noch zu prüfen, zum Beispiel die Unterschrift auf der Quittung für das Paket, die wir einem Schriftsachverständigen übergeben haben, weil sie sich bei der Post nicht erinnern, wer unterschrieben hat, und noch ein paar Dinge. Aber grundsätzlich sind wir zu der Schlußfolgerung gekommen: Professor Tirosch hat Ido Duda'i ermordet. Die Motive zum Mord an Duda'i und für den Mord an Tirosch hängen mit dem zusammen, was hier besprochen worden ist.« Er deutete auf die leere Kassette. »Die Sache mit den bestellten Gasflaschen bestätigt das. Es fehlt nur das Motiv, aber auch da gibt es Hinweise, auch wenn sie noch nicht deutlich sind.«

»Was ist da nicht deutlich?« sagte Levi böse. »Sie haben selbst gesagt, daß Duda'i etwas gegen Tirosch in der Hand hatte.«

»Ja, aber was ist dieses ›Etwas‹?« sagte Balilati.

»Also, wie siehst du das?« fragte Eli Bachar gespannt. »Er ist wirklich in diesen Keller gegangen und hat an den Preßluftflaschen herumgemacht? Und wenn man ihn nicht umgebracht hätte, wie hätte er das dann geheimhalten können? Wir hätten das doch ohnehin herausgefunden, wie hat er sich das vorgestellt? Wo war da seine ganze Klugheit?«

»Es gibt Dinge, die kann man einfach nicht erklären«, sagte Michael. »Ich kann nicht sagen, was er sich gedacht hat, aber er muß überzeugt gewesen sein, es klug angestellt zu haben. Jeder Mörder denkt das.«

»Nein«, beharrte Bachar, »ich meine etwas anderes: Wenn er die Gasflaschen einfach postlagernd bestellt und das Paket abgeholt hätte, nicht bei der Post an der Universität, auf irgendeinen erfundenen Namen, dann hätte er viel größere Chancen gehabt, nicht erwischt zu werden. Warum hat er es so geplant, mit dem Postfach an der Universität und so – das ist es, was ich nicht verstehe. Es sieht aus, als hätte er sich bemüht, uns auf seine Spur zu bringen.«

Alle schwiegen, bis Avidan schließlich erklärte: »Es sieht

aus, als habe er die Sache Klein in die Schuhe schieben wollen.«

Arie Levi seufzte und schaute Michael an, der nach einigen Sekunden sagte: »Ich weiß nicht, was er gesagt hätte, wenn er am Leben geblieben wäre, aber wir haben uns mit der Universität in New York in Verbindung gesetzt, Klein hat bis zum letzten Tag Vorlesungen gehalten, er hat keine ausfallen lassen. Deshalb kann er unmöglich Duda'i ermordet haben.«

»Jedenfalls nicht alleine. Vielleicht hatte er hier einen Helfer? Vielleicht hat er zusammen mit Tirosch...« sagte Balilati, aber niemand ging darauf ein.

»Es gibt keine Chance, daß wir die leeren Flaschen finden, oder?« fragte Zila.

Elfandari schüttelte den Kopf. »Nach drei Wochen?« sagte er bedrückt, »du übertreibst. Wir haben nicht nur alle Abfalleimer durchsucht, wir waren auch bei der städtischen Müllhalde. Aber es ist aussichtslos, dort etwas zu finden. Wir haben alles durchgeschaut, bei ihm zu Hause, im Schuppen, an der Universität – nichts.«

»Vielleicht haben sie unter einer Decke gesteckt?« sagte Balilati und lachte. »Vielleicht hatte Duda'i ja was gegen beide?«

»Genug mit den Spekulationen«, sagte Levi wütend. »Wenn Ochajon zurückkommt, werden wir klüger sein. Es gibt noch viele Fragen aufzuklären. Wir wissen noch nicht, wer Tirosch ermordet hat, auch das konnte uns der Chef der Sonderkommission nicht sagen. Aber jeder arbeitet in seinem Tempo.«

»Man muß es noch mal bei den Leuten in der Cinematheque versuchen, vielleicht kann man das Alibi von diesem Tuwja Schaj ins Schwanken bringen«, sagte Eli Bachar.

»Ich gehe heute noch mal hin, ich spreche mit dem Filmvorführer. Vielleicht war ja irgendwas, auf das wir uns stützen können. Der Mann hatte die ganze Woche Reservedienst beim Militär, deshalb habe ich ihn noch nicht getroffen. Ich kenne überhaupt niemanden, der dort hingeht, in die Cinematheque, meine ich. Noch dazu am Freitagnachmittag.«

»Alle möglichen Kulturfreaks gehen hin, das ist ein Treffpunkt der Linken«, murmelte Arie Levi.

»Nun ja, wir können keine Anzeige in die Zeitung setzen, daß wir mit den Leuten reden wollen, die dort waren«, sagte Zila und warf Eli einen ermunternden Blick zu.

Zögernd sagte Michael: »Kleins Aussagen entnehme ich, daß die Gedichte etwas mit der Sache zu tun haben.«

»Die Gedichte!« brüllte Arie Levi und sprang auf. »Vielleicht macht Ihnen der Flug wirklich einen klareren Kopf! Was ist mit den Gedichten?«

Niemand reagierte, doch Balilatis Gesicht zeigte einen äußerst seltenen Ausdruck von Konzentration und Nachdenklichkeit.

Als Michael nach der Sitzung sein Zimmer betrat, saß dort bereits Eli Bachar und hielt ihm einen dicken Umschlag und eine grüne Plastikhülle hin. »Du fliegst um acht Uhr morgen früh, und es gibt zehn Stunden Zeitverschiebung, du gewinnst Zeit und kommst schon morgens dort an, dir wird sozusagen ein Tag geschenkt«, sagte er und deutete auf die Plastikhülle. »Dein Paß ist in Ordnung, und auf dem Flughafen wird Schatz auf dich warten. Vergiß den Paß nicht.« Er hob den dicken braunen Umschlag hoch. »Hier hast du Geld. Sie haben gesagt, ich soll dich dran erinnern, daß du für alles, was du ausgibst, eine Quittung mitbringen mußt. Und vergiß ja nicht, deinen Rückflug zu bestätigen, ungefähr in einer Woche. Warum lachst du?«

»Vielleicht wegen der Hitze und der Müdigkeit. Aber du sprichst wie eine Glucke. In der letzten Zeit wirst du deiner Frau ähnlich.«

Eli Bachar protestierte: »Ich war zwei Jahre in New York, und du warst noch nie dort. Du kannst mir glauben, daß das ein Schock für dich wird, die Landung auf dem Kennedy Airport. Aber ich habe nicht gemeint...«

»Nein, nein, das ist wirklich nett«, beruhigte ihn Michael. »Vermutlich habe ich noch gar nicht ganz kapiert, daß ich morgen früh fliege, und dabei ist Juval ausgerechnet jetzt auf diesem Ausflug und kommt morgen zurück. Wenn es dir nicht zuviel Mühe macht, kannst du ihm von der Reise erzählen und ihm sagen, daß ich ihn von dort aus anrufe?«

»Kein Problem«, antwortete Eli Bachar. »Noch was?«

»Laß die Leute nicht aus den Augen, solange ich nicht da bin, auch Klein nicht. Und bereite die Sitzungen der Sonderkommission vor, mit allen Einzelheiten. Zila soll jeden Abend die Aussagen abschreiben, damit ich sie lesen kann, wenn ich zurückkomme. Und wenn etwas ist – ruf an. Und Zila soll Racheli, die Bürohilfe der Sekretärin, noch ihre Aussage unterschreiben lassen. Und frage Klein trotzdem noch einmal, ob er Gas bestellt hat, ob er etwas darüber weiß. Man muß ihn ein bißchen sticheln.«

»Kein Problem«, sagte Eli Bachar, nachdem er sich mit seiner kindlichen Sorgfalt alles notiert hatte, in einer Handschrift, die Michael jedesmal rührte.

»Du solltest vor dem Flug noch ein bißchen schlafen. Es ist schon zehn, und du mußt um sechs am Flughafen sein. Es bleibt dir nicht viel Zeit. Und wenn du jetzt auf die Antwort vom Labor wartest, wegen der Unterschrift auf der Quittung, dann versäumst du deinen Schlaf«, sagte Eli verlegen und kniff die Augen zu, als erwarte er eine Abfuhr.

Michael schlief auch in dieser Nacht nicht. Der Schriftsachverständige hatte ihm genau erklärt, warum es sein könne, daß diese undeutliche, verstellte Unterschrift von Tirosch stamme. Am Schluß deutete er auf das K, den deutlichsten Buchstaben der Unterschrift, und sagte: »Ich glaube nicht, daß Klein so unterschreiben könnte, noch nicht mal, wenn er seine Schrift verstellt. Ausgeschlossen. Außerdem ist er Linkshänder mit den typischen Abweichungen in der Schrift. Ich kann es zwar vor Gericht nicht beschwören, aber es ist wirklich gut möglich, daß Tirosch das geschrieben hat.«

Eli Bachar fuhr Michael zu seiner Wohnung, und trotz seines Protests verkündete er, er würde ihn am nächsten Morgen zum Flughafen bringen.

Um zwei Uhr nachts, nachdem er seinen kleinen Koffer bereits gepackt hatte und er ganz sicher war, daß er nicht einschlafen konnte, breitete er auf dem Küchentisch die Kopien aus, die er von den Sitzungsprotokollen der Fakultät hatte machen lassen. Sie umfaßten ein Jahr. Als Eli Bachar um halb sechs kam, fand er Michael sauber rasiert und reisefertig. Seine Augen waren rot, aber er hatte doch einiges über die Leute an der Fakultät erfahren, was er vorher nicht so genau gewußt hatte, über das Beziehungsgeflecht, das sie verband. Nachdenklich faßte er das Ergebnis seiner Überlegungen für Eli Bachar zusammen, während sie zum Flughafen fuhren. Bachar hörte schweigend zu.

»Sehr interessant, diese Protokolle. Interessant, besonders wenn du die Leute kennst, die da auftauchen. Du kannst dir die Situation genau vorstellen, die Gesten jedes einzelnen. Du kannst wirklich viel aus ihnen lernen. Zum

Beispiel erfährst du von einer Diskussion darüber, ob man die Studenten am Schluß des Jahres in einem Fach prüfen soll, das ›Grundbegriffe der Literaturwissenschaft‹ genannt wird, oder ob man sich mit den Übungen begnügt, an denen sie im Lauf des Jahres teilnehmen. Ich habe das Protokoll einer Sitzung gelesen, die sich nur mit diesem Thema befaßt hat, und gelernt, wie dominant Tirosch sich verhalten hat, wie er die anderen Redner beleidigt hat. Ich habe etwas über die Spannungen zwischen Zelermaier und Dita Fuchs erfahren. Dita Fuchs sagt etwas, und Zelermaier widerspricht auf der Stelle mit scharfen Worten. Und danach kommt immer Kalizki, der Fuchs mit einer lächerlichen Ritterlichkeit beschützt. Die seltsamsten Sachen.« Eli Bachar fuhr konzentriert. Michael betrachtete ihn von der Seite und stellte fest, wie fein sein Profil war, wie klassisch geformt die Nase, wie lang seine Wimpern waren. Alles Dinge, die ihm sonst gar nicht so auffielen.

»Verstehst du«, sagte Michael, als sie vor der Glastür der Flughafenhalle aus dem Auto stiegen. »Tuwja Schaj hat immer für Tiroschs Vorschlag gestimmt, das ganze Jahr über, sogar wenn diese Vorschläge nur als Provokation gemeint waren. Aber in der letzten Sitzung hat er nichts gesagt, was ins Protokoll aufgenommen wurde, kein einziges Wort, und bei der Abstimmung über eine Änderung im Aufbau der Fakultät und über einen Studientag hat er sich der Stimme enthalten.«

Eli Bachar antwortete nicht.

»Du verstehst es nicht«, sagte Michael und nahm ihn am Arm. »Ich will damit sagen, daß Tuwja Schajs Verhalten, als wäre die Welt zusammengebrochen, nichts mit der Trauer über Tiroschs Tod zu tun hat. Vorher hat es keine einzige Sitzung gegeben, auf der er nicht gesprochen hat, mindestens einmal, und immer hat er Tirosch unterstützt. Im letzten Protokoll wird er als anwesend geführt, aber es steht nicht darin, daß er etwas gesagt hätte. Und diese Sitzung hatte stattgefunden, noch bevor jemand ermordet worden war. Zipora Lev-Ari hat das Protokoll geschrieben, ich habe andere Protokolle von ihr geprüft, und obwohl sie so nachlässig aussieht, machen ihre Protokolle einen sehr vollständigen, genauen Eindruck.«

In Eli Bachars Augen blitzte es auf, und schließlich sagte er: »Vielleicht hatte er bei der letzten Sitzung Kopfschmerzen?«

Michael schwieg. Er hatte das Gefühl, als hätten sie in den letzten Stunden die Rollen getauscht, Eli Bachar und er. Eli bemerkte Michaels nachdenklichen Blick und sagte: »Ich bin einfach fassungslos, daß dir deine Reise so egal zu sein scheint. Ein Mensch fliegt zum ersten Mal in seinem Leben nach New York und sagt kein Wort dazu.«

»Wer wird in New York sein?« murmelte Michael. »Ich bin mitten in einem Fall, habe ich Zeit, mich in New York zu vergnügen?«

»Trotzdem«, sagte Eli Bachar.

Die Anzeigetafel teilte eine Änderung des voraussichtlichen Abflugs mit, der Flug nach New York war um fünfzehn Minuten vorverlegt worden. In der Halle war es heiß und feucht, trotz der Klimaanlage. Michael blickte sich zum ersten Mal um und nahm den typischen Anblick in sich auf: Drei junge Mädchen in Begleitung ihrer Eltern prüften ständig ihre Pässe. Eine orthodoxe Familie, deren zahlreiche Kinder sich an den Mantelschößen des Vaters festhielten, eines Mannes mit einem verschwitzten Gesicht unter dem schwarzen Hut, und einer müde aussehenden Frau mit einem dicken Bauch und einem Säugling auf dem Arm, die sich keinen Schritt von den Koffern entfernte – Me'a Sche'arim wie im Bilderbuch. Studenten neben großen Rucksäcken. Er bemerkte die Schlangen vor den Schaltern, das nervöse Gemurmel der Leute in seiner Nähe und das laute Geschrei der Gepäckträger. Er roch den Duft des frischen Kaffees, den er und Eli Bachar hier, in einer Ecke der großen Halle, tranken, während sie nun schweigend die Leute beobachteten, die durch die Sicherheitskontrolle gingen, in den Händen Tüten aus dem Duty-free-Shop. Sie hörten die hallende Stimme aus den Lautsprechern, die die Ankunft und den Abflug von Flugzeugen verkündete.

»Eigentlich mag ich Flughäfen sehr gerne«, verkündete Michael. »Genau wie viele andere Leute. Ich mag den Geruch und den Lärm und das Gefühl, als wäre man schon in einem anderen Land. Jeder Flughafen hat einen anderen Geruch, so wie jedes Land einen anderen Geruch hat.«

»Ich beneide dich, daß du ein bißchen wegfahren darfst, vor allem nach New York. Ich wäre jetzt gerne eine Woche in New York«, sagte Eli traurig.

»Auch um zu arbeiten?« fragte Michael.

»Sogar das, es wäre mir egal. Weißt du, wie viele Jahre es dauern wird, bis ich im Urlaub ins Ausland fahren kann?«

»Der Vater von Nira, mein früherer Schwiegervater, hat immer gesagt: Ein Pferd fährt über den Ozean und bleibt trotzdem ein Pferd. Das ist ein altes polnisches Sprichwort.«

Eli lächelte. »Ich weiß, daß du behauptest, alle Leute auf der Welt seien grundsätzlich gleich, aber reden wir darüber, wenn du zurück bist.«

Achtzehntes Kapitel

Er wachte erst auf, als das Flugzeug über dem Kennedy Airport Schleifen flog und auf hebräisch und englisch die Durchsage kam, daß man auf die Landeerlaubnis warte.

Man konnte nichts sehen wegen des dichten Smogs, der über allem lag. Michael strich sich über die Wangen und spürte die Stoppeln. Dann sah er die Schlangen, die vor den Toiletten warteten, und entschied, daß es zum Rasieren zu spät sei.

Er dachte an Schatz, an das aufgequollene Gesicht und die kalten grauen Augen des Mannes, der während Michaels Anfangsjahren bei der Polizei Chef der Kriminalabteilung gewesen war und dessen Charakter und Gier sprichwörtlich waren. Sogar Balilati, erinnerte sich Michael, hatte sich über die Grobheit dieses Mannes beschwert, über sein brutales Verhalten seinen Kollegen gegenüber, »einer, der über Leichen geht«, sagte Schorr. Michael dachte an den Rat, den Balilati ihm nach der Sitzung der Sonderkommission gegeben hatte: »Sag Schatz ja keinen schönen Gruß von mir. Und kauf nichts von ihm, es lohnt sich nicht. Er handelt die ganze Zeit mit Elektrogeräten. Wer von New York zurückkommt und ihn getroffen hat, bringt immer den letzten Hit mit. Und paß auf, daß du nicht mit ihm in einen Nightclub gehst.« Auf Balilatis Gesicht erschien ein hämisches Grinsen. »Er könnte dich noch verderben ...«

Der Gedanke an Schatz wurde von der Erinnerung an den Traum von Maja verdrängt. Michael erinnerte sich nicht mehr an die Einzelheiten des Traumes, doch er ließ ihn auch lange nach der Landung noch nicht los.

Im Flugzeug, bevor er eingeschlafen war, hatte er einen Blick auf die junge Frau geworfen, die neben ihm saß. Ihre Haare waren blond, und sie verströmte einen leichten Duft nach *L'air du Temps* von Nina Ricci, ein Parfüm, das Zila gerne benutzte. Nein, sie sah Maja überhaupt nicht ähnlich.

Er dachte an die Zeit nach seiner Scheidung. Damals wurde jede Flugreise, die er unternahm, zu einem romantischen Abenteuer. Immer war ihm ein Aufenthalt im Ausland so vorgekommen wie das Zusammensein mit einer attraktiven Frau, ohne Verpflichtungen. Seit er Maja zum letzten Mal getroffen hatte, konnte er nicht mehr an eine Frau denken, ohne sich bedrückt zu fühlen. Tagsüber, bei der Arbeit, waren die Gedanken an sie störend, so wie einen Kopfschmerzen stören, ein dumpfer, unaufhörlicher Schmerz. Nachts, wenn er im Bett lag, ließ er seinen Gedanken freien Lauf. Dann überließ er sich den Bildern, den Erinnerungen an ihre Berührung, an den Klang ihrer Stimme, den Geruch ihrer Haut, an ihr Lachen. Er hörte wieder, was sie gesagt hatte, Dinge, die ihn geärgert hatten oder zum Lachen gebracht, hörte wieder ihre Liebesworte. Nie hatte er einen langen Urlaub mit ihr verbracht, nie war er mit ihr ins Ausland gefahren. Eigentlich, dachte er, als er den neugierigen Blick seiner Platznachbarin sah, hatte er nie länger als einen Tag mit ihr verbracht. Nur wenige Nächte waren sie bis zum Morgen zusammengewesen. Im allgemeinen hatte sie nach einigen Stunden gesagt: »Es wird Zeit, ich muß nach Hause.«

Diese Reise macht mir unsere versäumten Gelegenheiten klar, dachte er, doch diese Erklärung brachte ihm keinen Trost, sie erleichterte nicht das Gefühl des Verlustes.

Die Einreiseprozedur am Flughafen blieb ihm nicht erspart. Auch seine Papiere wurden geprüft, als sei er ein illegaler Einwanderer, auch wenn sie sich nicht die Mühe machten, seinen Koffer zu durchwühlen.

»Die Amerikaner kennen kein Pardon«, sagte Schatz, »man kann hier nichts ›organisieren‹, für niemanden. Ich kann hier so viele Leute kennen, wie ich will, aber die Amerikaner sind Hunde, sie lassen sich auf keine Tricks ein. Sogar ich kann Sie nicht ohne Kontrolle durchschleusen.«

Schatz schwitzte in seinem cremefarbenen Safarianzug, als er Michael hinausführte. Michael gab keine Antwort, er war müde und wie im Schock.

Das Auto war so groß, genau wie die im Kino. »Ein alter Pontiac«, sagte Schatz, als er Michael die Tür aufmachte.

Schatz saß am Steuer und begann sofort mit einer Rede über die Vorzüge seiner wunderbaren Stellung. »Es gibt nur einen einzigen Vertreter für die ganze israelische Polizei, und das bin ich. Es war schwer, wirklich sehr schwer, diesen Posten zu bekommen, das kann schließlich nicht jeder. Was für eine Stadt!« In seinen Monolog, einer erstaunlichen Mischung aus englischen, hebräischen und arabischen Wörtern, flocht er auch Bemerkungen über die Umgebung ein. Von Zeit zu Zeit deutete er auf etwas hin, nannte Namen, gab Richtungen an. Je weiter sie sich vom Flughafen entfernten, um so größer wurde das Gefühl des Schocks.

»Vierundneunzig Prozent Feuchtigkeit und neunzig Grad Fahrenheit, ein schwerer Tag«, entschied Schatz, als er prüfte, ob die Fenster geschlossen waren. »Aber glauben Sie mir, mein Freund, es ist nicht so schlimm wie in Tel Aviv. Hier ist alles klimatisiert, wirklich alles! Schauen Sie sich dieses Auto an, toll, was?«

Michael kam es vor, als sei er in der Hölle. Die feuchte, heiße Luft, die ihm entgegengeschlagen war, als sie das Flughafengebäude verlassen hatten, die breiten, mehrspurigen Straßen, der aufsteigende Dampf, »von den U-Bahnen«, erklärte Schatz, das graugrünliche Licht, die von Fotos und Filmen her bekannten Wolkenkratzer, die riesigen Autos, die an ihnen vorbeifuhren, Limousinen, hinter deren Vorhängen Leute sitzen mußten, und er bewunderte Schatz, der es schaffte, den Hunderten von gelben Taxis auszuweichen, die mit großer Schnelligkeit fuhren und alles überholten, was ihnen in den Weg kam.

Sie fuhren lange, und Michael verlor jede Orientierung. Schatz sagte unterwegs: »Es ist ein ziemliches Stück bis La Guardia, aber wir werden rechtzeitig ankommen. Von dort geht Ihr Flug nach Carolina, und von dort fahren Sie dann auch zurück zum Kennedy.« Michael warf ihm von der Seite einen Blick zu. Obwohl sein Gesicht so dick war, konnte man doch sagen, daß er eigentlich gut aussah. Doch der Speck, ein gieriger, verschlagener Ausdruck und der Schweiß, der ihm, trotz des klimatisierten Autos, unablässig herunterlief, machten ihn abstoßend.

»Ich verstehe allerdings nicht, warum Sie nicht wenigstens für einen Tag in New York bleiben wollten, wir hätten in eine Bar gehen können. Sie haben ja keine Ahnung, was es hier alles gibt«, sagte er verschwörerisch und schaute Michael, der die Landschaft betrachtete, von der Seite an. »Na ja, wenn es nicht geht, geht es nicht, da kann man nichts machen. Aber glauben Sie mir, ich hätte es niemandem erzählt, wenn Sie einen Abstecher gemacht hätten.«

»Das glaube ich Ihnen«, sagte Michael, ohne den Kopf vom Fenster zu drehen.

»Und wann wollen Sie Ihre Einkäufe erledigen? Kaufen Sie ja nichts am Flughafen, das sind alles Gauner, diese Duty-free-Shops, glauben Sie mir. In Lexington gibt es Geschäfte, wo Sie nicht wissen, was Sie nehmen sollen, dort gibt's alles. Ich könnte Ihnen etwas kaufen, wenn Sie wollen, und Ihnen die Tortur ersparen. Was meinen Sie?«

Michael sagte, sie könnten darüber sprechen, wenn er zurückkäme.

»Sie sind unter Druck, was? Listen, Ihr Mann, dieser Rechtsanwalt, wartet auf Sie, aber der zweite, der Russe, ist in schlechtem Zustand, und der Rechtsanwalt ist die ganze Zeit bei ihm im Krankenhaus. Das war eine Geschichte, mit ihm zu sprechen, glauben Sie ja nicht, daß das so leicht geklappt hat.«

Michael schaute aus dem Fenster und dachte an *Blade Runner,* an die graugrünen Farbtöne, die den Film beherrschten, an den unaufhörlichen, deprimierenden Nieselregen, der ihm immer deutlicher werden ließ, wie gewalttätig die Welt war, die auf dem Bildschirm entstand.

»Aber wie kommen Sie mit dem *jet lag* zurecht, Sie müssen für Ihre Gespräche doch wach und munter sein? Nach dem, was ich in der Zeitung gelesen habe, weiß ich, daß Sie nicht so richtig vorangekommen sind.«

»Es ist ein schwieriger Fall«, sagte Michael, ohne beleidigt zu sein.

»Aber Sie sind der Star, was? Sie sind jetzt der diensthabende Star, den sie dort haben. Seien Sie vorsichtig, Stars fallen bei ihnen schnell. Ich bin eine Ausnahme, mir kann keiner was anhaben.«

»Vielleicht erzählen Sie mir etwas über diesen Rechtsanwalt, was wissen Sie über ihn?«

»Ich habe gute Beziehungen, natürlich kann ich Ihnen was über ihn erzählen. Ich habe gedacht, daß Sie warten wollen, bis wir am Flughafen sind, Sie haben dann noch ein bißchen Zeit bis zum Abflug.« Schatz warf Michael einen Blick zu, dann begann er mit monotoner Stimme zu sprechen: »Also dann: Max Löwenthal, einundsechzig Jahre alt, Jude, in Rußland geboren, aber seine Eltern sind mit ihm nach Amerika ausgewandert, als er ein kleiner Junge war. Er hat in Harvard Jura studiert, und trotzdem lebt er in irgendeinem Loch, das Chapel Hill heißt, einer kleinen Universitätsstadt in North Carolina. Ein Loch, wirklich ein Loch. Aber er lehrt dort Jura und ist aktiv bei der A.C.L.U. Wissen Sie, was das ist?« Michael gab zu, daß er keine Ahnung hatte.

»Das ist eine Bürgerrechtsbewegung, die Anfangsbuchstaben von ›American Civil Liberty Union‹. Es ist erstaunlich, er hätte ein wohlhabender und erfolgreicher Rechtsanwalt an jedem anderen Ort sein könnten, aber er sitzt dort im Süden. Auch dort ist er ganz schön loaded, das können Sie glauben.« Schatz bemerkte Michaels verständnislosen Blick und erklärte: »Millionär, er hat ein großes Haus in Chapel Hill und ein Sommerhaus auf einer Insel und was weiß ich noch alles. Und jedes Jahr ist er zum Skifahren in der Schweiz, wie es sich gehört. Er spendet viel für Hilfsaktionen und ist überhaupt sehr rührig. Sie haben hier eine Akte über ihn, er war immer sehr aktiv, er ist sehr oft in die UdSSR gereist und hat im Süden hinten im Autobus gesessen, wo sonst nur Schwarze sitzen, Sie kennen diesen Typ. Solche gibt's auch in Israel.« Schatz zog in offenem Abscheu die Nase hoch.

»Und wie ist der Russe zu ihm gekommen?«

»Das weiß ich nicht genau, aber er hatte Beziehungen zur Sowjetunion, dieser Löwenthal, er hat auch ein Buch über sie geschrieben, über die Juden in der Sowjetunion, und er hat von dort alle möglichen Manuskripte rausgeschmuggelt, das wird er Ihnen schon erzählen. Dieser Russe, er heißt...« Schatz wühlte in seinem Gedächtnis, schließlich zog er aus der Innentasche seines Anzugs einen Zettel und warf während der Fahrt einen Blick darauf, »Boris Singer heißt er, er war mit einem anderen Russen im Lager, einem Dichter, für den sich Ihr junger Mann von der Universität, Duda'i, interessiert hat. Löwenthal hat ihn nach fünfunddreißig Jahren aus einem russischen Gefängnis oder einem Lager herausgeholt, ich habe alles genau aufgeschrieben.« Schatz sprach mit der Aggressivität eines Menschen, der spürt, daß man sein Wissen in Frage stellt. »Einen Moment, ich muß mich jetzt auf den Abzweig nach La Guardia konzentrieren.«

Beide schwiegen, bis Schatz das Auto auf einem riesigen Parkplatz abgestellt hatte. Dann lief Schatz mit schnellen Schritten voraus in die Halle, prüfte den Abflugplan und sagte befriedigt: »Sie haben noch über eine halbe Stunde, kommen Sie, ich lade Sie zu einem Drink ein.«

Schließlich saßen sie auf zwei Hockern nebeneinander an einer Bar. Michael, der hartnäckig darauf bestanden hatte, einen Kaffee zum Bier zu bestellen, trank einen Schluck, während er Schatz betrachtete, der Whisky trank. Er überlegte, ob der andere den Whisky nur bestellt hatte, um ihn zu beeindrucken, oder ob das wirklich eine Gewohnheit von ihm war.

Schatz räusperte sich und sagte: »Der Russe, dieser Singer, ist vollkommen fertig. Er hat was mit dem Herzen, und Löwenthal wollte nicht, daß Sie ihn treffen. Erst als ich ihm die Situation erklärt habe, nachdem ich ihm Ihren Fall geschildert habe, hat er zugestimmt. Aber er verlangt, daß Sie in kleinen Schritten vorgehen, und er will den Zeitplan bestimmen. Ich habe es so organisiert, daß er Sie abholt. Es ist ganz schön weit vom Flughafen bis zu dieser Stadt. Sagen Sie, wenn wir schon darüber sprechen, was ist das für eine

Geschichte mit der Kassette, stimmt es, daß sie Beweise gelöscht hatten, und daß Sie sie selbst gelöscht haben?«

»Nein. Wie ist Ihnen denn dieses Gerücht zu Ohren gekommen?« fragte Michael und versuchte, aus unerfindlichen Gründen, seine Aggression nicht zu zeigen.

»Weiß nicht, ich habe eben gehört, daß es viele Pannen bei diesem Fall gegeben hat. Daß es eine volle Kassette gegeben hat, von der nur ein Satz übriggeblieben ist. Warum ist dann nicht die ganze Kassette gelöscht worden? Das erstaunt mich am meisten. Wenn man schon eine Kassette löscht, löscht man doch alles.«

Es war klar, daß dieser Mann auf eine Erklärung wartete, und gegen seinen Willen – später gab Michael dem Wetter die Schuld, der Verwirrung, in die ihn diese große Stadt gestürzt hatte, denn obwohl er nicht wirklich mittendrin war, spürte er den Lärm in allen Nervenenden – sagte er: »Es war nicht direkt ein Beweis, sondern etwas, was uns auf eine neue Spur hätte bringen können. Die Aufnahme ist von jemandem am hellichten Tag gelöscht worden, an einem Platz, wo sich derjenige vermutlich nicht hätte aufhalten dürfen. Er hatte es wohl eilig, oder jemand hat ihn mittendrin gestört, es war in einem Auto, und ...«

»Sie ist in einem Auto gelöscht worden?« fragte Schatz in scharfem Ton. »Wieso in einem Auto? Die Kassettenrecorder in Autos dienen nur der Wiedergabe, man kann damit weder aufnehmen noch löschen.«

Michael lächelte. »Wenn Sie das Auto gesehen hätten, würden Sie es verstehen. Ein Alfetta GTV, mit einer kompletten Stereoanlage wie in einem Tanzsaal, alles.«

»Ach so«, sagte Schatz langsam. »Wer hat denn in Israel so ein Auto?«

»Scha'ul Tirosch hatte so ein Auto«, sagte Michael, obwohl ihm die neugierige Schwatzhaftigkeit dieses Mannes zuwider war.

»Ich habe gehört, daß Herr Tirosch bei der Sache mit den Gasflaschen sehr deutliche Spuren hinterlassen hat«, sagte Schatz, und sein Gesicht nahm einen listigen Ausdruck an. Er schloß die Augen und lutschte einen Eiswürfel.

»Woher haben Sie das so schnell erfahren?« fragte Michael böse. »Wer erzählt Ihnen solche Dinge?«

»Es ist viel einfacher, als Sie glauben. Ich habe einen Bruder, Sie kennen ihn.«

»Ich? Ihren Bruder? Woher sollte ich Ihren Bruder kennen?«

»Denken Sie doch mal nach. Wir sehen uns nicht ähnlich, mein Bruder und ich, aber wir sind trotzdem Brüder.« Schatz lachte laut, und Michael fühlte, wie ihm das Blut aus dem Gesicht wich. »Me'ir Schatz von der historischen Fakultät ist Ihr Bruder?« fragte er ungläubig.

»Stimmt, da kann man nichts ändern.« Schatz lachte über das ganze Gesicht. »Und wir stehen uns sogar sehr nahe, weil er mich aufgezogen hat, wir sind sehr früh Waisen geworden, und er war für mich eine Art Vater. Das war ein Schlag, was?« Er strahlte vor unverhohlenem Vergnügen, dann fügte er hinzu: »Deshalb haben Sie bei mir auch ein Stein im Brett, mein Bruder spricht nämlich sehr positiv von Ihnen. Sie brauchen nicht so geschockt zu reagieren, er ist der Intelligente in der Familie. Aber auch ich habe eine Aufgabe. Ich sorge für das Geschäftliche. Glauben Sie etwa, daß er ohne meine Hilfe heute eine eigene Wohnung hätte?«

»Das alles erklärt nicht, wie Sie das alles so schnell erfahren haben«, sagte Michael.

»Mein Bruder hat einen Freund, den Sie ebenfalls kennen, Klein, Arie Klein, und der hat ihm einiges erzählt. Ich rufe meinen Bruder fast jeden zweiten Tag an. Was meinen Job betrifft – da hab' ich den lieben Gott am Schwanz erwischt.« Schatz bestellte noch einen Whisky, dann fuhr er fort: »Trotzdem gibt es einiges, was ich mir nicht erklären kann. Wenn ein Mann eine Preßluftflasche zum Tauchen mit Kohlenmonoxyd füllt, würde er dann nicht versuchen, die Spuren zu verwischen? Würde er sich so in die Tinte setzen? Auf den Namen Klein bestellen? Eine verstellte Unterschrift? Was soll das alles heißen?«

Michael seufzte. »Ja, er konnte wirklich nicht wissen, daß wir normalerweise nicht bei Chemikalienhändlern suchen. Sie hätten hören sollen, wie Avigdor auf die Idee reagiert hat, bei Händlern nachzufragen. Aber welche Möglichkeiten hätte er sonst gehabt? Nur einen Einbruch in ein Labor, und das wäre noch gefährlicher gewesen.«

Schatz betrachtete sein Glas und schüttelte die Eiswürfel. Als er sprach, hatte seine Stimme einen anderen Ton, einen ernsteren, als habe er nicht mehr das Bedürfnis, zu prahlen. »Ich denke in eine andere Richtung«, sagte er langsam.

»Zum Beispiel?« fragte Michael und blickte auf seine Uhr.

»Ich glaube«, sagte Schatz, »daß sich dahinter so etwas wie ein Burn-out-Syndrom verbirgt, daß Tirosch entdeckt werden wollte, daß er krank und müde war.«

Michael schwieg. Er betrachtete Schatz mit anderen Augen und wußte, daß er voreilig geurteilt hatte. Nach einer langen Pause fragte er: »Sie meinen, er wollte geschnappt werden?«

»Frankly, ich hätte es nicht genauso ausgedrückt, aber so etwas in dieser Richtung.« Warnend fügte er hinzu: »Das würde ich allerdings an Ihrer Stelle nicht vor der Sonderkommission sagen.«

»Das ist sehr interessant, was Sie sagen. Aber es paßt nicht zu seiner Persönlichkeit. Wie sind Sie darauf gekommen?« fragte Michael neugierig.

»Ich sage Ihnen die Wahrheit«, sagte Schatz und beugte sich vor. Michael betrachtete die schwitzenden Hände, die das leere Glas umklammerten, die kurzgeschnittenen Fingernägel. »Das Testament hat mich auf diese Idee gebracht. Es ist ein seltsames Testament, nicht wahr? Als wolle der Mensch seine Sachen ordnen, bevor er geht, nicht wahr?« Schatz wartete nicht auf eine Antwort, er sprach schnell weiter: »Ich möchte Sie noch etwas fragen. Wissen Sie genau, wann Duda'i in Eilat angekommen ist?«

»Aber wirklich«, protestierte Michael. »Für was halten Sie uns? Ich habe eine unterschriebene Aussage, daß er um vier Uhr in Eilat angekommen ist. Er hat um halb zwölf die Sitzung verlassen und ist mit seinem Auto losgefahren. Der Chef des Taucherclubs hat um Viertel nach vier mit ihm gesprochen. Sogar wenn er geflogen wäre – und daß er das nicht getan hat, haben wir nachgeprüft –, hätte er Tirosch nicht ermorden und um vier Uhr in Eilat sein können.«

»Schade«, sagte Schatz. »Ich hatte da eine Theorie.«

Michael betrachtete ihn und dachte daran, wie Schatz von den Leuten bei der Polizei eingeschätzt wurde, an den Eindruck, den er in den letzten Minuten auf ihn, Michael, gemacht hatte. Er fühlte sich schuldig und beschämt, weil er sich im ersten Augenblick von ihm abgestoßen gefühlt hatte. Er hätte sich gern entschuldigt, irgendwie seine Achtung Schatz gegenüber ausgedrückt, doch dieser achtete nicht darauf, wie Michael sich fühlte. Mit seiner alten Stimme sagte er: »Well, es ist Zeit für Ihren Flug. Sie sollten sich beeilen.« Er warf einen Blick auf die Rechnung und legte mit einer selbstsicheren, erfahrenen Bewegung einige

Münzen auf die Theke, dann brachte er Michael zum Flugsteig. »Ich hoffe, Sie werden nicht zu schockiert sein, wenn Sie hören, wie die Leute dort sprechen. Ich weiß nicht, wie Ihr Englisch ist, Freundchen, aber sogar mir fällt es schwer, die im Süden zu verstehen, und dabei bin ich schon drei Jahre hier.« Er lachte. »Und rufen Sie mich an, wenn Sie wollen, wenn Sie etwas brauchen. Vielleicht ändern Sie ja Ihre Meinung, dann können wir auf Ihrer Rückreise ein bißchen Spaß zusammen haben.«

Neunzehntes Kapitel

»Es waren drei junge Männer, Juden natürlich. Wir sprechen über das Jahr 1950, also über eine Zeit, die ungefähr fünfunddreißig Jahre zurückliegt. Einer von ihnen war als Baby Mitte der dreißiger Jahre mit seinen Eltern nach Israel gekommen, in das damalige Palästina. Seine Mutter hatte schreckliches Heimweh nach Rußland, und als sie überzeugt war, ihre Ideen und Vorstellungen in dem neuen Land nicht verwirklichen zu können, nahm sie ihren kleinen Sohn und ging mit ihm zurück in die Sowjetunion. Wir sprechen jetzt über die Zeit nach dem Zweiten Weltkrieg, vor der Gründung des neuen zionistischen Staates. Die siegreiche russische Armee zog sie an, Stalin zog sie an, Gott weiß was, heute sind wir klüger, deshalb können wir schwer verstehen, was sie anzog. (Lachen.) Ihr Sohn war da schon vierzehn, es gab einige solcher Fälle von Juden, die von Palästina zurück in die Sowjetunion gegangen sind, jeder Fall ist eine eigene Geschichte. Fast alle haben es bereut. Diese Frau nahm ihren Sohn mit, und sie lebten einige Jahre in Moskau. Als der Junge achtzehn war, beschloß er, zusammen mit zwei gleichaltrigen Freunden, zurück nach Israel zu gehen. Das war nicht ganz legal, wie Sie wissen. (Ein tiefer Atemzug.) Sie waren zu dritt. Anatoli Ferber, für den Sie sich so sehr interessieren, er ist vielleicht die Hauptfigur Ihrer Geschichte, er hatte bereits eine hebräische Erziehung, was vielleicht seine Sehnsucht erklärt, nach Israel zurückzukehren, jedoch nicht den Einfluß, den er auf seinen Freund Boris hatte. Unser Freund Boris ist mein Held, fast fünfunddreißig Jahre saß er in sowjetischen Gefängnissen, und es ist ein Wunder, daß er am Leben geblieben ist, mal ganz abgesehen von seinem Zustand, seinem Herzen, der Diabetes, den Nieren und was sonst noch alles.

Boris war der zweite. Sie kamen bis Lebatomei, einer russischen Hafenstadt am Schwarzen Meer, sieben Kilometer von der Türkei entfernt. Bis dorthin haben sie es geschafft, und dann wurden sie geschnappt. Boris behauptet, daß der dritte junge Mann sie verraten hat. Jemand mit Namen Duchin. Und in den Nächten, wenn Boris vor Fieber glühte, auch als er schon bei mir im Haus war, sprach er dauernd über Duchin. Dabei hat er noch nicht mal versucht, ihn nach seiner Befreiung ausfindig zu machen. Da verstehe einer die Menschen.

Sie saßen sieben Jahre zusammen, Ihr Anatoli und mein Boris, zuerst drei Jahre in Lubyanka, einem Gefängnis in Moskau, zwei Jahre im Gefängnis Perm in Mordavia, danach noch zwei Jahre in Magadan, im Nordosten Sibiriens, einem Arbeitslager, was auf russisch *katorga* heißt. Dort mußten die Leute unbedingten Gehorsam zeigen und wie die Tiere arbeiten, und ich kann Ihnen das Leiden nicht beschreiben, weil es so etwas nicht gibt. Vielleicht haben Sie Solschenizyn gelesen, was er in *Ein Tag im Leben des Iwan Denissowitsch* schreibt, oder im *Archipel Gulag*. Das Arbeitslager, das er im *Archipel Gulag* beschreibt, ist eigentlich Magadan, aber die Einzelheiten sind jetzt vielleicht nicht so wichtig. Dort in Magadan jedenfalls ist Anatoli Ferber gestorben. An was er gestorben ist? An Lungenentzündung. Glauben Sie mir, es war dort kein Problem, an Lungenentzündung zu sterben, bei dem Hunger und der Arbeit und der lächerlichen medizinischen Betreuung, die sie erhielten. Es gab schon Antibiotika in der Welt. Aber dort nicht. Das war eines der Dinge, für die ich die ganzen Jahre über gekämpft habe, nicht nur dafür, daß man sie herausließ, sondern daß man sie überhaupt leben ließ. Man kann nicht sagen, daß Anatoli Ferber ein richtiger Dissident gewesen wäre. Er wollte einfach nach Israel. Aber im Arbeitslager wurde er vermutlich zu einem Dissidenten, weil man sie anfangs zu fünf Jahren verurteilt hatte, dann bekamen sie noch mal fünf Jahre – das war die Zeit, in der Ferber starb –, nach Paragraph 10/58. Das war ein sehr wichtiger Paragraph: antisowjetische Propaganda. Jeder konnte entscheiden, wann es sich um antisowjetische Propaganda handelte. Das ist die Geschichte. Mein Boris wurde dann ins Gefängnis Botriski in Moskau gebracht, und dort war er noch mal fünf Jahre, anschließend kam er wieder nach Lubyanka. Weitere vier Jahre verbrachte er in Lefortowo, einem Gefängnis, ebenfalls in Moskau. Danach lebte er in einer Stadt in der Nähe von Moskau, er war ein Held und Mentor der jüngeren Dissidenten geworden. Schließlich gelang es mir vor kurzem, ihn herauszubekommen. Fragen Sie nicht wie, aber ich brachte ihn hierher, zu mir, und er ist die ganze Zeit in medizinischer Behandlung. Er möchte natürlich nach Israel, aber ich bezweifle, ob er in seinem Zustand überhaupt dort ankäme. Sein Englisch ist sehr dürftig, aber wir sprechen Jiddisch und ein bißchen Russisch miteinander, und mit dem jungen Mann, der vor sechs Wochen hier war, der, von dem Sie gesagt haben, daß er beim Tauchen umgekommen sei, hat er die ganze Nacht Hebräisch gesprochen.«

Michael saß in seinem Zimmer im Hotel und übersetzte die Aussagen des Rechtsanwalts von seinem Aufnahmegerät. Jetzt hörte er auf zu schreiben und lauschte seiner eigenen Stimme, die die Umstände von Idos Tod erläuterte. Der amerikanische Rechtsanwalt, Max Löwenthal, zeigte sich erregt über die Art, wie Duda'i gestorben war. Das Wort »devastating« war einige Male zu hören, und Michael schlug in dem Wörterbuch Englisch–Hebräisch nach, das er mitgebracht hatte. »Verheerend« gab das Buch als Übersetzung an.

Er saß am Tisch in einem großen, geräumigen Zimmer, das in Braun und Weiß gehalten war, im *Carolina Inn,* nicht weit vom Campus und vom Krankenhaus. Es war ein Bau aus der Kolonialzeit, in der kleinen Universitätsstadt Chapel Hill. Man hatte ihn hierhergebracht, nachdem er Max Löwenthal und den kranken Boris Singer ihre Teilaussagen hatte unterschreiben lassen, vor zwei Polizisten, die Löwenthal als Zeugen zugezogen hatte. Löwenthal war Jurist, Michael mußte ihm nichts erklären, nachdem er betont hatte, wie wichtig es für ihn sei, Boris als Zeugen zu hören. Max Löwenthal hatte seine Zweifel geäußert, ob diese Erklärung vom Gericht zugelassen werden würde, weil die Polizisten kein Wort von dem verstanden hatten, was gesagt worden war. Was er, Löwenthal, gesagt hatte, konnten sie vielleicht verstehen, sagte er zweifelnd, wenigstens die Wörter, aber das biblische Hebräisch Singers würden sie vermutlich nicht verstanden haben, sagte er lachend. Das Band war zu Ende.

Michael Ochajon schaute durch das große Fenster hinaus auf die Straße. Die Stadt war vollkommen ruhig. In New York, klagte Schatz, höre man auch im zwölften Stock die ganze Nacht Autos und Lärm, während man hier nur die Grillen zirpen höre. In seinem Zimmer surrte die Klimaanlage. Michael öffnete das Fenster und atmete die feuchte, schwere Luft ein. Im Zimmer verbreitete sich der süße Duft von Magnolien. Der Ort sah wie ein riesiger Wald aus, in den da und dort ein paar Häuser und schmale Straßen gebaut worden waren. Michael konnte nicht einschlafen. Wenn er wieder in Israel wäre, beschloß er, würde er wegen seiner Schlafstörungen einen Arzt aufsuchen. Er setzte sich wieder auf und spielte immer wieder das Band ab, das er im Lauf des Tages aufgenommen hatte. Im Krankenhaus, bevor er das Zimmer betreten durfte, in dem Singer lag, hatte ihn Löwenthal immer wieder ermahnt, ja nicht zu fragen, wie die Gefängnisse gewesen seien, in denen er gesessen hatte, er müsse so feinfühlig und zurückhaltend sein wie nur möglich. Die jüdische Gemeinde in Charlotte, einer nahe gelegenen Stadt, beteilige sich an den Kosten für Singers Krankenhausaufenthalt, erklärte Löwenthal, deshalb könne er auch in einem Einzelzimmer liegen und bekomme die erforderliche ärztliche Betreuung. Der Mann sei innerlich völlig kaputt und sehe, obwohl es ihm jetzt schon besser gehe als am Anfang, uralt aus, sagte Löwenthal seufzend, obwohl er erst fünfundfünfzig sei.

Sein Zustand sei so schlecht, daß jede Aufregung eine Gefahr für ihn bedeute. Nach dem Gespräch mit Ido Duda'i habe er ins Krankenhaus gebracht werden müssen. Während des Gesprächs habe er sich an seine schlimmsten Erlebnisse erinnern müssen, nach denen er, Löwenthal, nicht zu fragen gewagt habe.

Michael drehte das Band um und hörte wieder die lebhafte Stimme Löwenthals. Er sah das schmale, längliche Gesicht vor sich, den kleinen Mund. Was für ein weicher Mund, hatte er gedacht, als er ihn das erste Mal gesehen hatte, bis er immer größere Achtung vor der amerikanischen Naivität bekommen hatte, die ein derart aufreibendes Engagement erst ermöglichte. Löwenthal erzählte von seinen Aktionen ohne Prahlerei und ohne Bescheidenheit. Er sprach sachlich, brachte Fakten vor. Informationen. Schließlich habe er ein Buch darüber geschrieben, erinnerte er Michael. Er interessiere sich ganz besonders für das russische Judentum, sagte er begeistert, voll jugendlicher Energie. Bei uns, dachte Michael, findet man nur bei den Rechten eine ähnliche Begeisterung, und bei einigen Trotzkisten der avantgardistischen Bewegung.

Das Tonband war zu Ende, und Michael wollte sich noch einmal das Band anhören, das er bei seinem Zusammentreffen mit Boris Singer aufgenommen hatte. Er hörte das Knarren des Bettes, als Löwenthal sich auf den Rand setzte, als setze er sich neben seinen Vater, und dann hörte Michael die Stimme Löwenthals, der sich in fließendem Jiddisch an Boris wandte, gemischt mit amerikanischen Worten. »Woß?« hörte Michael das erste jiddische Wort, das er verstand, aus dem Mund des vertrockneten Mannes, der auf dem großen Bett saß. Auf dem Tisch neben dem Bett lagen Süßigkeiten, jiddische Zeitungen, eine hebräische Bibel. Auch ein Fernsehapparat und Blumensträuße standen darauf.

»Ich werde ihm erklären, daß Sie noch ein Literaturforscher sind, daß es eine neue Ausgabe von Ferbers Gedichten geben soll. Kein Wort über Mord oder über Gerichtsverfahren«, hatte Löwenthal gesagt, als er endlich seine Anweisungen beendet hatte und Michael in das Krankenzimmer geführt hatte.

Der Körper in dem großen Bett war ein Wrack, wie Löwenthal gesagt hatte. Aber die Augen! Wie die Augen der Propheten, die ich in meiner Phantasie gesehen habe, als ich ein Kind war, dachte Michael, als er in die tiefen, braunen Augen schaute, voller Erregung und Wissen. Löwenthal klopfte die Kissen auf und schob sie dem Mann, der sich aufsetzte, hinter den Rücken. Er hatte eine weiße Mähne über einem schmalen, krankhaft rosafarbenen Gesicht, und ein unschuldiges, lebendiges Lächeln.

Nun kam die Stimme des Mannes vom Band, und wieder fühlte Michael, wie bereits im Krankenhaus, daß er auch auf der Rückreise nicht in New York bleiben, sondern sofort nach Israel zurückfahren würde.

»Anatoli«, sagte Singer mit einer Stimme voller Sehnsucht und Verlangen, und begann, einige Zeilen aus *Paarweises Gebet auf dem schwarzen Platz* zu zitieren, nur daß er vom »roten Platz« sprach, und Michael hatte plötzlich das Gefühl, genau zu wissen, was mit Ido Duda'i in jener Nacht passiert war. Es war erschütternd, sich vorzustellen, daß Tirosch die Worte geändert hatte, die die Quelle des Gedichts hätten verraten können. Boris Singer erzählte. Manchmal sprach er Jiddisch, und dann übersetzte Löwenthal das Gesagte, ohne daß Michael ihn darum bitten mußte, aber im allgemeinen sprach er ein sauberes Hebräisch.

Mit leiser Stimme, die sich nun so fremd anhörte, so künstlich, stellte Michael die erste Frage nach der hebräischen Sprache. Anatoli, erklärte Boris, habe ein ausgezeichnetes Hebräisch gesprochen, Anatoli habe es ihm beigebracht. Ganze Tage habe er ihn unterrichtet, und im Lager habe er, Boris, die Gedichte auswendig lernen müssen, damit er sie, falls, Gott behüte, etwas passiere, falls Anatoli nicht mehr wäre, bewahren könne. Die anderen dort im Gefängnis hätten kein Wort Hebräisch gekonnt, sie hätten kein Interesse an Gedichten gehabt. Das Hotelzimmer füllte sich mit dem naiven, klingenden Gelächter, das so gar nicht zu der Erscheinung paßte, an die sich Michael erinnerte, an das Gesicht mit den tief in den Höhlen liegenden Augen. Für einen Moment fragte sich Michael, ob der Mann bei klarem Verstand sei. »Wie ist das gegangen?« hatte Michael gefragt, »Anatoli hat die Gedichte aufgeschrieben? Oder hat er sie nur auswendig gewußt?«

»Beides«, antwortete Boris. »Er hat sie auf Zeitungsränder geschrieben. Na ja, es lohnt sich nicht zu erzählen, wie man im Gefängnis schreibt, es gibt Wege. Alle möglichen Wege und Systeme.«

Das Aufnahmegerät schwieg für einige Sekunden, dann fuhr Boris leise und weniger begeistert fort zu sprechen. Es gab Lager, erzählte er, in denen es möglich war, Papier zu besorgen, man mußte nur wissen, wo man es dann verstekken konnte. In Perm war ein junger Mann, der Puschkin auswendig gelernt hatte und dessen Werke Tag und Nacht aufschrieb. Aber eigentlich konnte man sich sowieso nicht auf Geschriebenes verlassen, man mußte es auswendig lernen.

»Wo hat man die Zettel versteckt?« hörte Michael seine eigene Stimme, fragend und mit der Aussprache der im Land Geborenen, die sich so seltsam anhörte gegen das amerikanisch gefärbte Jiddisch Löwenthals und das russisch gefärbte Hebräisch Boris Singers.

»Es gibt Orte«, hatte Singer wiederholt und ihn ängstlich angeschaut.

Aber Michael blieb auf freundliche Weise beharrlich. Er rückte seinen Stuhl näher zu dem Bett des Kranken und wiederholte die Lüge, die sie abgesprochen hatten. Das Institut für jüdische Zeitgeschichte wolle alles dokumentieren, sie wollten auch ein Bild von Boris. Und langsam, als höre er nicht auf, sich zu fürchten, erzählte Boris seine Geschichte.

Es gab alle möglichen Plätze, wo man Geschriebenes verstecken konnte. Im hohlen Eisenfuß eines Bettes, dort wurde normalerweise nicht gesucht. Am Arbeitsplatz, in hohlen Bäumen, auch dort hatten sie ihre Sachen versteckt. In Rissen in der Wand der Holzbaracke. Aber das war nicht wichtig. Hier wurde die Stimme lauter. Er, Boris, wußte ohnehin alle Gedichte auswendig. Er war Anatolis Sekretär. Wieder war das Lachen zu hören. Und dann ein Husten. Auf dem Weg zur Arbeit oder nachts, nach der Arbeit, besonders wenn es unmöglich war, warm zu werden, und das war es fast immer, fing Anatoli an, die Zeilen zu deklamieren, und er, Boris, wiederholte sie so lange, bis er sie auswendig wußte. Unter diesen Bedingungen, sagte Boris – und Michael wußte genau, wie sein Gesicht in diesem Moment ausgesehen hatte: wie das Gesicht eines Menschen, der sich an etwas erinnert und diese Erinnerung beiseite schieben will, sie aber für einige Minuten nicht los wird –, unter solchen Bedingungen hatten sie ein Bedürfnis nach so etwas.

»Bedürfnis nach was?« Michael hörte beschämt seine dumme Frage, auf die nur eine selbstverständliche Antwort möglich war, und er erinnerte sich an das verzeihende Lächeln des Kranken. Max Löwenthal fragte. »What? What did he say?« Boris Singer übersetzte die Frage, und Löwenthal antwortete: Sie hatten ein Bedürfnis nach Dingen, die über das Körperliche hinausgingen, über die Kälte und den Hunger und die täglichen Durchsuchungen, über die Schmerzen. Es gab dort Menschen, die allein waren, aber Anatoli und Boris hatten einander. Anatoli war der Schaffende, und Boris der Erinnernde. In jenen Tagen standen sie noch ganz am Anfang, heute gebe es Dutzende, die Manuskripte auswendig lernten, damit nicht alles an einem Menschen hänge, aber damals ... Und dann hörte er Boris wieder lachen, gemischt mit Weinen, und Michael, der das Band inzwischen fast auswendig konnte, hob die Hand, als wolle er sich wegen seiner Sentimentalität beschimpfen. Er verstand nicht, wie er es schaffte, sich das alles noch einmal anzuhören.

»Vielleicht schweigen die Musen, wenn die Geschütze lärmen«, sagte Max Löwenthal plötzlich mit seinem amerikanischen Englisch, »aber wenn alles zerstört ist, sogar ohne Geschütze, wenn viele Menschen in einer Baracke oder einem Käfig hausen, wenn einer dem anderen in die Seele dringt, wenn sie in der Dunkelheit zur Arbeit gehen und in der Dunkelheit zurückkommen, wenn sie dauernd unter Aufsicht sind, einen Tag nach dem anderen, ein Jahr nach dem anderen, und wenn man entdeckt, daß der wichtigste Gedanke der an ein Stück Brot oder die Kälte oder die Müdigkeit ist, dann hat man keine andere Rückzugsmöglichkeit als in eine andere Realität. Erst gab es die Gedichte Anatolis, und dann hatte er etwas, für das es sich zu leben lohnte: Er kümmerte sich um Anatoli, und er lernte seine Gedichte auswendig. Vierhundertsiebenunddreißig Gedichte. Und dann starb Anatoli, an Lungenentzündung.« Die Stimme Max Löwenthals wurde lauter. »Und das wird er Ihnen natürlich nicht sagen. Über solche Dinge sprechen sie nicht.«

Vom Band war das Weinen zu hören, unterbrochen von Wörtern auf russisch, jiddisch und hebräisch. »Eine schöne Seele ... ein großes Herz ...«

Michael drückte auf den Knopf, die Stimmen hörten auf, er kehrte in die normale Welt zurück.

Draußen vor dem Fenster war es vollkommen dunkel. In Michaels Gedanken lebten die Bilder und die Stimmen des Tages weiter. Der südliche Akzent der beiden Polizisten, die im Korridor des Krankenhauses warteten. Zu seinem großen Erstaunen verstand er jedes Wort, das sie sagten, weil sie langsam mit ihm sprachen, als sei er nicht nur fremd, sondern auch etwas beschränkt. Sie sagten kein Wort über seinen Akzent.

Er erinnerte sich an die erstaunliche Szene, die er am Eingang eines großen, weißen Hotels in der Stadt gesehen hatte. Da, gegenüber von seinem Hotel, befand sich ein Wohnheim für Mädchen, »eine religiöse Gemeinschaft, Studentinnen, nur Mädchen«, hatte Löwenthal erklärt und das Gesicht verzogen.

Auf einer Terrasse saßen zehn junge Mädchen in Korbstühlen um einen runden Tisch. Sie trugen dunkle, weite Röcke, und ihre Hände steckten in weißen Handschuhen. Sie tranken aus dünnen Tassen. Michael und Löwenthal standen am Zaun, der die runde Terrasse im Südstaatenstil vom Hotel trennte, und sahen die kleinen Finger, die sich abspreizten. Zehn kleine Finger, wenn die Tassen gehoben wurden.

»Im Süden sieht man alles«, sagte Löwenthal trocken. »Sie leben immer noch im letzten Jahrhundert.« Er sprach von der Zeremonie, die stattfand, wenn sie achtzehn wurden, eine Zeremonie, in der sie in die Gesellschaft eingeführt wurden. Michael fiel auch das Wort ein, mit dem man ein solches Mädchen bezeichnete: Debütantin.

Er selbst sei von Boston hierhergezogen, erzählte Löwenthal stolz, und der Grund, warum er sich den Süden zum Leben ausgesucht hatte, habe etwas mit seiner Arbeit für die Bürgerrechtsbewegung zu tun. »Weil ich gegen einen solchen Blödsinn arbeite«, sagte er und deutete auf die Mädchen, »deswegen bin ich hier.«

Ein leichter, angenehmer Luftzug drang in Michaels Zimmer, doch die Luft war noch immer feucht. Der Mond über dem Magnolienbaum war herzergreifend schön. Den ganzen Tag über hatte Michael sich schon gefühlt, als sei er gegen seinen Willen in eine andere Welt versetzt worden. Er schüttelte sich und kehrte zu seinem Aufnahmegerät zurück.

»Was haben Sie getan, nachdem Anatoli gestorben war?« hörte er die leise Stimme, zu der er sich während des ganzen Gesprächs gezwungen hatte.

Er habe sich die Gedichte immer wieder vorgesagt, erzählte Boris, er habe das Geschriebene gelesen, schließlich wußte er, daß er der einzige Zeuge für die Gedichte war, und er kannte ihren Wert und ihre Größe. Sein ganzes Leben, seine Fähigkeiten, seine Aufgabe – alles habe dazu gedient, die Gedichte hinauszubringen. Als er eine weitere Gefängnisstrafe bekam und in ein anderes Lager in der Nähe von Moskau gebracht wurde, machte er sich große Sorgen.

Er arbeitete fünf Jahre daran, erzählte Boris, sich dort in dem Lager in der Nähe von Moskau mit einem Wärter anzufreunden, einem Analphabeten. Er brachte ihm Dinge bei, gab ihm Ratschläge, die sein Liebesleben betrafen, und bestach ihn mit allen möglichen Dingen, die er bekam oder die er stahl. »Ein einfacher Kulak«, sagte Boris entschuldigend, mit seinem starken russischen Akzent. »Aber ich hatte keine Wahl. Es dauert Jahre, bis man an solchen Orten einem Menschen näherkommt. Alle sind mißtrauisch. Ich hatte Angst, daß auch ich bald sterben könnte. Ich nahm meine Seele in beide Hände, wie Anatoli immer sagte, und gab dem Kulak die Gedichte. Wissen Sie, in der Sowjetunion gibt es keine Zensur für Post innerhalb des Landes, wenn man nicht gerade ein Häftling ist. Ich gab ihm die Adresse eines Menschen in Moskau, eines Studenten, den ich noch aus den Tagen der Freiheit kannte und von dem mir jemand, der ins Lager kam, erzählt hatte, daß er noch an seiner alten Adresse lebte. Ich versuchte es. Ich hoffte, es würde ihm gelingen, in Moskau alles an einen anderen weiterzugeben, der das Land verlassen konnte.«

»Alle Gedichte auf einmal?« hörte Michael sich fragen.

Nein, es waren zehn dicht beschriebene Zettel. Nun war wieder ein Gemurmel auf jiddisch zu hören, auch das Husten des Kranken und die Versuche Löwenthals, das Gespräch an dieser Stelle zu beenden. Michael könne später weitermachen, sagte Löwenthal, Boris brauche nun Ruhe.

»Vielleicht kann er das Wichtigste jetzt trotzdem sagen?« Michael hörte den verlegenen Ton in seiner Stimme, dann die ungeduldige Stimme Löwenthals. Er selbst, Löwenthal, habe die Gedichte von einem jüdischen Studenten in Moskau bekommen, im Jahre 1956, als er zum ersten Mal wegen des Festivals der Jugend in Moskau war. Von Moskau aus sei er nach Wien geflogen, und dort, sagte er mit blitzenden Augen, habe er diesen begabten jungen Mann getroffen, der später zu einem der bedeutendsten Dichter Israels wurde. Er habe ihm die Gedichte gezeigt, als sie sich auf einer Tagung für Bürgerrechte trafen – beide waren sie damals als Studentenvertreter bei einer Tagung gegen die kommunistische Unterdrückung. Er erinnere sich nicht mehr an die Tagung, da er ja direkt von Moskau dort hingekommen sei und die Eindrücke aus der Sowjetunion alles überlagert hätten. Scha'ul Tirosch, sagte Löwenthal stolz, sei der Mann gewesen, dem er die Gedichte übergeben hätte. Sie hätten in einem Café gesessen – er erinnerte sich sogar noch an den Geschmack des Strudels, jedoch nicht mehr an den Namen des Cafés –, und Tirosch habe sich nach seinen Eindrücken des Moskauer Festivals erkundigt. Schon damals habe er die Neigung gehabt, sich auf alle möglichen Risiken einzulassen, erklärte Löwenthal, deshalb habe er Tirosch die Gedichte gezeigt. Tirosch sei sehr erregt gewesen und habe sofort vorgeschlagen, die Gedichte mit nach Israel zu nehmen. Er erzählte, er arbeite an der Fakultät für Literatur an der hebräischen Universität und habe Beziehungen zu literarischen Kreisen. Er habe die kleinen Zettel mit so viel Liebe gehalten, daß es ihm, Löwenthal, klargewesen sei, daß sie bei ihm sicher waren. Tirosch habe ihm einige Zeilen übersetzt, und sogar er, Löwenthal, der nichts von Lyrik verstehe, sei beeindruckt gewesen von dem Reichtum der Gedichte. Er habe gewußt, daß er sich auf ihn verlassen konnte, wiederholte Löwenthal, und tatsächlich habe Tirosch die Gedichte ja auch redigiert und herausgegeben. Doch zu seinem Bedauern spreche er, wie Michael wisse, kein Hebräisch, deshalb habe er die Früchte der Anstrengung nicht genießen können.

An dieser Stelle hatte Michael das Aufnahmegerät ausgeschaltet und ihn gefragt, ob er Boris nicht das Buch gezeigt habe, das er von Tirosch erhalten hatte.

Einen Moment war es still geworden, dann sagte Löwenthal verlegen, er könne es nicht erklären, aber das Buch sei ihm vor einigen Jahren verlorengegangen. Fast flüsternd fügte er hinzu, er habe das Buch jemandem gezeigt, der Hebräisch lesen könne, sich aber nicht sonderlich beeindruckt gezeigt habe. Das sei wohl der Grund gewesen, sagte er verlegen, daß er ihm keine besondere Bedeutung mehr beigemessen habe. Er schwieg, bevor er hinzufügte, dieser junge Mann, Duda'i, habe versprochen, ihm ein neues Buch zu schicken.

Da zog Michael aus seiner Tasche das Buch, das er mitgebracht hatte, und reichte es wortlos an Boris weiter. Boris streichelte es erregt und liebevoll, dann schlug er es auf und blätterte darin. Vom Band kam nun nur das Rascheln von Papier.

Michael erinnerte sich sehr gut an den verlegenen Blick des Mannes, an die Verwirrung, die sich langsam auf seinem Gesicht ausgebreitet hatte, als er nicht die bekannten Worte gefunden hatte, die Worte, die er die ganzen Jahre in seinem Gedächtnis bewahrt hatte, die er auswenig wußte wie das Morgengebet. Ein paarmal wiederholte er »nein, das nicht«, und dann sagte er: »Dieser junge Mann, Duda'i, hat gesagt, daß es in Ordnung ist, daß alles in Ordnung ist.« Und Michael dachte daran, wieviel Selbstbeherrschung es Ido gekostet haben mußte, nicht alles aufzudecken und Boris nicht die Wahrheit zu sagen. Weder Boris noch Löwenthal.

Dann war vom Band die heisere Stimme Singers zu hören, mit einer Flut von Zitaten. Michael hörte wieder die bekannten Bilder, die so charakteristisch für Tiroschs Lyrik waren, auch den berühmten Satz: »Beim Morgengrauen verwelken die blauen Blumen auf deiner Haut«, auf genau die gleiche Art gesprochen, wie er es im kriminaltechnischen Labor gehört hatte. Eine Flut von Zitaten, auch: »Apollo erschien mir neben dem zerstörten Baum«, und Teile aus dem großen Poem »Über den ersten und den letzten Menschen«: »Unter der dünnen Haut verbirgt sich heißes Fleisch und das Blut...«, und »Im vergilbenden Gerippe des Menschen spielt der Staub eine süße Melodie«. Und dann hörte Michael seine eigene Stimme, wie er angespannt das zwanghafte Zitieren mit der Frage unterbrach, ob das die Gedichte seien, die Ferber geschrieben habe.

In diesem Moment brach der Zorn in dem Mann auf. »Was ist das hier?« wiederholte er ein paarmal weinend, und er stöhnte vor Schmerz.

Die weichen Lippen Löwenthals wurden hart, er packte Michael an den Armen und zerrte ihn hinaus.

Dort verlangte er energisch eine Erklärung für das, was Michael gesagt hatte, und schließlich fragte er, ob es sich um Diebstahl geistigen Eigentums handle, um Plagiat. Michael nickte.

Jetzt war das Band zu Ende.

Mitte der sechziger Jahre, erklärte Löwenthal, als sie im prachtvollen Speisesaal des Hotels saßen, kamen die ersten Manuskripte nach draußen, bis dahin war das nur sporadisch geschehen. Die Manuskripte wurden auf den verschiedensten, vorher genau geprüften Wegen aus dem Land geschmuggelt. Man mußte sicher sein, daß niemand in der Sowjetunion dadurch gefährdet wurde und daß es sich nicht um eine Falle handelte. Löwenthal spießte mit der Gabel eine eingelegte Pflaume auf und schob sie in den Mund. Dann sprach er weiter, noch bevor er heruntergeschluckt hatte: »Deshalb ist diese Geschichte so phantastisch, denn 1956 wußte ich noch gar nichts. Vielleicht hätte ich, wenn ich gewußt hätte, was ich heute weiß, Ferbers Manuskript nicht herausgeschmuggelt. Nur ein Idiot oder ein Verrückter konnte tun, was ich damals getan habe.« Er hielt inne, ein Schauer lief über seinen Körper, dann fuhr er fort zu erzählen, als verteidige er sich vor einem Historikerausschuß. Heute gebe es Wege, Manuskripte herauszuschmuggeln, über die er aus verständlichen Gründen nicht detailliert sprechen könne. Ein Beispiel, sagte er und wischte sich mit der weißen Serviette über die Lippen, sei die Verbindung, die er in Italien über antisowjetische linke katholische Aktivisten geknüpft habe, deren Sitz in Mailand sei. Einer von ihnen sei ein italienischer Bibliothekar aus Bologna gewesen, sagte Löwenthal mit verträumter Stimme. Persönlich kenne er nur diesen Bibliothekar, der die Möglichkeit habe, Briefe in die Sowjetunion zu bringen und umgekehrt. Löwenthal erhielt Post in den Vereinigten Staaten, ein Päckchen, das aus Bologna an seine Privatadresse geschickt wurde, und mußte dann das genaue Datum mitteilen, an dem die Sendung angekommen war.

Wem er das mitteilen müsse, fragte Michael.

Dem Schriftsteller in Bologna. Er teile auch mit, ob das Manuskript in gutem Zustand angekommen sei. Und nachdem er es von russischen Experten hatte prüfen lassen, gab er auch deren Beurteilung weiter. Nachdem diese Verbindung einmal zustande gekommen war, hatten ihn viele Manuskripte erreicht. Löwenthal lachte. »Sie werden es nicht glauben, aber es sind Manuskripte im Postsack des Vatikan geschickt worden. Der Vatikan hatte Vertreter in Moskau, und die haben alle möglichen Beziehungen aufgetan. Es gibt auch noch andere Wege, zum Beispiel über Journalisten. Sie haben die Möglichkeit, ihre Sachen mit dem diplomatischen Dienst ihres Landes zu schicken, manchmal sogar ohne daß die Angehörigen des Konsulats überhaupt davon erfahren. Es gab damals ein Arrangement mit Amerikanern, die mir dann die Manuskripte gebracht haben. Manchmal war es ein Reporter, manchmal sogar jemand vom CIA, und manchmal jemand vom russischen Stab im State Department.«

Er machte eine Pause, um sein Huhn fertig zu essen. Dann sprach er mit neuem Eifer weiter: »Es gibt noch eine Methode. Leute, die oft in die Sowjetunion gefahren sind, wie zum Beispiel eine Frau, die ich kennengelernt habe, eine schwedische Biologin mit Namen Perla Lindborg. Sie fuhr ein paarmal im Jahr hin und schickte mir das Material dann aus Stockholm. Ich kann ihren Namen ruhig sagen, weil sie inzwischen gestorben ist. Und es gab einen österreichischen Arzt, der mir Sachen aus Wien schickte. Es geht auch über Hongkong, aber ...« Löwenthal schwieg. Er betrachtete Michael nachdenklich und sagte, inzwischen sei er glaubwürdig. Ein Beweis für seine Glaubwürdigkeit sei gewesen, daß einige aus der Sowjetunion geflohene Juden Manuskripte mitgebracht und ihm übergeben hätten. Löwenthal hob den Zeigefinger. »Es gibt Dinge, auf die Sie nie im Leben kommen würden«, sagte er. »Haben Sie gewußt, daß der CVJM in Paris geschmuggelte Manuskripte druckt?« Ohne Michaels Reaktion abzuwarten, erzählte er, es gebe einen antisowjetischen Verlag in Frankfurt, der Manuskripte aus der Sowjetunion schmuggele, die Einnahmen würden bei einer Schweizer Bank für den jeweiligen Autor deponiert. 1972 sei er, Löwenthal, nach Frankfurt gefahren und habe den Leuten dort Geld gegeben. Sie hätten das Geld auf geheimen Wegen in die Sowjetunion geschleust, zu den Autoren der Manuskripte, Gelder, die ihnen zustünden.

Danach, sagte Max Löwenthal, gab es schon keine Probleme mehr mit der Glaubwürdigkeit. Als er 1973 in die Sowjetunion gefahren sei, wußten schon alle, daß man sich auf ihn verlassen konnte. Sogar Andrej Sacharow habe ihn angerufen und hatte sich mit ihm treffen wollen. Warum er das alles erzähle? fragte Löwenthal. »Wollen Sie es wissen? Damit Sie verstehen, um was für ein kompliziertes Gebäude es sich hier handelt, wie es aufgebaut ist, und damit Sie verstehen, wie naiv ich 1957 war. Ich war unvorsichtig, habe mich dumm angestellt, habe nichts verstanden. Es war mein erster Besuch in der Sowjetunion, wie hätte ich etwas wissen sollen? Wenn ich Ferbers Manuskript vor zehn, fünfzehn Jahren herausgeschmuggelt hätte, hätte das nicht passieren können. Aber damals? Sie werden es nicht glauben, wenn ich Ihnen erzähle, was ich damals tat. Ich nahm diese kleinen, engbeschriebenen Zettel und fühlte mich wie ein großer Spion. In der Nacht, bevor ich abreiste, trennte ich meinen Hosenbund innen auf...« Löwenthal öffnete den schmalen Ledergürtel und den obersten Knopf und drehte seinen Hosenbund so, daß Michael sehen konnte, welche Naht er meinte, bevor er fortfuhr: »...glättete die Papiere« – mit einer Handbewegung zeigte er auf der glatten Tischplatte, wie er das getan hatte –, »steckte sie hinein und nähte den Stoffgürtel wieder zu.« Das war alles, was er damals tun konnte. Eine halbe Nacht nähen, kicherte er.

»Ja«, hörte Michael sich selbst in seinem Schulenglisch fragen, »aber wie kam es, daß man Ihnen damals schon vertraut hat?«

Löwenthal studierte damals Russisch. Er wollte unbedingt in die Sowjetunion. Damals war eine Zeit der Entspannung, und 1956 habe das erste Festival der Jugend stattgefunden, und er war zum ersten Mal in Moskau. Für

Amerikaner war das damals nicht die beste Zeit für einen Moskauaufenthalt, aber trotzdem... Er lachte. Es war ein Festival für Frieden und Brüderlichkeit. Wieder lachte Löwenthal, ein hohes, nervöses Lachen, das wohl ironisch klingen sollte, und Studenten aus der ganzen Welt seien dort gewesen. Im Gorkipark sei ein russischer Jude auf ihn zugekommen.

Man müsse verstehen, sagte Löwenthal, daß er damals noch völlig grün war, er habe sich nicht nur auf dumme Art in Gefahr gebracht, sondern habe auch große Angst gehabt. Man mußte sich vor Fallen hüten, doch im gleichen Maße auch davor, reaktionäre Gruppen zu unterstützen. Er sei nicht darauf aus gewesen, die Sowjetunion zu zerstören, sondern habe sich nur für den Aspekt der Bürgerrechte interessiert, vor allem hinsichtlich der Juden. Seine Eltern waren von Rußland nach Amerika ausgewandert, er hatte dort noch Verwandte. Der Jude, der ihn im Gorkipark angesprochen hatte, wußte, daß er Jude war, und kannte seine Familie. Von ihm hatte er gehört, daß Boris für die Lyrik Anatoli Ferbers verantwortlich war, daß Ferber schon gestorben sei, aber Boris noch lebe. Der Mann, der Löwenthals Vater kannte, arbeitete bei einem Verlag, demselben Verlag, der später *Ein Tag im Leben des Iwan Denissowitsch* herausbrachte. Im Gorkipark hatte er ihn nur kurz angesprochen und gesagt, er möge doch morgen in den Skolnikipark kommen. Um fünf. Löwenthal schwieg, als sehe er das Bild wieder vor sich. Am nächsten Morgen hatte er ein Paket russischer Zeitungen bekommen, zwischen denen ein Umschlag steckte. In diesem Briefumschlag befanden sich viele Gedichte, mit winziger Schrift geschrieben. Er erinnere sich sogar an die Stimme des russischen Juden, an seine schnelle, angespannte Art zu sprechen, er erinnere sich auch an das blasse Gesicht und den gehetzten Blick, an das stotternde Englisch. So habe er zum ersten Mal die Namen Ferber und Singer gehört. Wenn er darüber nachdenke, so sei dies der Punkt gewesen, an dem sich sein Leben geändert und sein Einsatz für die russischen Juden begonnen hatte. Er begann, sich um das Schicksal Boris Singers zu kümmern und zu versuchen, ihn freizubekommen. Doch Boris sei von einem Gefängnis ins andere gewandert, bis es Löwenthal schließlich gelang, seine Freilassung zu erreichen. »Nach über dreißig Jahren«, sagte er und seufzte, doch seine Augen leuchteten. 1985 sei es sehr schwer gewesen, jemanden herauszubekommen, und ausgerechnet da habe er es geschafft, in letzter Minute, vermutlich habe auch der körperliche Zustand Singers seine Ausreisegenehmigung beeinflußt.

Michael erinnerte sich an den mißtrauischen Blick in den Augen Löwenthals, als er ihm die Frage stellte, warum man die Gedichte damals nicht jemandem von der israelischen Botschaft übergeben habe, die es zu dieser Zeit noch gab.

»Nun«, sagte Löwenthal in einem Ton, als gehe es um etwas ganz Selbstverständliches, »sie sind doch die ganze Zeit beobachtet worden, das war zu gefährlich. Und von Moskau bin ich nach Wien geflogen.«

Löwenthal senkte die Augen. »Dort traf ich Tirosch.« Es sei ihm damals nicht eingefallen, sagte er zornig, daß jemand wie Tirosch ... »Wie hätte ich es wissen können?« klagte er. »Ich war auch so jung, und er hat so europäisch ausgesehen, so sensibel und so glaubwürdig. Und wie ich mich gefreut habe, als das Buch herauskam! Wie hätte ich wissen sollen, daß es nicht das richtige Buch ist?«

Michael tröstete ihn nicht.

Er würde die Aussage ins Englische übersetzen und Boris

veranlassen, die ganze Geschichte zu unterschreiben, sagte Löwenthal, bevor sie sich verabschiedeten. Falls Boris nach der Aufregung am Leben bleibe. Er hoffe, daß Michael Boris eine Aufdeckung all der schmerzlichen Erinnerungen ersparen könne, doch als Mann des Gesetzes wisse er – er lächelte –, daß er bei der Aufklärung mithelfen müsse. Schon weil er sich schuldig fühle, verantwortlich, weiß der Himmel was – der junge Tirosch habe so vertrauenswürdig ausgesehen, so ernsthaft, so wunderbar, und er war damals ein Student, woher hätte er es wissen können. Dann fragte er mißtrauisch: »Von wem sind eigentlich die Gedichte in dem Band, der Ferbers Namen trägt?«

Michael zuckte mit den Schultern und sagte langsam, in seinem vorsichtigen Englisch, er könne in diesem Fall nicht besser raten, als Löwenthal es könne. Löwenthal schwieg.

Dann sagte er zum Abschied die Worte, die Michael nun, um drei Uhr nachts, in einem Hotel in North Carolina, während er vor dem stummen Aufnahmegerät saß, im Kopf herumgingen. »Es gibt kein schlimmeres Schicksal als das eines mittelmäßigen Künstlers«, sagte Löwenthal philosophisch, ohne große Betonung.

Michael schloß das Fenster und dachte, wenn er es schaffe einzuschlafen, hätte er noch fünf Stunden Schlaf, bevor er noch einmal zum Krankenhaus ginge.

Zwanzigstes Kapitel

Alle sprachen durcheinander. »Sag ihm, wir hätten Fingerabdrücke auf dem Auto gefunden«, sagte Balilati nachdrücklich. »Was macht es schon, das zu sagen? Was hast du zu verlieren?«

»Ich glaube trotzdem nicht, daß es wegen der Gedichte war«, sagte Elfandari und drehte sich verlegen um, als Zila schwerfällig von Stuhl zu Stuhl ging und jedem einen Stapel weiterer Mappen hinlegte.

Eli Bachar wiederholte seine Frage: »Was können wir nun tun?«

Und Arie Levi blätterte in den Unterlagen, dann schlug er mit der flachen Hand auf den Tisch. Mit seiner lauten Stimme brachte er sie schließlich zum Schweigen. »Vielleicht hören wir, was der Chef der Sonderkommission zu sagen hat? Vielleicht hat er einen Vorschlag? Nun, Ochajon?«

Michael war wie betäubt. In seinem Kopf summten die Stimmen von den Bändern, und er hatte das Gefühl, mit dem Körper noch immer nicht auf dem Erdboden zu stehen. Er wollte nicht hören, was hier im Zimmer gesagt wurde, doch die Stimmen drangen durch den schweren Nebel zu ihm durch. Trotzdem schwieg er.

»Vielleicht können Sie uns bis morgen mitteilen, was Sie vorhaben, aber Sie haben überhaupt nichts Richtiges in der Hand«, sagte Arie Levi laut und gereizt. »Für mein Gefühl ist das einfach nur eine zusätzliche Spur, wollen Sie, daß ich Ihnen erkläre, wie sich die Sache bei Gericht macht? Mit so einer Geschichte kann man jemanden nicht mal länger als achtundvierzig Stunden im Gefängnis behalten, oder haben Sie sogar das vergessen?«

Michael schwieg noch immer.

»Was wollen Sie denn tun?« brüllte Arie Levi. »Reden Sie doch, oder halten Sie uns für zu dumm, zu verstehen, was Sie sagen, weil Sie sich dauernd mit Dichtern und Leuten von der Universität unterhalten?«

»Ich bin mir noch nicht sicher«, sagte Michael schließlich. »Er ist nicht so dumm, daß er zusammenbricht, wenn ich ihm was über Fingerabdrücke oder so erzähle.«

Es wurde still. Sogar der Polizeichef unterbrach die Stille nicht. Einige Sekunden vergingen, bis Balilati, der Schweigen nie lange aushielt, fragte: »Und was bringt ihn dazu, zusammenzubrechen?«

»Etwas anderes«, antwortete Michael langsam und bemerkte, wie seine eigene Verwirrung die anderen ansteckte. Die Spannung im Zimmer war fühlbar, es wurde leise geflüstert.

Eli Bachar sagte verzweifelt: »Schau, ich war in den letzten drei Tagen bestimmt vierzig Stunden mit ihm zusammen, dieser Mann ist zu, im ganzen Leben habe ich so etwas noch nicht gesehen. Du hast die Bänder ja selbst gehört. Man kommt nicht an ihn heran. Du redest und redest, und er ist nicht da.«

»Es gibt einen Weg, zu ihm durchzudringen«, sagte Michael, »und ich werde es schaffen. Aber verlangt nicht von mir, daß ich es vorher erkläre, ihr müßt mir eine Chance geben.«

»Sie könnten doch«, sagte Arie Levi, »mit ihm über seine Frau sprechen, oder? Bei der Polizei darf man schließlich was fragen, oder?«

Balilati nickte eifrig, dann hob er den Blick zur Decke und

sagte: »Wie man es auch betrachtet, es ist unmöglich, daß ihm diese Geschichte nichts ausmacht, deine Theorien in allen Ehren, es kann nicht sein, daß ein Mann...«

»Gut, bringt ihn her, wir werden ja sehen, was passiert«, sagte Michael und ignorierte die prüfenden Blicke der anderen. Arie Levi faßte die allgemeinen Zweifel in Worte: »Ich möchte etwas, einen Beweis, ich will, daß er vollkommen zusammenbricht, keine zarte Behandlung. Denken Sie an das Gericht und nicht an die Universität.« Mit diesen Worten verließ er das Zimmer.

Michael schaute Scha'ul zu, der die Aufnahmegeräte installierte. »Es darf nichts schiefgehen«, warnte Balilati. Michael spürte förmlich, wie der ganze Stab zu einem einzigen, großen Ohr wurde.

Er stellte das Aufnahmegerät an. Im Zimmer war die zittrige, heisere Stimme Boris Singers zu hören. Tuwja Schaj faltete die Hände, aber man sah trotzdem, daß sie zitterten. Er hörte die Aufnahme an und wurde immer blasser, je länger Boris sprach. Als das schmerzvolle Stöhnen und die Frage »Was ist das hier?« durch das Zimmer im Migrasch ha-Russim zu hören waren, lehnte sich Michael zurück und betrachtete Tuwja Schaj, bis ihm klar wurde, daß dieser Weg ihn nicht zum Ziel führen würde.

»Sie sehen«, sagte Michael nach einem langen Schweigen, »ich kenne die ganze Geschichte.«

»Was für eine Geschichte?« fragte Tuwja Schaj und preßte die Lippen zusammen.

»Von dem Moment an, als ich die Beweise in den Händen hielt, fragte ich mich nach dem Motiv. Als das Gespräch mit Boris zu Ende war, fragte ich mich, wer der Mensch sei, den dieser Diebstahl mehr als alle andere treffen würde. Wen würde es wirklich verletzen, überlegte ich, so sehr, daß er zu einem Mord getrieben werden könnte. Sie waren die einzige Antwort auf diese Frage. Als mir klar war, wie Sie Ihr Leben – und nicht nur Ihr Leben, sondern auch das Ihrer Frau – ausgelöscht hatten, wie Sie beide zu erloschenen Menschen geworden waren.« Michael sammelte die Blätter, die auf seinem Tisch lagen, und ordnete sie zu einem Stapel. Er wartete auf eine Reaktion, aber Tuwja Schaj schwieg weiterhin.

»Ich weiß, daß Ido Duda'i mit Ihnen gesprochen und Ihnen die Aufnahme seines Gesprächs mit Singer vorgespielt hat«, sagte Michael. »Ich stelle mir vor, wie Sie sich nach dem Gespräch mit Ido gefühlt haben. Als sich herausstellte, daß Ido ermordet worden war, wußten Sie, wer schuld war. Sie wußten genau, daß Ido mit Tirosch gesprochen hatte, daß es zu einer Konfrontation gekommen war. Aber das erfuhren Sie erst am Donnerstag abend, nach dem Fakultätsseminar. Die Geschichte zerstörte Ido, Sie jedoch nicht. Nur Sie und Ido wußten von dem Plagiat, und das ist das gemeinsame Verbindungsglied zwischen den beiden Fällen, dem Mord an Tirosch und dem Mord an Ido. Das Plagiat. Bei der Konfrontation mit Ido leugnete Tirosch und behauptete, daß nur ein Verrückter so etwas behaupten könne. Ido hat sich an Sie gewandt, damit Sie ihm bei dem Beweis helfen, schließlich stellt sich nicht jeden Tag heraus, daß ein Preisträger ein Betrüger ist.« Michael blätterte vorsichtig in seinem Papierstapel.

Tuwja Schaj schaute ihn an, sagte aber kein Wort.

»Einmal, vor vielen Jahren«, sagte Michael langsam, »kannte ich eine junge Frau, die Philosophie studiert hat.«

Tuwja Schaj beobachtete ihn geduldig.

»Diese Frau nun«, fuhr Michael fort, jedes Wort sorgfältig abwägend, »studierte Kant. Sie liebte Kant sehr. Da kann man sagen, was man will, er war ein großer Mann, nicht wahr?«

Tuwja Schaj warf ihm einen erstaunten Blick zu und nickte vage.

»Ich erzähle Ihnen das nicht wegen der Philosophie«, sagte Michael, »sondern weil es mit Ihrem Fall zu tun hat.«

»Das denke ich mir«, meinte Tuwja Schaj skeptisch.

»Diese Frau klopfte eines Tages bei mir an die Tür und sagte weinend, daß Kant recht habe. Sie sagte auch, alles sei ganz klar, und sie sprach über die Idee der Objekte. Verstehen Sie was davon?«

Ein Irrtum war ausgeschlossen. Auf Tuwja Schajs Gesicht zeigte sich ein neuer Ausdruck, zwischen Interesse und Verwirrung. Er bewegte sich auf seinem Stuhl.

»Ich habe damals verstanden«, fuhr Michael vorsichtig fort und achtete darauf, seiner Stimme einen freundschaftlichen, undramatischen Ton zu geben, »daß es Menschen gibt, die abstrakte Dinge wie Philosophie verinnerlichen, daß sie sie so stark verinnerlichen, daß ihr Leben dann davon bestimmt wird.«

Tuwja Schaj schwieg, doch Michael wußte, daß er jedes Wort hörte.

»Sie wissen das«, stellte Michael fest, »aber ich konnte mich damals nicht entscheiden, ob sie einfach verrückt geworden war...«

»Sie war nicht verrückt geworden«, sagte Tuwja Schaj mit einer Entschiedenheit, die er noch nicht einmal bei dem Fakultätsseminar gezeigt hatte, das Michael vom Film kannte.

»Ich frage mich auch«, sagte Michael und fühlte, wie sein Mund trocken wurde, »ob Sie verrückt geworden sind.«

Die blassen Wangen seines Gegenübers röteten sich, die Lippen begannen zu zittern.

»Verstehen Sie«, sagte Michael Ochajon und beugte sich vor, »wenn ich an das Gefühl denke, das jemand gehabt haben muß, der sein Leben, seine Frau, seine ganze Existenz einem einzigen Menschen geweiht hat und plötzlich mit leeren Händen dasteht – glaube ich, daß er nur noch verrückt werden kann, die Kontrolle über seine Handlungen verlieren.«

»Blödsinn«, sagte Tuwja Schaj wütend. »Jetzt reden Sie Blödsinn.«

»Sie verstehen«, fuhr Michael fort, als habe er den Einwurf nicht gehört, »nachdem ich mit Boris Singer gesprochen hatte, verstand ich, daß man von so etwas verrückt werden kann. Nicht alle, aber es gibt Menschen, die das können, wenn sie ihre Prinzipien ernst nehmen.«

»Ich verstehe nicht, wovon Sie sprechen.« Tuwja Schajs Stimme zitterte.

»Haben Sie daran gedacht, wie Boris sich fühlt? Er hat alles für Anatoli getan, er hat ihm sein Leben geweiht, und Sie haben selbst gehört, was er zu sagen hatte. Niemand auf der Welt weiß besser als Sie, wie Boris sich gefühlt hat, auch wenn er, im Unterschied zu Ihnen, nicht von dem Menschen betrogen wurde, den er geliebt hat, sondern von jemand anderem, und ich bin sicher, daß Sie genügend Moral besitzen, um mir zuzustimmen, wenn ich sage, daß man wenigstens dieses Unrecht wiedergutmachen muß.«

Tuwja Schaj hob den Kopf. In seiner Stimme lag Wut, als er sagte: »Lassen wir doch die Moral jenen, die nichts anderes haben, mit dem sie sich schmücken können.«

Michael blickte Tuwja Schaj direkt an. »Ihr Alibi wakkelt. Und der Detektor – Sie wissen, daß es schwer ist, den

Detektor erfolgreich zu betrügen, er arbeitet simultan mit fünf Parametern. Ein Mensch kann nicht alles beherrschen. Wenn es ihm gelingt, die Schweißabsonderung und den Herzschlag in den Griff zu bekommen, steigt sein Blutdruck. Das haben Sie nicht gewußt. Alle Verhöre mit dem Detektor haben gezeigt, daß Sie lügen. Doch ich habe Sie noch nicht festnehmen lassen, weil mir der ganze Zusammenhang gefehlt hat. Sie haben Scha'ul Tirosch ermordet, weil er Sie als Dummkopf dastehen ließ, weil er die Tatsache aufdeckte, daß Sie Ihr Leben einer Sache gewidmet haben, die nichts anderes war als eine Lüge.«

Michael betrachtete das veränderte Gesicht des Mannes ihm gegenüber. Der tote Ausdruck des blassen Mannes war verschwunden, Tuwja Schajs Gesicht zeigte eine Stärke, die er noch nie an ihm bemerkt hatte. Wütend sagte er: »Wer sind Sie überhaupt? Sie verstehen doch gar nichts. Sie wissen nicht, worüber Sie sprechen. Mein Leben ist nicht so wichtig, auch Ihres nicht. Auch Tiroschs Leben war nicht so wichtig, wenn ich in ihm auch den großen Priester der Kunst gesehen habe. Aber man kann unmöglich von Ihnen erwarten, daß Sie solche Dinge verstehen. Wer zu den Leuten gehört, die Strafzettel verteilen und Demonstrationen auflösen, kann solche Dinge nicht verstehen.«

Nicht zum ersten Mal an diesem Morgen dachte Michael an Dostojewski, an Porfirij und Raskolnikov. Bin ich so ähnlich wie Porfirij? fragte er sich, als Tuwja Schaj sprach, schließlich ist alles, was mich im Moment treibt, der Beweis für das Gericht. Und die Neugier. Aber man kann unmöglich sagen, daß ich keine Sympathie für ihn empfinde, dachte er, als er das Gesicht ihm gegenüber betrachtete, er hat etwas, was mir Achtung abnötigt. Ich darf das nicht alles so extrem sehen, sagte er sich warnend. Ich muß ihn zum Reden bringen. Ihm das Gefühl geben, daß ich ihn wirklich nicht verstehe, daß es sich aber lohnen würde, wenn ich ihn verstehe, denn ich weiß ohnehin schon alles. Er scheint mir nicht so erfahren zu sein in diesen Dingen, es wird ihm schwerfallen, sich nicht selbst anzuklagen.

Tuwja Schaj fuhr fort zu sprechen: »Banalitäten interessieren mich nicht, das Privatleben von Menschen wie Ihnen und mir. Was aber noch lange nicht heißt, daß ich ohne weiteres ins Gefängnis ginge, warum sollte ich? Aber meine Motive sind nicht die gleichen wie Singers Motive. Ich verstehe ihn zwar, aber er, der nicht ist wie ich, unterliegt den üblichen Gesetzen von fanatischen Anhängern. Ich war kein fanatischer Anhänger. Ich pfeife auf eure Konventionen, und der Mensch Scha'ul Tirosch hat mich nicht im geringsten interessiert. Ich war nicht eifersüchtig auf meine Frau und ich habe ihn nicht umgebracht, weil er sie verlassen hat, das hätte bedeutet, daß ich sie oder ihn oder mich selbst in den Mittelpunkt gestellt hätte, als fanatischer Anhänger irgendeines Menschen oder irgendeiner Theorie. Ich stelle mich nicht in den Mittelpunkt. Sie können noch nicht mal begreifen, daß ich mich nicht schuldig fühle. Sie glauben, daß ich ein Psychopath bin? Das bin ich nicht. Wenn ich ihn aus persönlicher Rache umgebracht hätte, würde ich mich schuldig fühlen. Ich habe keine Schuldgefühle. Ich bin sicher, daß ich das Richtige getan habe, obwohl niemand verstehen wird, wovon ich rede, aber daran bin ich gewöhnt. Es hat mich die ganzen Jahre nicht gestört, daß ich wie ein Schatten gewirkt habe. Glauben Sie, ich hätte nicht gewußt, was die Leute denken? Aber es gibt etwas, was größer ist als wir alle. Und es stimmt, was man Ihnen dort gesagt hat, daß sich die Menschen durch die Kunst über das Nichts der Welt erheben können, wenn man es einfach formulieren will, so habe ich mich ganz dem Echten, Wahren verschrieben. Sie können unmöglich meine Moral verstehen, Sie sind ein Vertreter der Polizei, der blinde Roboter des Gesetzes, Sie können das alles nicht verstehen.«

»Geben Sie mir eine Möglichkeit, es zu verstehen«, sagte Michael ruhig.

Tuwja Schaj schaute ihn zweifelnd an, doch das Bedürfnis zu sprechen nahm nun überhand. »Wissen Sie, warum die Tiere keine Moral haben?« fragte er. »Es stimmt nicht wirklich, daß sie keine Moral haben, sie sind in gewisser Weise moralisch, bei ihnen herrscht ein allem übergeordneter Wert: der Trieb der Arterhaltung. Fragen Sie irgendeinen Genetiker, er wird es Ihnen sofort erklären. Auch die Menschen haben den Trieb, die Art zu erhalten – die menschliche Rasse. Meist drückt er sich in Kindern aus, im Gebären, der Aufzucht der Brut. Es gibt wenige, ganz wenige, die sich dem Wahren hingeben können. Dieses Wahre, das einzig Wichtige in meinen Augen, das die Erhaltung der menschlichen Rasse betrifft, ist die Kunst. Es ist nicht wichtig, ob Tirosch ein positiver oder negativer Mensch war, ob ich ihn geliebt habe oder nicht, das alles ist nicht wichtig und tut nichts zur Sache. Glauben Sie etwa, Nietzsche sei naiv gewesen? Er predigte die menschliche Größe. Auch Nietzsche hätte Tirosch für ein Genie gehalten, und einem Genie stehen besondere Bedingungen zu. Aber als sich herausstellte, daß er kein Genie war, sondern ein mittelmäßiges Geschöpf, mußte ich die Dinge geraderücken. Der Welt zuliebe, den kommenden Generationen zuliebe. Das Geschöpf, das das Heilige besudelt hat, mußte vernichtet werden.«

Michael traute seinen Ohren nicht. Tastend prüfte er nach, ob das Aufnahmegerät wirklich arbeitete, und mit ruhiger Stimme sagte er: »Nun, das ist das alte Dilemma zwischen Kunst und Moral.«

»Ja«, bestätigte Tuwja Schaj und wischte sich mit der Hand über die Lippen.

»Das heißt«, fuhr Michael fort, »wir kehren zu der banalen Frage zurück, ob einem Genie erlaubt sein darf, moralische Gesichtspunkte zu verletzen – zu lügen, zu betrügen und so weiter.«

»Wenn Tirosch ein wirklicher Künstler gewesen wäre«, sagte Tuwja Schaj, »dann wäre es wirklich das wenigste gewesen, ihm meine Frau zu überlassen. Auch mich selbst, wenn er das gewollt hätte, es wäre egal. Die Welt hat ohnehin keine Bedeutung, wenn es keine große Kunst gibt. Sie ist das einzige, was die Menschheit weiterbringt, deshalb hat das Leiden des einzelnen keinen Wert. Ich habe ihn getötet, weil er die Menschheit nicht weitergebracht hat. Nicht nur das, ich habe ihn umgebracht, weil er die große Kunst beschmutzt hat. Mein ganzes Leben habe ich dem Erhabenen gewidmet, das war die Berechtigung für meine Existenz. Das werden nicht nur Sie nicht verstehen, das versteht niemand.« Er hatte mit einem abgrundtiefen Zorn gesprochen.

»Trotzdem«, sagte Michael, »die Gedichte selbst existieren, warum spielen dann Kleinigkeiten eine derartige Rolle? Ist es, Ihrer Argumentation zufolge, wichtig, wer sie geschaffen hat? Warum haben Sie den Künstler angebetet? Sie hätten die Gedichte anbeten müssen.«

Auf Tuwja Schajs Gesicht zeigte sich Ungeduld. »Sie sind weniger klug, als ich dachte«, sagte er und machte eine abfällige Bewegung mit der Hand. Dann schaute er an Michaels Rücken vorbei aus dem Fenster. Michael schwieg und wartete.

»Ich wollte ihm helfen«, fuhr Tuwja Schaj fort. »Ich wollte dasein, damit er die Werke schaffen könne, die ich ihm zutraute. Nicht weil er mein Freund gewesen wäre, sondern weil ich glaubte, er wäre schöpferisch. Als sich herausstellte, daß er das nicht war – daß er auf Kosten der Kunst betrogen hat –, stand ihm kein Platz mehr zu auf der Welt. Er hat die Privilegien des Künstlers genossen, ohne dafür etwas zu geben. Sie verstehen nichts! Er hat sich selbst in den Mittelpunkt gestellt.«

»Aber Sie haben es in einem Anfall von Wut getan, Sie hatten nicht von Anfang an vor, ihn umzubringen. Wie verbinden Sie diese Haltung gegenüber der Kunst, diesen Kreuzzug, mit diesem spontanen Ausbruch?«

Einen Moment lang war Tuwja Schaj verwirrt. Er betrachtete Michael forschend, dann zeigte sein Blick – fast widerwillig – so etwas wie Achtung.

»Hinterher habe ich es bedauert«, sagte er. »Das ist das einzige, was ich bedauert habe. Sie verstehen, ich habe keinerlei Schuldgefühle. Nur daß ich jetzt kein Ziel habe, das ist alles. Aber ich habe keine Schuldgefühle.«

»Vielleicht haben doch auch persönliche Motive eine Rolle gespielt?« sagte Michael langsam, die nachdenklichen Augen wieder auf Tuwja Schaj geheftet. Wieder erregte er Schajs Zorn. Mehr als alles wollte er verhindern, daß die Erhabenheit seines Motivs tatsächlich als solche erkannt würde.

»Blödsinn!« schrie Tuwja Schaj. »Es hat kein persönliches Motiv gegeben. Ich habe verlangt, daß er öffentlich zugeben solle, was er getan hatte, und er hat gesagt, das sei absurd. Er lachte über die ganze Sache. Das ist es, was ich nicht geplant hatte, daß ich die Kontrolle verloren habe. Hätte er öffentlich alles bekannt, was er getan hatte, hätte er den Preis und das alles zurückgegeben, dann hätte ich ihn vielleicht nicht töten müssen. Aber wie dem auch sei, ich bedauere es nicht. Ich werde zwar dafür zahlen müssen, aber das macht mir nicht wirklich etwas aus. Die Leute sollen nur endlich verstehen, daß es in der Welt andere Menschen gibt, mit anderen Motiven als den gewöhnlichen, die nicht aus Neid oder Eifersucht handeln, aus Habgier, Rache und all den normalen Gründen heraus.«

Mit väterlicher Stimme sagte Michael: »Vielleicht erzählen Sie mir genau, was vor sich gegangen ist?«

Tuwja Schaj betrachtete ihn mißtrauisch. Michael achtete darauf, seinen Gesichtsausdruck nicht zu verändern, als er sagte: »Wir sprechen jetzt über Dinge, die Ihr Leben verändern werden, die ausschlaggebend dafür sind, ob Sie wegen eines geplanten Mordes im Gefängnis sitzen werden oder wegen Totschlags. Ich halte das für wichtig. Sie nicht?«

Tuwja Schaj wischte sich über das Gesicht. Es war sehr heiß im Zimmer. Er schaute sich um, dann sprach er mit seiner monotonen Stimme weiter, die Michael aus den früheren Verhören so gut kannte.

»Nachdem Ido zu mir gekommen war, nach dem Fakultätsseminar, und mir alles erzählt hatte, nachdem ich auch die Kassette gehört hatte, dachte ich über eine Konfrontation mit Scha'ul nach. Ich hatte, so wie alle, gesehen, daß Ido völlig durcheinander aus den Vereinigten Staaten zurückgekommen war, wußte aber nicht, warum. Ich hatte keine Ahnung. Ich war vollkommen schockiert bei dem Seminar, ich verstand nicht, was mit ihm los war. Er kam dann nachher zu mir und erzählte mir alles.«

»Was genau hat er erzählt?« fragte Michael in einem möglichst gelassenen Ton.

»Daß er bei Scha'ul zu Hause gewesen ist, ein paar Tage

nach seiner Rückkehr. Er hatte Scha'ul von seinem Treffen mit Boris Singer erzählt, von allem, was er dort erfahren hatte.« Tuwja Schaj schwieg.

»Und wie hat Tirosch reagiert?« fragte Michael.

»Ido hat gesagt, er habe geschwiegen, ein ›tragisches Schweigen‹, aber wie ich Scha'ul einschätze, hat er nur seine nächsten Schritte überlegt«, sagte Tuwja Schaj bitter.

»Warum hat Tirosch ihn nicht auf der Stelle umgebracht?« fragte Michael.

Tuwja Schaj kniff die Augen zusammen. »Sie meinen damals? Als Ido bei ihm war? Bei ihm zu Hause?«

Michael nickte. »Wie konnte er ihn mit einer solchen Information herumlaufen lassen? Wie konnte er mehr als einen Monat warten, bis zum Tauchen? Das scheint mir unlogisch zu sein.«

»Sie haben Ido nicht gekannt. Am Ende des Gesprächs hat Scha'ul gebeten, Ido solle ihm noch etwas Zeit lassen. Er mußte ihm versprechen, kein Wort davon zu sagen, bis er, Tirosch, entschieden hätte, wie ›wir das Problem lösen‹. Ido hat es versprochen. Wer Ido gekannt hat, wußte, daß man sich vollkommen auf ihn verlassen konnte. Er hielt seine Versprechen.«

»Das heißt«, überlegte Michael laut, »daß Tirosch Ihrer Meinung nach auf eine günstige Gelegenheit gewartet hat? Hat er von dem Tauchen gewußt?«

»Wer Ido näher kannte, wußte, daß er am Ende des Studienjahres nach Eilat fahren wollte, um den Kurs abzuschließen. Sogar ich wußte das.«

»Und warum hat Ido es Ihnen erzählt? Trotz seines Versprechens?«

»Das weiß ich nicht«, sagte Tuwja Schaj mit gebrochener Stimme. »Er hat es nicht ausgehalten.«

Michael seufzte. »Was war, als Ido zu Ihnen kam?«

Eine ganze Weile blieb es still, bis Tuwja Schaj wieder anfing zu sprechen. »Ido ist zu mir gekommen. Natürlich habe ich es erst einmal nicht geglaubt. Meine Bedürfnisse beherrschten mich. Aber nur ein paar Minuten lang. Bis er mir die Kassette vorspielte, die er mitgebracht hatte. Ido fragte Boris Singer, ob er ihm ein paar Gedichte Ferbers aufs Band sprechen könne, aus dem Gedächtnis, und Boris Singer begann, Scha'uls Gedichte zu deklamieren – nur daß sie nicht von Scha'ul waren. Da habe ich es endlich geglaubt. Ich hatte keine Wahl. Vor allem die Änderungen haben mich überzeugt. Boris sagte Namen und Orte, die Scha'ul geändert und den hiesigen Verhältnissen angepaßt hatte. Ferbers Birken waren zu Kiefern geworden, und die großen Bären zu Schakalen. Ido behauptete, ich sei der Mensch mit der größten Berechtigung und der größten Macht, Tirosch entgegenzutreten und die Wahrheit ans Licht zu bringen. ›Du wirst die Wahrheit ans Licht bringen‹, hat er in jener Nacht gesagt, und den Satz so oft wiederholt, bis ich ihn im Kopf hatte. Danach hörte ich den Satz den ganzen Tag und die ganze Nacht. Auch jetzt, wenn ich an Ido denke, höre ich die erstickte Stimme, mit der er den Satz sagte. Ich habe Ido versprochen, daß die Wahrheit ans Licht käme. Ido verlangte es ›um Ferbers willen‹, aber bei mir lag das Motiv tiefer. ›Um der Wahrheit willen, um der Kunst willen‹, habe ich zu ihm gesagt. Ich habe danach stundenlang das Haus nicht verlassen. Immer wieder habe ich die Gedichte gelesen, auch die Einleitung, die Tirosch zu Ferbers Buch geschrieben hat. Plötzlich kam mir alles so albern vor, wie konnte man mit solchen Dingen seinen Spaß treiben, fragte ich mich, wie konnte man so lügen und betrügen, und wofür? Im Vergleich dazu halte ich Mord wirklich für eine Kleinigkeit. Es tut mir nicht leid.«

In der Stille, die sich über das Zimmer senkte, konnte man auf dem Korridor Schritte hören. Das Telefon klingelte, doch Michael ignorierte es.

Die Stille zog sich in die Länge, und Tuwja Schaj sah aus, als versinke er in sich selbst, als habe er vergessen, wo er sich befand. Deshalb sagte Michael: »Und dann sind Sie zu ihm ins Zimmer gegangen, nach dem Mittagessen.«

»Ja«, bestätigte Tuwja Schaj, und als sehe er das Bild vor sich, fügte er seufzend hinzu: »Die Fakultätssitzung ist mir schwergefallen. Ihn so entblößt zu sehen, seine Manieriertheiten anzuhören, zu wissen, daß das mit nichts begründet war, und trotzdem zu schweigen, das war schwer. Aber er war so versunken in seine Angelegenheiten, daß er kein Wort über meine Schweigsamkeit verlor. Beim Mittagessen sprach er über Ido. ›Eine Krise‹, ›angespannte Nerven‹, das sind die Worte, die er benutzt hat. Nie werde ich vergessen, wie er zu mir sagte, wie ein Klatschweib: ›Er hat sogar Halluzinationen, aber ich möchte nicht ins Detail gehen.‹ Er kam nicht auf die Idee, daß ich schon Bescheid wußte. Er sagte, es könne sein, daß man Ido aus dem ganzen Universitätsbetrieb ein bißchen raushalten müsse, weil die Doktorarbeit ihn ganz fertig mache. Ich saß ganz ruhig da und antwortete nicht. Das waren die schlimmsten Stunden. Aber ich wollte mit ihm allein im Zimmer sein. In den Tagen, nachdem Ido mir alles erzählt hatte, hatte ich die Konfrontation geplant. Alles. Ich hatte keinerlei Zweifel, daß ich ihn dazu bringen würde, das Richtige zu tun. In meiner Naivität hatte ich sogar angenommen, er wäre erleichtert über die Möglichkeit, ein Bekenntnis ablegen zu können. Ich weiß nicht, was ich gedacht habe, mir ist einfach nicht in den Sinn gekommen, daß er die Frechheit hätte, sich zu weigern. Hybris, wir alle leiden an der Hybris.«

Wieder schwieg Tuwja Schaj lange, und sein Gesicht war völlig ausdruckslos.

»Und dann haben Sie ihm die Kassette vorgespielt?« sagte Michael langsam.

»Nicht sofort. Wir saßen bei ihm im Zimmer, und er sagte, er müsse gehen, und drückte mir die Sachen in die Hand, die ich Adina geben sollte. Er hat sich benommen, als sei er sicher, daß ich weiterhin sein Laufbursche sein würde. Ich sagte: ›Bist du sicher, daß ich auch weiterhin dein Laufbursche sein werde?‹ Er schaute mich an, als sei ich verrückt geworden. Und dann habe ich ihn gefragt, ob er glaube, daß ein großer Künstler das Recht habe, sich selbst als jemanden zu betrachten, der keiner Moral unterworfen sei. Er hat sein übliches ironisches Gesicht gemacht, das mich vorher nie gestört hatte, mich aber in diesem Moment sehr wütend machte. Ich habe eine ernsthafte Antwort verlangt. Er hat mich angeschaut, als sei ich krank, als müsse man vorsichtig mit mir umgehen, und dann hat er gesagt: ›Du willst wissen, ob ein Künstler der Moral unterworfen werden solle oder ob die Kunst der Moral untergeordnet werden solle?‹ Und dann sagte er, wir hätten doch schon so oft darüber gesprochen, und jetzt habe er keine Zeit.«

Wieder schwieg Tuwja Schaj, dann wandte er sich an Michael und fragte: »Was denken Sie über Moral und Kunst?«

Michael war die Kehle wie zugeschnürt. Einen Moment lang erwog er zu lächeln und sich mit einer witzigen Gegenfrage aus der Affäre zu ziehen. Doch dann sah er Tuwja Schajs erwartungsvolles Gesicht vor sich und begriff, daß er ernsthaft antworten mußte, wenn er ein Geständnis haben wollte. Und es gab nichts, was er lieber wollte als ein unterschriebenes Geständnis. Von allen Gesprächen, die er im Laufe seiner Ermittlungen schon geführt hatte, war dies das verrückteste gewesen, sagte er später zu Schorr. Diese Frage war die letzte, die er während einer polizeilichen Ermittlung erwartet hätte. Aber er habe keine Wahl gehabt, sagte er entschuldigend zu Imanuel, er habe sie ernsthaft beantworten müssen, ohne Ausrede, weil Tuwja Schaj ihn prüfte.

»Am Anfang«, sagte Michael später zu Schorr, »habe ich überlegt, ihm die Frage zurückzugeben, zu sagen: Was ist denn Ihre Meinung? Aber dann habe ich gesehen, daß er bei meinem ersten Versuch zu tricksen, beim ersten abfälligen Wort, nichts mehr sagen würde. Deshalb hatte ich keine Wahl.« Schorr hörte sich die Aufnahme des Verhörs an, und zu Michaels Erleichterung fing er nicht an zu spotten.

»Ich glaube nicht, daß man zwischen Kunst und Künstler trennen muß«, sagte Michael mit ernstem Gesicht.

»Was heißt das?« fragte Tuwja Schaj, als befände er sich in einem Seminargespräch.

»Das heißt, daß das, was Sie über Nietzsche gesagt haben, sich von dem unterscheidet, was ich immer gedacht habe. Sehen Sie, das sind natürlich keine Themen, über die ich jeden Tag nachdenke. Ich weiß nicht, ob ich genau formulieren kann, was ich meine.« Er schwieg, bemüht um Konzentration. Er war verlegen und fühlte, daß das, was er sagte, eine gewisse Ernsthaftigkeit und Tiefe aufweisen mußte. »Für mich spielt Kunst nicht dieselbe Rolle ... nicht daß sie mir nicht wichtig wäre, doch, sie ist mir wichtig. Aber ich bin sicher, daß sie mir nicht dasselbe bedeutet wie Ihnen. Überhaupt, ich glaube, daß die Liebe zu anderen das wichtigste Motiv für konstruktives Handeln ist.« Es wurde still. Tuwja Schaj wartete auf die Fortsetzung, und Michael fragte sich: Glaube ich das wirklich? Wer sagt denn, daß ich das tatsächlich glaube? Laut fuhr er fort: »Ich glaube also, daß es für einen großen Künstler wichtiger ist zu lieben, als geliebt zu werden, im Einzelfall und im allgemeinen. Ein Schriftsteller, der nicht von diesem Bedürfnis getrieben wird, kann nicht das Mitgefühl aufbringen, das notwendig ist, um eine Figur aus Fleisch und Blut zu schaffen.« Er erinnerte sich an einen Satz, den er einmal in einem Vorwort über Literatur des Mittelalters gelesen hatte: »Sogar Kafka, der die menschliche Existenz im Absurden gezeigt hat, sogar er hat eine ganze Welt erschaffen. Und sagen Sie mir nicht, daß Sie bei ihm kein Erbarmen finden. Ich kenne kein Kunstwerk, das mir gefallen hat, das nicht – offen oder versteckt – auf dem basierte, was Sie, die Literaten, Liebe zu und Erbarmen mit den Menschen nennen.« Er schwieg und versuchte, seine Gedanken zu ordnen. »Ich glaube auch, daß jedes große Kunstwerk immer auch eine Option für das Leben ist.« In Tuwjas Gesicht war der Schatten eines ironischen Lächelns zu sehen. Er zog die Augenbrauen hoch, sagte jedoch kein Wort. Michael bemerkte die leichten Veränderungen, fuhr aber mit derselben Ernsthaftigkeit fort: »Sogar im Absurden. Sie führen das Absurde als Axiom an und zeigen die Erniedrigung und das alles, damit wir uns im Spiegel sehen und unser Leben auf dieser absurden Welt verändern. Meiner Meinung nach verlangt das ein hohes Maß an Moral. Vielleicht noch mehr als sonst. Man muß im Dreck stecken und wissen, daß es Dreck ist. Wer nicht moralisch ist, weiß nicht, daß es sich um Dreck handelt. Wenn jemand vollkommen zynisch ist, dann kann er seine Welt und sein Leiden nicht auf eine Art zeigen, die andere erschüttert.«

Tuwja Schaj schaute Michael an und schwieg. In seinen Augen leuchtete noch immer das, was Michael Schorr gegenüber später als einen »gefährlichen Blick« bezeichnete.

»Das ist es, was ich wirklich denke. Ohne Beziehung zu Nietzsche«, sagte Michael und fragte sich, ob der Mann ihm gegenüber vorhabe, sich auf ihn zu stürzen.

Aber Tuwja Schaj bewegte sich nicht, er blickte Michael ruhig an. »Das ist eine sehr naive Sicht der Dinge. Ich bin ganz anderer Ansicht. Ich glaube nicht, daß Sie Nietzsche verstanden haben, auch andere Werke haben Sie nicht verstanden. Aber das war nicht schlecht für jemanden, der bei der Polizei arbeitet.«

Es gab Dinge, über die Michael später nie mit jemandem sprach, auch nicht mit Schorr. Viele Tage lang dachte er immer wieder an das, was Tuwja Schaj gesagt hatte. Und jedesmal stellte er sich wieder die gleiche Frage: War etwas dran an seinen Worten? Wer von ihnen beiden hatte recht, fragte er sich, ohne zu einer Antwort zu gelangen. Eines wußte er jedoch schon während des Verhörs genau: Das, was Tuwja Schaj sagte, war nicht verrückt. Obwohl er von dem, was er zu Tuwja Schaj sagte, überzeugt war, wußte er, noch bevor er zu Ende gesprochen hatte, daß es in der Realität, in der Geschichte, Dinge gegeben hatte, die Tuwjas Standpunkt rechtfertigten. Auch später konnte er keine klaren Schlüsse ziehen.

»Ich weiß, daß Sie anderer Meinung sind«, sagte Michael Ochajon, »und ich weiß, daß Sie von uns beiden derjenige sind, der etwas von Ästhetik versteht.«

»Es ist nicht nur eine Frage der Ästhetik und der Ethik. Es ist eine Frage, was ich bereit bin, für eine Sache zu tun, die mir wichtig ist, und was Sie bereit sind zu tun. Sie arbeiten hier«, Tuwja Schaj machte eine Armbewegung, die das ganze Zimmer einschloß, »und Sie leben hier Ihr kleines Leben und glauben, daß Sie etwas verändern. Ich hingegen wäre bereit, mein ganzes Leben hinzugeben, mich zu Staub zu machen für das, was mir wichtig ist.«

»Es ist aber eine Tatsache, daß Sie sich nicht beherrschen konnten.« Michael versuchte, das Gespräch auf die Mordszene zurückzubringen.

»Es ist nicht so, daß ich mich nicht beherrschen konnte.« Tuwja Schaj tappte so schnell in die Falle, daß Michael begriff, wie groß sein Bedürfnis zu sprechen war, nun, nachdem die Mauer des Schweigens gefallen war. »Wenn Scha'ul bereit gewesen wäre, der Wahrheit zuliebe die Strafe auf sich zu nehmen«, sagte Tuwja Schaj, »wenn er verstanden hätte, wovon ich sprach, hätte ich ihn in Ruhe gelassen. Aber er hat gelacht. Ich habe ihm die Dinge erklärt, und er hat gelacht. Als ich ihm die Kassette vorspielte, die Ido mitgebracht hatte, hörte er auf zu lachen. Er hatte einen Kassettenrecorder im Zimmer, er hat manchmal seine Vorträge aufgenommen. Ich spielte ihm vor, wie Boris Singer seine Gedichte las, und da lachte er schon nicht mehr. Aber er hatte einen Ausdruck im Gesicht, so etwas vorsichtig Verschlagenes, wie er ihn manchmal hatte, wenn er es auf eine Frau abgesehen hatte. Er sagte: ›Tuwja, du warst immer verrückt. Nicht alle wissen es, aber ich weiß, daß du verrückt bist. Nichts ist so wichtig, daß es meine Zerstörung rechtfertigen würde. Ich habe gedacht, daß du mich liebst.‹ Das hat er gesagt. Und da habe ich kapiert, daß auch er nichts versteht und daß er glaubt, ich liebe ihn persönlich, wegen irgend etwas. Ich sagte ihm ausdrücklich: ›Nichts wird mich zurückhalten, dich bloßzustellen, aber ich will, daß du anerkennst, daß die Kunst größer ist als wir beide, und daß die Wahrheit größer ist als wir beide. Ich will, daß du das von dir aus zugibst. Dich habe ich nicht geliebt. Du bist nicht wichtiger als andere.‹ Und dann hat er mich sehr ernst angeschaut und gesagt: ›Ich bin nicht bereit, irgend etwas vor irgend jemandem zuzugeben, und du läßt die Kassette hier bei mir. Du wirst auch nichts aufdecken, du wirst die Sache einfach vergessen.‹ Und da habe ich die Figur genommen, schnell, bevor er verstehen konnte, was geschah. Er stand am Fenster und schaute hinaus, das war eine Pose, die er besonders liebte, und drehte mir das Gesicht zu, und dann habe ich immer wieder auf ihn eingeschlagen, weil er nicht unterscheiden konnte zwischen Wichtigem und Unwichtigem, und weil er die Kassette zerstören wollte und weil er nichts bekennen wollte.«

»Aber das ist es, was Sie selbst auch getan haben, danach. Sie haben die Kassette zerstört, nur damit nichts rauskommt. Sie haben die Wahrheit nicht ans Licht gebracht«, sagte Michael Ochajon müde.

»Und das ist der Hauptgrund, warum ich mit Ihnen spreche. Ich werde nur deshalb ins Gefängnis gehen, damit die Wahrheit ans Licht kommt«, sagte Tuwja Schaj und begann zu zittern.

»Und nachdem Sie ihn umgebracht hatten, sind Sie ins Kino gegangen?« fragte Michael ohne Erstaunen.

Er stellte sich vor, wie Tuwja Schaj das Gebäude verlassen hatte, ohne auch nur an Angst zu denken. Auf seiner Kleidung war kein Blut, er steckte die Statue in eine Plastiktüte und nahm die Kassette aus dem Recorder. Er sagte aus, daß von diesem Moment an seine Gefühle wie gelähmt gewesen seien, »wenn ein Feuer ausgebrochen wäre, wäre ich einfach dort stehengeblieben«, sagte er. Er machte sich nicht die Mühe, sich zu verstecken, und niemand bemerkte ihn. Als er Tiroschs Zimmer verließ, war es schon nach halb zwei, und er nahm das Auto und fuhr zum Parkplatz des Krankenhauses. Erst nachdem er die Kassette im Auto noch einmal angehört hatte, löschte er sie. Inzwischen war es schon spät, fast zu spät für den Film. Er wischte mit einem weichen Lappen, den Tirosch im Handschuhfach aufbewahrte, die Fingerabdrücke ab. Das Tuch warf er später weg.

»Sie hätten nach Hause gehen können, nicht wahr?« fragte Michael.

»Ich habe nicht daran gedacht«, sagte Schaj erstaunt. »Ich weiß gar nicht, warum ich mir *Blade Runner* anschauen mußte.« Dann schwieg er.

Die Protokollierung des Geständnisses dauerte Stunden. Tuwja Schaj bestand darauf, seine Motive selbst zu formulieren. Er kehrte mit ihm in Tiroschs Zimmer auf dem Har ha-Zofim zurück und rekonstruierte den Verlauf der Dinge zur Zufriedenheit Imanuel Schorrs, der das Zimmer gerade noch rechtzeitig betrat, um die letzten Worte Tuwja Schajs zu hören.

Zila warf Balilati einen warnenden Blick zu, der, wie es seine Art war, vorschlug, »in irgendeiner tollen Kneipe das Ende der Sache« zu feiern, sie wußte, in welcher Stimmung Michael Ochajon war. »Du kannst in ein paar Tagen mit ihm sprechen«, sagte sie mit einem Blick auf Michael. »Jetzt laß ihn in Ruhe, tu mir den Gefallen.«

Am Abend saß Michael mit Schorr im Café Nave. Schorr hatte sich Tee bestellt und rührte den Zucker um. Michael starrte in seine Kaffeetasse.

»Woran denkst du jetzt?« fragte Imanuel Schorr und lächelte.

Michael gab keine Antwort. Er hielt die Glastasse mit beiden Händen umklammert und starrte weiter hinein.

»Übrigens, ich habe vergessen, dich zu fragen«, sagte Schorr, »was hatte der Zettel auf Tiroschs Schreibtisch zu bedeuten? Hast du das herausbekommen? Das mit dem letzten Kapitel, von dem du mir erzählt hast. Verstehst du es jetzt?«

Michael schüttelte den Kopf und schwieg weiter. Er hatte keinem Mitglied der Sonderkommission von Manfred Herbst und der Krankenschwester Schira erzählt. Er war bedrückt und müde. Wie immer hatte er nicht das Gefühl, gesiegt zu haben. Er war nur traurig und hatte Sehnsucht, sich an eine Frau zu schmiegen und zu schlafen, jahrelang.

Schorr betrachtete ihn über sein Teeglas hinweg und sagte schließlich: »Ich wollte es dir schon seit einiger Zeit sagen: Als jemand, der daran glaubt, daß ein Mensch andere Menschen lieben muß und daß es besser ist, zu lieben als geliebt zu werden, bist du ein ziemlicher Versager.« Seine Stimme war frei von Boshaftigkeit.

SUSAN ISAACS

Und das nach all den Jahren

Roman

Aus dem Amerikanischen
von Blanca Dahms und Sonja Hauser
443 Seiten · Gebunden

Kennen Sie Rosie Meyers? Die liebende Mutter. Die beste Freudin der Welt. Die begeisterte Lehrerin. Und diese Frau soll ihren Mann kaltblütig umgebracht haben? Na ja, wer ist schon perfekt.

UND DAS NACH ALL DEN JAHREN ...
... denkt die 47jährige Englischlehrerin Rosie Meyers, als ihr Mann sie am Tag nach der Silberhochzeit mit freundlichem Bedauern und einer Abschiedsträne im Auge für eine junge Finanzmanagerin verläßt. Doch es kommt noch schlimmer, denn wenige Wochen nach dieser schockierenden Eröffnung stolpert Rosie eines Nachts in ihrer Küche über den Noch-Ehemann, der mit einem Fleischmesser in der Brust mausetot am Boden liegt. Und weit und breit keine Menschenseele in Sicht. Grund genug für die Polizei, in erster Linie die Ehefrau zu verdächtigen.

»... schlagfertig, frech bis schnoddrig, aber vor allem lebendig geschrieben und dazu noch hochspannend.« *Brigitte*

GOLDMANN VERLAG